Gefährten der Freiheit

Astrid Frank

GEFÄHRTEN DER FREIHEIT

2 Romane in einem Band

THIENEMANN

Astrid Frank wurde 1966 in Düsseldorf als Tochter des Schriftstellers Karlhans Frank geboren, wodurch sie sich schon in frühester Kindheit mit dem Verlagswesen konfrontiert sah. Trotzdem führte sie ihr Weg bereits während ihres Studiums der Germanistik, Biologie und Pädagogik in die gleiche Richtung: Sie war als Lektorin und Rezensentin in mehreren und für mehrere deutsche Verlage tätig und machte außerdem eine Ausbildung zur »Zoobegleiterin des Kölner Zoos«. Nach dem Studium arbeitete sie für ein halbes Jahr in einer Buchhandlung und beleuchtete das Medium Buch damit von einer weiteren Seite. Seit 1996 ist sie freie Lektorin und Übersetzerin, seit 1998 schreibt sie Geschichten. Astrid Frank lebt mit Mann, zwei Söhnen und Hund Aimee in Köln.
www.astridfrank.de

Weitere Titel von Astrid Frank:

Wilde Gefährten
2 Romane in einem Band

Schneller als der Wind
2 Romane in einem Band

Gefährten des Windes
2 Romane in einem Band

Mehr über unsere Bücher, Autoren und Illustratoren auf:
www.thienemann.de

Astrid Frank

SCHICKSALS REITER

Thienemann

Für meine Söhne

Personen

TÖCHTER DES ARES

Antheia, Königin des Frauenvolks
Calistus, Clonies Zwillingsbruder
Clonie, die Tochter Antheias
Evandre, die zweite Königin des Frauenvolkes
und Antheias Vertraute
Iolanthe, Clonies Amme

DAS VOLK GELENS

Dareios, Gefolgsmann von Narkissos
Derimacheia, Königin des Landes Gelen
Elias, Sohn Derimacheias
Eurystheus, Elias' Vater
Narkissos, Stiefbruder Derimacheias
Pyrros, Gefolgsmann von Narkissos
Sappheire, Tochter eines Generals
Silenus, Gefolgsmann von Narkissos

DAS WALDVOLK

Aigidios, Häuptling des Waldvolks
Nikodemus, Vertreter Aigidios'
Theodoros, Bote des Waldvolks

DIE HUNDSKÖPFIGEN

Gavril, Hundsköpfiger, Freund Narkissos'

Thimotheus, Herrscher der Hundsköpfigen

WICHTIGE PERSONEN ANDERER VÖLKER

Alexios, Bote der Ixavier

Damasos, König Gargariens

Hagne, Medizinfrau des Wüstenvolkes

Medeia, das Orakel, Herrscherin der Bergseebewohner

Und kamen mit ihr derer zwölf,
Eine jede eine Prinzessin,
Begierig des Krieges und grimmiger Schlacht.
Weit berühmt eine jede,
Doch dienten sie ihr.
Penthesileia überstrahlte sie alle,
Wie zwischen Sternen am weiten Himmel
All überstrahlend thronet der Mond […]
Zur rechten, linken, von allen Seiten eilend
Drängten sich die Trojaner voller Staunen,
Als sie sahen des niemüden Krieges Kind,
Die gewappnete Jungfrau,
Vergleichbar den heiligen Göttern,
Denn ihr im Antlitz leuchtete Schönheit,
Herrlich und schrecklich.
Bezaubernd ihr Lächeln:
Unter den Brauen ihre liebreizenden Augen
Sternengleich strahlten.
Und mit dem Purpur der Keuschheit
Glänzten ihre Wangen
Mischte sich doch da überirdische Grazie
mit dem Wagmut des Kampfes.

Quintus Smyrnaeus
(griechischer epischer Dichter, um 375 v. Chr.)

1

Und vorwärts trieb sie ihr Kampfgeist
Zu reinigen von des Mordes finstrer Befleckung.
Ihre Seele mit dem Opfer zu beschwichtigen
Die Schrecklichen, die Erinnyen, die im Grimm
Über die erschlagene Schwester stracks sie heimsuchten
Unsichtbar: denn stets um des Sünders Schritte sie schweben,
Nicht entrinnt man diesen Göttinnen.

Quintus Smyrnaeus
(griechischer epischer Dichter, um 375 v. Chr.)

Staub wirbelte auf, als Clonie ihre Stute Kore in den Burghof galoppieren ließ. Der Schimmel stand von einem Wimpernschlag zum nächsten still und doch war das Mädchen bereits geschmeidig wie ein Fisch, der durchs Wasser gleitet, von seinem Rücken herabgeglitten, und sprang mit beiden Füßen zugleich auf den Boden, bevor die Bewegung des Pferdes beendet war.

Unmerklich zog Elias, der die Ankunft der Königin und ihres Gefolges vom Turm aus beobachtete, die Augenbrauen hoch.

Einer der Stallburschen Derimacheias wollte nach Kores Zügel greifen, um das Pferd in die vorbereiteten Ställe zu führen, doch Clonie gebot ihm mit einer einzigen Handbewegung Einhalt. Sie wandte sich zu der Stute um und strich ihr begütigend über den langen Hals. Kore wackelte mit dem Kopf, als würde sie zum Einverständnis nicken, dann drehte sich Clonie um und eilte mit energischen Schritten auf das große zweiflügelige Tor in der Burgmauer zu.

Erst in diesem Augenblick erreichte der Rest der Reisenden ihr Ziel. In deutlich gemächlicherem Tempo als zuvor ihre Tochter ritt Königin Antheia auf ihrer Stute in den Burghof ein. Sie nickte dem Stallknecht, der sich ihres Pferdes annahm, freundlich zu und schritt, eine Delegation von sechs Frauen hinter sich, ebenfalls auf das Tor zu, vor dem Clonie bereits stand und wartete.

»Du musst lernen, dich mehr zu zügeln«, zischte Antheia ihrer Tochter zu, sobald sie neben ihr stand. »Nicht immer ist Schnelligkeit der richtige Weg. Manchmal ist auch das Gegenteil erstrebenswert.«

Clonie bekam keine Gelegenheit zu einer Erwiderung, denn nun wurde ihnen geöffnet und Antheia zwängte sich an ihr vorbei, um als Erste die große Halle zu betreten, bevor ihre Tochter eine weitere Gelegenheit zur Demonstration ihres Temperaments bekam.

Elias musterte das Mädchen, das mit hoch erhobenem Haupt an ihm vorbeischritt und ihn nicht einmal zur Kenntnis zu nehmen schien. Noch ein wenig atemlos vom weiten Weg den Turm herab stand er neben seiner Mutter, die es sich nicht hatte nehmen lassen, ihre Gäste selbst willkommen zu heißen, und Gleiches auch von ihrem Sohn erwartete.

»Antheia«, sagte Königin Derimacheia und breitete die Arme aus. »Ich bin froh, dass Ihr meiner Bitte gefolgt seid.«

»Aber natürlich, Derimacheia, ich fühle mich durch Euer Vertrauen, das Ihr mir mit der Einladung ausgesprochen habt, geehrt und will mich bemühen, ihm gerecht zu werden.«

Der Blick Derimacheias fiel auf Clonie, die einen Schritt hinter ihrer Mutter stand. »Clonie!«, rief sie. »Was für ein hübsches Mädchen du geworden bist!« Sie griff nach Clonies Händen und zog sie zu sich heran. »Das letzte Mal, als ich dich sah, warst du noch ein Kind mit vom Spielen schmutzigen Händen, und nun …« Sie unterbrach sich und sah zu ihrem Sohn herüber. »Erinnerst du dich an Elias?« Sie winkte den Jüngling, der sich bis jetzt im Hintergrund gehalten hatte, zu sich heran.

Mit leicht gesenktem Haupt trat Elias vor.

»Aber natürlich erinnere ich mich an ihn«, antwortete Clonie mit lauter Stimme. »Doch das letzte Mal, als ich ihn sah, waren seine Hände nicht weniger schmutzig als meine und er reichte mir gerade bis zur Nasenspitze.«

Derimacheia lachte laut auf und Elias spürte, wie er errötete.

»Nun«, sagte Antheia und ihre Stimme klang streng, »wirst du dich im Aufschauen üben müssen, wenn du ihn dir ansehen willst, meine Liebe.«

Derimacheia lachte noch einmal und nahm der Situation damit etwas von ihrer Schärfe. Dann wurde sie schlagartig ernst. »Damasos ist bereits eingetroffen«, sagte sie. »Er erwartet uns im großen Saal. Bitte folgt mir.« Sie raffte ihre Robe, wandte sich um und eilte voran.

Clonie folgte ihrer Mutter und den anderen Frauen mit etwas Abstand. Ihr Blick ruhte auf Elias' Rücken, der wenige Meter vor ihr die große Halle mit dem Steinboden durchquerte. Die Schritte hallten von den hohen Wänden wider. Tatsächlich war Elias in den fünf Jahren, seit sie ihn zuletzt gesehen hatte, in die Höhe geschossen wie ein junger Baum und überragte sie nun um Haupteslänge. Bei ihrem letzten Besuch war sie neun gewesen und Calistus, ihr Zwillingsbruder, hatte sie noch begleitet. Die beiden Jungen, Calistus und Elias, hatten damals keine Möglichkeit ausgelassen, Clonie zu drangsalieren, und Calistus hatte noch lange Zeit Gelegenheit gehabt, seinen Übermut an diesem Tag zu bereuen.

Bei dem Gedanken an ihren Bruder mischte sich Wehmut in Clonies Gefühle. Vor mehr als zwei Jahren hatte sie Calistus zuletzt gesehen und sie erinnerte sich schweren Herzens an ihren Abschied.

Mittlerweile waren sie vor der Tür zum großen Saal angelangt, die von zwei bewaffneten Leibgarden bewacht wurde. Ohne besondere Aufforderung legten die Besucher ihre Waffen ab, wie es bei friedvollen Zusammentreffen Brauch war. Man signalisierte einander damit Vertrauen und freundschaftliche Absichten – auch wenn es, wie in diesem Fall, durchaus um ernste Auseinandersetzungen ging.

Auch Clonie entledigte sich wie die anderen ihres Bogens und zog ihren Dolch aus der Scheide, um ihn auf den massiven hölzernen Tisch zu legen.

Dann erst öffnete sich die große Tür und Clonie erblickte König Damasos, der mit seinen Begleitern bereits an der langen Tafel Platz genommen hatte und sich in diesem Augenblick erhob, um die Ankömmlinge zu empfangen.

»Antheia«, sagte er und ein Lächeln huschte über sein Gesicht, während er den Frauen entgegentrat. Er hielt einen Augenblick lang Antheias Hand fest und sah ihr in die Augen, dann wandte er sich zu Clonie um. »Clonie«, sprach er sie an und das Lächeln, das um seine Mundwinkel spielte, wurde intensiver. »Was für eine hübsche junge Frau du geworden bist.«

Clonie hielt dem Blick des Mannes stand. Vielleicht erwartete man von ihr, dass sie verschämt die Augen niederschlüge, doch nichts lag Clonie ferner.

»Und Euer Haar ist noch grauer geworden«, antwortete sie stattdessen.

Damasos runzelte die Stirn und räusperte sich.

»Darf ich Euch meinen Stiefbruder und Berater Narkissos vorstellen«, ließ sich nun Königin Derimacheia vernehmen und bereitete dem Geplänkel damit kurzerhand ein Ende. »Er wird mit seinen Männern Silenus und Pyrros an unserem Gespräch teilnehmen.« Die Vorgestellten deuteten eine kurze Verbeugung an.

Clonies Blick blieb unbeabsichtigt an einem der Männer hängen. Er hatte eine auffallend helle Haut, blondes Haar, fast weiß, und stechend blaue Augen. Sie konnte sich kaum von dem Anblick losreißen, bis seine Augen auf ihre trafen und sie eilig den Kopf abwendete.

»Also lasst uns beginnen«, sagte Narkissos kurz angebunden und wies auf die freien Stühle, die um den langen Tisch herumstanden.

Auch als alle seiner Aufforderung gefolgt waren und sich niedergelassen hatten, wirkte die Tafel immer noch leer. Weit mehr als doppelt so viele Menschen hätten an ihr Platz gefunden.

»Wir wollen über die Nutzungsrechte an den Weide- und Anbauflächen unseres Königreichs Gelen verhandeln«, begann Narkissos ohne Umschweife, »die seit Jahren vom Volk der Gargarier genutzt werden …«

»Wofür wir wie vereinbart zahlen und unsere Dienste unter die Interessen der Königin stellen«, fiel König Damasos Narkissos ins Wort. Seine Stimme klang ebenso scharf wie die des anderen.

Narkissos lächelte süffisant und rieb sich seinen Bart. »Nun, da hattet Ihr ja nicht viel zu tun«, bemerkte er. »Wir leben seit Jahrzehnten im Frieden mit den Nachbarvölkern.«

»Und so soll es auch bleiben«, ließ sich Königin Derimacheia vernehmen.

»Gewiss«, antwortete Narkissos unterwürfig. »Doch unser Volk ist seit dem Beginn der Vereinbarung gewachsen. Wir benötigen selbst mehr Weiden und Ackerflächen.«

»Der Lehensvertrag unterliegt keiner zeitlichen Beschränkung«, warf König Damasos ein.

»Die Bedingungen haben sich aber nun einmal geändert«, beharrte Narkissos, der sich binnen kürzester Zeit zum Wortführer erhoben hatte. »Gelen braucht seine Ländereien wieder selbst.«

»Und was soll ich Eurer Meinung nach meinen Bauern sagen, die seit dreißig Jahren auf diesem Land leben, dort ihre Häuser und Höfe gebaut, ihre Kinder großgezogen haben? Wo sollen sie hin?«

»Das ist Euer Problem, nicht das unsere«, antwortete Narkissos.

Damasos schnaubte.

Antheia räusperte sich. »Meine Freundin Derimacheia hat mich gebeten, als Unterhändlerin dieser Verhandlung beizuwohnen«, begann sie. »Ich sehe mit Bedauern einen Interessenkonflikt zwischen den Königreichen Gelen und Gargarien, die beide auch an mein Land grenzen und mit denen wir seit Jahrzehnten friedlich zusammenleben. Wie Derimacheia wünsche ich mir, dass es auch weiterhin so bleibt. Wenn Gelen nun sein Land von König Damasos zurückverlangt, obwohl der ursprüngliche Vertrag diese Option nicht vorsieht, so sollte Gargarien über eine Ausgleichsleistung nachdenken. Vielleicht kann Königin Derimacheia dabei helfen, die Bauern, die auf dem zu verhandelnden Land leben, umzusiedeln oder …«

»Das ist völlig ausgeschlossen«, fiel Narkissos Antheia ins Wort.

»Oder …«, setzte Antheia neu an und ignorierte Narkissos' scharfen Ton, »… Gelen erklärt sich bereit, im Gegenzug von König Damasos ein anderes Landstück zu empfangen, das bewirtschaftet werden kann.«

»Das habe ich bereits vorgeschlagen.« König Damasos ergriff erneut das Wort. »Wir haben ein vergleichbar großes Stück Land, das wir Gelen als Ersatz für die Fläche anbieten können, die augenblicklich von über 70 Gargariern bewirtschaftet wird.«

»Und wir haben dieses Angebot bereits abgelehnt«, äußerte sich Narkissos, »da das dargebotene Land bei Weitem nicht so fruchtbar ist wie unseres.«

»Ja, aber wir haben es erst so fruchtbar gemacht!« König Damasos' Stimme wurde lauter. »Wie soll ich 73 Bauern begreiflich machen, dass sie ihre Arbeit in den letzten Jahrzehnten für Euch geleistet haben und nun wieder von Neuem anfangen müssen? Und zwar ohne jegliche Unterstützung? Sollen sie zusehen, wie Gelener in ihre Häuser, die sie im Schweiße ihres Angesichtes selbst erbaut haben, einziehen und das von ihnen fruchtbar gemachte Land bewirtschaften, während sie selbst auf kargem Boden sitzen und im hohen Alter von 40 oder gar 50 Jahren und mehr noch einmal von vorne beginnen müssen? Das wird zu einem Aufstand führen, das müsst Ihr doch begreifen!«

»Wie ich bereits sagte«, warf Narkissos ein, »das ist nicht unser Problem, sondern Eures.«

Schweigen breitete sich aus, nachdem nun jeder seinen Standpunkt dargelegt hatte und nicht bereit war, von seiner Position abzuweichen.

Clonie rutschte auf ihrem Stuhl unruhig hin und her. Es fiel ihr schwer, so lange still zu sitzen, und sie konnte sich nur mühsam zurückhalten. Sie spürte eine tiefe Abneigung gegen Narkissos, der sich so unerbittlich zeigte und auf etwas beharrte, das er für sein Recht hielt. Konnte er sich nicht ausmalen, was es für die Bauern und ihre Familien bedeutete, wenn sie von einem Tag auf den anderen alles verlieren sollten, wofür sie ihr Lebtag hart gearbeitet hatten?

Antheia warf ihrer Tochter einen mahnenden Blick zu. Clonie sollte lernen sich zu beherrschen, damit sie eines Tages ihre Aufgaben als Königin mit Bedacht und Verantwortung wahrnehmen konnte. Doch im Augenblick schien die Geduld ihrer Tochter erschöpft.

»Vielleicht kann Elias Clonie herumführen und ihr die Stallungen zeigen?«, schlug Antheia vor, die befürchten musste, dass ihre Tochter einen diplomatischen Ausgang der Verhandlungen durch eine ihrer unbedachten Äußerungen deutlich erschweren würde. »Clonie hat ein besonderes Gespür für Pferde«, wandte sie sich an Elias.

»Du würdest ihr sicher eine Freude bereiten, wenn du ihr eure edlen Tiere zeigtest.«

Clonie zwang sich zu einem Lächeln. Sie ahnte, was im Kopf ihrer Mutter vorging, und sie hätte lügen müssen, wenn sie behaupten wollte, die Ängste ihrer Mutter seien unbegründet. Sie wusste selbst, dass sie kurz davor war, ihre Meinung zu sagen. Und sie war dafür bekannt, dass sie dies stets auch freimütig tat.

»Aber sicher«, antwortete Elias höflich, der bis jetzt ruhig und besonnen neben Königin Derimacheia gesessen hatte und dem Gespräch aufmerksam gefolgt war. Der junge Mann erhob sich und sah Clonie auffordernd an.

Auch Clonie schob ihren Stuhl zurück und stand mit einem verbissenen Lächeln im Gesicht auf. »O, wie reizend«, sagte sie und ihre Stimme machte keinen Hehl daraus, dass sie eigentlich das genaue Gegenteil meinte.

Die Tür hatte sich hinter den beiden kaum geschlossen, als König Damasos erneut das Wort ergriff. Zwar konnte Clonie ihn nicht mehr deutlich verstehen, doch hörte sie, dass der Ton augenblicklich noch an Schärfe gewonnen hatte, während sie nach ihrem Dolch und Bogen griff, die von den Leibgarden bewacht worden waren, und Elias anschließend folgte.

»Wie geht es Calistus?«, erkundigte sich Elias, während er neben Clonie durch die große Empfangshalle schritt. Er hatte fast Mühe, mit ihr mitzuhalten, so als sei sie es, die ihn führte, und nicht andersherum.

»Das weiß ich nicht«, antwortete Clonie. »Ich habe ihn, seit er vor zwei Jahren zu unserem Vater zog, nicht mehr gesehen.«

»Ach ja«, sagte Elias. »Eure Männer müssen ja an ihrem zwölften Geburtstag das Volk der Frauen verlassen.« Er blieb stehen und musterte Clonie.

»Was ist?«, fragte Clonie ungehalten.

»Nichts«, versicherte Elias eilig und schlug schnell die Augen nieder. Er schämte sich zuzugeben, dass er Clonie ausgiebig betrachtet hatte, um herauszufinden, ob es stimmte, was man sich über die Töchter des Ares erzählte: dass sie sich noch im Kindesalter die rechte Brust entfernten, um im Kampf besser mit Pfeil und Bogen schießen zu können. Doch die Andeutung von Clonies mädchenhaften Brüsten unter ihrem Lederwams strafte dieses Märchen Lügen und ließ Elias' Wangen dunkelrot werden.

»So hört ihr gar nichts mehr voneinander?«

Clonie schüttelte stumm den Kopf und konnte ihr Bedauern darüber nicht ganz verbergen. »Ich weiß ja noch nicht einmal, wo genau er ist«, erklärte sie.

Elias runzelte die Stirn. »Ich dachte, er sei bei eurem Vater?«

»Ja«, antwortete Clonie. »Aber wer ist mein Vater? Ich weiß doch nur, dass es ein Mann aus Gargarien ist. Mehr nicht.«

Elias starrte das Mädchen vor ihm mit offenem Mund an. Auch er wusste nichts über seinen Vater. So viel hatte er mit Clonie schon einmal gemeinsam. Aber bei ihm lag es daran, dass König Eurystheus gestorben war, als Elias noch in den Windeln lag. Alles, was er über seinen Vater wusste, hatte er aus den Erzählungen seiner Mutter erfahren. Und wollte er all dem Glauben schenken, so kam sein Vater unmittelbar nach Zeus.

»Dein Onkel Narkissos scheint sich seiner Sache ja sehr sicher zu sein«, bemerkte Clonie jetzt.

»Nun«, sagte Elias, froh über die Wandlung des Gespräches, die sich ihm bot, »meine Mutter braucht wirklich nicht zu fürchten, aus dieser oder einer anderen Auseinandersetzung als Verliererin hervorzugehen. Vermutlich zieht Narkissos daraus seine Gewissheit.«

»Und wieso braucht sie das nicht zu fürchten?«

»Sie ist doch im Besitz des Zaubergürtels, der sie jeden Zwist siegreich bestehen lässt.« Elias verkündete diesen Zusammenhang, als handele es sich dabei um etwas, das jeder wissen müsse.

Clonie sah ihr Gegenüber einen Moment lang sprachlos an, wobei sie feststellte, dass sie ihren Kopf tatsächlich weit in den Nacken legen musste, um Elias in die Augen zu schauen – dann brach sie mit einem Mal in schallendes Gelächter aus.

»Was ist daran so lustig?« Elias runzelte die Stirn. Er hatte nicht die Absicht gehabt, Clonie zu erheitern.

Clonie bemerkte Elias' Verärgerung nicht. Oder sie war ihr gleichgültig. Tränen quollen aus ihren Augenwinkeln und sie hielt sich immer noch lachend die Hände vor die Leibesmitte. »Zaubergürtel«, wiederholte sie und schüttelte den Kopf. »Nun, wenn das alles ist, was sie zum Kämpfen braucht … ich verlasse mich lieber auf meine Waffen und mein Pferd.«

Elias' Augen wurden schmal. »Es gibt wahrhaftig keinen Grund zu lachen, wenn man etwas nicht versteht«, antwortete er kühl.

Clonie bemühte sich ernst zu werden, doch immer wieder zuckten ihre Mundwinkel. »Es tut mir leid«, versicherte sie aufrichtig, »aber ich glaube tatsächlich nicht an derlei Dinge. Für mich gibt es nur, was ich mit meinen Augen sehen und mit meinen Händen berühren kann.«

»Dann solltest du den Zaubergürtel betrachten«, sagte Elias. »Komm mit, ich zeige ihn dir.«

Er wandte sich um und durchquerte die Halle mit ausladenden Schritten. Clonie folgte ihm und schüttelte dabei immer noch den Kopf wie über ein kleines Kind, das an die Geschichten der Großmutter glaubt.

Sie liefen an den Leibgarden vorbei, die nach wie vor die Tür zum großen Saal bewachten und ihnen aufmerksam hinterherschauten. Doch Elias eilte weiter und öffnete eine Tür, die in einen großen Raum führte, der von einem anheimelnden Kaminfeuer erwärmt wurde. Kunstvoll gestickte Teppiche schmückten die Wände, auf denen Kampfgetümmel und Jagdszenen zu Pferde abgebildet waren. Auf einem Regal standen große edle Vasen, einige Karaffen und Kerzenleuchter. Über dem Kamin hing das Porträt eines stattlich aussehenden Mannes.

»Mein Vater«, erklärte Elias. Er stellte sich auf den Kaminvorsprung, nahm das Gemälde von der Wand und setzte es vorsichtig auf dem Boden ab. Der goldene Rahmen, in den es gefasst war, war schwer und Elias stöhnte bei der Anstrengung.

Jetzt sah Clonie, dass sich hinter dem Gemälde eine kleine quadratische Tür in der Wand verbarg, die zuvor von dem Bild verdeckt worden war. Elias öffnete sie und sein Arm verschwand fast völlig in der Vertiefung. Als er die Hand wieder hervorzog, hielt er einen kostbar verzierten ledernen Gürtel mit aufwendig gearbeiteter

Schnalle in der Hand. Triumphierend blickte er sich zu Clonie um und hielt ihr den Gürtel entgegen.

»Ein schönes Stück«, bestätigte Clonie und drehte und wendete den Gürtel in ihren Händen. Er war überraschend leicht, wenn man bedachte, dass die Schnalle augenscheinlich aus purem Gold bestand und mit zahlreichen Edelsteinen verziert war. »Aber das heißt noch lange nicht, dass der Gürtel auch mit Zauberkräften ausgestattet ist.«

Elias hüpfte vom Kaminvorsprung. »Ich kann es dir beweisen, wenn du dich traust«, behauptete er.

»Und wie willst du das schaffen?«

»Indem wir gegeneinander kämpfen.«

Clonies Augen begannen zu leuchten. Es gab nur eines, das sie noch lieber tat, als auf ihrer Stute Kore zu reiten: zu reiten und dabei zu kämpfen.

»Und worin willst du dich mit mir messen?«

Elias zuckte mit den Schultern. »Was immer du willst … Bogenschießen, Schwertkampf, Streitaxt, Reiten … Solange ich den Gürtel trage, werde ich als Sieger hervorgehen. Du wirst schon sehen!«

Clonie warf Elias den Gürtel zu, der ihn geschickt auffing.

»Worauf wartest du dann noch?«, sagte sie und drehte sich bereits um.

Elias grinste.

Das Ölbild seines Vaters stand noch immer gegen die Wand gelehnt auf dem Boden und der alte Mann schien seinem Sohn streng hinterherzublicken, während er den Raum verließ und Clonie folgte.

2

… sie bedienen sich aber auch des Bogens,
der Streitaxt und des Schildes
und machen sich aus den Fellen wilder Tiere
Helme, Mäntel und Gürtel …

Strabon (um 63 v. Chr.–23 n. Chr.)

Wir können den Festsaal im ersten Stock nutzen«, sagte Elias, nachdem er Clonie eingeholt hatte, die vorangestürmt war, ohne zu wissen, wohin es gehen sollte. »Dort haben wir genug Platz und sind ungestört.«

Wieder liefen sie an den Leibgarden vorbei in die große Halle und die Treppe hinauf.

Elias öffnete eine Tür und trat zur Seite, um Clonie vorzulassen. »Warte hier«, sagte er. »Ich besorge uns zwei Schwerter.« Noch bevor Clonie etwas erwidern konnte, war Elias verschwunden.

Clonie nutzte die Gelegenheit und sah sich um. Hier, im ersten Stock der beeindruckend großen Burganlage, drang mehr Licht durch die Fensteröffnungen als im ebenerdigen Geschoss unter ihnen. Auch dieser Saal war groß und geräumig wie das Versammlungszimmer, in dem sich immer noch Damasos, Derimacheia und Antheia berieten, doch völlig ohne jegliches Mobiliar. In diesem Raum feierte Königin Derimacheia ihre Feste. Jetzt aber sollte er Clonie und Elias als Arena dienen.

Clonie blickte soeben durch eins der Fenster auf den

nahe gelegenen Wald, als Elias hinter ihr zurück in den Saal trat. In den Händen hielt er zwei nicht sehr lange Schwerter.

Clonie entledigte sich ihres Bogens, den sie neben der Fensteröffnung gegen die Mauer lehnte, und nahm ein Schwert aus Elias' Hand entgegen. Sie versuchte, sich ihren Unmut nicht anmerken zu lassen, doch war das Schwert nicht die Waffe ihrer Wahl. Es war für den Kampf vom Pferderücken aus denkbar ungeeignet und deswegen hatte sie in seiner Beherrschung auch nicht allzu viel Übung. Sie betrachtete die zweischneidige Klinge und wog die Waffe noch in ihrer Hand, während sich Elias bereits vor ihr aufstellte.

Elias und Clonie fixierten einander. Jeder von ihnen umrundete den Gegner, auf der Suche nach einer passenden Gelegenheit für den ersten Schlag.

Clonie, die in Gedanken noch die Entfernung zum Waldrand abschätzte, der ihr erschreckend nah erschien, wenn man bedachte, welche Gefahren in ihm lauern konnten, gab einen Augenblick nicht acht und schon senkte sich Elias' Schwert von oben auf ihr Haupt herab. Clonie hörte, wie es die Luft über ihr zerschnitt. Im letzten Moment konnte sie ihre Waffe hochreißen und Elias' Schlag abwehren. Der Schmerz strömte in ihre Schultern, als die Klingen aufeinandertrafen.

Nein, dachte Clonie, der Kampf mit dem Schwert ist wahrlich nicht das Richtige für mich.

Am liebsten waren ihr Pfeil und Bogen, aber auch mit der Steinschleuder kam sie gut zurecht. Für den Nahkampf übte sie den Umgang mit der Streitaxt, die sich hervorragend vom Pferderücken aus schwingen ließ.

Aber das Schwert? Für den Kampf vom Pferd aus war es nicht zu viel nütze. Wieso also sollte sie den Umgang mit ihm üben?

Jetzt saß Clonie jedoch nicht auf dem Rücken ihrer Stute Kore. Jetzt stand sie Elias gegenüber und wirbelte herum, als er sie mit einem seitlichen Hieb zu treffen versuchte. Das Schwert zischte durch die Luft und Clonie war froh, dass es sie nicht berührt hatte. Selbst wenn Elias die Waffe nicht mit voller Kraft einsetzte – schließlich wollte er Clonie nicht ernsthaft verletzen –, so wäre dieser Schlag, hätte er sein Ziel getroffen, doch zumindest sehr schmerzhaft gewesen.

Als Nächstes zog Elias das Schwert von unten hoch und Clonie sprang behände zur Seite, um der scharfen Klinge im letzten Augenblick zu entgehen.

Allmählich sah Elias recht zufrieden aus, stellte Clonie fest. Und er hatte zugegebenermaßen allen Grund dazu, denn sie hatte noch nicht einen einzigen Angriff zuwege gebracht und war lediglich damit beschäftigt, ihm auszuweichen wie ein hakenschlagendes Kaninchen.

Clonie kniff die Augen zusammen, vergewisserte sich, dass sie einen festen Stand hatte, und wartete auf eine passende Gelegenheit zurückzuschlagen.

Elias sah die Entschlossenheit in Clonies funkelnden Augen. Er hatte durchaus bemerkt, dass sie von seiner Entscheidung für das Schwert nicht begeistert gewesen war. Es bedurfte großer körperlicher Kraft, mit dem Schwert zu kämpfen. Und Kraft war das Einzige, was die Töchter des Ares nicht in gleicher Weise besaßen wie die Männer, gegen die sie sich nicht scheuten zu kämpfen. Mut, Gewandtheit, Schnelligkeit hingegen hatten auch in einem Frauenkörper Platz. Und nicht zuletzt ihre reiterischen Fähigkeiten machten das Frauenvolk zu gefürchteten Feinden.

Elias machte sich nichts vor: Clonie war eine ernst zu nehmende Gegnerin. Und hätte er nicht den Gürtel getragen, der ihm ein Gefühl der Unbesiegbarkeit gab und sein Selbstbewusstsein stärkte, er hätte beim Anblick Clonies, deren Wangen gerötet waren und die ihn anblickte, als scheute sie nicht davor zurück ihn zu vernichten, das Fürchten gelernt.

Als Clonie jetzt einen Schritt auf ihn zumachte und mit ihrem Schwert nach ihm stieß, konnte er sich nur durch einen beherzten Sprung nach hinten retten. Doch fand er schneller sein Gleichgewicht wieder als seine Gegnerin, die all ihre Kraft in diesen einen Stoß gelegt hatte und noch nach ihrer Balance suchte.

Elias stürzte nach vorne, schlug Clonie das Schwert aus der Hand, das klirrend zu Boden fiel, und richtete die Spitze seiner Waffe auf Clonies Brust.

Elias und Clonie rangen gleichermaßen nach Luft und Clonie hatte Mühe, verständliche Sätze zu formulieren. Sie hob die Arme und keuchte: »Du hast gewonnen.«

Elias ließ sein Schwert sinken und wischte sich den Schweiß von der Stirn. Obwohl der Kampf nicht lange gedauert hatte, fühlte er sich bereits erschöpft.

»Jetzt wähle ich die Waffen«, fuhr Clonie fort, die schneller wieder zu Atem kam.

Elias schaffte es nur, zustimmend zu nicken.

»Im Bogenschießen wirst du mich nicht besiegen«, erklärte Clonie.

Elias lächelte. Er musste Clonie nicht nur für ihren

Kampfeswillen bewundern, sondern darüber hinaus zugeben, dass sie die größere Ausdauer hatte. Während er immer noch hechelte wie ein betagter Hofhund an einem besonders heißen Sommertag, stand Clonie bereits wieder aufrecht vor ihm und wirkte frisch und ausgeruht.

»Du wählst die Waffen und du trägst den Gürtel«, sagte Elias, dem viel daran lag, redlich zu handeln.

Clonie lachte. »Ich brauche den Gürtel nicht, um dich zu besiegen«, behauptete sie. »Er würde mich eher behindern als beschützen.«

»Trotzdem«, beharrte Elias. »Es soll gerecht zugehen. Wer die Waffen wählt, erhält auch den Gürtel.« Er öffnete die Schnalle und reichte Clonie das wertvolle Stück.

»Meinetwegen«, willigte Clonie ein. Sie griff nach dem Gürtel und band ihn sich um die Hüften. »Aber ich werde dich nicht wegen des Gürtels besiegen. Vielmehr werde ich trotz seiner gewinnen.«

Elias folgte Clonie mit Blicken, als sie zum Fenster schritt, um Pfeil und Bogen zu holen, die sie dort abgelegt hatte. Sie hob ihre Waffe auf und kehrte zu Elias zurück, der in der Mitte des Saals stehen geblieben war.

Ohne ihn eines Blickes zu würdigen, spannte sie einen Pfeil ein, hob die Waffe und fixierte eine der Fackeln, die am anderen Ende des Saals in einer Wandhalterung brannten.

Das leise Zischen des Pfeils durchschnitt die Luft, als Clonie ihn abfeuerte. Er traf die Fackel genau in der Mitte und blieb vibrierend darin stecken. Mit ausdruckslosem Gesicht gab Clonie den Bogen an Elias weiter und nahm einen zweiten Pfeil aus ihrem Köcher, den sie ihm ebenfalls reichte.

Elias blickte bewundernd auf den Bogen. Ein so schönes Exemplar hatte er selten gesehen. Er war aus einem Stück gefertigt und das helle Holz schmiegte sich weich und warm in seine Hand. Die Bogensehne hatte genau die richtige Spannung.

Clonie entgingen Elias' bewundernde Blicke nicht. »Ich habe ihn selbst gefertigt«, erklärte sie mit Stolz in der Stimme.

»Er ist perfekt«, sagte Elias, legte den Pfeil ein, hob den Bogen hoch, spannte die Sehne, fixierte die Fackel rechts neben der, die von Clonies Pfeil getroffen worden war, und ließ los. Sein Pfeil schnellte davon, bohrte sich ebenso wie zuvor Clonies durch das Material und blieb darin stecken. Mit einem zufriedenen Lächeln gab er Clonie den Bogen zurück.

Immer noch verzog Clonie keine Miene, während sie den nächsten Pfeil einlegte, erneut den Bogen vor ihre Brust hob und kurz zielte. Sie war darin geübt, ihr Ziel sofort zu erfassen. Im Kampf und vom Pferderücken aus blieb nicht viel Zeit. Hier war Schnelligkeit gefragt. Sonst holte der Pfeil des Feindes den Kämpfenden vom Pferd, bevor er den Bogen auch nur gespannt hatte.

Wieder flog der Pfeil durch die Luft, bahnte sich seinen Weg durch den hundert Fuß langen Saal und blieb in seinem Ziel stecken: Clonies Pfeil ließ den von Elias zersplittern, als er den Schaft genau traf.

Elias nickte anerkennend. Nicht nur Clonies Treffsicherheit beeindruckte ihn, auch die Schnelligkeit, mit der sie gehandelt hatte, ließ ihn staunen. Wieder griff er nach dem Bogen, spannte ihn und versuchte, Clonies ersten Pfeil zu treffen. Er nahm sich mehr Zeit als das

Mädchen. Und doch verfehlte sein Pfeil das Ziel knapp, blieb oberhalb des zuerst geschossenen Pfeils in der Fackel stecken.

»Also gut«, sagte er und gab Clonie den Bogen zurück. »Du hast gewonnen.«

»Noch nicht«, erwiderte Clonie, spannte einen dritten Pfeil ein und ließ ihn wie die beiden vorherigen binnen kürzester Zeit los.

Elias bildete sich ein, er hätte das Splittern des Holzes gehört, als auch dieser Pfeil seinen zuvor abgeschossenen genau traf und den Schaft zerbersten ließ.

»*Jetzt* habe ich gewonnen«, sagte Clonie und wandte sich zufrieden lächelnd zu Elias um.

Elias deutete eine Verbeugung an, mit der er Clonies Sieg honorierte.

»Und nun?«

»Der endgültige Sieger steht noch nicht fest«, antwortete Elias. »Den Schwertkampf konnte ich für mich entscheiden und das Bogenschießen hast du gewonnen. Demnach steht es eins zu eins.«

»Wir müssen uns also noch ein weiteres Mal messen.«

»Wie wäre es mit Ringen?«, fragte Elias.

Clonie zögerte. Ähnlich wie der Schwertkampf gehörte das Ringen nicht zu ihren bevorzugten Kampfarten. Aber sie wollte Elias ungern widersprechen, nachdem sie sich darauf geeinigt hatten, im Wechsel zu entscheiden. »Also gut«, sagte sie schließlich und legte Pfeil und Bogen zur Seite, bevor sie den Gürtel abnahm und Elias reichte. »Hier«, sagte sie. »Befreie mich von diesem Ding.«

»Es hat dir den Sieg beschert«, sagte Elias lachend, während er sich den Gürtel umlegte.

»Meinen Sieg habe ich allein meinem Können zu verdanken«, erwiderte Clonie, ohne eine Miene zu verziehen.

Elias zog stumm die Augenbrauen hoch. Dass Clonie stur war wie ein Esel, hatte er bereits erkannt. Doch er würde es schon noch schaffen, sie zu überzeugen.

Wieder umrundeten die beiden einander, jeder auf der Suche nach einem geeigneten Augenblick für den Angriff.

Clonie musterte Elias aufmerksam. Er war einen Kopf größer als sie und nicht gerade schmächtig. Sie musste ihn schon richtig packen, wenn sie Aussicht auf Erfolg haben wollte. Sonst wäre allein seine größere Körpermasse entscheidend.

Elias seinerseits beobachtete Clonie. Sie war klein und zierlich, fast zerbrechlich wie ein aus dem Nest gefallenes Vogeljunges. Und doch strotzte ihr zarter Körper vor Kraft. Jeder Muskel war bis zur Perfektion ausgebildet. Und er wusste mittlerweile, wie schnell sie reagieren konnte. Ihre Bewegungen waren flink und geschmeidig wie die einer Katze.

Unerwartet, wie er meinte, sprang er vor und versuchte, Clonie zu packen, um sie zu Boden zu reißen.

Doch Clonie hatte seinen Angriff vorhergesehen. Sie duckte sich unter ihm hinweg, sodass Elias ins Straucheln geriet und über ihren gebeugten Oberkörper auf den Boden stürzte. Noch im Fallen griff er nach Clonies Wams und zog sie mit sich.

Clonie spürte den Ruck und einen Wimpernschlag später landete sie neben Elias auf dem Fußboden. Sie versuchte, auf die Beine zu kommen und sich Elias' klammerndem Griff zu entwinden, doch sosehr sie sich auch anstrengte, Elias hielt sie fest umschlungen. Clonie spürte Elias' Hände an ihren Oberarmen und hörte seinen Atem dicht an ihrem Ohr. Sie konnte seine Haut riechen. Er roch angenehm nach frischen Blüten und Holz. Eine Locke seines schulterlangen Haars streifte sie an der Wange und kitzelte.

»Verzeihung!«

Die Stimme gehörte eindeutig nicht Elias, der aber bei ihrem Klang seinen Griff um Clonies Oberarme lockerte, den Kopf hob und aufsah.

Augenblicklich nutzte Clonie ihre Chance, wand sich aus Elias' Armen und sprang auf die Füße.

Elias erhob sich ein wenig schwerfälliger, strich sich das Haar aus der Stirn und räusperte sich verlegen. Dann erst wandte er sich zu dem Mann um, der in der Tür des Saals stehen geblieben war und sich um einen ernsten Gesichtsausdruck bemühte, während er die beiden Kämpfer musterte, die schwer atmend und mit hochroten Gesichtern vor ihm standen.

»Was ist Euer Begehr?« Elias' Stimme klang forscher, als er sich fühlte. Der Anblick, den sie dem Fremden geboten hatten, war sicherlich gleichermaßen erheiternd wie kompromittierend und Elias gab sich alle Mühe, sich auf seine Position als Königssohn zu besinnen.

»Entschuldigt die Störung«, sagte der fremde Mann und senkte den Kopf, sodass es Elias schwerfiel, sein Gesicht zu erkennen. »Die Königin schickt mich«, fuhr der Fremde fort, »ihr den Gürtel zu bringen, den Ihr tragt.« Er wies mit einer knappen Handbewegung auf die lederne Binde um Elias' Hüfte.

Elias runzelte die Stirn. »Meine Mutter verlangt nach *diesem* Gürtel?« Nun bemühte er sich erst recht, das Gesicht des Mannes zu erkennen. Doch der hielt weiterhin den Kopf gesenkt.

Clonie blickte zwischen Elias und dem fremden Mann hin und her. Es war offensichtlich, dass Elias dem Eindringling misstraute.

»Ich kenne Euch nicht«, fuhr Elias in diesem Augenblick fort. »Wer seid Ihr?«

»Ich bin einer der Diener Eurer Mutter«, erklärte der Fremde und hob jetzt zum ersten Mal den Kopf.

»Ich habe Euch nie zuvor gesehen«, antwortete Elias.

»Nun«, sagte der Fremde, »ich bin noch nicht lange hier.«

»Aber lange genug, dass meine Mutter Euch ausschickt, um *diesen* Gürtel zu holen?« Elias schüttelte ungläubig den Kopf.

Der Fremde hielt Elias' Blick stand. Der Ausdruck in seinen Augen gefiel Clonie nicht. Sie hatte das Gefühl, der Mann führe irgendetwas im Schilde.

»Also gut«, antwortete Elias nach einer Weile. »Ich werde meiner Mutter den Gürtel selbst bringen.« Er wedelte mit einer Hand, als wollte er ein lästiges Insekt verscheuchen. »Ihr könnt Euch entfernen.«

»Das geht leider nicht«, antwortete der Fremde und machte einen Schritt in den Raum hinein. »Königin Derimacheia hat mir einen Auftrag erteilt, den ich ausführen muss.«

»Ihr könnt Euch entfernen, habe ich gesagt!« Elias' Stimme duldete keinen Widerspruch und Clonie blickte den jungen Mann neben sich überrascht an. Bis jetzt hatte sie den Eindruck gewonnen, Elias sei weichherzig und nachgiebig. Niemals hätte sie ihm eine solche Entschlusskraft zugetraut. Jetzt musste sie einsehen, dass sie sich geirrt hatte. Wenn es darauf ankam, wusste Elias genau, was er wollte. Er schien lediglich, ganz im Gegensatz zu ihr, wie sie sich eingestehen musste, mit Bedacht zu handeln.

Als der Fremde nun einen weiteren Schritt näher kam, griff Clonie instinktiv nach ihrem Dolch. Erst als sie ihre Waffe in der Hand hielt, bemerkte sie, dass der Fremde ebenfalls plötzlich einen Dolch in der Hand hatte. Ihre Augen irrten zu Pfeil und Bogen, die nur wenige Schritte entfernt lagen. Alles deutete darauf hin, dass die Zeit des Aufbruchs nahte, und sie hatte nicht die Absicht, ihre Waffen hier zurückzulassen. Es dauerte nur so lange, wie ein Vogel braucht, um zweimal mit den Flügeln zu schlagen, bis sie Bogen und Pfeile vom Boden aufgehoben hatte. Doch in der Zwischenzeit war der Fremde bis auf Armeslänge an Elias herangekommen, der schutz- und wehrlos dastand und offensichtlich nicht wusste, was er tun sollte.

»Hier!«, rief Clonie und warf Elias eins der Schwerter zu, die neben ihrer Waffe auf dem Boden gelegen hatten.

Elias fing das Schwert aus der Luft auf und richtete es gegen den Angreifer, der augenblicklich einen Schritt zurückwich, um sich aus der Gefahrenzone zu bringen.

»Gebt mir den Gürtel und Euch wird nichts geschehen«, drohte er und ein Blick in sein Gesicht zeigte, wie ernst es ihm war.

Inzwischen stand Clonie wieder neben Elias. Sie richtete ihren Dolch auf den Mann und taxierte zugleich die

Entfernung zur Tür. Für einen Spurt war es eindeutig zu weit. Sie würden auf halber Strecke vom Dolch des Mannes niedergestreckt werden. Er brauchte ihn nur nach einem von ihnen zu werfen.

Plötzlich stürzte der Mann auf Elias zu und versuchte, ihn mit dem Dolch zu erwischen, doch Elias parierte den Stoß mit seinem Schwert und der Mann wich wieder zurück.

Clonie ließ den Fremden nicht aus den Augen, während sie im Stillen auf einen Plan sann, der Gefahr zu entkommen. Sie mussten es irgendwie schaffen, näher an die Tür zu gelangen. Aber wie? Wenn dieser verfluchte Gürtel um Elias' Hüfte zaubern konnte – warum tat er es dann nicht? Jetzt wäre eine gute Gelegenheit gewesen, sein Können zu beweisen!

Stattdessen unternahm der Fremde einen zweiten Angriff. Dieses Mal hatte er es auf Clonie abgesehen. Er stürzte vor und versuchte, Clonie das Messer in den Bauch zu rammen.

Doch so weit kam er gar nicht. Elias schleuderte sein Schwert. Es prallte gegen die Schienbeine des Mannes und riss ihn von den Füßen. Mit einem lauten Aufschrei fiel der Mann vor Clonie auf den Boden.

»Lauf!«, schrie Elias. Er packte Clonies Hand und zog sie mit sich zur Tür, bevor der Fremde sich wieder aufrappeln konnte.

Sie rannten die Treppe hinunter. Hinter sich konnten sie die Schritte des Mannes hören, der fluchend und humpelnd versuchte, sie einzuholen.

Sie hatten das Ende der Treppe fast erreicht. Nur noch wenige Meter, dann würden sie in Sicherheit sein, als wie aus dem Nichts plötzlich ein zweiter Mann unmittelbar vor ihnen stand. Er grinste hämisch und hielt seine Waffe, eine Streitaxt, hoch erhoben. Clonie und Elias hörten den anderen Mann näher kommen. Er hatte sie beinahe erreicht.

Clonie zögerte nicht. Sie hob den rechten Arm weit über den Kopf, und ebenso schnell, wie sie zuvor im Wettstreit mit Elias ihre Pfeile abgeschossen hatte, schleuderte sie nun den Dolch in Richtung des Mannes, der ihnen den Weg abschnitt.

Der Angreifer schaffte es gerade noch, einen Schritt zur Seite zu machen, doch die scharfe Klinge bohrte sich schmerzhaft in seine rechte Schulter. Er ließ die Streitaxt fallen und griff sich, vor Schmerz stöhnend, an die verletzte Stelle.

Clonie und Elias vergeudeten keine Zeit. Elias stieß den Verwundeten zur Seite und die beiden rannten weiter auf die Tür des Versammlungssaals zu, hinter der sie endlich in Sicherheit sein würden.

Doch sie sollten sie nicht erreichen.

Plötzlich stand noch ein dritter Mann vor ihnen. Er war maskiert, aber die Lippen verzogen sich unter der Maske zu einem boshaften Grinsen, während er sein Schwert aus der Scheide zog und sich ihnen in den Weg warf.

»Zur Seite!«, rief Elias, doch anstatt dem Befehl des Königssohns Folge zu leisten, schwang der Mann sein Schwert. Mit lautem Zischen durchschnitt die Klinge die Luft.

Clonie fürchtete, es würde zu lange dauern, sich auf eine Diskussion mit den Männern einzulassen. »Komm«, zischte sie Elias atemlos zu und zerrte ihn hinter sich her zur großen Eingangshalle. Im Hof würden sie schon jemanden finden, der ihnen zur Seite stehen und die Ordnung wiederherstellen konnte.

Clonie stieß die Tür mit dem Fuß auf und rannte auf den Hof hinaus. Die Sonne blendete sie und doch konnte sie feststellen, dass der Vorplatz wie leer gefegt war. Wo bei ihrer Ankunft noch Dutzende Bediensteter ihre Arbeit verrichtet hatten, Tröge voller Wasser schleppten oder sich um die Pferde kümmerten, war nun niemand mehr.

Clonie stieß einen Pfiff aus und Kore, ihre Stute, spitzte die Ohren. Sie stand immer noch dort, wo Clonie sie zurückgelassen hatte.

Auf den Pfiff hin setzte sich das Tier in Bewegung und trabte auf Clonie zu.

»Schnell«, trieb Clonie Elias zur Eile an.

»Bist du von Sinnen?«, entgegnete Elias. »Sie kann unmöglich uns beide tragen!«

»Wir haben aber keine Zeit, ein weiteres Pferd zu holen«, antwortete Clonie und das Poltern hinter ihnen gab ihr recht.

Elias fluchte und schwang sich auf den Rücken des Schimmels. Er reichte Clonie eine Hand und zog sie zu sich hinauf. Clonie schnalzte mit der Zunge und Kore verfiel augenblicklich in Galopp.

»Da sind sie!«, rief eine Stimme und der Mann, der soeben aus der Tür hinaustrat, deutete mit dem Finger auf die zwei Fliehenden.

Clonie saß rücklings auf dem Rücken ihres Pferdes und zog geschickt einen Pfeil aus ihrem Köcher, spannte ihn ein und schoss, ohne zu zögern, auf die Verfolger. Er verfehlte sein Ziel nur knapp.

»Lauf, Kore, lauf!«, feuerte Clonie ihr Pferd an und unter den Hufen der Schimmelstute wirbelte der Staub auf, als sie mit ihrer schweren Last den Burghof hinter sich ließ und auf den nahen Waldrand zugaloppierte.

3

Von den Amazonen aber wird sowohl jetzt
als vor alters stets dasselbe erzählt,
lauter Wundervolles und Unglaubliches.
Denn wer wird glauben, dass jemals ein Heer
oder ein Staat, oder ein Volk von Weibern
ohne Männer bestand?

Strabon (um 63 v. Chr.–23 n. Chr.)

Sie sind in Richtung Wald entkommen.« Der Mann schnappte nach Luft und hielt sich die schmerzende Schulter, in der noch immer Clonies Dolch steckte.

»Gut«, antwortete der Maskierte. »Das habt ihr gut gemacht.« Er klopfte seinem Gegenüber auf die unversehrte Schulter und nickte dem dritten, der sich die Schienbeine rieb und ebenfalls nach Luft rang, zu. »Der Rest wird sich voraussichtlich von selbst erledigen.« Er wandte sich erneut zu dem Verletzten um. »Und lass den Arm verbinden, bevor dich noch jemand so sieht und unangenehme Fragen stellt.« Damit ließ er die zwei Männer stehen und verschwand in der Burg.

Aus Kores Nüstern und Maul quoll Schaum hervor. Ihre Flanken glänzten schweißnass und dennoch galoppierte sie mit unverminderter Geschwindigkeit durch den Wald und setzte über umgestürzte Baumstämme hinweg.

»Wir müssen Rast machen«, sagte Clonie, nachdem

sie und Elias lange Zeit geschwiegen hatten. »Kore ist erschöpft. Sie braucht Ruhe.«

Elias nickte zustimmend. »Ich glaube, wir haben unsere Verfolger abgehängt«, sagte er leise.

Kore blieb Augenblicke später auf einer kleinen Lichtung stehen, als hätte sie ein geheimes Zeichen bekommen, das Elias entgangen war. Er hatte weder etwas gehört, das Clonie zu ihrer Stute sagte, noch irgendeine andere Form von Verständigung zwischen Clonie und ihrem Pferd bemerkt. Und doch schien die Stute auf rätselhafte Weise ein Signal von ihrer Reiterin erhalten zu haben, das ihr bedeutete anzuhalten.

Clonie sprang vom Rücken ihres Pferdes und auch Elias ließ sich erschöpft zu Boden gleiten. Er streckte sich auf dem kühlen Gras aus und schloss für einen Moment die Augen. Als er sie wieder öffnete, blickte er geradewegs in den blauen Himmel, an dem nur wenige Wolken zu sehen waren. Im Wald selbst war es unmöglich gewesen, die Tageszeit näher zu bestimmen. Zwischen den Bäumen mit ihren dichten Kronen herrschte den gesamten Tag über ein diffuses Dämmerlicht. Jetzt aber konnte Elias sehen, dass die Sonne bereits tief stand und der Abend sich ankündigte.

Kore hatte zu grasen begonnen, und als Elias sich auf einen Ellenbogen stützte, um zu sehen, was Clonie machte, sah er sie am Rande der Lichtung Beeren pflücken. Immer wieder steckte sie sich eine in den Mund, andere sammelte sie in ihrer linken Hand. Als sie Elias' Blick bemerkte, lächelte sie, erhob sich und kam auf ihn zu.

»Hier«, sagte sie und streckte ihm die Hand mit den Beeren entgegen.

Elias betrachtete die prallen leuchtend roten Früchte misstrauisch. »Bist du sicher, dass man die essen kann?«, fragte er.

Clonie lachte. »Hast du Angst, ich wollte dich vergiften?«

Zögernd griff Elias nach einer der Kugeln und steckte sie sich in den Mund. Der Saft spritzte, sobald er die zarte Hülle zerbiss. Zunächst war der Geschmack etwas bitter, doch dann wurde er erfrischend säuerlich.

Clonie ließ sich neben Elias ins Gras sinken und deutete mit dem Kopf auf die Früchte. »Nimm«, sagte sie, »wir müssen bei Kräften bleiben.«

Ohne Scheu griff Elias jetzt zu und nahm zwei der Kugeln auf einmal in den Mund. Nun erst merkte er, wie hungrig und durstig er war. Die Früchte ließen seine Lebensgeister zurückkehren.

»Kanntest du den Mann, der den Gürtel holen wollte?«, erkundigte sich Clonie, während Elias noch damit beschäftigt war zu kauen. Bis jetzt hatten sie kein Wort über den Vorfall miteinander gewechselt. Jeder hatte auf Kores Rücken seinen eigenen Gedanken nachgehangen und für sich allein versucht, das unfassbare Geschehen zu begreifen. Elias schüttelte den Kopf.

»Ich habe ihn nie zuvor gesehen und ich bezweifle sehr, dass meine Mutter einen neuen Diener ausschickt, um sich den Gürtel bringen zu lassen. Überhaupt frage ich mich, was sie damit wollte. Er liegt sonst immer in dem geheimen Wandschrank. Meine Mutter hat ihn seit Jahren nicht mehr hervorgeholt. Wozu auch?«

Clonie nickte. Sie glaubte immer noch nicht an die besonderen Fähigkeiten des Gürtels, aber auch ihr war klar, dass Königin Derimacheia in friedlichen Zeiten wie diesen keine Verwendung für ihn hatte. »Vielleicht wollte sie ihn König Damasos und meiner Mutter zeigen?«, überlegte sie laut.

Elias schnaubte. »Wozu?«, entgegnete er. »Jeder weiß von seiner Existenz.« Er bemerkte Clonies zweifelnden Gesichtsausdruck. Sie hatte immerhin nichts davon gewusst. »Jeder außer dir, meine ich«, fügte er grinsend hinzu und ließ sich zurück ins Gras fallen. Er verschränkte die Arme hinter seinem Kopf. »Auf jeden Fall hat er uns geholfen zu entkommen«, sagte er mit Blick in den Abendhimmel.

Clonie lachte. »Kannst du es immer noch nicht lassen?«, entgegnete sie. »Wieso meinst du, der Gürtel hätte uns geholfen? Kore war es, die uns in Sicherheit gebracht hat. Einzig und allein ihrem Geschick und ihrer Schnelligkeit haben wir es zu verdanken, dass wir noch leben. Ihrer Schnelligkeit und meiner Kunst im Bogenschießen!«

Elias seufzte. Wie konnte ein Mensch nur so stur sein? »Lass uns darüber nicht streiten«, lenkte er schließlich ein, den Blick immer noch in den Himmel gerichtet. »Wir sollten uns lieber überlegen, wie wir ins Schloss zurückgelangen können, um Mutter von dem Vorfall zu berichten, ohne diesen Männern noch einmal in die Quere zu kommen.«

Als Clonie schwieg, schaute er sie an. Sie sah unverwandt an den Rand der Lichtung und ihr Gesichtsausdruck verhieß nichts Gutes.

»Ich fürchte, wir haben zunächst noch andere Probleme zu meistern«, sagte sie tonlos, und ohne den Blick vom Waldrand, der sie umgab, zu lösen.

Elias richtete sich auf und schaute in die Richtung, in die Clonie blickte. Mehrere Augenpaare musterten ihn aus dem Dickicht. Elias konnte nicht erkennen, zu wem die Augen gehörten. Waren es Tieraugen? Oder Menschenaugen? Auf jeden Fall waren es viele.

Erschreckend viele.

Antheia trommelte ungeduldig mit ihren Fingern auf die hölzerne Tischplatte. Sie fühlte sich durch die zähen Verhandlungen erschöpft und sehnte sich danach, in ihr eigenes Heim zurückzukehren. Einer für alle Seiten befriedigenden Lösung waren sie nicht näher gekommen, musste sie sich eingestehen. Die Verhandlungen sollten zu einem anderen Zeitpunkt fortgesetzt werden, nachdem König Damasos Gelegenheit gehabt hatte, in seinem Reich ein fruchtbares Stück Boden zu finden, das er den Gelenern als gleichwertigen Ersatz anbieten konnte.

Antheia seufzte, als sie an König Damasos dachte. Sie hatte keine Gelegenheit gehabt, ihn unter vier Augen zu sprechen und sich nach Calistus' Wohlergehen zu erkundigen. *Aber er hätte es mir sicher zu verstehen gegeben, wenn etwas mit unserem Sohn nicht stimmen würde*, tröstete sie sich. Einen Augenblick lang hatte sie befürchtet, Clonie würde erraten, wen sie vor sich hatte, als sie König Damasos begrüßte. Die Ähnlichkeit zwischen Vater und Tochter war verblüffend, wenn beide einander gegenüberstanden. Sie hatten das gleiche herzförmige Gesicht mit kräftigen Wangenknochen, spitzem Kinn und der etwas zu groß geratenen Nase. Und das Grün ihrer Augen war ebenfalls identisch. Clonie hatte lediglich mehr goldene Sprenkel in der Iris als ihr Vater. Vielleicht lag es daran, dass Damasos' Haar mittlerweile vollständig ergraut war und nicht mehr nussbraun wie das lockige Haar seiner Tochter? Antheia schüttelte unwillkürlich den Kopf, als sie sich jetzt an Clonies vorlaute Bemerkung über das Haar des Königs erinnerte.

Interessanterweise hatte Calistus mehr Ähnlichkeit mit seiner Mutter. Sein Gesicht war voller, weicher als das seiner Zwillingsschwester und von glattem blondem Haar umrahmt, das seine blauen Augen betonte. Aber vielleicht hatte er sich in den vergangenen zwei Jahren, in denen Antheia ihn nicht mehr gesehen hatte, auch verändert?

»Sie sind nirgends zu finden!« Königin Derimacheia rauschte in das mittlerweile leere Verhandlungszimmer und riss die Königin des Frauenvolks damit aus ihren Gedanken. »Wir haben die gesamte Burg nach ihnen abgesucht.«

»Was heißt das, ›sie sind nirgends zu finden‹?« Antheia erhob sich und trat Derimacheia entgegen. Sie spürte Zorn auf ihre Tochter in sich aufwallen, durch die sich ihre Abreise verzögerte. Ständig musste Clonie ihren Kopf durchsetzen und dafür sorgen, dass sich alle mit ihr beschäftigten. Selbst wenn sie gar nicht da war, schaffte sie es immer noch, im Mittelpunkt zu stehen!

Derimacheia breitete in einer hilflosen Geste ihre Arme aus und die Ärmel ihres Gewandes hingen wie dreieckige Fahnen an ihr herab. Mit dieser Kleidung wäre sie im Kampf hoffnungslos verloren gewesen. Aber anders als Antheia, die wie ein Mann gekleidet war, ritt sie schließlich auch nicht selbst in die Schlacht, sondern überließ diese Aufgabe den Männern, über die sie herrschte.

Wieder öffnete sich die Tür und Pyrros trat ein. Der Mann mit der hellen Haut und dem weißblonden Haar hielt vier Pfeile in den Händen, von denen zwei zersplitterte Schäfte hatten. »Wir haben diese Pfeile im Festsaal gefunden«, berichtete er. »Sie steckten in den Wandfackeln. Vielleicht hat ein Kampf stattgefunden, den wir nicht bemerkt haben?«

»Ein Kampf sagt Ihr?« Antheia runzelte die Stirn. Sie erkannte augenblicklich, dass die Pfeile aus Clonies Köcher stammen mussten, behielt diese Information aber erst einmal für sich. Warum um alles in der Welt hatte Clonie mit Pfeilen auf die Wandfackeln gezielt? Sie konnten unmöglich aus Versehen dort stecken geblieben sein. Denn wenn Clonie ein Ziel visierte, dann traf sie es auch.

»Derimacheia!« Die Tür wurde aufgestoßen und Narkissos stürmte atemlos in den Raum. »Derimacheia, der Gürtel!« Entsetzen spiegelte sich im Gesicht des bärtigen Mannes.

»Was ist mit dem Gürtel, Narkissos?«

»Er ist verschwunden!«

»Von welchem Gürtel sprecht Ihr?«, erkundigte sich die Königin der Töchter des Ares, obwohl sie die Antwort bereits ahnte.

»Er meint den Zaubergürtel, den Eurystheus mir schenkte«, erklärte Derimacheia, die sofort wusste, wovon ihr Bruder sprach. »Ich verwahre ihn in einem geheimen Wandschrank.«

»Der Zaubergürtel ist verschwunden?«, hakte Pyrros nach.

Narkissos nickte stumm und senkte dann betroffen den Kopf.

»Und mit ihm Clonie und Elias«, stellte Antheia fest und ihre Stimme klang tonlos.

Clonie und Elias stolperten hinter den Männern her durch den Wald. Ihre Hände waren gefesselt. Clonie hatte sofort gewusst, dass jeder Versuch, sich zu widersetzen, zwecklos war. Mit auf sie gerichteten Pfeilen und Speeren war das halbe Dutzend Männer auf sie zugekommen und Clonie hatte nicht die geringste Chance gehabt, ihre eigenen Waffen zu zücken. Jetzt verfluchte sie sich für ihre Arglosigkeit. Von Kindesbeinen an wusste sie um die Gefahren, die im Wilden Wald lauerten. Wie hatte sie nur so dumm sein können, sich in Sicherheit zu wähnen? Nur weil sie der einen Bedrohung knapp entronnen waren, hieß das schließlich noch lange nicht, dass keine weiteren Gefahren auf sie lauerten!

Kore wurde von einem der Männer am Zügel geführt. Sie würde niemanden außer Clonie auf ihren Rücken lassen. Doch war das offenbar auch nicht die Absicht der Angreifer. Es waren Männer des Waldvolks, dessen war sich Clonie sicher. Sie waren allesamt klein, kleiner sogar noch als sie selbst, wirkten gedrungen und trugen dichte Bärte. Ihr Haar war lang und ihre Füße ohne jegliches schützende Schuhwerk.

»Wohin bringen sie uns?«, flüsterte Elias neben ihr und schimpfte, als er über eine Baumwurzel stolperte, die er in der hereinbrechenden Dunkelheit übersehen hatte. Dichte Nebelschwaden umhüllten ihre Beine bis zu den Knien und machten es nahezu unmöglich, den Untergrund zu erkennen.

»Sie haben hier irgendwo ihr Lager«, antwortete Clonie ebenso leise. »Dorthin werden sie uns führen.«

»Und was haben sie mit uns vor?«

Clonie zuckte nur die Schultern.

Durch die Baumwipfel schimmerte nun ein Licht und mit zusammengekniffenen Augen konnten sie schemenhaft die aus Holz und Fellen erbauten Behausungen der Waldleute ausmachen. Über einem Feuer in der Mitte des Lagerplatzes hing ein Wildschwein an einem Spieß, der langsam, aber unaufhörlich von einer Frau gedreht wurde, die ihre Tätigkeit nicht einmal beim Anblick der Ankömmlinge unterbrach. Abgesehen davon, dass sie keinen Bart hatte, sah sie genauso aus wie die Männer, die Clonie und Elias gefangen genommen hatten: Sie trug die gleiche, aus Tierhäuten angefertigte Kleidung, war barfuß und von gedrungener Gestalt.

Der Mann, der Kore geführt hatte, band die Zügel des Pferdes an einem Pflock, der aus der Erde ragte, fest. Dann bedeutete er den Gefangenen mit einer Kopfbewegung, sich auf eins der Felle zu setzen, die überall auf dem Boden verstreut lagen, und betrat eine der Hütten.

Clonie und Elias folgten der Aufforderung und setzten sich nah an die Feuerstelle. Nachdem die Sonne nun ganz verschwunden war, spürten sie die feuchte Kälte des Waldes umso deutlicher und waren dankbar für die Wärme des Feuers. Es war ein wenig beschwerlich, sich mit aneinandergebundenen Händen niederzulassen und sie landeten beide unsanft auf ihren Hintern.

Elias blickte sehnsüchtig auf den Spießbraten, der sich dicht vor seinen Augen drehte. Die Haut sah bereits recht knusprig aus und Elias' Magen begann zu knurren.

Clonie bemerkte den Mann, der aus der Hütte heraustrat, in die der andere verschwunden war, als Erste. Er näherte sich ihnen und setzte sich, ohne zu zögern, neben sie auf das Fell. Ganz so, als wären sie alte Bekannte. Er sah genauso aus wie die anderen Männer, denen sie auf der Lichtung begegnet waren. Doch trug er sein Haar, das bereits von einigen grauen Strähnen durchzogen war, ebenso wie seinen Bart zu langen Zöpfen geflochten.

Clonie wusste, wen sie vor sich hatte, bevor der Mann zu sprechen begann.

»Du gehörst zum Volk der Frauen«, wandte er sich ohne Umschweife an Clonie, während er ihre und Elias' Fesseln löste. »Das erkenne ich an deiner Kleidung und an deinem edlen Pferd. Aber wer ist dein Begleiter?«

Elias öffnete den Mund, um zu antworten, doch Clonie kam ihm zuvor. »Mein Name ist Clonie«, erwiderte sie. »Ich bin die Tochter von Königin Antheia, die über die Töchter des Ares herrscht.« Ihre Stimme klang stolz. »Mein Begleiter ist Elias, Sohn der Königin Derimacheia, die über das Land Gelen herrscht, in dem sich auch der Wilde Wald befindet, in dem Ihr mit Euren Männern lebt, Häuptling Aigidios.«

Der fremde Mann lächelte nachsichtig. Er schien durch Clonies versteckte Zurechtweisung nicht erzürnt. »So haben wir also hohen Besuch«, sagte er immer noch lächelnd und neigte wie in einer angedeuteten Verbeugung den Kopf. »Seid mir willkommen, Königskinder. Und da du meinen Namen kennst und weißt, wer ich bin«, fuhr er fort, »weißt du sicher auch, dass sich das Waldvolk keiner Königin und keinem König unterwirft.

Wir leben friedlich seit Jahrhunderten in diesem Wald, den wir den unseren nennen. Königin Derimacheia akzeptiert das und unsere Lebensgewohnheiten. Es gab in all den Jahren, in denen sie umsichtig und gerecht über das Land geherrscht hat, nie einen Grund zum Streit.«

Elias blickte mit vor Verwunderung aufgerissenen Augen zwischen Clonie und dem Anführer der Waldmenschen hin und her. Er hatte noch nie davon gehört, dass im Wilden Wald ein Volk lebte, das seine Mutter nicht als ihre Königin akzeptierte. Und er fragte sich, woher Clonie dies wissen konnte, wenn noch nicht einmal er davon Kenntnis hatte.

»Ich hoffe, ihr nehmt es nicht übel, dass meine Männer euch gefangen nahmen, als sie euch auf der Lichtung entdeckten«, fuhr Aigidios fort. »Sie handelten in meinem Auftrag. Es ist nicht nur zu unserem Schutz, sondern auch zu eurem eigenen. Im Wilden Wald lauern viele Gefahren, Tochter des Ares.«

»Ich weiß«, antwortete Clonie. »Und ich hätte besser aufpassen müssen. Dann wäre es Euren Männern nicht so schnell gelungen, uns zu überwältigen.«

Wieder breitete sich ein Lächeln um Aigidios' Mundwinkel aus. Er schien an Clonies selbstbewusster Art viel Gefallen zu finden.

»Aber nicht nur im Wilden Wald lauern Gefahren«, fuhr Clonie fort und rieb sich, während sie sprach, die Handgelenke, die durch die Fesseln gerötet waren und schmerzten.

Aigidios zog die Augenbrauen hoch.

»Wir sind überfallen worden«, berichtete Clonie weiter, »und mussten fliehen. Nur deswegen sind wir in den

Wilden Wald gekommen, den wir sonst, das könnt Ihr mir glauben, gerne gemieden hätten.«

»Man hat dich und deinen Freund überfallen?« Aigidios wurde hellhörig. »Aber doch hoffentlich nicht in meinem Wald?«

Jetzt war es Clonie, die lächelte. »Nein, nicht in Eurem Wald«, bestätigte sie. »Hier sind wir nur zum zweiten Mal überfallen worden, aber das ist nicht das, was Ihr meint, nicht wahr?«

Aigidios schüttelte stumm den Kopf.

»Man hat uns in Königin Derimacheias Burg angegriffen und versucht, den Gürtel zu entwenden, den Elias trägt.« Clonie wies mit einer Kopfbewegung auf Elias, der während Clonies Bericht vergeblich versucht hatte, sie durch Gesten auf sich aufmerksam zu machen und sie daran zu hindern, freimütig alles preiszugeben. Wer konnte schon wissen, auf welche Gedanken dieser Waldmensch kam, wenn er von dem Gürtel erfuhr? Jetzt seufzte er schicksalsergeben. Es war zu spät, um Clonie Einhalt zu gebieten.

Aigidios musterte den auffällig gestalteten Gürtel um Elias' Hüften. »Ist das etwa der sagenumwobene Zaubergürtel?«, fragte er mit leuchtenden Augen.

Elias fühlte sich unter den Blicken des Mannes zusammenschrumpfen.

»Ihr wisst also auch davon«, stellte Clonie fest. »Ja, das ist er und er sollte uns gestohlen werden.« Sie lachte kurz auf. »Als ob man nicht leichter an Gold und Edelsteine herankäme.«

»Ich hatte ihn mir anders vorgestellt«, sagte Aigidios wie zu sich selbst. Dann legte er die Fingerspitzen aneinander und wandte den Blick ab. »So ist es also wahr, was man sich erzählt«, stellte er fest.

»O nein«, widersprach Clonie. »Nichts davon ist wahr. Kein Wort! Der Gürtel mag kostbar erscheinen, aber Zauberkräfte hat er keine, dessen könnt Ihr sicher sein.«

Aigidios schüttelte den Kopf. »Ich meine nicht den Gürtel, mein Kind«, sagte er. »Obwohl ich nicht so einfach an seinen besonderen Fähigkeiten zweifeln möchte, wie du es zu tun scheinst.« Er seufzte schwer. »Ich meine die Gerüchte, die uns seit geraumer Zeit immer wieder zu Ohren kommen. Die Gerüchte um eine Verschwörung gegen Königin Derimacheia.«

»Was meint Ihr damit?« Elias kam zum ersten Mal während des Gespräches zu Wort. »Was für eine Verschwörung?«

»Wir Waldbewohner wissen schon seit Langem, dass Königin Derimacheia aus den eigenen Reihen gestürzt werden soll. Es gibt eine Verschwörung gegen sie. Doch bis jetzt wussten wir nicht, wie die Verräter vorzugehen gedenken. Aber nun ist es mir klar geworden.« Aigidios schwieg einen Moment und schüttelte den Kopf, als ärgerte er sich über seine eigene Dummheit. »Jeder im Land der Königin weiß von der Macht des Gürtels. Es ist naheliegend, den Gürtel zu rauben, um mit einem anschließenden Putsch Erfolg zu haben.«

»Aber das ist doch lächerlich«, unterbrach Clonie den Anführer des Waldvolks. »Als ob ein Gürtel die Macht haben könnte, über Sieg und Niederlage zu entscheiden!«

»Auch wenn du nicht daran glaubst, Tochter des Ares, so gibt es doch genügend Menschen, die das tun. Ihnen würde der Gürtel als Symbol der Macht die Stärke und den Mut verleihen, die sie brauchen, um in einen Krieg zu ziehen.«

Elias war blass geworden, während Aigidios sprach. Bis jetzt war er davon ausgegangen, dass der Dieb sich selbst bereichern wollte, als er versuchte, den Gürtel zu stehlen. Die Möglichkeit, dass das Leben seiner Mutter auf dem Spiel stand, gab den Ereignissen eine ganz neue Bedeutung.

»Niemand weiß, wer alles auf der Seite der Verräter steht«, fuhr Aigidios fort. »Ich fürchte, es wird schwierig für euch werden, unbehelligt zum Schloss zurückzukehren, da ihr nicht wisst, wer Freund und wer Feind ist. Und in den Händen der Feinde wäre euer Leben ein wertvolles Unterpfand im Kampf gegen die Königin.«

»Aber was sollen wir denn dann tun?«, fragte Elias aufgebracht. »Wie können wir meine Mutter warnen und den Putsch vereiteln?«

»Eure einzige Möglichkeit besteht darin, herauszufinden, wer die Verräter sind, damit ihr ihnen bei eurer Rückkehr gezielt aus dem Weg gehen könnt«, sagte Aigidios. »Aber die Feinde Derimacheias haben einflussreiche Freunde unter vielen anderen Völkern. Selbst unter meinen Leuten kann ich nicht mehr für jeden die Hand ins Feuer legen.«

Clonie blickte sich um und zum ersten Mal bemerkte sie, wie viele Männer und Frauen um sie herum heimlich oder unverhohlen zu ihnen herübersahen. Bis jetzt hatte sie sich unter Aigidios' Schutz sicher gefühlt. Sie wusste, dass sich das Waldvolk seit Jahrhunderten aus jeglichen Streitigkeiten herausgehalten hatte. Und solange man sie nicht angriff, waren sie ein friedvolles Volk.

Sie wollten nicht mehr, als unbehelligt in ihrem Wald leben. Einem Wald, der aufgrund seiner Gefahren, die an allen Ecken und Enden lauerten, für niemand anderen als sie attraktiv war, und den ihnen deswegen auch niemand streitig machte.

Doch plötzlich fühlte sich Clonie auch hier nicht mehr sicher. Gab es tatsächlich auch unter diesen Männern und Frauen welche, die nicht davor zurückschreckten, sie anzugreifen? Die mit den gemeinen Dieben, die sie in Derimacheias Burg überfallen hatten, unter einer Decke steckten?

»Ihr habt gesagt«, meldete sich Elias erneut zu Wort, »wir sollen herausfinden, wer die Verräter sind. Aber wie sollen wir das schaffen, wenn wir noch nicht einmal gefahrlos zurückkehren können?«

Jetzt wandte sich Aigidios zum ersten Mal direkt an Elias. Er blickte ihm tief in die Augen. »Du willst einen Rat von mir?«, fragte er und als Elias stumm nickte, fuhr er fort: »Sucht das Orakel. Sie vermag in die Zukunft zu blicken. Vielleicht weiß sie etwas, das euch helfen kann.«

Clonie schnaubte. Sie hatte schon von den besonderen Fähigkeiten der Weisen Frau gehört. Doch glaubte sie daran ebenso wenig wie an die Macht des Gürtels.

Elias hingegen griff nach jeder Gelegenheit, die sich ihm bot, um seiner Mutter zu helfen. »Und wo finden wir das Orakel?«, wollte er von Aigidios wissen.

»Ihr Name ist Medeia. Sie gehört zum Volk der Bergseebewohner und lebt am großen See in den Bebenden Bergen. Wenn ihr bei Sonnenaufgang losreitet, könnt ihr die Strecke vielleicht in zwei Tagesritten bewältigen. Ich gebe euch eins unserer Ponys mit. Aber seid achtsam: Ihr müsst den Fallenden Fluss durchqueren und das Land der Hundsköpfigen. Und dort sind Fremde nicht gern gesehen.«

Elias machte Anstalten aufzustehen, als könne er es gar nicht mehr erwarten loszureiten. Doch Clonie zog ihn am Ärmel, sodass er sich wieder hinsetzte.

»Das Orakel«, schnaubte Clonie, als wolle sie die Worte ausspucken. »Wie soll sie uns helfen können? Sie ist weit entfernt und kann gar nicht wissen, was hier im Königreich Gelen geschieht!«

»Also willst du einfach so aufgeben?«, fragte Elias und seine Stimme überschlug sich beinahe.

»Aufgeben?« Clonie lachte. »Eine Tochter des Ares gibt niemals auf. Sie kämpft, bis sie tot umfällt. Merk dir das. Aber im Gegensatz zu dir hinterfrage ich die Dinge und glaube nicht blind alles, was man mir erzählt.«

Aigidios lächelte schon wieder. »Es ist eine gute Eigenschaft, die Dinge zu hinterfragen, Tochter des Ares. Doch glaube mir, es gibt mehr zwischen Himmel und Erde, als wir ahnen. Medeia ist sehr mächtig. Sie hat in jedem Volk Verbündete, die ihr Botschaften zutragen. Wenn jemand mehr weiß als wir, dann ist sie es.«

Clonie schwieg.

Elias schaute Clonie flehend an. »Bitte«, sagte er nach einer Weile. »Es ist der einzige Weg, der sich uns bietet.«

Clonie wich Elias' beschwörenden Blicken aus. Dabei war es nicht die Aussicht auf eine weite und gefährliche Reise, die sie abschreckte, sondern einzig und allein ihre Zweifel an der Richtigkeit des Ziels.

»Bitte«, sagte Elias wieder und dieses Mal sah Clonie ihm geradewegs in die Augen. »Was willst du denn stattdessen tun?«, fragte der Junge. »Hierbleiben und dich verstecken?«

Langsam schüttelte Clonie den Kopf. »Nein«, antwortete sie. »Eine Tochter des Ares versteckt sich niemals vor ihren Feinden.« Sie seufzte. »Also gut«, sagte sie schließlich. »Wenn wir etwas unternehmen wollen, so müssen wir uns auf die Suche nach Verbündeten begeben. Wo auch immer wir sie finden werden.«

Aigidios schien zufrieden. Er schloss für einen Moment die Augen, als dächte er über etwas nach, dann stand er auf. »Nun legt euch hin und ruht euch aus«, sagte er. »Im Morgengrauen sollt ihr aufbrechen.«

»Ah, da bist du ja, Theodoros«, sagte Aigidios, als der Mann, nach dem er geschickt hatte, das Fell vor seiner Hütte zur Seite zog und eintrat.

»Du hast nach mir gerufen?«

Aigidios nickte. »Ich habe einen Auftrag für dich. Einen wichtigen Auftrag.« Er trat vor seinen Besucher und hielt zwei Schriftstücke in die Höhe. »Ich möchte dich bitten, diese zwei Nachrichten, die ich geschrieben habe, zu überbringen.«

Theodoros blickte seinen Anführer erwartungsvoll an. »Geht es um die Kinder?«

Aigidios nickte. »Ja«, antwortete er knapp und wedelte mit einem Stück Pergament vor den Augen des anderen.

»Dies hier bringst du nach Ixavien«, erklärte er. »Dort gibt es die besten und schnellsten Boten. Sage ihnen, sie sollen unverzüglich einen ihrer zuverlässigsten Männer mit der Nachricht zu Medeia schicken«, fuhr er fort.

Der andere Mann nickte und steckte sich das Schriftstück unter sein Wams.

»Und diese Nachricht hier«, Aigidios hielt ein zweites Pergament hoch, »bringst du nach Gelen. Du darfst die Nachricht niemand anderem als Königin Derimacheia persönlich aushändigen. Hast du das verstanden?«

Wieder nickte der andere, während er die zweite Nachricht zur ersten steckte.

»Es ist von ungeheurer Wichtigkeit, dass die beiden Nachrichten ihre Empfänger erreichen«, fuhr Aigidios fort. Das Kerzenlicht flackerte über sein Gesicht und ließ seine Falten noch tiefer erscheinen.

»Was steht denn darin?«

Aigidios schüttelte den Kopf. »Es ist zu deinem eigenen Schutz besser, wenn du das nicht erfährst«, sagte er. »Und gib acht, dass du unterwegs niemandem begegnest«, setzte er dann hinterher. »Versteck dich im Unterholz, falls jemand deinen Weg kreuzt. Niemand darf von diesen Nachrichten Kenntnis erhalten.«

»Ich habe verstanden«, sagte der andere Mann.

»Gut«, erwiderte Aigidios, »dann beeile dich. Die Zeit drängt.«

Theodoros wollte sich soeben verabschieden, als lautes Geschrei die beiden Männer aufhorchen ließ.

»Was ist dort draußen los?«

Aigidios streckte den Kopf durch den Hütteneingang, zog ihn aber eilig wieder zurück. »Das ging schneller, als ich dachte«, murmelte er. »Wir werden überfallen.«

»Überfallen?« Theodoros glaubte seinen Ohren nicht trauen zu können. »Wer wagt es, uns zu überfallen?«

Aigidios blickte sich suchend um. Dann griff er kurzerhand nach seinem Dolch und zerschnitt mit einer einzigen kraftvollen Bewegung die hintere Wand seiner Behausung. »Schnell«, sagte er zu Theodoros und schob den Mann durch die neu entstandene Öffnung. »Fliehe und lass dich nicht von ihnen aufhalten!«

Regungslos blieb der Häuptling in der Mitte des Raumes stehen und lauschte den sich entfernenden Schritten Theodoros'. Dann wandte er sich mit seinem Schwert in der Hand um und stellte sich dem Mann mit der Maske zum Kampf, der sich hinterrücks an ihn herangeschlichen hatte.

Clonie versuchte, durch die dichten Kronen der Bäume hindurch den Sternenhimmel zu sehen. Sie fand einfach keinen Schlaf. Wieder und wieder rief sie sich die Geschehnisse des Tages in Erinnerung. Was hatte es bloß mit diesem Gürtel auf sich, das ihn so begehrenswert erscheinen ließ? Elias glaubte tatsächlich an seine Zauberkräfte und auch Aigidios hatte sie zurechtgewiesen, als sie ihre Zweifel kundtat. Möglicherweise hatte der Anführer des Waldvolks recht: Vielleicht war es gar nicht so wichtig, ob der Gürtel tatsächlich Zauberkräfte besaß. Solange nur jemand daran glaubte und sich seinetwegen auf Kämpfe einließ, in der Gewissheit, als Sieger aus der Schlacht hervorzugehen.

Elias lag neben ihr und atmete tief und regelmäßig. Offenbar wurde er nicht wie sie von ruhelosen Gedanken gequält.

Plötzlich sah Clonie ihren Bruder Calistus vor sich. Er war größer und schlanker, als sie ihn in Erinnerung hatte.

Die kindlichen Züge waren fast gänzlich verschwunden. Er sah aus wie ein junger Mann.

Ihr Zwilling sah sie an und seine Augen schienen sie um Hilfe zu bitten. Mit einem Mal wurde es laut und Calistus blickte sich erschrocken um, doch um ihn herum herrschte Dunkelheit, die nur hier und da vom flackernden Schein einer Fackel durchbrochen wurde. Aufgeregte Stimmen drangen jetzt auch an Clonies Ohr und sie richtete sich auf.

Das Bild von Calistus verschwand.

Die Stimmen blieben.

Clonie brauchte eine Weile, um sich zurechtzufinden und zu erkennen, dass sie wohl doch geschlafen hatte. Der Traum von Calistus hatte sie in Unruhe versetzt. Jetzt richtete sich auch Elias neben ihr auf und blinzelte.

Die Stimmen wurden immer lauter, doch in der Dunkelheit konnten sie nichts erkennen. Clonie vernahm aufgeregte Schreie und auf einmal stand einer der Waldbewohner vor ihnen.

»Schnell!«, rief er. »Ihr müsst verschwinden!«

»Aber ...«

»Wir haben keine Zeit für Erklärungen. Sie haben euch gefunden. Beeilt euch ...«

»Aber woher wussten sie, dass wir hier sind?«, fragte Clonie, während sie aufstand.

»Das werden wir herausfinden«, sagte der Mann, »bei Zeus, das werden wir herausfinden, aber nun lauft!« Er rannte vor ihnen her und führte sie zu Kore und zu einem kräftig aussehenden Pony, die ein wenig abseits vom Lagerplatz auf sie warteten.

Clonie schwang sich ohne Zögern auf Kores Rücken

und Elias kletterte auf den Rücken des Ponys. Seine langen Beine baumelten links und rechts herab und er gab auf dem viel zu kleinen Reittier eine äußerst merkwürdige Figur ab. Doch Clonie war im Augenblick nicht nach Lachen zumute.

»Hier«, sagte der Mann und reichte Clonie ein langes, starkes Stück Tau, das sie sich über die Schulter hängte, und einen mit Wasser gefüllten Lederbeutel. »Vielleicht werdet ihr es brauchen.«

»Danke«, antwortete Clonie und wollte Kore bereits antreiben, doch der Waldmensch hielt die Stute fest.

»Ihr müsst in Richtung Westen reiten, bis ihr an einen kleinen Bachlauf kommt«, sagte er. »Diesem folgt ihr, bis der Wilde Wald sich lichtet. Aber achtet auf den Untergrund. Außerhalb des Waldes mündet der Bach in den Fallenden Fluss. Ihr reitet etwa einen halben Tagesmarsch am Flussufer entlang nach Norden. Dort findet ihr eine Stelle, an der ihr das Gewässer überqueren könnt. Versucht es nicht an einer anderen Stelle, sonst nimmt der Fluss euch mit sich.«

Clonie nickte.

»Auf der gegenüberliegenden Seite beginnt das Land der Hundsköpfigen. Ihr müsst es durchqueren. Auch wenn es gefährlich ist, da die Hundsköpfigen Fremde nicht gerne sehen. Haltet euch immer in westliche Richtung. Und versucht nicht, durch die Weite Wüste zu reiten, die das Land der Hundsköpfigen umgibt. Von dort ist noch niemand lebend zurückgekehrt. Sobald ihr die Bebenden Berge erreicht habt, müsst ihr den richtigen Pfad finden, der in die Berge hineinführt. Wenn ihr euch an die Wegbeschreibung haltet, stoßt ihr genau auf ihn.

Der Pfad ist steil und beschwerlich, aber er ist der einzige, der zum Bergsee und seinen Bewohnern führt. Und nun viel Glück!« Jetzt schlug er auf Kores Kuppe und der Schimmel setzte sich in Bewegung, bevor Clonie Gelegenheit gehabt hatte, sich bei ihm oder Aigidios zu verabschieden und für die Hilfe zu danken, die ihnen zuteil geworden war.

Elias' Pony folgte der Stute und sie bahnten sich einen Weg durch den finsteren Wald, während hinter ihnen die Schreie der Menschen und die Kampfgeräusche immer lauter wurden.

Sie drehten sich nicht mehr um und so sahen sie auch nicht, dass der Mann, der ihnen geholfen hatte zu entkommen, in diesem Augenblick von einem der Angreifer durch einen einzigen Schwerthieb niedergestreckt wurde. Er war bereits tot, bevor sein Körper auf dem Boden aufschlug.

4

Man sagt, dass das sehr kriegerische Frauen sind
und dass sie auf dem Rücken von Tieren kämpfen,
die lebhaft, flink und stark wie Stiere sind …

Francisco Álvares
(portugiesischer Ordensmann, um 1465–1540)

Antheia und Derimacheia saßen am langen Verhandlungstisch und verbargen ihre Gesichter hinter den Händen, während Narkissos und seine Männer ruhelos auf und ab schritten.

»Ich kann mir einfach nicht vorstellen, was geschehen sein soll«, sagte Derimacheia und faltete ihre Hände im Schoß. Sie zitterten ein wenig.

»Bestimmt ist es kein Zufall, dass der Gürtel ebenfalls verschwunden ist.« Antheia wandte sich der Frau an ihrer Seite zu. »Wusste Elias von dem Gürtel?«

Derimacheia nickte stumm.

»Kann es sein, dass er ihn an sich genommen hat?«

Bevor Derimacheia etwas erwidern konnte, ergriff Narkissos das Wort: »Was wollt Ihr damit andeuten?«, fragte er und sein Gesicht rötete sich. »Dass der Königssohn seine eigene Mutter bestiehlt?«

»Narkissos«, wies Derimacheia ihren Stiefbruder in scharfem Ton zurecht.

Antheias Stimme klang beherrscht, als sie antwortete: »Ich versuche lediglich, eine Erklärung für all das zu finden.« Sie wies mit einer ausladenden Handbewegung auf die zum Teil zerborstenen Pfeile und die Schwerter, die vor ihr auf dem Tisch lagen.

»Vielleicht sollten wir uns lieber Gedanken über die Obliegenheit Eurer Tochter in dieser Angelegenheit machen?«, fuhr Narkissos fort.

Antheia lachte. »Was soll sie getan haben? Elias entführt?«

Derimacheia blickte jetzt stumm zwischen ihrem Bruder und der Königin des Frauenvolkes hin und her.

»Nun …« Narkissos rieb sich das Kinn, als müsste er über diese Möglichkeit nachdenken. »Womöglich ging es ihr weniger um Elias …«

»Was wollt Ihr damit andeuten?« Antheia erhob sich und stemmte die Hände in die Hüften.

»Ihr wisst von der besonderen Macht des Gürtels …«

»Ich weiß, was einige glauben, ja!«

»Einem kriegerischen Volk wie dem Euren könnte der Gürtel große Dienste erweisen.«

»Ein Volk wie das unsere«, entgegnete Antheia und ihre Stimme klang mit einem Mal kalt, »hat einen solchen Gürtel nicht nötig.« Und mit diesen Worten wandte sie sich um und schritt hoch erhobenen Hauptes auf die Tür zu.

»Antheia!«, rief Derimacheia ihr hinterher und stand ebenfalls auf. »Wartet!« Doch bevor die Königin der anderen Herrscherin nacheilen konnte, trat Narkissos auf seine Schwester zu und hielt sie am Arm zurück.

»Lasst sie gehen«, riet er. »Wir sollten zunächst unter uns beraten, was das Beste ist.«

Derimacheia blickte zwischen Narkissos und der Tür,

die sich bereits wieder hinter Antheia geschlossen hatte, hin und her. Dann seufzte sie und ließ sich niedergeschlagen zurück auf einen der Stühle sinken.

Clonie überließ es Kore, den besten Weg zu finden. Der Halsring, mit dem Clonie ihre Stute sonst führte, baumelte schlaff an der Seite des Pferdes herab. Auch Elias' Pony hatte sich Kores Führung anvertraut und folgte ihr.

Obwohl der Morgen bereits dämmerte, war es in dem dichten Wald dunkel und kühl. Die ersten zarten Sonnenstrahlen fanden noch keinen Weg durch die Baumkronen.

Die Stille wurde hin und wieder vom Rufen eines Vogels oder vom Rascheln der Blätter im Wind durchbrochen. Clonie und Elias hingegen schwiegen und lauschten den Geräuschen des Waldes.

Als Erste spitzte Kore die Ohren. Das Rauschen von Wasser ließ sie ihre Schritte beschleunigen. Dann vernahm auch Clonie das leise Plätschern von Wasser über Stein. Zum ersten Mal, seit sie das Lager der Waldbewohner verlassen hatten, wandte sie sich zu Elias um und gestattete sich ein zaghaftes Lächeln.

»Ich höre den Bach, von dem Aigidios' Gefolgsmann gesprochen hat«, sagte sie.

Elias lauschte und auch auf seinem Gesicht breitete sich ein zufriedenes Grinsen aus. »Dann haben wir es bald geschafft!«

Clonie runzelte die Stirn. Sie waren sicher weit davon entfernt, es bald geschafft zu haben. Seit sie losgeritten waren, dachte sie mit wachsendem Unbehagen über die bevorstehende Reise nach und welche Gefahren überall auf sie lauerten. Doch wollte sie Elias' Optimismus nicht zerstören. Er würde noch früh genug merken, worauf sie sich eingelassen hatten.

Das Wasserrauschen wurde lauter und lauter und Kore beschleunigte noch einmal ihre Schritte. Nicht nur die Stute hatte eine Erfrischung nötig. Auch Clonies Mund fühlte sich ausgetrocknet an und ihre Zunge klebte am Gaumen. Bei dem Gedanken, dass es nun nicht mehr lange dauern würde, bis ihre Lippen mit Wasser in Berührung kamen, spürte sie Ungeduld in sich aufsteigen.

Sobald Clonie das Glitzern des Wassers durch die Baumreihen hindurch sehen konnte, sprang sie vom Rücken ihres trabenden Pferdes und lief neben Kore auf den Bachlauf zu.

Hier war der Wald lichter. Die ersten Sonnenstrahlen erwärmten den noch nachtkalten Waldboden und entlockten ihm seine Feuchtigkeit. Nebelschwaden hingen über der Erde.

Lachend sprang Clonie in den Bachlauf und genoss das Gefühl des hochspritzenden Wassers. Sie tauchte ihre Arme bis zu den Ellbogen ein und ließ es sich über das Gesicht laufen, bevor sie die Hände zu einer Schale zusammenführte und in tiefen Zügen die dringend benötigte Erfrischung genoss.

Auch Kore trank bereits gierig. Sie hatte den Kopf gebeugt und ihre Läufe teilten das Wasser, versanken bis weit über die Hufe in der leichten Strömung.

Endlich erreichte auch Elias auf seinem Pony den Bach. Doch im Gegensatz zu Clonie versäumte er den zeitigen Abstieg und musste sich machtlos von dem Tier ins Wasser tragen lassen, das in Anbetracht der Erfrischung nicht mehr bereit war anzuhalten, um seinen Reiter zuvor absteigen zu lassen.

Obwohl unter Elias' Füßen nicht mehr als eine Armlänge Abstand zum Boden bestand, fand er, als er sich vom Rücken des bereits genüsslich trinkenden Ponys herab ins Wasser gleiten lassen wollte, auf den rutschigen Steinen im Bachbett keinen Halt. Ungewollt landete er mit ausgestreckten Beinen mitten in der Strömung.

Ihr Lachen riss Clonie ebenfalls von den Füßen und sie fand sich unerwartet neben Elias in der Mitte des Baches sitzend wieder.

Kore schien angesichts dieser Albernheiten mit dem Kopf zu schütteln. Sie wandte den beiden Menschen ihr Hinterteil zu und begann damit, das Gras am Uferrand abzurupfen.

Das Lachen hatte etwas Befreiendes und ein Teil der Anspannung, die Clonie und Elias seit ihrer Flucht aus der Burg und dem zweiten Angriff bei den Waldmenschen empfunden hatten, wurde mit dem klaren Bachwasser weggespült.

»Hoffentlich hat der Überfall auf Aigidios und seine Männer nicht zu viele Opfer gefordert.« Elias wurde bei diesem Gedanken schlagartig ernst.

Auch Clonie hörte augenblicklich auf zu lachen, als Elias jetzt zum ersten Mal aussprach, was sie ebenfalls die ganze Zeit über quälte. »Jedes Opfer wäre eins zu viel«, antwortete sie.

»Und die Schuld daran liegt bei uns«, fuhr Elias fort. »Wenn wir nicht dort gewesen wären, hätte der Überfall gar nicht stattgefunden.« Plötzlich spürte er die Kälte des Wassers, das seine Kleidung durchnässt hatte, und er erhob sich fröstelnd aus der Mitte des Bachbetts.

»Das ist richtig«, stimmte Clonie ihm zu. »Dieser Angriff galt vermutlich uns.«

»Ich wüsste zu gerne, was in der Zwischenzeit in der Burg geschehen ist«, dachte Elias laut nach. »Mutter muss mittlerweile ja gemerkt haben, dass wir verschwunden sind.«

Auch dies war ein Gedanke, der Clonie nicht neu war, und sie nickte zustimmend, während sie ebenfalls aufstand und an sich heruntersah. Das Wasser floss aus ihrer Kleidung.

»Dies hier ist ein guter Platz«, sagte sie schließlich. »Wir sollten uns und den Pferden etwas Ruhe gönnen, bevor wir weiterreiten.«

Kore und das Pony schienen bereits auf den gleichen Einfall gekommen zu sein. Sie wälzten sich auf der kleinen Wiese am Rand des Baches und schnaubten dabei zufrieden.

Elias streckte sich auf dem Gras aus und schloss die Augen. Hier hatten die Sonnenstrahlen, die einen heißen Tag ankündigten, eine Chance, an den vereinzelt stehenden Bäumen vorbeizukommen, und der Königssohn genoss die wohltuende Wärme, die seine Kleider trocknete.

Clonie legte sich neben Elias und es dauerte nur wenige Minuten, bis beide in einen tiefen Schlaf versanken.

Als Elias erwachte, spürte er einen brennenden Schmerz in seinem Magen. Offensichtlich hatte der Hunger ihn aus dem Schlaf gerissen und er erinnerte sich an seinen

Traum, in dem er herzhaft in einen saftigen Hühnerschenkel gebissen hatte, bis ihm das Fett am Kinn entlanggelaufen war.

Ein Blick auf Clonie verriet ihm, dass seine Begleiterin noch tief und fest schlief. Elias richtete sich auf und sah sich um. Kore und das Pony standen neben ihnen auf der Wiese und grasten. Elias spürte ein wenig Neid in sich aufsteigen. Die Pferde hatten es gut – sie konnten sich hier in aller Ruhe satt fressen. Wenn er wenigstens ein paar der essbaren Beeren finden könnte, die Clonie gepflückt hatte, bevor die Waldbewohner gekommen waren!

Elias stand auf und sah sich um. Nirgends leuchtete etwas Rotes. Mit leisen Schritten entfernte er sich von ihrem Schlafplatz, den Blick immer auf den Boden gerichtet.

Kore sah dem Jüngling, der sich Meter für Meter von der Wiese entfernte und mit gesenktem Kopf durch die ersten enger stehenden Baumreihen schritt, eine Weile hinterher. Es knackte, als einer der Äste unter Elias' Füßen brach.

Der Königssohn konnte sein Glück kaum fassen, als er schließlich tatsächlich vor einigen staudenförmigen Pflanzen stand, an denen die prallen roten Früchte in dichten Trauben hingen. Zwar hatte er die Pflanze, von der Clonie die Beeren gepflückt hatte, nur aus der Entfernung gesehen, aber er war sich sicher, dass die Früchte genauso ausgesehen hatten: rund, prall, rot und saftig.

Elias pflückte eine Beere, drehte und wendete sie in seiner Hand, schnupperte daran. Sie hatte die gleiche Größe, das gleiche Rot und roch angenehm säuerlich.

Augenblicklich erinnerte er sich an den angenehm erfrischenden säuerlich-bitteren Geschmack und der Speichel lief ihm im Mund zusammen. Er schob sich die Beere in den Mund und biss vorsichtig darauf. Die zarte Haut zerplatzte und gab ihren durstlöschenden Saft preis. Das Fruchtfleisch war sogar noch ein bisschen süßlicher, als Elias es in Erinnerung hatte. Vielleicht kam es ihm aber auch nur so vor, nachdem er sich schon ein wenig mehr an die karge Kost gewöhnt hatte, die ihm der Wald und die Wildnis boten. Das Geschmackserlebnis hatte nichts mit dem zu tun, wovon Elias geträumt hatte, aber es war immerhin besser, als weiter zu hungern.

Jetzt zupfte er die Früchte mit beiden Händen von ihren Stängeln und stopfte sich mehrere Beeren auf einmal in den Mund. Sein Magen knurrte, als er nun endlich etwas zu tun bekam.

Elias hatte bereits etliche Beeren gegessen, als er sich plötzlich zusammenkrümmte. Sein Magen schien zu rebellieren. Er riss die Augen auf, als die Krämpfe stärker wurden. Mit einem Mal wurde ihm schwindelig. Langsam ließ er sich auf den Boden sinken und hielt die Hände an seinen Bauch. Er stöhnte vor Schmerzen und hatte das Gefühl, keine Luft mehr zu bekommen. Dann wurde er von einer erlösenden Schläfrigkeit übermannt. Sein Oberkörper sank zur Seite und er fiel in einen tiefen, traumlosen Schlaf.

»Haltet ein, guter Mann!«

Theodoros zuckte zusammen. Er war nur einen Wimpernschlag lang unaufmerksam gewesen und nun stand er plötzlich unmittelbar vor zwei Reitern, die ihn von ihren stattlichen Pferden herab musterten. Um ihre Augen spielte ein spöttisches Lächeln. Er dachte an Aigidios, der ihm eingeschärft hatte, dass er unterwegs niemandem begegnen dürfe.

Doch Theodoros fühlte sich erschöpft. Er war die ganze Nacht über geritten, um in Aigidios' Auftrag die Nachricht nach Ixavien zu bringen. Nun wollte er auch das zweite Pergament überreichen, bevor er endlich nach Hause zurückkehren und sich vergewissern konnte, dass es seiner Frau und seinen beiden Kindern gut ging. Unablässig hatte er unterwegs an den Überfall denken müssen und sich gegrämt, dass er nicht da gewesen war, um seine Familie zu beschützen. Wenn einem von ihnen etwas geschehen war, würde er wohl nie darüber hinwegkommen, dass er nichts hatte tun können, um es zu verhindern.

»Wohin des Weges, guter Mann?« Der Fremde, der die Frage gestellt hatte, hatte auffallend helle Haut und fast weißes Haar. Der Blick aus seinen wasserblauen Augen war stechend.

Theodoros zögerte. Welche Antwort sollte er geben? »Nach Gelen«, erwiderte er schließlich wahrheitsgemäß.

»Gehört Ihr nicht zu Aigidios' Volk?« Der Blick des Weißhaarigen glitt über Theodoros' Pony, seine gedrungene Gestalt, die langen Haare, den kräftigen Bart und blieb schließlich an seinen blanken Füßen, die links und rechts an den Flanken des Ponys herabbaumelten, hängen.

»Gewiss«, antwortete Theodoros.

»Seht Ihr, das habe ich gleich erkannt.« Der groß gewachsene Mann auf dem imposanten Rappen lachte hämisch.

»Ihr seid ein schlauer Mann«, entgegnete Theodoros und gab sich keine Mühe, die Ironie in seiner Stimme zu verbergen.

Augenblicklich wurde der Gesichtsausdruck des anderen wieder ernst. »Aber wenn Ihr nach Gelen wollt, befindet Ihr Euch da nicht auf dem falschen Weg?«

Theodoros befand sich durchaus nicht auf dem falschen Weg – denn schließlich kam er nicht aus dem Wilden Wald, sondern aus Ixavien, wohin er seine Nachricht überbracht hatte. Aber er hegte keineswegs die Absicht, das den beiden Männer auf die Nase zu binden.

»Nun, ich habe mich wohl verlaufen«, sagte er stattdessen. Sollten die beiden ruhig denken, er wäre ein wenig beschränkt. Ihn kümmerte das nicht.

Tatsächlich fielen die Männer bei dieser Antwort vor Lachen beinahe von ihren Pferden. »Hast du das gehört?«, wandte sich der eine an den anderen, »ein Waldmensch, der sich verlaufen hat!«

Theodoros wartete, bis die beiden sich wieder beruhigt hatten. Dann sagte er: »Ich wünsche noch einen schönen Tag«, und bemühte sich an den beiden Pferden, die ihm den Weg versperrten, vorbeizukommen.

»Nicht so hastig!« Der Weißhaarige wendete seinen Hengst und stellte sich Theodoros ein weiteres Mal in den Weg. »Was führt Euch nach Gelen?«

»Das wiederum ist persönlich und geht Euch nichts an«, antwortete Theodoros und verfluchte sich im Stillen, dass er sein Reiseziel zuvor benannt hatte.

»Es interessiert mich aber.«

Theodoros blieb stumm. »Gebt den Weg frei«, sagte er endlich.

»Oh«, machte der Mann und wandte sich erneut an seinen Kompagnon. »Hast du gehört? Das Kerlchen sucht Streit!«

»Ich suche keinen Streit«, erwiderte Theodoros, »ich möchte lediglich ungehindert meinen Weg fortsetzen.«

»Und wir wollen wissen, welches Anliegen Euch nach Gelen führt.«

Theodoros schwieg.

»Habt Ihr etwas zu verbergen?«

Theodoros schwieg.

»Los!« Der eine gab dem anderen ein Zeichen und der stieß Theodoros mit einem gezielten Tritt in den Magen vom Pferd.

Theodoros hielt sich die Hände vor den Bauch, zog die Knie an und stöhnte. Bevor er überhaupt nur daran denken konnte aufzustehen, stand der Fremde über ihm und schlug ihm mit der Faust ins Gesicht. Theodoros wälzte sich im Staub.

»Was ist das?« Plötzlich hielt der Fremde Aigidios' Nachricht in den Händen.

»Das ist ihm aus der Jacke gerutscht«, antwortete der andere, der das Geschehen vom Pferd aus beobachtete.

»Eine Nachricht.«

Theodoros versuchte, sich aufzurichten und dem Mann das Pergament zu entwenden. Doch gegen dessen gewaltvolle Kraft hatte er nicht die geringste Chance. Von einem weiteren Tritt getroffen, sank er zurück auf den Boden.

Der Fremde entfaltete das Pergament und begann zu lesen. »Das wird Narkissos nicht gefallen«, sagte er, als er fertig war, und reichte dem anderen, der immer noch auf seinem Pferd saß, das Schriftstück.

Nun überflog auch der zweite Mann das Geschriebene. Dann ließ er das Pergament in seinen Händen sinken und sah seinen Begleiter einen Augenblick lang schweigend an, bevor er ihm einen Strick zuwarf und sagte: »Hier, knüpf ihn auf.«

Als Clonie erwachte, war sie allein. Sie blickte sich um, konnte aber nirgends eine Spur von Elias entdecken. Nur die beiden Pferde standen wenige Meter von ihr entfernt und grasten friedlich. Voller Zuneigung betrachtete Clonie ihre Stute, die so zierlich und doch voll Kraft war. Vom ersten Atemzug an war sie bei Kore gewesen und hatte sie seitdem niemals auch nur einen Tag allein gelassen. Sie würde ihr Leben für dieses Pferd geben. Und sie wusste, dass Kore genauso handeln würde, wenn es sein musste. Sie erinnerte sich daran, wie Iolanthe, ihre Amme, sie einmal schlafend vom Rücken ihres Pferdes heruntergehoben hatte. Clonie war damals acht Jahre alt gewesen und Kore knapp drei. Sie hatte gemeinsam mit ihren Freundinnen nahezu den ganzen Tag mit gymnastischen Übungen zugebracht. Und als sie sich anschließend auf Kores Rücken ausruhen wollte, hatten ihre Kräfte nachgelassen und sie war eingeschlafen, den Kopf auf Kores Mähne und die dünnen Arme um den Hals der Stute geschlungen. Kore musste gespürt haben, dass das Kind, das sie trug, nicht bei Besinnung war, denn sie war regungslos stehen geblieben und hatte gewartet, bis ihr jemand zu Hilfe kam, damit Clonie ja nicht das Gleichgewicht verlor und herunterfiel.

Jetzt runzelte Clonie unwillkürlich die Stirn. Wo steckte Elias nur? War irgendetwas geschehen? War jemand hier gewesen und hatte Elias entführt, während sie geschlafen hatte? Schließlich trug er immer noch den Gürtel, der vermutlich an allem schuld war, was ihnen in jüngster Zeit widerfahren war.

»Kore!«, rief Clonie zu ihrem Pferd hinüber, das augenblicklich den Kopf hob und sie ansah. »Weißt du, wo Elias ist?«

Kore senkte den Kopf wieder und fraß weiter.

Kore und das Pony würden sicherlich nicht so friedlich hier stehen und grasen, wenn von ihr unbemerkt ein Kampf stattgefunden hätte, überlegte Clonie. Aber musste überhaupt ein Kampf stattgefunden haben? Vielleicht hatte Elias ebenso tief und fest geschlafen wie sie und die Angreifer konnten ihn einfach wegtragen?

Clonie seufzte und stand auf. Worauf hatte sie sich da nur eingelassen! Eine gefährliche Reise mit einem sinnlosen Ziel. Warum war sie nicht einfach zurück zu ihrem Volk geritten? Die Antwort zu finden war leicht: Sie wollte Elias nicht im Stich lassen. Er konnte nicht zurückkehren. Sein Heim und seine Familie befanden sich in Gefahr! Er brauchte Hilfe! *Ihre* Hilfe!

»Elias?« Clonies Ruf war zurückhaltend. Wer konnte schon wissen, welche Gefahren hinter der nächsten Baumreihe lauerten.

Clonie kniff die Augen zusammen. An einem der jungen Bäume auf der anderen Seite der Wiese, keine dreißig Schrittlängen von ihr entfernt, war ein Ast abgebrochen. Langsam bewegte sich Clonie auf diese Stelle zu.

Narkissos fluchte und schlug mit der Faust auf den Tisch. »Ich hatte gesagt, ihr sollt kein Aufsehen erregen!«

»Die Wachen haben uns augenblicklich bemerkt«, versuchte der Weißhaarige sich zu entschuldigen.

»Dann hättet ihr euch zurückziehen und auf eine zweite Gelegenheit warten müssen!«

Der Weißhaarige fixierte schweigend den Boden zu seinen Füßen, als ihm die Bilder des Überfalls jetzt wieder in Erinnerung traten. Er konnte nur hoffen, dass der Mann, gegen den er gekämpft hatte, von seinem Schlag bereits besinnungslos gewesen war, bevor er seine Maske verloren hatte. Er wollte gar nicht darüber nachdenken, was anderenfalls geschehen konnte. Und auf gar keinen Fall wollte er Narkissos über diesen Fehltritt Rechenschaft ablegen müssen.

»Also gut«, sagte Narkissos, um Ruhe bemüht. »Wenigstens habt ihr die Sache mit dem Boten sauber erledigt.« Er stand auf und begann im Zimmer auf und ab zu gehen. »Jedoch die Kinder sind entkommen, der Gürtel ist verloren.«

»Wir könnten …«, begann Pyrros, doch Narkissos fiel ihm ins Wort.

»Seid still, ich überlege!« Auf einmal huschte ein Lächeln über das Gesicht des bärtigen Mannes. »Der Gürtel ist verloren«, wiederholte er. »Das heißt … auch Königin Derimacheia steht nicht mehr unter seinem Schutz.« Jetzt blickte er unverwandt in die wässrigen Augen des Weißhaarigen. »Wir müssen also nur dafür sorgen, dass alle erfahren, dass der Gürtel gestohlen wurde.«

»Ihr seid gerissen«, bestätigte der andere Mann und grinste. »Wir werden unters Volk streuen, dass Derimacheia nicht länger unverwundbar ist.«

»Und wir werden Antheia benutzen, um einen Krieg heraufzubeschwören«, führte Narkissos weiter aus.

»Wie wollt Ihr das erreichen?«, fragte der Weißhaarige. »Antheia gilt als treue Verbündete.«

»Sie *galt* als treue Verbündete«, antwortete Narkissos. »Doch das war, bevor ihre Tochter den Sohn der Königin entführte.«

»Ich verstehe, was Ihr im Schilde führt«, bestätigte der Weißhaarige. »Doch was geschieht, wenn die Kinder zurückkehren? Sie könnten unseren Plan durchkreuzen.«

»Sie werden nicht zurückkehren«, sagte Narkissos. Und seine Stimme klang bestimmt.

»Elias!« Clonie beugte sich über den Freund und schob sacht ihre Hände unter seinen Kopf.

Elias stöhnte. Er versuchte die Augen zu öffnen, doch seine Lider waren so schwer, als hätte jemand Steine daran gehängt.

Clonie musterte die Früchte, die Elias immer noch in den Händen hielt. »Elias«, sagte sie wieder. »Hast du von diesen Beeren gegessen?«

Elias stöhnte erneut. Sein Kopf schien zu zerbersten und sein Magen hatte sich zu einer kleinen harten Kugel zusammengezogen. Er versuchte zu sprechen, doch seine Zunge konnte kein vernünftiges Wort formen.

»Wie viele Beeren hast du gegessen?«

Elias' Kopf sackte nach hinten und er verlor wieder das Bewusstsein.

Clonie fluchte. »Wie viele Beeren hast du gegessen?«, wiederholte sie ihre Frage leise, in dem Wissen, dass Elias sie nicht beantworten würde. Aber wenn es mehr als ein paar Handvoll waren …

Clonie seufzte, während sie Elias' Kopf sanft wieder auf den Boden sinken ließ. Sie kehrte zum Ufer des Baches zurück und tunkte kurzerhand ihren Ärmel ins Wasser. Dann drehte sie erneut um, setzte sich neben den leblosen Körper des Jungen, benässte seine Stirn mit der kühlenden Flüssigkeit und schlug anschließend die Beine übereinander. Etwas anderes als zu warten, konnte sie ohnehin nicht tun. Die nächsten Stunden würden zeigen, wie viele Beeren Elias zu sich genommen hatte. Ob es so viele gewesen waren, dass sein Körper es nicht schaffte, gegen die Vergiftung anzukämpfen.

Schweigend betrachtete Clonie den schlafenden Jungen. Er zuckte hin und wieder zusammen und gab gequälte Laute von sich oder murmelte irgendetwas, das Clonie nicht verstehen konnte. Einmal meinte sie, ihren Namen gehört zu haben. Aber vielleicht bildete sie sich das auch nur ein. Wieder und wieder kühlte sie seine Stirn, feuchtete ihren Ärmel im Bach an, sobald er getrocknet war, und beobachtete den fortschreitenden Stand der Sonne. Zwei Tagesritte, hatte Aigidios geschätzt, würden sie benötigen, um zu Medeia zu gelangen. Doch nun rann die Zeit ungenutzt davon und sie hatten noch nicht einmal das Ende des Wilden Waldes erreicht.

Die Sonne hatte ihren Zenit schon überschritten und Elias machte immer noch keine Anstalten, ins Leben zurückzukehren. Clonie dachte an Kore und das Pony, die nun bereits geraume Zeit auf der Wiese am Ufer des

Baches sich selbst überlassen waren. Doch sie wusste, dass sie sich auf ihre Stute verlassen konnte. Sie würde dort auf sie warten, wo sie sie zurückgelassen hatte. Und wenn es so lange dauerte, wie der Mond brauchte, um einmal ganz rund zu werden.

Clonie spürte, wie ihr bei diesen Gedanken das Herz schwer wurde. Sie waren weit weg von zu Hause. Weit weg und auf sich allein gestellt. Was sollte sie bloß tun, wenn Elias starb? Musste sie seinen leblosen Körper auf Kores Rücken hieven und der Mutter den toten Sohn heimbringen?

Clonie verbarg das Gesicht in ihren Händen und kämpfte gegen die Erschöpfung an, die sich ihrer bemächtigen wollte. Sie waren noch nicht weit gekommen und schon schien alles ein vorzeitiges Ende zu finden.

Als Clonie die Hände wieder sinken ließ und einen neuen Blick auf Elias warf, machte ihr Herz vor Freude einen Sprung. Der junge Mann sah sie mit wachen Augen an und öffnete den Mund, sobald sie ihn anschaute.

»Wo bin ich?«

Clonie lächelte und musste sich beherrschen, um Elias nicht zu umarmen und zu küssen. Sie räusperte sich verlegen und antwortete: »Im Wilden Wald.«

Elias wirkte verwirrt. Er richtete sich langsam auf, stöhnte und griff sich mit der rechten Hand an die Schläfe. »Mein Kopf schmerzt, als hätte ich alleine ein Fass von Mutters Wein ausgetrunken.«

»Das wäre vermutlich bekömmlicher gewesen als das, was du tatsächlich zu dir genommen hast«, scherzte Clonie.

5

Wie wilde Tiere leben sie von salzhaltigen Pflanzen,
deren Blätter (...) angenehm duften,
aber salzig im Geschmack sind ...

Liang sigongji, Erzählung von
vier Edelleuten der Liang-Dynastie
(7. Jahrhundert)

Und was war das?« Elias fuhr sich mit dem Handrücken über den Mund. Seine Lippen waren spröde und rissig. Er verspürte quälenden Durst.

Clonie hielt ihm auf ihrer ausgestreckten Hand wortlos die restlichen Beeren entgegen.

Elias stöhnte bei ihrem Anblick und wandte sich angewidert ab.

»Wie ich sehe, erinnerst du dich jetzt.« Sie sah ihn vorwurfsvoll an.

»Ich glaube, ich muss verdursten, wenn ich nicht augenblicklich etwas zu trinken bekomme«, sagte Elias und stand mit wackligen Beinen auf.

»Dann lass uns zum Bach zurückkehren«, antwortete Clonie. »Kore und das Pony werden schon auf uns warten.«

Der Wald um Elias herum schien sich zu drehen, während er, gestützt von Clonie, den Weg zum Bachufer einschlug.

Kore und das Pony hoben die Köpfe, als Clonie und

Elias das Dickicht durchbrachen und die Lichtung erreichten, und blickten den beiden Menschen entgegen.

Elias ließ sich am Ufer auf die Knie sinken und schöpfte mit beiden Händen Wasser aus dem Bachlauf. Ungezählte Male füllte er seine zu einer Schale gewölbten Hände und trank, bis er sich schließlich zurücksinken ließ und tief durchatmete.

»Ich weiß, dass du dich unwohl fühlst«, sagte Clonie, »aber wir haben bereits viel Zeit verloren. Wir müssen aufbrechen, wenn wir noch bei Tageslicht die Stelle finden wollen, an der wir den Fallenden Fluss überqueren können.«

Elias seufzte. »Du kennst wohl keine Gnade.«

Clonie lächelte. »Nein«, sagte sie. »Gnade kenne ich nicht. Was ist das?«

Elias saß unglücklich auf dem Rücken seines Ponys. Das leichte Schaukeln verstärkte sein Gefühl der Übelkeit und immer noch schien sein Kopf vor Schmerz zu zerbersten.

Clonie hatte eine essbare Wurzel ausgegraben, sie im Bachwasser gewaschen und mit Elias geteilt. Sie schmeckte bitter, aber sie half gegen den knurrenden Magen.

»Woher kennst du dich so gut mit wilden Pflanzen aus, dass du weißt, welche bekömmlich sind und welche nicht?«, wollte Elias wissen.

Wieder lächelte Clonie ihr geheimnisvolles Lächeln. »Das weiß bei uns jedes Kind«, antwortete sie.

Elias' Gefühle für Clonie schwankten zwischen Bewunderung und Ablehnung. Einerseits faszinierte ihn ihre Selbstsicherheit, andererseits stieß ihre herrische Art ihn manchmal ab. Er war es nicht gewohnt, dass ein Mädchen die Führung übernahm, wie Clonie es tat. Sicher, seine Mutter herrschte ebenfalls über zahlreiche Männer. Aber das war erstens etwas anderes und zweitens unterschied sich ihr Benehmen von dem Clonies. Elias' Mutter vermittelte ihren Ratgebern stets das Gefühl, mit ihnen gemeinsam zu entscheiden. Und zwar selbst dann, wenn es gar nicht so war.

Der Wald wurde allmählich lichter und der Untergrund veränderte sich. Längst standen die Bäume nicht mehr so dicht. Die grünen Wiesen dehnten sich mehr und mehr aus, der Bach wurde breiter und schlängelte sich durch kniehohes Gras, das an den Läufen der beiden Pferde entlangstreifte und bei jedem Schritt raschelte.

»Bald werden wir den Fallenden Fluss erreichen«, sagte Clonie über die Schulter hinweg zu Elias, der wenige Meter hinter ihr auf seinem Pony ritt.

Elias kam nicht dazu zu antworten, denn plötzlich verharrte Kore und verweigerte trotz Clonies Aufforderung den Befehl weiterzugehen.

»Was ist los, Mädchen?«, fragte Clonie und tätschelte den Hals ihrer Stute. Kore schnaubte unruhig und schlug mit dem Kopf.

Clonie ließ sich vom Rücken ihres Pferdes herabgleiten. Kaum hatten ihre Füße den Untergrund berührt, wusste sie, warum die Stute sich weigerte voranzuschreiten. Es war, als würde die Wiese unter ihr schwimmen. Der Boden gab unter ihren Füßen nach. Clonie stampfte mit dem rechten Fuß auf und spürte die Vibration am anderen Fuß nachhallen.

Unmittelbar neben ihr lag ein abgebrochener Ast, den der Wind hierhergeweht haben musste. Clonie griff danach und stieß ihn in den Boden. Augenblicklich bildete sich dort, wo sie den Stock in die Erde gerammt hatte, eine kleine Pfütze.

»Der Untergrund ist nicht fest!«, rief Clonie zu Elias hinüber, der hinter ihr angehalten hatte. »Wir müssen einen anderen Weg finden. Es ist zu gefährlich, diese Aue zusammen mit den Pferden zu überqueren.«

»Aber dann verlieren wir noch mehr Zeit«, widersprach Elias.

Clonie seufzte. Elias hatte recht.

»Und außerdem könnten wir uns verirren, wenn wir den Bachlauf verlassen, der uns zum Fallenden Fluss führen soll.«

Clonie blickte sich um. Nur wenige Schritte entfernt rauschte der Bach. »Wir könnten versuchen, durch das Bachbett zu laufen.«

»Ist das nicht viel zu beschwerlich?«

Clonie zuckte mit den Schultern. »Und wenn eins der Pferde im Sumpf versinkt?«

Elias nickte stumm. »Also gut, laufen wir durch den Bach.«

Sie führten die Pferde zum Bach hinüber. Das Ufer fiel an dieser Stelle bereits deutlich steiler ab und das Gewässer war erheblich tiefer. Vorsichtig führte Clonie Kore in die Mitte des Baches und Elias folgte ihr mit dem Pony. Das Wasser reichte ihnen selbst an den flachen Stellen schon bis weit über die Knie. Jeder Schritt war beschwerlich. Die Füße fanden auf den mit Moos bewachsenen Steinen keinen Halt und mehrfach rutschten Elias und Clonie beinahe aus. Auch den Pferden erging es nicht besser und sie kamen kaum voran. Das Wasser durchdrang ihre Kleidung, machte sie kalt und schwer. Elias und Clonie keuchten vor Anstrengung und das Pony suchte vergeblich Halt und rutschte mit einem seiner Läufe aus.

»Das hat so keinen Sinn«, beschwerte sich Elias schließlich. »Wir kommen nicht schnell genug voran. Lass uns zurückkehren zur Wiese. Wenn wir nur achtgeben, wird schon nichts passieren.«

Clonie musste Elias widerwillig zustimmen. Wenn sie den Übergang am Fallenden Fluss vor Einbruch der Dämmerung noch erreichen wollten, mussten sie schneller vorankommen. Und die Aussicht auf eine weitere Nacht hier im Wald stimmte sie ebenfalls nicht froh.

Sie hatte bereits in Erwägung gezogen, es auf der anderen Seite des Baches zu versuchen. Vielleicht war der Untergrund dort fester. Doch dann würden sie an der falschen Stelle auf den Fallenden Fluss treffen und hatten keine Chance, ihn zu überqueren.

Nein. Clonie schüttelte entschieden den Kopf. Sie durften den beschriebenen Weg auf keinen Fall verlassen!

»Also gut, aber ich gehe voraus«, beschloss sie schließlich und führte Kore zurück zum Ufer. Sie sah nicht, wie Elias hinter ihrem Rücken das Gesicht verzog.

Die Böschung war steil und rutschig, Clonie musste Kore regelrecht von hinten anschieben, damit die Stute den Abhang wieder hinaufgelangte. Und Elias erging es mit seinem Pony nicht besser.

Erschöpft ließ sich Elias auf den kalten Untergrund sinken. Das alles erschien ihm wie ein böser Traum.

Gleich würde er die Augen öffnen und gegen die Decke seines Zimmers in der Burg blicken. Kopfschüttelnd und lächelnd über seine eigene Fantasie, die ihm vorgegaukelt hatte, er müsse vor Verrätern fliehen, würde er aufstehen und sich zu seiner Mutter in den Speisesaal begeben, wo bereits die mit köstlichen Speisen gedeckte Tafel auf ihn wartete: Blutwurst, Omelett, frisches Obst, herzhafter Käse, Gerstenbrot, gebratenes Huhn und Hasenpastete …

»Elias!«

Clonies Stimme riss den Königssohn unsanft aus seinen Träumen.

»Nun komm schon.«

Elias stöhnte und stand mühsam auf.

»Halte dich immer dicht hinter mir«, befahl Clonie. »Du musst genau in meiner Spur bleiben, darfst keinen Schritt nach links oder rechts abweichen. Hast du das verstanden?«

Elias zog die Stirn in Falten. Er war es nicht gewohnt, dass jemand auf diese Weise mit ihm sprach. »Wenn du so weitermachst«, entfuhr es ihm, bevor er darüber nachgedacht hatte, »wirst du nie einen Mann finden, der dich zum Weibe will.«

Clonie betrachtete Elias einen Moment schweigend und mit zusammengekniffenem Mund. »Du hast wohl vergessen«, wies sie ihn dann scharf zurecht, »dass wir Töchter des Ares niemandes Weib sein wollen.«

Elias kratzte sich verlegen am Kopf. »Daran hatte ich in der Tat für einen Augenblick nicht gedacht«, sagte er leise.

Wortlos drehte sich Clonie um und führte Kore am

Halsring mit sich. Erst als sie Elias den Rücken zukehrte, gestattete sie sich ein Lächeln.

Elias schnalzte mit der Zunge, um das Pony zum Mitkommen aufzufordern, und folgte Clonie. Bei jedem Schritt schmatzte der Boden unter seinen Füßen.

»Ach, Narkissos, jetzt hört auf. Ich möchte kein Wort mehr darüber hören.« Derimacheia machte eine ärgerliche Handbewegung. »Antheia ist eine Verbündete. Sie hat ihre absolute Loyalität mehrfach unter Beweis gestellt. Ich weigere mich einfach, Eure Unterstellungen weiter mit anzuhören.«

»Niemand widerspricht Euch, Derimacheia. Alles, was Ihr über Antheia sagt, ist die Wahrheit. Aber was wisst Ihr über ihre Tochter? Könnt Ihr Euch Clonies Treue wirklich ebenso sicher sein? Sie erschien mir sehr ungestüm und für eine so junge Frau recht ... nun ... selbstbewusst? Kann es denn ein Zufall sein, dass mit Elias auch der Gürtel verschwunden ist? Oder sollte uns dieser Umstand nicht zu denken geben. Und was geschieht, wenn der Verlust des Gürtels bekannt wird? Das könnte zu Unruhen führen, meint Ihr nicht?«

Derimacheia blickte Narkissos schweigend an. »Ich sehe keinen Grund zu derlei Befürchtungen«, entgegnete sie schließlich. »Und ich sehe auch keinen Grund, den Verlust des Gürtels bekannt werden zu lassen.« Sie machte eine kleine Pause. »Ihr solltet mehr Ruhe in Euren Gedanken walten lassen, Bruder«, fuhr sie endlich fort. »Wir können es uns nicht leisten, uns mit allen benachbarten Königreichen zu überwerfen. Ihr habt bereits König Damasos verärgert. Nun lasst Antheia aus dem Spiel.«

Narkissos verbeugte sich nach diesem Tadel unterwürfig. »Ich sorge mich lediglich um Eure Rechte, geliebte Schwester. Bitte verzeiht, wenn ich dabei zu weit gegangen bin.«

Derimacheia legte Narkissos beschwichtigend eine Hand auf den Unterarm. »Ich weiß, dass Ihr es nur gut meint, Narkissos. Und ich bin Euch dankbar für Eure Sorge um mein Wohlergehen.«

Auf Narkissos' Gesichtszügen machte sich ein zufriedenes Lächeln breit.

Kore setzte ihre Hufe so vorsichtig auf, als wäre sie sich der Gefahr bewusst, in der sie schwebten. Auch Clonie musste sich eingestehen, dass sie jeden Schritt mit äußerstem Bedacht machte. Ab und zu wandte sie sich zu Elias um, um zu sehen, ob er sich an ihre Anweisungen hielt und genau hinter ihr blieb. Sie hatte das Gefühl, dass er sich der Bedrängnis, in der sie sich befanden, nicht bewusst war.

Allmählich ließ das Tageslicht nach. Kore vertrieb mit ihrem Schweif die Insekten und Clonie wedelte immer wieder mit der freien Hand vor ihrem Gesicht. Und trotzdem erschienen mehr und mehr der kleinen Plagegeister wie aus dem Nichts.

Immer und immer wieder sanken Clonie und Elias bis weit über die Knöchel in dem nassen Sand ein. Und es kostete mit jedem weiteren Schritt mehr Mühe und Kraft, den Fuß wieder herauszuziehen.

Clonie hörte Elias hinter sich vor Anstrengung keuchen und auch ihr stand der Schweiß auf der Stirn, rann in ihre Augen und ließ sie blinzeln.

»Wir können nicht mehr weit von der Stelle entfernt sein, an der dieser Bach in den Fallenden Fluss mündet!«, rief Clonie über ihre Schulter hinweg zu Elias, als sie auf einmal einen Aufschrei hörte. Sie wandte sich um und sah Elias bis zur Hüfte im Sand stecken.

Elias' schwindende Kräfte hatten ihn taumeln lassen und ein Ausfallschritt zur Seite hatte ausgereicht, um ihn im Sand versinken zu lassen.

»Ah! Hilfe!«, schrie Elias in wilder Panik. Er strampelte mit den Beinen, um sich zu befreien, doch mit jeder Bewegung versank er tiefer. Schnell schaute nur noch sein Oberkörper aus dem Sand heraus und Elias sah mit angstvoll geweiteten Augen zu Clonie hoch. Die plötzliche Kälte ließ ihm den Atem stocken und zugleich machten sich unzählige Mücken über den wehrlosen Jungen her. Seine Haut war übersät mit kleinen schwarzen Punkten. Er fuchtelte wild mit den Armen, um die Blutsauger zu vertreiben, und versank dabei immer tiefer. Ein unheilvolles Blubbern erfüllte die Luft. Es klang, als würde der Sand schmatzen, während er sich seine Mahlzeit schmecken ließ. Der mächtige Druck des Erdreichs umklammerte Elias' Brustkorb und schnürte ihm die Luftzufuhr ab. Dem Königssohn wurde schwarz vor Augen.

Das Wasser des Bergsees glitzerte in der Abendsonne wie ein kunstvoll geschliffener blauer Edelstein. Auf den Gipfeln der Berge, die den See umschlossen, lag unberührter weißer Schnee.

Der Mann, der den schmalen, steil ansteigenden Pfad auf seinem Reittier zurücklegte, blinzelte mit den

Augen. Der Schnee reflektierte die einfallende Sonne und machte das Licht beinahe unerträglich hell und gleißend.

Mit sehnsüchtigem Blick musterte der Mann die in die Felsen geschlagenen Höhleneingänge. Bald hatte er es geschafft. Bald war sein Ziel erreicht. Dann würde er sich vom Rücken seines Pferdes gleiten lassen und im Schatten Schutz vor der Hitze suchen können.

Seit dem frühen Morgengrauen, seit sie die Nachricht erhalten hatten, war er unterwegs. Ohne Pause für sich und sein Pferd war er durch die glühende Hitze am Rand der Weiten Wüste entlanggeritten. Er hätte den Weg abkürzen können, indem er die Wüste durchquerte, doch er wusste, dass er dieses Wagnis aller Wahrscheinlichkeit nach mit seinem Leben bezahlt hätte. Nur wenige hatten die Weite Wüste jemals betreten und wohlbehalten wieder verlassen.

Ein ums andere Mal hatte der Bote seinen Rappen zur Eile angetrieben. Nun glänzten die schwarzen Flanken des Hengstes vor Schweiß und aus seinen Nüstern und seinem Maul tropfte weißer Schaum. Doch es ging um Leben und Tod und sein Auftrag lautete, dem Orakel die Botschaft so schnell wie möglich zu überbringen. Ohne Rücksicht auf seine persönliche Sicherheit oder die seines Pferdes. Und er wollte den Ruf, der Schnellste und Beste zu sein, ganz gewiss nicht verlieren.

Der Schrei eines Raubvogels hallte durch die Luft. Doch der Mann auf dem Pferd wusste, dass nicht ein Tier der Urheber dieses Lautes war. Man hatte ihn entdeckt und meldete die Ankunft eines Fremden. Er war sich dessen gewiss, obwohl er niemanden sehen konnte. Nirgends entdeckte er menschliches Leben und doch hatte jemand ihn gesehen.

Bald würden Männer aus den Höhleneingängen auftauchen, mit gezückten Waffen und gespannten Bögen. Sie würden ihn umzingeln und, nachdem sie nach seinem Begehr gefragt hatten, zu *ihr* bringen. Sie war sein Ziel. Die Empfängerin der Botschaft, die er zu übermitteln hatte. Er freute sich darauf, sie wiederzusehen, auch wenn er sich zugleich ein wenig vor ihr fürchtete.

Der Rappe schnaubte. Auch er witterte die Krieger, die sich formierten und sich ihnen jeden Augenblick in den Weg stellen würden.

Obwohl Reiter und Pferd wussten, was sie erwartete, zuckten beide zusammen, als plötzlich wie aus dem Nichts ein Dutzend Männer vor ihnen stand, mit gezogenen Waffen und finsteren, unheilvollen Gesichtern. Trotz der strengen Mienen war der Bote wieder einmal wie gefesselt vom Antlitz der Bergseebewohner. Es war ein besonders schönes Volk mit edlen Gesichtszügen, goldenem Haar und zarter Haut. Die Wangenknochen der Männer waren hoch, die Lippen weich und das Kinn stark ausgeprägt. Sie musterten ihn aus ihren blauen oder grünen Augen.

Der Bote selbst war kein kleiner Mann, doch diese hier überragten ihn allesamt mindestens um Haupteslänge. Als ließe die reine Bergluft die Menschen in die Höhe schießen wie junge Bäume im Frühling.

»Wer seid Ihr und was ist Euer Begehr, Fremder!«, rief der Wortführer den Reiter an.

»Mein Name ist Alexios. Ich habe Medeia eine Nachricht zu überbringen«, erwiderte der Bote.

»So reicht mir Eure Waffen«, sprach der blonde Hüne weiter.

Alexios zog sein Schwert aus der Scheide und reichte es mit dem Griff voran dem Fremden. Dann entledigte er sich seines Bogens, zog den Köcher von der Schulter und schließlich den kleinen Dolch, den er im Stiefelschaft versteckt trug, aus seiner Halterung. Während er alles dem Anführer der wehrhaften Truppe überreichte, hielten die anderen Männer ihn in Schach. Dann gab er zu verstehen, dass er jetzt völlig unbewaffnet sei.

Der Anführer nickte stumm, gab seinen Männern mit einer Handbewegung ein Zeichen und die Krieger stellten sich auf.

Drei Männer schritten vorneweg, drei an Alexios' linker Seite, drei an seiner rechten und drei folgten ihm und dem Pferd. Nicht einen einzigen unerlaubten Schritt hätte der Bote auf diese Weise machen können, ohne für diesen Übermut mit dem Leben zu bezahlen.

Sie geleiteten ihn das letzte Stück des Weges, bis sie unmittelbar am Ufer des Bergsees stehen blieben.

Wieder ertönte der Schrei des Raubvogels. Diesmal konnte Alexios sehen, wie der größte und kräftigste der Männer die Hände vor den Mund nahm, um den Laut zu bilden. Doch niemals hätte er den Ton nachzuahmen vermocht.

Es dauerte eine Weile, dann tauchte in der Mitte des Sees ein Floß auf, das von vier Männern gelenkt wurde. Mit kräftigen Stößen bewegten sie die hölzerne Plattform auf das Ufer zu und legten an.

Der Anführer der Vorhut sprach mit einem der Männer auf dem Floß in einer Sprache, die Alexios nicht verstand. Lediglich den Namen Medeia konnte er heraushören. Dann gab man ihm zu verstehen, dass er auf das Floß steigen solle.

Alexios, der bis jetzt auf dem Rappen gesessen hatte, stieg ab, reichte dem Wortführer die Zügel seines Pferdes und bestieg das Floß. Kaum hatte er beide Füße auf die Holzplanken gesetzt, legte das Gefährt auch schon ab. Keiner der Männer richtete das Wort an ihn. Sie stießen kraftvoll mit ihren langen Stakhölzern ins Wasser und der Fahrtwind trocknete Alexios' Schweiß. Er hob den Kopf, genoss die Abkühlung und das beeindruckende Panorama, das sich ihm bot: Ringsum ragten die schroffen Felsen der Berge in die Höhe, deren Gipfel weiß leuchteten. Das Wasser des Sees war so dunkelblau wie königlicher Samt. Hier und da wuchsen dunkle, mächtige Tannen am Ufer.

Sie hatten die Mitte des riesigen Sees beinahe erreicht, als einer der Männer Alexios wortlos eine schwarze Binde reichte, die er sich um die Augen legen sollte. Alexios kannte diese Prozedur bereits von seinem letzten Besuch bei Medeia. Niemand sollte wissen, wo sich das Orakel aufhielt, in welcher der zahlreichen Höhlen sie zu finden war. Medeias Schutz war das oberste Gebot aller Bergseebewohner.

Ohne Widerspruch band sich der Bote das schwarze Tuch um die Augen. Er spürte, wie das Floß seine Richtung mehrfach änderte und bald darauf hatte er die Orientierung vollends verloren. Er hätte nicht mehr zu sagen vermocht, ob sie noch geradeaus fuhren, nach rechts oder nach links abgebogen waren oder gar zurück an das Ufer stakten, von dem sie soeben gekommen waren. Alles war möglich.

Nach der Hitze der Reise und der staubigen Luft am Rand der Weiten Wüste genoss Alexios jetzt die Kühle der Berge und des Wassers und sog gierig die reine Luft in seine Lungen.

Viel zu schnell fand die Fahrt ein Ende und er fühlte sich links und rechts am Arm gepackt und ans Ufer geführt. Der Druck an seinen Oberarmen ließ kurz nach, wurde dann aber wieder stärker, als andere Hände wortlos nach ihm griffen und ihn einen steinigen Pfad hinaufführten. Alexios stolperte und versuchte, sich ganz der Führung eines ihm unbekannten Menschen zu überlassen. Wenn er zu Medeia wollte, gab es keinen anderen Weg als diesen.

Endlich merkte er an der zunehmenden Dunkelheit und dem anderen Geruch der Luft, dass sie eine Höhle betreten hatten. Seine Schritte hallten von den steinernen Wänden wider. Mittlerweile hatte Alexios genügend Abkühlung erhalten, er begann zu frieren. Doch dann wurde es wieder wärmer, das Licht nahm erneut zu und schließlich hörte er eine sanfte weibliche Stimme, die zu ihm sprach: »Ihr könnt das Tuch nun abnehmen, Fremder.«

Sie war schön. Noch schöner, als Alexios sie von ihrer letzten Begegnung in Erinnerung hatte. Ihr langes schwarzes Haar hatte selbst im matten Schein der Fackeln, die die riesige Höhle erleuchteten, einen rötlichen Glanz. Es fiel in sanften Wellen über ihre Schultern bis hinab zur Hüfte. Ihre Gestalt war zierlich. Alexios wunderte sich darüber, denn er hatte sie als viel größer in Erinnerung. Doch auch jetzt wuchs sie bereits wieder vor seinem inneren Auge, als sie zu sprechen begann: »Ich kenne Euch, Fremder, Ihr seid der Bote Alexios vom Volk der Ixavier.«

Alexios verneigte sich. Ihre Stimme war dunkel und wohlklingend. Wenn man die Augen schloss, so stellte man sich beim Klang dieser Stimme eine Frau von imposanter Gestalt vor.

»Was führt Euch diesmal zu mir? Hoffentlich keine schlechten Nachrichten?«

»O doch, Herrin«, antwortete Alexios, »leider sind es schlechte Neuigkeiten, die ich zu übermitteln habe.« Er blickte in ihre schwarzen Augen, so tiefschwarz, dass es unmöglich war, die Pupillen darin zu erkennen.

Medeia schwieg und wartete, dass Alexios fortfuhr, der sich erst einmal vom Anblick dieser Augen, die noch dazu eigentümlich rund waren, losreißen musste.

»Ein Bote der Waldbewohner brachte uns in der Nacht eine Nachricht mit der Bitte, sie an Euch weiterzureichen. Er berichtete, sein Volk sei überfallen worden. Offenbar gab es einige Verletzte und es steht zu befürchten, dass auch Aigidios nicht ungeschoren davongekommen ist.«

Medeia erhob sich aus ihrem Stuhl, als sie den Namen des Häuptlings hörte.

»Aigidios, sagt Ihr, sei verletzt?«

»Ja, Herrin, es tut mir leid, es gibt Grund zu dieser Annahme.«

Medeia sank zurück. »Wer wagt es, das Waldvolk anzugreifen und warum?«

»Nun, ich kann Euch nur weiterreichen, was uns der Bote berichtete. Vielleicht hat dies mit dem Überfall zu tun.«

Medeia sagte nichts. Sie sah Alexios lediglich auffordernd an. Sobald sich der Bote vom Anblick des olivfarbenen Teints des Orakels losgerissen hatte, fuhr er fort: »Zum Zeitpunkt des Überfalls befanden sich zwei Königskinder im Lager der Waldbewohner, die unter Aigidios' Schutz standen. Sie sind geflohen und tragen etwas Kostbares bei sich. Eine Art Gürtel mit magischen Fähigkeiten.«

»Derimacheias Zaubergürtel.« Medeia hatte leise zu sich selbst gesprochen. Jetzt wandte sie sich erneut an Alexios: »Wer waren die Königskinder, wisst Ihr das?«

»Ja, Herrin«, antwortete Alexios beflissen. »Bei dem Jungen soll es sich um Elias, Sohn der Königin Derimacheia handeln«, Medeia nickte wissend, »und dann gibt es da noch ein Mädchen, Clonie heißt es. Sie ist die Tochter von ...«

»... Königin Antheia«, vollendete Medeia den Satz.

»Jawohl, Herrin«, bestätigte Alexios.

»Und berichtete der Bote auch vom Hofe Derimacheias?«, erkundigte sich Medeia.

»Das tat er«, antwortete Alexios. »Die beiden jungen Menschen waren offenbar von dort geflohen, vertrieben durch einen Hinterhalt. Beim Waldvolk fanden sie Zuflucht und Aigidios wollte sie zu Euch schicken. Aber nun sind sie unauffindbar. Niemand scheint zu wissen, wo sie sich aufhalten, ob sie den Wilden Wald verlassen haben oder ob sie überhaupt noch am Leben sind.«

Medeia fuhr sich mit der rechten Hand über die Stirn. Alexios betrachtete gedankenverloren ihre zarten Finger. »Ihr spracht von einer Nachricht. Tragt Ihr sie bei Euch?«

»Ja, Herrin.« Alexios griff in sein Wams, zog das Pergament daraus hervor und reichte es Medeia, die es augenblicklich entfaltete und zu lesen begann.

Medeia

Ich sende Euch zwei Kinder. Behaltet sie
bei Euch und gebt gut auf sie acht, denn sie
befinden sich in größter Bedrängnis! Königin
Derimacheias Herrschaft ist in Gefahr und sie
könnten zum Spielball der Verräter werden, wenn
sie den Falschen in die Hände fallen.

Aigidios

»Ich habe es befürchtet«, sagte Medeia, als sie die Nachricht in ihren Händen sinken ließ. »Alle Anzeichen deuteten darauf hin.« Sie blickte Alexios, der immer noch aufrecht vor ihrem Stuhl stand, an und er meinte unter ihrem Blick zu schmelzen wie Eis, das mit Feuer in Berührung kommt. »Gestattet mir zum Schluss noch eine Frage: Wisst Ihr, wie es um die Gesundheit Aigidios' bestellt ist? Wie schwer sind seine Verletzungen?«

»Es tut mir leid, darüber konnte uns der Bote des Waldvolks keine Auskunft erteilen. Er floh, bevor der Kampf seinen Höhepunkt erreicht hatte.«

Medeia schloss für einen Moment die Augen. Als sie sie wieder öffnete, erschien es Alexios, als hätten sie ihre Farbe geändert und wären jetzt grün anstatt schwarz. »Ich danke Euch für Euren Bericht. Ruht Euch nun aus und lasst Euch zu essen und zu trinken geben, bevor ihr die Heimreise antretet. Für Euer Pferd wird ebenfalls gesorgt werden. Der Rappe ist bei meinen Männern in guten Händen.«

»Gewiss, Medeia«, antwortete Alexios und verbeugte sich wieder. »Ich danke Euch für Eure Güte.«

6

Mit dem Heiraten besteht bei ihnen folgender Brauch: Eine Jungfrau heiratet nicht eher, als bis sie einen Mann der Feinde getötet hat. Manche von ihnen sterben sogar infolge ihres Alters, ehe sie geheiratet haben, weil sie das Gesetz nicht erfüllen konnten.

Herodot (484–425 v. Chr.)

Elias!« Clonie schrie den Namen des Jungen heraus. »Elias, komm zu dir!« Elias öffnete die Augen und begann augenblicklich, wieder wild mit den Armen zu rudern. »Beruhige dich, Elias, du musst ruhig werden!«, rief Clonie. »Je mehr du dich bewegst, desto schneller sinkst du!«

»Hilf mir, Clonie«, bat Elias mit matter Stimme. »Bitte hilf mir, es ist so kalt!«

»Ich helfe dir«, sagte Clonie. »Aber du musst aufhören, mit den Armen um dich zu schlagen. Wenn du dich nicht bewegst, wird der Sand dich wieder freigeben.«

Elias ließ die Arme sinken. Er schloss die Augen und versuchte, das Stechen der Blutsauger zu ignorieren. Ein leises Wimmern entwich seinen Lippen.

»So ist es besser«, sagte Clonie. »Sei ganz ruhig. Ich werfe dir das Seil zu und du bindest es dir um den Leib. Dann ziehe ich dich daran heraus.«

Elias nickte schwach, während Clonie das Seil von ihrer Schulter nahm und es zu ihm hinüberwarf.

Elias' Hände zitterten. Er versuchte, nach dem Strick zu greifen und ihn sich umzubinden, doch sosehr er sich auch bemühte, er schaffte es nicht, ihn um seine Mitte zu bekommen, die bereits im Morast versunken war. »Es geht nicht!«, rief er Clonie zu. »Meine Hände sind zu steif!«

»Dann halte dich einfach daran fest«, schlug Clonie vor.

Elias nickte und umklammerte das Seil, doch es rutschte immer wieder durch seine nassen Finger. »Es geht nicht«, rief er verzweifelt.

Clonie sah sich um. Nirgends konnte sie entdecken, wonach sie suchte. »Also gut«, sagte sie schließlich. »Ich gehe zum Ufer hinüber und suche nach einem Stock. Daran kannst du dich vielleicht besser festhalten und ich ziehe dich hinaus.«

»Nein! Geh nicht fort, lass mich nicht allein«, flehte Elias.

»Ich gehe nicht fort«, antwortete Clonie. »Aber hier auf dieser Wiese liegt kein Stock. Vielleicht finde ich am Ufer einen, den die Strömung mit sich gerissen hat. Es sind doch nur ein paar Schritte.«

Elias verstummte. Nur seine Zähne schlugen aufeinander und klapperten. Die Kälte ließ ihm das Blut in den Adern gefrieren. Noch nie in seinem Leben war ihm derart kalt gewesen. Er lauschte Clonies Schritten, die sich langsam durch das hohe, raschelnde Gras entfernten, und kämpfte dagegen an, erneut das Bewusstsein zu verlieren.

Clonie setzte jeden Schritt so behutsam wie möglich. Wenn sie jetzt auch noch im Sand versank, dann war alles verloren. Zwar wusste sie, dass sie nicht vollständig untergehen würde, dafür war der menschliche Körper einfach zu leicht, aber es war fast unmöglich, sich aus eigener Kraft wieder zu befreien. Zu schnell schwanden die Kräfte durch die Kälte und den Druck, der die Blutgefäße abschnürte. Bis zu drei Tagen hielt der Körper dieses Martyrium durch. Drei qualvolle, lange Tage, bis der Tod als Erlöser kam.

Hoffentlich bleiben Kore und das Pony weiterhin so brav stehen, dachte Clonie und wiederholte diesen Wunsch im Stillen wieder und wieder. *Hoffentlich bleiben sie stehen. Hoffentlich.*

Als sie das Bachufer erreicht hatte, fiel ein Teil der Anspannung von ihr ab. Sie war nicht versunken und wusste jetzt, dass sie auf dem gleichen Weg zurückkehren konnte. Ihr Herz machte vor Erleichterung einen Satz, als sie augenblicklich einen ausreichend langen und stabilen Stock entdeckte, der in der Mitte des Baches an einigen Steinen hängen geblieben war. Sicherlich stammte er aus dem Wilden Wald und war von der Strömung bis hierher mitgerissen worden. Mit langen Schritten durchquerte Clonie das Bachbett und angelte nach dem Stock.

Sie hatte ihn beinahe erreicht, als er sich plötzlich löste und davonzuschwimmen drohte.

»Nein!«, rief Clonie und ließ sich mit ausgestreckten Armen ins Wasser fallen. Ihre Fingerspitzen berührten den Stock und schoben ihn noch ein Stück weiter weg. Clonie stieß ein ärgerliches Stöhnen aus. Endlich bekam sie ihn zu fassen, doch dabei wurde ihr Kopf unter Wasser gerissen, in ihren Ohren rauschte es und Wasser drang in ihre Nasenlöcher und in den Mund. Die Strömung war hier bereits so stark, dass Clonie Mühe hatte, wieder festen Boden unter die Füße zu bekommen. Als sie es schließlich geschafft hatte, hatte das Wasser sie mehrere Meter weit mit sich genommen.

Clonie blickte zum Ufer. Jetzt konnte sie nicht mehr auf demselben, ungefährlichen Weg zurück. Die Strömung des Baches war zu stark, um dagegen anzukämpfen. Ihr blieb nichts anderes übrig, als an dieser Stelle ans Ufer zu klettern und an Land nach dem Pfad zu suchen, den sie auf dem Hinweg gewählt hatte. Ihre Kleider waren nass und die Sonne hatte kaum noch Kraft, sie zu trocknen. Clonie schleppte sich ans Ufer und verschränkte ihre Arme vor der Brust, um sich vor der Kälte zu schützen. In der rechten Hand hielt sie den armlangen Stock.

Elias erschien Clonies Fortbleiben wie eine Ewigkeit. Er konnte Kore und das Pony sehen, die beide wie angewurzelt stehen geblieben waren, als wären sie sich der Gefahr bewusst. Kore wartete auf Clonies Rückkehr und das Pony machte alles, was Kore tat.

Endlich hörte er wieder das Rascheln von Gras und sah Clonie, von Kopf bis Fuß durchnässt, auf sich zukommen.

Clonie verknotete das Seil um die Mitte des Stocks und warf ihn zu Elias hinüber. »Hier«, sagte sie zu ihm. »Ergreife den Stock mit beiden Händen und ziehe dich daran hoch … nein, nicht so, du musst den Oberkörper flach machen. Leg dich auf den Boden und hebe dein Gewicht langsam aus dem Sand hinaus. Erst das eine Bein und dann das andere. Ja, so ist es besser.«

Elias ächzte vor Anstrengung und auch Clonie wurde es heiß, während sie mit aller Kraft an dem Seil zog. Elias legte seine Wange auf den matschigen kalten Boden und schloss die Augen, während er sich auf die Bewegungen seines Körpers konzentrierte. Er spürte, wie der Druck allmählich nachließ und er sich Stück für Stück aus dem Morast befreien konnte.

Als er endlich ausgestreckt auf dem nasskalten Boden lag, atmete er erleichtert aus. Sein Kopf ruhte genau neben Clonies Kopf, die ihn ebenfalls erleichtert anblickte und sogar ein zaghaftes Lächeln zustande brachte.

»Danke«, hauchte Elias.

Clonie lächelte stumm. Merkwürdigerweise fiel ihr in diesem Moment ein, was Elias vor Kurzem zu ihr gesagt hatte: dass sie niemals einen Mann finden würde, der sie zum Weibe wolle, wenn sie sich immer so benähme. Und sie entsann sich ihrer Antwort: dass die Töchter des Ares auch niemandes Weib sein wollten. Sie erinnerte sich ebenfalls an Elias' geknickten Gesichtsausdruck, der ihr aus irgendeinem Grund, den sie nicht näher zu benennen wusste, leidgetan hatte.

Derimacheia starrte nachdenklich in das Feuer, das im Kamin des kleinen Salons knisterte. Sie fühlte sich erschöpft. Zunächst war sie über Elias' Verschwinden nicht einmal so entsetzt gewesen. Ein Teil von ihr hatte wohl geglaubt, alles würde sich innerhalb kürzester Zeit zum Guten wenden. Wer konnte schon sagen, auf welche Gedanken ein 14-jähriges Mädchen und ein 15-jähriger Junge gemeinsam kamen? Vielleicht bestand Grund zur Sorge, ja, aber Derimacheia hatte nicht geglaubt, ihrem Sohn könnte etwas zugestoßen sein! Vielmehr hatte sie damit gerechnet, dass Elias und Clonie nach ein paar Stunden von alleine wieder erschienen. Ein bisschen verschwitzt, ein wenig verschämt …

Aber nun griff die Angst mit mächtigen Klauen nach ihrem Mutterherz. Was auch immer Elias anstellen mochte – niemals hätte er sie derart im Ungewissen gelassen. Es musste etwas passiert sein, das es ihm unmöglich machte, nach Hause zurückzukehren.

Aber was?

Derimacheia wusste, dass sie sich keine Anzeichen von Schwäche leisten durfte. Sie war die Herrscherin. Sie musste zu jeder Zeit kühn und überlegt handeln, um sich den Respekt ihrer Untergebenen zu bewahren. Wer wollte schon eine schwache Königin? Eine Frau mit ängstlichem Herz? Ein *Weib*?

Ihr Vater hatte ihr auf dem Sterbebett das Versprechen abgenommen, dass sie stets besonnen und gerecht regieren sollte, aber niemals Schwäche zeigen durfte. »Ein Herrscher hat keine Schwächen«, hatte er gesagt. »Ein Herrscher hat ein Herz aus Stein, wenn es sein muss.« Er selbst hatte diese Weisheit allerdings nicht beherzigt. Auch wenn ihm seine »Schwäche« letzten Endes nie zum Schaden gereicht hatte.

Derimacheia hatte sich nicht nach dem Thron gesehnt. Ihr wäre es lieber gewesen, ihr Stiefbruder Narkissos hätte die Nachfolge des Vaters antreten können. Aber er entstammte nun einmal nicht der königlichen Linie, sondern war der Sohn von Vaters zweiter Frau, die er nach Mutters Tod geehelicht hatte. Es war Liebe gewesen, die er für die Witwe empfunden hatte, gewiss. Und ihretwegen hatte er auch die Rügen seiner Würdenträger und Berater in Kauf genommen, die ihn davon abhalten wollten, die Frau eines anderen zu heiraten, die bereits ein Kind geboren hatte. Aber ihr Vater hörte nicht auf sie.

Die Ehe blieb kinderlos, war aber durchaus glücklich gewesen. Zumindest soweit Derimacheia, die damals selbst noch ein Kind gewesen war, das beurteilen konnte. Allerdings endete auch Vaters zweite Ehe bereits nach wenigen Jahren durch den Besuch von Gevatter Tod, der die Königsgemahlin während einer Schwindsucht zu sich holte. Danach hatte Vater zwar noch einige Mätressen gehabt, aber nie wieder einer Frau sein Herz geschenkt.

Narkissos und Derimacheia waren wie Bruder und Schwester miteinander aufgewachsen. Derimacheia hatte sich immer Geschwister gewünscht und die 10-Jährige hatte den sieben Jahre Jüngeren bemuttert und umsorgt, als wäre er ihr leiblicher Bruder. Daran änderte sich auch nach dem viel zu frühen Tod von Narkissos' Mutter nichts, die nicht einmal 27 Lenze hatte erleben dürfen. Erst nachdem beide das Erwachsenenalter erreicht hatten, hatte sich ihr Verhältnis gewandelt. Jetzt war es Narkissos, der sich stets und ständig um seine Schwester sorgte. Mehr als dieser lieb war! Auch jetzt stand er wieder hinter ihr und legte tröstend einen Arm um ihre Schultern. Eine Berührung, die Derimacheia in diesem Augenblick eher als Belastung denn als Trost empfand.

»Ich sehe, dass Ihr in Sorge seid, Schwester«, sagte er leise zu ihr. »Und ich kann Euch verstehen.« Er löste seinen Arm, zog sich einen Stuhl heran und setzte sich dicht neben Derimacheia, die ihn am liebsten gebeten hätte, sie allein zu lassen. Sie wollte nichts weiter als ins Kaminfeuer starren und nachdenken. Aber wenn Narkissos ständig auf sie einredete, kam sie nicht dazu! Sie hob den Blick und betrachtete das Porträt ihres verstorbenen Mannes, der eigentlich den Zaubergürtel hatte bewachen sollen, der sich hinter seinem Bildnis verbarg. Auch wenn es nicht der echte gewesen war. Sie hatte bereits nachgesehen, dass der wahre Zaubergürtel dort war, wo er sein sollte: zwischen all ihren anderen Gewändern. Aus schlichtem Leder und mit nichts weiter als einer bronzenen Schnalle versehen.

Der Tod hatte ihren Mann viel zu früh zu sich geholt. War er auch hinter Elias her? Jetzt, in diesem Augenblick, in dem sie nichts für ihn tun konnte und nicht einmal wusste, wo ihr Sohn war?

»Wenn ich nur wüsste, wo er ist!« Derimacheia wandte sich Narkissos mit tränenverschleiertem Blick zu.

»Auch ich wüsste das gerne, geliebte Schwester«, entgegnete Narkissos. »Fürwahr!« Er machte eine Pause und nippte an seinem Glas roten Weins, bevor er weitersprach: »Findet Ihr es nicht auch merkwürdig, zu welchem Zeitpunkt Elias verschwunden ist?«

»Was meint Ihr damit?«

»Nun, was hat es mit der Anwesenheit Antheias und Damasos' auf sich? Beide waren hier, als das Unerklärliche geschah. Kann einer von ihnen etwas wissen, das wir nicht wissen?«

»Ich habe Euch schon einmal gesagt, Narkissos, dass ich von solchen abwegigen Verdächtigungen nichts hören will«, entgegnete Derimacheia scharf. »Antheia ist mehr als eine Verbündete. Sie ist eine Freundin!«

Narkissos erwiderte nichts. Er legte lediglich seine Stirn in Falten. »Eine merkwürdige Freundin nenne ich das, die in Anbetracht einer solchen Lage einfach verschwindet.«

»Sie ist verschwunden, weil Ihr sie beleidigt habt!«

»Oder weil ich die Wahrheit erkannt habe?«

Derimacheia stieß harsch die Luft aus und schüttelte unwillig den Kopf.

»Aber ich will gar nicht auf Antheia hinaus«, fuhr Narkissos fort. »Vielmehr würde mich interessieren, was Damasos mit Elias' Verschwinden zu tun hat. Er würde am meisten davon profitieren, wenn er etwas in den Händen hielte, das Euch am Herzen liegt, meint Ihr nicht?«

Derimacheia sah Narkissos verständnislos an. »Wie meint Ihr das?«

Narkissos lächelte nur. »Wenn ich mich nicht täusche, dann verbinden Damasos und Antheia doch besondere Bande, nicht wahr? Stärkere vielleicht als die Freundschaft zu Euch?«

Derimacheia spürte, wie sie rot wurde. Was wusste Narkissos darüber? Hatte er erraten, dass Damasos der Vater von Antheias Kindern war? Wollte er sie mit seinen Äußerungen zu einer Antwort verleiten, die ihm Gewissheit gab?

»Ich weiß nicht, wovon Ihr sprecht«, antwortete Derimacheia.

»Ich weiß, dass Ihr davon nichts hören wollt, Schwester, doch ich warne Euch: Verschließt nicht Eure Augen, weil Ihr nichts sehen wollt. Elias ist verschwunden. Und mit ihm der Zaubergürtel. Die beiden Dinge, die Euch das Wichtigste sind, wurden geraubt. Von wem? Diese

Frage stelle ich mir. Und Ihr solltet Euch das ebenfalls fragen.« Narkissos erhob sich, stellte sein leeres Glas auf den kleinen Tisch vor dem Kamin ab und verließ grußlos den Raum.

Derimacheia blieb allein zurück und blickte weiter in das prasselnde Feuer. Rote Funken stoben hin und wieder auf, doch Derimacheia nahm sie nicht wahr. Was hatte Narkissos gesagt? Verdächtigte er tatsächlich Antheia und Damasos der gemeinsamen Entführung und des Raubes? Das war doch völlig abwegig!

Oder etwa nicht?

»Hörst du das auch?« Clonie wandte sich strahlend zu Elias um. Mittlerweile saßen beide wieder auf ihren Reittieren und kamen gut voran. »Wasserrauschen! Das ist der Fallende Fluss! Wir haben ihn bald erreicht!«

Elias nickte müde. Mehr Begeisterung zu zeigen, fühlte er sich nicht in der Lage. Das Licht des Tages war längst verschwunden. Und mit dem Licht Elias' Hoffnung auf einen glücklichen Ausgang ihrer Reise. Er erinnerte sich beinahe schon nicht mehr an den Grund ihres Aufbruchs und das Ziel, das sie sich gesetzt hatten. Alles erschien ihm so unwirklich. Konnte es tatsächlich sein, dass er am Tag zuvor noch in seinem eigenen Bett aufgewacht war? Woher bloß nahm Clonie ihre Zuversicht? Ausgerechnet sie, die nur seinetwegen die Strapazen dieser Reise auf sich nahm, ohne auch nur an ihren Sinn zu glauben? Inzwischen glaubte er ja selbst nicht mehr daran. Doch dann hörte er es auch.

Eine Urgewalt.

Das leise Plätschern des Baches nahmen seine Ohren

mittlerweile gar nicht mehr richtig wahr. Sie hatten sich an das permanente Geräusch gewöhnt. Doch dieses Rauschen war anders. Machtvoll. Kräftig. Und zugleich spürte Elias seine eigene Kraft zurückkehren. Sie hatten es geschafft. Sie hatten den Wilden Wald durchquert und den Fallenden Fluss gefunden. Er war nicht im Sand versunken und sie würden es auch meistern, den Fallenden Fluss zu überqueren, ohne von der Strömung mitgerissen zu werden. Gemeinsam würden sie es schaffen, ihr Schicksal zu wenden! Hatte er eben noch an allem gezweifelt, so spürte er nun wieder Hoffnung.

Noch verbarg sich der Flusslauf hinter einer Biegung. Doch schon nach wenigen weiteren Schritten öffnete sich Elias' Blick auf das vom Mondlicht beschienene Wasser. Der Fluss war so breit, dass man jetzt, in der Dunkelheit, das andere Ufer nicht erkennen konnte. Wäre die starke Strömung nicht gewesen, es hätte auch ein See sein können, der sich vor seinen Augen ausbreitete.

Erst in diesem Augenblick bemerkte Elias, dass der Mond vollkommen rund und hell leuchtend am Himmel stand. Sein silberner Schein tauchte nun, da er nicht von den dichten Kronen der Bäume abgefangen wurde, alles in ein kühles Licht. Das Wasser glitzerte dort, wo die Strahlen des Mondes reflektiert wurden, wie ein Weg, der über den Fluss führt. Elias stockte der Atem. Etwas Schöneres als diese weite Landschaft im Mondlicht glaubte er schon lange nicht mehr gesehen zu haben. Beinahe andächtig ließ er sich vom Rücken des Ponys gleiten.

Auch Clonie zeigte sich von dem Anblick, der sich ihnen bot, fasziniert. Sie stieg ebenso wie Elias schweigend von ihrem Pferd und ließ ihren Blick über die weite und im

Mondlicht friedlich scheinende Landschaft gleiten. Lediglich das laute Rauschen des Flusses war zu hören.

»Wir sollten hier rasten«, brach Clonie schließlich das Schweigen. »Morgen früh können wir uns auf die Suche nach dem Übergang begeben.«

Elias zögerte, dann nickte er stumm. Nur einen winzigen Augenblick lang hatte er überlegt, Clonie zu widersprechen. Sie hatten viel Zeit verloren und das helle Mondlicht hätte es ihnen ermöglicht, ihren Weg fortzusetzen. Andererseits fühlte er sich so erschöpft, dass er glaubte, bald im Stehen einzuschlafen.

Clonie hatte seine Antwort gar nicht erst abgewartet. Sie führte Kore bereits zu einer leichten Vertiefung in dem ansonsten flachen Boden, lehnte sich gegen den Hügel und schloss die Augen. Kore stupste sie einmal mit der Nase an und begann dann, ein wenig abseits zu grasen.

Elias schluckte seinen Ärger, dass Clonie sich wieder einmal so über ihn hinwegsetzte und ihn gar nicht erst nach seinen Bedürfnissen fragte, hinunter und folgte ihr.

In der Tat war die Mulde recht bequem, wie Elias zugeben musste, nachdem er sich neben Clonie auf dem Boden niedergelassen hatte. Sie bot sogar ein wenig Schutz vor dem zwar leichten, aber kühlen Wind. Das Rauschen des Flusses war hier ebenfalls gedämpft und so konnte Elias das zarte Zirpen der Grillen hören. Er betrachtete Clonie, die ihre Augen geschlossen hielt. Sie sah sanft aus, verletzlich. Und doch war sie dabei so erstaunlich stark und selbstsicher. Fast wünschte er sich, ein bisschen mehr so zu sein wie sie.

Clonie schien zu spüren, dass Elias sie anblickte. Sie

öffnete die Augen und schaute zu ihm hinüber. Ein fragendes Lächeln lag auf ihren Lippen.

»Vermisst du Calistus nicht manchmal?« Elias wusste nicht, warum gerade die Frage sich ihm in diesem Moment aufdrängte. Vielleicht, weil Clonies Zwillingsbruder das letzte Mal dabei gewesen war, als sie sich gesehen hatten?

Clonie seufzte, während sie sich an ihren Traum in der vergangenen Nacht erinnerte. Sie hatte das Gefühl gehabt, Calistus würde sie um Hilfe bitten, als befände er sich in einer Notlage. Dabei war doch eher sie es, die sich in Not befand. »Doch«, antwortete sie. »Ich vermisse ihn sogar oft.«

»Ist es nicht schwierig, so ganz ohne Männer zu leben?«

Clonie spürte, wie ihr Blut in Wallung geriet. Wieso stellte Elias ihr eine solche Frage? Hielt er sich und seinesgleichen für so unentbehrlich? »Was soll daran schwierig sein?«, entgegnete sie. »Mir fällt absolut nichts ein, wofür man unbedingt Männer braucht.«

»Nun, mir schon«, sagte Elias und konnte ein Schmunzeln nicht ganz unterdrücken.

Clonie öffnete den Mund zu einer Erwiderung, doch als sie Elias' Gesichtsausdruck bemerkte, besann sie sich eines Besseren und stieß ihm statt einer Antwort mit dem Ellbogen in die Seite. »Nun schlaf«, forderte sie ihn lachend auf. »Morgen wirst du all deine Kraft brauchen.«

»Wenn ihnen nichts zugestoßen ist, müssen sie bereits im Land der Hundsköpfigen sein. Ihr wisst, an wen Ihr Euch dort wenden könnt?«

Die beiden Männer nickten.

»Gut.« Medeia lächelte. »Findet sie und geleitet sie hierher. Sie suchen unsere Hilfe, also geben wir sie ihnen. Ich bin sicher, sie können sie gebrauchen.«

»Ja, Medeia«, antwortete der größere der beiden Männer. »Wir machen uns sofort auf den Weg.«

»Reitet im Schutz der Dunkelheit und achtet darauf, dass Ihr unbemerkt bleibt. In Zeiten wie diesen weiß man nie, wer Freund und wer Feind ist. Das gilt vor allem für das Land der Hundsköpfigen.«

Die Männer nickten erneut und verbeugten sich.

»Ich danke Euch«, antwortete Medeia und entließ ihre Späher. Erst als sie wieder allein war, gestattete sie sich ein sorgenvolles Seufzen. Wenn alles stimmte, was man ihr zugetragen hatte, dann war die Lage ernst. Sehr ernst sogar. Krieg drohte und dieser Krieg würde viele Opfer unter allen Völkern kosten. Aigidios und seine Männer waren in diesem Fall lediglich die ersten, denen weitere folgen würden.

Medeia löschte die Fackel und versuchte, Schlaf zu finden. Sie würde ihre Kraft in der nächsten Zeit brauchen. So viel war gewiss.

»Sie müssten das Land der Hundsköpfigen in der Zwischenzeit erreicht haben. Also sucht dort nach ihnen und sorgt dafür, dass sie nicht so schnell zurückkehren.«

»Ihr könnt Euch auf uns verlassen, Narkissos.« Der Mann mit den weißblonden Haaren und der auffallend hellen Haut schloss seine stechend blauen Augen und verbeugte sich leicht. Der Mann neben ihm nickte zustimmend und rieb sich unablässig seine schmerzende

Schulter, während er voller Hass an die ehemalige Besitzerin des Dolches dachte, den er aus der Wunde gezogen hatte.

»Das hoffe ich. Bis jetzt läuft alles gut, der Stachel ist gut platziert. Derimacheia hat eine Delegation zu Antheia und Damasos geschickt und sie um eine Audienz gebeten.« Auf dem Gesicht des bärtigen Mannes zeigte sich ein hämisches Grinsen. »Ich schätze, die beiden werden nicht erfreut sein, wenn Derimacheia ihnen ihr Misstrauen ausspricht.«

Auch die beiden anderen Männer grinsten nun zufrieden. »Und es ist nur eine Frage der Zeit, wann sich im Volk herumspricht, dass die Königin nicht mehr unter dem Schutz des Gürtels steht«, ergänzte Pyrros.

Narkissos nickte zufrieden. »Wendet Euch an Gavril im Land der Hundsköpfigen. Er steht auf unserer Seite und wird Euch helfen.«

»Gavril. Ist gut. Wir werden alles zu Eurer Zufriedenheit erledigen, Narkissos.«

»Es soll nicht zu Eurem Schaden sein.« Narkissos schaute den beiden anderen mit festem Blick ins Gesicht. »Unsere Zeit ist gekommen, Freunde. Unsere Zeit ist endlich gekommen.«

Die Sonne stand noch nicht am Himmel, als sich der Junge auf sein Pferd schwang, einen kraftvollen Schecken, und den Burghof seines Vaters verließ, ohne dass jemand seinen Aufbruch beobachtet hätte oder darüber informiert gewesen wäre. Er wollte die Gefahr, dass man ihn an seiner Reise hinderte, nicht eingehen.

Der blonde Schopf leuchtete im matten Licht des anbrechenden Morgens wie ein Signal. Ein Signal jedoch, das unbemerkt blieb.

Calistus ließ den Schecken in einen leichten Trab fallen. Er schnalzte dafür lediglich einmal mit der Zunge. Das Pferd schien von sich aus zu wissen, was der Junge verlangte. Es kannte seinen Reiter vom Tag seiner Geburt an. Und seit Calistus zwei Jahre alt gewesen war, war kein Tag vergangen, an dem er nicht auf dem Rücken seiner Stute gesessen hatte. Mit ihren siebzehn Jahren gehörte sie immer noch zu den ausdauerndsten Pferden im königlichen Stall. Doch ließ sie niemanden außer Calistus auf ihren Rücken. Nicht einmal sein Vater, König Damasos, der weit bis über die Grenzen seines eigenen Landes hinaus für seine Reitkünste bekannt war, wagte es, die Stute zu reiten.

Doch Damasos war nicht da. Er schlief fest und ahnte nichts davon, was seine Bemerkung über das Verschwinden von Clonie und Elias bei seinem Sohn ausgelöst hatte.

Die mächtigen Hufe des Schecken hinterließen tiefe Abdrücke in dem weichen Erdboden. Die Abdrücke führten nach Westen, ins Land der Hundsköpfigen, in dem Fremde nicht gern gesehen wurden.

Es roch nach ... Elias hielt die Nase in die Höhe und schnupperte ... ja, nach gebratenem Fisch! Wohlig drehte sich der Königssohn auf die andere Seite. Schon das letzte Mal hatte er von Essen geträumt, von einer reichlich gedeckten Frühstückstafel. Und nun träumte er von Fisch! So intensiv, dass er sogar glaubte, den Geruch wahrzunehmen. Das war fast so gut, wie den Fisch tatsächlich zu essen.

Irgendetwas stach Elias in den Rücken. Er tastete mit geschlossenen Augen danach. Ein kleiner Stein. Und dieser kleine Stein war schuld daran, dass er nun nicht mehr von gebratenem Fisch träumen konnte! Elias schleuderte den Kiesel von sich.

Doch es roch weiter nach gebratenem Fisch. Elias richtete sich auf und rieb sich die schlafesmüden Augen. Ein kleines Feuer brannte nur wenige Schritte von ihm entfernt. Clonie wandte ihm den Rücken zu und drehte an einem langen Stock einen stattlichen Barsch über der offenen Flamme. Sie schien zu spüren, dass Elias erwacht war, denn sie drehte sich in diesem Augenblick zu ihm um.

»Guten Morgen«, sagte sie freundlich.

Elias kratzte sich am Kopf und gähnte. »Guten Morgen«, antwortete er schließlich, streckte sich, stand auf und ging gemächlich zu Clonie hinüber. »Und ich habe gedacht, mein Traum wäre so intensiv, dass ich den Bratfisch sogar riechen könnte.«

Clonie lachte. »Das Frühstück ist gleich fertig.«

Elias hockte sich neben Clonie und wärmte seine von der Nacht kalten Hände an dem Feuer.

Clonie nahm den Fisch aus der Glut, legte ihn auf den Boden und zerteilte ihn mithilfe eines Stocks in mehrere Teile. Ihr Dolch war ja, wie sie sich in diesem Moment mit Bedauern erinnerte, in der Schulter ihres Verfolgers stecken geblieben.

»Hmmm«, machte Elias, während er sich den Fisch gierig zwischen die Lippen schob. »Ich glaube, ich habe noch nie ein besseres Frühstück bekommen«, sagte er mit vollem Mund.

Clonie lächelte zufrieden und biss ebenfalls in ihren heißen Fisch. Er war ungewürzt und schmeckte fad, aber er war warm und stillte den Hunger.

Sie sah zu Elias hinüber, der nur Augen für seine Mahlzeit hatte, und ein warmes Gefühl durchströmte ihren Magen, das nicht alleine mit dem Verzehr des Fisches zu tun haben konnte. Innerhalb kürzester Zeit war Elias zu ihrem Freund geworden, dem sie blind ihr Leben anvertrauen würde. Und für dessen Leben sie bereit war, bis aufs Blut zu kämpfen, wenn es sein musste. Außer ihrem Bruder Calistus – möglicherweise als kleines Kind einmal ihrer alten Amme Iolanthe – und Kore, der Stute, hatte sich Clonie noch nie jemandem so nahe gefühlt. Ja, vielleicht nicht einmal ihrer eigenen Mutter, die ihr manchmal so fremdartig erschien.

»Was ist?«, fragte Elias und hörte auf zu kauen. »Du schaust so merkwürdig.«

Clonie senkte den Blick. »Nichts«, sagte sie schnell. »Es ist nichts.«

Elias betrachtete Clonie noch eine Weile, dann widmete er seine Aufmerksamkeit wieder dem Fisch in seinen Händen.

Clonie wischte sich die Hände am Gras ab und stand auf. »Wir müssen aufbrechen«, sagte sie. »Wir sollten das Land der Hundsköpfigen vor Einbruch der Nacht durchquert haben.«

Elias beeilte sich, seinen Fisch hinunterzuschlucken, während Clonie das Feuer mithilfe von Sand und Steinen löschte.

Kore bemerkte die Aufbruchstimmung und trottete bereits auf Clonie zu. Die Tochter des Ares begrüßte ihre Stute mit einer zärtlichen Umarmung. Sie strich über ihre Mähne und pustete ihr sacht in die Nüstern, bevor sie sich auf den Rücken des Schimmels schwang.

Elias beeilte sich ebenfalls, auf seinem Pony aufzusitzen, und folgte Clonie.

Eine Weile ritten sie schweigend nebeneinander her, jeder in seine Gedanken vertieft, die doch um ein und dasselbe Thema kreisten.

Clonies Hände ruhten auf Kores Widerrist. Sie schien das Pferd, wenn überhaupt, mit ihrem Geist zu steuern. Dieser Gedanke zumindest drängte sich Elias beim Anblick der beiden auf. Clonie hielt den Blick unablässig auf den Fluss gerichtet, der links von ihnen in seinem breiten Bett entlangströmte, als suche sie bereits nach dem Übergang, den Aigidios ihnen angekündigt hatte.

»Kore und du«, brach Elias schließlich das Schweigen, »ihr scheint wie Schwestern, wie eine Einheit, etwas, das unabdingbar zusammengehört.«

Clonie lachte. »Das tun wir auch«, sagte sie, »wir gehören zusammen.«

»Kore scheint immer zu wissen, was du vorhast, was du von ihr erwartest«, fuhr Elias fort. »Wie kommt das? Ich meine, wenn ich ein Pferd reite, dann führe ich es, aber Kore scheint von sich aus dorthin zu gehen, wo du hinwillst. Als wüsste sie es oder als hätte sie das gleiche Ziel wie du.«

»Ja«, sagte Clonie und blickte Elias strahlend an.

»Was ›ja‹?«, hakte Elias nach.

»Ja«, wiederholte Clonie. »Sie weiß, wo ich hinwill, und sie hat das gleiche Ziel.« Sie lachte wieder. »Unsere Pferde leben mit uns, sie stehen nicht in Ställen und werden dort ab und zu herausgeholt, um geritten zu werden. Und wir binden sie auch nicht an Pflöcken in der Erde fest, damit sie nicht weglaufen. Kore ist immer da, wo ich bin. Immer. Sie schläft in meiner Nähe und begleitet mich überallhin. Seit sie ein Fohlen war. Ich habe sie großgezogen und ihr alles beigebracht.«

»Du hast Kore großgezogen? Aber wie alt ist sie denn?«

»Sie ist acht. Und in all den Jahren war sie nicht einen Tag von mir getrennt.«

»Acht? Aber dann warst du doch erst …« Elias rechnete, aber er konnte das Ergebnis nicht glauben.

»Ich war sechs, als Kore geboren wurde. Auf dem Rücken ihrer Mutter habe ich reiten gelernt.«

»Als Sechsjährige hast du die Verantwortung für das Fohlen übernommen?«

Clonie nickte. »Bei uns sitzen die Kinder, Mädchen wie Jungen, bereits auf dem Rücken eines Pferdes, bevor sie laufen können. Es ist nichts Beson…« Mitten im Wort brach Clonie ab. »Da, schau mal!« Sie wies mit ausgestrecktem Finger auf den Fluss zu ihrer Linken und gab gleichzeitig Kore ein von Elias unbemerktes Signal anzuhalten.

Elias betrachtete den Fluss, ohne etwas Erwähnenswertes zu entdecken. Nach wie vor erschien ihm die Strömung schnell und vor allem unberechenbar. Trotz der Breite des Flussbetts floss das Wasser mit sichtbar hoher Geschwindigkeit und ab und zu bildeten sich Strudel. Die Vorstellung, in einen solchen Strudel zu geraten, der ihn bis auf den Grund des Flusses ziehen würde, wo er qualvoll ertrank, verursachte Elias Magendrücken. Angestrengt versuchte er zu sehen, was Clonie sah, doch er bemerkte keinerlei Veränderung an dem Gewässer. Das Rauschen war nach wie vor auffallend laut und er hegte nicht den geringsten Wunsch, diesen uneinschätzbaren Strom an irgendeiner Stelle zu durchqueren. Es sei denn, er fände eine Brücke, die hinüberführte, doch wusste er, dass es nichts dergleichen gab.

Clonie wandte sich zu Elias um. »Siehst du es nicht?«

Elias schüttelte stumm den Kopf.

»Das Flussbett verbreitert sich noch einmal, dadurch lässt die Strömung etwas nach. Außerdem hat sich die Farbe des Wassers verändert. An dieser Stelle ist der Fluss nicht so tief und der Untergrund eben. Deshalb bilden sich hier keine Strudel, die uns auf den Grund ziehen könnten.«

Elias kniff die Augen zusammen, als könnte er dadurch besser erkennen, was Clonie ihm beschrieb. Und tatsächlich. Jetzt sah auch er, dass das Wasser auf den nächsten Metern eine andere Färbung hatte und die Strömung ein wenig langsamer wurde.

»Das muss die Stelle sein, von der der Waldbewohner gesprochen hat«, fuhr Clonie fort. »Hier sollen wir den Fallenden Fluss überqueren.«

Elias schluckte. Zwar wusste er nicht, was für einen Übergang er erwartet hatte, doch ganz gewiss hatte er nicht damit gerechnet, durch den immer noch gefährlich schnell fließenden Fluss waten zu müssen. »Bist du sicher?«

Clonie nickte. »Ja. Dies muss der Übergang sein. Wenn wir noch weiterreiten, kommen wir nur näher an den Wasserfall heran. Die Strömung wird immer schneller und schneller und der Fluss stürzt über eine Klippe mehr als tausend Ellen in die Tiefe.«

Elias seufzte. »Also gut«, sagte er. »Dann muss es wohl hier sein.« Er ließ seinen Blick über das entfernte Ufer schweifen. Eine grüne Hügellandschaft erwartete sie, wenn sie es schafften, den Fallenden Fluss lebend zu überqueren.

7

Die ältesten, ehrwürdigsten Gottheiten,
vor denen alle oberen Götter sich beugen,
sind ursprünglich alles Erdmütter,
die den Schicksalsfaden der ganzen Welt spinnen
und das tiefe Geheimnis in den Mysterien bewahren.

C. A. Bernoulli

Mehrere in Stein gemeißelte Frauenstatuen schmückten den Eingang zum Palast. Ihre Gesichter strahlten Stolz und Würde aus, die Gewänder fielen in fließenden Bewegungen und vermittelten ihrem Betrachter, ungeachtet des starren Materials, aus dem sie bestanden, den trügerischen Eindruck von etwas Weichem, Nachgiebigen.

Antheia saß erhöht auf ihrem Thron und ihr Gesicht blickte ebenso versteinert wie das der Statuen. Neben ihr saß die zweite Königin der Töchter des Ares, Evandre, und auch ihre Mimik verriet Unnachgiebigkeit.

Vor den beiden Anführerinnen verbeugte sich Königin Derimacheias Gesandter. Sein Herz klopfte so laut, dass er meinte, die Umstehenden müssten es hören können. Alle Geschichten, die er über den Zorn des Frauenvolkes gehört hatte, drängten sich auf einmal in sein Bewusstsein. Von ausgepeitschten und gebrandmarkten Männern, die es unerlaubt gewagt hatten, sich einer der Frauen zu nähern; von Männern, die versklavt worden waren, um für die Töchter des Ares Dienst zu tun, und vieles Derartiges mehr. Seine Stimme zitterte, als er nun zu sprechen begann: »Königin Derimacheia schickt mich zu Euch, edle Herrin, um Euch erneut um einen Besuch bei ihr zu bitten. Sie ist in tiefer Sorge um ihren Sohn Elias und möchte sich mit Euch beraten.«

»Derimacheia ist in Sorge?«, antwortete Antheia, »nun, das bin ich auch, denn meine Tochter Clonie ist, falls Ihr es vergessen habt, ebenfalls unauffindbar.«

»Gewiss, edle Herrin«, fuhr der Gesandte fort und seine Stimme klang dünn. »Die Königin fragt sich, wie das Verschwinden der beiden Kinder zusammenhängt.«

»Das frage ich mich auch und dennoch unterstelle ich niemandem, meine Tochter entführt zu haben.«

Der Gesandte verbeugte sich noch tiefer, sofern ihm das überhaupt möglich war. »Ich überbringe Euch lediglich Königin Derimacheias Wunsch«, antwortete er schließlich. »Es ist nicht an mir, Fragen zu stellen oder etwas zu beurteilen.«

Antheia schwieg einen Moment. Sie dachte an Derimacheia, die gramvoll über Elias' Verschwinden war. Und sie dachte an Narkissos, der unterstellt hatte, Clonie und sie hätten etwas mit Elias' Verschwinden und dem Verlust des Zaubergürtels zu schaffen. Ihr Blut geriet erneut in Wallung, als sie sich an ihren letzten Aufenthalt in Derimacheias Burg erinnerte. Sie war enttäuscht gewesen, dass Derimacheia, die sie für ihre Freundin gehalten hatte, ihrem Bruder nicht deutlicher Einhalt gebot.

Evandre beugte sich zu Antheia hinüber und flüsterte ihr etwas ins Ohr. Das Herz des Gesandten setzte für mehrere Schläge aus. Dann nickte Antheia und wandte sich dem Mann, der vor ihr stand, erneut zu: »Bitte richtet Eurer Königin aus, dass auch mir an einem gemeinsamen Vorgehen gelegen ist. Ich werde sie hier jederzeit willkommen heißen, wenn sie bereit ist, die Mühe des Weges auf sich zu nehmen.«

Der Gesandte nickte eilfertig. »Gewiss«, antwortete er. »Ich werde Königin Derimacheia Eure Worte übermitteln.« Und er beeilte sich, den Palast und die steinernen Statuen zu verlassen.

»Also gut«, sagte Clonie und richtete ihren Blick dabei sehnsüchtig auf die grüne Hügelkette, die am anderen Ufer des Flusses auf sie wartete. »Wir versuchen, auf den Pferden hinüberzukommen, denn das Wasser ist immer noch tief.«

Elias schluckte schwer.

»Es kann sein, dass die Pferde es mit unserem Gewicht nicht schaffen, der Strömung zu widerstehen. Vor allem das Pony nicht. Dann müssen wir absteigen.«

Elias' Blick ruhte auf dem kleinen Pony und er schluckte noch einmal.

»Siehst du den Strudel?« Clonies ausgestreckter Zeigefinger deutete auf eine Stelle in der Mitte des Flusses.

Elias nickte.

»Dort müssen wir besonders achtgeben«, fuhr Clonie fort. »Er liegt genau an der Stelle, die wir passieren müssen.« Sie blickte Elias an. »Ich gehe voraus«, entschied sie und Elias verspürte nicht einmal das Bedürfnis, ihr zu widersprechen.

Clonie überprüfte sorgfältig, dass Köcher und Bogen fest auf ihrer Schulter saßen und sich nichts lösen konnte. Den Strick, den der Waldmensch ihr gegeben hatte, wickelte sie wie einen Gürtel um ihre Taille und zog ihn fest. Er würde ihnen, dessen war sie sich sicher, noch einmal wertvollere Dienste erweisen als Elias' vermeintlicher Zaubergürtel. Dann nickte sie Elias wortlos zu und machte entschlossen die ersten Schritte in das noch flache Wasser.

Elias blieb am Ufer stehen. Er konnte sich kaum überwinden, Clonie zu folgen. Das Flussrauschen war so stark, dass es ihm wie eine Drohung erschien.

Schließlich stand Clonie bis zur Hüfte im Wasser und hatte doch erst wenige Schritte gemacht. Sie wandte sich zu Elias um.

»Das Wasser ist tiefer, als ich angenommen habe!«, rief sie ihm über das Rauschen hinweg zu und schwang sich auf Kores Rücken. Mühsam setzte die kräftige Stute einen Huf vor den anderen.

Elias verzog das Gesicht. Sein Blick ruhte auf seinem Pony. Wie sollte das zarte Geschöpf es schaffen, der reißenden Strömung zu widerstehen, wenn selbst Clonies kraftvolle Kore offenkundig Mühe damit hatte? Aber hatten sie eine andere Wahl, als es zu versuchen?

Elias dachte an seine Mutter, die sich sicherlich über sein Verschwinden grämte. Und an die Gefahr, in der Königin Derimacheia schwebte, ohne es auch nur zu ahnen. Er rief sich den Grund für diese Reise ins Gedächtnis zurück: Aigidios, der Anführer des Waldvolks, hatte ihnen geraten, sich an das Orakel zu wenden, das in den Bebenden Bergen wohnte. Die Weise Frau würde wissen, was zu tun war und wie er nach Hause zurückkehren und seine Mutter warnen konnte, ohne den Feinden in die Hände zu fallen. Und hatte nicht der Überfall auf das Waldvolk, dessen Zeugen sie geworden waren, bewiesen, wie ernst die Lage war?

Elias rückte seinen Gürtel zurecht und sprach sich selbst Mut zu: Er trug den Zaubergürtel um die Taille, der ihn aus jeder Situation als Sieger hervorgehen lassen würde. Er hatte dafür gesorgt, dass sie den Verfolgern entkommen waren, ihn vor den ernsten Folgen einer Vergiftung bewahrt, und er hatte ihm geholfen, sich aus dem Sumpf zu befreien. Er würde ihm auch helfen, den Fallenden Fluss sicher und unbeschadet zu durchqueren.

Das Pony stampfte mittlerweile ungeduldig mit den Hufen auf. Es wollte seiner Freundin folgen und das Verlangen des Tieres, um das er sich sorgte, ließ Elias endgültig alle Zweifel besiegen.

»Also gut«, sagte er und tätschelte den Hals des Ponys. »Dann lass es uns gemeinsam versuchen.« Er schwang sich auf seinen Rücken und schnalzte mit der Zunge.

Das Pony setzte sich augenblicklich in Bewegung und schritt ohne Zögern in das schnell fließende Wasser.

»Ich war erfreut über die Nachricht Eures Boten, dass Ihr mich zu sprechen wünscht. Ich hätte Euch ohnehin aufgesucht.« König Damasos lehnte sich in seinem Stuhl zurück und atmete schwer. »Irgendetwas ist im Gange«, fuhr er fort. »Man hat mir die Nachricht überbracht, das Waldvolk sei überfallen worden. Und das Schlimmste ist …«, er machte eine kurze Pause und schüttelte sorgenvoll den Kopf, »Calistus ist ebenfalls verschwunden.«

Narkissos, der sich entgegen seiner Gewohnheit im Hintergrund hielt und das Gespräch lediglich aufmerksam verfolgte, hob interessiert den Kopf, während Königin Derimacheia, die Damasos gegenübersaß, erschrocken die Hand vor den Mund führte.

»Calistus ist verschwunden?«

König Damasos nickte. »Er muss die Burg im Morgengrauen verlassen haben. Atlante, seine Stute, ist ebenfalls nicht aufzufinden. Ich hätte ihm vielleicht nicht von Clonie und Elias berichten sollen, aber wie kann ich so etwas vor ihm geheim halten? Er ist schließlich kein Kind mehr!«

»Und was sagtet Ihr über das Waldvolk? Es hat ein Überfall stattgefunden? Warum weiß ich nichts davon? Immerhin gehört der Wilde Wald zu meinem Land!«

Damasos zuckte mit den Schultern, während Narkissos den Kopf einzog, als wolle er keine Aufmerksamkeit auf sich lenken. Dennoch wandte sich die Königin nun zu ihm um: »Wisst Ihr etwas darüber, Narkissos?«

»Nein, Derimacheia, diese Neuigkeit höre ich ebenso wie Ihr das erste Mal.«

»Aigidios herrscht besonnen über seine Männer«, fuhr Derimacheia, wieder an Damasos gewandt, fort. »Ich hatte nie einen Grund, mich einzumischen, zumal der Wilde Wald für uns ohnehin nicht von Interesse ist. Aber dass er mich nicht informiert, wenn sein Volk überfallen wird, macht mich stutzig.«

»Was ist mit Antheia?«, erkundigte sich Damasos. »Ich hatte erwartet, sie ebenfalls hier anzutreffen.«

Derimacheia seufzte schwer. »Es gab ein Missverständnis«, erklärte sie. »Antheia glaubt, wir würden ihr unterstellen, Elias' Verschwinden sei in irgendeiner Weise Clonies oder ihre Schuld.«

»Aber das ist doch absurd!«

»Gewiss.« Derimacheia blickte nachdenklich in die Ferne. »Ich hatte sie tatsächlich zu unserer Unterredung dazugebeten, doch sie ließ mir ausrichten, wenn ich mit ihr sprechen wolle, sei ich jederzeit willkommen. Offensichtlich erwartet sie, dass ich in irgendeiner Form Abbitte leiste.«

Damasos runzelte die Stirn. Unstimmigkeiten zwischen benachbarten Ländern bedeuteten in jedem Fall nichts Gutes. Und den Zorn des Frauenvolkes auf sich zu ziehen, war etwas, das jeder Herrscher tunlichst vermied. Die Töchter des Ares galten im Kampf als unnachgiebig und gefährlich. Niemand legte sich gerne mit ihnen an. Sie als Freunde zu haben, war gut. Sie sich zum Feind zu machen, war töricht und wurde nicht selten mit dem Leben bezahlt.

Derimacheia schien von ähnlichen Gedanken geplagt. Sie seufzte schwer und sagte schließlich: »Ich werde mich schon bald auf die Reise begeben und Antheia meine Aufwartung machen. In einem ruhigen Gespräch sollten sich die Unstimmigkeiten aus der Welt schaffen lassen.«

Damasos nickte zustimmend. Es war auch in seinem Interesse, dass die Länder, die an sein Königreich grenzten, im Frieden miteinander lebten. Dass dieser Frieden durch das Verschwinden der Kinder – und dabei dachte er auch an Calistus – nachhaltig gestört werden konnte, war offensichtlich. Wem war das nicht klar? Und vor allem: Wem war es klar? Wer würde davon profitieren, wenn Königin Derimacheia in einen Krieg verwickelt wurde? Wenn er auf diese Frage eine Antwort wüsste, dann würde er sicher auch bald darauf erfahren, wo Elias, Clonie und Calistus steckten. Aber er kannte die Antwort nicht.

»Wir werden am Ufer des Fallenden Flusses patrouillieren. Es gibt eigentlich nur eine Stelle, an der sie das Gewässer überqueren können, wenn es stimmt, was Ihr sagt, und sie aus dem Wilden Wald kommen. Dann können wir sie abfangen und …«, der Mann mit den finsteren Augen und dem stark hervorstehenden Kinn grinste hämisch, »… ihnen den Aufenthalt in unserem Land ein wenig versüßen, bevor wir sie in der Weiten Wüste aussetzen. Der Rest erledigt sich dann von selbst und wir waschen unsere Hände in Unschuld.«

»Ich sehe mit Zufriedenheit, dass wir uns verstanden haben«, antwortete Pyrros. »Narkissos wird erfreut sein, von Eurer Kooperationsbereitschaft zu erfahren.«

Gavril verbeugte sich tief.

»Es soll nicht zu Eurem Schaden sein«, bestätigte nun auch Dareios und spürte im gleichen Augenblick einen stechenden Schmerz in seiner rechten Schulter, der den Hass sofort wieder auflodern ließ. »Die Ämter werden neu verteilt, sobald Königin Derimacheia gestürzt wurde.«

»Ihr könnt Euch ganz auf uns verlassen«, antwortete Gavril. »Wir kennen uns mit solchen Dingen gut aus.«

Pyrros lächelte. »Ich weiß«, sagte er. »Jeder weiß, wofür die Hundsköpfigen weit über die Landesgrenzen hinaus bekannt sind.« Und alle drei Männer brachen in schallendes Gelächter aus.

Elias schöpfte Mut. Er hatte bereits ein Drittel der Strecke geschafft und es ging besser, als er erwartet hatte.

Clonie war ihm nur wenige Schritte voraus und drehte sich immer wieder zu ihm um.

»Gleich kommt der Strudel!«, rief sie jetzt. »Ich steige ab und führe Kore herum, damit wir nicht zu nah …« Den Rest konnte Elias nicht mehr verstehen. Er wurde vom Rauschen des Flusses verschluckt.

Auch er ließ sich jetzt, als das Wasser tiefer wurde, vom Rücken des Ponys hinab ins Wasser gleiten und versank darin bis zum Bauch. Er hielt die Luft an, als die Kälte des Wassers so plötzlich durch seine Kleidung drang, und spürte, wie die Strömung an seinen Beinen zog. Mit aller Kraft musste er sich gegen den Druck des Wassers lehnen.

Vom Pony schauten mittlerweile nur noch Hals und Kopf aus dem Wasser. Doch durch sein größeres Gewicht, das zudem auf vier statt auf zwei Beinen verteilt war, schien ihm der Sog des Wassers nicht so viel auszumachen.

Elias beobachtete, wie Clonie Kore in einem möglichst weiten Bogen um den Strudel herumführte. Dadurch musste sie zwar in tieferes Gewässer und sogar einige Schwimmzüge machen, aber sie schaffte es, dem Strudel zu entgehen. Elias nahm sich vor, es ihr gleichzutun. Er schnalzte mit der Zunge und zog sacht am Halsring des Ponys, damit es ihm folgte.

Doch das Pony schien einen anderen Plan zu haben. Es schritt einfach weiter genau auf den Strudel zu, als würde es die Gefahr nicht bemerken oder wolle ihr trotzen.

»Komm, du Dickkopf«, sagte Elias und zog etwas fester.

Das Pony schnaubte unwillig. Es sah Kore weit voraus

und hatte eindeutig nicht die geringste Absicht, die Richtung zu wechseln und irgendwo anders hinzugehen, wo Kore nicht war.

»Jetzt komm schon!« Elias wurde zunehmend nervös. Er konnte den immer stärker werdenden Sog des Wassers spüren. Verunsichert sah er zu Clonie hinüber, die bald das rettende Ufer erreicht haben würde.

Plötzlich fiel der Flussgrund noch einmal ab. Elias meinte, in ein Loch zu stürzen. Er verlor den Boden unter den Füßen und bevor er darauf reagieren konnte, hatte er bereits jede Menge Flusswasser geschluckt. Auch das Pony verlor den Kontakt zum Boden und begann zu schwimmen.

Geradewegs auf den Strudel zu.

Elias zog mit aller Kraft an dem Halsring, doch das Pony war stärker. Oder war das bereits die Wirkung des Strudels?

Hilfe suchend hielt Elias nach Clonie Ausschau, doch gerade jetzt blickte sie sich nicht nach ihm um und ihm fehlte die Kraft, sie durch rufen auf sich aufmerksam zu machen. Er hatte alle Hände voll damit zu tun, dass ihm das nasse Seil nicht aus den Fingern glitt. Mit unbeholfenen Schwimmzügen – er hatte ja nur eine Hand frei und seine mit Wasser vollgesogene Kleidung zog ihn zusätzlich in die Tiefe – versuchte er, vorwärtszukommen und das Pony vom Strudel fernzuhalten. Hin und wieder schwappte eine kleine Welle über sein Gesicht und er hustete und schnappte nach Luft.

Es war, als zöge jemand mit einem Mal auf der anderen Seite an dem Pony. Jemand, der die Kräfte eines Bären haben musste. Oder die eines Riesen.

Das Seil rutschte aus Elias' Hand und mit einem Aufschrei sah er, wie das Pony, sich um sich selbst drehend, von ihm weggetrieben wurde.

Clonie hörte Elias' Schrei und wandte sich um. Auch das Pony wieherte nun angstvoll und bemühte sich verzweifelt, den Kopf über der Wasseroberfläche zu halten, während es weiter und weiter von Elias weg und auf den Strudel zu getrieben wurde.

Clonie zögerte nicht. Sie warf sich kopfüber in die Flut und versuchte mit kraftvollen Schwimmzügen, das Pony zu erreichen. Doch mit jedem Schwimmzug, den sie vollbrachte, schien sich das Pony weiter zu entfernen. Auf einmal verschwand der Kopf des Ponys unter der Wasseroberfläche und tauchte kurz darauf an anderer Stelle wieder auf. Clonie hörte das ängstliche Wiehern und sah die atemberaubende Geschwindigkeit, mit der das Tier jetzt auf den Abgrund zugetrieben wurde. Bald war es völlig aus Clonies Sichtfeld verschwunden und sie musste einsehen, dass es zu spät war und sie den Versuch, das Pony zu retten, aufgeben musste, wenn sie sich nicht selbst in Gefahr bringen wollte. Schweren Herzens wandte Clonie sich ab und wollte ans Ufer zurückkehren. Es war ihr, als sähe sie das Pony bereits den Wasserfall hinabstürzen. Sie spürte die Tränen der Verzweiflung in sich aufsteigen und fühlte sich mit einem Mal völlig kraftlos.

Die Muskeln ihrer Oberarme spannten sich an und versuchten das Wasser wegzudrücken, doch sosehr sie sich auch bemühte – sie kam kein Stück voran. Plötzlich spürte Clonie Panik in sich aufsteigen. Sie hatte wieder einmal gehandelt, ohne nachzudenken, und nun erst wurde ihr bewusst, dass sie die Kraft des Wassers unterschätzt – oder ihre eigene überschätzt – hatte. Das Wasser zog und zerrte an ihr, hielt sie in der Mitte des Flusses gefangen und trieb sie wie eine Beute auf den Strudel zu. Sie konnte die kreisförmigen Bewegungen des Wassers bereits sehen. Als zöge jemand mit aller Macht an ihren Beinen, fühlte sie sich auf einmal unter die Oberfläche gerissen. Das Wasser rauschte in ihren Ohren und Clonie wusste nicht mehr, wo oben und wo unten war. Alles um sie herum verschwand in der Dunkelheit.

»Derimacheia ist argwöhnisch. Wir müssen ihr eine Erklärung bieten, die sie befriedigt. Hast du verstanden, was du sagen sollst?«

Der bärtige Mann mit den dunklen langen Haaren, der gedrungenen Gestalt und den blanken Füßen nickte. »Macht Euch keine Sorgen, Narkissos. Ich werde der Königin berichten, dass es Strauchdiebe waren, die unser Volk überfallen haben.«

»Gut.« Narkissos lächelte zufrieden und für einen kurzen Augenblick drängte sich das Bild Sappheires in sein Bewusstsein, die ihn mit ihren leuchtend blauen Augen hingebungsvoll anblickte – Augen, so blau wie ein kostbarer Topas. Noch war es nicht mehr als ein Wunschbild, aber bald schon, da war sich Narkissos sicher, würde dieser Wunsch Wirklichkeit werden.

»Es wird noch sehr lange dauern, bis Aigidios wieder so weit genesen ist, dass er uns in die Quere kommen könnte. Bis jetzt hat er das Bewusstsein noch nicht zurückerlangt. Und es ist fraglich, ob er jemals wieder bei Sinnen sein wird. Die Zeichen stehen also gut für uns.«

»Das höre ich gerne«, antwortete Narkissos. »Dann spiel dein Spiel gut. Und vergiss nicht, was ich dir über diesen Jüngling Calistus gesagt habe. Auch er könnte uns gefährlich werden.«

»Macht Euch keine Sorgen.«

»Ausgezeichnet. Dann kündige ich dich der Königin also jetzt als Bote des Waldvolks an. Bist du bereit?«

Der Waldmensch nickte. »Ja, ich bin bereit.«

Calistus kniete auf dem weichen Waldboden. Hier waren vor nicht allzu langer Zeit zwei Pferde entlanggekommen. Das konnte er an den Spuren eindeutig erkennen. Und zwar mussten es Pferde mit Reitern gewesen sein, der Tiefe der Abdrücke zufolge. Aber niemand konnte ihm sagen, ob es sich bei den beiden Reitern um seine Zwillingsschwester Clonie und ihren Begleiter Elias handelte.

Calistus erhob sich und schnalzte mit der Zunge.

Der kräftige Schecke spitzte augenblicklich die Ohren und kam ohne Zögern auf den Jüngling zu, noch drei Grashalme zwischen den weichen Lippen, die er ein Stück abseits aus der Wiese gerupft hatte.

Calistus schwang sich auf den Rücken seines Pferdes und lenkte es durch die Baumreihen in die Richtung, die die Spuren auf dem Boden ihm wiesen: Zum Fallenden Fluss und dem dahinterliegenden Land der Hundsköpfigen.

Auf einmal fühlte sich Clonie hochgezogen. Gierig atmete sie ein, sobald ihr Kopf die Oberfläche des Wassers durchstieß. Kraftvolle Hände packten sie unter den Achseln und zogen sie mit sich. Es dauerte eine Weile, dann spürte sie plötzlich Boden unter den Füßen und versuchte, Halt zu finden. Doch ihre Muskeln waren noch zu geschwächt und sie musste sich weiterziehen lassen.

Endlich hatten sie das rettende Ufer erreicht.

Elias ließ sich erschöpft auf den matschigen Boden fallen. Sein Brustkorb hob und senkte sich stoßweise, während er versuchte, nach der Anstrengung genügend Luft in die Lungen zu pumpen.

Auch Clonie war atemlos. Eine Weile schauten sie in den blauen Himmel über sich, rangen gemeinschaftlich um Luft in dem Bemühen, das Grauen zu begreifen. Beide hatten versucht, das Leben des Ponys zu retten. Beide hatten es nicht geschafft. Die Trauer um das Tier ließ der Erleichterung, den Fallenden Fluss überquert zu haben, fast keinen Raum.

»Du hast mir das Leben gerettet«, sagte Clonie schließlich und wandte Elias, der neben ihr lag, den Kopf zu.

Elias war noch zu geschwächt, um zu antworten. Immer noch waren sein Geist und sein Körper von dem maßlosen Entsetzen erfüllt, das ihn ergriffen hatte, als er Clonies Kopf untergehen sah. Es kam ihm so vor, als hätte seine Angst um die Freundin ihm unmenschliche Kräfte verliehen. Wie sonst war es zu erklären, dass er es geschafft hatte, Clonie aus dem Wasser zu ziehen? Etwas, das er zuvor bei dem Pony vergebens versucht hatte.

»Und was geschieht mit Männern, die einer Tochter des Ares das Leben gerettet haben?«, fragte er schließlich, immer noch nach Luft ringend. »Werden sie gehäutet oder gevierteilt?«

Clonie sah Elias einen Augenblick lang überrascht an. Dann begann sie so laut zu lachen, dass Kore, die ein wenig abseits stand und ihrer Lieblingsbeschäftigung, dem Grasen, nachging, den Kopf hob und die Ohren spitzte, als wolle sie sich vergewissern, dass es ihrer Reiterin gut ging.

»Du solltest nicht alles glauben, was man sich so erzählt«, antwortete Clonie schließlich, nachdem sie sich wieder etwas beruhigt hatte. »So schlimm ist das Frauenvolk gar nicht und du hast auch keine Vergeltungsmaßnahmen zu befürchten. Vielleicht hängen wir dich für ein, zwei Tage zum Trocknen an den Füßen in die Sonne, aber sonst …« Und sie freute sich über Elias' entsetzten Gesichtsausdruck.

Doch nicht lange. Kores heiseres Wiehern ließ Clonie aufhorchen. Trotz der Anstrengung, die ihr noch in den Knochen steckte, sprang sie mit einem einzigen Satz auf die Füße. Und bevor Elias überhaupt nur Zeit hatte zu verstehen, was geschehen war, sah er über sich die zu Grimassen verzerrten Gesichter von sechs Angst einflößenden Männern. Beim Anblick ihrer fast schwarzen Augen, der fliehenden Stirn und dem hervorspringenden Kinn brauchte er sich nicht lange zu fragen, mit wem sie es hier zu tun hatten: Der Anblick der Hundsköpfigen, die sich mit weit aufgerissenen Mäulern grinsend über ihn beugten, war Antwort genug.

8

Es heißt, dass auf diesen Bergen
hundsköpfige Menschen leben;
sie (…) sprechen keine eigentliche Sprache,
sondern tönen wie Hunde (…)
Ihre Zähne sind größer als die von Hunden,
während ihre Nägel hundeartig sind,
aber länger und gekrümmter.

Ktesias von Knidos
(griechischer Geschichtsschreiber und Arzt, um 400 v. Chr.)

Es klang wie ein Knurren, als die Männer untereinander zu sprechen begannen in einer Sprache, die weder Elias noch Clonie verstanden.

Dann fühlte sich Elias unsanft hochgezogen und man bedeutete ihm, Clonie zu folgen, die bereits von zwei Männern an den Armen vorangeführt wurde wie eine leblose Puppe.

Elias musterte die Männer. Es war das erste Mal, dass er Hundsköpfige sah, von denen man in seinem Land voller Grauen und Abscheu sprach. Sie waren am gesamten Körper übermäßig behaart, und als einer von ihnen nun ein Lachen ausstieß, während er mit grober Hand durch Clonies Haare fuhr, hörte sich das Geräusch in Elias' Ohren an wie das heisere Bellen eines Hundes. Elias schüttelte sich beim Anblick der Pranken, die seine Oberarme mit festem Griff umschlossen. Lange schmutzige Nägel, krallenartig, bohrten sich in seine Kleidung und die darunterliegende Haut. Er war froh, dass sein kostbarer Gürtel unter dem langen Gewand, das er trug, nicht sichtbar war. Denn auf die Ehrlichkeit dieser Kreaturen wollte er sich nicht verlassen.

Auch Kore erging es nicht besser und sie schien ebenso wie Clonie und Elias vom Anblick der Gestalten entsetzt zu sein. Doch als sich einer der beiden Männer, die sie zwischen sich führten, auf ihren Rücken schwingen wollte, wieherte sie und stieg auf die Hinterläufe, sodass der Hundsköpfige, der damit offenbar nicht gerechnet hatte, über ihre Kruppe hinweg nach unten rutschte und auf dem Boden landete. Seine Mitstreiter bellten wieder ihr heiseres Lachen und der Geschädigte wurde zornesrot im Gesicht. Er stand umständlich auf, wobei er eine Hand fest auf seinen schmerzenden Steiß drückte, und schien sich nur mit Mühe zurückhalten zu können. Elias sah, dass er der Mähre, die ihn der Lächerlichkeit preisgegeben hatte, am liebsten den Hals umgedreht hätte. Doch offensichtlich lautete der Auftrag der Männer anders, denn er beherrschte sich und schlich knurrend hinterdrein.

Die Hundsköpfigen begnügten sich nicht damit, ihre Gefangenen abzuführen. Sie piesackten sie darüber hinaus, indem sie sie immer wieder schubsten, ihnen in die Hacken traten oder sie absichtlich zum Stolpern brachten.

Clonie ließ alle Schikanen schicksalsergeben über sich ergehen. Sie wusste, dass es in dieser Situation keinen Sinn machte, sich den Männern zu widersetzen. Sie musste sich in Geduld üben und auf ihre Chance zu entkommen warten. So schwer ihr das auch fallen mochte. Jeder Versuch, sich zu wehren, würde nur dazu führen, dass die Männer noch mehr Gewalt anwendeten.

Auch Elias war sich seiner Machtlosigkeit bewusst. Und doch konnte er seine Wut nicht im Zaum halten, als er nun mitansehen musste, wie einer der Männer Clonie einen Schlag mit der flachen Hand auf den Hinterkopf verpasste.

»Hey!«, schrie er zornentbrannt. »Lass das!«

Der Hundsköpfige wandte sich zu ihm um. Seine schwarzen Augen funkelten. Er zog die Lippen auseinander und entblößte eine Reihe großer, gelber Zähne, deren Anblick Elias kalte Schauer über den Rücken laufen ließ. Mit diesen Zähnen konnte man rohes Fleisch mühelos zerreißen.

Doch größer als seine Furcht war Elias' Zorn. Er hielt dem starrenden Blick des Hundsköpfigen stand.

»Elias.« Clonies Stimme klang so sanft, dass sie beinahe nicht zu Elias vorgedrungen wäre. Doch plötzlich war sie in seinem Kopf und ermahnte ihn zur Vernunft. Er senkte den Blick und wandte den Kopf ab.

Der Hundsköpfige grunzte befriedigt und drehte sich ebenfalls wieder um.

Elias erhaschte einen Blick von Clonie, die ihm zulächelte. Er richtete sich auf und schritt mit erhobenem Kopf voran. Auch wenn er nichts hatte ausrichten können, denn unverzüglich ließ der Hundsköpfige seine Wut erneut an Clonie aus und drangsalierte sie, so fühlte er sich dennoch besser, weil er es wenigstens versucht hatte, anstatt tatenlos zuzusehen.

Eine Weile stolperten sie so über Stock und Stein und Clonies Eindruck, dass die Hundsköpfigen uneinig darüber waren, was mit ihren Gefangenen geschehen sollte, wurde immer stärker. Zunächst hatte man Elias und sie über die sanft geschwungenen grünen Hügel vom Ufer des Fallenden Flusses weggeführt. Doch plötzlich stoppten die Hundsköpfigen und begannen, hitzig zu diskutieren. Der eine deutete nach links, der andere nach rechts und ein dritter wies mit seinem ausgestreckten klauenartigen Zeigefinger geradeaus. Schließlich meldete sich ein vierter zu Wort und die anderen drei nickten zustimmend. Dann wendete die gesamte Gruppe und führte Elias, Clonie und Kore wieder ein Stück des Weges zurück. An der nächsten Kreuzung entspann sich ein weiteres Streitgespräch, das ähnlich wie das erste verlief und auch genauso endete.

Clonie war erschöpft und sie sah Elias an, dass es ihm nicht anders erging. Sie hatte das Gefühl, die Hundsköpfigen führten sie im Kreis. Was auch immer noch geschehen sollte, sie wünschte sich sehnlich eine Rast. Die Gedanken an den Tod des Ponys, den sie nicht hatte verhindern können, spukten weiterhin durch ihren Kopf. Das Schicksal des unschuldigen Tieres belastete sie mindestens ebenso schwer wie die Sorge um ihre eigene Zukunft.

Welche Absichten hegten die Hundsköpfigen mit ihnen? Stand ihr eigenes Ende nun ebenfalls unmittelbar bevor?

»Ich weiß einfach nicht, was ich tun soll.« Derimacheia sah müde aus, fand Antheia. Sie hatte tiefe Ringe unter den Augen und war blass. »Es muss ihnen etwas zugestoßen sein. Sonst würde mich Elias nicht so lange im Ungewissen lassen.«

Die Anführerin der Töchter des Ares nickte. »Auch ich bin besorgt«, gestand sie. »Deswegen habe ich bereits einige meiner besten Frauen losgeschickt, um nach Clonie und Elias zu suchen. Aber bisher habe ich noch keine Nachricht erhalten.«

»Wenn wir wenigstens einen Anhaltspunkt hätten, was geschehen sein kann!« Derimacheia reckte in einer Geste der Verzweiflung die Arme in die Höhe.

Antheia schwieg. Trotz Derimacheias Aufwartung und ihrer Entschuldigung hatte sie den Vorwurf, sie selbst könnte in irgendeiner Weise hinter dem Verschwinden der Kinder stecken, noch nicht ganz verwunden und der Ausruf der anderen Königin erinnerte sie nun wieder daran.

»Ich werde ebenfalls einige meiner Männer auf die Suche schicken. Sollte ich etwas erfahren, lasse ich es Euch unverzüglich wissen.«

Jetzt nickte Antheia wieder. »Auch ich werde Euch informieren, wenn es Neuigkeiten gibt.«

Derimacheia seufzte, während sie sich von ihrem Platz erhob, um die Heimreise anzutreten. »Nun geht bald schon der zweite Tag zu Ende, ohne dass wir auch nur eine Ahnung haben, was geschehen ist. Lange halte ich diese Ungewissheit nicht mehr aus.«

Auch Antheia erhob sich jetzt, um ihren Gast zu verabschieden. »Mich beunruhigt die Nachricht, die Ihr mir überbracht habt, dass das Waldvolk überfallen wurde. Ich frage mich, welche Strauchdiebe sich das wagen?«

»Glaubt Ihr, es könnte zwischen Elias' und Clonies Verschwinden und dem Angriff auf das Waldvolk ein Zusammenhang bestehen?«

Antheia zuckte mit den Schultern. »Vielleicht solltet Ihr jemanden zu Aigidios schicken, um Genaueres zu erfahren.«

Derimacheia nickte. »Ja, das werde ich tun«, versprach sie. »Ihr hört von mir.«

»Ihr seid so wunderschön, dass es mich schmerzt!«

Die Frau, die mit dem Rücken zu ihrem Besucher stand und angestrengt aus dem Fenster blickte, schauderte.

»Ich werde Euch mit Edelsteinen schmücken, die Eurer würdig sind. Auch wenn kein Stein der Welt es mit der Schönheit Eurer Augen aufnehmen kann.«

Die Frau stöhnte, wandte sich aber nicht um.

»Was muss ich tun, damit Ihr mein Werben endlich erhört? Ich hole für Euch die Sterne vom Himmel, wenn Ihr es verlangt.«

»Narkissos!« Jetzt drehte sich die Frau um. Ihre Wangen waren gerötet, was ihr Antlitz für seinen Betrachter nur noch reizvoller machte. Sie strich sich in einer ärgerlichen Geste eine rötliche, gelockte Haarsträhne aus der Stirn und ihre türkisfarbenen Augen funkelten in ihrem makellosen Gesicht tatsächlich wie Edelsteine und betonten die Zartheit ihrer Haut. »Ich schätze Euch und Eure Schwester, Königin Derimacheia, doch nichts auf der Welt wird mich je dazu bringen, Eure Frau zu werden. Versteht das doch endlich!«

Narkissos zuckte zusammen, als hätte sie ihn geschlagen.

»Ich liebe Euch nicht und ich werde Euch niemals lieben. Mein Herz gehört bereits einem anderen.«

Narkissos' Lippen zuckten. »Wem?«, fragte er tonlos.

»Das geht Euch nichts an«, erwiderte die Frau und wandte sich erneut ab. Sie wollte nicht, dass der Mann die Lüge in ihren Worten erkannte. Es gab keinen anderen, doch Narkissos' Werben war so hartnäckig, dass sie sich allmählich keinen anderen Rat mehr wusste als diese Ausflucht, um ihn von sich fernzuhalten. Und wenn sie bis an ihr Lebensende allein blieb – diesen Mann würde sie gewiss nicht ehelichen. Er war falsch wie eine Schlange und seine Liebe zu ihr beruhte nur auf seinem Begehren. Mit wahren Gefühlen, wie sie ihrer Vorstellung entsprachen, hatte diese Art der Liebe nichts zu tun. Eines Tages würde der Mann kommen, der sie nicht nur wegen ihres Äußeren begehrte. Und sie wollte sich nur dem Mann hingeben, der sie wegen ihrer selbst liebte. Wegen dem, was sie ausmachte. Und das waren nun einmal nicht ihre Augen oder ihr Teint oder die Beschaffenheit ihres Haars, sondern ihr messerscharfer Verstand und ihre Sanftmut. Wie sollte sie mit einem so ungehobelten Kerl wie Narkissos jemals glücklich werden? Nein, sie verabscheute ihn. Er widerte sie an. Aber das konnte sie ihm nun wahrhaftig nicht sagen.

Narkissos wartete. Sein Blick ruhte auf den schmalen Schultern der Frau, die er so sehr begehrte. Sie war so unglaublich zart. Wie gerne hätte er seine Arme um diesen Körper geschlungen und ihn, wenn es sein musste mit Gewalt, an sich gedrückt. Aber er wusste sich zu beherrschen.

Jetzt lachte er plötzlich laut und unvermittelt. »Ich weiß, dass Ihr keinen anderen habt«, sagte er dann. »Ihr seid für mich bestimmt und ich für Euch. Ich werde

Euch eines Tages zu meiner Königin machen. Verlasst Euch darauf.«

Sappheire verdrehte die Augen, während sie weiter aus dem Fenster blickte. Ein kühler Wind wehte durch die Öffnung in dem Gemäuer und ließ sie frösteln. Oder waren es Narkissos' Worte, die sie zittern ließen?

»Wie geht es Eurer Schwester, der Königin?«, versuchte sie das Gespräch in sanftere Gewässer zu führen und wandte sich mühsam lächelnd zu ihrem Besucher um.

Narkissos grinste. »Es geht ihr soweit gut. Sie befindet sich zurzeit auf Reisen.«

»Auf Reisen?«

»Ja, sie ist zu Besuch bei Königin Antheia.«

»Der Tochter des Ares?«

Narkissos nickte. »Ja. Derimacheias Sohn, mein Neffe Elias ... er ist gemeinsam mit Antheias Tochter verschwunden.«

»Verschwunden?« Sappheire hob überrascht die Augenbrauen. »Ja, aber ...«

»Das ist gewiss kein Grund zur Sorge«, versicherte Narkissos.

»Ach nein?«

»Nein.« Narkissos tätschelte Sappheires Arm und seine Augen schielten lüstern auf ihr Dekolleté. »Zerbrecht Euch nicht Euren hübschen Kopf über derlei Dinge«, sagte er. »Es hat alles seine Ordnung. Junge Menschen sind nun einmal unberechenbar.«

Sappheire verzog das Gesicht zu einem gequälten Lächeln. »Wenn Ihr es sagt ...«

Allmählich brach im Land der Hundsköpfigen die Dämmerung herein. Mit Wehmut dachte Clonie daran, dass sie ihr Ziel, das Orakel, nach Aigidios' Schätzung längst erreicht haben sollten. Stattdessen stolperten sie nun seit Stunden, wie es ihr schien, durch eine völlig unbekannte Gegend und waren am Ende ihrer Kräfte.

Auch die Hundsköpfigen agierten nicht mehr ganz so entschlossen. Zum wiederholten Male ließen sie ihre Gefangenen anhalten und debattierten gestenreich das weitere Vorgehen.

Clonie hatte genügend Zeit gehabt, um darüber nachzudenken, was die Hundsköpfigen im Schilde führten. Ganz offensichtlich wollten sie Elias und Clonie nicht in ihr Dorf bringen und daher lag die Vermutung nahe, dass nicht alle Mitglieder des Stammes einer Meinung waren. Vielleicht gab es nur einen Teil Abtrünniger, die mit den Verschwörern gemeinsame Sache machten, während der Rest der Hundsköpfigen nicht bereit war, sich in einen unberechenbaren Krieg gegen das Königreich Gelen zu stürzen?

Das Gespräch der Hundsköpfigen wurde lauter und riss Clonie aus ihren Gedanken. Sie wurde gepackt und mit dem Rücken an einen Baum gepresst. Während einer der Hundsköpfigen sie festhielt, band ein anderer sie mit einem schweren Tau am Stamm der Platane fest.

Und auch Kore wurde mittels eines Pflocks, den die Kreaturen in die Erde stießen und an dem sie die Stute festbanden, am Fortlaufen gehindert.

Clonie musste widerwillig schmunzeln, als sie die Bemühungen der Hundsköpfigen sah: Was waren das nur für Kreaturen, die ihre Tiere anbinden mussten, damit sie ihnen nicht davonliefen? Kore wäre ohnehin an Ort und Stelle geblieben, solange Clonie dort war. Aber das schienen die Hundsköpfigen nicht zu wissen.

Elias wurde anschließend ebenfalls an einen Stamm gekettet. Dabei verrutschte sein Gewand und der Hundsköpfige, der soeben das Seil fest verschnüren wollte, schrie vor Überraschung auf, als sein Blick an dem mit Edelsteinen besetzten Kleidungsstück auf Elias' Hüften hängen blieb. Seine Augen funkelten gierig und er grapschte mit seinen Klauen nach dem kostbaren Teil.

Elias wand sich, doch er konnte nicht verhindern, dass der Hundsköpfige ihm den Gürtel abnahm und ihn wie eine Trophäe stolz in die Höhe hob, um seinen Schatz den anderen zu zeigen. Dabei stieß er ein unmenschlich klingendes Siegesgeheul aus, das Clonie einen kalten Schauer über den Rücken jagte.

Lange jedoch währte die Freude des Hundsköpfigen nicht. Ein anderer stürzte sich auf ihn, riss ihm den Gürtel aus der erhobenen Hand und schlug ihm damit hart ins Gesicht. Er redete in der fremden Sprache, die an das Bellen und Knurren von Hunden erinnerte, auf den Dieb ein und band Elias den Gürtel eilig wieder um. Dann wandte er sich noch einmal drohend an den anderen und stieß ihn von Elias fort.

Elias hatte die Auseinandersetzung der beiden Hundsköpfigen mit angehaltenem Atem verfolgt. Nun stieß er die Luft erleichtert wieder aus. Der Verlust des Gürtels hätte ihn aus mehreren Gründen schwer getroffen, denn erstens glaubte er nach wie vor an dessen magische Kräfte, zweitens hatte dieser Gürtel einst seinem Vater gehört und war schon allein deswegen für ihn von besonderer

Bedeutung, und drittens hätte er nicht gewusst, wie er den Verlust seiner Mutter gestehen sollte – vorausgesetzt, er sähe sie jemals wieder.

Und daran zweifelte er mittlerweile mehr als je zuvor.

»Elias?«

Elias öffnete die Augen. Er hatte nicht geschlafen – wie sollte das in dieser Position, angekettet an einen Baum, auch gehen? – und die leise Stimme augenblicklich wahrgenommen. Er räusperte sich, denn seine Stimme drohte zu versagen. Seine Lippen waren trocken und die Zunge klebte an seinem Gaumen. Hunger hatte er schon längst keinen mehr. Offenbar hatte sein Magen den Dienst eingestellt und sendete nicht einmal mehr Signale aus. Aber dieser Durst war schrecklich und sein Kopf pochte, dass er meinte, darüber verrückt zu werden.

Sein Blick fiel auf die schlafenden Hundsköpfigen. Sie lagen dicht an den wärmenden Resten des Feuers und schnarchten zufrieden. Offenbar waren sie sich ihrer Sache sehr sicher, denn keiner von ihnen hielt Wache.

»Ja?« Elias' Antwort hatte lange auf sich warten lassen und Clonie dachte schon, ihr Freund würde schlafen. Wenn sie auch nicht gewusst hätte, wie das im Stehen und bei dieser bitteren Kälte gehen sollte. Sie konnte jedenfalls ihre Hände und Füße kaum noch spüren und bei jedem Atemzug entwichen kleine weiße Wolken ihrem Mund. Nach der anfänglichen Enttäuschung darüber, dass sie nun nicht loswerden konnte, was ihr auf dem Herzen lag, hatte sie Erleichterung empfunden, denn was sie Elias sagen wollte, war ziemlich vertraulich. Vielleicht *zu* vertraulich, dachte sie jetzt.

»Was ist?«

Nun gab es wohl kein Zurück mehr. »Ich wollte dir nur sagen ...«, begann sie, »falls wir das hier nicht noch irgendwie überstehen ... ich bin trotzdem froh, dass wir es wenigstens versucht haben. Ich meine ...« Die Wörter wollten einfach nicht aus ihr heraus und sie schwieg hilflos.

Elias wartete eine Weile, ob Clonie weitersprechen würde. Doch das tat sie nicht. Im Dunkeln huschte ein Lächeln über seine Lippen. »Ich bin auch froh«, sagte er schließlich leise. »Dass du bei mir bist«, fügte er dann noch leiser hinzu.

Das Gezwitscher der Vögel war mittlerweile verstummt. Die meisten Tiere schliefen. Nur die Grillen zirpten und hin und wieder raschelte es leise im Gebüsch. Eine Schlange oder eine kleine Maus, dachte Elias und wunderte sich, dass er trotz der Situation, in der er sich befand, so etwas wie Glück verspürte. Glück über sein Zusammensein mit Clonie. Es vibrierte förmlich in ihm vor lauter Wohlbehagen.

Das Vibrieren wurde stärker, doch das Glücksgefühl schwand allmählich. Elias runzelte die Stirn, als er merkte, dass dieses Beben nicht in ihm selbst war, sondern von außen kam. Nicht er vibrierte, sondern der Boden, auf dem er stand. Und dann tauchten aus der Dunkelheit etliche schwere Leiber auf. Das Stampfen ihrer Hufe und ihr Schnaufen übertönte das zarte Zirpen der Grillen.

Auch die Hundsköpfigen merkten, dass etwas nicht stimmte. Doch bevor sie sich orientieren konnten, war die Herde Rinder bereits über ihnen. Sie galoppierten über sie hinweg, als wären sie nichts weiter als leichte Erhebungen im Untergrund. Elias hörte einen der Hundsköpfigen aufschreien, als die schweren Hufe ihn trafen. Ein anderer, der es rechtzeitig geschafft hatte aufzustehen, hieb mit einem schweren Ast auf einen Kuhschädel, der ihm zu nahe kam.

Kore wieherte und versuchte, sich loszureißen, doch es gelang ihr nicht. Clonie starrte wie gebannt auf ihre Stute, in der Angst, sie könnte ebenfalls von den massigen Leibern verletzt werden. Sie spürte den Lufthauch, als mehrere Stiere nur wenige Fingerbreit entfernt an ihr vorbeistoben, und widerstand dem Impuls, die Augen zu schließen. Sie sah die Gesichter der aufgebrachten Rinder auf sich zukommen, hörte ihr Schnaufen, spürte ihren warmen Atem.

So plötzlich, wie das Inferno begonnen hatte, endete es auch wieder. Die Vibration des Bodens ließ nach und das Stampfen der Herde wurde in der Ferne leiser.

Die Hundsköpfigen stöhnten und rieben sich die schmerzenden Knochen. Einer von ihnen blutete aus einer Wunde an der Stirn. Kore schnaubte und schlug aufgebracht mit dem Kopf, nur Clonie und Elias hatten den Angriff äußerlich völlig unversehrt überstanden.

Ob die Hundsköpfigen ohnehin einen frühen Aufbruch geplant hatten oder ob sie durch die Ereignisse dazu gebracht wurden, sollten Clonie und Elias nie erfahren. Die Kreaturen packten eilig ihre Sachen, banden die Gefangenen los und schubsten sie wortlos dem anbrechenden Morgen entgegen.

Es war eine sehr schweigsame Gruppe, die sich ihren Weg durch die grüne Hügellandschaft suchte. Die Sonne bahnte sich mit orangefarbenem Schein ihren Weg an den Himmel und bald schon konnte sich Clonie nicht mehr vorstellen, dass sie in der vergangenen Nacht so erbärmlich gefroren hatte.

Als die Sonne schließlich hoch oben am Himmel stand, rannen Schweißtropfen von ihrer Stirn und brannten in ihren Augen, doch sie hatte keine Hand frei, mit der sie sich über das Gesicht wischen konnte, denn ihre Arme waren mit einem Strick vor ihrem Körper festgebunden, an dem der Hundsköpfige sie hinter sich herzog wie ein eingefangenes Tier.

Allmählich veränderte sich die Landschaft. Mehr und mehr braune, von der Sonne verbrannte Stellen mischten sich unter das Grün der Wiesen und anstelle der saftigen Bäume wuchsen hier vermehrt dornige Sträucher, die mit weniger Wasser und mehr Hitze zurechtkamen.

Wir nähern uns der Weiten Wüste, dachte Clonie und Angst und Entsetzen machten sich in ihr breit. Was hatten die Hundsköpfigen vor? Wollten sie sie in der Weiten Wüste aussetzen und dort ihrem Schicksal überlassen? Das würde ihren sicheren Tod bedeuten!

Antheia wiegte den Kopf hin und her. »Ich habe Bedenken«, sagte sie. »Bitte versteht mich nicht falsch, doch fürchte ich um die Sicherheit meiner Frauen, wenn ich sie mit Euren Männern gemeinsam ziehen lasse. Werden Eure Männer damit umgehen können, von Frauen begleitet zu werden, die ihnen ebenbürtig sind?«

»Meine Männer werden sich an meine Anweisungen halten«, antwortete Derimacheia. »Euren Frauen wird nichts geschehen. Darauf gebe ich Euch mein Wort.«

Antheia schwieg, während sie das Für und Wider gegeneinander abwog. Die Nachricht vom Angriff auf das Waldvolk war alles andere als beruhigend gewesen. Und offenbar war Aigidios bei dem Überfall der Diebe so schwer verletzt worden, dass er keine Auskünfte darüber erteilen konnte, was genau sich abgespielt hatte. Dennoch hatten sie erfahren, dass zwei Kinder, deren Beschreibung auf Elias und Clonie passte, im Lager der Waldmenschen gewesen waren, während der Angriff stattgefunden hatte. Also galt es zu handeln.

»Nun gut«, sagte Antheia schließlich. »Lasst uns eine gemeinsame Delegation entsenden, um nach Elias und Clonie zu suchen. Ich gebe Euch zwölf meiner besten Frauen mit.«

Derimacheia nickte erleichtert. Weniger, weil sie die Verstärkung des Frauenvolks dringend benötigt hätte – obwohl sie deren Kampfkraft durchaus zu schätzen wusste –, sondern als Zeichen der Verbundenheit zwischen den Töchtern des Ares und dem Königreich Gelen. Nur durch die Demonstration von Einigkeit konnte sie ihre Position in ungewissen Zeiten wie diesen stärken.

Das Getrappel von Hufen wurde lauter und weckte Clonies Erinnerungen an die vergangene Nacht, als die Rinderherde über sie hinweggefegt war. Nicht nur sie hob aufmerksam den Kopf und lauschte, auch Elias schien das Geräusch bemerkt zu haben. Und mit ihm die Hundsköpfigen. Sie gestikulierten wild und sprachen wieder in ihrer unverständlichen Sprache miteinander.

Je näher das Geräusch kam, desto deutlicher konnte man hören, dass es sich keinesfalls erneut um Stiere handelte. Vielmehr klang es wie galoppierende Pferde.

Die Hundsköpfigen stießen Clonie und Elias zur Seite und bedeuteten ihnen, sich hinter einem Gebüsch zu verstecken. Kaum hatten die beiden der Aufforderung Folge geleistet, als ein Trupp weiterer Hundsköpfiger auf Pferden in Sicht kam.

Jetzt stand nur noch Kore, gehalten von zwei Hundsköpfigen, auf dem Weg und die Reiter ließen ihre Pferde anhalten.

Clonies Herz klopfte bis zum Hals. Was würde nun mit Kore geschehen? Würden die Hundsköpfigen sie mit sich nehmen?

Sie lauschte dem Gespräch der Männer, in der Hoffnung, trotz der fremden Sprache zu verstehen, worum es in der Unterhaltung ging. Aber aus dem Bellen und Knurren wurde sie einfach nicht schlau. Schließlich hielt sie es nicht länger aus und wollte sich erheben. Wenn die Männer Kore mitnehmen wollten, dann würden sie auch sie mitnehmen müssen.

Clonie versuchte auf die Beine zu kommen, doch die Pranke des Hundsköpfigen, der neben ihr kniete, legte sich fest auf ihre Schulter und drückte sie gewaltsam nieder. Clonie sah in sein furchterregendes Gesicht und erkannte, dass es besser war, sich ihm nicht zu widersetzen. Ihr Blick huschte Hilfe suchend zu Elias, doch der wurde auf die gleiche Weise von einem der Hundsköpfigen daran gehindert, sich zu zeigen, und die Erkenntnis machte sich in Clonies Kopf breit, dass sie der Willkür dieser Kreaturen ausgeliefert waren. Nicht einmal der eigene Stamm sollte von ihnen erfahren. Ein

Verdacht wurde zur Gewissheit: Sie waren in der Hand von skrupellosen Verbrechern. Niemand wusste, wo sie sich aufhielten, und niemand war da, um ihnen zu helfen. Wenn diese Handvoll abtrünniger Hundsköpfiger sie ermorden und irgendwo verscharren wollte, dann gab es keinen, der sie daran hindern würde. Und keinen, der wusste, wo er nach ihren Leichen suchen sollte, um ihnen wenigstens eine ehrenvolle Bestattung zu ermöglichen. Sie würden für immer und ewig spurlos verschwunden bleiben.

9

*Diese Weiber haben regelmäßige Körperformen
und eine weiße Hautfarbe …*

Liang sigongji, Erzählung von vier Edelleuten
der Liang-Dynastie
(7. Jahrhundert)

Calistus beugte sich über den Kadaver. Das Pony konnte noch nicht lange tot sein. Sein Körper war unversehrt und nicht im Mindesten aufgedunsen oder von wilden Tieren angefressen. Es sah vielmehr aus, als würde es schlafen.

Der Anblick missfiel Calistus. Er liebte Tiere und ganz besonders Pferde. Dieses Pony hier erinnerte ihn an die Reittiere des Waldvolks. Sie ritten auf solchen zwar kleinen, doch ungewöhnlich kräftigen Pferden. Aber wie sollte ein Pony der Waldbewohner hierhergelangen? Noch dazu ohne Reiter? Oder hatte der Fallende Fluss Pony und Reiter verschluckt, aber nur das Pony wieder ausgespuckt? Diese Möglichkeit erschien ihm mehr als wahrscheinlich, immerhin hatte er soeben am eigenen Leibe erfahren, wie beschwerlich und gefährlich es war, den Fallenden Fluss zu überqueren. Und ohne Atlante hätte er es vermutlich selbst nicht geschafft. Aber wenn es so war und das Pony seinen Reiter in der Strömung verloren hatte – wer war dann dieser Reiter gewesen?

Calistus spürte eine prickelnde Unruhe in sich aufsteigen. Seit er unterwegs war, wurde ihm immer deutlicher bewusst, dass er ziel- und planlos aufgebrochen war. Die Nachricht von Clonies Verschwinden hatte ihn wohl derart verstört, dass er ohne nachzudenken gehandelt hatte. Ganz so, als hätte Clonies ungestümer Geist von ihm Besitz ergriffen.

Bei diesem Gedanken musste Calistus lächeln. Beim Frauenvolk hatte er stets als der Besonnenere der beiden Zwillinge gegolten. Und während Clonies impulsives Verhalten ihnen oft Scherereien eingebracht hatte, war er immer der liebe Junge geblieben. Erst seit er mit Clonie nicht mehr zusammen war, erkannte er mehr und mehr, dass er sich in dieser Hinsicht nicht allzu sehr von seiner Schwester unterschied. Es war leicht, die Rolle des Angepassten zu spielen, solange jemand anderes den Draufgänger mimte.

Er schaute zurück auf das tote Pony. Wer hatte hier den Draufgänger gespielt und versucht, den Fallenden Fluss zu überqueren? Ein Versuch, der mit dem Leben bezahlt worden war.

Calistus seufzte und suchte mit Blicken das Ufer ab. Dann wandte er sich um. Das Land der Hundsköpfigen breitete sich vor seinen Augen aus. Es wirkte so friedlich mit seinen sanft geschwungenen grünen Hügeln. Und doch war es gefährlich, sich in das Gebiet dieses kämpferischen Volkes vorzuwagen.

Aber hatte er eine andere Wahl?

Clonie hatte versucht, durch Schreien auf sich aufmerksam zu machen. Doch der Hundsköpfige presste ihr so fest die Hand auf den Mund, dass sie kaum Luft bekam.

Jetzt schubste er sie voran, zurück auf die leere Straße. Clonie schluchzte. Lediglich die Hufabdrücke auf dem staubigen Untergrund waren ihr von Kore geblieben. Das Wissen, dass Kore niemand anderen als sie auf ihrem Rücken duldete, war nur ein schwacher Trost. Was würden die Hundsköpfigen mit dem Pferd machen, wenn sie erst merkten, dass es nicht reitbar war?

Clonie spürte Elias' mitleidige Blicke auf sich ruhen. Doch das machte es nicht besser. Im Gegenteil. Sie wollte kein Mitleid. Wenn es etwas gab, das sie hasste, dann war es Mitleid!

Elias sah, dass Clonie mit den Tränen kämpfte. Wie gerne hätte er sie in den Arm genommen und getröstet, ihr zugeflüstert, dass alles ein gutes Ende nehmen würde. Wieso er das glaubte, wusste er selbst nicht. Vielleicht wollte er es auch nur glauben. An dem Blick, den Clonie ihm zuwarf, konnte er sehen, dass sie seinen Trost nicht wollte. Er unterdrückte ein Lächeln und wandte das Gesicht ab. Natürlich, eine Tochter des Ares konnte kein Mitgefühl gebrauchen. Das hätte er wissen müssen.

Den Hundsköpfigen war Mitgefühl offensichtlich fremd. Sie stießen ihre Gefangenen erneut vorwärts, der Weiten Wüste entgegen. Mittlerweile gab es keine Zweifel an dem Vorhaben der Männer mehr: Sie geleiteten Clonie und Elias an das nördliche Ende des Landes, um sie dort ihrem Schicksal zu überlassen. Der Sonne hilflos ausgeliefert, die ihre Körper in kürzester Zeit würde austrocknen lassen, bis sie wie verdorrte Sträucher am Wegesrand liegen blieben.

Die Landschaft hatte sich schleichend verändert. Statt des saftigen Grüns, das sie am Ufer des Fallenden Flusses willkommen geheißen hatte, schritten sie nun über verbranntes Gras, das mehr und mehr von sandigem Untergrund abgelöst wurde. Bäume wuchsen hier längst keine mehr. Und trotz des allmählichen Übergangs zur vegetationslosen Wüste war Clonie letztlich überrascht, als sie plötzlich vor dem Ende der Welt standen. Zumindest kam es ihr wie das Ende vor. Links von ihr weidete eine Herde Wildpferde im kniehohen, widerstandsfähigen harten Gras, die bei der Ankunft der Fremdlinge neugierig die Köpfe reckten und sich augenblicklich in Fluchtbereitschaft begaben. Hinter ihr standen vereinzelte trockene Sträucher und vor ihr breitete sich nichts anderes als Sand aus, der sich wellenförmig zu Bergen auftürmte und im flirrenden Licht der unbarmherzig brennenden Sonne am Horizont verschwamm. Die Weite Wüste.

Die Hundsköpfigen blieben stehen. Obwohl ihnen der Anblick vertraut sein musste, bemerkte Clonie, dass auch sie voller Ehrfurcht auf die Landschaft blickten, die sich vor ihren Augen ausbreitete. Nichts als Tod und Verderben würde auf denjenigen warten, der sich in diese Ödnis vorwagte.

Doch dauerte es nicht lange, bis sich die Kreaturen wieder auf den Grund ihres Hierseins besannen. Sie entwendeten Clonie Pfeil und Bogen, die sie bis hierher selbst hatte tragen müssen, und warfen sie achtlos auf den Boden, bevor sie ihre Fesseln lösten. Dann befahlen sie ihnen mit den mittlerweile vertrauten Knurrlauten weiterzugehen.

Clonie und Elias blickten einander an. Hatten sie eine andere Wahl, als zu gehorchen? Hinter ihnen standen die Hundsköpfigen, bereit, sie zu töten, vor ihnen lag das Nichts, aus dem noch niemand lebend zurückgekehrt war.

Schließlich zuckte Clonie mit den Schultern und machte den ersten Schritt auf den nachgiebigen Sand. Elias folgte ihr, während das bellende Gelächter der Hundsköpfigen hinter ihnen leiser und leiser wurde und sie mitten hinein in die Weite Wüste liefen, aus der es keine Rückkehr gab.

Beim Anblick der Männer, die ihre Kriegerinnen lüstern musterten, war Antheia nicht mehr sicher, die richtige Entscheidung getroffen zu haben, als sie Derimacheia zugesagt hatte, eine gemeinsame Delegation auf die Suche nach Elias und Clonie zu schicken. Die Männer erweckten nicht gerade den Eindruck, dass sie nichts anderes im Sinn hatten als das Aufspüren der vermissten Königskinder. Sie grinsten dümmlich und machten einander auf die verschiedenen körperlichen Vorzüge der Kriegerinnen aufmerksam. Im Gegensatz zu Frauen anderer Völker, die ihre Gestalt unter wallenden Gewändern versteckten, trugen die Töchter des Ares schmal geschnittene Beinkleider und eng anliegende Oberteile, die sie in ihren Bewegungen nicht behinderten. Schließlich verbrachten sie die meiste Zeit des Tages auf dem Rücken eines Pferdes und konnten es sich nicht leisten, im Kampf durch ein Zuviel an Stoff am Bogenschießen gehindert zu werden. Ihre Körper waren schlank und wohlgeformt, ihre Haut zart gebräunt. Und nicht eine von ihnen senkte verschämt den Blick, wenn die forschen Augen der Männer auf ihr ruhten.

Antheia nickte ihrer Vertrauten Evandre zu. »Du weißt, worum ich dich bitte«, sagte sie leise.

»Ich werde achtsam sein«, versprach Evandre und entsann sich des vertraulichen Gesprächs, das die beiden Frauen am vorangegangenen Abend miteinander geführt hatten. Antheia hatte darin ihre Sorge zum Ausdruck gebracht, dass sich Derimacheias Männer vielleicht nicht unter Kontrolle haben könnten, wenn sie mehrere Tage auf beengtem Raum mit den Kriegerinnen zusammen waren.

»Es wäre nicht das erste Mal, dass ein Mann glaubt, er könne sich mit Gewalt nehmen, was er begehrt.«

»Er würde es bereuen«, flüsterte Evandre.

Alle 24 Reiterinnen und Reiter saßen jetzt auf. Es war ein atemberaubender Anblick, als die edlen Rösser zeitgleich in einen gestreckten Galopp verfielen. Es dauerte nicht lange, bis sich die schnelleren Pferde der Kriegerinnen, die zudem deutlich weniger Gewicht tragen mussten, abgesetzt hatten.

Antheia und Derimacheia blickten den Frauen und Männern lange hinterher, bis sie von der aufgewirbelten Staubwolke verschluckt worden waren.

Hoffentlich nimmt das ein gutes Ende, dachte Antheia. Hoffentlich führt diese gemeinsame Aktion zu dem gewünschten Erfolg und nicht etwa zu weiteren Gründen für einen Krieg.

»Ich kann nicht mehr.« Elias' Knie knickten ein und er sackte auf dem Untergrund zusammen. Nachdem die Sonne vom Himmel verschwunden war, wurde es nun schnell kühler. Der Sand speicherte die Hitze nur oberflächlich und das wolkenlose Sternenzelt ließ die Wärme des Tages ungehindert entweichen.

»Wir müssen warten«, sagte Clonie und hockte sich neben Elias, der immer noch auf dem Boden kauerte.

»Warten? Worauf?« Elias hatte Mühe, die Worte zu formen. Seine Zunge klebte am Gaumen fest und seine Lippen aneinander.

»Wir warten, bis wir sicher sein können, dass die Hundsköpfigen nicht mehr am Rand der Weiten Wüste Wache stehen, dann kehren wir um.«

»Umkehren? Zurück ins Land der Hundsköpfigen?« Plötzlich wusste Elias nicht mehr, was ihm lieber war: der langsame und qualvolle Tod in der Wüste oder ein Ausgeliefertsein an diese erbarmungslosen und unwürdigen Kreaturen.

Doch statt eine Antwort zu geben, setzte sich Clonie neben Elias und schlang die Arme um ihre angezogenen Beine. »Vertrau mir«, sagte sie nur. »Wir ruhen uns jetzt ein wenig aus, dann gehen wir in unseren eigenen Fußspuren zurück.«

Elias schüttelte den Kopf. Offensichtlich hatte der Wassermangel Clonies Verstand geschädigt. Doch er besaß nicht mehr genügend Kraft, sich ihr zu widersetzen. Schweigend saßen die beiden Flüchtenden auf dem zwar angenehm weichen, aber kalten Boden und blickten gedankenverloren in den sternenklaren Nachthimmel.

»Es läuft alles nach Plan«, berichtete der Mann mit dem merkwürdig geformten Schädel und stieß jedes Wort begleitet von einem Knurren aus.

Narkissos rieb sich vor Freude die Hände. »Das höre ich gern.«

»Die Vermissten sind ohne Reittiere und ohne Waffen in der Weiten Wüste«, bellte Gavril. »Der Rest wird sich von selbst erledigen.«

Narkissos lachte jetzt zufrieden. »Es wird Jahre dauern, bis jemand ihre ausgebleichten Knochen findet.«

»Und dann wird niemand mehr wissen, wem die Gebeine gehörten.«

Narkissos dachte an den Gürtel, der – wenn sich die Hundsköpfigen an seine Befehle gehalten und ihn nicht gestohlen hatten – zumindest die Identität des einen Leichnams verraten würde. Doch konnte ihm das nur recht sein und er dachte nicht daran, darüber auch nur ein Wort Gavril gegenüber zu verlieren. Es war nicht nötig, dass der Hundsköpfige von jedem Detail des Plans Kenntnis hatte. »So ist der Auftrag der Delegation zum Scheitern verurteilt«, fuhr Narkissos stattdessen fort. »Clonie und Elias sind wie vom Erdboden verschluckt und es würde mich nicht wundern, wenn die gemeinsame Aktion statt Einigkeit nichts weiter als Unfrieden bringen würde.« Er lachte hämisch.

Gavril sah Narkissos fragend an.

»Na ja«, sagte Narkissos, der den Blick richtig deutete, »ein Dutzend Männer und ein Dutzend Frauen ... nur durch eine dünne Zeltwand voneinander getrennt ...«

Jetzt grinste Gavril. »Ich habe gehört, die Töchter des Ares sollen eine äußerst wohlgeformte Gestalt besitzen.«

»Ihr sagt es, mein Freund, Ihr sagt es«, bestätigte Narkissos und erwiderte das Grinsen.

Calistus klopfte sacht auf den gescheckten Hals seiner Stute, nachdem er sich wieder auf ihren Rücken geschwungen hatte. Die kleine Rast hatte ihnen beiden gut getan, doch jetzt wollte er das Land der Hundsköpfigen endlich hinter sich lassen, bevor doch noch etwas geschah, das seine Pläne durchkreuzte.

Im fahlen Licht des Mondes konnte er am Horizont bereits die ersten Hügelketten erkennen. Bald hatten sie es geschafft. Nur einmal war ihnen eine Handvoll Hundsköpfiger entgegengekommen, doch Calistus hatte sie rechtzeitig bemerkt und sich und Atlante in Sicherheit gebracht, indem er sich abseits des Weges im Unterholz verbarg. Atlante hatte sich seinem Befehl folgend hingelegt und war erst wieder aufgestanden, als er es ihr erlaubte. Trotzdem hatte sein Herz so laut geschlagen, dass er meinte, die Hundsköpfigen müssten es hören. Er hatte die unheimlichen Kreaturen von seinem Versteck aus beobachtet, wie sie genau an der Stelle anhielten und sich suchend umblickten, an der er den Weg verlassen und sich ins Gebüsch geschlagen hatte. Sie schienen regelrecht zu schnüffeln, als könnten sie seinen Geruch wahrnehmen und wollten die Fährte aufnehmen wie jagende Hunde. Fast rechnete er schon damit, entdeckt zu werden, als die Männer schließlich doch ihren Weg fortsetzten.

Nebel waberte um Atlantes Läufe. Die Luft roch frisch und angenehm nach feuchter Erde. Hin und wieder hörte Calistus den Ruf eines Käuzchens oder ein Rascheln, wenn ein Tier sich durchs hohe Gras schlängelte. Die nächtliche Landschaft mutete friedvoll und harmonisch an. Kaum vorstellbar, dass irgendwo eine Gefahr lauern konnte. Und doch wusste Calistus, wie trügerisch dieses Gefühl war.

Die dunkle Silhouette, die plötzlich aus dem Nichts

auftauchte, war mindestens 7 Fuß hoch! Als Calistus sie aus dem Augenwinkel bemerkte, dachte er zunächst, die Hundsköpfigen hätten ihn nun doch noch entdeckt.

Auch Atlante bemerkte, dass etwas nicht stimmte. Sie blieb ruckartig stehen und riss den Kopf hoch.

Jetzt löste sich die Silhouette und kam auf sie zu. Ein tiefes, drohendes Brummen erfüllte die Luft, während sich der Bär auf seinen Hinterpfoten näherte.

Atlante wieherte und stieg. Calistus stieß seinem Pferd die Fersen in die Flanken und Atlante gehorchte. Sie preschten an dem Bären vorbei, der mit seinen gewaltigen Tatzen nach ihnen schlug, sie aber nicht mehr erreichen konnte.

»Lauf, Atlante, lauf«, zischte Calistus in die Ohren des Schecken und warf über die Schulter einen angstvollen Blick zurück.

Der Bär hatte sich nun wieder auf alle vier Tatzen begeben und rannte hinter ihnen her. Doch gegen Atlante hatte er keine Chance und der Abstand vergrößerte sich zusehends. Trotzdem feuerte Calistus sein Pferd weiter an. Wer wusste schon, wie viel Ausdauer das Raubtier bei der Verfolgung seiner Beute beweisen würde?

Atlante schnaubte, ihre Hufe trommelten im gleichbleibenden Rhythmus auf den festen Erdboden und die Bergkette am Horizont kam schnell näher, ragte höher und höher vor ihnen auf und warf im hellen Licht des Mondes ihre dunklen Schatten hinunter ins Tal. Es war ein bedrohlich wirkendes Bild und doch war sich Calistus sicher, dass alles, was vor ihm lag, weniger Gefahren barg als das, was hinter ihm war.

Während Atlante durch die Nacht galoppierte und den

Reiter auf ihrem Rücken zu den Bebenden Bergen brachte, rannten auch Calistus' Gedanken: Er war froh, dass es nur ein Bär gewesen war, der ihnen den Weg versperren wollte. Ein mit Pfeil und Bogen bewaffneter Hundsköpfiger hätte sich nicht so leicht abschütteln lassen.

Sein Blick glitt über die im Mondschein so friedlich wirkende Landschaft, die allmählich karger und deren Untergrund steiniger wurde. Nur wenige Reitstunden weiter in Richtung Norden lag die Weite Wüste. Der Ort des Verderbens und des sicheren Todes, von dem noch niemand zurückgekehrt war, um über ihn zu berichten. Und doch kannte Calistus wie jeder andere die Geschichten, die man sich erzählte. Von dem zweiköpfigen Riesenvogel Hierax, der jedem, der ihm begegnete, den Tod brachte.

Calistus lächelte bei diesem Gedanken. Was die Menschen sich nicht alles ausdachten, wenn sie es nicht besser wussten und sich vor dem Unbekannten fürchteten! Dennoch war er froh, dass er die Weite Wüste meiden konnte. Und dass er dem Land der Hundsköpfigen in diesem Augenblick unversehrt den Rücken zuwandte. Er hoffte nur, dass er auf dem rechten Weg war und die Spuren richtig gedeutet hatte, die ihn zu Clonie und Elias führen sollten.

Was konnte ihm nun noch Schlimmes widerfahren? Sobald er die Bebenden Berge erreicht hatte, würde er in Sicherheit sein.

»Und jetzt?« Elias hob in einer Geste der Verzweiflung die Arme in die Höhe und ließ sie anschließend kraftlos wieder sinken.

Auch Clonie wusste sich keinen Rat, wollte dies aber ungern vor Elias zugeben.

Sie waren eine Weile in ihrer eigenen Spur zurückgegangen, doch nun waren die Fußstapfen vom Wind verweht und Clonie hatte nicht die geringste Ahnung, in welche Richtung sie gehen sollten. Alles sah gleich aus. Überall türmte sich der Sand zu sanft geschwungenen Hügeln auf und im Schein des Mondes waren keine Details zu erkennen. Sie waren drauf und dran, sich in der Weiten Wüste zu verlaufen! Ohne Wasser blieben ihnen dann vielleicht noch zwei oder drei Tage, bis der barmherzige Tod sie von ihren Qualen erlösen würde.

Clonie ärgerte sich ein wenig über Elias, der bei der geringsten Schwierigkeit mit Verzweiflung reagierte. Sie fühlte sich durch Komplikationen eher angespornt. Und doch musste sie zugeben, dass auch ihr die Situation, in der sie sich jetzt befanden, nicht behagte. Nach dem schweißtreibenden Marsch durch das Land der Hundsköpfigen fror sie nun erbärmlich und sehnte sich nach nichts weiter als Nahrung, Schlaf und einem einigermaßen warmen Ort.

Elias' Blick ruhte auf Clonie. Er konnte ihr deutlich ansehen, dass sie versuchte, sich ihre eigene Unsicherheit nicht anmerken zu lassen, und eine Woge der Zuneigung zu diesem sonderbaren Mädchen wärmte ihn von innen. Im silbrigen Mondlicht wirkte Clonie zugleich zerbrechlich und stark. Ihr langes, gewelltes Haar mit dem rötlichen Schimmer war zerzaust und bedeckte ihre schmalen Schultern. Elias musste den Impuls, dieses Haar zu berühren, gewaltsam niederkämpfen.

Jetzt legte Clonie den Kopf in den Nacken und betrachtete den sternenklaren Nachthimmel. »Wir müssen Richtung Süden«, erklärte sie. »Und hinter uns liegt das Sternbild des Adlers.« Sie wandte sich zu Elias um. »Wir müssen hier lang«, sagte sie und deutete voraus ins Nichts.

»Bist du sicher?«, fragte Elias, der aus der Anordnung der Himmelskörper nicht das Geringste ersehen konnte.

Clonie nickte zaghaft und drehte sich, den Blick nach oben gerichtet, langsam um.

Elias verzog das Gesicht. So richtig überzeugend wirkte Clonies Antwort nicht auf ihn.

»Schau«, sagte sie und deutete mit ausgestrecktem Finger in den Himmel. »Dort sind die Hesperiden und dort …«, ihr Arm veränderte seine Position minimal, »… das ist … der Drache Ladon.«

Elias blieb skeptisch. Natürlich war ihm die Geschichte des Drachen Ladon vertraut, der von Hera den Auftrag erhalten hatte, die drei goldenen Äpfel zu bewachen, jedoch von Herakles erschlagen wurde, woraufhin die zornige Göttin ihn an den Himmel verbannte. Aber für ihn waren die Himmelskörper dennoch nichts weiter als leuchtende Punkte über seinem Kopf.

Als Elias nicht antwortete, blickte Clonie ihn herausfordernd an und stemmte die zu Fäusten geballten Hände in ihre Hüften. »Nun, wie lautet dein Vorschlag? Wohin sollen wir uns wenden?«

Elias hob stumm die Schultern.

»Dann warte hier auf deine Erleuchtung«, fuhr Clonie fort, »ich jedenfalls gehe dort entlang.« Und ohne auch nur einen Augenblick zu zögern, setzte sie ihren Weg fort.

Elias blickte ihr eine Weile nachdenklich hinterher,

dann folgte er ihr. Schließlich war es egal, wo ihn der Tod ereilte.

Medeia rieb sich die müden Augen. Sie hatte gerade erst ein wenig Ruhe gefunden, als die Rückkehr der ausgesandten Späher sie aus dem Schlaf riss. Doch wusste sie, man hätte sie nicht geweckt, wenn es nicht um wichtige Neuigkeiten ginge. Also beeilte sie sich, in ihr Gewand zu schlüpfen.

Die Männer verbeugten sich, als das Orakel den Saal betrat, in dem sie auf sein Erscheinen gewartet hatten. Sie hatten so lange auf ihren Pferden gesessen, wie Sonne und Mond brauchen, um sich einmal abzuwechseln. Doch bevor sie nicht Bericht erstattet hatten, gab es keine Ruhepause.

Medeia nickte den Männern zu und forderte sie damit auf zu sprechen.

»Wir haben die Königskinder zwar ausfindig gemacht«, begann der Anführer der Kundschafter. »Doch kamen wir zu spät, um sie abzufangen, bevor sie das Land der Hundsköpfigen verlassen haben.«

»Sie haben das Land der Hundsköpfigen verlassen?«, fragte Medeia nach. »Also befinden sie sich bereits in den Bebenden Bergen?«

»Bedauerlicherweise nicht«, sagte der Mann und senkte den Kopf, als trüge er die Schuld an dem, was geschehen war. »Sie wurden von den Hundsköpfigen gefangen genommen und in der Weiten Wüste ausgesetzt. Dort verliert sich ihre Spur.«

Medeia, die sich soeben erst gesetzt hatte, stand wieder auf. »Sie sind in der Weiten Wüste?«

»Wir konnten einfach nicht rechtzeitig eingreifen, ohne das Leben der Kinder zu gefährden«, fuhr der Späher fort. »Sie wurden von sechs Hundsköpfigen begleitet.«

»Ihr braucht Euch nicht zu rechtfertigen«, entgegnete Medeia. »Ich habe Euch nicht ausgeschickt, um zu kämpfen. Niemand macht Euch einen Vorwurf.«

»Die Hundsköpfigen haben sich außerdem des Reittieres der Tochter des Ares bemächtigt.«

Ein kaum sichtbares Lächeln huschte über das Gesicht des Orakels. Sie wusste, dass die Diebe mit ihrer Beute wenig Freude haben würden. Die Pferde des Frauenvolks ließen niemanden außer ihren Reiterinnen auf ihren Rücken.

»Und dann haben wir bei unserer Rückkehr noch einen jungen Mann gesehen, fast noch ein Kind, mit Haaren so hell wie das Licht der Sonne, der sich vor den Hundsköpfigen im Unterholz versteckte.«

Medeia runzelte die Stirn. Sie hatte einen Verdacht, um wen es sich bei diesem Jungen gehandelt haben könnte, wenn die Informationen, die ihr aus dem Königreich Gargarien zugetragen worden waren, stimmten. »Ich danke Euch für Euren Bericht«, sagte sie schließlich. »Ihr könnt Euch nun ausruhen. Ich werde vielleicht später noch einmal nach Euch schicken lassen, wenn ich einen Plan gefasst habe.«

Die Männer verbeugten sich zum Zeichen ihrer Ehrerbietung und zogen sich zurück. Meideia jedoch blieb regungslos auf ihrem Stuhl sitzen und versuchte zu erfassen, was sie soeben erfahren hatte.

»Den Göttern sei Dank!« Elias fühlte sich so erleichtert, dass er Clonie gerne stürmisch umarmt hätte. Niemals hätte er geglaubt, dass der Anblick eines dürren, kahlen Baumes im Mondenschein ihn derart erfreuen könnte.

Clonie hingegen schien nicht einen Augenblick lang daran gezweifelt zu haben, dass sie den Rückweg aus der Weiten Wüste finden würden. Jetzt wandte sie sich zu Elias um und legte einen Zeigefinger auf ihre Lippen. Schließlich konnten sie nicht mit Sicherheit ausschließen, dass die Hundsköpfigen ihre Position aufgegeben hatten. Wer wusste schon, ob sie nicht immer noch am Rand der Weiten Wüste Wache hielten?

Leise schlichen sie weiter. Clonies Blicke huschten durch die Dunkelheit hin und her. Brannte irgendwo ein Lagerfeuer? Konnte sie Stimmen hören?

In Clonies Gesicht breitet sich ein Lächeln aus, als sie sah, dass die Herde Wildpferde immer noch in dem kniehohen, harten Gras weidete. Das war mehr Glück, als sie erwartet hatte! Obwohl sie kaum zu hoffen wagte, dass ihr Plan tatsächlich funktionieren würde.

Clonies Blick ruhte auf den Pferden. Einige hatten sich zum Schlafen hingelegt, während andere die Herde bewachten. Sie wusste, dass es die ranghöheren Tiere waren, denen die Aufgabe zukam, die Herde zu beschützen und sie vor eventuellen Gefahren zu warnen. Clonies Blick fiel auf eine falbfarbene Stute, die den Kopf hoch erhoben hielt und in die Dunkelheit zu lauschen schien.

Jetzt konnte auch Clonie die lauter werdenden Stimmen hören. Es klang nach dem Knurren und Bellen mehrerer Hunde. Erschrocken wandte sich Clonie zu Elias um. Hatte er es ebenfalls vernommen?

Im Schein des Mondes erschien Elias' Gesicht blass. Er hatte die Augen weit aufgerissen und sein Mund stand ein wenig offen.

Clonie blickte sich suchend um. Die vereinzelten trockenen Sträucher und blattlosen Bäume konnten ihnen kein sicheres Versteck bieten.

Und die Stimmen wurden lauter und lauter!

»Komm«, zischte Clonie Elias zu und zog ihn an der Hand mit sich. In gebückter Haltung näherten sie sich den wilden Pferden, von denen – aufgescheut durch die Stimmen und durch Clonies und Elias' Erscheinen – keines mehr auf dem Boden lag und schlief.

Es waren etwa drei Dutzend Tiere, die nun fluchtbereit dicht aneinandergedrängt standen. Hin und wieder schnaubte eins der Pferde, doch zu Elias' Verwunderung blieben sie stehen, als sich Clonie zwischen sie schob. Als würden sie spüren, dass von ihr keine Gefahr ausging!

Clonies Bewegungen waren langsam und geschmeidig. Ihre Füße verursachten nicht das geringste Geräusch. Und sie näherte sich keinem der Pferde von vorn, sondern drehte sich sogar zur Seite weg, wenn sie einem der Tiere versehentlich zu nahe kam. Elias' Blick ruhte auf Clonie. Er versuchte, jede ihrer Bewegungen zu imitieren.

Die Stimmen der Hundsköpfigen waren jetzt ganz nah. Sie trugen Fackeln, deren Schein über die Köpfe der Tiere hinwegflackerte und ihre Unruhe verstärkte.

Clonie schloss die Augen und rief die Götter um Beistand an: *Artemis, Göttin der Jagd, des Mondes und des Waldes, Hüterin der Frauen und Kinder, beschütze uns und dämme das Licht des Mondes. Tyche, Göttin des Schicksals und des Zufalls, bleibe gnädig, Gaia, Urmutter der Götter, sei milde. Und Lachesis, welches Schicksal hast du für uns erwählt? Solltest du die Länge unserer Lebensfäden tatsächlich so kurz bemessen haben? Vater Ares, Gott des Krieges, wache über mich, deine Tochter …*

Auch Elias schloss die Augen und flehte stumm um Beistand. Als er eine Berührung spürte, zuckte er erschreckt zusammen. Ein heiseres Wiehern ließ ihn die Augen aufreißen. Dicht vor ihm stieg eins der Pferde auf die Hinterläufe, andere stoben zur Seite.

Die Hundsköpfigen drehten sich um. Suchend ließen sie ihre Blicke über die wilden Pferde schweifen. Was hatte die Tiere erschreckt?

Clonie griff nach Elias' Arm und zog ihn harsch hinunter auf den Boden. »Rühr dich nicht!«, zischte sie ihm zu.

Elias lag flach auf dem Bauch, alle viere von sich gestreckt. Das Gras kitzelte ihn an der Nase und doch traute er sich nicht einmal zu atmen.

Allmählich kehrte wieder Ruhe in die Herde ein. Die Hundsköpfigen grunzten einander zu und wandten ihre Blicke von den Pferden ab und der Weiten Wüste zu. Sie waren zufrieden mit dem, was sie sahen: nichts.

Die Nacht über sollten sie noch Wache halten, dann hatten sie ihre Pflicht erfüllt und konnten umkehren in der Gewissheit, dass Sonne und Sand, vielleicht auch Hierax, ihnen die restliche Arbeit abnahmen.

10

Auch erließ sie Gesetze,
durch welche die Weiber
zu den Werken des Krieges bestimmt,
die Männer aber zu Dienst und
Knechtschaft erniedrigt wurden.

Diodor (1. Jh. v. Chr.)

Im Lager der Kriegerinnen und Krieger war es ruhig. In der Mitte brannte ein Feuer, das von zwei Frauen bewacht wurde. Bald würde Wachablösung sein, aber noch war es die Aufgabe der Töchter des Ares, das Feuer zu schüren und die Schlafenden zu beschützen, bis zwei der Männer den Dienst übernahmen.

Evandres Blick glitt immer wieder über das Dutzend Zelte, die rings um das Feuer aufgestellt worden waren. Sie dachte an das Versprechen, das sie Antheia gegeben hatte.

Das Schnauben eines Pferdes ließ Evandre den Kopf wenden. Doch sie konnte nichts Außergewöhnliches feststellen. Die Stuten des Frauenvolkes bewegten sich frei zwischen den Zelten. Einige grasten, andere dösten im Stehen, wieder andere hatten sich hingelegt und schliefen.

Die Männer hingegen hatten ihre Pferde an Pflöcken festgebunden, um sie am Weglaufen zu hindern.

Evandre wunderte sich darüber. Wie konnte man

einem Tier im Kampf vertrauen, dessen Treue man sich nicht einmal zu Friedenszeiten sicher war?

Sie hörte ein Rascheln, als eine der Zeltplanen zur Seite geschoben wurde, und nahm aus dem Augenwinkel einen Schatten wahr. Einer der Männer kroch aus seinem Zelt und verschwand im angrenzenden Wald. Evandre grinste. Wenigstens hatten diese Wesen ab und zu auch menschliche Bedürfnisse.

Sie wandte sich wieder dem Feuer zu und hing ihren Gedanken nach. Es war schwer, achtsam zu bleiben, wenn man den ganzen Tag im Sattel gesessen hatte. Und doch waren die Töchter des Ares es gewohnt, ihrem Körper stets Höchstleistungen abzuverlangen.

Es klang wie ein erstickter Schrei. Evandre und Xante sahen einander an, als wollten sie sich vergewissern, dass die jeweils andere das Geräusch ebenfalls gehört hatte. Xante, die bis jetzt schweigend am Feuer gesessen hatte, strich sich nervös durch ihr wachsblondes Haar.

Evandre lauschte, doch jetzt konnte sie keinen Laut mehr vernehmen. Xante wandte sich bereits wieder dem Feuer zu, doch Evandre ließ ihren Blick umherschweifen. Die Zeltplane, die der Mann mit dem menschlichen Bedürfnis zuvor zur Seite geschoben hatte, hing immer noch achtlos am Rand des Zelteingangs.

Evandre runzelte die Stirn. Sie hatte nicht darüber nachgedacht, doch nun fiel ihr auf, dass der Krieger seinen Geschäften bereits seit geraumer Zeit nachging. Konnte es sein, dass er immer noch im Wald war? Sie erhob sich und zog ihren Dolch aus der Scheide.

Xante blickte zu ihr auf, doch Evandre bedeutete ihr mit einer Geste, ruhig zu sein und sitzen zu bleiben.

Sie schlich sich an das offen stehende Zelt heran und sah hinein. Nur ein Mann lag dort auf dem Boden und schnarchte. Von dem zweiten fehlte jede Spur.

Diesmal klang das Geräusch wie ein Stöhnen. Als würde jemand unter einer schweren Last ächzen. Evandre blickte zurück zu Xante, doch die schien nichts gehört zu haben. Sie schaute mit müden Augen ins Feuer.

Das Geräusch war aus dem Zelt nebenan gekommen. Dort schliefen Xante und ihre Schwester Kalla, die Schöne. Doch nun lag Kalla allein im Zelt, da ihre Schwester Wache hielt.

Evandre schlich sich an das Zelt heran und lauschte. Wieder hörte sie dieses unterdrückte Stöhnen. Sie zog die Augenbrauen hoch. Ging es Kalla vielleicht nicht gut? Sie wollte schon leise ihren Namen rufen, überlegte es sich im letzten Moment jedoch anders und schob geräuschlos das Tuch zur Seite, das den Zelteingang verhüllte.

Der Anblick, der sich ihr bot, versetzte ihr Blut umgehend in Wallung. Vor ihr auf dem Boden lag Kalla, die sie mit weit aufgerissenen Augen ansah. In ihrem Mund steckte ein zusammengepresstes Stück Stoff und auf ihrem nackten Körper, der sich peinvoll wand, lag ein Mann mit heruntergelassenen Hosen, der leise keuchte.

Evandre zögerte nicht. Sie hob ihren Dolch in die Höhe und stieß ihn mit voller Kraft in den Rücken des Mannes, bevor dieser überhaupt begriffen hatte, was mit ihm geschah.

Der Mann schrie auf, dann sackte er auf Kalla zusammen. Seine Hände, mit denen er Kallas Handgelenke gewaltsam festgehalten hatte, fielen kraftlos zur Seite. Aus der Wunde an seinem Rücken strömte Blut.

Augenblicklich stemmte Kalla den leblosen Körper ihres Peinigers zur Seite und erhob sich zitternd vor Kälte und Schmerz. Sie griff nach ihrem zerrissenen Gewand und presste es sich vor die nackte Brust.

In der Zwischenzeit hatte auch Xante bemerkt, dass etwas nicht stimmte, und war Evandre gefolgt. Als sie jetzt hinter ihr am Zelteingang auftauchte und mit einem Blick erfasste, was ihrer kleinen Schwester geschehen war, schrie sie vor Zorn laut auf. Wie eine Furie stürzte sie sich auf den Körper des Mannes, der regungslos auf dem Boden des Zeltes lag, und schlug mit bloßen Fäusten auf ihn ein.

Evandre fasste sie an der Schulter und zog sie mit sanfter Gewalt weg. »Es ist gut, Xante«, sprach sie mit ruhiger Stimme. »Er hat seine Strafe bereits erhalten.«

Erst jetzt sah Xante genauer hin und erkannte am starren Blick der aufgerissenen Augen, dass kein Leben mehr in dem Körper steckte, den sie so malträtiert hatte.

»Helft mir, ihn hier rauszuschaffen«, befahl Evandre und gemeinsam hievten die drei jungen Frauen den Körper des Toten aus dem Zelt. Auch Kalla, die sich eilig ihr Gewand übergeworfen hatte, packte mit an. Die Wut über die ausgestandene Demütigung schien ihr zusätzliche Kräfte zu verleihen. Es entsprach nicht der Art der Töchter des Ares, sich in Wehklagerei zu ergehen. Wer zum Kämpfen trainiert wurde, der wusste sich in jeder Situation zu beherrschen.

Sie ließen den toten Körper achtlos mitten auf dem Boden zwischen den Zelten liegen. Sein Leichnam würde den anderen, die vielleicht ähnliche Absichten hegten wie der Getötete, am nächsten Morgen als Abschreckung dienen.

Clonie und Elias reckten ihre steifen Glieder. Die ganze Nacht über hatten sie reglos zwischen den Pferden verharrt und abgewartet. Endlich konnten sie den Abzug der Hundsköpfigen verfolgen, die ihre Wache aufgaben, und Clonie bekam die Gelegenheit, ihren Plan in die Tat umzusetzen, nachdem sie ihren Bogen wieder an sich genommen hatte, der von den Hundsköpfigen achtlos am Boden liegen gelassen worden war. Gerade an der Stelle, an der sie ihn Clonie abgenommen hatten. Offenbar waren sie nicht davon ausgegangen, dass Clonie und Elias hierher zurückkehren würden.

Wildpferde waren hart im Nehmen. Das war der jungen Kriegerin bewusst. Wer es wie sie schaffte, in einer so kargen Landschaft zu überleben, der brauchte viel Kraft. Vermutlich hatten sie sich so weit von den Ansiedlungen der Hundsköpfigen zurückgezogen, um nicht ständig von ihnen gejagt zu werden.

Sie und Elias hingegen schienen sie nicht als Bedrohung wahrzunehmen. Vielleicht hatten sie gemerkt, dass die beiden sich vor den Hundsköpfigen versteckten, die ihnen ebenfalls nicht geheuer waren, vielleicht spürten sie aber auch einfach, dass von diesen zwei Menschen keine Gefahr ausging.

Es war Clonie in die Wiege gelegt worden, Pferde zu verstehen. Jede aus ihrem Volk war eine gute Reiterin, aber Clonie übertraf sie alle. Nicht nur die Gleichaltrigen, auch die erfahrenen älteren Kriegerinnen achteten Clonies Reitkünste und ihren Pferdeverstand.

Clonie selbst hatte nicht das Gefühl, etwas Besonderes zu leisten. Sie brauchte ein Pferd nur anzuschauen und wusste bereits, wie sie mit ihm umgehen musste. Ob es zurückhaltend oder forsch war, eigensinnig oder neugierig … Für sie war es nichts anderes, als einem Menschen ins Gesicht zu schauen, dessen Ausdruck sie ja ebenfalls zu deuten wusste. Oder vielleicht war es doch etwas anderes, überlegte sie jetzt, denn Pferde konnten sich nicht so gut verstellen wie Menschen. Sie waren aufrichtiger.

Immer wieder stellte sie fest, dass die Pferde auf sie ebenfalls in besonderer Art und Weise reagierten. Als fühlten sie sich von ihr verstanden oder sich in ihrer Nähe einfach wohl, suchten sie oft von sich aus den Kontakt zu ihr. Jedes auf seine Weise. Die Forschen schnell und prüfend, die Ängstlichen mit mehr Zurückhaltung und anschließend sichtbarer Entspannung, sobald sie spürten, dass sie sich nicht in ihr getäuscht hatten. Das war schon immer so gewesen. Selbst als Clonie noch ein kleines Mädchen von sechs oder sieben Jahren gewesen war.

»Es ist merkwürdig«, sagte Antheia stets, wenn sie ihre kleine Tochter Clonie mit ihrer Stute beobachtete. »So wild und ungestüm dieses Kind ist, so ruhig und bedacht ist sie im Umgang mit Pferden.« Iolanthe, ihre Amme, hatte dann voller Zustimmung gelacht.

Und daran hatte sich bis heute nichts geändert. Nie konnte es Clonie schnell genug gehen, keine Entscheidung schnell genug getroffen werden. Es war, als würde sie von einer inneren Unruhe angetrieben, die sie niemals rasten oder einlenken ließ. Aber sobald Clonie unter ihren Händen warmes Pferdefell spürte und in die sanften Augen einer Stute blickte, fiel die innere Unruhe von ihr ab und sie fühlte sich ruhig, zufrieden und entspannt und wollte nur noch in diesem Augenblick verweilen, der niemals enden sollte.

Auch jetzt genoss Clonie die Wärme, die die Pferdeleiber ringsum ausstrahlten. Sie konnte die Augen schließen und den Duft der warmen Pferdehaut einatmen. Sie hörte ihr leises Schnauben, das Stampfen eines unwilligen Hufes, das Zermalmen des harten Steppengrases der fressenden Tiere.

»Und was geschieht nun?« Elias hatte Clonie geraume Zeit schweigend beobachtet. Sie schien mit ihren Gedanken weit weg zu sein. Ein friedliches Lächeln lag auf ihren Lippen, das so gar nicht zu der unglücklichen Situation zu passen schien, in der sie sich befanden. Hier steckten sie nun fest, umzingelt von Feinden, am Rande der lebensfeindlichen Weiten Wüste und mit nichts in den Händen. Wie sollten sie jemals wieder nach Hause gelangen? Geschweige denn ihr anfängliches Ziel, das Orakel, erreichen? Mehr und mehr erschien Elias ihr ursprüngliches Vorhaben wie ein Hirngespinst. Sie hatten sich zu viel vorgenommen. Es war einfach unmöglich, dass sie den gefährlichen Plan der Verschwörer ins Wanken brachten.

Clonies Blick ruhte immer noch auf der falbfarbenen Stute, die sie für ihren Plan ausgewählt hatte. Sie studierte die Bewegungen des Tieres, versuchte, ihr Wesen zu ergründen, um zu erkennen, wie sie vorzugehen hatte. War sie scheu? Oder forsch? Selbstbewusst? Oder unsicher? Elias' Frage hatte sie gar nicht wahrgenommen.

Ach, wenn sie doch nur Kore dabeihätte! Um wie vieles einfacher wäre dann alles …

Kores Mähne wehte im Wind. Ihr Schweif hing waagerecht in der Luft, während sie galoppierte. Immer noch meinte sie, das Gewicht dieses Wesens auf ihrem Rücken zu spüren, das den Versuch unternommen hatte, auf ihr zu reiten. Es hatte es immerhin einen Wimpernschlag lang geschafft, sich auf ihr zu halten, bevor sie es abwerfen konnte. Zunächst hatten die anderen Wesen bellend gelacht, als eins von ihnen wie ein Steinbrocken durch die Luft flog. Doch als sie merkten, dass Kore sich anschickte zu fliehen, wollten sie sie wild knurrend und mit den Armen wedelnd aufhalten. Sie sprangen auf ihre eigenen Reittiere und setzten Kore nach. Doch nicht eins der Pferde der Hundsköpfigen war auch nur annähernd schnell genug gewesen. Kore wusste genau, in welche Richtung sie laufen musste, um nach Hause zu gelangen. Und dort würde das Mädchen sein. *Ihr* Mädchen. Sie konnte bereits das Wasser des Fallenden Flusses riechen, den sie überqueren musste.

Allein.

Durch die Stromschnellen.

Als die Krieger ihren toten Kameraden sahen, zückten sie die Schwerter. Doch Evandre gebot ihnen mit erhobenem Arm Einhalt. Das aufgebrachte Geraune verstummte, die Schwerter jedoch blieben gezogen.

»Dieser Mann«, sprach Evandre mit lauter Stimme, »hat geglaubt, er könne sich nehmen, was er begehrt. Und er hat seinen Fehler mit dem Leben bezahlt! Schaut ihn euch an …« Sie blickte den Kriegern, die sie umgaben, furchtlos in die Augen. »Schaut ihn euch an und überlegt gut, ob euch ein kleines Abenteuer das Risiko zu sterben wert ist!«

Das Stimmengewirr wurde wieder lauter, als die Männer ihrer Empörung Luft machten. Von einem Weib erstochen zu werden – konnte es eine größere Schande für einen Krieger geben?

Die Frauen rückten zu Evandre auf. Auch sie hielten ihre Waffen in den Händen. Bereit zu kämpfen, wenn es sein musste.

»Königin Derimacheia hat euch den Auftrag erteilt, nach ihrem Sohn zu suchen. Wir hingegen suchen nach Königin Antheias Tochter.« Evandre schwieg einen Augenblick, doch ringsum blieb es still. »Wir können unsere Aufgabe gemeinsam bewältigen und damit die Aussicht auf einen Erfolg vergrößern – oder es trennen sich hier unsere Wege.« Wieder schwieg Evandre. Sie wusste, dass es nicht in Antheias Sinn war, dass die gemeinsam entsandte Delegation sich unter solchen Umständen spaltete. Schließlich ging es nicht nur darum, Clonie und Elias zu finden, sondern auch darum, den Zusammenhalt mit Königin Derimacheia unter Beweis zu stellen. Aber nicht um jeden Preis. Wenn sie jede Nacht einen Übergriff fürchten mussten, würden sie das eigentliche Ziel der Reise schnell aus den Augen verlieren.

Jetzt trat einer der Männer vor und steckte demonstrativ sein Schwert zurück in die Scheide. »Wir werden unseren von der Königin erhaltenen Auftrag zu Ende führen«, sagte er. »Doch zuvor müssen wir unseren Kameraden beerdigen.«

»Auf keinen Fall!«, rief jemand hinter Evandre. »Er soll hier liegen bleiben und den Tieren zum Fraß dienen! So hat er wenigstens etwas Nützliches in seinem Dasein vollbracht.«

»Ja, genau!«, ertönte es nun auch von anderer Stelle.

Das Geraune der Männer wurde wieder lauter, diesmal jedoch mussten sie gegen das aufgeregte Stimmengewirr der Frauen angehen.

Evandre hob erneut den Arm und augenblicklich kehrte Ruhe ein. Nur die Körperhaltungen der Kriegerinnen und Krieger zeigten, dass sie kurz davor waren, sich ein wildes Gefecht zu liefern.

»Ein Mann, der eine Tochter des Ares angreift, hat kein Recht auf eine Bestattung«, erklärte sie. »Er ist nichts weiter als ein wildes Tier.« Und über das Getöse der aufgebrachten Männer hinweg fuhr sie fort: »Doch wollen wir in diesem Fall eine Ausnahme machen, wenn das Reittier des Mannes als Wiedergutmachung in den Besitz der geschädigten Kriegerin übergeht!« In Wahrheit legte sie nicht den geringsten Wert auf den Hengst des Mannes. Doch irgendwie musste sie es schaffen, die Rachegelüste der Kriegerinnen zu befriedigen und zugleich den Männern entgegenzukommen, um einen friedlichen Ausgang des Streites zu ermöglichen.

Der Mann, der zuvor bereits das Wort ergriffen hatte und so etwas wie der Anführer der Männer zu sein schien, gebot seinen wild durcheinanderschreienden Kameraden nun ebenfalls mit erhobener Hand Einhalt. Offenbar war ihm ebenso wie Evandre bewusst, dass es nur einen Weg gab, diese prekäre Situation zur Zufriedenheit aller zu beenden und die aufgebrachten Gemüter zu beruhigen: nachgeben. Dass er damit zugleich Evandres Vertrauen gewinnen würde, kam ihm aus Gründen, die nur er allein kannte, sehr gelegen. Es würde ihm später noch einmal nützlich sein, wenn er Gelegenheit bekam, seine eigenen Ziele zu verfolgen.

Natürlich empfanden seine Männer es als tiefe Demütigung, sich von Frauen Bedingungen diktieren zu lassen, aber diese Weibsbilder waren nun einmal keine gewöhnlichen Frauen. Das hatten sie spätestens in der vergangenen Nacht bewiesen. Der Auftrag Derimacheias verbot ihnen, sich untereinander eine Schlacht zu liefern. Und auch sein ganz persönlicher Auftrag sah etwas anderes vor.

»Wir sind einverstanden«, sprach er deswegen jetzt laut und deutlich und ignorierte die Unmutsäußerungen, die hinter ihm aufkamen. »Gebt uns Zeit, bis die Sonne die Baumkronen erreicht hat, dann werden wir zum Aufbruch bereit sein.«

Evandre nickte stumm und wandte sich ab. Die Kriegerinnen starrten die Männer noch eine Weile feindselig an, dann folgten sie dem Beispiel ihrer Anführerin und zogen sich zurück.

Calistus ließ den Schecken anhalten. Er richtete sich auf und lauschte. Aber da war nichts. Kaum jedoch hatte sich sein Pferd wieder in Bewegung gesetzt, hörte er erneut das Geräusch, das ihn nun seit der Morgendämmerung begleitete und beunruhigte. Es klang wie Hufe. Doch es waren eindeutig nicht die Hufe Atlantes! Jemand schien ihm zu folgen. Doch sobald er anhielt, stoppte der Verfolger ebenfalls! Oder waren es gar mehrere?

Calistus' Herz schlug bis zum Hals. Nun hatte er sich bereits in Sicherheit gewähnt, nachdem er das Land der Hundsköpfigen durchquert hatte. In den Bebenden Bergen, so hatte er geglaubt, drohe ihm keine Gefahr mehr. Und jetzt ritt er seit geraumer Zeit auf diesem schmalen Pfad in die Höhe, der sich wieder und wieder um spitze Felsvorsprünge wand, nicht einmal an jeder Stelle breit genug, um das Pferd gefahrlos zu wenden, und fühlte sich verfolgt. Oder bildete er sich das alles nur ein? Spielten ihm seine Nerven einen Streich?

Calistus schaute über seine linke Schulter zurück. Doch der Weg verlief in so vielen Biegungen, dass er ihn immer nur ein kleines Stück weit überblicken konnte. Jetzt suchte er mit den Augen den Weg vor sich ab. Gab es an irgendeiner Stelle die Möglichkeit, sich zu verstecken?

Links von ihm fiel der Weg steil in die Tiefe. Ein Fehltritt Atlantes und sie würden Hunderte Fuß tief hinabstürzen, auf hartem Gestein aufschlagen und vermutlich auf der Stelle tot sein. Rechter Hand ragte der Berg in die Höhe. Seine Wand war glatt und kalt.

Calistus hatte gehört, das Bergvolk lebe in Höhlen, die sie ins Gestein schlugen. Doch bislang hatte er nicht eine einzige Höhle entdecken können. Er stieß harsch die Luft aus. Nicht einmal Atlantes Schnelligkeit und Ausdauer konnte er auf diesem Pfad einsetzen. Es wäre selbstmörderisch gewesen, das Pferd auf diesem Untergrund und dem gewundenen Weg galoppieren zu lassen. Es blieb ihm nichts anderes übrig, als seinen Weg fortzusetzen und auf die Götter zu vertrauen. Vielleicht gab es für das Geräusch, das ihn derart beunruhigte, ja doch eine ganz natürliche Erklärung. Ein Echo etwa.

Noch einmal ließ er Atlante unvermittelt anhalten. Und dieses Mal konnte er es ganz deutlich vernehmen: Das Schlagen von Hufen auf Stein. Nicht weiter entfernt als höchstens 200 Fuß!

Jetzt hatte der Verfolger bemerkt, dass Atlante nicht weiterlief, und das Geräusch verstummte.

Calistus vergaß vor Schreck zu atmen. Was sollte er nun tun?

Ach, wäre doch nur Kore bei ihr! Aber Kore war nun einmal nicht hier. Also musste Clonie allein um das Vertrauen der falbfarbenen Stute werben.

Sie wusste, wie man gemeinhin Pferde brach. Wie ihnen Angst eingejagt wurde, wie man ihnen die Beine hochband und einen schweren Sack auf sie warf, um ihren Widerstand zu brechen, bis sie sich – erschöpft und vollkommen verängstigt – dem zweibeinigen Raubtier unterwarfen. Oder wie man sie an einen Pfosten band und auf sie einschlug. Reagierte das Pferd aggressiv oder versuchte zu fliehen, so legte man ihm ein Tuch über den Kopf, damit es nichts mehr sah. Diese Vorgehensweise war nicht nur im Land der Hundsköpfigen üblich, nein, selbst in Gelen oder Gargarien war sie weit verbreitet.

Pferde, die so behandelt worden waren, hatten kein Vertrauen zu ihren Reitern. Sie taten, was von ihnen verlangt wurde, aus Angst vor Schmerzen. Solche Pferde musste man an Pflöcken in der Erde festbinden, damit sie nicht bei der ersten Gelegenheit, die sich ihnen bot, davonliefen.

Clonie jedoch wollte das Pferd als Freund gewinnen, es davon überzeugen, dass sie gemeinsam stärker waren als jeder für sich allein. Und sie hatte die Erfahrung gemacht, dass sich die meisten Tiere bereitwillig einem Menschen anschlossen.

Sie erinnerte sich an Nikos, den Sohn Evandres, der ebenso wie ihr Bruder Calistus bis zu seinem zwölften Geburtstag beim Frauenvolk gelebt hatte. Nikos war immer ein bisschen merkwürdig gewesen. Er wirkte leicht verletzlich, war stets in sich gekehrt und sprach wenig. Er schaute weg, wenn man ihn zu lange anblickte, und reagierte auf zu viel Nähe mit Flucht.

Die anderen Kinder hatten sich häufig über Nikos lustig gemacht, doch Clonie hatte ihn gemocht, denn er suchte wie sie die Nähe zu den Pferden. Oft hatte sie ihn alleine bei den Stuten überrascht, wenn sie selbst die Gesellschaft der Tiere suchte. Und sie erinnerte sich auch heute noch, dass sie gedacht hatte, Nikos sei selbst ein wenig wie ein Pferd: zurückhaltend und scheu, stets bereit zur Flucht und durch und durch ehrlich in seinen Gefühlen. Zwar sprach er so gut wie nie, doch Clonie konnte in seinem Gesicht und an seiner Körperhaltung zu jeder Zeit erkennen, wie es ihm ging. Und die Pferde fühlten sich offenbar ebenfalls zu ihm hingezogen. Als könnten sie seine Seele sehen und wollten ihn beschützen.

Aber mittlerweile hatte Nikos wie Calistus die Gemeinschaft der Frauen verlassen und lebte bei seinem Vater. Clonie dachte mit ein wenig Wehmut an ihre Kindheit zurück. Um wie vieles einfacher war das Leben damals gewesen! Wie es Nikos heute wohl ging? Ob er dort, wo er jetzt war, auch Pferde zur Gesellschaft hatte? Und jemanden, der sich um ihn kümmerte?

Pferde fühlen sich nur in Gesellschaft wohl und sie

brauchen zum Überleben einen guten Führer, der Regeln aufstellt und deren Einhaltung überwacht. Bis jetzt hatte Clonie noch jedes Pferd davon überzeugen können, dass sie ein geeigneter Führer war.

Die falbfarbene Stute schien das ebenfalls zu spüren. Immer wieder schnellte eins ihrer Ohren neugierig in Clonies Richtung. Sie wusste, dass Menschen gefährlich sein konnten, und versuchte herauszufinden, ob Clonie es auch war.

Clonie blieb gelassen und zeigte dies deutlich durch ihre langsamen und bedachten Bewegungen. Sie blickte das Pferd geradeheraus an, um ihm zu zeigen, dass sie sich ihrer Stärke bewusst war, wandte sich aber nach einer gewissen Zeit auch immer wieder ab. Ich werde dir nichts tun, sagte sie dem Tier damit, aber auch: Ich bin mir meiner Sache sicher.

Die falbfarbene Stute wurde immer neugieriger und während Clonie sich wieder einmal von ihr wegdrehte, machte sie ein, zwei Schritte auf das Mädchen zu und senkte dabei den Kopf.

Clonie lächelte zufrieden. Die Stute hatte sich zur Zusammenarbeit bereit erklärt. Jetzt war es Zeit, sich um einen Halsring zu kümmern.

Calistus spürte, wie ihm der Schweiß ausbrach. Obwohl er seine Verfolger nicht sehen konnte, war es doch so, als stünden sie ihm unmittelbar gegenüber. Sie wussten, dass er sie entdeckt hatte und es keinen Sinn mehr machte, sich noch länger im Verborgenen zu halten. Also würden sie jetzt angreifen.

Calistus schaute sich um und überlegte fieberhaft. Ihm

blieb nicht mehr viel Zeit. Er hatte von seiner Mutter gelernt, rückwärts auf einem Pferd zu reiten und seine Verfolger mit Pfeil und Bogen zu attackieren. Doch auf diesem gewundenen Pfad würde es schwer sein, mit dem Pfeil das Ziel zu treffen.

Unmittelbar neben ihm befand sich ein etwa fünf Fuß hoher Felsbrocken. Calistus' Blick blieb an diesem Plateau hängen. Von hier aus hatte er eine gute Übersicht.

Schnell schwang er sich von Atlantes Rücken und gab der Stute einen Klaps auf die Kruppe. Atlante verstand und lief einige Meter voraus. Calistus konnte sicher sein, dass sie zurückkommen würde, sobald er sie rief. Aber jetzt konnte er sie nicht gebrauchen und wollte sie nicht unnötig in Gefahr bringen, solange sie ihm nicht von Nutzen sein konnte.

Er schwang sich auf den Stein und zog seinen Bogen von der Schulter. Während seiner Zeit bei den Töchtern des Ares hatte er das Bogenschießen gelernt. Und auch wenn es Krieger gab, die diese Technik für wenig männlich hielten, so wusste er diese Waffe durchaus zu schätzen. In Kriegssituationen waren es die wenig geachteten Plänkler, die durch diese Taktik die Anzahl der Angreifer vorab dezimieren sollten, bevor die eigentliche Schlacht mit Pferd und Schwert begann. Aber der Wert der Waffe zur Verteidigung war ihr eigentlicher großer Nutzen. Den Angreifer gar nicht erst an sich herankommen zu lassen – was konnte es Besseres geben?

Er hatte den Pfeil gerade eingespannt, als der erste Kopf hinter einem Felsen auftauchte.

Calistus erschrak. Er hatte kein Hufgetrappel mehr gehört und außerdem mit einem Mann gerechnet, der auf dem Rücken eines Pferdes saß. Jetzt war seine erhöhte Position auf einmal gar nicht mehr so vorteilhaft. Dennoch vergeudete er keine Zeit und hielt sich auch nicht lange mit der Frage auf, warum er die Schritte des Pferdes nicht wahrgenommen hatte, sondern zielte und ließ den ersten Pfeil durch die Luft schwirren. Er verfehlte sein Ziel nur knapp und blieb in der Schulter des Mannes stecken, der augenblicklich aufschrie und sich an die Stelle fasste, an der er getroffen worden war.

Calistus zog den zweiten Pfeil aus dem Köcher und spannte ihn ein, doch bevor er Gelegenheit hatte ihn abzuschießen, traf ihn das Schleuderblei an der Schläfe. Bewusstlos sank er in sich zusammen, stürzte von dem Plateau und blieb mit verrenkten Gliedern mitten auf dem steinernen Pfad liegen.

Medeia lehnte sich zurück. Nun konnte sie nur noch hoffen, dass ihre Nachrichten schnell genug ankamen. Sie hatte den bestmöglichen Weg gewählt und Milios gesagt, er solle seine schnellsten und zuverlässigsten Tauben für die Aufträge auswählen. Sie war zuversichtlich, dass alles gut gehen würde. Vielleicht würde sie bald schon Antworten erhalten, die ihr Aufschluss geben konnten über das, was im Königreich Gelen vor sich ging.

Medeia seufzte. Was hatte das alles bloß zu bedeuten? Und wenn es sich bei dem blonden Jüngling tatsächlich um Calistus handelte, wie sie vermutete, was steckte dann hinter seinem Aufenthalt im Land der Hundsköpfigen?

Sie konnte nur hoffen, dass Derimacheia ihr baldmöglichst Antwort schickte.

11

Den neugeborenen Knaben
verstümmelten sie Arme und Beine,
um sie zu kriegerischen Dingen
unfähig zu machen …

Diodor (1. Jh. v. Chr.)

Die Stute senkte die Lider, während Clonie sie an der Stirn zwischen den Augen streichelte. Sie berührte das Wildpferd an den Flanken. Dort, wo ein Raubtier angreifen würde. Dann ließ sie unvermittelt von dem Tier ab und drehte sich weg.

Die Stute hatte ihr erlaubt, sie an Stellen zu berühren, die sie nicht sehen konnte. Und sie sollte nun erfahren, dass ihr dadurch kein Leid geschah. Im Gegenteil, die Berührung war angenehm, ohne Schmerz und ohne jegliche Gefahr.

Tatsächlich folgte die Stute Clonie jetzt und forderte weitere Beachtung von ihr. Aber Clonie ließ sie zappeln.

Elias saß etwas abseits, drehte einen Grashalm zwischen seinen Fingern und beobachtete Clonie staunend. »Wie willst du es denn überhaupt einfangen?«, hatte er gefragt, als Clonie ihm ihren Plan schilderte.

»Gar nicht«, hatte Clonie erwidert. »Es wird mich fangen.«

Und Elias hatte sie für verrückt erklärt. Schließlich würde es Tage dauern, wenn nicht Wochen, das wilde Tier so weit zu zähmen, dass es reitbar wurde. Clonie hatte ihm geantwortet, dass sie nicht länger als einen Tag benötigen würde, und für diese Behauptung Elias' Lachen geerntet.

Doch mittlerweile musste Elias zugeben, dass er das, was er soeben miterlebte, niemals für möglich gehalten hätte. Obwohl er es mit eigenen Augen sah, konnte er es kaum glauben.

Innerhalb kürzester Zeit hatte Clonie es geschafft, dass die Stute sich von ihr anfassen ließ, mehr noch, sie schien gar nicht genug von Clonie zu bekommen und folgte ihr wie ein artiges Hündchen. Er dachte daran, wie er einmal den Stallmeister seiner Mutter beobachtet hatte, der einen Rappen von der Weide holen wollte. Der Mann war dem Pferd Runde um Runde hinterhergelaufen – natürlich ohne es zu erwischen – , bis er schließlich völlig erschöpft aufgeben musste.

Jetzt wandte sich Clonie wieder zu der Stute um, die augenblicklich verharrte. Sie streichelte sie erneut und legte sich anschließend einmal behutsam mit ihrem Bauch quer über den Rücken des Tieres, ließ das Wildpferd lediglich für einige Augenblicke ihr Gewicht spüren, bevor sie mit ihren Füßen wieder nach Halt auf dem Boden tastete. Die Stute blieb stehen, als hätte sie ihr Lebtag einen Reiter getragen. Lediglich ihr Ohrspiel verriet ihre Nervosität.

Und das war der Moment, in dem Elias wusste, dass Clonie es tatsächlich schaffen würde.

Calistus stöhnte. Mühsam versuchte er, die Augen zu öffnen, doch es gelang ihm nicht. Außerdem war irgendetwas mit seinem Bein nicht in Ordnung.

Allmählich setzte die Erinnerung wieder ein. Wenigstens bis zu dem Moment, als er von dem Stein gefallen war. Doch was war danach mit ihm geschehen? Wo war er? Wo hatte man ihn hingebracht? Und vor allem: *Wer* hatte ihn hierhergebracht? Wer hatte ihn angegriffen und warum? Was wollten die Männer von ihm?

Calistus spürte, dass er auf einem harten, kalten Boden lag. Es fühlte sich an wie Stein. Seine Hände waren hinter seinem Rücken zusammengebunden und offenbar hatte man ihm eine Binde über die Augen gelegt, damit er nichts sehen konnte.

Aber hören konnte er noch. Jetzt vernahm er Schritte. Jemand näherte sich. Er hielt den Atem an und tat so, als sei er immer noch bewusstlos.

Die Geräusche verstummten. Er konnte die Anwesenheit der anderen spüren. Sie mussten unmittelbar vor ihm stehen. Calistus hatte Mühe, gleichmäßig zu atmen. Würde sein aufgeregtes Nachluftschnappen den anderen verraten, dass er nicht wirklich besinnungslos war?

»Das ist er nicht.«

Calistus hielt den Atem an.

»Woher wisst Ihr das?«

»Ich weiß wohl, wie Derimacheias Sohn aussieht. Und das ist er nicht.«

»Aber wer soll es dann sein? Wir haben ihn und sein Pferd bis in die Bebenden Berge verfolgt.«

Calistus horchte auf die Antwort, die auf sich warten ließ.

»Ich habe eine Ahnung«, erwiderte der Gefragte schließlich. »Aber sicher bin ich mir nicht.«

»Und wer könnte es Eurer Meinung nach sein?«

»Vielleicht ist es König Damasos' Sohn, der plötzlich vor zwei Jahren aus dem Nichts auftauchte, und von dem man sich erzählt, er habe eine Tochter des Ares zur Mutter …«

Der andere lachte anzüglich.

»Er soll ebenfalls verschwunden sein und er hat angeblich dieses leuchtende Haar. So wie der junge Mann hier.« Der Sprecher tippte Calistus leicht mit der Spitze seines Stiefels an.

»Und was sollen wir dann jetzt mit ihm machen?«

Der Angesprochene schnaufte. »Freilassen können wir ihn jedenfalls nicht.« Calistus traute sich immer noch nicht zu atmen. Was würde nun mit ihm geschehen? Würden die Männer, wer auch immer sie waren, ihn töten? Waren sie dazu in der Lage? »Wir behalten ihn erst einmal hier und warten ab, wie die Dinge sich weiterentwickeln. Wer weiß, vielleicht kann er uns sogar noch von Nutzen sein …«

Calistus konnte nicht anders. Vor Erleichterung stieß er die angehaltene Luft aus. Man würde ihn am Leben lassen! Zumindest vorerst!

»Was war das? Hat er sich gerade bewegt?«

Wieder spürte Calistus die Stiefelspitze zwischen seinen Rippen. Diesmal etwas fester.

»Keine Sorge, der ist immer noch bewusstlos. Sieh zu, dass er dich nicht zu Gesicht bekommt. Aber sorge dafür, dass er am Leben bleibt. Ich werde mit unserem Anführer über ihn reden.«

»Und wenn Na…«

»Psst!« Das Geräusch klang scharf in Calistus' Ohren. »Sprich seinen Namen nicht aus. Nie! Verstanden?«

»Gewiss. Entschuldigt.«

»Ich werde dich über die Entscheidungen, die er trifft, umgehend informieren.«

»Ist gut.«

Die Schritte entfernten sich und Calistus traute sich wieder Luft zu holen. Jetzt hatte er wenigstens etwas, worüber er nachdenken konnte. Vor allem, wer mit *Na…* gemeint war.

Offenbar hatte man geglaubt, er sei Elias. Und das wiederum bedeutete, dass man Derimacheias Sohn bislang nicht gefunden hatte. Aber wer waren diese Männer überhaupt? Einer von ihnen schien ja genau zu wissen, wie Elias aussah. Also musste er ihn wohl kennen. Doch warum wollten sie den Königssohn gefangen nehmen? Sicherlich waren es keine Gesandten der Königin! So viel stand fest. Und wenn Elias alleine unterwegs war – was war dann mit Clonie geschehen? Oder wussten diese Männer schlicht nichts von ihrer Existenz? Schlimmer noch: Wussten sie von ihr und hatten sie bereits in ihrer Gewalt? Dieser Gedanke ließ Calistus das Blut in den Adern gefrieren.

Was war mit Clonie?

Elias saß hinter Clonie und hielt sich zaghaft an ihren Hüften fest. Zum einen genoss er die Berührung, zum anderen verwirrten ihn die Gefühle, die dabei in ihm aufflammten. Zunächst hatte er sich kaum getraut, Clonie anzufassen, doch Briseis, wie Clonie die Stute nun rief, legte ein derartiges Tempo vor, dass er drohte hinunterzufallen, wenn er sich nicht festklammerte.

Immer noch konnte er kaum glauben, was er doch mit

eigenen Augen gesehen hatte: Innerhalb eines einzigen Tages und zwei Nächten hatte Clonie es geschafft, ein wildes Pferd zu zähmen. Nun ritten sie bereits so lange über den immer heißer werdenden Sand, dass ihn jeder Knochen im Leib schmerzte.

Clonie dagegen schien Reiten nicht das Geringste auszumachen. Sie wirkte so entspannt, als wäre sie am Rücken des Pferdes festgewachsen.

Zunächst war Elias gegen Clonies Vorschlag gewesen, die Weite Wüste zu durchqueren. »Das ist doch viel zu gefährlich. Wir werden uns verirren, verhungern und verdursten.«

Doch Clonie hatte nur gelächelt. »Im Land der Hundsköpfigen zu bleiben, ist nicht weniger gefährlich.«

»Und was ist mit Hierax?«

Jetzt hatte Clonie gelacht. »Das ist doch nur eine Geschichte! Ein Riesenvogel mit zwei Schädeln! So etwas erzählt man kleinen Kindern, um ihnen Angst einzujagen.«

Schließlich hatte Elias nachgegeben. Vielleicht hatte Clonie ja tatsächlich recht und sie liefen mindestens ebenso Gefahr, noch einmal von den Hundsköpfigen gefangen genommen zu werden wie dem Vogel Hierax zu begegnen. Und doch schwirrte ihm der Kopf vor Hitze und machte ihn benommen. Er konnte seine Gedanken kaum noch von jeglicher Form Wassers abbringen. Eine gefüllte Karaffe, ein klarer Brunnen, ein plätschernder Fluss, eine Gebirgsquelle … Einmal hatten sie eine Oase gesehen. Ein von Palmen umstandener schattiger Platz, in dessen Mitte sich Wasser spiegelte. Doch als sie näher gekommen waren, hatte sich das Trugbild in Luft aufgelöst.

Clonie blickte stur geradeaus. Rechts Sand, links Sand, hinter ihr Sand, vor ihr Sand … War es wirklich eine gute Idee gewesen, die Weite Wüste zu durchqueren, statt sich an ihrem Rand entlang den Weg zum Gebirge zu erarbeiten, in dem sich das Orakel befinden sollte?

Hin und wieder spürte sie Elias' Hände auf ihren Hüften. Am Anfang hatte dieses Gefühl ein unbeschreibliches und vor allem unerklärliches Kribbeln in ihr ausgelöst. Doch mittlerweile hatte sie sich an die Berührung gewöhnt und nahm sie kaum noch wahr. Sie war froh, dass Elias nicht mehr wie zu Beginn des Ritts ständig nach dem Weg fragte und sich bei ihr vergewisserte, ob sie noch wusste, wo sie sich befanden. Denn mittlerweile hätte sie lügen müssen, um ihn zu beruhigen.

Auch Briseis' Schritte waren bei Weitem nicht mehr so schwungvoll wie am Morgen, als sie losgeritten waren. Die Stute war zwar kräftig, doch das ungewohnte Gewicht der beiden Menschen auf ihrem Rücken verlangte allmählich ebenso seinen Tribut wie die glühende Hitze.

Clonie versuchte, sich am Stand der Sonne zu orientieren. Sie wusste, dass die Bebenden Berge im Westen lagen. Hätten sie das Land der Hundsköpfigen auf geradem Wege durchquert, so wären sie genau auf die Gebirgskette gestoßen. Doch die Hundsköpfigen hatten sie gen Norden geführt und dort irgendwo am Rand der Wüste ausgesetzt. Sie mussten sich also südwestlich halten, wenn sie den Pfad, der zu den Bergbewohnern führte, finden wollten, durften dabei aber das Land der Hundsköpfigen nicht wieder betreten.

Clonie legte den Kopf in den Nacken, um den Stand

der Sonne zu überprüfen. Sie kniff die Augen zusammen, als sie dabei den dunklen Schatten am Horizont bemerkte, der atemberaubend schnell näher und näher kam. Ihr erster Gedanke war, dass es sich bei dem Gebilde um eine Wolke handeln musste. Eine dunkle, schwarze Regenwolke, die vom Wind herangetrieben wurde. Aber eine vereinzelte Regenwolke? Noch dazu mitten über der Wüste? War das möglich? Und von einem auffrischenden Wind war auch nicht das Geringste zu spüren.

»Was ist das?«, fragte Elias hinter ihr und deutete mit ausgestrecktem Arm auf das merkwürdige Gebilde.

»Ich weiß es nicht«, antwortete Clonie wahrheitsgemäß.

»Es sieht bedrohlich aus«, bemerkte Elias und Clonie stimmte ihm im Stillen zu. »Und es kommt ziemlich schnell näher.«

Jetzt konnten sie allmählich die Form der Wolke ausmachen. Sie sah aus wie ein Vogel, der seine Schwingen ausgebreitet hat.

»Auf jeden Fall ist es keine Wolke«, stellte Elias fest. »Es sieht vielmehr aus wie …«

Clonie wünschte sich, er würde es nicht aussprechen. Es konnte einfach nicht wahr sein. Es *durfte* nicht wahr sein!

»… Hierax!«

Mit offenem Mund starrte Clonie in den Himmel, der sich nun langsam über ihnen verdunkelte, während die bedrohliche schwarze Gestalt sie beinahe erreicht hatte. Jetzt konnte sie deutlich die Umrisse des großen schwarzen Vogels erkennen: seine gigantischen Schwingen, die beiden Köpfe mit dem Raubvogelschnabel, bereit, auf seine Beute herabzustoßen und sie mit einem einzigen Biss zu töten.

Auch Briseis entging die Gefahr nicht. Sie wieherte heiser, als wollte sie Clonie und Elias warnen. Clonie spürte, dass das Pferd kurz davor war durchzugehen. Doch so schnell wie sich die Gestalt ihnen näherte, gab es kein Entkommen. Nicht einmal mit Pferd. Und nicht in dieser Wüste, die ihnen nirgends einen Unterschlupf bot.

»Es herrscht Unruhe im Volk.« Der Mann, der vor Königin Derimacheia stand, knetete nervös seine Kopfbedeckung in den Händen. »Die Männer sagen, ihre Ländereien sind zu klein, um mit den Erträgen ihre Familien zu ernähren, während Ihr die hohen Lehen einstreicht, die aus der Verpachtung von Land an die Gargarier entfallen. Land, das eigentlich ihnen zustünde.«

»Woher haben die Männer überhaupt Kenntnis von der Verpachtung?«, wollte Königin Derimacheia wissen und beugte sich in ihrem Herrschersitz nach vorn.

Der Mann zuckte die Schultern. »Das wissen die Götter«, antwortete er.

»Und wieso streiche ich die Lehen ein? Der Erlös aus der Verpachtung kommt genauso meinem Volk zugute! In Gelen muss niemand Hunger leiden!«

»Ich weiß, Herrin, ich weiß«, sagte der Mann. »Aber es reicht, wenn einer Lügen verbreitet, damit alle aufbegehren.«

»Ihr wisst, wer die Männer aufhetzt?«

Narkissos, der hinter dem Thron der Königin stand, hob erwartungsvoll die Augenbrauen.

Doch der Bote schüttelte den Kopf. »Nein. Ich weiß nicht, wer es ist. Aber Ihr müsst etwas unternehmen, sonst …« Er ließ den Satz unvollendet.

Derimacheia seufzte. Einige Augenblicke lang herrschte Schweigen. Dann sagte die Königin: »Ich danke Euch für Euren Bericht. Bitte lasst uns jetzt allein. Ich muss nachdenken und mich mit meinen Ratgebern besprechen. Ich werde nach Euch schicken lassen, wenn es etwas zu verkünden gibt.«

Der Mann verbeugte sich. Dann wandte er sich ab und setzte die aus grobem Tuch gefertigte Mütze wieder so auf den Kopf, dass ihr Zipfel nach vorn in seine Stirn fiel.

Derimacheia wandte sich zu Narkissos um, der auf merkwürdige Weise sehr zufrieden aussah. »Was haltet Ihr davon?«, fragte sie.

Narkissos trat vor die Königin und blickte auf sie hinab. »Ich habe es Euch gesagt, verehrte Schwester, dass es ein Fehler ist, Gargarien weiterhin Land zu verpachten.«

Deshalb also sieht er so zufrieden aus, dachte Derimacheia, weil er beweisen konnte, dass er recht gehabt hat. »Aber woher wissen die Männer überhaupt von diesem Pachtvertrag? Und wieso glauben sie, das Land stünde ihnen zu?«

Narkissos zuckte schweigend die Schultern.

»Ich verstehe das alles nicht«, sagte Derimacheia kopfschüttelnd. »Ich regiere dieses Land gütig und gerecht. Und auf einmal scheint alles auseinanderzubrechen: Zuerst Elias' unerklärliches Verschwinden, dann dieser Überfall auf das Waldvolk, bei dem Aigidios so schwer verletzt wurde, dass er den Verstand verloren hat, und nun auch noch aufbegehrende Bauern.« Sie sah zu Narkissos auf. »Wer will mir schaden, Narkissos, wer hat es auf meine Integrität abgesehen?«

Doch Narkissos blieb die Antwort schuldig.

Mitten über ihren Köpfen zerfiel der Raubvogel in Tausende und Abertausende schwarzer Punkte, die auf sie herabzufallen schienen wie schwere Regentropfen.

Einen Augenblick lang konnte Clonie nichts mehr sehen, dann spürte sie den ersten schmerzhaften Stich. Sie hörte Elias hinter sich fluchen und stieß Briseis die Fersen in die Flanken. Doch die fliegenden Käfer schienen überall zu sein. Sie umschwirrten mit einem ohrenbetäubenden Lärm die Köpfe der beiden Reiter.

Trotz der Bedrohung empfand Clonie ein gewisses Gefühl der Befriedigung. Sie hatte das Rätsel um den sagenumwobenen Hierax gelöst: Es gab tatsächlich keinen zweiköpfigen Riesenraubvogel. Hierax war nichts weiter als ein Insektenschwarm, der aus der Ferne betrachtet die Gestalt eines gigantischen zweiköpfigen Vogels aufwies.

Aber Clonie wusste nun auch, warum Hierax nachgesagt wurde, er brächte den Tod und niemand habe bislang eine Begegnung mit ihm überlebt. Die Stiche dieser fliegenden schwarzen Käfer waren äußerst schmerzhaft. Und auch wenn einer oder zwei vermutlich nichts ausgemacht hätten, so meinte Clonie doch bereits zu spüren, wie ihre Unterarme anschwollen, an denen sich direkt mehrere der Tiere festgebissen hatten.

Auch Elias hinter ihr schrie immer wieder auf und fuchtelte wild mit den Armen in der Luft, um die fliegenden Käfer zu vertreiben. Doch es waren zu viele. Für zehn, die er verjagte, kamen zwanzig zurück.

Clonie beugte sich tief zum Hals der Stute herab und schloss die Augen. »Lauf, Briseis, lauf«, flüsterte sie dem Pferd ins Ohr und ließ den Halsring los, mit dem sie das Tier bislang geführt hatte.

Nun konnte, wenn überhaupt, nur noch Briseis' Instinkt sie retten.

Thimotheus schüttelte seinen massigen Schädel. »Wir haben weder einen Jungen noch ein Mädchen gesehen, auf das Eure Beschreibung passen würde«, knurrte er. »Allerdings ...«

Evandre, die ihre Blicke über die Hundsköpfigen hatte schweifen lassen, während ihr Herrscher sprach, wandte ihre Aufmerksamkeit wieder Thimotheus zu.

»Allerdings haben ein paar meiner Männer ein reiterloses Pferd gefunden.«

»Ein Pferd?« Evandre wurde hellhörig. »Und wo ist dieses Pferd jetzt?«

Einige der Hundsköpfigen lachten und Evandre entging nicht, dass sich die Blicke aller Anwesenden auf einen der Männer richteten. Auch sie wandte sich nun dem Hundsköpfigen zu, der allerdings stur auf den Boden schaute und offensichtlich keine Auskunft zu geben bereit war.

»Loukas wollte es reiten, doch leider ist er mit seinen Bemühungen nicht sehr weit gekommen.« Die Hundsköpfigen lachten wieder. »Die Stute hat ihn abgeworfen.«

»Aber habt Ihr sie nicht wieder eingefangen?«, wollte Evandre wissen.

Nun verstummte das Lachen abrupt.

»Wir haben es versucht, aber keins unserer Pferde war schnell genug.«

»War es ein Schimmel?«, fragte Evandre nun, die die Antwort bereits zu kennen glaubte.

»In der Tat«, antwortete Thimotheus überrascht. »Es war eine schneeweiße Stute, woher wisst Ihr das?«

Evandre seufzte, als sich ihr furchtbarer Verdacht nun bestätigte. »Zweifelsohne war es ein Pferd meines Volkes, das ihr gefunden habt. Sie sind schneller als alle anderen Pferde und lassen nur ihren eigenen Reiter auf ihren Rücken.«

Die Hundsköpfigen schauten misstrauisch, doch Derimacheias Krieger wussten bereits, dass Evandre die Wahrheit sprach. Sie waren nunmehr lange genug gemeinsam unterwegs und hatten mehrfach Gelegenheit gehabt, die Schnelligkeit der Pferde ihrer Mitreisenden zu bewundern.

»Ihr Name ist Kore«, fuhr Evandre derweil fort, »sie gehört der Tochter unserer Königin, Clonie, nach der wir suchen.« Evandre musterte Thimotheus genau, während sie sprach, doch konnte sie tatsächlich nichts in seinem Gesichtsausdruck entdecken, das ihr Misstrauen erregt hätte. Er sah aufrichtig überrascht aus. »Wo genau habt Ihr die Stute denn gefunden?«

Thimotheus' Blick glitt über seine Männer und blieb schließlich an zwei Hundsköpfigen haften, die auch Evandre bereits aufgefallen waren, weil sie die Köpfe zusammengesteckt und getuschelt hatten, während sie ihr Anliegen vorbrachte.

»Gavril«, sprach der Herrscher den größeren der beiden an. »Wo habt ihr das Pferd entdeckt?«

Gavril trat vor, doch hielt er den Blick gesenkt, als er antwortete: »Es lief am Ufer des Fallenden Flusses hin und her und schien verstört.«

Evandre konnte ihr Entsetzen über diese Antwort kaum verbergen. Welchen Schluss ließ es wohl zu, dass Kore allein und in schlechter Verfassung am Ufer des Fallenden Flusses aufgefunden worden war? Worüber war sie verstört? War Clonie womöglich dort ertrunken?

Das weiße Pferd setzte wieder und wieder einen Huf in die Strömung, nur um ihn Augenblicke später zurückzuziehen. Kore spürte den Sog an ihren Läufen und ahnte instinktiv, dass sie sich in Gefahr begab. Doch zugleich wusste sie, dass sie das Gewässer durchqueren musste, wenn sie nach Hause gelangen wollte.

Erneut setzte sie einen Huf in die kalte Flut, wartete einen Moment und zog den zweiten Huf hinterher. Die Kraft des Wassers riss bereits jetzt an ihr und versuchte, sie in seine Gewalt zu bekommen. Vorsichtig machte Kore den nächsten Schritt. Und noch einen. Nun reichte ihr das Wasser bereits bis zum Bauch. Kore verharrte. Sie spürte, dass sie augenblicklich den Halt verlieren würde, wenn sie auch nur einen Huf anhob. Egal in welche Richtung. Vor oder zurück.

Beinahe eine Ewigkeit stand Kore unbeweglich in der kalten Flut. Endlich wagte sie den nächsten Schritt. Das Wasser schwappte über ihre Kruppe und riss sie mit sich. Kore schwamm. Sie reckte den Kopf hoch, den Blick fest auf das gegenüberliegende Ufer gerichtet, und kämpfte gegen die Strömung an, die sie mit sich fortzog. Immer schneller und schneller. Jetzt hatte der Schimmel die

Mitte des Fallenden Flusses erreicht. Die Strömung war nun so stark, dass Kore keine Chance hatte, dagegen anzukämpfen. Das Ufer kam, sosehr sie sich auch bemühte, nicht einen Fuß näher. Schnell wie ein Stein, den man von einer Klippe wirft, trieb Kore in der Mitte des Flusses auf den Wasserfall zu, dessen unheilverkündendes Rauschen allmählich lauter und lauter wurde.

Angstvoll begann Kore zu wiehern.

12

Sie allein unter den um sie Wohnenden
waren mit Eisen bewaffnet,
stiegen unter allen zuerst auf die Pferde,
auf denen sie (...) unvermutet die Fliehenden einholten,
die Verfolger hinter sich ließen.

Lysias
(griechischer Redner um 400 v. Chr.)

Narkissos rieb sich freudig die Hände. »Das ist ein wahrhaft glücklicher Zufall! Ich danke dir, Göttin Tyche, für dieses Geschenk! Noch weiß ich nicht, wie wir diesen Fund für unsere Zwecke verwenden werden, aber er könnte sich noch zu einer wichtigen Figur in unserem Spiel entwickeln.«

»Also sollen wir den Jungen weiter ... behalten?«

Narkissos nickte. »Ja. Aber seht zu, dass er keinen von Euch zu Gesicht bekommt. Wir müssen unbedingt verhindern, dass er über uns Bescheid weiß. Anderenfalls ...« Er fuhr sich mit der Handkante über den Hals. »Und nun macht Euch auf den Rückweg und passt auf, dass keiner der Tölpel eine Dummheit begeht.«

Auch nachdem Narkissos allein zurückgeblieben war, lag immer noch ein wohliges Lächeln auf seinen Lippen. Alles lief zu seiner vollsten Zufriedenheit: Clonie und Elias waren verschwunden – und mit ihnen der Zaubergürtel, der Derimacheias Macht stärkte. Es musste schon ein Wunder geschehen, wenn sie noch einmal in Erscheinung träten.

Zwischen Antheia und Derimacheia herrschte zwar Waffenruhe und beide gaben sich Mühe, einander Wohlwollen zu signalisieren, doch unterschwellig brodelte es, und es war nur eine Frage der Zeit, wann sich die beiden Mutterherzen einen Kampf liefern würden und ihn in die Lage versetzten, ihren Streit zu seinen Gunsten auszunutzen.

Auch die Saat der Gerüchte unter dem Volk trug erste Früchte. Die Bauern stellten sich gegen ihre Königin und äußerten Unzufriedenheit. Hier, so nahm sich Narkissos vor, musste das Feuer noch weiter geschürt werden.

Aber was für ein Glück, dass Aigidios bei dem Überfall auf die Waldbewohner den Verstand verloren hatte und nicht mehr gegen ihn aussagen konnte – sofern er die Zusammenhänge vor dem Verlust seines Geistes durchschaut hatte. Nun jedenfalls war er nichts weiter als ein unverständlich vor sich hin brabbelnder Greis, der höchstens Mitleid erregte. Sollte sich sein Zustand allerdings noch einmal verändern, dann musste etwas geschehen. Er hatte entsprechende Anweisungen gegeben und hoffte, er konnte sich darauf verlassen, dass sie eingehalten wurden.

Zudem hatten seine Männer den Boten des Waldvolkes, der ihnen eventuell noch hätte gefährlich werden können, ein für alle Mal außer Gefecht gesetzt. Besser konnte es gar nicht stehen. Und jetzt hatte der Zufall ihm auch noch Calistus in die Hände gespielt!

Narkissos lachte bei diesem Gedanken laut auf. Die Götter schienen wahrlich auf seiner Seite zu sein. Und wenn er erst an der Macht war, würde sich Sappheire auch nicht länger gegen sein Werben sträuben. Welche Frau würde es sich schon entgehen lassen, Königin zu werden? Selbst wenn er ihr augenblicklich nicht genügte, wie sie wieder und wieder betont hatte, so würde sich das spätestens dann ändern, wenn er endlich die Krone Gelens auf seinem Kopf trug!

Clonie verbarg ihr Gesicht in Briseis' Mähne. Und doch spürte sie bereits die Haut an ihren Wangen und am Hals anschwellen. Wie viele Stiche waren noch nötig, bis sie das Bewusstsein verlor? Sie verfluchte sich dafür, dass sie den Geschichten um Hierax, den zweiköpfigen Raubvogel, so wenig Beachtung geschenkt hatte. Hieß es doch: *Wenn er erst über dir schwebt, bist du des Todes. Wie Nadelstiche sind seine Bisse …*

Sie spürte Elias' Umklammerung an ihrer Hüfte. Und doch hatte sie das Gefühl, dass auch seine Kräfte allmählich schwanden und die Stärke seines Griffs bereits nachgelassen hatte.

Immer noch galoppierte Briseis durch die schwarze Wolke, ohne Aussicht darauf, sie irgendwann hinter sich zu lassen. Auch sie schnaubte und weißer Schaum troff aus ihren Nüstern und ihrem Maul.

Als plötzlich Hundegebell an ihre Ohren drang, dachte Clonie zunächst, die Hundsköpfigen wären erneut hinter ihnen her. Das tiefe drohende Bellen und Knurren unzähliger Tiere ließ ihr Herz schneller schlagen. Plötzlich roch es nach Feuer und in das Hundegebell mischten sich menschliche Stimmen.

Die schwarze Wolke lichtete sich und Clonie konnte

schemenhaft eine Gruppe weiß gekleideter Menschen auf Pferden erkennen, die von einer Meute großer Hunde begleitet wurde. Die Männer schwenkten brennende, qualmende Fackeln, während sie auf sie zukamen. Augenblicklich verlangsamte Briseis ihren Schritt, als würden sie ihre Kräfte jetzt, da Hilfe nahte, endgültig verlassen. Und auch Clonie spürte im Angesicht der Unterstützung, wie kurz davor sie gewesen war, aufzugeben und sich willenlos ihrem Schicksal zu überlassen.

Aber war es überhaupt Hilfe, die dort nahte? Oder würden sich diese Menschen ebenfalls als Feinde entpuppen?

Zunächst jedoch sorgte das knappe Dutzend Fremder mit ihren Fackeln dafür, dass der Insektenschwarm von Clonie und Elias abließ.

»Folgt uns!«, rief einer der weiß gekleideten Männer. »Es gibt nur eine Möglichkeit, den fliegenden Käfern zu entkommen! Folgt uns!«

Clonie zögerte nicht. Wer auch immer diese Menschen waren, sie benötigten dringend ihre Hilfe. Und zwar sofort! Nachdem sie sich schon verloren geglaubt hatte, sammelte Clonie noch einmal ihre letzte Kraft, ignorierte die schmerzenden Stiche und griff wieder nach Briseis' Halsring. Ohne Zögern schloss Briseis sich der Herde der anderen Pferde an und folgte ihnen.

Die fliegenden Käfer blieben nun zurück. Das Feuer zeigte seine Wirkung. Und doch gaben die Insekten noch nicht auf, formierten sich wieder und folgten den Reitern mit einem gewissen Abstand. Es war beängstigend, die Silhouette des Raubvogels über sich schweben zu sehen. Jeden Augenblick bereit zu einem neuen Angriff.

Clonie konnte kaum etwas erkennen. Ihre Augenlider waren durch die Stiche und das Gift der Käfer angeschwollen. Doch dann meinte sie in einiger Entfernung Palmen auszumachen und eine Ansammlung kleiner gemauerter und weiß gekalkter Häuser, die um einen runden See herum angeordnet waren.

»Eine Oase!«, rief Elias hinter Clonie und es klang, als spräche er mit vollem Mund. Als Clonie sich auf dem Rücken des Pferdes zu ihrem Begleiter umblickte, erschrak sie: Elias' Gesicht war rot und geschwollen. Seine Augen versanken tief in den aufgequollenen Lidern.

»Kommt!«, forderte sie der Mann in dem weißen Gewand noch einmal auf und Clonie folgte den Reitern zwischen die Häuser.

Der große Raubvogel schwebte noch eine Weile über der Ansiedlung und verdeckte mit seiner riesigen Gestalt das Licht der Sonne, sodass man glauben konnte, die Nacht bräche herein, dann drehte er ab und verschwand allmählich am Horizont.

Völlig erschöpft ließ sich Clonie vom Rücken des Pferdes fallen und blieb regungslos auf dem Boden liegen. Niemals zuvor hatte sie sich so gleichgültig gefühlt. Es war ihr egal, ob sie leben durfte oder sterben musste. Die Haut in ihrem Gesicht und an den unbedeckten Armen brannte so sehr, dass sie nur noch einen Wunsch verspürte: Der Schmerz sollte aufhören. Und zwar so schnell wie möglich. Und wenn das bedeutete, dass sie dafür dem Tod ins Auge blickte, so spielte es auch keine Rolle.

Elias stöhnte ebenfalls. Er schien bereits nicht mehr richtig bei Sinnen zu sein. Immer noch fuchtelte er wild mit den Armen durch die Luft, als wären da weiterhin Käfer, die er vertreiben müsste.

Das Letzte, was Clonie sah, war das Gesicht einer alten Frau, das sich über sie beugte. Bevor die erlösende Dunkelheit sie umfing, drängte sich ein aufrüttelnder Gedanke in ihr Bewusstsein: Irgendetwas war mit dem Gesicht dieser Frau nicht in Ordnung. Aber ehe sie herausfinden konnte, was es war, versank sie in einen tiefen Schlaf.

»Ich habe Neuigkeiten.«

»Ihr wisst, wo Elias und Clonie sich aufhalten?«

»Nicht direkt, doch hat mir Evandre eine Botschaft zukommen lassen.« Antheia reichte Derimacheia ein Stück Papyrus. Enge schwarze Lettern, von Feuchtigkeit leicht verschmiert, waren darauf zu sehen.

Antheia,

Ihr hattet recht: Wir mussten einen der Männer töten, der nicht Herr seiner Sinne war.
Clonie und Elias haben versucht den Fallenden Fluss zu überqueren, um ins Land der Hundsköpfigen zu gelangen. Es ist nicht gewiss, ob sie es geschafft haben. Die Hundsköpfigen entdeckten Kore allein und verstört am Ufer.
Doch irgendetwas stimmt nicht an dieser Geschichte. Ich spüre es, ohne zu wissen, was es ist.
Findet heraus, was es mit dem Überfall auf Aigidios auf sich hat. Ich werde das Gefühl nicht los, dass hier der Schlüssel zu unserem Rätsel verborgen liegt.

Wir setzen die Suche fort. Vielleicht haben sie es doch geschafft und sind irgendwo hier im Land der Hundsköpfigen. Wenn ich auch nicht weiß, was sie hier wollen.

Evandre

Derimacheia ließ das Schriftstück in ihren Händen sinken. »Der Fallende Fluss.« Ihre Stimme war kaum mehr als ein Flüstern. »Aber was treibt sie ins Land der Hundsköpfigen? Wonach suchen sie? Und was bedeutet …« Sie blickte wieder auf das Papyrus. »›Ein Mann, der nicht Herr seiner Sinne war, musste getötet werden‹? Etwa einer meiner Männer?«

»Was glaubt Ihr, was das heißt?«, antwortete Antheia lediglich und blickte Derimacheia bedeutungsvoll in die Augen.

»Oh«, machte die Königin, als sie verstand, und errötete leicht. Es war wohl besser, dieses Thema nicht zu ausführlich zu erörtern. Sie räusperte sich.

»Ich glaube, Evandre hat recht«, fuhr Antheia fort, die ebenfalls die Absicht hatte, den Zwischenfall nicht zu einer offiziellen Angelegenheit zwischen den beiden Ländern werden zu lassen. Offensichtlich hatte Evandre das Problem auf ihre Weise gelöst und damit sollte der Gerechtigkeit Genüge getan sein. Alles andere würde lediglich zu weiteren unnötigen Komplikationen führen. »Wir müssen herausfinden, ob der Überfall auf Aigidios und seine Männer etwas mit Clonies und Elias' Verschwinden zu tun hat.«

»Aber wie sollen wir das?« Derimacheia erhob sich aus

ihrem Stuhl. »Ich erkundige mich regelmäßig nach Aigidios' Befinden. Es heißt, er ist die meiste Zeit besinnungslos und erwacht jeweils nur für kurze Augenblicke, in denen er zusammenhangloses Zeug redet.«

»Aber er war bei dem Überfall nicht allein«, widersprach Antheia. »Irgendeiner aus dem Volk der Waldbewohner muss etwas wissen und es uns sagen können.«

Derimacheia seufzte. »Also soll ich Narkissos noch einmal bitten, einen seiner Männer hinzuschicken?«

Antheia schüttelte den Kopf. »Nein«, sprach sie entschieden. »Ich glaube, dieses Mal werde ich mich selbst darum kümmern.«

Es war zweifellos das gleiche Gesicht. Die Augen blickten gütig und um die Lippen spielte ein Lächeln. Doch die Haut sah aus, als wäre sie über Murmeln gespannt.

Die Frau hielt einen Lappen in der Hand, der mit einer kühlenden Flüssigkeit getränkt war, und strich Clonie damit immer wieder sanft über Stirn, Wangen und Kinn. Als sie merkte, dass Clonie erwacht war und sie ansah, verstärkte sich das Lächeln um ihre Lippen.

Clonie fühlte sich unwohl, da sie es nicht schaffte, den Blick von den merkwürdigen Verformungen im Gesicht der Frau abzuwenden.

»Keine Sorge«, ergriff die Fremde plötzlich das Wort. »Ihr werdet nicht so aussehen wie ich. Bei Euch hat die Behandlung rechtzeitig begonnen. Und auch bei Eurem Freund.«

Erst jetzt bemerkte Clonie, dass Elias neben ihr lag. Sein Gesicht war immer noch rot und aufgedunsen, doch erschien es ihr, dass die Schwellung an den Augenlidern bereits zurückgegangen war.

»Wer seid Ihr?«, wollte Clonie wissen. »Und wo bin ich?«

Die Frau lächelte wieder. »Mein Name ist Hagne und ihr seid hier in der Obhut des Wüstenvolks. Euch wird nichts geschehen, keine Sorge. Als uns die Nachricht Medeias erreichte, haben sich die Männer sogleich auf die Suche nach euch gemacht.«

»Ihr habt eine Nachricht Medeias erhalten, die uns betraf?« Clonie versuchte sich aufzurichten, doch Hagne drückte sie mit sanfter Gewalt zurück auf die Unterlage. Dann nickte sie.

»Ja, in der Nachricht stand, dass ihr euch auf dem Weg zu ihr befändet, euch jedoch vermutlich in der Weiten Wüste verirrt hättet ...«

»Aber ... aber woher weiß Medeia von uns und unserem Vorhaben?«

Hagne lächelte wieder. »Sie ist das Orakel«, antwortete sie. »Sie weiß alles!«

Clonie schnaubte. Natürlich war es überraschend, dass Medeia von ihnen wusste. Dennoch war ihr diese Orakelgeschichte nicht Erklärung genug.

»Glücklicherweise haben die Männer euch schnell gefunden«, fuhr Hagne fort. »Ich hatte damals weniger Glück, als ich Hierax begegnete.«

»Ihr seid Hierax auch begegnet? Stammen daher Eure ... Eure Verletzungen?«

Hagne nickte. »Ich konnte Hierax entkommen, indem ich mich im Sand eingrub und dort wartete, bis er aufgab. Aber dann war es zu spät, um die Stiche noch erfolgreich zu behandeln.« Erneut strich sie sacht mit dem getränkten Lappen über Clonies Arme.

»Was ist das für eine Flüssigkeit?«

»Es ist eine Mischung verschiedener heilender Kräuter«, erklärte Hagne. »Ich habe vieles ausprobiert, auch einen Aufguss zur inneren Anwendung, aber nichts hilft gegen die Verletzungen so gut wie diese Tinktur.«

»Und ich habe geglaubt, die Geschichte von Hierax sei nichts weiter als pure Fantasie«, sagte Clonie plötzlich und es klang, als spräche sie zu sich selbst.

»O nein«, widersprach Hagne. »Hierax ist ganz und gar wirklich. Er saugt das Blut aus seinen Opfern, bis ihre Adern leer sind. Davon ernährt er sich. Vom Lebenssaft anderer.«

Elias begann zu stöhnen und drehte sich unruhig hin und her.

Hagne erhob sich, wechselte zu Elias' Lager, kniete neben ihm nieder und tupfte ihm, wie zuvor Clonie, das Gesicht mit der Feuchtigkeit spendenden und kühlenden Flüssigkeit ab.

»Ihr werdet Euch hier einige Tage erholen, dann geleiten euch unsere Männer zu den Bebenden Bergen und zeigen euch den Pfad, der auf direktem Wege zu Medeia führt«, sprach Hagne an Clonie gewandt weiter.

»Einige Tage?« Nun setzte sich Clonie unter den strengen Blicken Hagnes doch auf. »Auf keinen Fall! Wir dürfen keine Zeit mehr verlieren! Sobald Elias zu sich gekommen ist, müssen wir aufbrechen!«

Hagne schüttelte nur lächelnd den Kopf. »Dazu wird es nicht kommen«, sagte sie. »Was führt euch eigentlich zu Medeia?«

Clonie seufzte, während sie überlegte, was sie sagen sollte. Gerne hätte sie sich einmal alles von der Seele geredet, doch womit sollte sie anfangen? Und wie viel durfte sie preisgeben? Offensichtlich hatten die Verräter Derimacheias in jedem Land Verbündete: unter dem Waldvolk, bei den Hundsköpfigen … Woher sollte sie wissen, dass nicht auch Angehörige des Wüstenvolkes zu den Verrätern gehörten? Hagnes offener Blick sprach für die alte Frau. Clonie konnte sich nicht vorstellen, dass von ihr eine Gefahr ausging. Und doch ermahnte sie sich selbst zur Vorsicht.

»Selbst das Orakel scheint nicht zu wissen, was ihr von ihm erwartet«, fuhr Hagne währenddessen zu sprechen fort und betupfte dabei wieder und wieder Elias' Wunden mit der Flüssigkeit. »Zumindest stand darüber nichts in der Nachricht, die die Brieftaube uns gebracht hat.«

Clonie horchte auf. »Eine Brieftaube hat Euch die Nachricht überbracht?«

Hagne nickte. »Ja«, antwortete sie. »Was überrascht Euch daran?«

»Nichts«, erwiderte Clonie. »Ich dachte nur …«

Hagne unterbrach ihr Tun und wandte sich zu Clonie um.

»Könnte man eine solche Brieftaube auch in ein beliebiges anderes Land fliegen lassen? Zum Beispiel ins Königreich Gelen?« Clonie spürte, wie ihr Herz schneller klopfte. Sie versuchte, sich nichts anmerken zu lassen. Wenn sie eine Brieftaube mit einer Nachricht an Derimacheia schicken könnten, dann wäre die Königin gewarnt! Und dann wäre es vielleicht auch schon bald für sie und Elias möglich, nach Hause zurückzukehren!

Doch Hagne schüttelte den Kopf und Clonies Mut sank im selben Moment wieder. »Nein. Unsere Brieftauben finden lediglich den Weg in die Bebenden Berge. Zurück zu Medeia. Aber soweit ich weiß, verfügt das Orakel über Brieftauben, die nahezu jedes Land anfliegen können. Vermutlich auch das Königreich Gelen. Warum fragt Ihr? Wollt Ihr etwa eine Nachricht nach Gelen versenden?«

»Ach, nur so«, wiegelte Clonie ab. »Ich habe mich lediglich gefragt, wie die Sache mit den Brieftauben funktioniert.«

Narkissos hielt die Nachricht in seinen Händen und las sie bereits zum zweiten Mal. Was für ein Glück, dass Pyrros die Taube rechtzeitig abgefangen hatte. Er mochte sich gar nicht ausdenken, was geschehen wäre, wenn Derimacheia statt seiner dieses Stück Papyrus in die Hände bekommen hätte! Doch das Glück war ihm offensichtlich immer noch hold. Nur wusste er nicht, wie er nun weiter verfahren sollte. War es ratsam, Medeia eine Nachricht zurückzusenden, die sie beruhigte? Oder sollte er dafür sorgen, dass die Taube unauffindbar blieb? Narkissos lächelte bei diesem Gedanken. Ja, das war wohl das Beste. Er würde die Nachricht und ihre Überbringerin einfach verschwinden lassen. Und er wusste auch schon, wen er mit dieser Aufgabe betrauen wollte. Es gab nur einen, auf den er sich in dieser heiklen Angelegenheit verlassen konnte. Er versteckte den Papyrus unter seinem Gewand und begab sich auf die Suche nach Pyrros.

Der Boden vibrierte. Das tat er manchmal und Calistus hatte sich bereits daran gewöhnt. Nun wusste er wenigstens, warum dieses Gebirge die Bebenden Berge genannt wurde.

Jetzt zitterte Calistus. Vor Kälte schlugen seine Zähne aufeinander. Er saß, mit dem Rücken gegen den kalten Stein gelehnt, das schmerzende Bein ausgestreckt und das andere angewinkelt, auf dem Boden der Höhle. Zumindest vermutete er, dass er sich in einer Höhle befand, denn noch immer trug er eine Augenbinde, die ihn daran hinderte, irgendetwas in seiner Umgebung wahrzunehmen. Umso mehr achtete er auf jedes Geräusch: Schritte, die von den kahlen Steinwänden widerhallten, gedämpfte Stimmen, hin und wieder ein Lachen … Aber auch das stete Tropfen von Wasser, das irgendwo von der Höhlendecke herunter auf den Boden fiel, und das Scharren kleiner Krallen, das mal links, mal rechts von ihm zu sein schien. Vermutlich Ratten, dachte Calistus und schauderte. Er fürchtete sich nicht vor diesen Tieren und doch wusste er, dass sie ihm gefährlich werden konnten, solange er, zur Bewegungslosigkeit verdammt, hier ausharren musste.

Die Luft war feucht und roch modrig. Ab und zu brachte einer der Männer ihm Nahrung. Ein Stück Brot, scharfen Käse oder einen undefinierbaren Brei. Dann entfernte man die Fesseln von seinen Händen und er durfte essen.

Einmal hatte er während seiner Mahlzeit versucht, die Binde von den Augen zu nehmen, doch die Ermahnung, dies augenblicklich zu unterlassen, war überaus deutlich ausgefallen. »Sonst werden wir dich töten!«, sagte der Mann, der ihm sein Essen brachte, und Calistus glaubte ihm. Anschließend durfte er, geführt von kraftvoll zupackenden Händen, die ihn stützten, seine Notdurft verrichten, bevor ihm erneut die Fesseln angelegt wurden und man ihn wieder allein ließ.

Calistus hatte kein Gefühl mehr für Zeit und Raum. Es war in der ewigen Finsternis, in der er nun lebte, verloren gegangen. Wie oft hatten sich Sonne und Mond an ihrem Platz am Himmel bereits abgewechselt, seit er hier saß? Einmal? Zweimal? Er wusste es nicht.

Doch so beängstigend die Stimmen der Männer auch waren – am schlimmsten war es für Calistus, wenn er nichts hörte. Wenn er allein war oder es zumindest zu sein schien. Wenn er nichts hatte, worauf er lauschen konnte. Dann war in seinem Kopf Platz für seine eigenen Gedanken und die waren erschreckender als alles andere zusammen: Würde er hier jemals wieder lebend rauskommen? Was versprachen sich die Männer von seiner Geiselnahme? Wer sollte mit dem Pfand seines Lebens erpresst werden? König Damasos, sein Vater? Oder hatten diese Männer ebenfalls etwas mit dem Verschwinden von Clonie und Elias zu schaffen? Saß seine Zwillingsschwester vielleicht wie er irgendwo gefesselt, des Tageslichts beraubt und nicht wissend, ob sie jemals die Sonne wieder sehen würde?

Dann kam regelmäßig der Moment, in dem er die Stille nicht mehr ertrug und zu rufen begann. »Hallo? Ist da jemand?« Einmal hatte er sogar nach Clonie gerufen – vielleicht war sie ja ebenso in dieser Höhle gefangen. Vielleicht saßen sie Rücken an Rücken, ohne es zu wissen, nur durch eine Steinmauer voneinander getrennt?

Doch niemals antwortete ihm jemand. Lediglich das Kratzen der Krallen auf den Steinen wurde lauter.

Die barfüßigen Frauen und die Männer mit ihren langen Bärten bedachten die Königin, die hoch erhoben auf ihrem Ross an ihnen vorbeiritt, mit neugierigen Blicken.

Antheia versuchte, sich ihre Verunsicherung über diesen außergewöhnlichen Empfang nicht anmerken zu lassen, während sie ihre Stute durch das Spalier führte. Als einer der Männer sich ihr in den Weg stellte, gebot sie ihrem Gefolge Einhalt.

»Was ist Euer Begehr, Tochter des Ares?«, fragte der Mann und verschränkte die Arme vor der Brust.

Antheia runzelte unwillkürlich die Stirn. Das Waldvolk war für seine Friedfertigkeit bekannt, doch davon war im Augenblick nicht viel zu spüren. Vielmehr hatte die Königin den Eindruck, dass es unter der Oberfläche brodelte und zumindest einige Männer ihrem Erscheinen feindlich gegenüberstanden.

»Ich möchte mich nach Aigidios' Befinden erkundigen und mit ihm über die Nacht des Überfalls sprechen, dem Euer Volk zum Opfer gefallen ist.«

»Ein Gespräch mit ihm wird kaum möglich sein«, erwiderte der Mann, lockerte aber zumindest die Verschränkung seiner Arme ein wenig. »Zumindest werdet Ihr keine verständlichen Antworten auf Eure Fragen erhalten.«

»So ist er immer noch nicht genesen?«

Der Mann schüttelte den Kopf. »Nein. Und es ist fraglich, ob er jemals wieder vollkommen gesund werden wird.«

Antheia hatte Mühe, sich ihre Bestürzung nicht anmerken zu lassen, denn sie schätzte Aigidios sehr. Zwar hatte sie bereits von seiner schwerwiegenden Verletzung gehört, doch hatte sie wohl insgeheim, wie sie nun feststellte, gehofft, dass es vielleicht doch nicht so schlimm war, wie ihr zugetragen worden war.

»Ihr könnt Euch, wenn dies Euer Wunsch ist, selbst ein Bild von seiner Verfassung machen«, fuhr der Mann fort und löste nun endgültig seine verschränkten Arme. »Ich muss Euch jedoch bitten, Eure Waffen abzulegen und Euren ...«, er stockte einen Augenblick, »... Euren Kriegerinnen zu befehlen, hier auf Euch zu warten.« Als Antheia nicht sofort antwortete, fuhr er unaufgefordert fort: »Seit dem Überfall ist hier nichts mehr wie vorher. Wir haben nicht nur unseren Anführer verloren, unter den Verwundeten gab es auch Frauen, und sogar Kinder blieben nicht verschont. Zwei Männer wurden getötet und das Misstrauen Fremden gegenüber hat Einzug gehalten.«

Jetzt nickte Antheia. »Ich verstehe Eure Vorsicht«, sagte sie, »und bin mit Euren Bedingungen einverstanden, wenn Ihr mich zu Aigidios führt.«

Sie ließ sich vom Rücken der Stute gleiten und reichte ihre Waffen einem der Männer. Dann wandte sie sich zu ihren Begleiterinnen um und gab ihnen mit einer kurzen Bewegung ihres Kopfes zu verstehen, auf sie zu warten.

»Folgt mir«, sagte der Mann nun und ging voraus auf eins der Zelte zu, die in einem Kreis um die Feuerstelle mitten im Wald angeordnet waren. Ohne sich zu ihr umzuwenden, sagte er: »Mein Name ist Nikodemus. Ich habe Aigidios' Pflichten übernommen, bis er seinen Aufgaben wieder nachkommen kann.«

»Und wenn nicht?«

Jetzt blieb der Mann stehen und sah Antheia an. Er

öffnete den Mund, um zu antworten, doch dann schloss er ihn wieder und zuckte lediglich mit den Achseln, bevor er sich erneut umwandte und den Vorhang aus Tierfell vor der Hütte zur Seite zog.

Antheia trat ein. Aigidios lag auf einem Lager aus Fellen auf dem Boden und atmete schwer. Sein Blick irrte unstet durch den Raum auf der Suche nach etwas, das nicht da zu sein schien.

Antheia seufzte. Sie kniete neben Aigidios nieder und griff nach seiner Hand. »Aigidios«, sprach sie den Mann an, erhielt aber keinerlei Reaktion.

»Die meiste Zeit liegt er so da«, sagte Nikodemus. »Hin und wieder scheint sein Geist an die Oberfläche zu kommen, doch auch dann spricht er in Rätseln und fragt unaufhörlich, wo er sei.«

Antheia senkte den Blick. Aigidios' Zustand war sogar schlimmer, als sie befürchtet hatte.

»Gibt es noch Hoffnung?«, fragte sie leise.

Nikodemus zuckte die Schultern. »Hoffnung gibt es immer, meint Ihr nicht?«

Antheia antwortete nicht. Sie hätte auch nicht gewusst, was sie erwidern sollte.

Erst nachdem sie das Zelt wieder verlassen hatten, sprach Antheia: »Und es waren Diebe, die Euch überfallen haben?«

»Wer sagt das?«, entgegnete Nikodemus schroff. »Es ist nichts gestohlen worden.«

»Nicht? Aber ich dachte ...«

»Was dachtet Ihr?«

»Es hieß, es seien Strauchdiebe gewesen, die den Überfall verübt haben!«

Nikodemus schüttelte den Kopf. »Das glaube ich nicht«, antwortete er. »In jener Nacht waren Eure Tochter und Königin Derimacheias Sohn hier. Sie erzählten Aigidios, dass sie aus der Burg der Königin vertrieben worden seien …«

»Vertrieben?« Antheia konnte ihre Überraschung nicht verbergen. »Ich wusste, dass Clonie und Elias hier waren, aber …«

»Sie wurden rechtzeitig fortgeschickt, bevor der Kampf begann.«

»Und Ihr glaubt, der Überfall habe etwas mit Clonies und Elias' Besuch zu tun?«

Nikodemus zog die Schultern hoch. »Ich weiß nicht genau, worum es bei dem Gespräch zwischen Aigidios und den Kindern ging. Als der Überfall stattfand, war ich auf der Jagd und Aigidios hatte nach meiner Rückkehr keine Gelegenheit mehr, mir etwas zu erzählen.« Er zögerte kurz, als die Verzweiflung über den Zustand des Anführers von ihm Besitz ergriff. »Aber eins ist merkwürdig …« Er stockte, als wäre er sich nicht sicher, ob er seine Gedanken preisgeben sollte.

»Was ist merkwürdig?«

»Seit der Nacht des Überfalls fehlt einer unserer Männer«, antwortete Nikodemus. »Er ist … verschwunden.«

»Verschwunden?«

Nikodemus nickte.

»Aber wie kann das sein?«

Der Waldmensch zuckte mit den Schultern. »Vielleicht steckte er mit den Angreifern unter einer Decke oder …«

»Oder?«

»Oder er wurde von ihnen gefangen genommen …«

»Gefangen genommen?«

»Mehr weiß ich auch nicht«, erwiderte Nikodemus, plötzlich wieder schroff, als hätte er bereits mehr als genug gesagt. »Bei dem Überfall ging es jedenfalls nicht um irgendwelche Schätze. Dessen bin ich mir sicher.«

Antheia spürte, wie sie blass wurde und ihre Knie zu zittern begannen. Wenn das alles stimmte, dann waren Clonie und Elias in noch größerer Gefahr, als sie bislang angenommen hatte. Und diese Gefahr ging von Derimacheias Burg aus. Auf welche Weise auch immer.

13

Eine aus diesen Frauen,
welche königliche Gewalt besaß,
soll durch Mut und Stärke alle anderen übertroffen
und ein Heer von Weibern gesammelt haben,
welches sie in den Waffen übte und siegreich
gegen einige Nachbarvölker kämpfen ließ.

Diodor (1. Jh. v. Chr.)

Clonie erwachte, als jemand an ihrer Schulter rüttelte, und öffnete mühsam die Augen. Das wärmende Feuer in der Hütte, die man ihr und Elias für die Dauer ihres Aufenthaltes zur Verfügung gestellt hatte, war beinahe erloschen und mit einem Mal spürte Clonie, wie kalt es inzwischen geworden war.

Der Mann, der, zum Schutz vor der nächtlichen Kälte vermummt, vor ihrem Lager stand, hielt Clonie ein Gefäß mit einer dampfenden Flüssigkeit vor die Nase.

»Was ist das?«, fragte Clonie und warf einen Blick zur Seite auf Elias, der neben ihr lag, sich aber bereits aufgerichtet hatte und ebenfalls einen Becher in der Hand hielt. Er schnupperte soeben an dem Gebräu und rümpfte anschließend angewidert die Nase.

»Hagne schickt Euch diesen Trunk«, flüsterte der Mann. Er sprach leise, aber eindringlich. »Ihr sollt ihn einnehmen. Er ist zu Eurer Heilung bestimmt.«

»Aber …« Clonie fiel es, nachdem man sie gerade

erst aus dem Schlaf geholt hatte, schwer, ihre Gedanken zu ordnen. Doch irgendetwas in ihrem Kopf mahnte sie zur Vorsicht.

Elias hatte den tönernen Becher bereits an seine Lippen gesetzt, als Clonies spitzer Ellenbogen ihn unvermittelt traf. Augenblicklich ergoss sich das siedend heiße Gebräu auf Elias' Gewand.

»Pass doch auf!«, raunte er missmutig und versuchte, die Flüssigkeit abzustreifen.

»Tut mir leid«, erwiderte Clonie und schickte sich an, Elias zu helfen. Dabei fiel ihr der eigene Becher aus der Hand und sein Inhalt ergoss sich auf das Lager.

Elias sah Clonie an, als zweifle er an ihrem Verstand, und der Mann stieß einen Laut des Unwillens aus.

»Verzeihung«, murmelte Clonie und reichte dem Mann die leeren Gefäße. »Gibt es vielleicht noch mehr davon?«

Der Mann riss Clonie die Becher ruppig aus der Hand. »Ich werde nachsehen«, sagte er in einem Ton, der keinen Zweifel daran ließ, was er von Clonies Ungeschicklichkeit hielt, und verschwand ohne ein weiteres Wort aus der Hütte.

Kaum war er außer Sichtweite, wandte sich Clonie an Elias: »Schnell, wir müssen fort!«

Elias schüttelte müde den Kopf. »Was ist denn los mit dir?«

»Ich erkläre es dir später, aber nun komm!«, Clonie sprang bereits auf und raffte eilig ihre Sachen zusammen.

»Die Männer wollen uns doch auf den rechten Pfad in den Bebenden Bergen führen, den, der uns zu Medeia bringt«, widersprach Elias mit schwacher Stimme. »Ist es nicht besser, uns ihrer Führung anzuvertrauen, anstatt sich alleine auf den Weg zu machen?«

Clonie seufzte. »Es stimmt zwar, dass die Männer uns begleiten wollen, aber erst, wenn Mond und Sonne sich siebenmal abgewechselt haben, und so lange können wir keinesfalls tatenlos hier verharren!«

Elias sah alles andere als glücklich aus. Immer noch schmerzte sein geschwollenes Gesicht und die Haut an seinen Armen juckte fürchterlich. Die Vorstellung, sich wieder auf Briseis' Rücken zu setzen und weiter durch die schier endlose Wüste zu reiten, ständig in Gefahr, Hierax noch einmal zu begegnen, ließ ihm trotz der Kälte den Angstschweiß ausbrechen.

»Denk an deine Mutter«, fuhr Clonie fort, die merkte, dass Elias nicht überzeugt war. »Denk an Derimacheia, sie schwebt in Gefahr und niemand außer uns kann ihr helfen, verstehst du das nicht? Sie ahnt nicht einmal, dass Verräter es auf ihren Thron und vermutlich auf ihr Leben abgesehen haben.« Sie schwieg einen Augenblick. »Du warst es doch, der unbedingt zu dem Orakel wollte.«

Jetzt nickte Elias.

»Und ich glaube inzwischen ebenfalls, dass dies unsere einzige Chance ist. Wir beide allein können nichts ausrichten. Wir wissen nicht, wer die Verräter sind, und wir haben nichts in der Hand, um unsere Behauptungen zu beweisen. Selbst wenn wir es unbehelligt zurück in die Burg schafften, um Derimacheia zu warnen … Wer würde uns schon glauben? Einem 15-jährigen Jungen und einem 14-jährigen Mädchen …«

Immer noch schwieg Elias.

»Wenn Medeia wirklich so allwissend ist, wie alle behaupten, dann wird sie einen Weg finden, um uns zu helfen. Und wer sonst könnte das?« Clonie dachte an die Geschichte mit den Brieftauben, über die Medeia angeblich verfügte und die jedes Königreich anfliegen konnten, um eine Nachricht zu überbringen. Es war zwar nur ein kleiner Hoffnungsschimmer, aber es war der einzige, den sie hatten.

Elias spürte das Jucken an seinem Arm stärker werden und musste seinen ganzen Willen aufbringen, um sich nicht zu kratzen. »*Wenn ihr kratzt, wird das Fleisch nicht heilen*«, hatte Hagne gesagt, »*und ihr werdet schmerzende tiefe Narben zurückbehalten.*« Aber wie sollte er das schaffen? Elias meinte, er müsse verrückt werden, wenn er sich nicht augenblicklich kratzen durfte!

»Elias!« Clonie rüttelte am Arm des Freundes. »Wir müssen aufbrechen, bevor Hagne oder einer der anderen zurückkehrt und uns aufhält! Dieser Mann eben … er wurde gewiss nicht von Hagne geschickt.«

»Woher willst du das wissen?«

»Hagne selbst hat mir gesagt, dass es kein Mittel gibt, die Verletzungen, die Hierax uns zugefügt hat, von innen heraus zu heilen.«

Elias sah Clonie verständnislos an.

Clonie stöhnte angesichts von Elias' Begriffsstutzigkeit. »Der Trank, den der Mann uns brachte, sollte uns nicht gesunden lassen, er wollte uns damit vergiften! Versteh doch endlich! Hier sind wir ebenfalls nicht sicher!«

Elias sah sich um, als erwache er soeben erst aus einem Traum. Die Morgendämmerung brach hervor und die Sonne erschien wie eine glutrote Scheibe über der Sandhügelkette am Horizont.

»Also gut«, sagte Elias endlich und erhob sich schwerfällig. »Ich glaube allerdings, dass du dich irrst. Die Geschehnisse der letzten Tage lassen dich in jedem einen Verräter sehen.«

Briseis schien auf sie gewartet zu haben. Sie schnaubte und rieb zur Begrüßung ihre Nüstern an Clonies Ärmel.

Clonie strich der Stute zärtlich über die Nase, dann sah sie sich in der Herde der Wüstenpferde um, die wie die Pferde der Hundsköpfigen an Pflöcken festgebunden waren. Ihr Blick fiel auf eine schneeweiße Stute, die sie an Kore denken ließ. Die Erinnerung an ihr eigenes Pferd war schmerzhaft. Wie es Kore wohl ging? Ob sie den Weg nach Hause gefunden hatte? Dass sie noch bei den Hundsköpfigen sein könnte, erschien Clonie unwahrscheinlich. Mit Sicherheit hatten die Kreaturen versucht, Kore zu reiten. Und mit ebensolcher Sicherheit war dieser Versuch gescheitert und Kore hatte sich auf und davon gemacht.

Antheia würde außer sich vor Sorge sein, wenn der Schimmel ohne seine Reiterin nach Hause zurückkehrte. Aber sicherlich war sie ohnehin bereits voller Gram um das Wohlergehen ihrer verschwundenen Tochter.

»Du reitest Briseis«, wandte sich Clonie flüsternd an Elias.

»Und du?« Elias runzelte die Stirn. Was hatte Clonie nun schon wieder vor?

»Ich nehme die Stute dort«, antwortete Clonie und machte einen Schritt auf den Schimmel zu, der geduldig stehen blieb und ihr neugierig entgegensah.

»Aber …«

»Briseis kann uns auf Dauer nicht beide tragen«, erklärte Clonie. »Erst recht nicht, wenn wir die Bebenden Berge erreicht haben.« Sie strich der Stute über die Nüstern und den Hals, als würde sie sie um ihr Einverständnis bitten, bevor sie das Seil löste, mit dem die Stute festgebunden war, und es zu einem Halsring formte, mit dem sie das Tier führen konnte. Sacht schwang sie sich auf seinen Rücken. »Nun komm schon«, sagte sie ungeduldig, »wir müssen los, bevor uns jemand bemerkt.«

Elias schüttelte den Kopf, schwang sich jedoch ebenfalls auf Briseis' Rücken.

Clonie schnalzte und wendete ihr Pferd mit leichtem Druck der Waden. Sogleich verfiel die Stute in einen sanften Galopp.

Elias brauchte nichts weiter zu tun, als Briseis freien Lauf zu lassen. Das Wildpferd folgte Clonie und der anderen Stute aus freien Stücken.

Weder er noch Clonie bemerkten den Mann, der gegen die Wand einer Lehmhütte gelehnt im dunklen Schatten des Hauses stand und ihnen mit gerunzelter Stirn hinterherblickte.

Auf dem Rückweg war Antheia sehr nachdenklich. Sie vermisste Evandre, ihre Vertraute. Mit ihr hätte sie sich besprechen können. Aber Evandre war nicht da und sie auf sich allein gestellt. Was sollte sie jetzt tun? Nach den Informationen, die sie von Nikodemus erhalten hatte, gab es keinen Zweifel mehr daran, dass irgendjemand an Derimacheias Hofe kein ehrliches Spiel spielte. Aber wer? Derimacheia? War die Königin selbst in das Komplott verwickelt? Und worum ging es überhaupt in diesem

Spiel? Um Elias? Um das Volk der Frauen? Sollten sie auf irgendeine Weise in einen Krieg getrieben werden?

Oder ging es um Gelen? Dann steckte womöglich Damasos dahinter, der irgendeinen heimtückischen Plan entwickelt hatte, um die gepachteten Ländereien nicht herausrücken zu müssen? Aber nein, sie kannte den König Gargariens zu gut. Zu solchen Verstrickungen war er nicht fähig. Oder doch? Wollte sie vielleicht etwas nicht sehen, was nur zu offensichtlich war?

Sie musste Derimacheia Bericht erstatten. Aber was sollte sie ihr sagen? Die Wahrheit? Möglicherweise wusste die Königin dies alles schon und hatte es aus gutem Grund – aus welchem auch immer – vor ihr verheimlicht, weil sie selbst in die Machenschaften verstrickt war. War es dann klug, zuzugeben, dass sie zumindest einen Teil des Ränkespiels durchschaut hatte?

Antheia seufzte. Sie war froh, dass sie noch ein Stück des Weges vor sich hatte. Zeit genug, um über alles nachzudenken.

Evandre rieb sich die Schläfen. Sie versuchte, Klarheit in ihre Gedanken zu bringen. Dass Kore allein am Flussufer des Fallenden Flusses aufgefunden worden war, verhieß nichts Gutes. Genau genommen ließ dieser Umstand sogar nur einen Schluss zu. Einen, den Evandre sich weigerte, zu ziehen. Sie wollte einfach nicht glauben, dass Clonie ertrunken sein könnte. Dass sie fünfhundert Fuß tief gefallen und von den herabstürzenden Wassermassen erdrückt worden war.

Der Mann beobachtete die allein am Feuer sitzende Frau. Es war offensichtlich, worüber sie sich Gedanken machte. Und er hatte auch bemerkt, dass es ihr schwerfiel, der Geschichte vom einsamen Pferd am Flussufer, die Gavril ihr aufgetischt hatte, Glauben zu schenken. Zögernd ging er auf sie zu.

»Ihr wirkt nachdenklich, Evandre«, sagte er mit leiser Stimme und kniete sich neben die Kriegerin.

Evandre sah zu ihm auf und lächelte. »Ja, Silenus, so ist es. Ich denke nach.«

»Und worüber grübelt Ihr?«

Evandre seufzte, während sie überlegte, was sie dem Mann mitteilen sollte. Silenus hatte sich bislang äußerst loyal gezeigt. Ohne sein besonnenes Handeln während des Zwischenfalls mit Kalla und dem Mann, der sich nicht unter Kontrolle gehabt hatte, hätte die Sache bedeutend unangenehmer ausgehen können. Er war es gewesen, der seine Männer ermahnt hatte, ruhig Blut zu bewahren und auf Evandres Forderungen einzugehen, und sie war geneigt, ihm zu vertrauen.

»Macht Ihr Euch Sorgen um Clonie und Elias?«, drängte Silenus sie sanft zu einer Antwort.

Evandre seufzte noch einmal und nickte.

Silenus setzte sich im Schneidersitz neben Evandre. »Ich auch«, gab er zu.

Evandre warf das Stück Holz, das sie zwischen ihren Fingern gedreht hatte, ins glimmende Feuer. Die Flammen griffen unverzüglich nach der Nahrung. »Wenn es stimmt, was der Hundsköpfige gesagt hat, dass Kore allein am Flussufer auf und ab lief, dann lässt dies eigentlich nur einen Schluss zu …«

»Dass Clonie und Elias im Fallenden Fluss ertrunken sind«, beendete Silenus den Satz und blickte dabei ins Feuer, das bereits angefangen hatte, das Stück Holz, das Evandre hineingeworfen hatte, gierig zu verzehren.

Evandre schaute Silenus von der Seite an und er hielt ihrem Blick stand.

Jetzt nahm auch Silenus ein Stück Holz vom Boden auf und warf es in die Flammen. »Ich habe bis jetzt nichts gesagt«, fuhr er fort, »aber auch mir ist etwas aufgefallen, als wir den Fluss überquerten.«

Evandre richtete sich unwillkürlich ein wenig auf. »Was?«, fragte sie. »Was ist Euch aufgefallen?«

Silenus machte den Eindruck, als würde es ihm schwerfallen, darüber zu sprechen. Doch schließlich schien er sich ein Herz zu fassen: »Ich entdeckte ein Stück Stoff, das an einem Ast hing, der über das Wasser ragte«, sagte er und schüttelte den Kopf. »Ich wollte es wohl nicht wahrhaben«, fuhr er fort, »aber es war aus dem gleichen Material wie die Bekleidung, die Elias trug, als er verschwand.«

Evandre runzelte die Stirn bei diesen Worten.

»Ein blutroter Fetzen …« Silenus verbarg mit einer gewissen Theatralik sein Gesicht in den Händen. »Ich habe den Gedanken daran völlig verdrängt … bis Gavril erzählte, wo sie Clonies Stute gefunden haben. Da fiel es mir plötzlich wieder ein.« Jetzt sah er Evandre ins Gesicht. »Meint Ihr nicht auch, dies zeigt uns den Weg, der zu beschreiten ist?«

Evandre schwieg und starrte ins Feuer.

»Wenn Elias und Clonie tatsächlich dem Fluss zum Opfer gefallen sind, dann sollten wir besser umkehren und dort nach ihnen suchen. Vielleicht liegen sie irgendwo verletzt am Ufer und brauchen dringend Hilfe … Oder sie sind …«, Silenus schluckte, als fiele es ihm schwer, auszusprechen, was er dachte, »… sie sind tot und wir können nur noch ihre Leichname bergen und zurückbringen, um ihnen wenigstens eine ehrenvolle Bestattung zuteil werden zu lassen.« Er schüttelte sorgenvoll den Kopf. »Eine grausame Vorstellung, ich weiß. Aber was nutzt es uns, die Augen vor den Tatsachen zu verschließen?«

Evandre antwortete nicht. Alles, was Silenus gesagt hatte, klang richtig. Und doch konnte die Tochter des Ares es einfach nicht glauben. Irgendetwas in ihr rebellierte dagegen, umzukehren und nach den Leichen der Kinder zu suchen. Eine innere Stimme befahl ihr, den Weg fortzusetzen, den sie eingeschlagen hatten. Wenn Clonie und Elias nicht im Land der Hundsköpfigen waren, dann befanden sie sich vielleicht in den Bebenden Bergen oder in der Weiten Wüste. Und auch dort lauerten etliche Gefahren auf sie. Wenn sie tot waren, so konnten sie ihnen ohnehin nicht mehr helfen. Aber solange noch ein Funken Hoffnung bestand, durften sie ihre Suche nicht aufgeben. Und wenn sie die ganze Welt nach ihnen absuchten. Aber was war, wenn Silenus recht hatte und Clonie und Elias schwer verletzt am Ufer des Fallenden Flusses auf Rettung warteten? Vielleicht starben sie, während die Delegation an anderen Stellen nach ihnen suchte?

Evandre hatte das Gefühl, noch niemals zuvor vor einer so schweren Entscheidung gestanden zu haben. Sie hätte viel darum gegeben, sich mit Antheia zu beraten. Aber Antheia war nicht da und sie auf sich allein gestellt. Sie musste eine Entscheidung treffen. Aber welche?

Derimacheia blickte Antheia gespannt entgegen, als die Königin des Frauenvolkes mit ihrem Gefolge den Saal betrat. Hinter ihr stand Narkissos mit vor der Brust verschränkten Armen.

»Antheia!«, rief Derimacheia und trat mit ausgestreckten Armen auf die Besucherin zu. »Ich hoffe, Ihr bringt gute Neuigkeiten über Aigidios?«

Antheia fiel es schwer, Derimacheias erwartungsvollen Blicken standzuhalten. Nicht nur, weil sie keineswegs gute Nachrichten brachte, sondern auch, weil sie immer noch nicht wusste, wie viel sie von dem, was sie erfahren hatte, preisgeben sollte. Sie schüttelte den Kopf. »Leider habe ich keine guten Neuigkeiten, Derimacheia«, antwortete sie. »Aigidios' Zustand ist fast noch schlimmer, als ich erwartet hatte. Zurzeit übernimmt ein Mann namens Nikodemus seine Aufgaben.«

»Bei den Göttern«, flüsterte Derimacheia entsetzt. »So konntet Ihr auch nichts über Elias und Clonie in Erfahrung bringen?«

Antheia zögerte und wich Derimacheias forschendem Blick aus.

Derimacheia entging Antheias Zögern nicht. »Was ist mit Euch?«, fragte sie. »Gibt es etwas, das Ihr nicht sagen könnt? Ist etwas mit Elias? So redet doch!«

Antheia begegnete Narkissos' Blick. Sie schüttelte den Kopf. »Nein, Antheia, es tut mir leid. Ich kann Euch keine Neuigkeiten übermitteln. Alles, was ich erfahren habe, wussten wir bereits vorher: Clonie und Elias wurden vom Waldvolk aufgenommen. Sie führten ein Gespräch mit Aigidios, doch bevor Aigidios seinem Vertrauten Nikodemus, der sich zum Zeitpunkt des Angriffs auf der Jagd befand, von der Unterhaltung berichten konnte, fand der Überfall statt. Die Kinder sind offenbar geflohen und konnten auf diese Weise den Angreifern entkommen. Und was mit Aigidios geschah, dem Einzigen, der uns Näheres über den Grund von Elias' und Clonies Besuch bei ihnen berichten könnte, wisst Ihr selbst.«

Derimacheia senkte den Kopf.

»Ich bedaure es zutiefst«, fuhr Antheia fort. »Mein Besuch beim Waldvolk war vergebens. Außer …«

Derimacheia blickte wieder auf und Narkissos löste die Verschränkung seiner Arme.

»Außer dass Nikodemus mir berichtete, dass nichts gestohlen wurde.«

»Es wurde nichts gestohlen?«

Antheia nickte. »Genau. Falls es tatsächlich Diebe waren, die den Überfall verübt haben, so haben sie sich jedenfalls durch die Gegenwehr von ihrem Vorhaben, Beute zu machen, abbringen lassen.«

»Was meint Ihr mit *falls*?«, erkundigte sich Narkissos. Seine Stimme klang schroff. »Zweifelt Ihr an dieser Aussage?«

Antheia zog die Augenbrauen hoch. »Ich gebe nur wieder«, entgegnete sie, »was Nikodemus mir berichtet hat. Daraus Schlüsse zu ziehen, überlasse ich Euch.«

»Aber welchen Grund sollte es sonst für den Überfall gegeben haben?«, überlegte Derimacheia laut.

Antheia zuckte die Schultern. »Ich weiß es nicht«, antwortete sie wahrheitsgemäß. »Aber ich frage mich, ob es Zufall war, dass der Überfall gerade dann stattgefunden hat, als Elias und Clonie zugegen waren.«

»Was wollt Ihr damit andeuten?«, fragte Narkissos und machte einen Schritt auf Antheia zu.

»Nun«, sagte Antheia. »Findet Ihr es nicht merkwürdig, dass Elias und Clonie ohne ein Wort von hier verschwinden, beim Waldvolk auftauchen und von dort durch den Überfall vertrieben werden? Ist Euch nicht die Idee gekommen, dass dies alles auf irgendeine Weise miteinander zusammenhängen könnte?«

»Nein«, sagte Narkissos. »Auf diesen Gedanken bin ich noch nicht gekommen. Aber ich finde es interessant, dass Ihr diese Möglichkeit in Erwägung zieht.«

»Aber, Narkissos«, meldete sich Derimacheia zu Wort. »Warum reagiert Ihr so abweisend? Ich finde, Antheia hat recht! Tatsächlich könnten diese beiden Begebenheiten miteinander in Verbindung stehen. Je mehr ich darüber nachdenke, desto wahrscheinlicher erscheint es mir ...«

Narkissos schüttelte abwehrend den Kopf und wollte soeben zu einer Erwiderung ansetzen, als er von Antheia daran gehindert wurde. »Derimacheia«, sagte die Tochter des Ares. »Wärt Ihr bereit, mit mir unter vier Augen zu sprechen?« Sie ignorierte Narkissos' wütende Miene, der offenbar kurz davor war, die Beherrschung zu verlieren.

Derimacheia schaute irritiert zwischen Narkissos und Antheia hin und her, während sie überlegte, dann antwortete sie: »Gewiss.« Sie wandte sich zu ihrem Stiefbruder um. »Würdet Ihr uns bitte für einen Moment allein lassen, lieber Bruder?«

Narkissos stieg die Zornesröte ins Gesicht. »Merkt Ihr nicht, welches Spiel hier gespielt werden soll?«, rief er aufgebracht. »Lasst Euch doch von diesem Weib nicht zum Narren halten!«

»Narkissos!« Derimacheias Stimme duldete keinen Widerspruch. Auf einmal wurde deutlich, dass hier die Königin sprach.

Narkissos öffnete den Mund, schloss ihn aber nach einem Blick auf seine Schwester wieder. Ein Gefühl der Demütigung bemächtigte sich seiner und er schwor sich, dass er diese Schmach, von zwei Frauen wie ein geprügelter Hund fortgeschickt zu werden, nicht unerwidert auf sich sitzen lassen würde. Wütend rannte er aus dem Saal und ließ die schwere Tür hinter sich ins Schloss knallen.

Die aufsteigende Sonne tauchte alles in ein rötliches Licht. Clonie und Elias ließen den Pferden freien Lauf. Nun mussten sie wenigstens nicht mehr fürchten, die falsche Richtung einzuschlagen, und bereits nach kurzer Zeit tauchte am Horizont die erste noch niedrige Bergkette auf.

Elias suchte wieder und wieder den Himmel nach dem schwarzen Schatten ab. Die Vorstellung, Hierax noch einmal zu begegnen, lähmte ihn regelrecht. Doch sooft er sich auch umblickte – der Himmel blieb wolkenlos.

Allmählich gewann die Sonne erneut an Kraft und die beiden Reiter schwiegen, während sie auf die Bergkette am Horizont zuritten, die einfach nicht näher zu kommen schien.

»Wie weit ist es noch?«, brach Elias endlich das Schweigen und deutete mit ausgestrecktem Arm in die Ferne.

Clonie zog lediglich die Schultern hoch. Auch ihr kam es so vor, als ritten sie nun seit Stunden in gleicher Entfernung zur Bergkette. Als würden die Berge vor ihnen zurückweichen.

Sie wusste, dass Elias am Ende seiner Kräfte war. Er war bei Hierax' Angriff stärker verletzt worden als sie selbst. Aber sie spürte auch ihre eigene Erschöpfung und die der Pferde. Wenn sie nicht bald das Ende der Wüste erreichten und in den kühlen Steinfelsen Zuflucht fanden, mussten sie erneut um ihr Leben bangen.

Clonie zog den Lederbeutel hervor, den sie vor der Abreise gefüllt hatte. Viel war nicht mehr darin. Sie öffnete ihn und benetzte ihre Lippen mit Wasser, dann reichte sie Elias den Rest.

Elias griff nach dem Beutel, zögerte jedoch, als er merkte, dass er nur noch einen kleinen Schluck enthielt. »Und du?«, fragte er.

»Ich bin nicht durstig«, log Clonie.

Elias warf ihr einen skeptischen Blick zu, doch dann siegte sein Durst und er setzte den Beutel an die Lippen.

Die Sonne stand mittlerweile hoch oben am Himmel. Der Schweiß, der über Elias' Gesicht und Arme rann, reizte die noch nicht vollständig verheilten Wunden und brannte auf seiner Haut.

Clonie ließ ihre Stute anhalten und blickte sich um. Links von ihr verdeckte eine recht hohe Sanddüne die Sicht auf den dahinterliegenden Teil der Wüste. Rechter Hand breitete sich das Sandmeer bis zum Horizont aus und in ihrem Rücken lag irgendwo die Oase des Wüstenvolks. Vor ihr jedoch erhob sich eine Bergkette, die auf irgendeine Art und Weise verhext zu sein schien, denn sie blieb einfach unerreichbar.

»Vielleicht sollten wir umkehren?«, schlug Elias vor. Seine Stimme klang matt. »Noch können wir den Rückweg schaffen.«

Clonie entgegnete nichts. Der Gedanke, aufzugeben, gefiel ihr nicht. Und obwohl Elias sie immer noch für verrückt hielt, war sie davon überzeugt, dass ihnen auch beim Wüstenvolk Gefahr drohte.

Sie kniff die Augenlider zusammen und blinzelte in die Sonne. Lag dort vor ihnen nicht eine Behausung? Sie hatte die ganze Zeit über auf die Bergkette gestarrt und so war die einfache Hütte, die ohne jeglichen Schutz mitten in der Wüste lag, ihrer Aufmerksamkeit entgangen.

»Nein«, antwortete sie schließlich. »Wir kehren nicht um.« Sie verstärkte den Druck ihrer Waden an den Flanken des Pferdes und hielt geradewegs auf die Hütte zu.

Elias seufzte und folgte Clonie auf Briseis.

Im Gegensatz zur Bergkette kam das einfache Bauwerk schnell näher und es dauerte nicht lange, bis sie es erreicht hatten und sich erschöpft von den Pferderücken gleiten ließen.

Ein Mann hockte vor dem Lehmhaus, dessen Vordach von unbehauenen Baumstämmen abgestützt wurde, im Schatten. Er sah auf, als sich Clonie und Elias näherten.

»Seid gegrüßt, Fremde«, nuschelte er. Er hatte ein von der Sonne verbranntes Gesicht, verfilztes, langes Haar und wirkte verwirrt. Seine Augen zuckten, offenbar unfähig, etwas oder jemanden zu fixieren, und seine Hände zitterten. »Ihr seid gewiss durstig. Hinter dem Haus findet Ihr einen Brunnen. Dort könnt Ihr Wasser für Euch und Eure Pferde schöpfen«, sagte er, ohne Clonie oder Elias auch nur eines einzigen Blickes zu würdigen.

»Ich danke Euch«, sagte Clonie und zögerte nicht, das Angebot des Mannes anzunehmen.

Das Wasser, das sie mithilfe eines hölzernen Eimers

aus dem Brunnen holten, war braun vor Erde, doch sie konnten es sich nicht leisten, wählerisch zu sein, warteten, bis sich der Schlamm etwas gesetzt hatte, und hoben die Kelle an den Mund. Zuerst Elias, dann Clonie. Das Wasser schmeckte bitter, doch es löschte ihren Durst. Und auch die Pferde wiesen das Wasser nicht zurück.

Schließlich füllten sie ihren Lederbeutel und kehrten zu dem Mann zurück, der unverändert im Schatten vor seinem Haus saß.

»Danke«, sagte Clonie noch einmal und der Mann nickte lächelnd. »Wir sind auf dem Weg in die Bebenden Berge«, sprach sie weiter. »Könnt Ihr uns sagen, wie weit es von hier aus noch ist?«

Der Mann lachte und dabei schüttelte sich sein ganzer magerer Körper. »Zu Pferde müsstet Ihr die Berge noch vor Sonnenuntergang erreichen«, antwortete er mit leerem Blick.

Elias stieß ein ungläubiges Schnauben aus. »Wir reiten jetzt seit Sonnenaufgang und sind den Bergen noch keinen Fuß näher gekommen.«

Wieder lachte der Mann auf seine eigentümliche Weise. »Könnt Ihr sie denn von hier aus sehen?«, fragte er.

»Natürlich«, antwortete Elias. »Wir sehen sie die ganze Zeit, aber sie kommen einfach nicht näher!«

Jetzt schüttelte der Mann den Kopf. »Ihr irrt Euch«, sagte er. »Von hier aus sind die Berge nicht zu sehen …«

»Aber …«

»Ihr reitet in die falsche Richtung«, fuhr der Mann fort, ohne auf Clonies Einwand zu reagieren. »Das, was Ihr seht, sind nicht die Bebenden Berge. Es ist eine Täuschung, eine Irreführung, eine Narretei der Wüste.« Er lachte erneut heiser. »Mal sind sie da, mal sind sie fort.«

»Aber wo sollen die Berge denn sonst sein?«, fragte Elias und suchte Clonies Blick. Dieser Mann war doch völlig verrückt!

»Seht Ihr die Sanddüne?« Der Mann streckte seinen Arm aus.

Clonie wandte sich in die angegebene Richtung und nickte.

»Seht Ihr sie?«, wiederholte der Mann.

»Ja«, sagte Clonie und begriff erst in diesem Moment, dass der Mann blind war.

»Hinter dieser Düne liegen die Bebenden Berge. Ihr könnt sie von hier aus nicht erkennen, aber sobald ihr die Sanddüne erklommen habt, werdet ihr sie finden.«

»Hinter der Düne?«

Der Mann nickte stumm.

Clonie und Elias schauten einander an. Konnte es tatsächlich sein, dass sie die ganze Zeit in die falsche Richtung unterwegs gewesen waren? Dass sie am Rande der Bebenden Berge entlanggeritten waren, ohne sie zu sehen? Oder hatte dieser Mann mehr als sein Augenlicht verloren? Vermisste er außerdem seinen Verstand?

14

Als dann ihre Macht wie ihr Ruhm
immer mehr und mehr wuchsen,
überzog sie weiterhin mit ihren Heeren
die Nachbarländer,
und da das Glück ihr günstig war,
wurde sie mit hohem Stolz erfüllt
und nannte sich selber eine Tochter des Ares …

Diodor (1. Jh. v. Chr.)

Jeder Schritt war beschwerlich. Clonie und Elias führten ihre Pferde an den Halsringen und auch die beiden Stuten hatten Mühe voranzukommen. Für jeden Schritt, den sie die Düne hinaufstiegen, rutschten sie zwei wieder herab. Zumindest kam es Elias so vor. Die Bebenden Berge schienen auch in dieser Richtung ebenso unerreichbar wie in jeder anderen. Als wollten sie Clonie und Elias um jeden Preis von sich fernhalten.

Elias rann der Schweiß von der Stirn. Er war kurz davor aufzugeben, zumal er ohnehin nicht an das Geschwätz des verrückten alten Mannes glaubte, der sie diesen Sandberg hinaufgescheucht hatte. Vermutlich saß der Alte in diesem Augenblick vor seiner ärmlichen Hütte und hielt sich vor Lachen den Bauch über die Torheit seiner Besucher.

Clonie hingegen kämpfte sich verbissen den Berg hinauf. Zum Teil kroch sie auf allen vieren, wenn die Steigung zu stark wurde. Auch sie keuchte vor Anstrengung. Die Hitze machte sie schwindelig und sie ärgerte sich über Elias, der hinter ihr ächzte und stöhnte und auf diese Weise seine Kräfte vergab, anstatt sich auf den Anstieg zu konzentrieren.

»Ich kann nicht mehr«, jammerte Elias und ließ sich platt auf den Boden fallen. Sogleich rutschte er wieder mehrere Meter den Berg hinab.

Clonie ignorierte Elias' Wehklagen. Sie wollte nicht einmal sprechen, um Kräfte zu sparen.

Elias schaute Clonie hinterher und erhob sich stöhnend wieder. Wenn dieses zierliche Geschöpf es schaffte, den Berg zu bewältigen, dann würde es ihm doch wohl auch gelingen!

Clonie hob den Kopf und blickte voraus: nur noch wenige Fuß bis zur Spitze. Bald hatte sie es geschafft. Ob sie schon über den Berg hinwegsehen konnte, wenn sie sich aufrichtete?

Nein.

Wieder ging Clonie auf alle viere und kroch voran. Die Luft war so heiß, dass das Einatmen unangenehm war. Die Stute neben ihr schnaubte. Clonie schloss für einen Moment die Augen. Komm schon, sprach sie sich selbst Mut zu, gleich hast du es geschafft.

Die Steigung ließ nach und Clonie zog sich mit gesenktem Kopf das letzte Stück den Berg hinauf.

Das Erste, was sie spürte, war ein leichter Wind, der durch ihr Haar fuhr. Dann schaute sie auf und blickte ungläubig in das Tal hinunter, das sich vor ihr ausbreitete: Der erste Teil sah nicht anders aus als das, was hinter ihr lag. Doch bereits nach etwa 10.000 Fuß veränderte sich die Vegetation allmählich. Grünbraune Streifen von

Steppengras wechselten sich mit sandigem oder steinigem Untergrund ab und dahinter lag eine saftig grüne Landschaft. Bäume und blühende Sträucher, ein Bach, der sich durchs hohe Gras der Wiesen schlängelte, das von dem frischen Wind sanft hin und her geschüttelt wurde ... Clonie meinte bereits das Zwitschern der Vögel zu hören. Aber es war wohl doch nur ein Hirngespinst.

Am Horizont türmte sich ein mächtiges Gebirge auf, dessen obersten Gipfel von Schnee bedeckt waren: die Bebenden Berge!

»Das ist unglaublich!«

Clonie zuckte zusammen, als sie Elias' Stimme mit einem Mal direkt neben sich vernahm. Sie war so in den Anblick versunken gewesen, dass sie alles andere rings um sich vergessen hatte.

Elias schnaufte vor Anstrengung, aber zum ersten Mal seit Hierax' Angriff sah Clonie ihn zufrieden lächeln, als sie ihn jetzt von der Seite anschaute, wie er hoch aufgerichtet neben ihr stand. Die Haut seines Gesichts war immer noch ein wenig uneben und auf den Erhebungen an seinen Wangen hatten sich hier und da kleine Krater gebildet, wo Elias dem Drang sich zu kratzen nicht hatte widerstehen können. Clonie wusste, dass Elias an diesen Stellen Narben zurückbehalten würde, die ihn zeit seines Lebens an ihre gemeinsame Reise erinnern würden. Aber in diesem Augenblick spielte das keine Rolle.

»Was meinst du, wie weit es noch ist?«, fragte Elias und sah nun zum ersten Mal Clonie ins Gesicht. Auch ihre Haut war noch nicht vollständig verheilt und durch die Verletzungen und die Sonne gerötet.

»Vielleicht 40.000 Fuß?«

Elias nickte zustimmend. »Ich hätte nicht gedacht, dass der Alte die Wahrheit sagt.«

Clonie grinste. »Ich auch nicht. Aber nun lass uns keine Zeit mehr verlieren.«

Die Pferde schienen der gleichen Meinung zu sein. Auch sie hatten offenbar das frische Gras und das klare Bachwasser bereits gerochen und schlugen unruhig mit ihren Köpfen.

Die zwei Reiter auf ihren Pferden hielten die Köpfe gesenkt und folgten schweigend den Hunden, die vorausliefen. Es waren große, massige Tiere mit breiten kräftigen Schnauzen. Ohne Unterlass hielten die beiden Hunde die Nasen dicht am Boden und schnüffelten aufgeregt, mit wedelndem Schwanz. Sie liefen in geduckter Haltung, mit schnellen kleinen Schritten voran und man konnte ihre Erregung deutlich erkennen, während sie der Fährte unablässig folgten.

»Sie reiten in die falsche Richtung«, sagte einer der beiden Reiter zu dem anderen.

Der Angesprochene nickte. »Wahrscheinlich sind sie darauf hineingefallen«, antwortete er und deutete mit dem Kopf voran auf das Trugbild der Bebenden Berge, das sich in immer gleicher Entfernung vor ihnen befand.

»Da wären sie nicht die Ersten.«

Die zwei Männer verfielen in ein gehässiges Lachen und die Hunde sahen für einen Moment zu ihren Herrn hoch, bevor sie die Fährte wieder aufnahmen.

Endlich kam in der Ferne eine einfache kleine Hütte in Sicht. Die Hunde verharrten plötzlich, offenbar unschlüssig, in welche Richtung sie sich wenden sollten, dann hielt einer der beiden auf das ohne jeglichen Schutz mitten in die Wüste gebaute Häuschen zu und der andere folgte ihm.

Die zwei Männer auf ihren Pferden wechselten einen Blick, dann setzten sie ebenfalls ihren Weg fort.

Im Nu hatten die Hunde das Gebäude erreicht und legten sich, als wären sie endlich am Ziel, hechelnd in den Schatten der Mauer, die das Häuschen umgab, ohne den Alten, der vor dem Eingang saß, auch nur zur Kenntnis zu nehmen.

»Seid gegrüßt, Fremde«, sprach der Mann, während sich die beiden Männer langsam von den Rücken ihrer Pferde gleiten ließen. »Hinter dem Haus steht ein Brunnen, dort könnt Ihr für Euch, Eure Pferde und Eure Hunde Wasser holen.«

»Wir sind nicht durstig, alter Mann«, sagte einer der beiden Reiter und trat näher, während er sich suchend umblickte.

»Nun denn«, erwiderte der Alte. »Was kann ich dann für Euch tun?«

»Wir suchen einen Jungen und ein Mädchen, beide um die 15 Jahre alt. Habt Ihr sie gesehen?«

Der Alte kratzte sich sein verfilztes Haar und schien zu überlegen. »Einen Jungen und ein Mädchen, sagt Ihr?« Er ließ die Hand langsam wieder in seinen Schoß sinken und schüttelte behäbig den Kopf. »Nein, bedaure«, erwiderte er dann. »Ich habe schon lange niemanden mehr zu Gesicht bekommen.«

»Ich glaube, Ihr lügt!« Der Mann beugte sich drohend zu dem Alten herab. »Die Hunde haben ihre Spur bis hierher verfolgt.«

Der Alte zuckte die Schultern, offenbar unbeeindruckt von der drohenden Gebärde des anderen. »Ich versichere Euch, ich habe niemanden gesehen«, wiederholte er mit fester Stimme. Ein feines Lächeln huschte über sein Gesicht.

»Sie suchen die Bebenden Berge«, schaltete sich nun der zweite Mann in das Gespräch ein. »Habt Ihr ihnen vielleicht den rechten Weg gewiesen?«

»Warum fragt Ihr nicht Eure Hunde?«

Die beiden Reiter sahen einander ratlos an. Der Alte schien verrückt zu sein, gewiss, aber dabei klang er aufrichtig.

»Wenn wir herausfinden, dass Ihr uns belogen habt, Alter, dann werdet Ihr Eures Lebens nicht mehr froh.«

Der alte Mann lachte laut auf. »Ihr braucht mir nicht zu drohen«, sagte er. »Ich habe nichts, was ich verlieren könnte. Aber ich sage es Euch gerne noch einmal: Ich habe niemanden gesehen.«

»Also schön. Wir werden weitersuchen. Aber eins sage ich Euch«, der Mann tippte dem Alten mit ausgestrecktem Zeigefinger fest auf dessen dünne Brust, »ich komme wieder. Und wenn Ihr uns nicht die Wahrheit gesagt habt, dann werde ich Euch zur Strafe blenden.«

Der Alte brach in ein hysterisches Lachen aus, das selbst die zwei Hunde dazu brachte, aufzustehen und nachzusehen, was mit diesem Menschen los war. Der magere Körper des Alten vibrierte und Tränen schossen aus seinen Augen.

Die beiden Reiter tauschten einen verständnislosen Blick und schüttelten ungläubig die Köpfe. »Der ist vollkommen verrückt«, sagte der eine zum anderen. »Die

Hitze hat ihm den Verstand versengt.« Und sie beeilten sich, auf ihre Pferde zu steigen und diesem verfluchten Ort den Rücken zuzukehren.

Das Lachen des Alten verfolgte sie immer noch, als sie auf die große, mindestens 1000 Fuß hohe Sanddüne zustrebten, hinter der, wie sie wussten, die Bebenden Berge zu finden waren.

Derimacheia musterte nachdenklich ihre Gewänder, die in einem ordentlichen Stapel zusammengelegt waren. Behutsam hob sie die ersten drei Kleidungsstücke an und stellte erleichtert fest, dass der Gürtel noch an Ort und Stelle war. Sie zog ihn heraus und betrachtete ihn versunken, strich über sein altes, schon leicht sprödes Leder und fuhr mit dem Zeigefinger sacht die Form der schlichten bronzenen Schnalle nach.

»Dieser Gürtel wird dich beschützen. Auch wenn ich einmal nicht bei dir sein kann.« Ein Lächeln legte sich über Derimacheias Lippen, während sie daran dachte, wie Eurystheus ihr den Gürtel zum Geschenk gemacht hatte, bevor er zu der Jagd aufgebrochen war, von der er nicht wieder nach Hause zurückkehren sollte. Nicht sie hatte sich Eurystheus zu ihrem Mann erwählt, sondern ihr Vater. Und doch war ihre kurze Ehe glücklich gewesen. Bis Eurystheus bei der Jagd vom Pferd fiel, sich das Genick brach, und sie mit Elias, der damals gerade erst zwei Sommer erlebt hatte, allein zurückließ.

Niemand wusste, wo sie den echten Gürtel aufbewahrte. Niemand. Außer ihr und Medeia, die ihr nach Eurystheus' Tod den Rat gegeben hatte, das wertvolle, von einem mächtigen Magier entworfene Stück bei ihren gewöhnlichen Kleidern aufzubewahren und statt seiner eine Kopie für alle Welt zum sagenumwobenen Zaubergürtel zu erklären.

Derimacheia wusste nicht, ob sie an die magische Kraft des Gürtels glaubte. Für sie war er vor allem eins: ein Erinnerungsstück an ihren verstorbenen Mann. Und doch hatte sie das Gefühl, dass das Schicksal es bislang stets gut mit ihr gemeint hatte. Ob das nun an dem Gürtel lag oder nicht.

Sie dachte an Antheia und an ihr letztes Gespräch. Seitdem hatte sie Narkissos nicht mehr unter vier Augen gesprochen und sie war ganz froh darüber, denn sie wusste nicht, wie sie ihm nach dem, was sie durch Antheia erfahren hatte, begegnen sollte. Konnte es tatsächlich sein, dass ausgerechnet er sie hinterging? Es fiel ihr schwer, das zu glauben. Schließlich hatten sie ihr ganzes Leben miteinander verbracht, teilten viele Erinnerungen an ihre gemeinsame Kindheit. Oder gab es eine einfache Erklärung dafür, dass er ihr offenbar nicht in allem die Wahrheit gesagt hatte? War es etwa doch Antheia, die sie zu hintergehen versuchte? Sie ahnte jedenfalls, was Narkissos sagen würde, wenn sie ihn mit Antheias Behauptungen konfrontierte.

Vielleicht sollte sie Medeia noch einmal um Rat fragen?

Derimacheia seufzte, legte den Gürtel zurück an seinen Platz und schloss den Deckel der Kleidertruhe.

Über den Abstieg hatte sich Elias keine Gedanken gemacht und nun stellte er überrascht fest, dass er nicht viel weniger anstrengend war als der Aufstieg. Die Muskeln in seinen Oberschenkeln begannen nach kurzer

Zeit zu zittern und mehrmals knickten ihm vor Anstrengung die Beine ein.

Hatte ihnen die Sonne bisher schwer zu schaffen gemacht, so lag diese Seite der Düne vollkommen im Schatten und Clonie und Elias begannen nach kurzer Zeit zu frösteln. Doch endlich hatten sie es geschafft und konnten wieder aufsitzen.

Clonie warf einen Blick zurück. Die Sonne stand bereits so tief hinter den Bebenden Bergen, dass sie von dieser Stelle aus nicht mehr zu sehen war. »Wir haben nicht allzu viel Zeit, wenn wir es vor Einbruch der Dunkelheit bis zum Fuß der Berge schaffen wollen«, sagte sie und schnalzte mit der Zunge. Augenblicklich setzte sich die weiße Stute in Bewegung und Briseis folgte ihr.

Es dauerte nicht lange, bis sie zum ersten Mal seit Tagen wieder etwas anderes als Sand unter ihren Füßen spürten und beschlossen, sich und den Pferden eine kleine Rast zu gönnen. Elias streckte sich in dem hohen Gras aus und genoss den leichten Wind, der sein geschundenes Gesicht kühlte. Er verschränkte die Arme hinter dem Kopf und blickte in den Himmel.

Clonie ließ sich neben ihrem Freund nieder und betrachtete die Sanddüne, die in einiger Entfernung aufragte wie ein Tor zu einer anderen Welt. Jetzt erschien es ihr unglaublich, dass sie erst vor so kurzer Zeit diesen Anstieg bewältigt hatten und dass dahinter nichts anderes als Sand und glühende Hitze existierten.

Die schwarzen Punkte hoch oben auf der Spitze der Düne nahm sie nicht wahr. Und einen Augenblick später waren sie auch bereits wieder verschwunden.

»Wo ist denn nun die Stelle, von der Ihr spracht?« Evandre wandte sich an Silenus, der mit seinen Augen die Uferböschung absuchte.

Silenus hielt den Blick weiterhin auf die Büsche gerichtet, während er antwortete: »Ich weiß es nicht mehr. Irgendwo hier meine ich, hätte ich das Stück Stoff gesehen. Vielleicht hat der Wind es mittlerweile mit sich genommen. Oder es war doch ein Stück weiter den Fluss hinauf?«

»Aber wir haben *diese* Stelle passiert«, widersprach Evandre. »Seht Ihr nicht die Spuren der Pferde? Sie stammen eindeutig von uns!«

Silenus nickte. »Doch, doch, dann muss es auch irgendwo hier sein.«

Evandre zog zweifelnd die Augenbrauen hoch und ließ ihren Blick über die Kriegerinnen und Krieger schweifen, die, wie sie beauftragt worden waren, das Ufer des Fallenden Flusses nach Hinweisen auf den Verbleib der beiden Königskinder absuchten. Sie hatte gewusst, dass es ein Fehler war umzukehren, und ärgerte sich nun darüber, dass sie sich von Silenus zu diesem Entschluss hatte drängen lassen.

»Möglicherweise ist es ins Wasser gefallen und den Fluss hinabgetrieben«, murmelte Silenus, als spräche er mit sich selbst.

Evandre seufzte ungehalten. Sie könnten mittlerweile bereits am Fuße der Bebenden Berge sein, wenn sie in die andere Richtung weitergeritten wären, wie sie es ursprünglich vorgehabt hatte. Schließlich lautete ihr Auftrag nicht, ein Stück Tuch zu finden, sondern Clonie und Elias!

Plötzlich machte sich unter den Kriegerinnen und Kriegern Unruhe breit. Evandre hörte Rufe und sah zwei der Männer wild gestikulieren. Mehr und mehr Abgeordnete der Delegation versammelten sich um die Stelle, an der die beiden Männer standen, und betrachteten irgendetwas auf dem Boden vor ihren Füßen.

»Was ist denn dort los?«, fragte Evandre und nun sah auch Silenus auf und blickte neugierig zu seinen Männern hinüber.

»Offensichtlich wurde etwas gefunden. Kommt, lasst uns nachschauen.«

Gemeinsam gingen sie zu der Stelle hinüber, an der sich mittlerweile alle Kriegerinnen und Krieger versammelt hatten und auf diese Weise ein Durchkommen unmöglich machten. Evandre sah nichts weiter als die Rücken der Menschen vor sich, hörte aber die aufgeregten Stimmen.

»Es ist ein Kadaver.«

»Ein totes Pferd.«

»Ist dies das Pferd, nach dem wir suchen?«, fragte einer der Männer.

»Kore?«, erwiderte eine der Frauen, ebenfalls fragend.

Evandre spürte Panik in sich aufsteigen. Sie hatte nicht glauben wollen, dass Kore von den Hundsköpfigen allein am Flussufer aufgefunden worden war. Doch nun sah es so aus, als entspräche die Geschichte doch der Wahrheit. Auf einmal ergab alles einen Sinn: Die Hundsköpfigen hatten Kore eingefangen, die verzweifelt auf Clonies Rückkehr wartete, nachdem das Mädchen es im Gegensatz zu ihrem Pferd nicht geschafft hatte, den Fallenden Fluss lebend zu überqueren. Dann hatten sie versucht, das Pferd zu reiten, waren an diesem Vorhaben natürlich gescheitert, Kore war geflohen und unverzüglich zu der Stelle zurückgekehrt, an der sie Clonie das letzte Mal gesehen hatte. Und hier war sie dann auf irgendeine Weise in die Strömung geraten und ebenfalls ertrunken.

»Lasst mich durch!«, rief Evandre, von Ängsten erfasst. »Macht Platz!«

Die Männer und Frauen strebten zur Seite und bildeten eine Gasse für ihre Anführerin. Evandre stolperte mehr, als dass sie ging, auf den Kadaver zu, der dort auf dem Boden lag.

Das Pferd hatte alle viere von sich gestreckt. Seine Augen waren getrübt, sein Bauch bereits aufgedunsen und sein Fell von Insekten zernagt. An einer Stelle hatte sich ein wildes Tier, ein Fuchs, ein Wolf oder womöglich ein Bär, über den Kadaver hergemacht und ein großes Stück Fleisch aus der Flanke gerissen. Die Eingeweide quollen heraus und unzählige Fliegen schwebten über der Stelle.

Evandre hielt sich bestürzt die Hände vor den Mund. Der Anblick war furchtbar und zudem lag ein entsetzlicher Gestank nach Tod und Verwesung in der Luft.

Aber es war wenigstens nicht Kore.

15

… ihre älteste Tochter
ist die Erbin des Königreichs …

Francisco Álvares
(portugiesischer Ordensmann, um 1465–1540)

Wenn ihr die Bebenden Berge erreicht habt, müsst ihr den richtigen Pfad finden, der in die Berge hineinführt. Ihr stoßt genau auf ihn, wenn Ihr Euch an die Wegbeschreibung haltet. Der Pfad ist steil und beschwerlich, aber er ist der einzige, der zum Bergsee und seinen Bewohnern führt.«

Clonie erinnerte sich noch gut an die Worte des Waldmenschen, der ihnen den Weg beschrieben hatte. Sie wusste nicht nur den genauen Wortlaut, sie meinte sogar, seine Stimme zu hören.

Aber waren sie wirklich auf dem richtigen Pfad?

»Bist du sicher, dass dieser Weg der richtige ist?«, fragte in dem Moment Elias neben ihr und erntete einen wütenden Blick, dessen Bedeutung er nicht verstehen konnte.

»Nein, ich bin mir keineswegs sicher«, antwortete Clonie und ihre Stimme klang gereizt. »Wenn du es genau wissen willst, so bin ich mir sogar sicher, dass es nicht der richtige ist. Schließlich sollten wir an einer ganz anderen Stelle auf die Bebenden Berge treffen.« Sie stöhnte. Eigentlich war es ihr stets gelegen gekommen, wenn sie die Entscheidungen treffen konnte. Es fiel ihr schwer, sich den Anweisungen anderer unterzuordnen. Aber je länger diese Reise dauerte, umso unangenehmer wurde es ihr, für alles verantwortlich zu sein. In diesem Augenblick hätte sie es sogar genossen, wenn Elias einmal das Kommando übernommen hätte. Aber Elias schien nicht im Mindesten daran zu denken. Er stand schweigend da und wartete ab, was Clonie sagen würde: Sollten sie es mit diesem Pfad versuchen? Oder sollten sie am Fuße der Bebenden Berge entlang zurückreiten auf der Suche nach dem richtigen Weg? Aber woran sollte sie ihn erkennen?

»Das Problem ist«, überlegte Clonie laut, »dass wir zu weit geritten sind. Wir hätten das Land der Hundsköpfigen auf geradem Wege durchqueren müssen. Stattdessen sind wir durch die Weite Wüste außen herum geritten und befinden uns jetzt sozusagen *hinter* dem Land der Hundsköpfigen. Wir haben nun die Möglichkeit zurückzureiten, was aber bedeuten würde, dass wir das Land der Hundsköpfigen erneut betreten müssten, um den richtigen Pfad zu finden, also den, von dem Aigidios sprach. Oder wir hoffen, dass von hier aus ein weiterer Weg zu den Bergseebewohnern führt. Ein Weg, den die Waldbewohner vielleicht nicht kennen oder zumindest nicht erwähnten, weil sie davon ausgingen, dass wir an einer anderen Stelle auf die Bebenden Berge stoßen würden.«

Elias versuchte Clonies Ausführungen zu folgen, doch fiel es ihm von Wort zu Wort schwerer. Clonies Gedanken erschienen ihm zu verwirrt. Alles, was er wusste, war, dass er nicht die geringste Lust verspürte, das Land der Hundsköpfigen auch nur noch einmal in seinem Leben zu betreten. »Ich finde, wir versuchen es mit diesem Pfad«, sagte er deshalb schließlich.

Clonie lächelte zufrieden. »Also gut«, antwortete sie. »Du hast es so entschieden.«

»Dann bleibt nur noch die Frage, ob wir bis morgen früh warten und unser Nachtlager hier aufschlagen sollen oder ob wir direkt mit dem Aufstieg beginnen.«

Die gleiche Frage hatte sich Clonie auch schon gestellt. Sie wussten nicht, was sie in den Bebenden Bergen erwartete und ob sie einen geeigneten Platz zur Rast finden würden. Hier, am Fuße der Gebirgskette, konnten die Pferde noch einmal ausgiebig grasen und an dem kleinen Bachlauf ihren Durst stillen. Andererseits hatten sie schon viel zu viel Zeit verloren und was sprach dagegen, die Zeit bis zum Sonnenuntergang zu nutzen?

»Wir brechen sofort auf«, entschied Clonie. »Wir können noch ein gutes Stück des Weges schaffen, bevor die Dunkelheit über uns hereinbricht und uns zur Rast zwingt.«

Elias schwieg. Er hätte anders entschieden, aber er war froh, dass Clonies Stimme nicht mehr gereizt klang, und vielleicht hatte sie ja recht?

Zunächst führte der Weg sacht bergauf und war sogar breit genug, dass Clonie und Elias nebeneinander reiten konnten. Je höher sie kamen, desto atemberaubender wurde die Aussicht auf das unter ihnen liegende Tal und die Sanddüne an seinem anderen Ende. Der größte Teil des Tals lag bereits im Schatten und die Dunkelheit breitete sich zunehmend aus, schien mehr und mehr von der Landschaft unter ihnen zu verschlingen. Von Augenblick zu Augenblick waren weniger Details erkennbar. Bäume, Sträucher und blühende Wiesen verschwanden im Nichts. Ebenso wie die beiden Gestalten auf ihren Pferden, die den zwei Hunden folgten.

Bald würde die Dunkelheit auch von dem Bergmassiv Besitz ergreifen und ein Weiterkommen unmöglich machen. Nur ein Lebensmüder würde den Pfad, der zunehmend steiler und enger wurde, je weiter sie den Berg hinaufkamen, in der nächtlichen Finsternis zu bezwingen versuchen. Ein kleiner Fehltritt reichte, um mehrere hundert Fuß in die Tiefe zu stürzen.

»Wir sollten uns allmählich nach einem Platz für die Nacht umsehen«, schlug Clonie vor.

Elias nickte und deutete ein Stück voraus. »Wäre dieser Ort nicht geeignet?«, fragte er und zeigte auf einen hervorspringenden Felsen, der über den Weg ragte. Der Pfad verbreiterte sich an dieser Stelle zu einem kleinen Felsplateau.

»Lass uns lieber noch ein Stück weiterreiten«, widersprach Clonie. »Vielleicht finden wir einen besseren Platz.«

Elias grunzte missmutig. Worauf wartete Clonie? Auf eine Herberge? Doch er folgte ihr widerspruchslos.

Bald darauf kroch die Finsternis auch über den Pfad und Clonie musste einsehen, dass sie keine bessere Stelle als die von Elias vorgeschlagene gefunden hatten.

»Wir kehren um«, sagte sie schließlich. »Der Pfad wird hier immer schmaler und steiler und in Kürze können wir nicht einmal mehr erkennen, was direkt vor uns liegt.«

Elias ließ sich seine Genugtuung nicht anmerken. Er wendete Briseis schweigend, und stumm ritten sie den Pfad zurück bis zu dem Felsplateau, das sie kurz zuvor passiert hatten.

Hier gab es nichts, was dazu geeignet war, ihren Aufenthalt angenehm zu gestalten: Der blanke Fels war kalt und hart und der aufkommende frische Wind ließ sie frösteln. Der Felsvorsprung über ihren Köpfen würde sie zwar vor Regen schützen – falls es welchen geben sollte –, den Wind jedoch konnte er nicht abhalten. Aber Elias und Clonie waren zu erschöpft, um sich darüber zu beschweren, und bereits nach kurzer Zeit fielen beide in einen tiefen, traumlosen Schlaf.

Keiner von beiden ahnte, dass unmittelbar unter ihnen, nur 300 Fuß entfernt, zwei Männer ebenfalls ihre Pferde und die beiden Hunde, die sie begleiteten, anhalten ließen, um sich auszuruhen, bevor sie am nächsten Morgen noch vor Sonnenaufgang ihre Verfolgung fortsetzen wollten.

Wütend lief Narkissos in seinen Gemächern auf und ab. Seine Schwester hatte ihn zur Rede gestellt wie ein unartiges kleines Kind und umso dringlicher erschien es ihm nun, endlich Klarheit in ihr Verhältnis zu bringen. Eine solche Behandlung wollte er sich nicht länger bieten lassen. Doch die Dinge entwickelten sich im Augenblick nicht so, wie er sich das vorgestellt hatte. Diese Hexe Antheia hatte ungeahnten Einfluss auf die Königin, wie er feststellen musste, und er hatte viel Mühe gehabt, Derimacheia wenigstens vorläufig zu besänftigen.

Die Nachricht von dem verschwundenen Boten des Waldvolks hatte Derimacheia aufgescheucht wie ein aufgeregtes Huhn und zwischenzeitlich hatte er das Gefühl gehabt, er würde es nicht schaffen, seine Schwester davon zu überzeugen, dass diese Information für ihn ebenso überraschend und neu war wie für sie.

Nun zerbrach er sich den Kopf, wie er die Dinge schleunigst vorantreiben konnte. Die Zeit drängte und spielte gegen ihn. Solange Aigidios nicht wieder zu Verstand gekommen war und berichten konnte, hatte er nach wie vor alle Möglichkeiten auf seiner Seite. Aber er musste sie nutzen – jetzt!

Er würde Pyrros noch einmal zu den Bauern schicken, um Öl ins Feuer zu gießen. Vielleicht konnte er den Aufstand des Volkes noch weiter anfachen, bevor Derimacheia herausfand, wer hinter den Unruhen steckte.

Narkissos lächelte verbissen. Noch war nichts verloren. Im Gegenteil: Die Dinge verlangten lediglich, dass er keine Zeit mehr vergeudete.

Er hielt inne und lauschte: Waren das nicht Schritte über ihm? Derimacheias Schlafgemach lag unmittelbar über seinem. Lief sie etwa ebenso wie er rastlos auf und ab?

Narkissos kicherte. Seine Schwester war beunruhigt. Und wer sollte besser wissen als er, dass sie dazu auch allen Grund hatte?

Derimacheia versuchte, Ordnung in ihre Gedanken zu bringen. Und das gelang ihr am besten, wenn sie sich bewegte. Also lief sie in ihrem Schlafgemach zwischen Kamin und Fenster auf und ab. Sie hatte lange mit sich gerungen, ob sie ihren Bruder in die Erkenntnisse, die sie durch Antheias Bericht gewonnen hatte, einweihen sollte. Antheia hatte sie gewarnt, sie könne nicht ausschließen, dass Narkissos hinter all dem steckte. Aber

Derimacheia wollte einfach nicht glauben, dass ihr eigener Bruder zu einem so heimtückischen Verrat fähig sein sollte. Würde er tatsächlich seinen eigenen Neffen entführen, nur um ihr zu schaden? Zu welchem Zwecke? Gelüstete es ihm nach der Herrschaft?

An diesem Punkt ihrer Überlegungen angelangt, stockte Derimacheia. Ausschließen konnte sie nicht, dass es Narkissos an die Macht drängte. Sie wusste, es fiel ihm hin und wieder schwer, sich ihren Entscheidungen zu unterwerfen, und er wollte manches in Gelen gerne anders handhaben als sie, die Königin, es tat. Andererseits hatten sie ihr ganzes Leben miteinander verbracht und Derimacheia schämte sich, dass sie allein die Möglichkeit in Erwägung zog, ihr eigener Bruder wolle ihr schaden.

Oder empfand Narkissos womöglich anders als sie? Es waren keine echten Blutsbande, die sie vereinten. Aber spielte das wirklich eine Rolle? Zählte eine gemeinsam verbrachte Kindheit nicht mehr? Die gleichen Erinnerungen, die man mit niemand anderem teilte …

Unwillkürlich schüttelte Derimacheia den Kopf. Nein, bevor sie nicht einen eindeutigen Beweis hatte, wollte sie Narkissos nicht verurteilen. Aber sie würde achtsam sein, nahm sie sich vor. Sie wollte Narkissos beobachten, aber auch Antheia gegenüber Vorsicht walten lassen. Möglicherweise hatte ja auch Narkissos mit seiner Behauptung recht, Antheia wolle Unfrieden stiften und sie gegen ihn aufbringen. Aber zu welchem Zweck?

Elias erwachte davon, dass seine Zähne vor Kälte aufeinanderschlugen. Benommen richtete er sich auf und sah sich um. Er brauchte eine Weile, bevor er begriff, wo er war und was er hier suchte.

Clonie lag dicht neben ihm. Er konnte ihr Bein an seinem spüren. Ihre Haare verdeckten ihr Gesicht und ihr Atem ging gleichmäßig.

Ein Lächeln huschte über Elias' Gesicht, bevor er sich abwandte und den Blick über das Tal gleiten ließ, das sich unter ihm ausbreitete. Noch lag es im Dunkeln, doch an seinem anderen Ende meinte Elias einen schwachen Lichtschimmer zu erkennen, als sich die Sonne ganz allmählich über die Sanddüne erhob. Zunächst war es nicht mehr als ein orangeroter Streifen. Beinahe sah es so aus, als würde der Gipfel brennen. Dann fielen die ersten Sonnenstrahlen ins Tal hinab und die Landschaft erwachte vor seinen Augen zum Leben.

Elias konnte sich kaum von dem Anblick abwenden, doch dann spürte er, wie sich Clonie neben ihm bewegte. Sie richtete sich schlaftrunken auf und schien ebenso wie er eine Weile zu brauchen, bevor sie die Orientierung wiedergefunden hatte. Sie streckte sich, gähnte und lächelte ihm anschließend verlegen zu.

In diesem Moment wirkte sie so zart und zerbrechlich, dass Elias das unbändige Verlangen verspürte, sie zu umarmen und an sich zu drücken.

Als hätte Clonie seine Gedanken erraten und wollte ihn von seinem Plan abhalten, sprang sie eilig auf und sogleich sahen die beiden Pferde, die bislang mit hängenden Köpfen und angewinkeltem Hinterlauf ein wenig abseits gestanden hatten, zu ihr hinüber und schüttelten ihre Mähnen, als wollten sie ebenfalls den restlichen Schlaf abwerfen.

»Wir müssen sofort aufbrechen«, sagte Clonie, ohne Elias dabei anzusehen, »wenn wir nicht noch eine Nacht auf diese Weise verbringen wollen.«

Elias zog unmerklich die Augenbrauen hoch. Dann folgte er Clonie.

Der Pfad führte sie stetig weiter den Berg hinauf. Mittlerweile war er so schmal geworden, dass sie hintereinander reiten mussten. Seit ihrem Aufbruch hatten sie kaum ein Wort miteinander gewechselt und nur einmal eine kurze Rast eingelegt, als sie an einer Stelle vorbeigekommen waren, an der einige halb vertrocknete Kräuter einen Weg durch das Gestein gefunden hatten. Wenigstens Briseis und die weiße Stute bekamen auf diese Weise ein wenig Nahrung.

Es wehte ein rauer Wind und der Himmel war grau und wolkenverhangen. Nichts deutete darauf hin, dass hier in der Nähe irgendwo ein Bergsee zu finden sein würde. Im Gegenteil. Elias hatte das Gefühl, am Ende der Welt angelangt zu sein. Es hätte ihn nicht gewundert, wenn sie auf einmal vor dem Nichts gestanden hätten.

Die ersten Flocken trafen ihn ohne Vorwarnung. Binnen kürzester Zeit wurde der Weg vor ihnen weiß und die Pferde fanden auf dem rutschigen Untergrund kaum Halt.

»Es schneit!«, rief Elias durch den immer dichter werdenden Schneesturm, doch Clonie wandte sich nicht einmal zu ihm um.

Natürlich schneite es – als hätte sie das nicht selbst schon gemerkt. Aber was sollte sie daran ändern? Sie konnte wohl kaum den Flocken Einhalt gebieten und weit und breit gab es nichts, das sie vor dem Schnee schützen konnte. Was also blieb ihnen anderes übrig, als weiterzureiten?

Allmählich änderte sich die Zusammensetzung des Schnees. Waren es zunächst noch dicke weiche Flocken gewesen, so wurde der Schnee nun härter und tat beim Auftreffen auf die Haut fast schon weh. Es fühlte sich an wie kleine Nadelstiche.

Elias musste die Augen zusammenkneifen, um durch das Schneegestöber etwas zu erkennen.

»Wir müssen absitzen«, schrie ihm Clonie von irgendwo vor ihm zu. »Die Pferde finden sonst keinen Halt!«

Elias schwang sich von Briseis' Rücken und führte sein Pferd am Halsring weiter voran, kämpfte sich Schritt für Schritt durch den Schnee, der ihm die Sicht nahm.

Wortfetzen drangen an sein Ohr. Clonie schrie ihm irgendetwas zu, doch durch den Schneesturm konnte er kaum etwas verstehen: »... Unterschlupf ... abwarten ...«, war alles, was er heraushören konnte. Aber wo sollten sie in dieser Steinwüste einen Unterschlupf finden?

Die Hunde winselten. Und doch schien ihnen das Unwetter weniger auszumachen als den beiden Männern, die sich mit dem Rücken dicht an die Felswand lehnten und die Pferde vor sich postiert hatten, um einen möglichst großen Schutz vor den Unbilden des Wetters zu haben. Sie schwiegen – es gab auch nichts, worüber sie hätten reden müssen – und warteten ab. Solange sie es nicht schafften voranzukommen, würde es auch kein anderer zuwege bringen. Es gab also nichts und niemanden, der ihnen davonlaufen konnte. Sie brauchten nichts weiter zu tun, als abzuwarten, bis das Schneetreiben nachließ. Dann konnten sie ihren Weg fortsetzen in dem Wissen, dass ihnen irgendwann zwei Reiter von oben entgegenkommen würden. Denn dieser Pfad führte nirgendwohin. Er endete mitten im Nichts. Und auf keinen Fall führte er zu Medeia und den Bergseebewohnern. Der Junge und das Mädchen saßen also in der Falle. Auch wenn sie das bislang nicht einmal ahnten …

Clonie hielt den Blick unverwandt auf den Boden gerichtet. In dem einheitlichen Weiß und dem Schneetreiben war kaum zu erkennen, wo der Pfad aufhörte und die Schlucht anfing. Dabei sorgte sich Clonie weniger um sich selbst als vielmehr um ihr Pferd, das immer wieder nervös tänzelte und dabei gefährlich nahe an den Abgrund geriet.

»Clonie, halt an!« Die Stimme drang mit Verzögerung in Clonies Bewusstsein. Vorsichtig wandte sie sich zu Elias um, wobei sie erst die Hand wechselte, mit der sie die Stute am Halsring führte.

Elias deutete schweigend und mit ausgestrecktem Arm auf eine Vertiefung im Fels, die Clonie offensichtlich übersehen hatte.

Endlich! Sie hatte sich schon gefragt, ob nichts von dem stimmte, was man sich über die Bebenden Berge erzählte: dass sie voller Höhlen seien und in regelmäßigen Abständen erschüttert würden. Bislang hatte die Erde nicht ein einziges Mal vibriert und dies war die erste Höhle, die sie fanden. Wenn es denn eine Höhle war! Vielleicht war es auch nur eine vertikale Felsspalte. Doch das zählte in diesem Augenblick nicht. Was auch immer es war, es würde ihnen Schutz vor dem Schneesturm bieten.

Clonie legte eine Hand an die Brust der weißen Stute und übte leichten Druck aus. Das Pferd auf diesem schmalen Pfad und unter den schlechten Sichtbedingungen zu wenden, erschien ihr weitaus gefährlicher, als es die wenigen Schritte rückwärts zu führen.

Doch die Stute sah das offensichtlich anders. Sie lehnte sich mit aller Kraft gegen Clonies Hand und beantwortete den Druck, den sie erfuhr, mit Gegendruck. Gleichzeitig riss sie den Kopf hoch.

Clonie stöhnte. Wie sollte sie das Pferd nur dazu bewegen, rückwärts zu gehen? Mit Kore wäre diese Übung kein Problem gewesen. Sie ließ sich von Clonie vertrauensvoll in jede beliebige Richtung dirigieren, obwohl das Pferd als Fluchttier von sich aus natürlich immer den Weg nach vorne sucht.

Clonie schwang sich auf den Rücken der Stute und trieb sie mit Schenkeldruck voran. Zugleich hielt sie den Halsring straff und verlagerte ihren Oberkörper nach vorne. Und tatsächlich machte die Stute nun einige zaghafte Schritte zurück, geriet aber mit jedem Schritt näher an den Abgrund!

Also ließ Clonie die Stute anhalten und richtete sie neu aus, dann wiederholte sie die Prozedur. Trotz der Eiseskälte standen ihr nach kurzer Zeit die Schweißperlen auf der Stirn. Sie ließ den Schimmel fünf oder sechs Schritte zurückgehen und zwei oder drei nach vorn und bemühte sich dabei, den Blick vom Abgrund fernzuhalten, der ihr immer wieder gefährlich nahe kam.

Endlich hatte sie es geschafft und folgte Elias in die Höhle, in der er bereits mit Briseis auf sie wartete.

Schlagartig wurde es dunkel und die Geräusche veränderten sich. Draußen hatte ihr der Wind um die Ohren gepfiffen und hier drin schien die Zeit stillzustehen. Irgendwo im Inneren konnte Clonie das stetige Tropfen von Wasser hören und jedes noch so kleine Geräusch hallte von den Wänden wider.

»Mir scheint, diese Höhle führt tief ins Berginnere«, flüsterte Elias. Es gab eigentlich keinen Grund leise zu sprechen, aber die Stille, die hier herrschte, verleitete ihn dazu.

Clonie war noch zu sehr außer Atem, um ihm zu antworten.

»Vielleicht führt sogar ein Weg durch den Fels hindurch?«, fuhr Elias ebenso leise fort.

Clonie zuckte mit den Schultern. »Selbst wenn«, sagte sie schließlich. »Was nützt es uns? Nach wenigen Schritten wirst du deine Hand vor Augen nicht mehr sehen. Wir würden uns hoffnungslos verirren. Und wer sagt uns, dass wir auf diese Weise zum Bergsee gelangen?«

Jetzt war es Elias, der schwieg. Alles, was Clonie sagte, war richtig. Und doch erschien ihm dieser Weg in mancher Hinsicht reizvoller, als sich erneut hinaus in das Schneetreiben zu wagen.

Doch Clonie schüttelte den Kopf. »Nein«, sagte sie entschieden, »wir werden hier warten, bis der Sturm vorbei ist, dann setzen wir unseren Weg fort.«

Elias wusste irgendwann nicht mehr, wie lange sie nun bereits in der Höhle ausharrten. Es schien ihm eine Ewigkeit zu sein. Doch wann immer er oder Clonie den Kopf hinausstreckten, um zu sehen, ob das Schneetreiben nachgelassen hatte, kehrten sie anschließend mit sorgenvoller Miene zum anderen zurück. Das Unwetter schien überhaupt nicht mehr enden zu wollen.

Sie hatten sich mittlerweile an die Dunkelheit und die merkwürdige Stille gewöhnt, die lediglich von dem rhythmischen Tropfen oder dem Schnauben der Pferde unterbrochen wurde. Doch plötzlich fing Briseis an, mit den Hufen zu scharren. Sie schlug mit dem Kopf und drehte sich unruhig hin und her. Auch die weiße Stute schien nervös zu sein. Sie wieherte heiser und stieg leicht auf die Hinterläufe.

Clonie, die still mit angezogenen Beinen in einer Ecke der Höhle gesessen hatte, sah auf.

»Was ist?«, fragte Elias, dem die Unruhe der Pferde ebenfalls nicht entgangen war.

»Ich weiß es nicht«, antwortete Clonie. »Irgendetwas scheint sie zu verunsichern.«

Elias lauschte, konnte aber nichts Außergewöhnliches vernehmen. Lediglich das stetige Tropfen von Wasser drang an sein Ohr. Ansonsten herrschte absolute Stille.

Zunächst klang das Grollen weit entfernt. Als würde sich etwas Unheilvolles seinen Weg durch den Berg bahnen, wurde es lauter und lauter, schwoll an und schien plötzlich zu bersten.

Clonie und Elias waren bereits beim ersten Laut auf die Beine gesprungen und hatten mit angehaltenem Atem in den Berg hineingelauscht, unfähig, sich zu rühren oder irgendetwas zu tun. Ein solches Geräusch hatte bislang keiner von beiden jemals gehört und sie erwarteten, jeden Augenblick ein schreckliches Untier auf sich zukommen zu sehen, groß wie ein Riese, das die Höhle vor ihnen verteidigte.

Als das Donnergrollen auf seinem Höhepunkt angelangt war, begann der Boden zu vibrieren, und einen Atemzug später schien nichts mehr dort zu sein, wo es vorher war. Oben und unten, vorne und hinten – alles geriet durcheinander. Clonie versuchte, sich an der Wand abzustützen, doch sie gab unter ihrer Berührung nach und fiel in sich zusammen. Clonie sackte auf die Knie – es war unmöglich aufrecht stehen zu bleiben – und schützte ihren Kopf vor den herabprasselnden Felsbrocken. Dies schien das Ende aller Existenz zu sein. Die Welt versank im Schattenreich und Clonie und Elias mit ihr.

Das Beben setzte schlagartig und heftig ein. Ohne jede Vorwarnung begann die Erde zu vibrieren. Calistus stützte sich intuitiv mit den Armen vom Boden ab. Es gab einen einzigen lauten Knall und ein gigantischer Gesteinsbrocken fiel nur wenige Handbreit neben Calistus' ausgestreckten Beinen zu Boden. Gefolgt von mehreren kleineren Steinen. Doch selbst wenn er Gelegenheit gehabt hätte, schnell genug zu reagieren und zu sehen, von wo die Gefahr kam – über sein linkes Bein hatte er schon längst keine Gewalt mehr. Es lag wie ein Stück totes Fleisch regungslos auf dem Boden und er spürte es nicht mehr.

Von einem Augenblick zum nächsten war alles wieder still. Doch Calistus' Herz raste. Ein so heftiges Beben hatte er bislang noch nie gespürt. Ein leichtes Vibrieren, ja, aber mit einer solchen Urgewalt hatte er nicht gerechnet. Ohne Weiteres hätte er gerade von einem herabstürzenden Felsbrocken erschlagen werden können! Und niemand hätte es überhaupt nur bemerkt!

Calistus fluchte vor sich hin. Wie hatte er nur jemals so dumm sein können! Er hatte sich wie ein Tölpel einfangen lassen. Und nun saß er hier fest! Hilflos der Gnade einiger fremder Männer ausgeliefert. Er hatte Clonie helfen wollen und nun benötigte er selbst dringend Hilfe!

16

Hundert Tage nach der Geburt
können die Kinder gehen,
sodass sie im dritten oder vierten Jahr
erwachsen sein dürften.

Liang sigongji, Erzählung von
vier Edelleuten der Liang-Dynastie
(7. Jahrhundert)

Wenige Augenblicke später war alles vorbei. Hier und da fielen noch vereinzelte Steine nieder und eine riesige Staubwolke machte das Atmen schwer.

War es ihnen zuvor in der Höhle still vorgekommen, so schien nun das Ende aller Zeiten erreicht. Nichts drang an Clonies Ohren, und als sie zaghaft die Augen öffnete, konnte sie keinen Unterschied zu vorher feststellen. Es war gleichbleibend dunkel.

»Clonie?« Elias' ängstliche Stimme drang an ihr Ohr.

»Ich bin hier«, antwortete Clonie.

»Ich kann nichts sehen!«

»Ich auch nicht.«

»Was war das?«

»Ich weiß es nicht. Wo sind die Pferde?«

Wie zur Antwort hörte sie Briseis leise wiehern.

Mit ausgestreckten Händen tastete sich Clonie voran, bis sie schließlich an etwas Weiches stieß.

»Briseis«, flüsterte Clonie und strich der Stute beschwichtigend über den Hals. »Aber wo ist die weiße Stute?«

»Ich glaube, sie ist hier bei mir«, antwortete Elias aus dem Dunkel. »Aber ... aber ... sie bewegt sich nicht.«

Ein klammernder Schmerz breitete sich in Clonies Brust aus. Schemenhaft konnte sie Elias' Umrisse in einer Armlänge Entfernung ausmachen. Sie streckte die Hand aus und drückte seine, als sie ihrer begegnete.

»Wo ist der Ausgang?«, fragte Elias.

»Ich glaube, er wurde verschüttet«, antwortete Clonie mit leiser Stimme.

»Verschüttet?« In Elias' Stimme schwang Panik mit. »Dann sind wir hier gefangen?«

Clonie nickte, bis ihr klar wurde, dass Elias ihre Kopfbewegung in der Finsternis nicht sehen konnte. »Ja«, antwortete sie leise. »Der Weg nach draußen ist versperrt.«

Clonie und Elias hielten einander an den Händen fest, während sie durch die Dunkelheit voranstolperten. Clonie zog Briseis mithilfe des Stricks, den sie immer noch bei sich trug, hinter sich her.

Die weiße Stute war von einem herabfallenden Felsbrocken erschlagen worden und Clonie litt unter ihrem schlechten Gewissen. Nur ihretwegen war das Pferd in diese Situation geraten, die es das Leben gekostet hatte. Zuerst das Pony und jetzt das Wüstenpferd. Und sie mochte gar nicht erst daran denken, was dem Waldvolk zugestoßen war. Möglicherweise gab es auch unter diesen Menschen, die sie so bereitwillig aufgenommen hatten, Verletzte oder gar Tote. Aber hätte sie auch nur eins dieser Unglücke verhindern können?

Zunächst hatten sie versucht, den Ausgang freizuräumen, doch schon nach kurzer Zeit mussten sie ihr Vorhaben aufgeben. Die Felsbrocken, die sich davor türmten, waren einfach zu schwer, als dass sie sie hätten bewegen können.

Nun blieb ihnen nur noch der Weg durch den Berg. Gleichgültig, wohin er sie führte. Es bestand zumindest eine geringe Möglichkeit, dass diese Höhle irgendwo einen zweiten Ausgang hatte. Anderenfalls konnten sie nichts weiter tun, als auf ihren Tod zu warten.

Elias wunderte sich, dass er schon lange keinen Hunger mehr verspürte. Als hätte sein Magen die Tätigkeit eingestellt und würde keinerlei Signale mehr senden. Sogar sein Durst war einigermaßen erträglich. Vielleicht lag es daran, dass es hier kühl und feucht war, sodass der Körper weniger Flüssigkeit benötigte?

Der Gang, durch den sie sich entlangtasteten, verlief nicht immer geradeaus. Manchmal wurden sie abrupt von einer Wand gestoppt, die ihnen den Weg versperrte, und sie mussten sich mühsam neu orientieren, um herauszufinden, in welche Richtung es weiter voranging.

Elias, der vor Clonie lief, stieß sich immer wieder den Kopf an einem der Felsvorsprünge oder stolperte über eine Erhebung oder einen heruntergefallenen Stein. An manchen Stellen war der Steinboden nass und glitschig und sie tasteten sich vorsichtig an der Wand entlang, um nicht auszurutschen.

Einmal wurde der Gang so schmal, dass sie fürchteten, Briseis würde nicht durch die Engstelle passen. Und zunächst weigerte sich das Pferd auch, einen Schritt voranzugehen. Clonie benötigte ihre volle Überzeugungskraft, um Briseis zu überreden, es wenigstens zu versuchen. Ihre Erleichterung war enorm, als sie es endlich geschafft hatten. Denn was hätten sie anderenfalls tun sollen? Das Pferd seinem Schicksal überlassen und alleine weitergehen? Clonie bezweifelte, dass sie sich dazu bereit erklärt hätte.

Hin und wieder verbreiterte sich der Gang zu einer unterirdischen Höhle und manches Mal schien in einer dieser Höhlen ein wenig fahles Licht durch einen Spalt in der Decke. Doch niemals waren diese Öffnungen in erreichbarer Nähe oder groß genug, um sich hindurchzuzwängen.

Dennoch machten sie in diesen Höhlen stets für kurze Zeit Rast und genossen es, einander im Dämmerlicht anblicken zu können, bevor sie ihren Weg fortsetzten.

»Hier scheint der Weg wieder etwas breiter zu werden«, sagte Elias jetzt und seine Stimme klang hoffnungsvoll. Was genau er erwartete, hätte er selbst nicht zu sagen gewusst, doch allein die Aussicht, der bedrückenden Enge und der absoluten Finsternis auch nur für wenige Momente zu entrinnen, verbesserte seine Stimmung augenblicklich.

Clonie grunzte lediglich. Sie konnte sich nicht erinnern, jemals so niedergeschlagen gewesen zu sein. Sonst war sie stets diejenige, die anderen Zuversicht vermittelte, doch inzwischen glaubte sie nicht mehr daran, diesem Berg jemals entrinnen zu können. Er würde wohl ihr Grab werden.

»Dort ist etwas Licht«, fuhr Elias fort und beschleunigte seine Schritte, als er jetzt ein wenig mehr in der Dunkelheit erkennen konnte.

Der Weg bog nach rechts ab und öffnete ihnen den Blick auf einen unterirdischen Saal, in dessen Mitte ein kleiner See war. Elias und Clonie stockte bei dem Anblick, der sich ihnen bot, gleichermaßen der Atem. Etwas so Schönes hatten sie noch nie gesehen. Das sanfte Licht, das durch schmale Ritze in der Decke drang, spiegelte sich auf der Wasseroberfläche wider, schien darauf zu tanzen wie Schmetterlinge in der Frühlingsluft. Ebenfalls von der Decke herab hingen mehrere zarte Gebilde aus Stein, die den Eindruck von kahlen Ästen eines herbstlichen Waldes erweckten. Das Licht ließ den Stein goldgelb schimmern.

»Kommt es dir auch so vor, als sei es hier etwas wärmer als im Rest der Höhle?« Clonie betastete ihre Stirn, die sich mit einem Mal heiß anfühlte.

»Ja, vielleicht ein bisschen«, stimmte Elias ihr zu, sah sie dabei aber mit einem leicht besorgten Ausdruck im Gesicht an. »Fühlst du dich nicht gut?«

»Doch, doch«, antwortete Clonie und lächelte. »Ich bin nur ein wenig erschöpft, das ist alles.«

»Dann lass uns hier Rast machen«, schlug Elias vor. Er kniete bereits vor dem kleinen See und tauchte seine Hand hinein. »Glaubst du, man kann das trinken?«

Briseis hatte diese Frage klar für sich entschieden und trank das klare kühle Wasser bereits in großen Zügen.

Clonie zuckte mit den Achseln. »Wenn Briseis es trinkt, wird es wohl gut sein«, antwortete sie.

Elias schöpfte mit der hohlen Hand Wasser, schnupperte daran und probierte dann vorsichtig. Es schmeckte klar und frisch.

Auch Clonie befeuchtete nun ihr Gesicht, zog anschließend den Lederbeutel hervor und befüllte ihn mit dem Seewasser. Sie trank in tiefen Schlücken, füllte den Beutel erneut und lehnte sich mit dem Rücken an eine Wand der Höhle. Sie fühlte sich auf merkwürdige Weise geschwächt. Natürlich war diese Reise überaus anstrengend und forderte ihnen viel ab. Insofern war es vermutlich nicht verwunderlich, dass sie sich so kraftlos vorkam. In ihrem Kopf drehte sich alles und sie verspürte eine unüberwindbare Müdigkeit. Sie wollte nur noch eins: schlafen. Um jeden Preis. Sie schloss die Augen und lehnte den Kopf an die kühle Wand. Warum nur war ihr so heiß? Sie befanden sich in einem Berg, draußen tobte ein Schneesturm. Wie konnte es sein, dass sie das Gefühl hatte, gekocht zu werden?

Schlafen.

Nur für einen Augenblick in erholsamen Schlaf fallen …

Nichts mehr denken.

Nichts mehr fühlen.

»Clonie!« Elias rüttelte an Clonies Schulter. Ihr Arm schlackerte hin und her, als führe er ein Eigenleben. »Clonie, wach auf!«

Elias spürte Panik, als Clonie mühsam die Lider hob und er ihre Augen sah. Sie versuchte, den Blick zu fixieren, doch immer wieder glitten ihre Augäpfel zur Seite. Sie stöhnte. Mit einem Mal wurde sie unruhig und begann zu stammeln. Elias konnte nicht verstehen, wovon sie sprach, doch er erkannte an ihren Gesten und dem gehetzten Blick, dass sie sich fürchtete.

»Hier stimmt was nicht«, murmelte Elias. Seit sie diese Höhle betreten hatten, war mit Clonie etwas geschehen.

Irgendetwas schien von ihr Besitz zu ergreifen und ihre Sinne zu verwirren. Er schnupperte. Ein merkwürdiger Geruch lag in der Luft. Das war ihm bereits die ganze Zeit aufgefallen. Aber er atmete schließlich die gleiche Luft wie Clonie, musste er dann nicht ebenso wie sie etwas spüren?

Andererseits war sein Körper vielleicht einfach kräftiger als ihrer und verfügte deswegen über mehr Widerstandskraft. Und wenn er aufmerksam in sich hineinlauschte, dann fühlte auch er eine aufsteigende Müdigkeit. Das war vielleicht nicht verwunderlich nach allem, was sie durchgemacht hatten. Doch wenn hier tatsächlich etwas nicht mit rechten Dingen zuging, dann sollte er zusehen, dass sie von hier verschwanden, bevor er ebenso wie Clonie nicht mehr in der Lage dazu war.

»Briseis«, flüsterte er und die Stute hob den Kopf und sah in seine Richtung. Wenn er es nur schaffen könnte, Clonie auf den Rücken des Pferdes zu heben!

Behutsam schob er beide Arme unter Clonies Körper und hob sie hoch. Er war erstaunt, wie leicht sie war. Sie schien kaum mehr zu wiegen als ein Kind. Doch als er sie auf Briseis' Rücken heben wollte, war er froh darum. Er ächzte und spürte, wie ihm der Schweiß ausbrach. War es eigentlich schon die ganze Zeit über so heiß in dieser Höhle gewesen? Briseis blieb zum Glück ruhig stehen und endlich hing Clonie mit herunterbaumelndem Kopf auf dem Rücken des Pferdes.

Elias spürte, wie ihm schwindelig wurde. Kam das von der Anstrengung? Oder begann bei ihm nun ebenfalls die Wirkung von … ja, von was? Waren es giftige Dämpfe? Elias spürte plötzlich eine bleierne Müdigkeit von sich Besitz ergreifen. Und wenn er sich nun doch noch einmal auf den Boden setzte, den Rücken an die kühle Steinwand lehnte und sich ausruhte? Nur für einen kurzen Augenblick?

Briseis schnaubte.

Elias rieb sich kräftig mit beiden Händen durch das Gesicht. »Wach bleiben«, sprach er sich selbst Mut zu. Dann kniete er sich noch einmal vor dem kleinen unterirdischen See auf den Boden und tauchte seinen Kopf tief in das Wasser. Er prustete, als er den Kopf wieder hob, und schüttelte sich das Wasser aus den Haaren.

»Komm, Briseis«, sagte er zu dem Pferd und führte es am Halsring aus der Höhle, zurück in die Dunkelheit des schmalen, gewundenen Ganges, der vor ihm lag und ihn ins Ungewisse führte.

Clonie lag bäuchlings über dem Rücken des Pferdes und ihr bewusstloser Körper schlackerte bei jedem Schritt der Stute hin und her.

»Was ist das für ein Lärm?« Derimacheia schaute besorgt aus dem Fenster und erblickte ein gutes Dutzend Männer, die wütend ihre Fäuste in die Luft reckten, ihre Gesichter vor Hass verzerrt.

»Es sind Bauern, Königin«, erklärte Narkissos. »Sie fordern mehr Land.«

»Mehr Land?« Derimacheia runzelte die Stirn. »Ich verstehe nicht.«

»Sie sagen, Ihr verpachtet Land an Gargarien, das ihnen zustünde.«

»Aber …« Derimacheia schüttelte den Kopf. »Das Land, das König Damasos' Männer bewirtschaften, gehört ihnen doch gar nicht!«

»Sie fordern es aber.«

»Wer behauptet denn, dass es ihnen zustünde?«

Narkissos schwieg.

»Ich werde mit ihnen reden«, sagte Derimacheia und steuerte bereits zielstrebig auf die Tür zu.

»Das würde ich an Eurer Stelle nicht tun«, mahnte Narkissos.

»Warum nicht?«

»Die Männer sind sehr aufgebracht. Es könnte zu Handgreiflichkeiten kommen.«

»Aber was soll ich denn sonst tun?«, fragte Derimacheia ungehalten. »Jemand muss es ihnen doch erklären!«

»Überlasst das mir«, bot Narkissos an. »Ich werde sie beruhigen.«

Derimacheia betrachtete Narkissos schweigend. Sie fürchtete sich zugegebenermaßen davor, sich den wütenden Männern zu stellen. Andererseits wusste sie immer noch nicht, ob sie Narkissos ihr Vertrauen schenken sollte oder nicht.

»Also gut«, sagte sie schließlich. »Sprecht mit ihnen.«

Narkissos deutete eine Verbeugung an und machte sich auf den Weg in den Burghof.

»Sucht die Bebenden Berge nach ihnen ab und bringt sie sicher zu mir. Dieses Mal will ich keine andere Nachricht hören als die, dass ihr die Kinder endlich gefunden habt!«

»Ja, Medeia«, erwiderte der Mann und verbeugte sich tief.

»Wenn es stimmt, was mir zugetragen wurde, dann haben sie die Berge von Norden aus betreten. Also sucht in der Singenden Schlucht nach ihnen. Vielleicht stecken sie dort fest.«

Wieder verbeugte sich der Mann, nachdem er seine Anweisungen erhalten hatte. »Ich werde mit den Kindern zurückkehren, Herrin, Ihr könnt Euch darauf verlassen.«

Medeia nickte. »Das tue ich, Grigórios, das tue ich. Und nun geht. Viel Glück.«

Auch nachdem Grigórios gegangen war, blieb Medeia noch auf ihrem Stuhl sitzen. Nachdenklich schüttelte sie den Kopf. War es nicht sonderbar, dass Derimacheia bisher nicht auf ihre Nachricht geantwortet hatte? Wusste sie, wo Clonie und Elias sich aufhielten und dass sie auf dem Weg zu ihr, dem Orakel, waren? Und was hatte es mit dem Hinterhalt auf sich, der die beiden Königskinder erst aus der Burg im Königreich Gelen vertrieben hatte? Was wusste Derimacheia? Ahnte sie, dass sie in Gefahr war? Konnte sie womöglich schon nicht mehr reagieren, weil sie bereits entmachtet war? Hatte man sie gefangen genommen? Gestürzt? Ermordet?

Aber nein, beruhigte sie sich selbst. Das zumindest hätte sie mit Sicherheit durch einen ihrer Vertrauten erfahren. Aber wie viel Zeit blieb ihnen noch? Sollte sie vielleicht noch einmal eine Taube schicken? Vielleicht war der ersten etwas zugestoßen?

Derimacheia blickte aus dem Fenster, sorgsam darauf bedacht, von niemandem bemerkt zu werden. Sie konnte Narkissos sehen, der vor den tobenden Männern stand und beruhigend auf sie einredete. Seine Bemühungen schienen Erfolg zu haben, denn allmählich ließen die drohenden Gebärden nach. Ein wenig schämte Derimacheia sich, dass sie Narkissos bei seinem Handeln beobachtete. Auf eine solche Idee wäre sie früher niemals gekommen. Doch die Zeiten hatten sich geändert und sie musste wachsam sein. Aber ihre Befürchtungen schienen unbegründet. Zwar konnte sie nichts von dem verstehen, was besprochen wurde, doch sie sah, dass die Männer sich schließlich abwandten und den Burghof friedlich verließen.

Als Narkissos sich jetzt umdrehte und zu ihrem Fenster hinaufblickte, als spüre er, dass sie dort oben stand und auf ihn herabsah, machte Derimacheia schnell einen Schritt zurück in die Dunkelheit des Zimmers. Sie wollte nicht, dass Narkissos merkte, dass sie ihn belauert hatte.

Narkissos sah den Schatten am Fenster und unterdrückte ein Lächeln. Er hatte gewusst, dass Derimacheia ihn nicht aus den Augen lassen würde. Aber was sie gesehen hatte, konnte ihm nur von Nutzen sein. Gehört – dessen war er sich sicher – hatte sie gewiss nichts. Und das war auch gut so. Denn seine Worte hätten seiner Schwester bestimmt nicht gefallen.

Ein Stöhnen ließ Elias innehalten. Er wandte sich um und versuchte, in der Dunkelheit hinter sich etwas zu erkennen. »Clonie?«

Wieder dieses Stöhnen.

»Clonie!«

»Was ist geschehen? Wo sind wir?« Die Stimme klang schwach, aber es war eindeutig Clonies.

Elias spürte eine Welle der Erleichterung, die ihm beinahe die Tränen in die Augen trieb. Er tastete sich an

Briseis' Flanke entlang nach hinten und half Clonie, sich auf dem Rücken des Pferdes aufzurichten.

»Du hast das Bewusstsein verloren. Irgendetwas war in dieser Höhle, das dir die Besinnung genommen hat.«

»Ich kann mich an nichts erinnern«, sagte Clonie schwach. »Wo sind wir jetzt?«

»Ich habe dich auf Briseis' Rücken gehoben und bin einfach weitergelaufen. Ich wusste nur, dass ich dich aus dieser Höhle wegbringen musste. Um jeden Preis.« Elias dachte daran, dass er es fast selbst nicht mehr geschafft hätte. Immer noch war er entsetzt, wenn er sich daran erinnerte, wie knapp sie der Gefahr entronnen waren. Hätte er nur wenige Augenblicke länger gezögert, dann wäre er selbst bewusstlos geworden. Und was wäre dann mit ihnen geschehen?

»Danke«, flüsterte Clonie. »Und was machen wir jetzt?«

»Wir versuchen, einen Ausweg aus diesem verfluchten Berg zu finden.«

Er hörte Clonie leise lachen.

»Was ist so lustig?«

»Ach nichts«, antwortete Clonie und ließ sich zugleich von Briseis' Rücken gleiten. Ihre Beine fühlten sich zwar noch ein wenig wacklig an, doch die Stute hatte ihre Last nun lange genug getragen.

Elias zog die Augenbrauen hoch, was in der Dunkelheit aber niemand sah. Er konnte sich schon denken, was Clonie so amüsant fand. Er wusste selbst, dass sich ihr Verhalten immer mehr anglich, je länger sie gemeinsam unterwegs waren: Clonie lernte ihre Grenzen neu kennen und er wiederum merkte, wozu er alles fähig war. Also bestand er nicht weiter auf einer Antwort, sondern griff nach Briseis' Halsring und führte das Pferd durch die Finsternis voran. Clonie folgte ihm und legte ihre Hand auf Briseis' Kruppe, damit sie einander nicht verloren.

Der Gang war, seit sie die Höhle verlassen hatten, breiter geworden und sie konnten nun problemlos neben dem Pferd hergehen.

»Was ist das?«, fragte Clonie plötzlich und hielt abrupt an.

In seine Gedanken versunken hatte Elias nicht sofort gemerkt, dass der Weg vor ihm ein weiteres Mal heller geworden war. »Was denn?«, fragte er jetzt und drehte sich zu Clonie um. Er konnte nicht verstehen, warum Clonie so überrascht darauf reagierte, dass erneut von irgendwoher Licht kam.

»Spürst du es nicht?«

»Was soll ich denn spüren?«

»Den Lufthauch«, erklärte Clonie. »Von irgendwo dort vorne strömt Luft in den Berg.«

Elias wandte sich wieder um und jetzt konnte auch er es fühlen. Über seine Wangen und die nackte Haut an seinen Armen strömte ein leichter Wind. »Tatsächlich.«

»Das bedeutet …«

»… dort muss irgendwo eine Öffnung im Fels sein.«

Sie beschleunigten ihre Schritte. Diffuses Licht erhellte die Steinwände und ließ sie Fuß für Fuß mehr von ihrer Umgebung erkennen, bis sie schließlich vor einer schmalen Felsspalte standen, die ins Freie führte.

»Wir haben es geschafft!« Elias strahlte Clonie an. »Wir haben einen Ausgang gefunden!«

Clonie nickte. »Ja, vielleicht«, sagte sie.

»Wieso vielleicht?«

Clonie legte den Kopf in den Nacken und blickte nach oben. Es hatte aufgehört zu schneien – oder vielleicht hatte es an dieser Stelle auch gar nicht geschneit, denn der felsige Boden war lediglich ein wenig nass – und sie konnte einen Ausschnitt des Himmels sehen. Doch links und rechts von ihnen ragten immer noch Felsen in die Höhe, mehr als 30 Fuß auf jeder Seite.

»Wieso sagst du ›vielleicht‹?«, wiederholte Elias.

»Es ist eine Schlucht«, erklärte Clonie. »Wir sind in einer Schlucht.«

»Ja und?«

Clonie zuckte mit den Schultern. »Lass uns einfach weitergehen und nachschauen, wohin uns der Weg führt.«

Elias runzelte die Stirn. Wieso war Clonie so zurückhaltend? Er konnte sein Glück kaum fassen, dieser unheilvollen Finsternis endlich entronnen zu sein. Was sollte ihnen jetzt noch widerfahren?

Allmählich ahnte Elias, warum Clonie so verhalten reagiert hatte. Er wusste nicht zu sagen, wie viele Fuß sie nun bereits durch diese Schlucht zurückgelegt hatten. 20.000? Oder mehr? Und nichts hatte sich verändert: Immer noch ragten links und rechts die Felswände steil in die Höhe und ließen sie nicht mehr als einen schmalen Streifen Himmel sehen. Die Schlucht war an manchen Stellen breiter, an anderen maß sie gerade mal drei Ellen. Mittlerweile fühlte er sich hier ebenso gefangen wie zuvor im Berginneren. Wer konnte schon sagen, wie lang diese Schlucht sein würde? Oder ob sie überhaupt jemals endete.

Und dann dieses stetige Singen und Heulen! Elias meinte, bald den Verstand zu verlieren, wenn er es noch weiter ertragen musste: Ein auf- und abschwellender Ton, der die Schädeldecke zu durchdringen schien und keinen klaren Gedanken zuließ.

Auch Clonie litt unter dem Geräusch und Briseis zuckte zunehmend nervös mit den Ohren oder schlug mit dem Kopf. Es war der Wind, der dieses Lied sang, während er sich seinen Weg durch die schmale Felsspalte bahnte.

»Ich meine, hier geht es ein wenig bergauf«, sagte Elias, der immer noch voranschritt.

Clonie zuckte mit den Schultern. Bergauf oder bergab … wen kümmerte es?

Doch schließlich erschien es auch Clonie so, als wären die Felswände nicht mehr ganz so hoch und sie schöpfte doch ein wenig Hoffnung.

»Das sind keine 12 Fuß mehr«, stellte Elias fest und er begann bereits zu überlegen, ob es auf irgendeine Weise möglich war, sich an der Felswand entlang in die Höhe zu ziehen. Doch noch würde er nicht bis oben hin gelangen. Nicht einmal, wenn er sich auf Briseis' Rücken stellte.

Auch Clonie warf nun einen etwas zuversichtlicheren Blick nach oben. Auf den letzten 3.000 Fuß war es stetig bergauf gegangen. Vielleicht führte doch noch ein Weg aus diesem Engpass heraus?

»Wir müssen nur ein wenig Geduld haben.« Elias lächelte Clonie zuversichtlich an, bevor er den Weg fortsetzte.

Bis jetzt war die Schlucht nahezu schnurgerade verlaufen. Nun jedoch bog der Weg in einer lang gezogenen Kurve nach rechts ab, nur um kurz darauf wieder einen Schlenker nach links zu machen. Einige kleinere Felsbrocken lagen hier auf dem Boden und erschwerten zumindest Briseis das Gehen. War es die letzten 3.000 Fuß stetig bergauf gegangen, so verlief der Weg nun erneut eben und die ersehnte Oberfläche kam und kam nicht näher, sooft Elias auch einen prüfenden Blick nach oben warf.

Wieder erstreckte sich eine Biegung vor ihnen, die Elias und Clonie den Ausblick auf das verwehrte, was weiter vorne lag. Doch kaum hatten sie die Kurve passiert, blieben beide unvermittelt stehen. Mit offenen Mündern und ausdruckslosen Gesichtern sahen sie auf das Bild, das sich ihnen bot: ein steiler Hang aus Geröllmasse versperrte ihnen den Weg. Gigantische Steine, zu einem Berg aufgestapelt, machten ein Weiterkommen unmöglich. Den Berg zu erklimmen war aber mindestens ebenso aussichtslos. Die Steine würden augenblicklich ins Rutschen geraten und sie unter sich begraben.

»Tja«, machte Clonie und ließ sich erschöpft auf den Boden sinken. »Dies ist dann wohl endgültig das Ende.«

Evandre war erleichtert, dass der tote Körper, den sie am Ufer des Fallenden Flusses gefunden hatten, nicht Kores gewesen war. Sie war nicht die Einzige, die vermutete, dass es sich bei dem Kadaver um ein Pony des Waldvolks handelte. Die Statur des Reittiers sprach eindeutig dafür. Und doch war es ein Rätsel, wie das Tier dorthin gekommen und warum es verendet war. Den ganzen Weg zurück durch das Land der Hundsköpfigen hatte sie darüber nachgedacht.

Thimotheus, der Herrscher des kriegerischen Volkes, hatte die Delegation zum Nachtlager gebeten. Lieber wäre Evandre weitergeritten, doch die Einladung auszuschlagen wäre unhöflich gewesen und sie wollte niemanden verärgern. So saß sie nun erneut am Feuer und starrte sinnierend in die Flammen, die gelb und rot züngelten und ihr doch keine Antworten auf ihre Fragen geben konnten.

Silenus saß schweigend neben ihr und Evandre fühlte sich durch seine bloße Anwesenheit gestört. Sie wäre lieber allein gewesen, um in Ruhe nachdenken zu können. Und außerdem gefiel ihr irgendetwas an der Art dieses Mannes nicht, auch wenn sie nicht zu sagen vermocht hätte, was genau es war, das sie störte. Er schien sich genauso Gedanken um das Wohlergehen der beiden vermissten Kinder zu machen wie sie. Vielleicht nahm sie ihm auch einfach nur übel, dass sie seinetwegen so viel Zeit verloren hatten? Die Suche am Ufer des Fallenden Flusses war nicht nur ergebnislos geblieben, sie war ebenso unnötig gewesen. Von nun an wollte sich Evandre nur noch darauf konzentrieren, Clonie und Elias lebend zu finden. Waren sie bereits tot, so konnte sie ihnen ohnehin nicht mehr helfen. Jetzt musste sie nur noch mit Anstand die unerwartete Gastfreundschaft der Hundsköpfigen hinter sich bringen und dann würde sie die Bebenden Berge absuchen. Sie wollte keinen Stein auf dem anderen lassen, bis sie Clonie endlich nach Hause zurückbringen konnte.

Hoffentlich war es noch nicht zu spät.

Clonie saß mit starrem Blick auf dem Boden, den Rücken an die kalte Felswand gelehnt. Zum ersten Mal in ihrem Leben erschien es ihr reizvoller, einfach aufzugeben, statt weiter nach einem Ausweg zu suchen. Sie verspürte keinen anderen Wunsch mehr als den, hier zu sitzen und auf das Ende zu warten. Sie hatte alles verloren: ihr Pferd Kore, ihren Lebensmut, ihre Kraft. Wofür sollte sie noch kämpfen?

Elias hingegen lief wie ein gefangenes Tier auf und ab, hin und her, den Blick abwechselnd nach oben oder auf die Geröllmasse vor ihm gerichtet. Immer noch suchte er nach einer Möglichkeit, dieser schier aussichtslosen Situation zu entkommen.

Aber wie? Die Wände der Schlucht waren zu hoch, um ihr Ende zu erreichen. Den Berg abzutragen, Stück für Stück, barg ungeahnte Risiken. Und dennoch schien ihm dies als der aussichtsreichere Weg. Wenn er es schaffte, die Steine neu zu stapeln, so konnte er vielleicht doch nach oben gelangen. Er hatte bereits einmal versucht, den Geröllberg zu erklimmen, aber er war nicht weit gekommen. Ein Stein hatte sich gelöst und alle anderen ins Rutschen gebracht. Elias konnte sich gerade noch mit einem gewagten Sprung retten, bevor er von der Steinlawine erschlagen worden wäre. Und Clonie hatte selbst diesem Bemühen teilnahmslos zugeschaut.

»Sieh es doch endlich ein«, sagte Clonie jetzt. »Wir sind Gefangene. Es gibt keinen Weg hier heraus.«

»Es wundert mich, dass du so bereitwillig aufgibst«, entgegnete Elias und er konnte nicht verhindern, dass seine Stimme ein wenig ärgerlich klang. »Warst du es nicht, die behauptet hat, eine Tochter des Ares würde niemals aufgeben? Sie würde kämpfen, bis es nicht mehr anders geht?«

»Und jetzt geht es nicht mehr anders«, antwortete Clonie tonlos, ohne Elias dabei anzusehen. »Wir haben bereits genug Leben auf dem Gewissen. Selbst wenn wir es schaffen, diesen Berg zu erklimmen. Was ist mit Briseis? Willst du sie zum Lohn dafür, dass sie uns bis hierher getragen hat, ihrem Schicksal überlassen? Sie wird es auf keinen Fall schaffen, die Geröllmassen zu überwinden. Und ich lasse sie hier nicht allein zurück.«

»Aber wenn du jetzt aufgibst, kannst du Briseis erst recht nicht retten. Wenn wir aus dieser Schlucht herauskommen, können wir Hilfe suchen. Wir kommen zurück und holen sie!«

Clonie schnaubte lediglich.

Plötzlich fiel ein kleiner Stein auf Elias' Haupt. Er hob die Hand und betastete die Stelle, an der er getroffen worden war, dann blickte er nach oben. Ein harter Erdklumpen traf ihn mitten ins Gesicht und jetzt schaute auch Clonie hinauf.

Ihr Mund blieb offen stehen, als sie dem Mann, der von oben auf sie herabsah, ins Gesicht blickte.

Die Männer standen vor dem verschütteten Eingang zur Höhle und schauten einander fragend an, während die Hunde aufgeregt schnüffelten.

»Wenn sie hier Unterschlupf gesucht haben, dann haben sie sich ihr eigenes Grab geschaufelt«, brach der eine schließlich das Schweigen.

Der andere nickte. »Hier kommt keiner mehr raus.«

»Vermutlich wurden sie von herabstürzenden Felsbrocken erschlagen.«

Wieder nickte der andere.

»Was machen wir jetzt?«

»Wir kehren um.«

»Und was sollen wir sagen?«

»Die Wahrheit.«

»Hoffentlich sind sie wirklich tot.«

»Die sind tot. Verlass dich drauf.«

Schweigend wendeten die Männer ihre Pferde und begaben sich auf den Rückweg. Die Hunde schnüffelten noch eine Weile, dann folgten sie ihren Herren.

17

Plötzlich kommt ein Vogel (...) angeflogen
und setzt sich dem Wahrsager auf die Brust,
welcher ihm dann den Bauch aufschneidet
und diesen untersucht.
Wenn sich darin auch nur ein Körnchen Getreide findet,
wird das kommende Jahr ertragreich sein;
falls aber Raureif und Schnee darinnen sind,
wird es Todesfälle geben.

Xuanzang (buddhistischer Mönch, 602–664)

Als sie den See endlich erreichten, konnte auch Clonie ihr Schweigen nicht länger aufrechterhalten. Sie hatte sich mit Händen und Füßen dagegen gewehrt, Briseis allein zurückzulassen. Sosehr die Männer, deren Gesichter nach und nach über dem Rand der Schlucht aufgetaucht waren, ihr auch versicherten, dass sie sich augenblicklich um das Pferd kümmern würden, sobald sie Clonie und Elias in Sicherheit gebracht hätten. Sie wollte bei Briseis ausharren. Und das wollte sie wirklich.

Erst als Elias behauptete, dass sie mit ihrer kindischen Weigerung Briseis' Rettung nur hinauszögerte, und als einer der Männer sich bereit erklärte, bei dem Pferd zu bleiben, gab sie nach und ließ sich mithilfe eines Seils, das sie sich um die Taille band, aus der Schlucht ziehen.

Briseis' verzweifeltes Wiehern, als sie allein in der Schlucht zurückblieb, klang ihr noch jetzt in den Ohren.

Und doch musste sie zugeben, dass sie unendlich froh war, nun zu guter Letzt ihr Ziel, das Orakel, erreicht zu haben.

Ohne die Hilfe der Männer würde sie noch auf dem Boden der Schlucht sitzen und warten, bis der Tod sie holte. Und jetzt genoss sie atemlos den Anblick des im Sonnenlicht glitzernden tiefblauen Sees, umringt von schneebedeckten Bergen, der ihre Lebensgeister wiedererweckte.

»Etwas so Schönes habe ich nie zuvor gesehen«, sagte sie leise zu Elias, der neben ihr am Ufer des Sees stand und wie sie die Landschaft in sich aufnahm, sich das Bild einprägte, um es anschließend nie wieder zu vergessen.

Rings um den See erhoben sich die schroffen Felsen bis weit in den Himmel hinein, ihre Gipfel zum Teil von Wolken umwoben. Doch am Seeufer selbst leuchtete alles in sattem Grün: kräftige Bäume, deren grüne Wipfel sanft hin und her schaukelten. Hier und da konnte Clonie im Grau der Felsen dunklere Stellen ausmachen: die Höhlen der Bergseebewohner. In welcher dieser Höhlen verbarg sich wohl Medeia?

Jetzt legte einer der Männer die Hände vor den Mund und formte mit den Lippen einen Laut, der Clonie an den Schrei eines Raubvogels denken ließ. Bei der Erinnerung an Hierax spürte sie ein kurzes Unwohlsein, das aber schnell wieder verblasste.

Es dauerte nicht lange, dann tauchte in der Mitte des Sees ein Floß auf, das von vier Männern gelenkt wurde. Mit kraftvollen Stößen bewegten sie die hölzerne Plattform auf das Ufer zu. Sie waren ebenso wie die Männer, die Clonie und Elias aus der Schlucht befreit hatten, auffallend groß, hatten edle Gesichtszüge und helles Haar, das im Licht der Sonne golden glänzte.

Als das Floß angelegt hatte, unterhielten sich die Männer in einer Sprache miteinander, die Clonie nicht verstand. Dann wandte sich einer der Bergseebewohner an sie: »Wir bringen Euch jetzt zu Medeia«, erklärte er. »Aber Ihr müsst diese Augenbinden tragen.« Er reichte Clonie zwei Tücher. »Niemand darf wissen, wo sich das Orakel befindet.«

Normalerweise weckten solche Anweisungen augenblicklich Clonies Widerspruchsgeist. Doch die blauen Augen des Mannes waren so voller Kraft und zugleich Wärme, dass Clonie nur zustimmend nicken konnte und das Stück Stoff gehorsam entgegennahm.

Kaum hatten sie das Floß betreten, legte es auch schon ab. Die Männer sprachen kein Wort. Sie stießen kraftvoll mit ihren langen Stakhölzern in das Wasser und Clonie staunte über die Geschwindigkeit, mit der sie über den See fuhren.

Als sie etwa die Mitte des Sees erreicht hatten, wandte sich einer der Männer zu Clonie und Elias um und bedeutete ihnen, nun ihre Augenbinden anzulegen.

Ihrer Orientierung beraubt spürte Clonie, wie das Floß mehrmals seine Richtung änderte, bis sie nicht mehr zu sagen wusste, ob sie noch geradeaus fuhren, nach rechts oder nach links abgebogen waren oder gar zurück an das Ufer stakten, von dem sie soeben gekommen waren.

Eine Weile später merkte sie an dem Ruck, dass das Floß angelegt hatte. Clonie fühlte sich links und rechts am Arm gepackt und ans Ufer geführt. Ihr Herz klopfte. War es richtig, sich so freimütig in die Gewalt dieser Fremden zu begeben? Aber hatte sie überhaupt eine andere Wahl?

Clonie stolperte mehrmals, während sie einen steinigen Pfad hinaufgeführt wurde, doch die Hände um ihre Oberarme gaben ihr Halt und fingen sie jedes Mal auf.

Dann wurde es mit einem Mal kühler, es drang weniger Licht durch die Augenbinde und an dem sich verändernden Geruch merkte Clonie, dass sie eine Höhle betreten hatten. Ihre Schritte hallten von den steinernen Wänden wider, bis sie schließlich anhielten und die Hände, die sie bislang gestützt und geführt hatten, ihren Druck verminderten und sie letztendlich losließen.

»Ihr könnt die Tücher nun abnehmen.« Die Stimme war angenehm tief. Augenblicklich stellte sich Clonie eine groß gewachsene, stattliche Frau vor. Doch als sie die Binde abnahm und Medeia ansah, legte sie überrascht die Stirn in Falten.

Sie war schön. Ihr langes schwarzes Haar hatte einen rötlichen Glanz und fiel in sanften Wellen über ihre Schultern bis hinab zur Hüfte. Ihre Gestalt war zierlich. Viel zierlicher, als Clonie beim Klang dieser Stimme vermutet hatte.

Medeia musterte sie aus tiefschwarzen Augen, die so dunkel waren, dass man die Pupillen darin nicht erkennen konnte, und Clonie war wie gebannt von diesem Blick.

Gegen ihren Willen war Clonie beeindruckt. Sie wusste nicht, was genau sie sich vorgestellt hatte. Vielleicht eine sehr alte Frau mit heiserer Stimme und stechendem Blick. Doch ganz gewiss hatte sie nicht erwartet, dass das

Orakel eine verhältnismäßig junge, auf jeden Fall aber außergewöhnlich attraktive Frau war.

Medeias Schönheit war offensichtlich auch Elias aufgefallen. Mit offenem Mund staunend stand er neben Clonie und schien wie verzaubert.

Clonie ärgerte sich über Elias' Verhalten. Er wirkte wie ein dummer kleiner Junge, wie er so dastand und die Frau vor sich anstarrte. Was sollte Medeia von ihm denken? Sie stieß ihm fest mit dem Ellbogen in die Seite und funkelte ihn böse an, als er sich empört und mit schmerzverzerrtem Gesicht zu ihr umwandte.

Eigentlich hatte Elias Clonie zurechtweisen wollen, doch sobald er ihren Gesichtsausdruck sah, legte sich ein zufriedenes Lächeln auf seine Lippen. Ihre Augen blitzten ihn zornig an und die Erkenntnis, dass sie eifersüchtig war, traf ihn wie ein Schlag.

»Ich bin froh, dass meine Männer euch endlich gefunden haben und ihr wohlbehalten seid.«

Ohne darüber nachzudenken, verbeugten sich Elias und Clonie. Medeia strahlte eine Macht aus, der man sich beugen musste.

»Ich weiß von eurer Reise – auch wenn mir die Einzelheiten nicht bekannt sind, die ihr mir vermutlich erzählen werdet, aber erlaubt mir zuerst eine Frage.«

Elias und Clonie blickten auf.

»Der Gürtel«, sprach Medeia, »tragt ihr ihn bei euch?«

Elias nickte. »Ja, Herrin, ich habe ihn bei mir.«

»Darf ich ihn sehen?«

Elias trat vor und zog sein Gewand ein wenig hoch.

Verwundert beobachtete Clonie, wie sich Medeias Augenfarbe beim Anblick des Gürtels änderte. War sie zuvor tiefschwarz gewesen, so erschien sie ihr nun grün wie die Augen einer Katze.

Aber auch Medeia schien überrascht. »Das ist der Zaubergürtel?«, fragte sie nach.

»Ja, Herrin«, erwiderte Elias. »Mein Vater Eurystheus schenkte ihn meiner Mutter. Man sagt, er soll aus dem Vermächtnis eines bedeutenden Zauberers stammen.«

»Und wegen dieses Gürtels seid ihr aus Derimacheias Burg geflohen?«

Elias nickte. »Man hat versucht, ihn uns zu entwenden.«

Auf Medeias Lippen legte sich auf einmal ein amüsiertes Lächeln. »Also hat Derimacheia meinem Rat Folge geleistet«, sagte sie.

Elias sah sie verständnislos an, getraute sich jedoch nicht nachzufragen.

Medeia lehnte sich zurück und ihre Augen wurden wieder schwarz. »Ihr seid gewiss erschöpft«, sagte sie, »und sollt auch gleich Gelegenheit haben, euch auszuruhen. Doch zuvor erlaubt mir, euch zu sagen, was ich weiß. Vielleicht habt ihr weitere Informationen für mich, die das Bild vervollständigen.« Sie blickte über Elias' und Clonies Köpfe hinweg, als gäbe es am anderen Ende der Höhle etwas zu sehen.

Clonie konnte nur mühsam dem Impuls widerstehen, sich ebenfalls umzudrehen.

»Jemand hat es auf Derimacheias Krone abgesehen«, sprach das Orakel, »und er hat euch benutzt, um ihrer Integrität zu schaden …«

»Er hat nicht uns benutzt, er wollte den Gürtel, um seine Macht zu stärken«, unterbrach Clonie die Frau.

Elias stupste Clonie zwar in die Seite, damit sie Medeia nicht unterbrach, nickte aber gleichzeitig zustimmend.

Doch Medeia schien nicht erzürnt. »So hat es den Anschein«, fuhr sie fort. »In Wahrheit jedoch war es das bessere Los, euch zu vertreiben, um Unfrieden zu stiften zwischen dem Königreich Gelen und den Töchtern des Ares. Inwieweit Calistus' Verschwinden beabsichtigt herbeigeführt wurde, wissen wir nicht, auf jeden Fall …«

»Calistus ist verschwunden?« Clonie schrie diese Feststellung beinahe heraus.

Das Orakel nickte. »Ja, Clonie. Er und sein Pferd sind ebenfalls unauffindbar. Allerdings wurde er zuvor von meinen Männern im Land der Hundsköpfigen gesichtet.«

»Im Land der Hundsköpfigen!«

Medeia nickte. »Ich habe Derimacheia«, sie wandte sich bei diesen Worten an Elias, »eine Nachricht zukommen lassen, jedoch weiß ich nicht, ob sie sie auch erhalten hat.«

»Wisst Ihr, wie es meiner Mutter geht?«, fragte Elias.

»Nun, nach meinen Kenntnissen ist ihre Herrschaft zwar ins Wanken geraten, man erzählt von Unruhen im Land, doch kam es bislang nicht zum Krieg zwischen den Töchtern des Ares und dem Königreich Gelen. Insoweit scheint der Plan der Verräter bisher noch nicht aufgegangen zu sein. Wir wissen allerdings nicht, was sie sonst noch im Schilde führen.«

»Aber wer sind die Verräter? Um das zu erfahren, sind wir hier!« Clonie musste sich beherrschen, nicht wie ein trotziges Kind mit dem Fuß auf den Boden zu stampfen.

»Ich kann mir denken, wer an die Macht drängt«,

antwortete das Orakel, »doch kann ich es nicht beweisen. Noch nicht.«

»Und wer?«

»Das werdet ihr erfahren, wenn es an der Zeit ist.« Medeia wandte sich wieder Elias zu. »Ich werde Königin Derimacheia benachrichtigen, dass ihr«, der Blick des Orakels wanderte zu Clonie und bezog sie mit ein, »wohlbehalten in meiner Obhut seid. Zumindest wird das dafür sorgen, dass Antheia und Derimacheia nicht doch noch in Zwist geraten.«

»Und Calistus?«

Medeia nickte. »Darum werden wir uns kümmern müssen.«

»Und um Briseis!«, entfuhr es Clonie.

Jetzt lächelte Medeia. »Macht euch keine Sorgen. Für das Pferd ist bereits gesorgt.«

Die Tür wurde von außen aufgestoßen und ein Mann stürzte atemlos hinein. Er trug kein Schuhwerk und seine langen Haare waren wild und zerzaust. Sein Gesicht war durch den dichten Bart fast vollständig bedeckt, doch in seinen dunklen Augen lag etwas Beängstigendes. Derimacheia schaute erschrocken auf.

Augenblicklich drängten sich die Leibgarden der Königin ebenfalls durch die Tür, warfen sich auf den Eindringling und hielten ihn fest. Sie drückten ihn auf den Boden nieder und stießen ihm ihre Ellbogen in den Rücken, bis er vor Schmerz aufschrie.

Narkissos, der der Königin beim Abendmahl gegenübergesessen hatte, erhob sich. »Was fällt Euch ein?«, herrschte er die Leibgarden an. »Könnt Ihr nicht besser achtgeben? Wer ist dieser Mann? Wie kommt er hier herein?«

Derimacheia hatte sich mittlerweile ebenfalls erhoben.

»Königin Derimacheia! Ich will zu Königin Derimacheia!«, schrie der Mann und erntete für seine Unverschämtheit augenblicklich einen Hieb in den Nacken, der ihn zusammenfahren ließ.

Derimacheia zuckte. »Das reicht!« Ihre Stimme war schneidend und sie verschaffte sich damit umgehend Gehör. »Lasst den Mann los! Seht Ihr nicht, dass es einer von Aigidios' Männern ist?«

»Aber, Derimacheia!« Narkissos wandte sich zu seiner Schwester um. »Ihr könnt es doch nicht zulassen, dass jemand, egal wer, auf diese Weise Einlass bei Euch erzwingt! Ein solches Verhalten gehört bestraft!«

Derimacheia wischte Narkissos' Einwand mit einer einzigen Handbewegung beiseite. Sie machte einige Schritte auf den Eindringling zu, der in der Zwischenzeit von ihren Leibgarden aufgehoben worden war, aber immer noch links und rechts von ihnen festgehalten wurde. Der Fremde hing, um Atem ringend, zwischen seinen Peinigern.

»Wer seid Ihr?«, sprach Derimacheia ihn an. »Und was wollt Ihr von mir?«

»Ich … ich bringe Euch Nachricht von Aigidios«, keuchte der Mann.

Narkissos, der hinter Derimacheia stand, zuckte zusammen, als er den Namen hörte. Doch sogleich hatte er sich wieder unter Kontrolle. Er machte einen Schritt auf Derimacheia zu und legte ihr vertraulich eine Hand auf die Schulter. »Wie soll das gehen, Fremder, Aigidios befindet sich wohl kaum in der Lage, Nachrichten zu versenden. Ich wittere Lug und Betrug!«

Derimacheia schüttelte Narkissos' Hand ab. »Nun lasst ihn doch erst einmal ausreden«, wies sie ihren Bruder zurecht.

Narkissos zog beleidigt die Schultern hoch. »Wenn Ihr meint, Ihr könnt diesem Schurken Glauben schenken …«

»Zumindest kann ich mir erst einmal anhören, was er zu sagen hat«, erwiderte Derimacheia und wandte sich erneut ihrem merkwürdigen Besucher zu. »Ihr könnt frei sprechen«, forderte sie ihn auf.

»Nun, es ist nicht direkt eine Nachricht von Aigidios«, begann der Mann, »vielmehr ist es eine Nachricht über ihn.«

»Erzählt es mir.«

»Ich werde geschickt von Nikodemus, Aigidios' Stellvertreter. Er lässt Euch ausrichten, dass sich Aigidios erfreulicherweise auf dem Weg der Besserung befindet. Er hat das Bewusstsein wiedererlangt.«

Derimacheia lächelte. »Aigidios wird wieder gesund? Das ist ja eine wundervolle Nachricht!«

»Ja, edle Herrin. Er wird wieder gesund werden. Noch ist er ziemlich geschwächt und das Sprechen strengt ihn sehr an, doch ist es nur noch eine Frage der Zeit, wann er die Führung unseres Volkes wieder übernehmen kann.«

»Und uns Auskünfte darüber erteilen kann, was mit Clonie und Elias geschehen ist«, sprach Königin Derimacheia mit leiser Stimme.

Der Bote, der mittlerweile nicht mehr von den Leibwachen festgehalten wurde, nickte. »Sofern er sich an die Geschehnisse in dieser Nacht erinnert, ja.«

Derimacheia schöpfte Hoffnung. Lächelnd wandte sie sich zu ihrem Bruder um. »Habt Ihr das gehört? Vielleicht werden wir bald erfahren, was mit Elias und mit Clonie geschehen ist!«

Narkissos hatte die Arme vor der Brust verschränkt und schwieg. Auf seiner Stirn bildeten sich tiefe Falten.

»Was ist mit Euch? Freut Ihr Euch nicht?«

Narkissos zwang sich zu einem Lächeln. »Doch, doch, gewiss!«

»Und warum seht Ihr dann so missmutig drein?«

»Nun, ich fragte mich nur, inwieweit diese Nachricht der Wahrheit entspricht, liebe Schwester. Wir sollten uns nicht zu früh freuen, meint Ihr nicht?«

Derimacheia seufzte. »Es ist wenigstens ein Hoffnungsschimmer.«

Narkissos nickte. »Nun, dann wollen wir hoffen, dass Aigidios sich auch erinnert.«

Derimacheia hatte sich nach ihrem gemeinsamen Abendmahl mit Narkissos soeben in ihre privaten Gemächer zurückgezogen, als sie durch ein Klopfen an ihrer Tür aufgeschreckt wurde. In ihren Gedanken war sie noch ganz bei der Nachricht über Aigidios' zu erwartende Genesung, als ihr alter Kammerdiener Baptistes den Kopf durch die einen Spalt weit geöffnete Tür steckte. »Eine Brieftaube hat dies soeben für Euch gebracht«, erklärte er und reichte der Königin eine eng zusammengerollte Nachricht.

»Danke, Baptistes«, antwortete Derimacheia, als sie

den Papyrus entgegennahm. »Für heute brauche ich nichts mehr.«

Baptistes verbeugte sich. »Dann wünsche ich Euch eine angenehme Nachtruhe«, sagte er höflich und zog sich eilig zurück.

Derimacheia entrollte die Nachricht.

Geschätzte Derimacheia, Königin von Gelen,

ich habe Grund zu der Annahme, dass Euch meine erste Nachricht, die ich Euch übermittelte, nie erreichte. Nun aber kann ich Euch versichern, dass sich Elias und Clonie wohlbehalten in meiner Obhut befinden. Jedoch seid gewarnt: Die Zeichen sprechen dafür, dass Euch jemand nicht wohlgesonnen ist. Gebt auf Euch acht und traut niemandem! Je mehr Ihr glaubt, einer Person vertrauen zu können, desto wachsamer solltet Ihr sein!

Medeia

Derimacheia ließ den Papyrus in ihren Händen sinken. Sie spürte Tränen der Erleichterung in sich aufsteigen, als die Anspannung der vergangenen Tage so plötzlich von ihr abfiel. Elias war wohlbehalten und gesund! Er befand sich bei den Bergseebewohnern unter Medeias Schutz! Nirgends konnte sie ihn in größerer Sicherheit wissen. Ein tiefes Schluchzen drang aus ihrer Kehle und sie verbarg den Kopf in ihren Händen. Wie sehr hatte sie auf eine Nachricht wie diese gewartet!

Je mehr Ihr glaubt, einer Person vertrauen zu können, desto wachsamer solltet Ihr sein!

Es war, als hörte sie Medeias tiefe, klangvolle Stimme. Was meinte das Orakel damit? War es eine allgemeine Warnung oder hatte Medeia einen bestimmten Verdacht?

Wem vertraute sie am meisten? Natürlich Elias, aber ihn konnte das Orakel wohl kaum meinen. Oder etwa doch? Wollte ihr eigener Sohn womöglich vorzeitig die Herrschaft übernehmen? Der Gedanke kam Derimacheia lächerlich vor und sie schüttelte unwillkürlich den Kopf.

Und wer genoss darüber hinaus ihr uneingeschränktes Vertrauen? Narkissos, ihr Stiefbruder. Obwohl er sich in der letzten Zeit tatsächlich zunehmend sonderbarer verhielt, weigerte sich ihr Herz immer noch, ihn des Verrats zu bezichtigen. War es genau das, was Medeia meinte? Oder gab es noch eine dritte Person? Antheia möglicherweise, die sie für eine Freundin hielt …

Derimacheia seufzte, als ihr in diesem Augenblick bewusst wurde, wie einsam sie sich fühlte. War das der Grund, warum sie so an ihrer Beziehung zu ihrem Bruder festhielt? Weil sie niemand anderen hatte?

Sie runzelte die Stirn und rollte die Nachricht in ihren Händen noch einmal auseinander. *Ich habe Grund zu der Annahme, dass Euch meine erste Nachricht, die ich Euch übermittelte, nie erreichte.* Derimacheia blickte nachdenklich in die Ferne. Welche erste Nachricht?

»Ach, Eurystheus, du fehlst mir so …«, flüsterte sie und ihr Blick fiel auf die Kleidertruhe, in der sie den magischen Gürtel verbarg, den ihr Mann ihr kurz vor seinem unglücklichen Tod hinterlassen hatte.

Sie dachte an Narkissos. Sollte sie ihn aufsuchen und

ihm von Medeias Nachricht berichten? Bislang hatte sie alles mit ihm geteilt, Freud und Leid, aber nun schien es ihr, als könnte dies ein Fehler gewesen sein. Doch mit wem sollte sie sich sonst austauschen?

Das erneute Klopfen an der Tür war so leise, dass Derimacheia es zunächst nicht wahrnahm. Erst als es zum zweiten Mal klopfte, drang das Geräusch in ihr Bewusstsein. »Ja, bitte?«

Die Türe wurde geöffnet und Baptistes steckte zum zweiten Mal an diesem Abend den Kopf herein.

Baptistes! Auch ihm vertraute sie! Er begleitete sie seit ihrer Kindheit und war bereits der ergebene Diener ihres Vaters gewesen. Konnte Medeia ihn meinen?

»Was gibt es?« Derimacheia merkte selbst, dass ihre Stimme misstrauisch klang und wunderte sich kaum, als Baptistes augenblicklich irritiert die Stirn runzelte.

»Entschuldigt, ich weiß, Ihr wolltet nicht mehr gestört werden, aber hier ist eine Dame, die Euch zu sprechen wünscht. Sie sagt, es sei sehr dringend und bedürfe keines Aufschubs.«

»Eine Dame?«

Baptistes nickte.

»Also gut.« Derimacheia seufzte. »Führe sie ins Empfangszimmer. Ich komme sofort nach.«

Baptistes nickte erneut und schloss leise die Türe hinter sich.

Derimacheia glättete ihr Gewand. Eine Dame wünschte sie zu sprechen. Wer konnte das sein?

Nachdenklich fixierte Narkissos die Wand seines Schlafgemachs. Die Nachricht des Boten aus Aigidios' Volk verhieß nichts Gutes. Wenn jemand aus dem Waldvolk die Zusammenhänge durchschaut hatte, dann ihr Anführer. Sollte Aigidios tatsächlich auf dem Weg der Genesung sein, so bestand die Gefahr, dass er Dinge wusste, die er verraten konnte. Das galt es um jeden Preis zu verhindern. Aber wie? Ein erneuter Überfall war vermutlich zu auffällig. Außerdem hatten die Waldbewohner nach dem ersten Angriff Vorkehrungen getroffen. Und sie waren durchaus wehrhaft.

Gift? Narkissos nickte. Ja, Gift war ein guter Gedanke. Wer würde sich schon wundern, wenn der alte Mann plötzlich einen Rückfall erlitt?

Das musste er so schnell wie möglich mit Pyrros besprechen. Am besten sofort.

Als Derimacheia die Tür zum Empfangszimmer öffnete, erhob sich die Besucherin augenblicklich von dem Stuhl, auf dem sie Platz genommen hatte, und verbeugte sich ehrerbietig.

»Sappheire!«, rief Derimacheia überrascht, als sie die junge Frau erkannte. »Was führt Euch zu mir?« Sie eilte auf die Besucherin zu und reichte ihr die Hand. »Wie geht es Euch und Eurem Vater? Es ist doch hoffentlich alles in Ordnung?«

Sappheire lächelte. »Es geht ihm gut, vielen Dank. Er ist nicht der Grund meines Hierseins.«

Derimacheia wies auf den Stuhl, von dem sich die Tochter ihres früheren Oberbefehlshabers über das gelenische Heer bei ihrem Eintritt erhoben hatte, und bedeutete der jungen Frau damit, sich wieder zu setzen, bevor sie ihr gegenüber an der langen Tafel Platz nahm.

»Ich bedaure immer noch das Ausscheiden Eures Vaters aus meinen Diensten«, sagte Derimacheia. »Er war ein sehr guter Mann.«

Sappheire lächelte. »Und er war stolz darauf, Euch zu dienen, aber das Alter macht eben auch vor einem eingefleischten Soldaten nicht halt.«

Jetzt war es Derimacheia, die lächelte.

»Jedoch ist er, wie gesagt, nicht der Grund meines Besuches bei Euch.« Sappheire senkte den Blick und spielte nervös mit den Stofffalten ihres Gewandes. »Vielmehr ist es Euer Bruder, Narkissos, wegen dem ich Euch aufsuche.«

»Narkissos?«

Sappheire nickte. »Ich weiß nicht, inwieweit Ihr informiert seid, aber Narkissos macht mir bereits seit geraumer Zeit den Hof und …«, sie schüttelte den Kopf, »… er ist nicht von der Idee abzubringen, dass ich seine Frau werden soll.«

Derimacheia spürte, wie sich ihr Herzschlag beschleunigte. »Nun«, sagte sie, »ich weiß wohl, dass er seit Langem für Euch schwärmt.«

Sappheire seufzte. »Ich … ich mache mir Sorgen«, gestand sie. »Bei seinem letzten Besuch hat er Dinge gesagt, die ich zunächst wohl nicht richtig verstand und ich weiß auch nicht, ob ich sie jetzt richtig verstehe, aber …«

»Ihr könnt offen sprechen.«

»Danke. Nun … es ist mir zu Ohren gekommen, dass Elias verschwunden ist und dass es Unruhen im Volk gibt. Man munkelt, dass jemand es auf Euren Thron abgesehen hat.«

Derimacheia nickte bedächtig. »Das kann ich nicht leugnen.«

»Ich weiß nicht, ob ich mich irre, aber …«, Sappheires Wangen wurden rot, »… aber ich dachte, Ihr solltet es wissen.«

»Was soll ich wissen, Sappheire?«

Sappheire blickte zum Fenster. »Als Narkissos das letzte Mal bei mir war, da habe ich ihn belogen.« Jetzt leuchteten Sappheires Wangen glutrot. »Ich habe ihm gesagt, mein Herz gehöre bereits einem anderen, damit er mich endlich in Ruhe lässt.«

Derimacheia kämpfte gegen die in ihr aufsteigende Wut an. Was bildete sich Narkissos eigentlich ein, dieses junge Mädchen derartig in Bedrängnis zu bringen, dass es sich nur mit einer Lüge zu behelfen wusste? War er wirklich ein solch ungehobelter Holzklotz? Sie nahm sich vor, ihn das nächste Mal zur Rede zu stellen. Doch als Sappheire nun weitersprach, nahm sie von diesem Gedanken schnell wieder Abstand.

»Doch Narkissos hat nur gelacht und gesagt: ›Ich weiß, dass Ihr keinen anderen habt. Ihr seid für mich bestimmt und ich für Euch. Ich werde Euch eines Tages zu meiner Königin machen. Verlasst Euch darauf.‹ Zunächst dachte ich mir nichts dabei, es klang wie etwas, das man so dahersagt. Aber als mir dann die Gerüchte zu Ohren kamen, dass jemand die Herrschaft in Gelen an sich reißen will, da fielen mir seine Worte wieder ein und …« Sappheire verstummte hilflos. »Es ist wahrscheinlich nichts weiter dabei, aber … aber ich dachte, Ihr solltet es wissen.«

Derimacheia blickte die junge Frau vor sich mit offenem Mund an, als ihr in diesem Moment klar wurde, was Sappheire ihr da soeben mitzuteilen versuchte. Sie spürte, wie ihr das Blut aus dem Kopf wich, und einen Moment lang befürchtete sie in Ohnmacht zu fallen, als die Erkenntnis sie in diesem Augenblick wie ein Schlag traf.

Antheia spürte ihr Herz pochen. Sie stieß die Fersen in die Flanken ihrer Stute und trieb sie voran. Als die Nachricht, Aigidios verlange sie zu sprechen, sie erreicht hatte, hatte sie sofort alles stehen und liegen gelassen. Nicht nur die Erwartung, Aigidios endlich auf dem Weg der Genesung zu sehen, sondern auch die Neugierde darauf, was der Anführer des Waldvolks ihr zu sagen wünschte, sorgte dafür, dass sie sich so beeilte.

Aus dem Maul der Stute troff Schaum und ihre Kruppe war glänzend vom Schweiß. Antheia hörte ihr Schnaufen und das rhythmische Stampfen der Hufe, doch wusste sie, dass sie ihrem Pferd nicht zu viel abverlangte. Die Pferde der Töchter des Ares waren es gewohnt, im Kampf geritten zu werden. Und eine schnelle Hatz wie diese durch den Wald war dagegen ein Kinderspiel. Sie gaben alles, wenn ihre Reiterinnen es von ihnen verlangten. Und sie taten es gern.

Der Bote, der sie informiert hatte, war längst irgendwo hinter ihr zurückgeblieben. Sein Pony konnte mit dem Pferd der Königin nicht mithalten.

Und Antheia hatte sich auch keine Zeit genommen, eine Begleitung auszuwählen. Aigidios wünschte sie allein zu sprechen, wieso also sollte sie jemanden mitnehmen? Sie wusste, dass sie dem Waldvolk vertrauen konnte. Eine jahrhundertealte Freundschaft verband das Volk der Waldmenschen mit dem Volk der Frauen. Daran würde sich auch in weiteren hundert Jahren nichts ändern.

Sie setzte über einen umgefallenen Baumstumpf hinweg und konnte bereits zwischen den Stämmen die ersten Hütten der Waldsiedlung sehen.

Frauen und Männer stoben zur Seite, als Antheias Pferd jetzt in ihrer Mitte zum Stehen kam. Staub wirbelte von dem trockenen Waldboden auf und Antheia sprang mit einem Satz vom Rücken ihres Pferdes.

»Nikodemus!« Sie eilte auf Aigidios' Vertrauten zu. »Wo ist er? Wie geht es ihm?«

Um Nikodemus' Mund spielte ein Lächeln, als er die aufgeregte Königin auf sich zueilen sah. »Hat Euer Pferd Flügel?«, begrüßte er sie.

Antheia lächelte. »Vielleicht manchmal«, antwortete sie. »Wo ist Aigidios?«

»Er erwartet Euch«, sagte Nikodemus und schritt voraus.

Als er dieses Mal die Plane vom Eingang der Hütte zur Seite zog, offenbarte sich Antheia ein anderes Bild als bei ihrem letzten Besuch. Aigidios saß aufrecht auf seinem Lager und lächelte schwach bei ihrem Eintritt.

»Antheia!«, sagte er und streckte ihr beide Hände entgegen.

Antheia eilte auf den alten Mann zu, kniete vor seiner Bettstatt nieder und ergriff seine Hände.

»Aigidios, Ihr ahnt gar nicht, wie glücklich ich bin, Euch so zu sehen!«

»O doch, ich ahne es.« Aigidios lächelte. Er war blass, um seine dunklen Augen lagen tiefe Schatten, sein Gesicht war eingefallen und sein Haar binnen der wenigen Tage vollständig ergraut, doch er lächelte. »Und ich bin froh, Euch zu sehen, denn ich habe Euch etwas sehr Wichtiges mitzuteilen.«

Antheia nickte. »Es geht um Clonie und Elias, nicht wahr?«

Jetzt nickte Aigidios. »Ja. Die beiden waren hier, als … als … der Überfall geschah.«

»Das wissen wir.«

»Aber was Ihr nicht wisst, ist, dass der Überfall nicht uns galt, sondern den beiden Königskindern.«

Antheia verzog das Gesicht. »Wir haben es befürchtet«, sagte sie leise. »Aber wir wussten es nicht.«

»Clonie und Elias berichteten mir, dass sie aus der Burg geflohen seien, weil jemand den Zaubergürtel Derimacheias gewaltsam an sich bringen wollte.«

Antheia runzelte die Stirn. »Es ging um den Gürtel?«

»Elias trug ihn«, fuhr Aigidios fort, wurde aber augenblicklich wieder von Antheia unterbrochen.

»Elias trug den Gürtel? Aber warum?«

Aigidios zuckte mit den Schultern. »Darüber kann ich Euch leider nichts sagen. Auf jeden Fall flohen die beiden Kinder vor den Angreifern in den Wilden Wald und wurden dort von meinen Männern aufgegriffen und hierhergebracht. Als sie mir ihre Geschichte erzählten, fiel mir gleich ein, was mir bereits zuvor zu Ohren gekommen war, nämlich dass es im Königreich Gelen eine Verschwörung geben soll, die zum Ziel hat, Derimacheia zu stürzen.«

»Ihr wusstet davon?«

Aigidios schüttelte den Kopf. »Wissen war es nicht,

eher ein Gerücht. Aber in dem Moment, als die beiden Kinder hier auftauchten, wurde das Gerücht zur Gewissheit.« Er seufzte. »Deshalb schickte ich sie zu Medeia …«

»Zu Medeia!« Antheia spürte den Impuls aufzuspringen, als sie nun endlich erfuhr, wo ihre Tochter sein konnte. Doch Aigidios' stummer Blick ließ sie verharren.

»Ja, ich schickte sie zu Medeia, denn ich dachte, dort wären sie in der größtmöglichen Sicherheit: weit weg von Gelen und in der Obhut der Bergseebewohner.«

Antheia nickte zustimmend.

»Doch bevor sie aufbrechen konnten, geschah der Überfall.« Aigidios seufzte bei der Erinnerung und schloss für einen Moment die Augen. »Es war furchtbar. Zwei meiner besten Männer starben und sogar Frauen und Kinder wurden verletzt, aber Clonie und Elias konnten das Lager verlassen, bevor die Angreifer ihrer habhaft wurden.«

»Ihr habt sehr umsichtig gehandelt.«

»Ihr kennt das Ende noch nicht«, gab Aigidios zu bedenken. Er beugte sich ein wenig zu Antheia vor und fuhr fort: »Noch bevor der Kampf losgegangen war, schickte ich einen meiner Leute mit dem Auftrag fort, zwei Nachrichten weiterzuleiten. Eine davon war für Königin Derimacheia bestimmt.«

»Und die andere?«

»Für Medeia. Ich weiß nicht, ob die Nachrichten angekommen sind …«

Antheia schüttelte nachdenklich den Kopf. Derimacheia hatte ihr nichts über eine Nachricht der Waldbewohner erzählt. Und das hätte sie doch wohl, wenn sie sie erhalten hätte. Oder etwa nicht?

»Auf jeden Fall ist der Bote, den ich mit dem Auftrag betraute, nicht wieder zurückgekehrt.«

»Aber ... was soll das bedeuten?«

Aigidios zuckte mit den Schultern. »Ich weiß es nicht. Vielleicht habe ich den Falschen ausgewählt und er gehörte zu den Verrätern oder ...«

»Oder?«

»Oder er ist ihnen in die Hände gefallen, bevor er seinen Auftrag ausführen konnte. Dann ...« Aigidios verstummte und Antheia wusste auch ohne Worte, welche Befürchtungen den alten Mann quälten.

Sie schwiegen eine Weile, beide in ihre eigenen Gedanken vertieft, die nur eins zum Ziel hatten: Klarheit zu erlangen. Dann ergriff Aigidios wieder das Wort. »Ihr dürft nicht gehen, bevor Ihr das Wichtigste erfahren habt, das ich Euch mitzuteilen habe.«

Antheia, die versonnen auf den Boden des einfachen Zeltes gestarrt hatte, hob erwartungsvoll den Blick und richtete ihn wieder auf Aigidios.

»Die Männer, die über uns herfielen, waren vermummt. Ich kämpfte gegen einen von ihnen, konnte aber sein Gesicht nicht erkennen. Doch bevor er mich niederschlug«, er tastete mit einer Hand nach seinem Hinterkopf, »gelang es mir, sein Gesicht zu enthüllen.«

»Ihr habt ihn also gesehen?«

Aigidios nickte. »Ich riss ihm die Maske herunter, mit der er sich unkenntlich gemacht hatte, und zugleich verlor er seinen Helm.«

Antheia hielt unwillkürlich den Atem an. Aigidios

würde ihr sicher nicht davon berichten, wenn er nicht wusste, wer der Mann war. Sie konnte es kaum erwarten, dass er endlich weitersprach.

»Ich weiß nicht, wer der Mann war«, fuhr Aigidios fort und Antheias Mut sank. Jedoch nur für einen winzigen Augenblick.

»Aber ich weiß, dass Ihr ihn erkennen werdet, wenn ich ihn Euch beschreibe, denn er sah … nun … wie soll ich sagen … er sah besonders aus. Er hatte eine auffallend helle Haut, die im Mondlicht regelrecht leuchtete, blondes, fast weißes Haar und unangenehm stechend blaue Augen.«

»Pyrros!« Jetzt hielt es Antheia nicht länger auf dem Boden. »Der Mann, den Ihr mir beschreibt, ist Pyrros! Er ist einer der engsten Vertrauten von Narkissos, Derimacheias Bruder.«

Aigidios sank zurück auf sein Lager und schloss, nachdem er alles gesagt hatte, erschöpft die Augen. »Nun«, sagte er, ohne Antheia dabei anzublicken, »dann wisst Ihr ja jetzt, in welchen Reihen Ihr nach den Verrätern suchen müsst.«

Auf dem Rückweg ließ Antheia es gemächlicher angehen. Sie hatte vieles, worüber sie nachdenken wollte, bevor sie ihr Wissen weitergab. Was sollte sie mit den Informationen, die sie von Aigidios erhalten hatte, anfangen? Auf jeden Fall musste sie Derimacheia davon in Kenntnis setzen, dass sich Clonie und Elias vermutlich in den Bebenden Bergen befanden – falls sie die gefährliche und beschwerliche Reise dorthin lebend überstanden hatten.

Außerdem war sie mit Aigidios übereingekommen, dass sie niemandem erzählen würde, dass der Anführer des Waldvolks bereits wieder bei Verstand war. Im Gegenteil würde sie zu seinem Schutz behaupten, Aigidios sei nach wie vor nicht Herr seiner Sinne. Denn sonst stand zu befürchten, dass die Verräter zurückkamen, um zu vollenden, was sie begonnen hatten. Vorsorglich hatte sie Nikodemus eingeschärft, den alten Mann nicht einen Augenblick lang unbewacht zu lassen.

Aber was sollte sie mit der Information über Pyrros anfangen? Sollte sie ihn direkt zur Rede stellen? Und war es Pyrros allein, der hinter alldem stand? Oder arbeitete er im Auftrag von jemand anderem? Narkissos womöglich? Bei diesem Gedanken wurde Antheia abwechselnd heiß und kalt. Sie wünschte sich, nicht sie wäre es, die Derimacheia von dem möglichen Verrat ihres eigenen Bruders berichten müsste. Aber wer sollte es sonst tun?

Und getan werden musste es.

18

Es ist bei ihnen der Brauch,
keine schriftlichen Urkunden zu verwenden,
sondern an Eidesformeln zu glauben;
denen, die richtig geschworen haben, passiert nichts;
die Meineidigen sterben auf der Stelle.

Liang sigongji, Erzählung von
vier Edelleuten der Liang-Dynastie
(7. Jahrhundert)

Derimacheia sah sorgenvoll aus dem Fenster und verfolgte mit ihren Blicken die zarte Gestalt der jungen Frau, die sich, bis zur Unkenntlichkeit in Tücher gehüllt, mit ihrem bescheidenen Gefolge im Schutz der Dunkelheit auf den Heimweg begab. Ihr Herz klopfte aus Angst, Narkissos könnte im falschen Moment ebenfalls in den Burghof hinabschauen. Er würde die Frau auf dem Pferd vermutlich trotz ihrer Verkleidung auf Anhieb erkennen. Denn obwohl Liebe einerseits blind macht, schärft sie andererseits in gleichem Maße die Sinne.

Die Königin wollte sich soeben erleichtert abwenden, nachdem von Sappheire nicht einmal mehr ein Rockzipfel in der Ferne zu sehen war, als eine zweite Gestalt auf einem Pferd ihre Aufmerksamkeit erregte. Nachdenklich runzelte Derimacheia die Stirn, als sie die Frau erkannte, die jetzt in gemächlichem Schritt in den Burghof einritt. Sie wandte sich fröstelnd ab, zog ihr Schultertuch fester und begab sich in die Halle, um Antheia zu empfangen.

»Liebe Freundin«, sagte Derimacheia und breitete die Arme aus, um Antheia willkommen zu heißen. Beim Anblick der anderen Königin spürte sie ihr schlechtes Gewissen erwachen. Wie hatte sie auch nur einen Augenblick lang glauben können, Antheia habe etwas mit Elias' Verschwinden zu schaffen? Jetzt, nachdem die Erkenntnis sie eingeholt hatte, kamen ihr ihre Zweifel absurd vor und sie erkannte, welche Macht ihr Stiefbruder über ihre Gedanken und Gefühle erlangt hatte. »Ich bin so froh, Euch zu sehen!«

»Und ich bin froh, Euch wohlbehalten zu sehen«, sagte Antheia leise und blickte sich zugleich suchend in der Eingangshalle um.

Etwas in Antheias Stimme ließ Derimacheia aufhorchen. »Ist alles in Ordnung? Gibt es Neuigkeiten, die Euch zu so später Stunde zu mir führen?«

Antheia schüttelte den Kopf. »Ich muss Euch dringend sprechen. Allein und ungestört. Sofort.«

Derimacheia runzelte alarmiert die Stirn. Sie hatte geglaubt, sie könnte der Schicksalsgefährtin Neues berichten, doch nun schien es, als wäre es Antheia, die ihr Nachrichten mitgebracht hatte.

»So folgt mir«, sagte Derimacheia und zog Antheia am Ärmel mit sich.

Die beiden Frauen schlichen eiligen Schrittes durch die Burg, in der Überzeugung, unbeobachtet zu sein, bis sie endlich in Derimacheias Schlafgemach die Tür hinter sich zuzogen. Antheia blickte sich aufmerksam um. In diesem Raum war sie nie zuvor gewesen. Normalerweise bestand ja auch kein Anlass für derartige Vertraulichkeit. Doch nun war sie froh über Derimacheias Entscheidung. Und sie ahnte, dass Derimacheia nicht mehr ganz so unwissend war, wie sie befürchtet hatte.

Sie setzten sich einander an dem prasselnden Kaminfeuer gegenüber und in den Gesichtern beider Frauen spiegelte sich Erwartung wider.

»Ihr glaubt gar nicht, wie froh ich bin, Euch zu sehen, denn ich habe Euch einiges zu berichten«, begann Derimacheia flüsternd.

Antheia zog die Augenbrauen hoch. »So wisst Ihr es bereits?«

»Was meint Ihr?«

Antheia beugte sich vor. »Ich war bei Aigidios, er ist wieder bei Bewusstsein. Ich weiß jetzt, wer Euch hintergeht. Und ich weiß ebenfalls, wo Clonie und Elias sind.« Ihre Stimme war kaum mehr als ein Hauch.

»Aber das Gleiche wollte ich Euch mitteilen«, erwiderte Derimacheia. »Ich habe Nachricht von Medeia erhalten. Elias und Clonie sind bei ihr.«

»Also ist es wahr!« Antheias Stimme war kurz lauter geworden und erschrocken senkte sie sie wieder.

»Und ich weiß auch, wer es auf die Herrschaft über Gelen abgesehen hat«, fuhr Derimacheia fort. Ihre Stimme war brüchig. Immer noch musste sie sich überwinden, das, was nun für sie zur Gewissheit geworden war, auszusprechen. »Es ist Narkissos, mein eigener Bruder«, sagte sie und Tränen stiegen in ihre Augen.

»Wie habt Ihr Kenntnis davon bekommen?« Antheia

sah das Leid im Gesicht der anderen Frau und griff voller Mitgefühl nach ihrer Hand.

»Nun, lasst es mich so ausdrücken: Er hat sich der Frau, die er liebt, offenbart.«

»Seine Männer waren es, die Aigidios überfallen haben«, ergänzte Antheia. »Sie haben Clonie und Elias aus der Burg vertrieben. Vielleicht, um unsere beiden Länder gegeneinander in einen Krieg zu führen, vielleicht auch nur, um an den Gürtel zu gelangen, den Elias aus unerfindlichen Gründen trug, im Glauben an seine magische Kraft. Möglicherweise war aber auch beides ihre Absicht.«

»Was soll ich nun tun?« Derimacheia hatte Mühe, ihre Stimme weiterhin ruhig zu halten. »Soll ich Narkissos zur Rede stellen?«

»Das ist nicht mehr nötig.«

Die Stimme war eisig und schneidend. Narkissos stand mit gezogenem Schwert in der offenen Tür und seine Augen glühten vor Hass.

Augenblicklich sprang Antheia auf, zog ihren Dolch aus der Scheide und stellte sich schützend vor Derimacheia. Doch Narkissos hatte offenbar gar nicht die Absicht, die Frauen anzugreifen. Zwar schien es, als wäge er diese Möglichkeit einen Moment lang ab, doch er war sich durchaus bewusst, dass ein Kampf gegen die Tochter des Ares nicht zwangsläufig zu seinen Gunsten entschieden werden würde. Und wenn er unterlag ... Ja, dann würde sein Kopf rollen.

Nein, er war gekommen, um seiner Schwester den offenen Krieg zu erklären, aber seine Chancen, diesen auch zu gewinnen, waren größer, wenn er sich der Unterstützung seiner Verbündeten sicher sein konnte. Wenn sie an seiner Seite standen und mit ihm gemeinsam kämpften. Es würde noch andere, bessere Gelegenheiten geben als diese. Aber nun wollte er Derimacheia endlich einmal offen seine Meinung sagen. Wie viele Jahre hatte er stillschweigend alles hinnehmen müssen. Die Last der erfahrenen Demütigungen wog schwer auf seinen Schultern. Damit sollte es nun ein für alle mal vorbei sein!

»Du hältst dich für unfehlbar, nicht wahr?« Narkissos spuckte vor Wut. »Du glaubst gar nicht, wie sehr mich deine Ignoranz und dein Hochmut anwidern!«

»Aber, Narkissos!« Derimacheia hatte sich ebenfalls erhoben und blickte ihren Bruder mit weit aufgerissenen Augen an.

»Immer stand ich in deinem Schatten. Immer war ich bloß das Kind der anderen, der zweiten, der weniger geliebten Frau. Nicht einmal das eigene Fleisch und Blut. Geduldet, ja, aber mehr nicht. Wohin sollte man den Bastard denn auch schicken?« Er lachte höhnisch auf. »›Wie besonnen Derimacheia ist, wie hübsch und gescheit, eines Tages wird sie die Geschicke aller lenken, auch deine. Also stelle dich gut mir ihr.‹ Dass ich nicht lache!«

»Ihr tut meinem Vater unrecht«, widersprach Derimacheia. »Er hat Eure Mutter ebenso geliebt wie meine. Nach ihrem Tod war er ein gebrochener Mann.«

»Du hast alles bekommen und ich nichts«, fuhr Narkissos wutenbrannt fort, ohne auf Derimacheias Einwand zu achten. »Vaters Liebe, das Königreich, die Macht, einfach alles. Und ich musste zeit meines Lebens hinter dir zurückstehen. Aber das ist nun vorbei. Ich stehe nicht mehr in deinem Schatten. Ich lasse mich nicht mehr vor den Augen aller von dir zurechtweisen, *Schwester.*«

Derimacheia stand wortlos da und schüttelte den Kopf angesichts des Hasses, der ihr entgegengeschleudert wurde. Nichts von dem, was Narkissos ihr vorwarf, hatte sie auch nur im Geringsten geahnt. Niemals für möglich gehalten, dass seine Gefühle für sie und ihr gemeinsames Elternhaus so anders waren als ihre eigenen. Sie hatte seine Position nie infrage gestellt, wie ihr jetzt bewusst wurde. Hatte sich nie Gedanken darüber gemacht, wie er sich fühlte. Hatte Narkissos am Ende gar recht, wenn er ihr Ignoranz vorwarf?

»Aber noch halte ich die Fäden in der Hand«, fuhr Narkissos in seinem Zorn fort. »Ich habe genügend Trümpfe im Ärmel, verlasst Euch darauf!« Er lachte höhnisch. »Und richtet König Damasos meinen untertänigsten Gruß aus. Wenn er seinen Sohn noch einmal wiedersehen will, so sollte er sich damit beeilen, ihn zu suchen!« Sein höhnisches Gelächter klang wie der Ausbruch eines Wahnsinnigen.

Antheia spürte unbändigen Zorn in sich auflodern. Am liebsten hätte sie sich in ihrer blinden Wut einfach auf den Mann gestürzt, der dort siegesgewiss stand und offen erklärte, dass er ihren Sohn in seiner Gewalt hatte. Doch sie wusste sich zu beherrschen. »Euer Spiel ist aus, Narkissos«, dröhnte sie. »Lasst die Waffe fallen und ergebt Euch.«

Narkissos schüttelte wild den Kopf. »Niemals«, sagte er. »Niemals werde ich mich ergeben.« Und noch bevor eine der beiden Frauen die Möglichkeit hatte zu begreifen, was geschah, wandte er sich um und rannte davon.

Antheia wollte dem Fliehenden nachsetzen, doch Derimacheia hielt sie zurück. »Lasst ihn«, bat sie. »Lasst ihn gehen. Er wird doch nicht weit kommen.«

Antheia hob zweifelnd die Augenbrauen und zögerte mit ihrer Entscheidung.

»Begebt Euch nicht in Gefahr. Es wird bessere Gelegenheiten geben, den Verräter gefangen zu nehmen. Und solange er lebt, lebt vielleicht auch Calistus«, fuhr Derimacheia fort, als sie merkte, dass Antheia noch nicht überzeugt war. »Wer weiß, was seine Verbündeten mit ihm machen, wenn sie erfahren, dass Narkissos gescheitert ist. So glauben sie vielleicht, er könnte ihnen noch von Nutzen sein!«

Antheia ließ den Dolch sinken. Vielleicht stimmte es, was Derimacheia sagte, und es würde später noch eine bessere Gelegenheit geben, Narkissos gefangen zu nehmen. Zumindest hoffte sie das.

Der Mann schlich sich so leise an wie eine Raubkatze auf Beutefang. Sein Pferd hatte er in einigen Schritten Entfernung an einem Baum festgebunden. Jetzt duckte er sich im Schutz eines Gebüsches und versuchte, sich einen Überblick zu verschaffen. Alles schien ruhig zu sein. Er konnte einige Männer sehen, die auf den Fellen in der Nähe der Feuerstelle kauerten und sich unterhielten. Doch die meisten der Waldbewohner hatten sich offensichtlich bereits zum Schlafen in ihre aus Holz und Fellen erbauten Hütten zurückgezogen.

Der Mann rückte die Maske vor seinem Gesicht zurecht. Sie war schwarz und sorgte nicht nur dafür, dass er unerkannt blieb, sondern diente zugleich dem Zweck, in der Dunkelheit nicht so schnell bemerkt zu werden. Sein helles Haar und seine blasse Haut wären in dem dunklen Wald weithin sichtbar gewesen.

Vor einer der Hütten patrouillierte ein bewaffneter Mann. Und der Maskierte grinste zufrieden. Besonders schlau waren diese Waldmenschen wohl nicht. Aber ihm sollte es nur recht sein. Auf diese Weise brauchte er nicht lange herumzurätseln, in welchem der Zelte sich Aigidios befand.

Leise erhob sich der Mann und trat im Schutz der Dunkelheit zurück. Er wollte das Lager in einem weiten Kreis umrunden, um sich von hinten an das richtige Zelt heranzuschleichen, so wie Narkissos es ihm geraten hatte. Sobald er seine Aufträge ausgeführt hatte, würde er seinem Anführer zum Unterschlupf folgen. Aber zuvor waren zwei Dinge zu erledigen: Er musste Aigidios ausschalten und ihren Verbündeten informieren.

Der Mann tastete nach der Phiole in der Tasche seines Gewands. Sie war noch fest verschlossen. Das Gift würde schnell wirken, hatte Narkissos ihm versichert. Er brauchte den Alten nur dazu zu bringen, es zu trinken. Ein einziger Tropfen würde genügen.

Der Maskierte schlich durchs Unterholz, stets darauf bedacht, kein Geräusch von sich zu geben. Schließlich hatte er das Lager zur Hälfte umrundet. Jetzt befand er sich genau auf der Rückseite des Zeltes, in dem Aigidios lag. Er musste beinahe lachen, als er merkte, dass auf dieser Seite niemand Wache hielt.

In geduckter Haltung schlich er sich an die Zeltwand heran, den Blick auf den Rücken des Mannes gerichtet, der vor dem Zelteingang immer noch auf und ab schritt.

Leise setzte er seinen Dolch an und zog ihn mit aller Kraft nach unten, bis das Loch in den Fellen groß genug war, dass er hindurchschlüpfen konnte.

Im Inneren der Behausung brannte das schummrige Licht einer einzigen Fackel. Der Mann konnte die Gestalt des Alten auf der Bettstatt aus Fellen liegen sehen. Er war kurz vor seinem Ziel. Mit der Phiole in den Händen schlich er sich an die schlafende Gestalt heran. Nun brauchte er nur noch einige Tropfen in den leicht geöffneten Mund fallen zu lassen und die Sache wäre zufriedenstellend erledigt.

Er beugte sich soeben über den regungslosen Körper, als ihn plötzlich von hinten zwei kräftige Hände packten. Zugleich sprang der Mann vor ihm auf und hieb ihm seine Faust mitten ins Gesicht.

Bevor er die Besinnung verlor, erkannte Pyrros seinen Irrtum: Der Mann, der ihn niedergeschlagen hatte, war nicht Aigidios, sondern sein Stellvertreter Nikodemus.

Medeia hielt die Taube mit zarten Händen fest und entknotete gleichzeitig das Band, mit dem die eng zusammengerollte Nachricht am Bein des Vogels befestigt war. Schließlich setzte sie die Taube sacht zurück auf ihre Stange in Milios' Taubenschlag. Das Tier gurrte zufrieden.

Medeia entrollte den dünnen Papyrus und begann sofort zu lesen.

Medeia!

Habt Dank für Eure Nachricht und seid gleichfalls gewarnt: Narkissos befindet sich auf der Flucht und niemand weiß, wohin er sich wendet. Sein Verbündeter Pyrros hingegen konnte rechtzeitig gefangen genommen werden. König Damasos ist besorgt um seinen Sohn Calistus, der gleichfalls unauffindbar ist. Wir fürchten, dass er sich in den Händen der Verbrecher befindet. Wenn Ihr etwas über seinen Verbleib in Erfahrung bringen könnt, so lasst es mich bitte wissen!

Derimacheia

Das Orakel ließ die Nachricht in ihren Händen sinken. Ihr Gesicht war bekümmert. Die Entwicklungen gaben auch allen Grund zur Besorgnis: Ein fliehender Verräter, der unter nahezu allen Völkern Verbündete hatte, und ein vermisster Königssohn. Es bedurfte keiner großen Hellseherei, um in diesen beiden Punkten einen Zusammenhang zu vermuten.

Dass Calistus vermisst wurde, war für das Orakel keine Neuigkeit. Schließlich hatten ihre Männer ihn im Land der Hundsköpfigen gesichtet, wo er sich gewiss auf den Spuren von Clonie und Elias befunden hatte.

Dass der Königssohn nun allerdings in den Händen der Verbrecher vermutet wurde, erfüllte die Weise Frau mit Sorge. Wenn Narkissos' Pläne zerstreut worden waren und er tatsächlich Calistus in seiner Gewalt hatte, dann befand sich der Junge in großer Gefahr. In sehr großer Gefahr! Medeia seufzte. Sie musste etwas unternehmen. Und das duldete keinen Aufschub. Aber wie sollte sie am besten vorgehen?

»Unsere Pläne wurden vereitelt.« Narkissos' Stimme dröhnte. »Wir sind gezwungen umzudenken, wenn wir unser Ziel noch erreichen wollen.«

Die Männer vor ihm nickten zustimmend. Gavril, der sich neben dem barfüßigen kleinen Mann mit dem vollen Bart und dem langen Haar wie ein Riese ausnahm, bellte heiser: »Und was sollen wir unternehmen?«

Narkissos verzog das Gesicht. »Ich weiß es nicht. Aber mir wird schon etwas einfallen. Noch geben wir uns nicht geschlagen.«

»Was soll mit dem Jungen geschehen, den wir in den Bebenden Bergen gefangen halten?« Der Mann, der diese Frage gestellt hatte, trug das weiße Gewand der Wüstenbewohner.

»Ach ja!« Narkissos strich sich übers Kinn. »Calistus ...« Sein Mund verzog sich zu einem hässlichen Grinsen. »Würde sein Kopf nicht ein hübsches Geschenk abgeben?« Er lachte laut auf. Auf diese Weise konnte er gleich zwei Königreiche auf einmal erzürnen: Gargarien und die Töchter des Ares wären gewiss gleichermaßen entzückt, überlegte er. Zumindest wenn es stimmte, was man sich erzählte, sann er im Stillen weiter, und Calistus ein Sohn des Frauenvolks ist, vielleicht sogar Antheias Sohn, wie manche vermuteten. Er hatte versucht, die Königin der Kriegerfrauen aus der Reserve zu locken, als er sich vor ihr und Derimacheia damit brüstete, Calistus in seiner Gewalt zu haben. Und einen Augenblick lang hatte er auch tatsächlich gemeint, sie würde sich blind vor Wut auf ihn stürzen, doch dann hatte sie sich wieder unter Kontrolle gehabt und er war sich nicht sicher, ob er ins Schwarze getroffen hatte.

Der Barfüßige traute sich kaum, dem Anführer in die Augen zu schauen, nachdem er ihm die Nachricht von Pyrros' Scheitern übermittelt hatte. Narkissos war außer sich gewesen vor Zorn. Doch mittlerweile schien seine Wut verraucht zu sein. »Sollten wir den Jungen nicht vorerst schonen?«, schlug der Barfüßige nun vor. »Er könnte uns vielleicht noch von Nutzen sein.«

»Nun, in zwei Teilen wäre er uns gewiss doppelt nützlich«, antwortete Narkissos und erntete für diese Antwort vielstimmiges Gelächter.

19

»... und sah ich der phrygischen Kämpfer die Menge,
die Herren der eilenden Rosse Leute von Otreus
und dem göttlichen Mygdon, längs des Sangarius Ufer
lagernd. Ich, ihr Genosse, zählte zu ihnen, am Tag
da die Amazonen, die Männergleichen, kamen.«

Homer (8. Jahrhundert v. Chr.)

Antheia reckte den rechten Arm in die Höhe und gab den Frauen damit das Zeichen. Es war ein überwältigender Anblick, als sich die Kriegerinnen in diesem Moment alle zugleich in Bewegung setzten. Ein Tosen und Stampfen ließ die Luft vibrieren, während die Pferde in Galopp verfielen und eine Staubwolke aufwirbelten, die so dicht war, dass sie den Reiterinnen die Sicht nahm. Und doch hatten sie alle ihr Ziel deutlich vor Augen: Sie würden Narkissos finden und ihn für seine Taten zur Rechenschaft ziehen. Wo auch immer sich der Verräter versteckt hatte. Und niemand, der ihm Schutz bot, sollte ungeschoren davonkommen. Jeder, der sich an der Verschwörung gegen Königin Derimacheia beteiligt hatte, würde seine gerechte Strafe erhalten.

Die Pferde schienen ebenso wie ihre Reiterinnen voller Ungeduld und Tatendrang. Sie schlugen mit den Köpfen und peitschten mit ihren Schweifen durch die Luft. Sie witterten den Kampf und waren scheinbar erpicht darauf, ihre Fähigkeiten unter Beweis zu stellen.

Zur gleichen Zeit schickte König Damasos seine Männer in den Krieg. Und auch er reckte zum Zeichen des Aufbruchs seinen Arm in die Höhe, woraufhin sich Hunderte von Reitern in Bewegung setzten. Ein beeindruckendes Heer schritt voran, um sich mit den Kriegerinnen zu vereinigen.

»Es geht um die Ehre Gelens!«, rief Königin Derimacheia ihren Kriegern zu. »Wir erhalten Unterstützung von König Damasos und auch die Töchter des Ares werden an unserer Seite kämpfen. Zeigt ihnen, dass auf die Stärke und die Loyalität unseres Heeres noch immer Verlass ist. Bringt mir den Verräter Narkissos und befreit König Damasos' Sohn aus den Fängen der Verbrecher!«

Ein Jubelschrei erhob sich und als die Königin in diesem Augenblick den Arm in die Luft reckte, antworteten ihr die Männer vielstimmig mit ihrem Eidesschwur: »Hoch lebe Königin Derimacheia!«

Derimacheia blickte der Heerschar hinterher, als sich die Pferde nun in Bewegung setzten, um sich mit den Truppen Gargariens und den Töchtern des Kriegsgottes Ares zusammenzutun. Hoffentlich ist es nicht zu spät, dachte sie. Hoffentlich kommen sie noch rechtzeitig, um Calistus zu befreien.

»Aber wenn er in einer der Höhlen in den Bebenden Bergen gefangen gehalten wird, können die Armeen es gar nicht mehr rechtzeitig schaffen!« Clonies Gesicht war vor Aufregung gerötet. »Und wir befinden uns in seiner unmittelbaren Nähe!«

»Du willst es doch nicht ernsthaft alleine mit ihnen aufnehmen!« Elias' Stimme klang schrill. »Clonie! Besinne dich!«

Aber Clonies Gesicht zeigte wilde Entschlossenheit. Sie blickte Elias trotzig ins Gesicht. »Er ist mein Bruder«, sagte sie schließlich leise. »Ich kann hier nicht tatenlos herumsitzen, während er in Gefahr ist. Wer weiß, was die Verräter mit ihm machen, wenn sie glauben, dass er ihnen lebend nicht mehr von Nutzen sein kann.«

Elias sah Clonie mitleidig an.

»Ich werde ihn suchen«, sagte Clonie bestimmt. »Mit dir oder ohne dich.«

Elias schloss die Augen. Clonie hatte ihn auf der Reise hierher begleitet, war in jeder noch so aussichtslos scheinenden Situation an seiner Seite gewesen und hatte ihm mehr als einmal das Leben gerettet. War er es ihr nicht schuldig, nun das Gleiche für sie zu tun?

»Also gut«, sagte er schließlich. »Ich komme mit dir.«

Clonies Lippen verzogen sich zu einem glücklichen Lächeln.

»Allerdings muss ich dir leider sagen, dass du verrückt bist. Vollkommen verrückt.«

Clonies Wangen zitterten. Dann schlang sie unvermittelt ihre Arme um Elias' Hals. »Ich danke dir«, flüsterte sie ihm ins Ohr. »Ich danke dir.«

Clonie empfand eine gewisse Genugtuung, als sie sich auf Briseis' Rücken ein letztes Mal umwandte und den Bergsee hinter sich in der Morgendämmerung kleiner werden sah. So allwissend, wie alle behaupteten, konnte das Orakel nicht sein, wenn es ihnen derart einfach gelungen war, sich davonzuschleichen. Ein wenig war sie sogar überrascht, *wie* einfach es gewesen war: Niemand hatte versucht, sie aufzuhalten, und nirgends hatte sie eine Wache entdeckt, die Medeia ihre Flucht hätte melden können. Und Medeia hätte sie doch gewiss zurückgehalten, wenn sie etwas von ihrem Plan, Calistus auf eigene Faust zu befreien, gewusst hätte. Oder etwa nicht? Nun aber ritt sie gemeinsam mit Elias den Pfad entlang, den sie zuletzt bei ihrer Ankunft beschritten hatten, und drehte sich nicht noch einmal um. Sonst hätte sie vielleicht den hochgewachsenen schlanken Mann bemerkt, der sich im Schatten eines Felsvorsprungs versteckt hielt und ihnen aus strahlend blauen Augen hinterherblickte. Mit bedächtigen Bewegungen führte er seine Hände zum Mund und formte einen leisen, kaum vernehmbaren Laut.

Die Sonne hatte den Zenit noch nicht überschritten, als Clonie und Elias sich dicht an den kalten Felsboden pressten und versuchten, so leise wie möglich zu atmen. Unter sich konnten sie den Eingang zur Höhle sehen, vor dem zwei Wachposten saßen und ihr Würfelglück herausforderten. Sie hörten die Männer feilschen und lachen.

Sie hätten die Höhle gar nicht bemerkt, wenn sie nicht durch das laute Lachen der Männer aufmerksam geworden wären. Denn der Eingang war durch den kleinen Berg, auf dem sie nun still lagen, vom Pfad aus nicht zu sehen.

Clonie überprüfte die Umgebung und bedankte sich im Stillen bei Tyche, der Göttin der glücklichen Fügung.

Sie hatten nicht lange suchen müssen und Clonie wertete dies als Zeichen, dass sie richtig gehandelt hatte. Nun war sie ganz sicher, eine gute Entscheidung getroffen zu haben, als sie auf einen schnellen Aufbruch drängte. Offensichtlich wussten die Männer noch nichts von den neuesten Entwicklungen und waren dementsprechend arglos. Hätten sie gezögert, so vermutete Clonie, dann läge die Höhle jetzt nicht so friedlich vor ihnen. Aber die Zeit drängte! Jeden Augenblick konnten Narkissos und seine Männer eintreffen und es ihr und Elias unmöglich machen, Calistus zu befreien. Vorausgesetzt, dachte Clonie, er befindet sich überhaupt in dieser Höhle. Denn abgesehen davon, dass sie bewacht wurde, gab es keinen Anlass zu vermuten, dass es sich um das Versteck des Gefangenen handelte.

Elias verfluchte sich selbst für seine Einfältigkeit, sich auf dieses Wagnis einzulassen. Sie mussten von allen guten Geistern verlassen sein, dass sie glaubten, Calistus zu zweit befreien zu können. Aber er wusste, Clonie hätte es auch allein versucht, und dieser Gedanke behagte ihm genauso wenig. Er konnte nur hoffen, dass Medeia ihr Fehlen mittlerweile bemerkt hatte und ihnen ihre Männer hinterhersandte. Clonie hatte sich natürlich geweigert, die Weise Frau von ihren Plänen in Kenntnis zu setzen, da sie – vermutlich zu Recht, wie Elias zugeben musste – befürchtete, Medeia könnte sie von ihrem Vorhaben abbringen.

In diesem Augenblick gab Briseis, die sie auf dem Pfad hinter sich zurückgelassen hatten, ein lautes Schnauben von sich, und Clonie und Elias zuckten zusammen, als das Geräusch an ihre Ohren drang.

Hatten die Wächter vor ihnen den Laut ebenfalls wahrgenommen? Doch ihre Befürchtungen zerstreuten sich, als einer der Männer in diesem Moment erfreut auflachte.

»Venuswurf!«, rief er beglückt und sammelte den Wetteinsatz ein, den er mit seinem Glückswurf, drei Sechsen, gewonnen hatte.

»Was hast du vor?«, zischte Elias Clonie zu. Seine Stimme war kaum lauter als ein Windhauch.

Clonie antwortete nicht. Stattdessen blickte sie sich um: Sie lagen auf einem etwa 15 Fuß hohen Felsen und hatten von hier aus eine gute Rundumsicht. Vor ihnen, unterhalb des Felsens, saßen die beiden Männer und bewachten den Höhleneingang. Hinter ihnen, auf der anderen Seite des Felsens, verlief der Pfad, auf dem Briseis stand und wartete.

Von hier oben hatte sie eine optimale Position, und doch haderte Clonie mit ihrer Entscheidung, die beiden Männer hinterrücks anzugreifen. Aber hatten sie eine andere Wahl? Einen offenen Zweikampf konnten sie gegen die ausgewachsenen und kampferprobten Männer niemals für sich entscheiden. Und Clonie zweifelte nicht einen Augenblick lang daran, dass Narkissos' Männer nicht von Gewissensbissen gequält werden würden, wenn sie sich in ihrer Lage befänden.

Leise zog sie einen Pfeil aus dem Köcher, den sie über ihrer Schulter trug, und spannte den Bogen. Sie richtete sich ein wenig auf, zielte, ließ die Sehne los und verfolgte den Flug des Pfeils, der sich zielsicher in die rechte Schulter des ersten Mannes bohrte. Der Mann schrie auf. Noch bevor der zweite Mann Gelegenheit hatte aufzuspringen, traf ihn ebenfalls ein Pfeil im rechten Oberarm und machte ihn kampfunfähig.

Die Männer schrien und warfen sich, von Schmerzen gepeinigt, hin und her.

»Jetzt«, sagte Clonie und kletterte flink den Berg hinunter.

Die Männer stellten sich ihr und Elias in den Weg und knurrten drohend, doch die Verletzungen hatten sie geschwächt. Es gelang ihnen kaum, ihre Schwerter zu ziehen. Elias stieß den kleineren der beiden zur Seite, sodass er taumelte und stürzte. Dabei schlug der Mann mit dem Kopf auf einem Stein auf und blieb bewusstlos liegen.

Nun wurde das Knurren des anderen noch lauter. Er warf einen Blick auf seinen gefallenen Freund und stürzte sich wütend auf Elias.

Elias' Beine zitterten. Er hatte Angst. Der Mann vor ihm war zwei Köpfe größer als er selbst und mindestens doppelt so schwer. Zwar hielt er das Schwert nur mit schmerzverzerrtem Gesicht fest und war wohl kaum in der Lage, einen gezielten Schlag anzubringen, dennoch schien er zu allem entschlossen.

Elias ging leicht in die Knie, beugte sich vor und versuchte, sich auf den Angriff des Mannes vorzubereiten, um ihn abzuschmettern. Dabei spürte er den Druck der Gürtelschnalle an seinem Bauch und augenblicklich huschte ein Lächeln über sein Gesicht, als ihm einfiel, dass er ja immer noch den magischen Gürtel trug! Er konnte diesen Zweikampf gar nicht verlieren!

Der Mann vor ihm runzelte irritiert die Stirn. Warum lächelte der Junge vor ihm plötzlich? Eben noch hatte er vollkommen verängstigt ausgesehen und nun schien er mit einem Mal so siegessicher zu sein. Was war es, das ihn glauben ließ, er hätte bei diesem Kampf Aussicht auf Erfolg?

Er passte einen Augenblick lang nicht auf und die Wucht der geballten Faust an seinem Kinn ließ seinen Kopf nach hinten schnellen. Er schwankte, hatte sich jedoch schnell wieder unter Kontrolle und starrte Elias aus hasserfüllten Augen an. Aber der Treffer war nicht spurlos an ihm vorbeigegangen. In seinem Kopf drehte sich alles, und als er nun ausholte, um dem Gegner seinerseits einen Fausthieb zu verpassen, verfehlte er sein Ziel und schlug ins Leere.

Elias hatte sich ruckartig geduckt, als er die Faust auf sich zukommen sah. Jetzt schnellte er hoch und rammte dem anderen seinen linken Ellbogen ins Gesicht. Er hörte, wie das Nasenbein brach. Ohne Zögern holte er erneut mit rechts aus und verpasste seinem Widersacher einen zweiten Kinnhaken.

Der Mann röchelte, als er das Bewusstsein verlor und neben seinem Freund auf den Boden sank.

Elias rieb sich die schmerzenden Fingerknöchel und blickte Clonie, die neben ihm stand, um Anerkennung heischend an.

»Gedankt sei Bia«, sagte Clonie staunend.

Elias' Grinsen vertiefte sich. Sollte Clonie ruhig glauben, Bia, die Göttin der Kraft, hätte ihm zur Seite gestanden. Er wusste, dass es der Zaubergürtel war, der ihm die Macht verliehen hatte.

»Wir müssen uns beeilen«, fuhr Clonie fort, »bevor die beiden wieder erwachen, sollten wir verschwunden sein.« Elias nickte und folgte Clonie in die Höhle.

Brennende Fackeln an den Wänden spendeten ein unheimliches Licht und Clonie fühlte sich auf unangenehme Weise an ihren Traum von Calistus erinnert, den sie gehabt hatte, bevor einer von Aigidios' Männern sie weckte und ihnen mitteilte, dass sie fliehen mussten. Es war genau dieses flatterhafte Licht gewesen, das sie gesehen hatte.

»Calistus?« Sie getraute sich nicht, den Namen ihres Bruders laut zu rufen. »Calistus!«

Der Gang führte sie tief ins Berginnere. An manchen Stellen verlief er für mehrere Schritte geradeaus, dann aber bog er nach links oder nach rechts ab. Mehrmals passierten Clonie und Elias schmalere Seitengänge, die vom Hauptgang wegführten, doch sie ließen sich von den brennenden Fackeln, die lediglich den Hauptgang erhellten, leiten. Die Männer waren sich ihrer Sache offenbar sehr sicher gewesen und hatten keinerlei Vorkehrungen getroffen, um nicht entdeckt zu werden.

Schließlich verbreiterte sich der Gang erneut und sie betraten eine kleine Höhle, die ebenfalls vom dämmrigen Licht einiger Fackeln beleuchtet wurde.

»Calistus!«, rief Clonie. Sie rannte auf ihren Bruder, der auf dem Boden am anderen Ende der Höhle saß, zu, kniete vor ihm nieder und löste die Binde von seinen Augen. Calistus schien mehr tot als lebendig zu sein. Behutsam strich sie ihm über die Wange. »Calistus«, flüsterte sie noch einmal.

Mühsam öffnete Calistus die Augen. Er blinzelte, als das ungewohnte Licht ihn traf, und als sein Blick auf Clonie fiel, huschte ein Lächeln über sein Gesicht. »Clonie!« Er schloss die Augen wieder. »Da bin ich ausgeritten, um dich zu retten, und jetzt bist du es, die mich befreien muss.«

Clonies Blick fiel auf Calistus' ausgestrecktes Bein. Es war blau, fast schwarz, und unförmig geschwollen. Sie runzelte bei dem Anblick die Stirn. »Was ist mit deinem Bein geschehen?«

»Ich weiß es nicht«, antwortete Calistus. »Ich wurde bei einem Kampf verletzt und verlor das Bewusstsein. Als ich wieder erwachte, war ich hier und mein Bein schmerzte. Inzwischen spüre ich es aber gar nicht mehr.«

»Kannst du auftreten?«

Calistus schüttelte stumm den Kopf.

»Dann müssen wir dich tragen«, sagte Clonie und blickte zu Elias hoch, der schweigend neben dem Zwillingspärchen stehen geblieben war.

Elias nickte zustimmend.

Sie zogen Calistus auf die Beine und stützten ihn in ihrer Mitte, während sie den Rückweg antraten.

Calistus gab sich alle Mühe, doch das verletzte Bein konnte er nur wie etwas, das nicht richtig zu ihm gehörte, hinter sich herschleifen.

Erneut folgten sie dem Schein der Fackeln, der ihnen den Weg wies.

Clonie überlegte fieberhaft, wie sie Calistus zu Briseis bringen konnten. Über den Felsen, so wie sie gekommen waren, würde er es mit seiner Verletzung wohl kaum schaffen. Und Briseis hierherzubringen, würde vermutlich zu viel Zeit in Anspruch nehmen. Zeit, die sie nicht mehr hatten. Jeden Augenblick konnten die Wachen das Bewusstsein wiedererlangen oder, schlimmer noch, Narkissos und seine Männer erscheinen, um zu beenden, was sie begonnen hatten: Calistus zu töten. Sicher wäre Elias' Onkel hocherfreut, sie ebenfalls hier vorzufinden.

Sie hatten den Ausgang der Höhle beinahe erreicht und Clonie schöpfte bereits Hoffnung, als ein Geräusch, das an ihr Ohr drang, ihren Mut augenblicklich wieder sinken ließ.

Es waren Stimmen, mehrere Stimmen, die aufgeregt durcheinandersprachen.

»Ruhe!«

Diese Stimme ließ Elias das Blut in den Adern gefrieren. Er hatte sie augenblicklich erkannt und sie gehörte dem Menschen, den er hier und jetzt am allerwenigsten sehen wollte: seinem Onkel.

Mit angehaltenem Atem versuchten Clonie, Elias und Calistus zu verstehen, was dort, außerhalb der Höhle, vor sich ging. Aber die Steinwände verschluckten jedes weitere Wort. Dann jedoch konnten sie wieder etwas hören: Schritte, die sich ihnen näherten.

»Sie kommen«, zischte Clonie und sah sich suchend um. Doch da war nichts, was ihnen Deckung bieten konnte. »Wir müssen zurück«, flüsterte sie Elias und Calistus zu.

Elias nickte. Wenn sie es schaffen konnten, sich in einem der dunklen Seitengänge zu verbergen, dann gab es vielleicht eine Aussicht auf Rettung.

Eilig drehten sie mit Calistus in ihrer Mitte um und versuchten, ohne das geringste Geräusch zu verursachen, einen Schlupfwinkel zu finden. Doch Calistus war eine schwere Last und sie kamen nur langsam voran. Zu langsam. Die Schritte hinter ihnen wurden lauter und lauter. Die Männer schienen regelrecht in die Höhle hineinzustürmen und immer noch war kein Seitengang in Sicht, in dem sie sich verbergen konnten.

Clonie geriet allmählich außer Atem. Calistus wog deutlich mehr als sie selbst und sie spürte ihre Kräfte nachlassen. Zuvor war es ihr so vorgekommen, als tauchte regelmäßig nach höchstens 60 Fuß einer dieser Seitengänge auf. Doch nun schienen sie alle miteinander verschwunden zu sein! Beinahe konnten sie schon das Atmen der Männer hinter sich hören.

»Da sind sie!«

Die Stimme traf sie wie ein Schwerthieb.

»Schneller!«, zischte Elias, doch es war bereits zu spät.

Die Spitze des Pfeils bohrte sich mit Macht in sein rechtes Bein.

Elias schrie vor Schmerz auf. Von einem Wimpernschlag zum nächsten konnte er sein Bein nicht mehr bewegen und sackte auf der Stelle zusammen.

»Elias!« Clonies Schrei hallte von den Wänden wider. Sie ließ Calistus los, der ebenfalls augenblicklich auf dem Boden zusammensackte, als er nicht länger gestützt wurde, und kniete nebem dem Freund nieder. »Elias!« Ihre Stimme zitterte.

Elias krümmte sich vor Schmerzen. »Lauf, Clonie, bring dich in Sicherheit«, presste er hervor.

Clonie sah sich um. Vor ihr lag Elias auf dem Boden und schrie vor Schmerzen. Hinter ihr saß Calistus in sich zusammengesunken. Sie blickte vom einen zum anderen. Was sollte sie tun? Wen sollte sie versuchen zu retten? Sie konnte kaum alle beide mit sich ziehen. Doch wen sie hier zurückließ, der würde den Zorn der Männer zu spüren bekommen.

»Elias«, wimmerte Clonie. »Calistus.« Die Tränen schossen ihr in die Augen, als sie merkte, dass sie sich für keinen entscheiden konnte. Sie brachte es nicht übers Herz, einen der beiden dem sicheren Tod zu überlassen.

20

Bluttriefend beieinander, hoch erhoben,
an Wuchs und Haltung Weibern gleich,
so standen die höllischen drei Furien
stracks dort oben.
Giftgrüne Hydern ihre Gürtel banden,
als Haupthaar Nattern sich den Unholdinnen
und Vipern um die Schläfen dräuend wanden.

Dante: »Die Göttliche Komödie«

Na, wen haben wir denn da?« Narkissos stemmte die Hände in die Hüften. »Welch eine Überraschung!« Er blickte von oben auf Clonie, Elias und Calistus herab, während seine Männer sie mit gezogenen Schwertern umringten. Eine einzige unbedachte Bewegung und ihr Kopf würde von ihren Schultern getrennt werden.

Clonie hielt den Blick gesenkt. Mit stummem Entsetzen beobachtete sie das Rinnsal des Bluts, das unablässig aus Elias' Wunde auf den Boden sickerte. Würde er verblutet sein, bevor der Hass seines Onkels ihn traf?

»Das erspart uns viel Mühe, nicht wahr, Männer?«

Narkissos' Verbündete lachten pflichtschuldig. Und doch blinkte in ihren Augen die Lust zu töten auf.

»Mit wem fangen wir an?«

»Mit mir!«

Die Stimme war laut und deutlich vernehmbar. Überrascht drehten sich die Verräter um. Keiner von ihnen hatte bemerkt, welche Gefahr sich hinter ihrem Rücken zusammengebraut hatte, und auch Clonie blickte verwundert auf, als sie die Stimme ihrer Mutter erkannte.

Antheia stand breitbeinig wie die Rachegöttin Tisiphone da und ihre Augen funkelten gefährlich. Eine gefürchtete Kriegerin war sie ohnehin. Jetzt aber gesellten sich zum Geschick der Kriegerin noch der Zorn der Mutter und der unbedingte Wille, ihre Kinder zu beschützen. Leise wie eine Raubkatze hatte sie sich angeschlichen und gefährlich wie eine Löwin, die ihre Jungen verteidigt, stand sie nun da und wartete auf die erstbeste Gelegenheit, anzugreifen. Links und rechts von ihr hatten zwei weitere Kriegerinnen ihre Bogen gespannt und zu dritt waren sie die Gestalt gewordenen Erinnyen: Alekto, die Unaufhörliche, Megaira, der neidische Zorn, und Tisiphone, die Vergeltung.

Hinter den drei Furien drängten sich die Männer Derimacheias, ebenfalls kampfbereit hatten sie ihre Schwerter gezogen. Der Gang schien kaum lang und breit genug, um sie alle, die ausgezogen waren, um ihre Königin zu rächen, aufzunehmen.

Narkissos brauchte nicht lange, um die Übermacht, der er sich gegenübersah, anzuerkennen. Vier tapfere Männer kämpften an seiner Seite, drei weitere hatten vor dem Höhleneingang ausgeharrt. Ohne Mühe konnte er sich ausmalen, was in der Zwischenzeit mit ihnen geschehen war. Und die auf sie gerichteten Pfeile würden auch sie durchbohren, bevor sie auch nur einen Schritt gemacht hätten.

Narkissos' Männer ließen ihre Schwerter sinken.

Clonie glaubte ihren Augen nicht trauen zu können, als sie die Höhle verließen. Wohin ihr Blick auch reichte, sah sie die Heerscharen, die sich versammelt hatten. Hunderte von Kriegern standen aneinandergedrängt vor dem Höhleneingang und versperrten den Pfad, bildeten eine lange Kette, die bis zum Fuß der Bebenden Berge zu reichen schien. Die Töchter des Ares, König Damasos und seine Männer, die ausgesandten Krieger Derimacheias, die schlanken, hochgewachsenen Gestalten der Bergseebewohner – sie alle stießen jetzt ihre Schwerter in die Höhe, als sie Clonies, Elias' und Calistus' gewahr wurden.

Elias und Calistus gaben zwar ein jämmerliches Bild ab, wie sie, links und rechts gestützt von je zwei Männern, blinzelnd ins Sonnenlicht hinaustraten, aber sie waren am Leben. Und nur das zählte.

Clonie entdeckte auch Evandre zwischen den Frauen, die sie willkommen hießen. Und sie erkannte Silenus, der gefesselt und mit schamvoll gesenktem Haupt dastand.

Sie wandte den Kopf und sah zwischen ihrem Zwillingsbruder und Elias hin und her, während sie überlegte: Welchen von beiden hätte sie gerettet? Für wen hätte sie sich entschieden? Den Bruder, durch dessen Adern das gleiche Blut floss wie durch ihre? Oder den Freund, mit dem gemeinsam sie mehrfach am seidenen Faden des Lebens gehangen hatte.

Sie wusste es nicht.

EPILOG

Alle Mädchen nun, welche diese gebären,
behalten sie für sich,
die Knaben hingegen bringen sie jenen (den Männern)
zur Erziehung. Jeder nimmt sich eines jeden wohlwollend an,
weil er ihn bei der Ungewissheit für seinen Sohn hält.

Strabon (um 63 v. Chr.–23 n. Chr.)

Clonie war außergewöhnlich still. Antheias Blick ruhte verwundert auf ihrer Tochter. Was war mit ihr geschehen? Wo war ihr überschäumendes Naturell? Wie oft hatte sie sich gewünscht, Clonie wäre ein wenig zurückhaltender, und nun schien es ihr, als hätte sie nicht ihre Tochter wiedergefunden, sondern jemand anderen, und ein Teil von ihr vermisste die ungestüme Clonie.

Die Hundertschaft hatte sich noch vor der Höhle von Medeias Männern verabschiedet und sich ihren Weg zurück durch die Bebenden Berge, das Land der Hundsköpfigen, über den Fallenden Fluss hinweg und quer durch den Wilden Wald nach Osten gebahnt. Wer ihnen begegnete, der wich zur Seite aus. Niemand hätte es gewagt, sich dieser gewaltigen Streitkraft in den Weg zu stellen. Er wäre niedergemetzelt worden, bevor er seinen Namen aussprechen konnte.

Die Gefangenen saßen mit gefesselten Händen und gesenkten Häuptern auf ihren Pferden. Ihr Schicksal war ungewiss: Würde man sie foltern? Enthaupten? Oder in den Kerker werfen?

Antheia hingegen fragte sich, ob die Gefahr nun tatsächlich gebannt war. Niemand konnte ihnen sagen, ob sie alle Missetäter aufgespürt hatten. Narkissos hatte offenbar ein großes, gut funktionierendes Netz von Mitstreitern gehabt. Und es war durchaus wahrscheinlich, dass es irgendwo noch Gefolgsleute gab, die an seine Sache glaubten.

Als Erstes hatten sich Derimacheias Männer von ihnen getrennt. Der Abschied von Elias war Clonie sehr schwergefallen. Viele Tage und Nächte hatten sie ununterbrochen zusammen verbracht. Und nun sollte all das vorbei sein? Die Gespräche, das blinde Vertrauen in den anderen? Die unabdingbare Zusammengehörigkeit? Sie waren zu Schicksalsgefährten geworden und dieses Band schien unzerstörbar. Zum ersten Mal fragte sich Clonie, ob das Leben, wie die Töchter des Ares es führten, das Leben war, welches auch sie führen wollte.

Kurze Zeit später verabschiedete sich König Damasos mit seinen Kriegern und die Frauen blieben allein zurück. Ihr Weg führte sie in nördöstliche Richtung, an der Grenze zu Ixavien entlang, während die Gargarier nach Südosten reiten mussten.

Allmählich schien Clonie zu sich selbst zurückzufinden. Sie saß aufrechter auf Briseis und nahm ihre Umgebung wieder mehr wahr. Es war ein gutes Gefühl, durch die vertraute Landschaft zu reiten. Und zugleich schmerzte der Gedanke daran, dass sie Kore verloren hatte, nun mehr als zuvor. Alles hier war so, wie sie es zurückgelassen hatte: Die Bäume, die weiten grünen Flächen mit den wilden Blumen, die sanft geschwungenen Hügel am Horizont – nicht zu vergleichen mit den schroffen Bebenden Bergen –, der hier friedlich verlaufende Fallende Fluss, der all seine Kraft beim Sturz über die Klippen verloren hatte und nun ruhig dahinplätscherte. Und doch fehlte eins: das zufriedene Schnauben ihrer weißen Stute. Briseis war ihr ans Herz gewachsen, doch mit Kore verband sie ihr ganzes Leben.

»Halt!« Die Stimme riss Clonie aus ihren trübsinnigen Gedanken. Der Zug der Frauen hatte plötzlich gestoppt. Antheia, die neben ihrer Tochter geritten war, verstärkte den Druck ihrer Waden an den Flanken ihrer Stute und ritt an der Kriegerinnenschar vorbei nach vorn.

Clonie sah ihrer Mutter hinterher, dann schnalzte sie mit der Zunge und auch Briseis verfiel in einen leichten Galopp und setzte sich mit ihrer Reiterin an die Spitze.

»Was ist geschehen?« Antheia hatte ihr Pferd neben Evandres geführt und sah ihre Vertraute fragend an.

Statt zu antworten, deutete Evandre mit einer einzigen Kopfbewegung vor sich und Antheia folgte mit den Augen der Richtung, die ihr gewiesen worden war.

Clonie erreichte ihre Mutter und deren Stellvertreterin genau in dem Moment, als die Frauen den leblosen Körper, der vor ihnen in den Bäumen gehangen hatte, sorgsam auf dem weichen Boden ablegten.

»Bei Zeus«, sagte Antheia, sprang vom Rücken ihres Pferdes und kniete sich neben den Leichnam. »Das ist einer von Aigidios' Männern«, sagte sie, während sie den barfüßigen Mann mit dem langen Haar und dem vollen

Bart betrachtete, dessen Augen weit aufgerissen in den Himmel über sich starrten, ohne etwas zu sehen.

Antheia schüttelte den Kopf, als sie sich an ihr letztes Gespräch mit dem Anführer des Waldvolks erinnerte. »Aigidios hat mir erzählt, dass er einen Boten mit Nachrichten losgeschickt hat, bevor der Überfall stattfand. Er fragte sich, ob er den Falschen mit dieser Aufgabe betraut hatte und der Mann einer der Verräter gewesen war, weil er nicht wieder zurückkehrte.« Sie schwieg einen Moment. »Ich glaube, wir sollten ihm berichten, dass er dem Richtigen vertraut hat«, schloss sie schließlich.

Evandre nickte zustimmend. »Ich werde ihn zurückbringen«, erklärte sie, »damit sich seine Familie von ihm verabschieden und ihn beerdigen kann.«

Antheia blickte zu Evandre auf. »Ja«, sagte sie, »das sind wir ihm schuldig.« Sie erhob sich. »Und vielleicht sollten wir auch Derimacheia davon in Kenntnis setzen, dass ein weiterer gemeiner Mord die Schuld der Verräter noch einmal vergrößert.«

Clonie horchte auf. »Das kann ich übernehmen«, erbot sie sich eilfertig und ihr Herz schlug bei dem Gedanken, Elias wiederzusehen, schneller.

Doch ihre Mutter lächelte milde und schüttelte den Kopf. »Ich verspreche dir, wir werden Königin Derimacheia und Elias bald besuchen«, sagte sie. »Aber nun lasse ich dich nicht sofort wieder alleine losziehen.«

Clonie verzog die Mundwinkel, wollte sich aber nicht die Blöße geben, auf ihrem Wunsch zu beharren.

Die Frauen banden den Körper des Toten auf eins der Pferde und Evandre wendete bereits ihre Stute, um ihren traurigen Auftrag auszuführen, während sich der Zug der übrigen Frauen allmählich wieder in Bewegung setzte.

Clonie ritt nun neben Antheia an der Spitze und bald konnte sie die ersten Gebäude ihrer Heimat in der Ferne sehen.

Die Kriegerinnen wurden von den daheimgebliebenen Frauen und von ihren Kindern empfangen und Clonie konnte gar nicht genügend Hände schütteln und wohlwollende Begrüßungsworte erwidern. Über ein Wiedersehen jedoch freute sie sich am meisten: Iolanthe, ihre alte Amme, hielt sie zunächst am ausgestrecktem Arm von sich, betrachtete sie mit Tränen in den Augen und drückte sie schließlich fest an sich.

»Hier ist jemand, der dich bereits sehnsüchtig erwartet«, flüsterte sie Clonie ins Ohr, während sie sie umarmte.

Clonie erwiderte die Liebkosung der Frau. »Auch ich freue mich, Euch wiederzusehen«, sagte sie.

Iolante lachte. »Ich spreche nicht von mir«, sagte sie und zog Clonie mit sich.

Clonie folgte der alten Frau. Wen konnte Iolanthe meinen? Endlich erkannte sie, wohin die Amme sie führte, und ihr Herz klopfte schneller, obgleich sie versuchte, die Hoffnung zu unterdrücken, die in ihr aufstieg. Zu sehr fürchtete sie sich davor, enttäuscht zu werden. Doch als sie das freudige Wiehern erkannte und den Schimmel mit wehender Mähne und wehendem Schweif auf sich zugaloppieren sah, strömten die Tränen hemmungslos über ihre Wangen.

»Kore!«, rief sie und rannte dem weißen Pferd mit ausgestreckten Armen entgegen. »Kore!« Sie schlang ihre Arme um den Hals der Stute und verbarg ihr Gesicht in der weichen, duftenden Mähne. Ihre Schultern bebten, während die Stute sie wieder und wieder mit den Nüstern anstupste, an ihren Haaren knabberte und dabei wohlig schnaubte.

NACHWORT

Von langer Irrfahrt heimgekehrt zog der Held Herakles gegen die Amazonen, um sein neuntes Abenteuer zu bestehen und den Gürtel der Amazone Hippolyta dem König Eurystheus zu bringen, dessen Tochter Admete ihn begehrte. Die Amazonen bewohnten die Gegend um den Fluss Thermodon in Pontus und waren ein großes Frauenvolk, das Männerwerk ausübte und in Scharen vereinigt Kriege führte. Von ihren Kindern behielten sie nur die Mädchen, die Jungen überantworteten sie zur Erziehung den Vätern. Hippolyte, ihre Königin, trug als Zeichen ihrer Herrscherwürde einen Gürtel, den sie vom Kriegsgott Ares zum Geschenk erhalten hatte. Herakles sammelte freiwillige Kampfgenossen auf einem Schiff, fuhr ins Schwarze Meer und endlich, nach vielen Abenteuern, in die Mündung des Flusses Thermodon und in den Hafen der Amazonenstadt Themiskyra ein. Die Königin der Amazonen kam ihm entgegen, und das herrliche Ansehen des Helden verleitete sie dazu, ihm den Gürtel zu überlassen. Aber Hera, die unversöhnliche Feindin des Herakles, nahm die Gestalt einer Amazone an, mischte sich unter das Frauenvolk und verbreitete das Gerücht, ein Fremder sei gekommen, um ihre Königin zu entführen. Augenblicklich schwangen sich die Amazonen auf ihre Pferde und griffen Herakles an. Sie bereiteten ihm einen schweren Kampf, den sie am Ende jedoch verloren geben mussten. Hippolyta, die Königin, gab das Wehrgehenk heraus, wie sie es auch vor der Schlacht bereits versprochen hatte. Und Herakles nahm es als Lösegeld für die Amazone Melanippe, die er während der Schlacht gefangen genommen hatte, und ließ sie frei, bevor er seine Reise nach Troja fortsetzte.

Diese Sage um die neunte Aufgabe des Herakles war es, die mich zu der vorliegenden Geschichte um Clonie und Elias inspiriert hat. Ob es die »Töchter des Ares«, wie sie im Buch genannt werden, bzw. die Amazonen, jemals tatsächlich gegeben hat, ist bis heute weder eindeutig belegt noch widerlegt worden.

Es gibt Hinweise auf die Existenz von kriegführenden Frauen in der Geschichte, zum Beispiel Gräber von Frauen, die mit ihren Waffen beerdigt wurden. Auf jeden Fall ist es ein interessanter Gedanke, dass es bereits in der frühen Geschichte der Menschheit Frauen gegeben haben könnte, die auf die eine oder andere Weise ihre Selbstständigkeit und ihre Unabhängigkeit von Männern unter Beweis stellten.

LITERATUR UND QUELLEN:

S. 9: Zitat Quintus Smyrnaeus: Übers. E. Wolff-Postler

S. 10: Zitat Quintus Smyrnaeus: Übers. E. Wolff-Postler

S. 23: Zitat Strabon (Geogr. XI, 5, 1–2, Übs. Forbiger)

S. 38: Zitat Strabon (Geogr. XI, 5, 3–4, Übs. Forbiger)

S. 95: Zitat Herodot, Band IV

S. 117: Bernoulli, C. A. aus: Sir Galahad, Bertha Eckstein-Diener: Mütter und Amazonen. Liebe und Macht im Frauenreich. Mit freundlicher Genehmigung © 1932 LangenMüller in der F. A. Herbig Verlagsbuchhandlung GmbH, München

S. 167: Zitat Diodor (II, 45, 1–3)

S. 184: Zitat Diodor (II, 45, 1–3)

S. 218: Zitat Diodor (II, 45, 1–3)

S. 236: Zitat Diodor (II, 45, 1–3)

S. 284: Zitat Xuanzang aus: Da Tang Xiyu ji (Aufzeichnungen über die Westlande aus der Zeit der großen Tang Dynastie, 646)

S. 320: Zitat Homer: Übers. E. Wolff-Postler

S. 333: Zitat aus Dante: *Die göttliche Komödie*. Deutsch von Friedrich von Falkenhausen. Insel Verlag, Frankfurt am Main 1974, S. 46

S. 336: Zitat Strabon (Geogr. XI, 5, 1–2, Übs. Forbiger)

S. 342/343: Heraklessage nach Schwab: *Sagen des klassischen Altertums*. Thienemann Verlag, Stuttgart 2007, S. 138 f.

ASTRID FRANK

Der dunkle Geist des Palio

Thienemann

Die Seele kann nicht leben ohne Liebe,
sie muss etwas lieben,
sie ist aus Liebe geschaffen.

Hl. Katharina von Siena
1347–1380

Kommt, liebe Kinder, und lauft diesen Palio.
Und lauft ihn so, dass nur einer ihn besitzen kann.
Hl. Katharina von Siena
1347–1380

Prolog

Samstag, 14. Juli, einen Monat und zwei Tage vor dem Palio

Angelo blieb unerwartet stehen, griff nach Marias Hand und zog sie an sich. »Manchmal kann ich mein Glück immer noch nicht fassen«, sagte er leise, fast ein wenig ehrfurchtsvoll.

Ob die Ehrfurcht mit seinem unfassbaren Glücksgefühl zusammenhing oder mit der Umgebung, konnte Maria nicht erkennen. Sie entschied sich aber für das Glück. Denn so war es ihr bedeutend lieber. Obwohl die Umgebung – das Haus ihrer Familie –, wie sie wusste, durchaus einen ähnlichen Effekt haben konnte.

Ehrfurcht war wohl das, was die meisten Menschen angesichts des

Palazzo Morelli empfanden. Das prunkvolle Gebäude aus dem frühen neunzehnten Jahrhundert hinterließ mit seinen zahlreichen Zimmern und den langen, dunklen Fluren bei jedem den Eindruck jahrhundertealter Macht und Reichtum.

»Ich bin der glücklichste Mann der Welt, seit ich mit dir zusammen bin«, fuhr Angelo mit seiner Schwärmerei fort.

Maria lächelte und schmiegte sich zärtlich an ihn. Für andere Frauen wäre der Jockey mit seiner Körpergröße von knapp einem Meter siebzig und einem Gewicht von nur zweiundfünfzig Kilo vermutlich nicht gerade der Inbegriff eines stattlichen Mannes gewesen, der Sicherheit und Geborgenheit vermitteln konnte. Doch die zierliche Maria fühlte sich durchaus wohl und beschützt, als Angelo sie jetzt umarmte und innig küsste. Sie legte ihren Kopf in den Nacken und erwiderte seinen Kuss voller Hingabe. Ihr war, als würde sich ihr ganzer Körper wie von selbst Angelo entgegenstrecken und sie konnte das Blut in ihren Adern pulsieren hören.

Als sie sich nach endlosen Minuten voneinander lösten, lachte Angelo laut auf. »Dass ausgerechnet ein Adler mir so den Kopf verdrehen muss. Und dann auch noch die Tochter des *capitano** …«

»Dass ausgerechnet ein Drache mir so den Kopf verdrehen muss. Und dann auch noch ein Jockey«, konterte Maria.

Und damit war wohl genau das auf den Punkt gebracht, was das einzige Handicap ihrer ansonsten so

* Die kursiv gesetzten Begriffe werden im Glossar erklärt.

wunderbaren Beziehung darstellte: Maria Morelli gehörte zur *contrada dell' aquila,* zum Stadtviertel des Adlers, und Angelo Barucci war in der *contrada del drago,* dem Stadtviertel des Drachen, geboren. Damit war eine Heirat von vornherein ausgeschlossen. Eigentlich. Doch zum Glück lebten sie ja nicht mehr im 19. Jahrhundert. Und deswegen stand der Termin für ihre Hochzeit in neun Monaten auch schon fest.

»Okay, unentschieden«, sagte Angelo grinsend und zog Maria mit sich fort, ohne ihre Hand loszulassen.

Der Tag neigte sich bereits seinem Ende zu und durch die kleinen Fenster fiel nur noch wenig Sonnenlicht. Die dunkle Holzvertäfelung an den Wänden des langen Flurs, der zu Marias Zimmer im ersten Stock des Palazzo führte, verschluckte den letzten Rest Tageslicht und sorgte für eine diffuse Stimmung, der die etwa dreißig großformatigen Ölgemälde in schweren goldenen Rahmen auch nichts entgegensetzen konnten.

Es war nun wahrlich nicht das erste Mal, dass sie Hand in Hand hier entlanggingen, aber zum ersten Mal fiel Angelo eins der Porträts in Marias Ahnengalerie besonders auf. Es war das Bildnis einer wunderschönen jungen Frau. Der intensive, leicht melancholische Blick aus den gemalten braunen Augen zog ihn plötzlich in seinen Bann. Vielleicht lag es an dem warmen Licht, das genau in diesem Moment von dem gegenüberliegenden Fenster auf das Porträt fiel und ihm eine gewisse Lebendigkeit verlieh. Vielleicht auch an etwas ganz anderem. Auf jeden Fall blieb Angelo stehen und betrachtete das Antlitz der jungen Frau, das ihm auf merkwürdige Weise vertraut schien.

»Sonderbar«, sagte er leise.

»Was ist denn sonderbar?«, wollte Maria wissen.

»Hängt dieses Bild schon immer hier?«

Maria lachte leise. »Ja, seit ...« Sie beugte sich vor und kniff ein wenig die Augen zusammen, um trotz der Dunkelheit die kleine Inschrift auf der glänzenden Messingtafel lesen zu können, die unter dem Porträt angebracht war. »... seit ungefähr hundertdreißig Jahren. Hier steht es, siehst du?« Sie deutete auf das Schild.

Eva Maria Morelli, 1879.

»Wer ist das?«, fragte Angelo, während er sich nun ebenfalls mit zusammengekniffenen Augen vorbeugte, um die Schrift zu entziffern.

»Wieso? Gefällt sie dir?«, fragte Maria kokett.

»Sie sieht dir ähnlich.«

»Und nicht nur das«, sagte Maria. »Sie trug außerdem den gleichen Namen wie ich.«

Angelo richtete sich wieder auf. Er konnte in diesem diffusen Licht ohnehin nicht erkennen, was auf der kleinen Tafel stand. Also ließ er es sich wohl besser von seiner Verlobten erklären. »Sie hieß Maria?«

»Nun, genau genommen hieß sie Eva Maria Morelli. Sie wurde 1858 als einzige Tochter meines Ururururundsoweitergroßvaters geboren. Außerdem hatte er noch zwei Söhne.« Maria betrachtete nun selbst das Bild ihrer Vorfahrin. »Das Porträt stammt von 1879. Es muss also kurz vor ihrem Tod gemalt worden sein. Sie wurde nämlich nur zweiundzwanzig Jahre alt.«

»Warum? War sie krank?«

Maria schüttelte den Kopf. »Nein«, antwortete sie, »sie erhängte sich an einem Baum im Garten. Und zwar an dem Tag, der eigentlich ihr schönster werden sollte.«

Angelo runzelte die Stirn. »Das ist aber eine gruselige Geschichte«, meinte er. »Wieso hat sie das getan?«

»Sie liebte einen jungen Mann, sein Name fällt mir gerade nicht ein, aber ihr Vater war gegen die Verbindung, obwohl er ihr, aus welchen Gründen auch immer, zugestimmt hatte. Jedenfalls war der Verlobte Eva Marias auch Jockey. So wie du. Er stammte aus der *contrada della pantera* und …«

Angelo unterbrach sie: »Ein Panther! Ausgerechnet der Erzfeind des Adlers!«

Maria schüttelte den Kopf. »Nein, damals waren der Panther und der Adler noch Verbündete. Sie wurden erst durch diese Geschichte zu Feinden.«

Angelo nickte verstehend. Er wusste, wie es lief: Manchmal waren es uralte Fehden, an die sich kaum noch jemand erinnerte, die für Feindschaft zwischen den einzelnen Stadtvierteln sorgten.

Maria fuhr fort: »Auf jeden Fall war Eva Marias Vater der *capitano* des Adlers. Und ihr Verlobter sollte für den Panther den Palio gewinnen.«

»Das ist ja verrückt«, sagte Angelo grinsend. »Das ist ja genau wie bei uns!«

Maria lächelte versonnen. »Ja, du hast recht! Das ist mir noch gar nicht aufgefallen.« Sie schüttelte den Kopf, als könnte sie es nicht recht glauben. »Auf jeden Fall hat meiner Familie das natürlich nicht gepasst. Es heißt, mein Ururururundsoweitergroßvater habe seinen Schwiegersohn in spe mit unlauteren Methoden um den Sieg gebracht. Das wiederum hat den jungen Mann – und mit ihm natürlich die gesamte *contrada della pantera* – derart erzürnt, dass er die Verlobung aufkündigte und in einer Nacht-und-Nebel-Aktion die Stadt verließ. Eva Maria hat ihn nie wiedergesehen …«

»… und hängte sich aus Trauer auf«, beendete Angelo die Geschichte an Marias Stelle.

Maria nickte. »Ja, am 28. August 1880. Zwölf Tage nach dem Palio. Dem Tag, an dem eigentlich die Hochzeit stattfinden sollte.«

»Verrückt«, sagte Angelo nachdenklich. Dann kam ihm ein weiterer Gedanke. »Wo hängte sie sich denn auf?«, fragte er und war sich gleichzeitig nicht sicher, ob er die Antwort überhaupt hören wollte. »Doch nicht etwa hier in diesem Garten?«

Marias Nicken bestätigte seine Befürchtungen. »Doch, genau hier.« Mit einer Kopfbewegung wies sie auf das kleine Fenster, hinter dem im Dämmerlicht die Wipfel der uralten Bäume im Garten der Familie Morelli vom Wind sanft hin und her bewegt wurden. »Angeblich hat der Baum danach an jedem 28. August eines Jahres all seine Blätter auf einmal verloren.«

»Das hört sich wirklich schauerlich an!«

»Und es wird noch schauerlicher«, sagte Maria mit unheilvoller Stimme. »Denn es heißt, Eva Marias Geist habe fast vierzig Jahre lang, und zwar genau bis zum Todestag ihres Vaters, in diesen Mauern gespukt. Erst danach fand ihre geschundene Seele Ruhe.«

»Uaaaa«, machte Angelo, hob die Hände und verzog das Gesicht zu einer Grimasse.

In diesem Augenblick schwang hinter ihnen das Fenster auf und die leichte weiße Gardine davor wehte im Abendwind wie der Rock einer Tänzerin, die sich in den Armen ihres Liebsten dreht.

Maria und Angelo zuckten zusammen und wandten sich erschreckt um, als erwarteten sie, jeden Moment Eva Marias Geist im weißen Gewand durch das offene Fenster hereinschweben zu sehen. Dann lachten sie, ein wenig verunsichert, und Maria schloss das Fenster wieder.

Vom Adler Schnabel, Kralle und Flügel.
Motto des Adlers (aquila)

1

Sonntag, 15. Juli, einen Monat und einen Tag vor dem Palio

Am nächsten Morgen stand Maria in dem kleinen Badezimmer, das unmittelbar an ihr Schlafzimmer angrenzte, und kämmte sich die Haare.

»Hundert Bürstenstriche am Tag lassen dein Haar glänzen.« Das hatte ihre *nonna* Giuletta immer zu ihr gesagt, als sie noch ein kleines Mädchen gewesen war. Und wer wollte das nicht? Glänzendes Haar ... Ob es nun an den hundert Bürstenstrichen pro Tag lag oder an etwas anderem, Marias schwarzes langes Haar glänzte jedenfalls wie frisch poliertes Ebenholz. Sie hielt ihr Gesicht nah an den Spiegel und betrachtete es eingehend. Eigentlich war sie mit dem, was sie sah, ganz zufrieden. Sie hatte eine reine Haut, große, braune, mandelförmige Augen mit langen, schwarzen Wimpern, einen vollen Mund mit schön geschwungenen roten Lippen und ausgeprägte Wangenknochen. Alles so, wie es sein sollte – wenn da nicht diese Nase gewesen wäre! Sie war nicht wirklich groß (gut, klein war sie auch nicht gerade), aber sie setzte zu weit oben an und war viel zu markant für ihr Gesicht. Maria fand, sie wirke dadurch streng und unweiblich. Natürlich wollte sie auch keine Stupsnase, die in den Himmel aufragte, aber ein kleines bisschen zierlicher hätte ihre Nase schon sein dürfen. Irgendwie passte sie nicht zum Rest. Doch Angelo sagte immer, er liebe ihre Nase, sie stünde ihr ganz hervorragend, denn sie wirke damit so »aristokratisch«.

Angelo sagte oft witzige Dinge. Zumindest fand Maria sie witzig. Auf jeden Fall brachte er sie mit seinen Bemerkungen häufig zum Lachen. Auch jetzt musste sie bei dem Gedanken an den gestrigen Abend unwillkürlich lächeln.

Angelo war so anders, als sie zuerst gedacht hatte. Wenn man ihn nicht kannte, wirkte er cool, unnahbar, fast schon ein wenig arrogant. Obwohl er jedem mit Freundlichkeit begegnete. Aber es war manchmal eine herablassende Freundlichkeit, die keinen Zweifel daran ließ, dass der »fliegende Engel« (Maria fand diesen Spitznamen ziemlich affig, doch Angelo gefiel er) unantastbar war. Manche nannten ihn auch »den unbestechlichen Drachen«, weil er – entgegen der Mehrzahl seiner Jockey-Kollegen – den Ruf hatte, dass man sich auf sein Wort verlassen konnte. Und dabei war er so sanft, zärtlich, warmherzig und in seiner Sehnsucht nach tiefer, aufrichtiger Liebe wirkte er fast schon ein wenig unsicher.

Maria dachte an den Tag zurück, als sie Angelo zum ersten Mal begegnet war. Ihr Vater hatte sie miteinander bekannt gemacht, während Angelo in der Eingangshalle des Palazzo Morelli wartete, um seine damalige Freundin Antonia von ihrer Arbeitsstelle abzuholen. Bei dem Gedanken daran, dass Angelo vor ihr mit der Haushälterin zusammen gewesen war, durchfuhr Maria immer noch ein kalter Schauer. Andererseits war das jetzt schon so lange her, dass es wohl kaum noch eine Rolle spielte. Immerhin waren Angelo und sie schon seit fast anderthalb Jahren ein Paar und seit drei Monaten sogar verlobt! Und Antonia hatte sich längst mit einem anderen Mann getröstet.

Am Anfang hatte Maria befürchtet, Antonia würde kündigen. Das hätte ihr Vater sicher nicht gutgeheißen, der der neuen Liebesbeziehung seiner Tochter ohnehin mit gemischten Gefühlen gegenüberstand. Aber Antonia hatte nicht gekündigt. Sie war jeden Tag pünktlich zur Arbeit erschienen und hatte sich, falls sie gekränkt gewesen war, zumindest nichts anmerken lassen.

Signore Morelli war hoch erstaunt gewesen, als er dem bekannten Jockey so unerwartet in seinem eigenen Haus begegnete. Angelo war in seiner Heimatstadt Siena eine kleine Berühmtheit, nicht zuletzt deswegen, weil er im letzten Jahr den Palio gewonnen hatte. Und als *capitano*, der für sein Stadtviertel, den Adler, alle Fäden der Organisation des weltberühmten Pferderennens in den Händen hielt – angefangen von der Geldbeschaffung bis hin zur Auswahl des Jockeys –, kannte Signore Morelli natürlich auch fast jeden Berufsreiter. Er stellte Maria und Angelo einander vor, die sich bis dahin nie persönlich begegnet waren. Doch das sollte sich kurz darauf ändern. Denn nicht nur Marias Herz hatte schneller geschlagen, als sie Angelo die

Hand reichte, auch das Herz des jungen Mannes war bei dieser ersten zaghaften Berührung ordentlich aus dem Takt geraten.

Maria hatte sich einige Zeit von Angelo umwerben lassen. Sie kannte den Ruf des »fliegenden Engels«, der nicht nur auf dem Rücken eines Pferdes über die Erde dahinschwebte, sondern dem man auch nachsagte, dass er von einem Frauenherz zum nächsten flog.

Aber schließlich hatte sie seinem Werben nachgegeben und sich mit ihm verabredet. Und danach war alles ganz selbstverständlich geworden und Angelo hatte mit seiner aufrichtigen Art ihr Herz im Sturm erobert. »›Die oder keine‹, habe ich gedacht, als ich dich sah«, verriet er ihr an ihrem ersten gemeinsamen Abend. Sein Verhältnis mit Antonia hatte er zu diesem Zeitpunkt längst beendet.

Maria hatte schnell gespürt, dass er meinte, was er sagte. Angelo sehnte sich ebenso nach wahrer Liebe wie sie. Vielleicht war er deswegen früher so unstet gewesen, weil er der richtigen Frau noch nicht begegnet war. In Maria hatte er sie endlich gefunden, und Maria hatte nie einen Grund gehabt, daran zu zweifeln, dass seine Liebe zu ihr aufrichtig und tief war.

Jetzt erinnerte sie sich daran, wie Angelo und sie sich am gestrigen Abend erschreckt hatten, als plötzlich das Fenster hinter ihnen aufschwang, während sie ihm die traurige Geschichte ihrer Vorfahrin Eva Maria Morelli erzählte. Jemand musste das alte Fenster nachlässig geschlossen haben, sodass ein leichter Windstoß reichte, um es aufzustoßen. Und sie erinnerte sich daran, dass Angelo gesagt hatte, ihre beiden Geschichten würden sich ähneln. Wie recht er doch hatte. Das war ihr bis jetzt gar nicht aufgefallen!

»Aber das Ende wird bei unserer Geschichte ein anderes sein«, sagte sie lächelnd zu ihrem Spiegelbild und legte die Bürste auf die Ablage. Immerhin waren seit damals weit mehr als hundert Jahre vergangen und vieles, wenn auch nicht alles, hatte sich geändert.

Maria wollte gerade nach ihrem Push-up-BH greifen, der über dem Handtuchhalter bereitlag, als die Tür mit Schwung aufgestoßen wurde. Erschrocken wirbelte sie herum – und blickte in Antonias Gesicht, die einen Putzlappen in der Hand hielt und nicht weniger erschrocken aussah als Maria.

»Oh … *mi scusi* … Signorina Morelli«, stotterte Antonia, sichtlich verlegen. Dabei flackerte ihr Blick unstet zwischen Marias Gesicht und ihren nackten Brüsten hin und her.

Maria versuchte, Haltung zu bewahren und ihre Blöße mit den Armen zu verstecken, während ihr gleichzeitig peinlich bewusst wurde, dass Antonia Angelos Ex-Freundin war und vielleicht ein besonderes Interesse daran hatte, ihre Figur zu begutachten. Gleich fühlte sie sich noch unwohler, zumal sie nur davon träumen konnte (was sie auch oft genug tat), so wundervoll geformte Brüste wie Antonia zu besitzen, die sich unter ihrer eng sitzenden Bluse deutlich abzeichneten.

Um so lieber hätte sie das Hausmädchen jetzt gern so richtig angefahren, was ihr einfiele, an einem Sonntagmorgen einfach so in ihr Badezimmer zu platzen. Sonntags bestand ihre Aufgabe ausschließlich darin, das Mittagessen für Signore Morelli zuzubereiten. Hier oben hatte sie also nichts zu suchen!

Doch dann wurde Maria bewusst, dass sie die Badezimmertür auch einfach hätte abschließen können. Außerdem fiel es ihr nach wie vor schwer, Antonia für irgendetwas zur Rechenschaft zu ziehen, seit sie ihr den Freund ausgespannt hatte.

Früher hatte sie sich oft mit Antonia angelegt, die die Unart besaß, sämtliche Unterlagen auf ihrem Schreibtisch durcheinanderzubringen, indem sie sie zu völlig unübersichtlichen Stapeln »ordnete«. Da lagen dann plötzlich persönliche Briefe zwischen Schulunterlagen und Quittungen zwischen alten Zeitschriftenseiten. Einmal hatte Maria deswegen sogar eine Schularbeit abgegeben, in der ein sehr persönlicher Brief von ihrer Freundin Claudia an sie gesteckt hatte, und ihr Lehrer hatte ihr den Brief mit einem süffisanten Grinsen auf den Lippen zurückgegeben. Manchmal hatte Maria sogar das Gefühl, Antonia wolle sie damit absichtlich ärgern. Oder sie schnüffele heimlich in ihren Papieren. Jedenfalls hatte sie Antonia noch nie besonders gut leiden können und ihrer Ehrlichkeit immer misstraut. Auch wenn sie dafür keinerlei Beweise hatte.

Mittlerweile hatte sie es sich jedoch vollkommen abgewöhnt, etwas zu sagen. Zu dankbar war sie dafür, dass Antonia nicht gekündigt hatte und ihr und Angelo augenscheinlich nichts nachtrug. Wäre es anders gewesen, hätte sie ihrem Vater gegenüber Rechenschaft ablegen müssen, der nicht wusste, dass Angelo vorher mit Antonia zusammen gewesen war.

»Es tut mir wirklich leid, Signorina«, entschuldigte

sich Antonia jetzt ein zweites Mal. »Ich habe es am Freitag nicht mehr geschafft, Ihr Bad zu putzen, da dachte ich …«

Maria zwang sich zu einem Lächeln. »Schon gut, Antonia, ich bin gleich fertig. Wenn Sie mir bitte noch zehn Minuten Zeit geben?«

»Selbstverständlich!« Antonia machte Anstalten, die Tür wieder zu schließen, und Maria ließ bereits die Arme vor ihrer Brust sinken, als sie die Haushälterin sagen hörte: »Ach, übrigens ist Ihr Cousin bereits eingetroffen. Er leistet Ihrem Vater in der Küche beim Frühstück Gesellschaft.«

»Alessandro ist schon da?«, fragte Maria erstaunt und vergaß vor Überraschung ganz, ihre Blöße wieder zu bedecken.

Antonia grinste als Antwort, so als verstünde sie Marias Überraschung, und schloss endlich die Tür von außen.

Maria wunderte sich. Ihr Cousin Alessandro war ihr bislang nicht gerade als Frühaufsteher bekannt. Und jetzt war es gerade einmal neun Uhr morgens. Vermutlich hatte er die Nacht mit seinen Kumpels durchgemacht und war direkt im Anschluss hierhergekommen, um sich ein bisschen mit seinem Onkel zu zanken.

Maria mochte Alessandro eigentlich sehr gern, obwohl er in ihren Augen ein ziemlicher Chaot war, der sein Leben nicht auf die Reihe bekam. Aber sie beide verbanden eine ganze Menge Kindheitserinnerungen – auch an Marias Mutter, Alessandros Tante, die bei einem Autounfall ums Leben gekommen war, als Maria gerade acht Jahre alt gewesen war.

Die auf dieses Unglück folgende Zeit hatte Maria nicht gerade in guter Erinnerung: Marias Vater versank nach dem Tod seiner über alles geliebten Frau monatelang in Schweigen und überließ seine kleine Tochter meistens sich selbst. Doch natürlich war auch für Maria die Mutter der Mittelpunkt ihrer Welt gewesen und ihr Verlust warf sie vollkommen aus der Bahn. Erst als die Lehrerin Signore Morelli mehrmals darauf aufmerksam machte, dass Maria – wenn überhaupt – zu spät in die Schule kam, nur schweigend im Klassenzimmer saß, mit ungekämmten Haaren, schmutzigen Kleidern und Tränen in den Augen, erwachte ihr Vater wie aus einem bösen Traum. Er engagierte Giuletta, die sich Maria mit all ihrer Liebe annahm und sich außerdem darum kümmerte, dass das Mädchen endlich wieder etwas Anständiges zu essen bekam und frisch gewaschen und vor allem regelmäßig zum Unterricht erschien. Das mit den Tränen erledigte sich dann – wenn auch erst nach einigen weiteren Monaten – von selbst.

Noch heute hing Maria mit kindlicher Liebe an Giuletta wie an einer leiblichen Großmutter, auch wenn die Haushälterin mittlerweile ihren wohlverdienten Ruhestand genoss, seit Antonia sie vor zwei Jahren abgelöst hatte.

Jetzt band Maria ihr widerspenstiges Haar mit einem Gummi zu einem lockeren Knoten zusammen und verließ anschließend eilig das Badezimmer. Die Tür ließ sie offen stehen, damit Antonia wusste, dass sie fertig war.

Als Maria die geräumige Küche betrat, saß ihr Vater an dem alten Holztisch, der in der Mitte des Raumes stand, und hatte einen Teller vor sich, während Alessandro mit einem doppelten Espresso in der Hand lässig an der Arbeitstheke lehnte.

Sie spürte sofort die gereizte Stimmung. Offensichtlich hatten die zwei Männer wie üblich ohne Verzögerung ein Thema gefunden, über das sie sich streiten konnten.

»Ciao, Cousinchen«, sagte Alessandro, als Maria ihn zur Begrüßung dreimal auf die Wangen küsste. Erst links, dann rechts, dann wieder links. Er war unrasiert und roch ein wenig nach Alkohol und Zigaretten. Also hatte sie recht mit ihrer Vermutung, dass ihr Cousin den Samstagabend mit seinen Freunden verbracht und sich nach einer durchzechten Nacht direkt auf den Weg zu seinem Onkel gemacht hatte.

»Du siehst wie immer bezaubernd aus«, stellte Alessandro fest, während Maria sich beeilte, auch ihrem Vater einen Guten-Morgen-Kuss zu geben.

»Und du siehst aus, als hättest du seit mindestens vierundzwanzig Stunden kein Bett mehr gesehen«, antwortete Maria.

»Das könnte ungefähr hinkommen«, bestätigte Alessandro und gähnte ausgiebig.

Signore Morelli grunzte missbilligend.

»Und was treibt dich so früh zu uns?«

»Wir bereiten eine geile Aktion gegen den Palio vor«, erklärte Alessandro und war sich der provozierenden Wirkung seiner Worte im Haus des *capitano* durchaus bewusst.

Offiziell war er als Student der Naturwissenschaften in Siena immatrikuliert und das schon seit vier Jahren. Allerdings glaubte Maria, dass ihr Cousin in dieser Zeit noch nicht eine einzige Prüfung abgelegt hatte. Vermutlich wusste er nicht einmal, wie das Universitätsgebäude von innen aussah. Dafür kannte er sich bestens in Sienas Nachtleben aus und war außerdem eifrig damit beschäftigt, Hühner aus Legebatterien zu befreien, gegen die Jagd und den Verzehr von Singvögeln zu demonstrieren und sich für den Kampf gegen die sogenannten Hundeheime einzusetzen, in denen es den Tieren oft schlechter ging, als wenn man sie auf der Straße gelassen hätte, und die nur der Profitgier der Betreiber nutzten.

Einerseits bewunderte Maria Alessandro, weil er sich so für den Tierschutz engagierte. Andererseits hatte sie manchmal das Gefühl, dass es ihm neben seiner Tierliebe vor allem um die Action ging, die sein Protest mit sich brachte. Und außerdem fand sie, dass er manchmal etwas übertrieb. Zum Beispiel, was den Palio anging. Sie konnte beim besten Willen nicht verstehen, was an diesem Rennen so schlimm sein sollte. Misstrauisch fragte sie deshalb, während sie sich ebenfalls aus der silbernen Kanne auf dem Herd Espresso in eine Tasse füllte und diese mit viel Milch auffüllte: »Was denn für eine Aktion?«

»Das hast du doch gehört«, brummte ihr Vater. »Eine Aktion gegen den Palio! Was spielt es da noch für eine Rolle, wie diese Aktion aussehen soll?«

Maria und Alessandro sahen sich hinter Signore Morellis Rücken schweigend an. Sie zog die Augenbrauen hoch und er verzog die Lippen zu einem Grinsen.

Erst im letzten Jahr, so erinnerte sich Maria, hatte Alessandro mit seiner Tierschutzorganisation eine Demonstration gegen den Palio auf die Beine gestellt. Und dafür handfeste Prügel von den Palio-Befürwortern kassiert.

»Der Palio ist nichts weiter als ein überaltertes Relikt, das endlich abgeschafft gehört«, behauptete Alessandro jetzt. Das Grinsen auf seinen Lippen war verschwunden.

Signore Morelli verschluckte sich fast an seinem Kaffee. »Der Palio ist Tradition!«, widersprach er. »Und ein waschechter Sienese wie du sollte das begreifen!«

»Eine Tradition, bei der seit 1970 fast fünfzig Pferde ums Leben gekommen sind!«, ereiferte sich Alessandro.

»Seitdem hat sich vieles getan«, behauptete Signore Morelli. »Die Schutzvorkehrungen während des Rennens werden laufend erhöht und verbessert. Und wenn sich tatsächlich mal ein Pferd verletzt, dann kommt es anschließend auf den Gnadenhof und darf dort ein gutes Leben führen.«

»›Wenn sich mal ein Pferd verletzt‹?« Alessandro schnaubte. »Es verletzen sich andauernd Pferde! Und ja, es hat sich viel getan, weil Leute wie ich dafür sorgen, dass sich etwas tut.« Seine Stimme wurde jetzt schneidend. »Aber es hat sich noch nicht genug getan, solange auch nur ein einziges Pferd bei diesem völlig schwachsinnigen Rennen gefährdet ist!«

Signore Morelli machte eine wegwerfende Handbewegung und fluchte leise vor sich hin. »... *stronzo ... faccia di culo*«, konnte Maria aus dem wütenden Genuschel ihres Vaters heraushören. Scheißkerl. Arschgesicht.

»Für die Jockeys ist es doch genauso gefährlich wie für die Pferde ... warum regst du dich darüber denn nicht auf?«, wollte Maria wissen und dachte dabei an Angelo.

»Weil die Jockeys ihre eigene Entscheidung treffen. Ihnen winken Geld und Ruhm, also nehmen sie das Risiko bewusst in Kauf. Aber was winkt den Pferden?« Alessandro machte eine kunstvolle Pause, bevor er seine Frage selbst beantwortete: »Nichts. Sie werden nicht gefragt, ob sie den Palio laufen wollen oder nicht. Sie müssen.«

Maria schwieg. Sie war sich nicht sicher, ob Alessandro recht hatte. Zwar musste sie zugeben, dass auch ihr die Pferde leidtaten, die sich verletzten, was tatsächlich relativ häufig vorkam. Dennoch liebte sie den Palio, das Rennen, die Aufregung, die Vorbereitungen in der *contrada*, wenn alle zusammenarbeiteten und jeder sein Bestes gab. Nicht zuletzt ihr Vater, der *capitano*. Und schließlich fand dieses Rennen seit bald tausend Jahren statt! Es war eine fest mit Siena verbundene Tradition, nirgendwo in Italien gab es etwas auch nur annähernd Vergleichbares. Touristen aus aller Welt kamen nach Siena, um an diesem einzigartigen kulturellen Ereignis teilzuhaben. Auch wenn man vielleicht noch ein bisschen mehr zum Schutz der Pferde tun konnte. Was das anging, musste sie Alessandro zustimmen. Trotzdem konnte sie sich beim besten Willen nicht vorstellen, ganz und gar auf dieses Fest zu verzichten.

Maria war immer noch in Gedanken versunken, als ihr Vater abrupt aufstand.

»Ich muss los«, sagte er. »Ich habe noch einiges zu erledigen.«

»Für den Palio?«, wollte Alessandro wissen und um seinen Mund spielte ein spöttisches Lächeln.

»Sicher für den Palio. Ich bin der *capitano*. Hast du das

vergessen? Morgen findet die Auslosung der letzten drei teilnehmenden *contradas* statt, und davor gibt es noch etliches zu tun.«

»Du meinst, Bestechungsgelder zahlen?«

Signore Morelli hob drohend den Arm. »Pass auf, was du sagst«, ermahnte er seinen Neffen.

Mein Name klingt nach Revolution.
Motto der Raupe (bruco)

2

Montag, 16. Juli, einen Monat vor dem Palio

Eine dieser Maßnahmen zum Schutz der Pferde und der teilnehmenden Jockeys, über die Signore Morelli am Tag zuvor mit seinem Neffen Alessandro gestritten hatte, bestand darin, dass nicht alle Stadtviertel Sienas an dem Rennen teilnehmen durften. Und genau darüber dachte Filipo Morelli jetzt nach, während er sich auf den Weg zum Palazzo Pubblico an der Piazza del Campo machte, wo die Auslosung der letzten drei in diesem Jahr teilnehmenden Contraden stattfinden würde. Wie in jedem Jahr genau einen Monat vor der Austragung des Palio am 16. August.

Insgesamt verfügte Siena über siebzehn Stadtviertel, *contradas* genannt. Früher waren es einmal weitaus mehr Stadtviertel gewesen, aber einige waren verschwunden oder in anderen Contraden aufgegangen. Da die für den Palio zur Verfügung stehende Rennstrecke auf der Piazza del Campo, dem historischen Marktplatz Sienas, für siebzehn Pferde und Reiter zu eng war, hatte man sich ein ausgeklügeltes System überlegt, um die Teilnehmerzahl auf zehn zu beschränken: Teilnehmen durften immer die sieben Contraden, die vom letzten Palio ausgeschlossen gewesen waren, sowie drei weitere, die in einer festgelegten Zeremonie genau einen Monat vor dem Rennen unter Aufsicht des Bürgermeisters und der siebzehn *capitani* gelost wurden. Und zu genau dieser Auslosung war Signore Morelli jetzt unterwegs.

Der mehr als hundert Meter hohe Torre del Mangia, der Turm auf dem Rathausgebäude, überragte Siena auf majestätische Art und Weise und war nicht nur so etwas wie das Wahrzeichen der Stadt, sondern er war auch von fast jeder Stelle in Siena aus sichtbar. Auch Signore Morelli hätte sich auf seinem Weg zum Zentrum der Stadt daran orientieren können, wenn er den Weg zur Piazza del Campo nicht ohnehin mit geschlossenen Augen gefunden hätte.

Im *capitano* brodelte eine gewisse Anspannung. In diesem Jahr war die Auslosung für seine *contrada,* den Adler, von besonderer Bedeutung. Der Turm, der Adler, die Welle, das Stachelschwein, der Wald, das Einhorn und die Wölfin standen als Teilnehmer bereits fest, denn sie hatten beim letzten Palio aussetzen müssen. Nun konnte Marias Vater nur beten, dass der Panther, der Erzfeind seiner *contrada,* nicht ausgelost werden würde. Denn natürlich würde der Panther alles daransetzen, einen Sieg des Adlers zu vereiteln.

Zwei Dinge waren beim Palio fast gleich wichtig: der eigene Sieg und die Niederlage des Erzfeindes. Auf beide Ziele wurde viel Aufwand und Mühe verwandt. Es würde für den Jockey des Adlers sehr viel leichter sein zu gewinnen, wenn er während des Rennens nicht vom Jockey des Panthers mit dem Ochsenziemer attackiert wurde.

Zugleich wünschte sich Signore Morelli, dass der Drache und die Eule – oder zumindest einer der beiden – gezogen werden würden, denn diese galten als Verbündete. Sie würden dem Jockey des Adlers eher zum Sieg verhelfen, als ihn zu behindern. Zumindest hatte er bei diesen beiden die größten Aussichten, mit Bestechungsgeldern etwas zu erreichen.

Signore Morelli erinnerte sich an Alessandros Bemerkung über das Zahlen von Bestechungsgeldern, die ihn gestern so aufgebracht hatte. Selbstverständlich wurden Bestechungsgelder gezahlt. Vor allem an die Jockeys der anderen Stadtviertel. Die Bestechlichkeit der *fantini* hatte sogar Eingang in die Sprache der Sienesen gefunden. Wenn man über jemanden sagte, »er ist wie ein *fantino«*, dann bedeutete das, diesem Menschen war nicht zu trauen. Aber darüber redete man doch bitte schön nicht! Etwas mehr Diskretion in diesen Dingen konnte man vom eigenen Neffen ja wohl erwarten! Auch wenn jeder wusste, dass die Jockeys untereinander geheime Absprachen trafen, manche sogar hinter dem Rücken ihres *capitano*.

Bei diesem Gedanken brach Signore Morelli kalter Schweiß aus, der sich auch beim Anblick der anderen *capitani*, die sich bereits vor dem Palazzo Pubblico versammelt hatten, nicht verflüchtigte. Doch er riss sich zusammen, schüttelte hier Hände, klopfte dort wohlwollend auf

Schultern oder nickte kaum merklich mit dem Kopf – je nachdem in welchem Verhältnis der Adler zu jener Contrade stand, deren *capitano* er gerade begrüßte.

Aus den Fenstern des Palazzo Pubblico, des Rathauses, hingen bereits die Fahnen der Stadtviertel, deren Teilnahme am diesjährigen Palio schon feststand, und auf dem Campo hatten sich etliche Schaulustige versammelt, um als Erste zu erfahren, welche Fahnen neben die sieben anderen gehängt werden würden. Es waren natürlich in erster Linie Mitglieder der Contraden, die darauf hofften, gelost zu werden: Raupe, Drache, Gans, Widder, Muschel, Panther, Schnecke, Schildkröte, Giraffe und Eule. Aber Signore Morelli entdeckte auch eine kleine Gruppe von etwa einem Dutzend mutiger Männer, die schweigend Plakate hochhielten, auf denen zu lesen war, dass der Palio Tierquälerei sei und abgeschafft gehöre.

Schnell wandte er den Blick ab, da er fürchtete, Alessandro unter den Demonstranten zu entdecken. Und das hätte seinen Blutdruck enorm in die Höhe getrieben.

In einem feierlichen Zug verschwanden die siebzehn *capitani* im Rathaus, um dort gemeinsam mit dem Bürgermeister die Auslosung nach einem festen Ritual vorzunehmen: Zuerst würde der Bürgermeister aus einer ersten Urne, in der die Namen aller siebzehn Contraden enthalten waren, drei ziehen. Die *capitani* dieser drei waren danach berechtigt, aus einer zweiten Urne, die nur die Namen der sieben Contraden enthielt, die noch nicht am Palio teilnahmen, wiederum drei zu ziehen. Und genau diese drei durften dann am Palio teilnehmen.

Jubelschreie hallten über die Piazza del Campo, als ein Bediensteter des Rathauses zunächst die in Grüntönen gestaltete Flagge der Gans aus dem Fenster hängte, dann die in Rot und Violett gehaltene Fahne des Panthers und zum Schluss die farbenfrohe des Drachen.

Von Jubelschreien war Signore Morelli dagegen weit entfernt. Die Ziehung der Gans konnte er ja noch mit einem wohlwollenden Nicken quittieren. Anders als der *capitano della torre,* der im Augenblick der Nennung seines größten Feindes in wüste Beschimpfungen ausbrach und behauptete, die Ziehung ginge nicht mit rechten Dingen zu, und überhaupt müssten Linksradikale ohne Sinn für Recht und Ordnung und die wahren Werte Italiens vom Palio ausgeschlossen werden. Dass es sich bei dem *capitano del'oca* um einen Linksradikalen handeln sollte, war Signore Morelli neu. Allerdings wusste er durchaus, dass der *capitano della torre* in der Tat ein treuer Anhänger der konservativen Partei war. Aber lange hatte er auch keine Zeit, sich über diese Frage Gedanken zu machen, denn schon stand er inmitten eines wüsten Handgemenges, nachdem der *capitano della torre* auch noch behauptet hatte, sein Kollege von der Gans sei ihm soeben mit voller Absicht auf den Fuß getreten.

Die Ziehung musste für einen Augenblick unterbrochen werden, bis die beiden Streithähne, die mittlerweile mit Fäusten aufeinander losgingen, getrennt werden konnten. Und während sich die Herrschaften noch die Kragen gerade rückten und die Rockschöße glattstrichen, musste nun Signore Morelli an sich halten, als er hörte, dass der Panther ebenfalls mit von der Partie sein sollte. Allerdings begnügte er sich damit, seinem Feind einen finsteren Blick zuzuwerfen und ihn ansonsten zu ignorieren, sodass ohne weitere Verzögerung das dritte Stadtviertel gezogen werden konnte: der Drache.

Filipo Morelli war beinahe ebenso enttäuscht wie die *capitani* der Raupe, des Widders, der Muschel, der Schnecke, der Schildkröte, der Giraffe und der Eule, die am diesjährigen Palio nicht teilnehmen durften. Das Ergebnis der Auslosung war weit hinter seinen Hoffnungen zurückgeblieben, denn die Teilnahme des Panthers würde die Siegeschancen des Adlers deutlich verringern und das Rennen darüber hinaus für Reiter und Pferd noch gefährlicher machen. Sollte wie im letzten Jahr Danilo für den Panther antreten, dann würden die knapp hundert Sekunden auf der Piazza del Campo kein Zuckerschlecken für den Jockey des Adlers. Danilo galt als nicht gerade zimperlich beim Einsatz des Ochsenziemers, der als Reitgerte nicht nur benutzt wurde, um das eigene Pferd anzutreiben, sondern auch, um gezielte Schläge gegen die anderen *fantini* zu platzieren.

Zudem wurde Signore Morelli erst jetzt bewusst, dass mit der Auslosung des Drachen einer der besten Jockeys die Chancen des Adlers zusätzlich verringerte und dass er unter diesen Umständen auch tatsächlich keine Möglichkeit mehr hatte, Angelo für seine Contrade zu verpflichten. Zwar war der Drache immerhin ein Verbündeter des Adlers, aber wäre er nicht gezogen worden, so hätte Morelli seinen zukünftigen Schwiegersohn engagieren können und damit mehrere Fliegen mit einer Klappe geschlagen: Er hätte einen ernst zu nehmenden Konkurrenten ausgeschaltet, die eigenen Siegeschancen durch das Engagement des zurzeit besten Jockeys erhöht und zugleich wäre er dem Dilemma entkommen, dass nun sozusagen ein zukünftiger Teil seiner eigenen Familie auf der falschen Seite stand.

Ach, war das alles kompliziert!

Angelo war ein echter Ausnahmejockey. Sowohl was seine reiterischen Fähigkeiten anging als auch seine Einstellung zu Loyalität und Ehre. Dass er zudem noch aus der Contrade stammte, für die er nun antrat, erhöhte natürlich seinen Ehrgeiz zu gewinnen. Alle anderen *fantini,* die am Palio teilnahmen, stammten aus anderen Regionen Italiens, hauptsächlich der Maremma und Sizilien, und verdingten sich nur des Geldes und des Ruhmes wegen beim Palio in Siena. Ein persönliches Interesse am Sieg hatten sie nicht.

Signore Morelli fluchte leise vor sich hin, während er an die Beziehung seiner Tochter zu Angelo dachte. Die Verlobung der beiden war ihm ein Dorn im Auge, und das nicht nur, weil Angelo den Ruf eines Schürzenjägers besaß. Maria dachte wohl, ihr Vater hätte nicht mitbekommen, dass Angelo vor ihr mit der Haushälterin Antonia zusammen gewesen war. Doch er wusste es und er konnte den jungen Mann sogar verstehen, denn Antonia war wirklich ein außergewöhnlich hübsches Mädchen.

Nein, das war es nicht, was ihn störte. Schlimmer war, dass er die beiden mit neunzehn und fünfundzwanzig Jahren für viel zu jung hielt, um in diesem Alter schon Pläne für ein ganzes gemeinsames Leben zu schmieden. Doch am schlimmsten wog, dass Angelo eben kein Adler war, sondern ein Drache. Mit Sorgen dachte Signore

Morelli an eine Zukunft, in der er dabei zusehen musste, wie seine Enkelkinder zu kleinen Drachen erzogen wurden: wie sie beim Palio Symbole des Drachen trugen und die falschen Fahnen schwenkten.

Vielleicht war es so gesehen ein Glück, dass sein zukünftiger Schwiegersohn weniger traditionsbewusst war, als er sich das eigentlich gewünscht hätte. Angelo hatte bereits angedeutet, dass ihm nicht allzu viel daran lag, nach der Hochzeit mit Maria im Stadtviertel des Drachen zu leben. Zurzeit lebte er nicht einmal mehr in Siena, sondern in einem kleinen Ort in der Umgebung, der näher an dem Gestüt lag, in dem er als Trainingsjockey beschäftigt war.

Ob Maria nach der Heirat ebenfalls dorthin ziehen würde? Nein, sie musste ja erst ihre Ausbildung zur Krankenschwester in Siena beenden. Und danach wollte sie Medizin studieren und Kinderärztin werden.

Signore Morelli seufzte. Hoffentlich blieb sie bei ihren ehrgeizigen Plänen. Dann lächelte er in sich hinein, als ihn plötzlich eine Woge der Zuneigung für seine Tochter überschwemmte. Es nutzte ja ohnehin nichts, sich über all diese Dinge den Kopf zu zerbrechen. Maria machte sowieso, was sie wollte. Das war schon immer so gewesen. Außerdem wollte er sich auch nicht allzu sehr in ihr Leben einmischen. Zu gut erinnerte er sich daran, wie es bei ihm selbst gewesen war, als er sich in Marias Mutter verliebt hatte, die sechzehn Jahre jünger gewesen war als er selbst. Ihre Eltern waren lange Zeit gegen diese Verbindung gewesen, die die große Liebe – nein, die einzige Liebe seines Lebens gewesen war. Was Elena wohl von den Heiratsplänen ihrer Tochter gehalten hätte? Vermutlich hätte sie Filipo ermahnt, sich da rauszuhalten, weil ihn das nichts anginge. Wenn Maria ihren Angelo liebte, dann sollte sie ihn auch heiraten. Basta!

Trotzdem blieb sein ungutes Gefühl, sowohl was die bevorstehende Hochzeit anging als auch den Palio, der durch die Teilnahme von Panther und Drachen noch brisanter zu werden versprach. Sorgenvoll schüttelte er den Kopf. Es gab noch manches zu erledigen, bevor er sich bequem zurücklehnen konnte, um den Ausgang der Geschichte zu verfolgen.

In Gedanken versunken, bahnte sich der *capitano* einen Weg durch die Menschenmenge auf dem Campo, die die Ergebnisse der Auslosung zum Teil fröhlich feierte, zum Teil aber auch in handfeste Auseinandersetzungen verstrickt war, die die Polizei vergeblich zu schlichten versuchte.

So war das eben mit dem Palio. Er dauerte das ganze Jahr über. *Il Palio si corre tutto l'anno.*

Schwer und mit langsamem Schritt
steigt die Chiocciola zum Campo herab,
um zu siegen.
Motto der Schnecke (chiocciola)

3

Donnerstag, 26. Juli, drei Wochen vor dem Palio

Maria war heiß. Das dünne T-Shirt klebte an ihrem Rücken und unter ihren Armen bildeten sich dunkle feuchte Flecken. Aber das Glühen ihrer Haut hatte nicht ausschließlich mit der Sonne zu tun, die ihre Kraft an dem wolkenlos blauen Himmel voll entfalten konnte. Angelos linke Hand auf ihrem Oberschenkel und seine rechte an ihrer Hüfte trugen nicht unerheblich zu der Wärmewirkung bei.

Sie saß auf seinem Schoß, ihr Gesicht war seinem zugewandt und beide hatten die Augen geschlossen, während sie sich zärtlich küssten. Maria war regelrecht schwindelig von der Intensität ihrer Gefühle, die sie alles um sich herum vergessen ließ: den parkähnlichen Garten, das Zwitschern der Vögel, das Summen der Insekten … Sie bekam nichts davon mit.

Die Zeit spielte ebenso wenig eine Rolle wie der Ort.

Es konnten Stunden vergangen sein oder auch nur wenige Minuten, als sie sich von Angelo löste, um wieder zu Atem zu kommen. Sie strich sich eine Haarsträhne aus der Stirn, griff nach seinen Händen, mit denen er sie erneut an sich ziehen wollte, und hielt sie fest. Sie spielte ein wenig mit dem Ring, den er an seinem rechten Ringfinger trug, und hielt ihren, der genauso aussah, daneben. Es waren auffallend breite Ringe aus Weiß- und Gelbgold mit einem hervorgehobenen abstrakten Muster. Sie lächelte, als sie daran dachte, wie sie die Ringe gemeinsam ausgesucht hatten. Es waren keine klassischen Verlobungsringe, trotzdem wollten sie damit jedem zeigen, dass sie zusammengehörten. Auch schon vor der Hochzeit. Nur der Palio würde sie noch einmal für eine kurze Zeit wenn auch nicht zu Gegnern, so doch zu Konkurrenten machen.

»Steht es eigentlich schon fest, dass du beim Palio für den Drachen reiten wirst?« Jetzt erst wandte Maria den Blick vom Ring ab und sah Angelo an.

Angelo nickte. »Natürlich.«

Maria schüttelte den Kopf. »Das wird meinem Vater nicht gefallen.«

Angelo zuckte mit den Schultern. »Tja …«, murmelte er.

»Nachdem du nun nicht mehr zur Verfügung stehst, wird er wohl versuchen, Fernando zu verpflichten.«

»Fernando ist gut«, bestätigte Angelo. »Leider ist er nicht besonders zuverlässig.«

»Das hängt vom Preis ab, habe ich meinen Vater sagen hören.«

Angelo lachte. »Zumindest erhöht ein anständiger

Betrag seine Loyalität, weil es anderen dann schwerer fällt, mitzuhalten.«

»Der Adler hat genug Geld«, antwortete Maria. Sie merkte selbst, dass sie ein wenig trotzig klang, und Angelos Schweigen bestätigte ihr Gefühl. Deswegen war sie auch nicht unglücklich, als ihr Handy in ihrer Hosentasche in diesem Augenblick vibrierte und ihr eine Möglichkeit gab, die Situation zu entschärfen. Nachdem sie einen Blick auf das Display geworfen und die SMS gelesen hatte, lächelte sie erfreut.

»Gute Nachrichten?«, fragte Angelo.

Maria nickte. »Sehr gute sogar«, antwortete sie, während sie eine kurze Antwort tippte und das Handy anschließend wieder einsteckte. »Claudia kommt zum Palio.«

»Ach, wie schön«, sagte Angelo und grinste. »Hoffentlich scheuen die Pferde nicht bei ihrem Anblick.«

Maria knuffte ihn in die Seite. »Hoffentlich stürzen die *fantini* nicht bei ihrem Anblick«, konterte sie.

»Das könnte natürlich auch passieren«, gab Angelo zu, während er sich das Bild von Marias bester Freundin in Erinnung rief, die mittlerweile in Mailand studierte und deswegen nur selten in Siena war. Er erinnerte sich noch gut an ihre erste Begegnung. Maria hatte ihn nicht im Geringsten vorgewarnt und es war ihm schwergefallen, seine Überraschung über Claudias Aussehen zu verbergen und sie freundlich zu begrüßen. Zwar war er es gewohnt, Frauen zu begegnen, die größer waren als er. Aber selten überragte ihn eine Frau gleich um eine Kopflänge. Und noch seltener trugen diese Frauen dann auch noch selbstbewusst hohe

Absätze. Allerdings musste er zugeben, dass Claudias Selbstbewusstsein durchaus gerechtfertigt war: Mit ihrer kufperroten Haarpracht, dem zarten Gesicht, den grünen Katzenaugen und dem feingliedrigen Körper hätte sie Model sein können. Umso angenehmer war er überrascht, als er im Verlauf des gemeinsam verbrachten Abends feststellte, dass diese Frau jede Menge Grips besaß.

»Ich weiß schon, was du denkst«, fuhr Maria neckend fort. »Solange nur Fernando bei Claudias Anblick vom Pferd fällt, kann es dir recht sein, nicht wahr?«

Angelo grinste. Doch dann wurde er plötzlich ernst. »Fernando ist ein harter Gegner, der nicht so leicht vor was zurückschreckt.«

Auch Marias Lächeln erstarb. »Eben. Deshalb mache ich mir ja Sorgen um dich.«

Angelo war offensichtlich gerührt, als er antwortete: »Das musst du nicht. An mich wird niemand so nah herankommen, dass er mir mit seiner Reitgerte etwas anhaben kann. Etwas anderes als meinen Rücken wird keiner der anderen *fantini* zu sehen bekommen.«

Maria wich ein Stück zurück und runzelte die Stirn. Sie wusste, dass Angelo eine gesunde Portion Selbstvertrauen besaß, und diese Eigenschaften schätzte sie besonders an ihm. Er scheute sich niemals, zu sagen, was er dachte. Und diese Tatsache gab ihr die Sicherheit, dass sie sich jederzeit auf sein Wort verlassen konnte. Und doch gab es auch die Momente, in denen sie sich über seine Arroganz ärgerte. »Fühl dich mal nicht zu sicher«, antwortete sie deshalb jetzt schnippisch. Sie hatte plötzlich das Gefühl, ihren Vater in Schutz nehmen zu müssen, der nicht weniger von sich und seinem Können als *capitano* überzeugt war als Angelo von seinen Fähigkeiten als Jockey. »Mein Vater ist wild entschlossen, den Palio in diesem Jahr für den Adler zu holen.«

Angelo spürte Marias Erregung. Und es entging ihm auch nicht, dass sie ihren Vater vor ihm verteidigte. »Und du?«, fragte er deshalb.

Es klang scherzhaft, aber Maria wusste, wie wichtig es ihm war, dass sie auf seiner Seite stand. Sie zuckte mit den Schultern. »Ich bin auch ein Adler, das darfst du nicht vergessen. Aber natürlich wird mein Herz ebenso für dich schlagen.«

»Nur ebenso?«

Maria lachte verlegen und wandte ihr Gesicht ab, um Angelo nicht in die Augen sehen zu müssen. Natürlich hatte sie sich ihre Gedanken darüber gemacht, wie sie damit umgehen sollte, dass ihr zukünftiger Mann für eine andere Contrade antrat. Sie war mit Leib und Seele Adler, dieses Zusammengehörigkeitsgefühl hatte sie bereits mit der Muttermilch aufgesogen. Genauso wie das Gefühl der Rivalität gegenüber anderen Stadtvierteln.

Sie erinnerte sich daran, wie sie als kleines Mädchen einmal mit Claudia und einer weiteren Freundin durch die Straßen Sienas gezogen war, um Geld für das Fest zu Ehren der Madonna zu sammeln. Damals bat sie auch eine ältere Frau um ihre Spende. Doch als die Alte die Blechdose sah, auf die Maria das Wappen des Adlers in Goldgelb und Schwarz gemalt hatte und mit der sie jetzt klimperte, antwortete sie barsch: »Nein, für den Adler gebe ich nichts!« Maria erinnerte sich nur zu gut an das

Gefühl, verletzt worden zu sein, und sie wurde immer noch wütend, wenn sie nur daran zurückdachte. Sie war doch noch ein Kind gewesen! Wie konnte eine erwachsene Frau nur so herzlos reagieren! Diese Zurückweisung hatte ihr lange Zeit zu schaffen gemacht und ihren Hass auf die anderen Contraden genährt.

Dabei war sie sich bewusst, dass sie viel häufiger mit Angelo in Streit geraten wäre, wenn er genauso an seinem Viertel gehangen hätte wie sie an ihrem. Zum Glück war dem nicht so. Seine Eltern stammten ursprünglich aus Civitavecchia, einer Stadt in der Nähe von Rom. Und auch wenn sie mittlerweile seit fast dreißig Jahren in Siena lebten und Angelo in der *contrada del drago* geboren und getauft worden war, so ging man in seiner Familie ein bisschen lockerer mit dem Thema Zusammengehörigkeit und Abgrenzung um als in ihrer eigenen alteingesessenen Familie. Irgendwann hatte Maria beschlossen, es einfach so zu sehen, dass sie zwei Chancen auf den Sieg hatte anstatt einer. Wenn der Adler den Palio gewann, gut. Wenn der Drache gewann, auch gut.

Angelo schaute sie immer noch erwartungsvoll an. Er wartete offensichtlich auf eine Antwort.

»Na ja, du weißt doch, wie das ist …«, murmelte sie ausweichend.

»Nein, weiß ich nicht«, behauptete Angelo augenzwinkernd. »Erklär's mir …«

Maria schloss die Augen und seufzte tief. Dann legte sie ihren Kopf auf seine Schulter.

Sanft umfasste Angelo ihr Kinn und drehte ihr Gesicht zu sich. »Der Drache fliegt schneller als der Adler«, scherzte er. »Er wird ihn fangen.«

»Das hat er doch schon«, flüsterte Maria und genoss die zarte Berührung seiner Lippen auf ihren. Sie war ihm unendlich dankbar dafür, dass er ihr mit seiner Reaktion zeigte, dass dies alles kein ernsthaftes Problem für ihn darstellte. Er neckte sie, ja, aber er liebte sie. Ob sie nun ein Adler war oder etwas anderes.

Es war nur ein leises Knacken im Unterholz hinter ihnen. Doch durch ihre Angespanntheit erschien Maria das Geräusch unnatürlich laut zu sein und so zuckte sie erschrocken zusammen. Ihr erster Gedanke galt Luigi, dem Sohn des Gärtners, der sich häufig auf dem Anwesen aufhielt, während sein Vater die Arbeit erledigte. Luigi schlich gern durch die Büsche und hatte sich schon mehr als einmal einen Scherz mit ihr erlaubt, indem er sie erschreckte. Es war also mehr als wahrscheinlich, dass der Junge sie und Angelo beobachtet hatte und jetzt leise versuchte, sich davonzuschleichen.

Lächelnd drehte sich Maria zu dem Gebüsch hinter der Bank um, auf der sie mit Angelo saß. Ihre Lippen formten bereits den Namen des Kindes. Doch als sie den Mann erkannte, der dort, nur wenige Meter von ihnen entfernt, das Weite suchte, schrie sie erschrocken auf.

Angelo verlor keine Sekunde. Er sprang hoch und stürzte dem Eindringling hinterher. Maria rief seinen Namen, doch Angelo hörte sie nicht. Oder er wollte sie nicht hören. Er bahnte sich einen Weg durch die Büsche, ohne auf die Zweige zu achten, die ihm hart ins Gesicht peitschten. Er rannte und rannte, eine unbändige Wut im Bauch. Wer wagte es, sich auf dem Privatgelände herumzutreiben und Maria und ihn heimlich zu beobachten?

Nach einigen Metern stolperte er über eine Baumwurzel und während er sich noch mit rudernden Armen zu fangen versuchte, wuchs der Vorsprung des anderen weiter an. Der Eindringling kletterte geschickt über den großen, schmiedeeisernen Zaun, der das Anwesen der Morellis umgrenzte, schwang sich auf seine Vespa und raste mit aufheulendem Motor davon.

Atemlos blieb Angelo stehen.

Er rang immer noch nach Luft, als er zu Maria zurückkehrte. Es war weniger der Sprint, der ihn erschöpft hatte, als vielmehr die Wut über die Unverfrorenheit des Einbrechers und der Ärger darüber, den Kerl nicht erwischt zu haben. Er hob die Arme, um Maria zu zeigen, dass er leider nichts erreicht hatte.

»Er ist mir entwischt«, stieß er hervor. »Und da kann er verdammt noch mal von Glück reden. Denn wenn ich ihn gekriegt hätte, dann ...« Er schlug mit seiner rechten Faust in seine linke Handfläche.

Maria schwieg fassungslos. Das Intermezzo hatte sie mehr erschreckt, als sie zugeben wollte. »Ich hab ihn erkannt«, flüsterte sie dann. »Ich weiß, wer es war.«

»Wer?« Angelos Augen funkelten wütend.

»Zuerst dachte ich, es sei Luigi«, erklärte sie, »der Sohn des Gärtners. Aber dann habe ich gesehen, dass es Gianluca war.« Ihre Stimme zitterte, als sie den Namen aussprach.

»Schon wieder dieser Clown?«

Maria nickte, während sie gleichzeitig zu verarbeiten versuchte, dass ihr alter Klassenkamerad nicht einmal davor zurückschreckte, ihr in ihrem eigenen Zuhause aufzulauern. »Ich weiß langsam nicht mehr, was ich noch machen soll. Ich hab ihm schon mehrmals deutlich gesagt, dass ich nichts von ihm will und er mich endlich in Ruhe lassen soll. Aber er will es wohl einfach nicht verstehen.«

»Wenn dieser Penner sich noch einmal hier blicken lässt, dann werde ich schon dafür sorgen, dass er versteht«, knurrte Angelo.

Maria sah ihren Verlobten an und sagte nichts.

»Ich will um jeden Preis verhindern, dass der Adler zur *nonna* wird«, sagte Signore Morelli zu dem sehr viel kleineren Mann, der ihm gegenüberstand.

Nonna, also Großmutter, nannte man abfällig die *contrada,* die die längste Zeit keinen Palio gewonnen hatte. Zurzeit trug die Eule diesen zweifelhaften Titel, doch auch der letzte Sieg des Adlers lag schon einige Jahre zurück.

Die Auslosung der letzten drei teilnehmenden Contraden war in jedem Jahr so etwas wie der Startschuss für die abschließenden Vorbereitungen. Signore Morelli hatte zwar auch vorher bereits mit dem Jockey Fernando verhandelt und ihn für das Rennen verpflichtet, doch jetzt ging es darum, den *fantino* auf den Sieg für den Adler einzuschwören. Koste es, was es wolle. Und Morelli ließ es sich eine ganze Menge kosten.

»Kann ich mich darauf verlassen, dass du für den Adler reitest?«

»Das ist doch eine ausgemachte Sache.«

»Du weißt, was ich meine, Fernando. Keine Absprachen mit anderen. Sind wir uns da einig?« Morelli reichte dem Jockey die Hand.

»Was denken Sie von mir, *capitano!*« Überzeugend spielte Fernando den Empörten, während er sich den Geldschein in die Hosentasche schob. Dass es ein Fünfhunderter war, entging ihm nicht.

Signore Morelli sparte sich eine Antwort. Was er über Fernandos Loyalität dachte, behielt er lieber für sich. Er war einer der besten, aber auch einer der unzuverlässigsten. Man brauchte ihm nur einen Geldschein in die Hand zu drücken und schon flitschte sein Ochsenziemer in die bestellte Richtung.

Wenigstens das war etwas, was er von seinem zukünftigen Schwiegersohn nicht behaupten konnte. Leider, dachte Signore Morelli, denn Angelo hatte, als sein Schwiegervater in spe das Gespräch mit ihm suchte, keinen Zweifel daran gelassen, dass er für Absprachen mit dem *capitano dell' aquila* nur begrenzt zur Verfügung stand. Trotz der zukünftigen Verbindungen. Er ritt für den Drachen und damit basta. Klar war, dass der Drache dem Adler nicht schaden würde, aber den Sieg an ihn abtreten? Das würde er ganz gewiss auch nicht – egal, wie viel Geld Morelli Angelo bot.

Gegen seinen Willen musste Marias Vater zugeben, dass ihm Angelos Ehrlichkeit gefiel, obwohl sie ihm im Augenblick nicht gerade zupasskam. Außerdem hatte er die Hoffnung noch nicht ganz aufgegeben, dass Maria es sich vielleicht anders überlegte oder ihm etwas einfiel, womit er sie davon abhalten konnte, diesem »Engel« das Jawort zu geben. Falls er sich jedoch damit abfinden müsste, dass Maria ihr Eheversprechen einlöste, dann hatte er zumindest einen ehrlichen Schwiegersohn. Und wenn er sich Fernando so anschaute, musste er zugeben, dass diese Eigenschaft nicht die schlechteste war.

Ich sehe in der Nacht.
Motto der Eule (civetta)

4

Montag, 26. Juli 1880, drei Wochen vor dem Palio

»Eva, meine Liebe, sei doch bitte so gut und schaue einmal nach, wie weit Marta mit meinem Bettwärmer ist.«

Eva Maria runzelte die Stirn. Aber nur ganz leicht, damit ihr Vater es ja nicht sah. »Ich bin sicher, dass Marta den Bettwärmer bereits in Euer Schlafgemach gebracht hat, Vater. Ihr wisst doch, dass Marta in diesen Dingen äußerst zuverlässig ist.«

»Sieh doch bitte dennoch nach.«

Eva Maria kannte ihren Vater gut genug, um zu wissen, dass er nur einen Grund suchte, sie aus dem Zimmer zu weisen. Und er wiederum kannte seine Tochter gut genug, um zu wissen, dass sie ihn durchschaut hatte und sich nicht so einfach wegschicken ließ.

Sie sahen einander schweigend in die Augen, bis Lorenzo sich unwohl zu fühlen begann und sich räusperte.

»Also gut, Eva. Ich möchte mit Lorenzo etwas besprechen«, gab Signore Andrea Morelli endlich zu.

»Nur zu«, erwiderte sie. »Ich werde Euch nicht stören.«

Drohend hob ihr Vater eine Augenbraue und sie wusste, dass sie sich auf gefährliches Terrain vorwagte.

»Ich möchte dich nicht damit belasten, meine Liebe, es wäre nicht schicklich, wenn du dir darüber Gedanken machtest.«

»Ich verspreche Euch, Vater, ich werde mir keine unschicklichen Gedanken machen.«

Jetzt war Signore Morelli kurz davor, zu platzen. »Es handelt sich aber um Männergespräche, die nicht für die Ohren einer Frau bestimmt sind.«

»Ich kann mir nicht vorstellen, was mein Vater und mein Verlobter zu besprechen hätten, das nicht für meine Ohren bestimmt sein sollte«, wagte Eva Maria einen letzten Versuch. Wohl wissend, dass es da eine ganze Menge gab. Angefangen von der Mitgift, die Lorenzo nach der Hochzeit erhalten würde, bis hin zu weitaus brisanteren Themen wie zum Beispiel der Frage nach der Jungfräulichkeit der Braut.

Signore Morellis Faust landete so schwungvoll auf dem Tisch, dass sein Weinglas vibrierte. »Eva«, schrie er, »jetzt reicht es! Tu, was ich sage!«

Ihr Blick suchte den ihres Verlobten. Sie wünschte sich, dass Lorenzo ein Wort für sie einlegte. Aber er starrte nur vor sich hin und ignorierte sie. Fürchtete er sich so sehr vor ihrem Vater? Oder war es ihm am Ende egal?

Eva Maria kämpfte mit den Tränen. In letzter Zeit war sie erstaunlich nah am Wasser gebaut. So kannte sie sich gar nicht. Sie fühlte sich gedemütigt. Aber nachdem nicht einmal Lorenzo zu ihr stand und ihrem Vater die Stirn bot, gab sie nach. Sie erhob sich, ihre Röcke raffend, und versuchte, möglichst würdevoll den Raum zu verlassen. Im Flur jedoch blieb sie stehen und presste ihr Ohr ganz dicht an das Holz der Zimmertür.

»Nun, Lorenzo, in drei Wochen findet der Palio statt.«

Schweigen.

»Ihr wisst, dass ich Euch für Eure reiterischen Fähigkeiten zutiefst bewundere.«

»Das ist sehr freundlich von Euch, Signore Morelli.«

»Das Problem ist, Ihr reitet für die falsche *contrada.*«

»Bei allem Respekt, Signore Morelli, aber das sehe ich nicht so.«

»Ich denke doch! Immerhin wollt Ihr in einem Monat meine Tochter heiraten.«

Schweigen.

»Meint Ihr nicht, ein bisschen Entgegenkommen wäre in Anbetracht dieser Tatsache sinnvoll?« Das war wieder die Stimme ihres Vaters.

Schweigen.

»Überleg dir, Lorenzo, auf welcher Seite du stehst.« Nicht nur Vaters Ton wurde vertraulicher. Er wechselte auch von der förmlichen Anrede ins inoffizielle Du. Und Eva Maria ärgerte sich. Hatte sie doch gewusst, dass ihr Vater als *capitano* seiner *contrada* versuchen würde, Lorenzo in ein abgekartertes Spiel hineinzuziehen! Und sie wusste auch, dass Lorenzo sich niemals darauf einlassen würde. Deshalb wunderten sie seine nächsten Worte auch nicht.

»Ich bin ein Panther«, hörte sie Lorenzo sagen. »Und

ich werde diesen Palio für meine Familie, für meine *contrada* reiten.«

»Aber welches ist deine Familie, wenn du meine Tochter heiratest?«

»Der Panther und der Adler sind Verbündete«, antwortete Lorenzo. »Dennoch reite ich für die *contrada,* in der ich geboren wurde.«

»Nun, das kannst du ja auch. Zumindest offiziell.«

Lorenzo schwieg erneut.

Signore Morelli seufzte laut, nachdem er eine Weile vergeblich auf eine Antwort gewartet hatte. »Und zu welcher *contrada* werden meine Enkelkinder gehören?«

»Zum Panther natürlich«, erwiderte Lorenzo jetzt. »Meine Kinder werden selbstverständlich kleine Panther.«

Eva Maria schloss die Augen. Sie wollte gar nicht hören, was ihr Vater dazu zu sagen hatte. Aber nein, natürlich wollte sie es doch hören! Und sie hörte es auch.

»Das werden wir erst noch sehen«, entgegnete Morelli. Seine Stimme war schneidend. »Du weißt, dass ich der Verbindung zwischen dir und meiner Tochter nur aus einem einzigen Grund zugestimmt habe.«

»Und aus ebendiesem Grund werdet Ihr Eure Einwilligung auch nicht wieder zurückziehen«, erwiderte Lorenzo schlagfertig. Seine Stimme war vollkommen ruhig, als er fortfuhr: »Es ist mindestens ebenso sehr in Eurem Interesse wie in meinem, dass diese Hochzeit stattfindet. Und zwar möglichst bald.«

Hinter der Holztür bekam Eva Maria mit, wie ihr Vater über die Unverfrorenheit des jungen Mannes empört nach Luft schnappte. »Raus mit dir, *bastardo!* R a u s!« Den letzten Befehl schrie er.

Sie konnte gerade noch rechtzeitig den Kopf zurückziehen, bevor die Tür aufgerissen wurde und Lorenzo mit zornesroten Wangen an ihr vorbeistürmte, ohne sie auch nur wahrzunehmen.

»Lorenzo!«, rief sie ihm nach. »Lorenzo, so warte doch!« Sie streckte die Hände nach ihrem Verlobten aus, um ihn aufzuhalten, um ihn in ihre Arme zu schließen und aus seinem Mund zu hören, dass zwischen ihnen alles in Ordnung war. Dass der Streit mit ihrem Vater nichts mit seinen Gefühlen für sie zu tun hatte.

Doch Lorenzo schüttelte unwirsch ihre Hände ab, entwand sich ihrem Versuch, ihn zu umarmen, indem er sie an der Schulter fasste und von sich weghielt, während seine Augen sie böse anfunkelten. Schließlich wandte er sich ab und eilte durch die Eingangshalle des Palazzo Morelli zur Haustür. Mit einem lauten Knall fiel die schwere Eingangstür hinter ihm ins Schloss.

Eva Maria presste entsetzt die Hände fest auf ihren Mund und kämpfte gegen die Tränen an, die in ihr aufsteigen wollten. In seinem Blick hatte nicht der geringste Funke Liebe gesteckt. Nicht der geringste. Nur Wut und … ja … Hass …

Zutiefst verstört ließ sie die Arme sinken und strich sich unwillkürlich mit der rechten Hand über den flachen Bauch.

Das Herz, das in mir glüht,
wird zu Flammen im Rachen.
Motto des Drachen (drago)

5

Donnerstag, 2. August, zwei Wochen vor dem Palio

Antonia wischte mit festem Druck über den Spiegel und hauchte anschließend dagegen. Dann wischte sie erneut. Energisch. Voller Wut. Als könnte der Spiegel etwas dafür.

»Scheißkerl«, zischte sie. Am meisten ärgerte sie, dass sie sich so ärgerte. Hatte sie nicht in Mario den Mann ihres Lebens gefunden? Er liebte sie, trug sie auf Händen, las ihr jeden Wunsch von den Augen ab, bevor sie ihn auch nur ausgesprochen hatte. Warum nur stieg dann manchmal noch diese unbändige Wut in ihr hoch?

Als sie Angelo vorhin im Flur begegnete, war ihr Herz für einen Augenblick beinahe stehen geblieben. Er hatte sich in den frühen Morgenstunden heimlich aus Marias Zimmer geschlichen, ein entrücktes Lächeln auf den Lippen und sich das Hemd in die Hose stopfend. Dabei hatte er so verdammt glücklich ausgesehen, dass es ihr einen tiefen Stich versetzte. Natürlich war ihr sofort klar gewesen, dass er die Nacht mit Maria verbracht hatte. Und sie besaß genug Fantasie, um sich auszumalen, womit sich die beiden die Zeit vertrieben hatten.

»Na und?«, murmelte sie jetzt vor sich hin. »Das kann mir doch völlig egal sein!« War es aber nicht. Nein, es verletzte sie immer noch, dass Angelo sie so eiskalt für Maria abserviert hatte. Er hatte sie sitzen gelassen für eine Frau, die so typisch italienisch aussah, dass es schon langweilig war. Ganz anders als sie selbst mit ihrem dunkelblonden Haar, den türkisfarbenen Augen, den vollen roten Lippen in dem herzförmigen Gesicht und der kurvenreichen Figur, die jedes Männerherz höherschlagen ließ. Antonia wusste, dass sie hübsch war. Wenn sie lächelte, strahlten ihre ebenmäßigen weißen Zähne, um die sie sicher jede Hollywoodschauspielerin beneidete. Und für ihre Brüste hätte so manche Frau bereitwillig eine Menge Geld beim Schönheitschirurgen bezahlt. Ja, sie war sexy – aber nicht sexy genug für Angelo. Der hatte ihr eine Frau vorgezogen, die nichts Besonderes an sich hatte außer einer Menge Geld und einem noblen Elternhaus. Nein, das stimmte nicht ganz. Antonia wies sich selbst zurecht. Natürlich war Maria hübsch. Hübsch und überheblich. Als wäre es ihr Verdienst, dass ihr auf der Welt jede Tür offen stand. Maria, die sich einbildete, etwas Besseres zu sein, weil sie eine Morelli war. Dabei war sie nichts weiter als eine *ragazza impertinente,* eine verwöhnte Göre, die mit einem goldenen Löffel im Mund geboren worden war. Was konnte sie, Antonia, dafür, dass ihre Eltern nicht so viel Geld besaßen wie die Morellis? Und dass sie deswegen nur die Möglichkeit bekommen hatte, eine Hauswirtschaftsschule zu besuchen und als Dienstmädchen für reiche Leute zu arbeiten, die sich zu fein waren, ihren Dreck selbst wegzumachen, anstatt zu studieren.

Selbstverständlich hatte Angelo sie freundlich angelächelt, als sie einander im Flur begegnet waren. Freundlich und ein bisschen verlegen. Und bei seinem Anblick war ihr das Herz in die Hose gerutscht. Dieses jungenhafte Lächeln mit dem schiefen Mund, den blitzenden Augen und dem Grübchen auf der linken Wange. Doch sie hatte sich nichts anmerken lassen (wenigstens hoffte sie das). Denn er sollte nicht wissen, nicht einmal ahnen, wie sehr er sie verletzt hatte, als er sie für Maria verließ.

»Ciao, Antonia, wie geht es dir?«, hatte er sie gefragt, fast ein wenig von oben herab, als sei er jetzt, da er mit der Tochter des Hausherrn schlief und nicht mehr mit dem Dienstmädchen, etwas Besseres als sie.

»Nein«, sprach Antonia zu sich selbst. »Ich kann wirklich froh sein, dass ich diesen Scheißkerl los bin.« Und trotzdem malte sie sich insgeheim aus, wie sie Angelo und Maria eins auswischen könnte. Warum sollte eigentlich nur sie sich die ganze Zeit grämen? Wie wäre es wohl, wenn sie Angelo und Maria mal einen gehörigen Schrecken einjagte? Allein bei dieser Vorstellung huschte ein Lächeln über ihr Gesicht. Sie brauchte es ja nicht wirklich zu tun, es reichte schon, darüber nachzudenken, um sich gleich etwas besser zu fühlen. Und daran war ja wohl nichts Verbotenes.

Marias Absätze klapperten auf dem alten Pflaster. Sie ging schnell, obwohl sie es nicht eilig hatte. Trotzdem blieb ihr genug Zeit, ihre Umgebung zu betrachten.

Überall hingen bereits gelbe Fahnen mit dem Zeichen der Contrade aus den Fenstern und an den Hauswänden: ein zweiköpfiger Adler mit einer Krone über den Häuptern, der in seinen Krallen ein Zepter, ein Schwert und einen kaiserlichen Globus hielt.

Ringsum wurde geputzt, die Straßen und Häuser auf Hochglanz gebracht, und Vorkehrungen für den Palio getroffen. Die Menschen eilten geschäftig an ihr vorbei, alte Frauen trugen stapelweise frisch gewaschene und gestärkte Tischtücher unter den Armen von hier nach dort oder schrubbten die Tische und Stühle fürs Festbankett, während sich junge Männer im Schwenken und Werfen der Fahnenstangen übten.

Maria lächelte zufrieden. Wie sie diese Geschäftigkeit in ihrem Viertel in den Tagen vor dem Rennen liebte! Alle packten mit an, um den Palio zu einem Erfolg werden zu lassen. Sie fühlte sich wie ein Teil einer sehr, sehr großen Familie. Nicht zuletzt deshalb, weil sie ständig jemand grüßte oder ihr zuwinkte.

»Ciao, Maria!«

Maria erkannte die Stimme auf Anhieb. Sie war ihr so vertraut wie die Stimme ihres Vaters oder ihrer Freundin Claudia. Noch bevor sie sich umdrehte, wusste sie, wer sie da gerufen hatte.

»Ciao, Guiletta!« Sie küsste die alte Frau auf beide Wangen. Dafür musste sie sich ein wenig herunterbeugen, denn Giuletta war sogar noch ein bisschen kleiner als sie selbst. Außerdem trug Maria Schuhe mit Absätzen.

»Wie geht es dir? Ich freue mich so, dich zu sehen!«

Giuletta legte ihre knochige alte Hand an Marias Wange und betrachtete sie liebevoll. »Ach, wie soll es einer alten Frau schon gehen«, sagte sie. »Aber wie geht es dir? Du siehst dünn aus, mein Kind, isst du auch genug?«

Maria musste ein Lachen unterdrücken. Giuletta hatte sich schon früher stets Sorgen darum gemacht, dass Maria genug zu essen bekam. In die Schule hatte sie ihr deshalb nicht ein oder zwei, sondern gleich drei Brote mitgegeben, die Maria natürlich nie aufessen konnte, die sie aber regelmäßig an ihre Klassenkameraden verschenkte, damit Giuletta zufrieden war.

»Natürlich esse ich genug«, antwortete sie jetzt.

»Du musst mehr auf die Rippen kriegen«, fuhr Giuletta fort. »Das mögen die Männer, weißt du?«

»Ach, Giuletta, mach dir keine Sorgen um mich. Angelo mag mich so, wie ich bin.«

»Aber natürlich tut er das«, stimmte Giuletta ihr zu. »Sonst wäre er ja auch ein Dummkopf.«

Die zwei Frauen lachten.

»Wann besuchst du uns mal wieder?«, fragte Maria. »Mein Vater würde sich bestimmt auch freuen, dich zu sehen.«

»Meine Tochter kommt nächstes Wochenende mit meinen Enkelkindern«, erzählte Giuletta, »aber ich komme gern bald noch einmal vorbei. Vielleicht nach dem Palio. Vorher gibt es ja immer so viel zu tun.«

Und wie aufs Stichwort riefen die anderen Frauen bereits wieder nach Giuletta.

»Also dann nach dem Palio«, sagte Maria, »versprochen!« Und sie lächelte herzlich, während ihr Giuletta noch einmal zuwinkte und sich anschließend umwandte, um mit dem Aufräumen und Putzen fortzufahren.

Maria blickte der alten Haushälterin eine Weile hinterher. Sie freute sich zu sehen, dass es Giuletta gut ging. Und spätestens beim Festbankett am Abend vor dem Rennen, auf dem sich das gesamte Stadtviertel traf, um gemeinsam zu essen und zu trinken, würde sie ihr wieder begegnen. Vielleicht hatten sie dann ja mehr Zeit füreinander.

Maria setzte ihren Weg fort. Auf das Festbankett freute sie sich jedes Mal, es war das schönste Fest des Jahres. Und dieses Mal würde es sicher besonders schön werden, weil Claudia aus Mailand zu Besuch kam. Sie hatte eine Menge mit ihrer besten Freundin zu besprechen. Bei ihrem letzten Telefonat hatte Claudia angedeutet, dass es zwischen ihr und ihrem Freund, einem Kommilitonen, den sie im ersten Studiensemester kennengelernt hatte, in letzter Zeit nicht mehr so gut lief und dass sie sich häufig stritten. Nun, dafür hatte Maria im Augenblick wahrhaftig genug Kraft für zwei. Bei ihr und Angelo war alles genauso wie es sein sollte. Sie freute sich deshalb darauf, für ihre Freundin da sein zu können. Leider würde Angelo während des Festessens nicht an ihrer Seite sein, denn er feierte selbstverständlich mit seiner Familie und seinen Freunden in der *contrada del drago.* Streng bewacht von seinem *capitano,* damit er keine Absprachen mit anderen treffen konnte. Dabei würde er das ohnehin nie tun.

Sie lächelte verliebt. Angelo hatte ihr erzählt, wie ihr Vater versucht hatte, ihn zu einem Geschäft zu überreden. Er sollte Fernando während des Rennens helfen und ihm den Panther vom Leib halten. Natürlich hatte Angelo das abgelehnt. Maria wäre zwar froh gewesen, wenn er dem Adler seine Unterstützung zugesichert hätte, andererseits liebte sie ihn für seine Unbestechlichkeit.

Welches Pferd dem Adler wohl bei der Verlosung zugesprochen werden wird?, überlegte sie, als sie jetzt an der *casa del cavallo,* dem Pferdestall, vorbeikam. »Stall« war eigentlich nicht das richtige Wort. *Casa del cavallo,* Haus des Pferdes, war die weitaus treffendere Bezeichnung. Auch die Auslosung des Pferdes war etwas, das sich der Einflussnahme des *capitano* entzog. Genau diese Mischung aus guter Vorbereitung und Glück – manche nannten es wohl auch Schicksal – war es, was den Palio so reizvoll machte.

Auch in der *casa del cavallo* liefen die Vorbereitungen für die Ankunft des Pferdes bereits auf Hochtouren. Obwohl es noch einige Zeit dauern würde, bis das Pferd einziehen konnte. Und doch wurde der Raum schon mit Bildern der vergangenen Sieger geschmückt, die Halfter wurden ordentlich aufgehängt und alles für die Ankunft des *bàrbaro,* des Pferdes, vorbereitet. Ob es nun eine *brenna* werden würde, ein klapperiger Gaul, der kaum Siegchancen hatte, oder ein *cavallo buono,* ein gutes Pferd, lag allein in der Hand Gottes.

Maria schlenderte weiter und erkannte den jungen Mann sofort, der wenige Meter vor ihr am Tisch eines Straßencafés saß und in einer Zeitung blätterte. Und während sie ihn betrachtete, fiel ihr einmal mehr auf, wie attraktiv er war. Sein dichtes, dunkles, leicht gelocktes Haar war ein bisschen länger und verlieh ihm, zusammen mit dem obligatorischen Dreitagebart und dem kantigen Gesicht, etwas Verwegenes. Dabei war er recht groß und hatte eine sehr sportliche Figur. Es verwundert nicht, dachte Maria, dass er bei Frauen gute Chancen hat. Sie konnte sich noch daran erinnern, dass sie selbst einmal unsterblich in Alessandro verliebt gewesen war. Damals war sie vielleicht dreizehn oder vierzehn, als Alessandros bloße Anwesenheit bei Familienfesten ihr die Sprache verschlug und sie zu einem albern kichernden Geschöpf mit vor Aufregung geröteten Wangen werden ließ. Aber obwohl Maria glaubte, ihre Liebe sei offensichtlich, hatte Alessandro nie etwas von ihrer Schwärmerei bemerkt. Vielleicht war er aber auch nur höflich genug gewesen, nicht darauf einzugehen. In seinen Augen war Maria damals vermutlich nichts anderes als ein pubertierender Teenager, während er sich selbst mit seinen knapp achtzehn Jahren für erwachsen hielt.

Als Maria dann so alt war, hatte es eine Zeit gegeben, in der Alessandro die junge Frau in ihr entdeckte und betont nett zu ihr war, wodurch ihre Gefühle für ihn wieder aufflammten. Sie erinnerte sich sehr gut an einen Abend, an dem sie intensiv miteinander geflirtet und sogar ein wenig geknutscht hatten. Bei dem Gedanken daran bekam sie noch heute rote Wangen.

An diesem Abend hatten sie wohl beide gemerkt, dass das keine gute Idee gewesen war, und eine Weile fühlten sie sich beide peinlich berührt, wenn sie einander begegneten. Doch spätestens seit Angelo in Marias Leben getreten war, gehörte dieses Thema der Vergangenheit an und sie konnten wieder ganz unbefangen miteinander umgehen. Und so freute sich Maria jetzt, ihren Cousin zu sehen, und lief schnurstracks auf ihn zu.

»Ciao, Alessandro«, sprach sie ihn an und blieb an seinem Tisch stehen.

Alessandro blickte zu ihr hoch und grinste schief, als er sie erkannte. »Ciao, *bella!*« Er stand auf und begrüßte sie mit den obligatorischen Wangenküssen, bevor er seine Zeitung zusammenfaltete und auf den freien Stuhl an seinem Tisch deutete. »Setz dich zu mir und trink eine Tasse Kaffee mit. Oder hast du es eilig?«

Maria schüttelte den Kopf. »Nein, ich habe Zeit«, sagte sie, während sie bereits Platz nahm und sich bei dem aufmerksamen Kellner einen Espresso macchiato bestellte.

»Wie geht es dir, Cousinchen?«, fragte Alessandro.

»Ganz gut«, antwortete Maria. »Ich genieße noch meine letzten freien Tage, bevor ich im September meine Ausbildung beginne.«

»Ach ja, richtig«, sagte Alessandro. »Krankenschwester, nicht wahr?«

Maria nickte. »Ja, und im Anschluss daran will ich Medizin studieren. Mal sehen.« Sie nippte an ihrem heißen Kaffee. »Und was macht dein Studium?«

Er zuckte mit den Schultern. »Im Augenblick mache ich nicht so viel an der Uni.«

»›Im Augenblick‹?«

Alessandro grinste. »So bin ich halt, was soll ich tun? Es liegt mir nicht, mein ganzes Leben im Voraus zu planen. Ich warte lieber ab, was auf mich zukommt.«

»Wenn du zu lange wartest, kommt vielleicht überhaupt nichts mehr auf dich zu.«

»Ach, sei doch nicht so pessimistisch«, erwiderte Alessandro. »Irgendetwas ergibt sich immer.«

»Wenn du meinst …«

»Wie geht es deinem Vater?«

»Er hat sich von eurem letzten Zusammentreffen wieder erholt.«

Alessandro lachte. »Und dieser hübschen Kleinen? Antonia heißt sie, nicht wahr?«

Maria zog die Augenbrauen hoch. »Woher kennst du unsere Haushälterin?«

»Ich bin ihr das letzte Mal bei euch begegnet. Ein sehr nettes Mädchen.«

»Ach ja?«

»Oh ja, nett und hübsch.«

»Hübsch ist sie, das muss ich zugeben«, sagte Maria. »Aber nett? Hast du dich denn mit ihr unterhalten?«

»Allerdings«, sagte Alessandro, »und ich finde sie sehr sympathisch.«

Maria machte ein skeptisches Gesicht. Antonia und sympathisch? Das war ihr bis jetzt entgangen.

Alessandro bemerkte ihre Zweifel. »Sie interessiert sich sehr für Musik, hat sogar eine ganze Menge Ahnung davon. Und außerdem unterstützt sie eine Organisation, die sich um herrenlose Katzen kümmert. Wusstest du das?«

»Nein.« Maria musste zugeben, dass sie überrascht war. Sie hatte sich nie Gedanken darüber gemacht, was Antonia wohl für ein Mensch war und wofür sie sich interessierte. Oder ob sie sich überhaupt für irgendetwas interessierte. Vielleicht hatte sie einfach alles, was mit Antonia zusammmenhing, absichtlich ausgeblendet, weil sie nicht wusste, wie sie damit umgehen sollte, dass Angelo früher mit ihr zusammen gewesen war. Es war für sie einfacher gewesen, Angelos Interesse an Antonia auf das Thema Sex zu reduzieren, anstatt darüber nachzudenken, welche Gemeinsamkeiten die beiden womöglich noch gehabt haben könnten.

»Na, da habt ihr ja Themen, über die ihr reden könnt«, antwortete sie jetzt. »Allerdings muss ich dich enttäuschen, denn soweit ich weiß, ist Antonia bereits in festen Händen.«

Alessandro tat so, als würde er sich ärgern. »Ach, was habe ich aber auch immer für ein Pech. Erst schnappt mir dieser Zwerg von einem *fantino* die Frau meines Lebens weg und jetzt auch noch das.«

Maria lachte. »Du wirst schon noch eine abkriegen.«

»Meinst du?«

Sie trank den letzten Schluck ihres Kaffees aus und stand auf. »Da bin ich mir ganz sicher«, sagte sie und küsste Alessandro über den Tisch hinweg. »Kommst du eigentlich zum Festbankett?«

Alessandro zuckte die Schultern. »Weiß ich noch nicht. Wir müssen erst noch sehen, wann wir unsere Aktion durchziehen.«

Maria warf ihm einen fragenden Blick zu. »Was für eine Aktion?«

»Hab ich doch schon gesagt. Gegen den Palio.«

Maria verzog das Gesicht. »Das habe ich wohl verdrängt.«

»Du wirst Augen machen, darauf kannst du dich verlassen.«

»Da bin ich mir sicher«, murmelte sie. »Da bin ich mir sogar ganz sicher.«

Je höher der Kopf, desto höher der Ruhm.
Motto der Giraffe (giraffa)

6

Donnerstag, 9. August, eine Woche vor dem Palio

Eines stand fest: Dies würde ein besonders aufregender Palio werden, denn es gab mehrere miteinander verfeindete Contraden, die daran teilnahmen. Da waren nicht nur die Wölfin und das Stachelschwein, sondern auch der Turm, der es gleich mit zwei Feinden aufnehmen musste: der Gans und der Welle. Und natürlich gab es den Adler und den Panther.

Wenn verfeindete Contraden aufeinandertrafen, bedeutete das immer ein besonders hartes Rennen. Es gab Menschen, die sich freuten, wenn die Zusammenstellung der Contraden so ausfiel, dass handfeste Auseinandersetzungen unter den Zuschauern vorprogrammiert waren. Sie ergötzten sich an der aufgeheizten Stimmung, genossen das Adrenalin, das reichlich durch die Adern floss, während sie zusahen, wie die Anhänger der einzelnen Contraden aufeinander losgingen. Signore Morelli gehörte definitv nicht zu dieser Art von Menschen. Im Gegenteil.

Der *capitano* zerbrach sich den Kopf darüber, bei welchem der *fantini* sich das Schmiergeld, das er zu zahlen bereit war, am meisten lohnen würde. Der Wald und der Drache würden während des Rennens weitestgehend unbehelligt bleiben, denn sie hatten keine Feinde. Ebenso wie das Einhorn, dessen Feind, die Eule, nicht mitreiten würde. Beim Drachen, seinem zukünftigen Schwiegersohn, biss Signore Morelli allerdings auf Granit. Er hatte es bereits versucht und Angelo hatte ihn zurückgewiesen. Natürlich würde er nichts unternehmen, was dem Adler ausdrücklich schadete, aber er war auch nicht bereit, Geld anzunehmen, um einen anderen Jockey am Start zu behindern oder während des Rennens mit dem Ochsenziemer zu traktieren. So dumm das auch war.

Die *fantini* von Turm, Gans, Welle, Stachelschwein und Wölfin würden genug damit zu tun haben, den Attacken der anderen zu entgehen. Die meisten Chancen rechnete sich Marias Vater deshalb beim Jockey des Waldes aus. Er hatte nicht mit besonders boshaften Angriffen zu rechnen und seine beiden Verbündeten, Schildkröte und Schnecke, ritten gar nicht erst mit, sodass er vielleicht bereit war, Fernando, dem Jockey des Adlers, ein wenig unter die Arme zu greifen, wenn er dafür anständig bezahlt wurde. Allerdings kamen die anderen *capitani* sicher auch auf diese Idee. Und wer garantierte ihm, dass sich der Jockey des Waldes nicht die Taschen mit dem Geld aller vollstopfte und sich dabei ins Fäustchen lachte?

Den ganzen Abend hatte Marias Vater über seinen Zetteln gebrütet, auf denen er die Namen der anderen Contraden geschrieben hatte, und sie hin und her geschoben, um sich eine Taktik zu überlegen. Wem würde er Schmiergeld anbieten? Wem nicht?

Jetzt stand er am Rand der Rennbahn vor den Toren der Stadt und beobachtete aufmerksam das Rennen. Denn einige der Pferde, die hier starteten, würden eventuell auch beim Palio laufen. Noch stand die endgültige Auswahl allerdings nicht fest.

Der *capitano* musterte die Pferde: Fabioncello war der Sieger des letzten Palio. Sollte das Los dieses Pferd für den Adler bestimmen, so kam das einem Sechser im Lotto gleich.

Fabioncello war ein hübscher Brauner, dessen Exterieur in jeder Hinsicht den Rassestandards des Salerners entsprach, einer der ältesten italienischen Pferderassen, die einer Kreuzung zwischen Andalusier und Neapolitaner entstammte. Er hatte ein Stockmaß von einem Meter sechzig, einen ausgeprägten Kopf, eine lange Schulter und eine kräftige, leicht abfallende Hinterhand. Insgesamt hatte er ein ausreichend stabiles Fundament, um sich gegen Kontrahenten durchzusetzen. Außerdem war er intelligent und reaktionsschnell.

Ja, sollte das Schicksal dem Adler Fabioncello zuweisen, dann würde Signore Morelli nicht nur vor Freude eine Luftsprung machen, er wäre sogar bereit, der Kirche Oratorio di San Giovanni Battista in seinem Stadtviertel eine anständige Spende zukommen zu lassen. Marias Vater verdrehte die Augen zum Himmel, als hoffte er, dass dort oben jemand seine Gedanken und sein Versprechen mitbekommen hatte und entsprechend handelte.

Denn sollte der Adler stattdessen ein Pferd wie jenes zugesprochen bekommen, das in diesem Augenblick am *capitano* vorbeigeführt wurde, dann ... Aber daran wollte Morelli lieber gar nicht erst denken.

Amarosa gebärdete sich, als wäre ein Rudel Wölfe hinter ihr her. Sie wieherte, schlug aus und versuchte unentwegt zu steigen. Ihre Flanken zitterten und glänzten schweißnass und sie hatte bereits Schaum vor den Nüstern, obwohl das Rennen noch gar nicht gestartet worden war.

Signore Morelli schüttelte den Kopf. Nein, die heilige Mutter Gottes mochte verhindern, dass Amarosa für den Adler lief. Er verstand auch nicht, warum dieses Pferd zu jenen gehörte, die in die engere Wahl für den Palio gekommen waren. Gut, es hatte Temperament und konnte auch schnell sein, wenn es wollte. Nur wollte es eben meistens nicht. Amarosa hatte gewiss gute Anlagen und vielleicht würde aus ihr eines Tages ein brauchbares Rennpferd werden, wenn es jemand fertigbrachte, ihr Temperament zu zügeln und in die richtigen Bahnen zu lenken. Und wenn sie es schaffte, vor einem Rennen ein bisschen weniger nervös zu sein. Aber noch war sie in etwa so unberechenbar wie ein Sandsturm in der Wüste.

Über Manolo, der jetzt an ihm vorbeigeführt wurde, wusste Signore Morelli so gut wie nichts. Allerdings erschien ihm der Wallach etwas lahmarschig. Das, was Amarosa an Temperament zu viel hatte, hatte Manolo offensichtlich zu wenig.

Und das nächste Pferd, Ragazza, hatte seine besten Zeiten eindeutig hinter sich. Vor fünf oder sechs Jahren konnte es mehrere Rennen dominieren. Doch das war lange her. Der *capitano* hielt es deshalb für fraglich, ob Ragazza noch einmal ausgewählt werden würde.

Die Stute Fairway machte dagegen einen guten und austrainierten Eindruck. Signore Morelli nickte wohlwollend bei ihrem Anblick. Wenn sie zu den zehn gewählten Pferden gehörte, würde das ihr erster Palio sein. Aber bei anderen Rennen hatte der Schimmel bereits bewiesen, dass er etwas konnte. Und Morelli beschloss, seine Stimme für dieses Pferd herzugeben, wenn es in drei Tagen zur Abstimmung kam.

Wenn er sich allerdings ein Pferd aussuchen dürfte, so würde seine Wahl auf Fabioncello fallen. Aber natürlich suchte sich der *capitano* das Pferd nicht selbst aus, sondern war auf das Schicksal des Loses angewiesen. Andernfalls hätten sich vermutlich zehn erwachsene Männer um das Recht geprügelt, Fabioncello in die eigene *casa del cavallo* zu führen.

»Ciao, Filipo!« Der kleine Mann mit einem für einen Süditaliener ungewöhnlich hellen Haarschopf streckte dem *capitano* die Hand entgegen.

»Ciao, Gabriel!« Signore Morelli drückte die ihm dargebotene Hand herzlich. Die Begegnung mit den Jockeys war der zweite Grund für seine Anwesenheit auf dieser Rennbahn. Neben der Begutachtung der Pferde war der Kontakt zu den *fantini* von erheblicher Bedeutung für das Gelingen eines Rennens. Wen konnte man für sich gewinnen? Wer lehnte eine Kooperation entschieden ab?

»Wie geht's?«

»Könnte nicht besser sein.«

»Du reitest für den Wald, habe ich gehört?«

Der Jockey nickte und kratzte sich dabei im Nacken. Signore Morelli rieb sich innerlich bereits in Vorfreude die Hände. Was konnte es Besseres geben, als einen guten alten Bekannten zu treffen, mit dem man schon mehr als einen Abend lang getrunken und gelacht hatte, und ihn um einen klitzekleinen Gefallen zu bitten?

»Das freut mich«, fuhr er deshalb fort und klopfte seinem Gegenüber freundschaftlich auf die Schulter. »Der Wald kann sich glücklich schätzen, einen so erfahrenen, guten Jockey wie dich zu bekommen.«

Gabriel grinste und entblößte dabei eine wenig attraktive Zahnlücke, die er sich bei einem seiner Reitunfälle zugezogen hatte. »Ich habe gehört, der Adler hat Fernando an Land gezogen?«

»Er war zur richtigen Zeit am richtigen Ort, also haben wir ihn gefragt.«

»Ich verstehe.«

»Hör mal, Gabriel.« Der Ton des *capitano* wurde vertraulicher. »Ich mache mir ein bisschen Sorgen wegen Danilo.«

»Er reitet wieder für den Panther, nicht wahr?«

»Genau. Und der Panther und der Adler … na, du weißt schon …«

Wie viele seiner Kollegen war Gabriel gebürtiger Sizilianer. Die Feinheiten der sienesischen Freundschaften und Feindschaften erschlossen sich ihm deshalb nicht automatisch. Trotzdem wusste jeder Jockey, der am Palio teilnahm, darüber Bescheid, wie die einzelnen Contraden zueinander standen.

»Danilo ist ein guter Jockey«, sagte Gabriel. »Aber für seinen Erfolg geht er auch über Leichen.«

»So ist es«, bestätigte Morelli. »Und deshalb mache ich mir Sorgen.«

Gabriel nickte stumm.

»Meinst du …« Der *capitano* zog einen Fünfhunderter aus seiner Hosentasche, fasste in einer freundschaftlichen Geste nach Gabriels Hand und drückte den Schein hinein, den Gabriel, ohne einen Blick darauf zu werfen, in seiner Jackentasche verschwinden ließ.

»Aber klar doch, Filipo«, sagte er. »Wir sollten mal wieder zusammen einen trinken gehen, was?«

»Auf jeden Fall, alter Freund. Und das geht auf meine Rechnung, verlass dich drauf.«

Gabriel lachte, winkte dem *capitano* noch einmal zu und verschwand im Gedränge.

Signore Morelli sah ihm zufrieden hinterher. Dieser Fünfhunderter war gut investiert. Da war er sich sicher. Und während er seinen Blick weiter über die Menge schweifen ließ, erblickte er Danilo, der in ein Gespräch mit dem *fantino* des Stachelschweins vertieft war. Als hätten sie gerade über ihn gesprochen, sahen beide gleichzeitig zu ihm hinüber. Müde hob Morelli eine Hand und winkte den beiden zu, die augenblicklich zurückwinkten. Selbst wenn man gerade die boshaftesten Gemeinheiten ausheckte, war es eine Frage des Anstands und der Ehre, einen dargebotenen Gruß zu erwidern. Doch trotz der demonstrierten Freundlichkeit nahm sich der *capitano* vor, nach einer passenden Gelegenheit zu suchen, um mit dem Jockey des Stachelschweins ein Wort zu wechseln. Natürlich würde ihm der Mann nur versichern, dass ihm nichts ferner läge, als sich in den Streit zwischen Panther und Adler einzumischen. Und Morelli wusste jetzt schon, dass das eine saftige Lüge sein würde. Aber was sollte er machen? Seufzend wandte er sich ab und entdeckte Marcello, den Jockey des Einhorns – auch er ein alter Bekannter. Und Signore Morelli hatte nicht die Absicht, auch nur eine einzige Chance ungenutzt zu lassen.

»Ciao, Marcello!«, rief er und der Jockey wandte sich sofort zu ihm um, als hätte er nur darauf gewartet, angesprochen zu werden.

»Ciao, Filipo! Was machst du denn hier?«

»Ach, du weißt doch, wie das ist«, erwiderte Morelli, »man sieht und hört sich um.«

Marcello nickte. »Natürlich. Ich verstehe. Und was machen deine Vorbereitungen für den Palio, *capitano?*«

»Sind in vollem Gange. Apropos Palio … hör mal, Marcello, du reitest dieses Jahr doch fürs Einhorn, oder?«

Marcello nickte stumm.

»Und der Panther hat ausgerechnet Danilo wieder verpflichtet.«

»Ein scharfer Hund.«

Jetzt war es Morelli, der nickte. »Meinst du …« Er tastete erneut nach einem Geldschein, als Marcello einen Ausfallschritt nach vorne machte und genau auf seinen Zehenspitzen landete. Der *capitano* trug weiche Slipper und musste einen Aufschrei unterdrücken, indem er die Augen zukniff. Als er sie wieder öffnete, blickte er genau in Danilos Gesicht, der ihn und Marcello unter zusammengezogenen Augenbrauen finster anstarrte, bevor er betont gelassen weiterschlenderte, als sei nichts gewesen.

Marcello stieß einen leisen Fluch aus. »Dieser *figlio di puttana* hat mich von hinten angerempelt.«

»Glaubst du, er hat unser Gespräch belauscht?«

Marcello zuckte mit den Schultern. »Und wenn schon«, knurrte er. »Wenn der meint, er könnte mich ins Bockshorn jagen, dann hat er sich gewaltig geirrt.«

Signore Morelli grinste. Vermutlich war es besser, den Geldschein zu lassen, wo er war. Marcello hatte soeben ein viel überzeugenderes Argument erhalten, Danilo während des Rennens im Auge zu behalten.

Marias Absätze klapperten weiterhin auf dem Kopfsteinpflaster. Sie hatte Alessandro im Café zurückgelassen, dachte aber immer noch über ihr Gespräch nach. Gegen ihren Willen hatte er ihr eine Facette von Antonia gezeigt, die sie gar nicht sehen wollte. Es war so viel einfacher, nichts über das Dienstmädchen zu wissen. Vor allem nichts, was aus ihr einen netten Menschen machte.

Sie blieb an einem Schaufenster stehen und betrachtete eine Weile ein paar hübsche braune Sandalen mit Absatz, bis sie sich eingestand, dass sie bereits ein ähnliches Paar besaß. Entschlossen ging Maria weiter, doch schon nach wenigen Minuten beschlich sie ein seltsames Gefühl. Sie drehte sich um und musterte aufmerksam die Gesichter der anderen Passanten. Irgendwie fühlte sie sich unwohl. Als würde sie verfolgt. Da war dieses merkwürdige Gefühl im Rücken, als ob jemand sie beobachtete. Aber da war nichts, weshalb sie nervös werden sollte. Doch sosehr sie sich selbst schalt – das Gefühl, dass jemand hinter ihr herschlich, wurde sie einfach nicht los. Wer sollte mich schon verfolgen?, überlegte sie. Und warum?

Der Einzige, der ihr einfiel, war Gianluca. Hatte er sie

hier, mitten in der Stadt, entdeckt und war dreist genug, ihr hinterherzuspionieren?

Maria seufzte. Wie oft hatte sie sich schon für ihren Fehler verteufelt. Sie hätte es wissen müssen. Niemals hätte sie ihn küssen dürfen. Und es war zu einfach, dem Alkohol allein dafür die Schuld zu geben. Sie hatte auf dem Schulball definitiv zu viel getrunken und Gianluca war den ganzen Abend, wie die Jahre zuvor, nicht von ihrer Seite gewichen, hatte sie mit Komplimenten überschüttet und sie mit seinen tiefschwarzen Augen angehimmelt. Und er sah ja auch nicht gerade schlecht aus. Trotzdem. Sie hatte gewusst, dass sie sich niemals in ihn verlieben würde. Die Chemie stimmte einfach nicht zwischen ihnen. Dennoch war sie am Ende des Ballabends schwach geworden und hatte seine Annäherungsversuche nicht länger abgeblockt. Mehr als ein einziger Kuss in einer der dunklen Ecke der Tanzfläche war es nicht gewesen. Und dieser eine Kuss hatte sie schlagartig nüchtern werden lassen. Doch bei Gianluca hatte er das genaue Gegenteil bewirkt, denn seit diesem Augenblick vor mehr als anderthalb Jahren klebte er wie ein Schatten an ihr. Bereits am nächsten Tag hatte er angerufen, liebestrunken, als wäre der eine verirrte Kuss das Versprechen auf ein gemeinsames Leben gewesen.

Maria hatte ihm geradeheraus gesagt, dass es ein Fehler gewesen sei und er sich keine Hoffnungen machen sollte. Doch er hatte sie gar nicht erst ausreden lassen.

Zuerst waren es nur Blumen gewesen, die er ihr jeden Tag schickte. Rote Rosen. Dann kamen Liebesbriefe, die sie ebenfalls ignoriert hatte. Als immer mehr Blumen kamen, ging sie dazu über, die Rosen zurückzuschicken. Aber auch das nutzte nichts. Morgens, mittags und abends stand der Blumenkurier vor dem Haus mit Sträußen, die so groß waren, dass sie kaum durch die Tür passten.

Da hatte Maria Gianluca angerufen und ihn höflich, aber bestimmt gebeten, sie endlich in Ruhe zu lassen.

Doch er hörte nicht auf sie. Und als sie sich keinen Rat mehr wusste, bat sie ihren Vater um Hilfe.

Signore Morelli sprach ein ernstes Wort mit Gianluca und danach herrschte eine Zeit lang Ruhe.

Maria glaubte schon, ihr Verehrer hätte endlich begriffen, bis er eines Abends, als sie nach Hause kam, vor ihrer Tür stand. Sie schickte ihn weg, aber am nächsten Abend war er wieder da. Und am übernächsten auch. Schließlich drohte ihm Signore Morelli mit der Polizei, wenn er nicht aufhörte, seine Tochter zu belästigen.

Aber selbst diese Drohung prallte an Gianluca ab, der anfing, ihr mitten in der Stadt aufzulauern, wenn sie nachts, nach einem Treffen mit ihren Freundinnen, nach Hause ging. Schließlich verlor sie die Nerven und schrie ihn bei einer dieser unfreiwilligen Begegnungen an und beschimpfte ihn wüst. Doch statt endlich aufzugeben, packte er sie hart am Arm und schüttelte sie. Er hörte nicht auf ihre erschreckten Schreie, spuckte sie sogar voller Hass an! Mitten ins Gesicht. Dann endlich rannte er davon.

Maria war zutiefst erschrocken. Zeigte ihr sein Verhalten doch, wozu Gianluca fähig war, wenn er sich abgewiesen und verletzt fühlte. Aber nach diesem Zwischenfall kehrte für einige Monate Ruhe ein. Bis sie ihn, gemeinsam mit Angelo, vor wenigen Tagen im Garten ihres Hauses entdeckt hatte.

Ob es jetzt auch wieder Gianluca war, der sie verfolgte? Sie hatte geglaubt, die Sache gehöre endlich der Vergangenheit an. In Maria stieg die Angst hoch. Was sollte sie tun, wenn tatsächlich er es war, der ihr erneut auflauerte?

Noch einmal drehte sie sich um und ließ ihren Blick über die Passanten gleiten. Konnte sie ihn irgendwo entdecken? Was sollte sie bloß tun, wenn es wieder zu einer Konfrontation kam? Ihr Herz raste bei diesem Gedanken. Dann stutzte sie, als sie ein Gesicht bemerkte, das ihr bekannt vorkam. Erleichtert atmete sie auf. Es war Antonia, die immer wieder für einen kurzen Moment in der Menschenmenge hinter ihr auftauchte und gleich darauf wieder verschwand. Das war es also! Vermutlich hatte sie das Gesicht der Haushälterin unbewusst wahrgenommen. Sie blieb stehen, um auf Antonia zu warten, schließlich wollte sie nicht unhöflich erscheinen. Sicher hatte die junge Frau sie auch längst entdeckt und bemerkt, dass Maria sich mehrmals nach ihr umdrehte. Was sollte sie denken, wenn sie jetzt einfach so tat, als hätte sie Antonia nicht gesehen?

Doch kurz bevor die Haushälterin zu Maria aufgeschlossen hätte, bog sie plötzlich scharf nach rechts ab und verschwand in einem Lebensmittelgeschäft.

Maria zuckte mit den Achseln. So war es ihr natürlich auch recht. Genau genommen war es ihr sogar lieber so. Was hätte sie schon mit Antonia zu bereden gehabt? Obwohl sie nun dank Alessandro ja sogar wusste, dass Antonia sich für Musik und Katzen interessierte.

Erleichtert wandte Maria sich ab und überquerte die Piazza del Campo. Sie schüttelte über sich selbst den Kopf, während sie darüber nachdachte, wie übertrieben ängstlich sie reagiert hatte. Gianluca hatte doch längst verstanden, dass sie nichts von ihm wissen wollte.

Am Rande des Platzes lagerten bereits riesige Sandhaufen für den Palio. Meterhohe Berge feinster, ockerfarbener Erde, die Terra di Siena, die eigens aus dem Hinterland angekarrt und mit Planierraupen festgewalzt wurde, damit die Pferde während des Rennens den nötigen Grip auf dem Untergrund fanden.

Maria musste über diesen ganzen Irrsinn beinahe lachen. Natürlich war sie stolz auf das, was ihre Stadt auf die Beine stellte und was sie auszeichnete. Beim Anblick des kostbaren Sandes fiel ihr aber auch Alessandro wieder ein, der seit Jahren erbittert das große Ereignis bekämpfte, um das die Stadt so viel Wirbel machte. Was für eine Aktion die Tierschützer wohl diesmal ausgeheckt hatten? Ein bisschen unwohl war ihr schon bei dem Gedanken – immerhin ritt auch Angelo mit und sie wollte nicht, dass ihm etwas zustieß. Früher, so überlegte Maria, war jeder Sienese für den Palio gewesen. Jeder, ohne Ausnahme. Gemeinsam hatten die Menschen, alte und junge, Männer und Frauen, den Sand auf dem Campo festgestampft, als es noch keine Planierraupen gab.

Das musste ein herrliches Fest gewesen sein.

Damals.

Ich steche nur zur Verteidigung.
Motto des Stachelschweins (istrice)

7

Montag, 9. August 1880, eine Woche vor dem Palio

Lachen hallte über den muschelförmigen Platz, auf dem sich einige hundert Menschen in der Abenddämmerung versammelt hatten. Pferdekutschen standen über die Piazza del Campo verteilt, auf deren Ladeflächen sich Berge von feinstem ockerfarbenem Sand türmten. Männer hoben den Sand mit Schaufeln herunter und verteilten ihn auf dem Boden, während die Frauen ihn mit gerafften Röcken feststampften.

Diese Verrichtung war anstrengend. Und so liefen zwischen den Arbeitenden ältere Frauen umher und versorgten die Durstigen mit Getränken.

Mädchen kicherten, wenn junge Männer ihnen unanständige begehrliche Blicke zuwarfen. Die eine oder andere Liebe nahm hier ihren Anfang. Unter den strengen Augen der Mütter und Väter.

Eva Maria half natürlich auch mit, den Bodenbelag für

das Rennen vorzubereiten. Doch immer wieder verharrte sie, um sich den Schweiß von der Stirn zu wischen. Sie war kurzatmig und das Arbeiten fiel ihr schwerer als sonst. Das Schlimmste war jedoch, dass sie sich nichts anmerken lassen durfte.

Immer wieder glitt ihr Blick zu ihrem Verlobten Lorenzo hinüber, der schwungvoll eine Schaufel voll Sand nach der anderen vom Pferdefuhrwerk hob. Doch Lorenzo erwiderte ihren Blick nicht. Er war zu sehr in seine Arbeit vertieft, hob nur hin und wieder den Kopf und sah zu einer Gruppe junger Frauen hinüber, die ein Stück von Eva Maria entfernt ihrer Arbeit nachgingen.

Empört stellte Eva Maria fest, dass eine der Frauen Lorenzo schamlos schöne Augen machte. Und dass Lorenzo nicht einmal den Anstand besaß, wegzuschauen, als die dralle junge Frau mit den kupferroten Haaren ihn verheißungsvoll anlächelte.

Entschlossen stolzierte Eva Maria zu Lorenzo hinüber, stellte sich dicht neben ihn und legte vertraulich ihre rechte Hand, an der ihr neuer Verlobungsring glitzerte, auf seinen Unterarm. Dabei warf sie der Konkurrentin einen warnenden Blick zu. Eilig wandte die Fremde sich ab.

Missmutig runzelte Lorenzo die Stirn. »Du siehst blass aus«, stellte er dann jedoch anteilnehmend fest. »Geht es dir nicht gut?«

»Es geht schon«, antwortete Eva Maria und lächelte. »Es ist nur ein bisschen anstrengend für mich.«

Lorenzos Blick wanderte nach unten auf Eva Marias Bauch. »Gib auf dich acht«, sagte er, hob dabei aber bereits wieder die Schaufel, um die nächste Ladung Sand von der Kutsche herunterzuheben.

Eva Maria sah ihm noch eine Weile zu, doch als sie merkte, dass ihr Verlobter sie nicht länger beachtete, kehrte sie an ihre alte Position zurück. Kaum hatte sie Lorenzo den Rücken zugekehrt, schnalzte der junge Mann mit der Zunge, ließ das Kutschpferd seine schwere Last ein Stück weiterziehen, näher an die rothaarige Frau heran, und fuhr dort mit seiner Arbeit fort.

Aus der Ferne beobachtete Eva Maria, wie die junge Frau kurz darauf erneut begann, Lorenzo zuzulächeln. Ob ihr Verlobter das Lächeln erwiderte, konnte sie jedoch nicht sehen, denn er arbeitete mit dem Rücken zu ihr. Allerdings merkte sie durchaus, dass er auffallend häufig in seiner Bewegung verharrte.

Sie versuchte sich einzureden, dass ihr das nichts ausmachte, aber ganz gelang ihr das nicht. Stechende Eifersucht nagte an ihr. Schließlich erspähte sie ein gutes Stück von ihr entfernt ihren Vater, Signore Morelli, der augenscheinlich in ein sehr intensives Gespräch mit einem Mann verwickelt war, den Eva Maria nicht kannte. Sie sah ihren Vater wild gestikulieren und den Fremden zustimmend nicken.

Während sie die beiden Männer beobachtete, überlegte sie, ob sie es Lorenzo nicht mit gleicher Münze heimzahlen konnte, indem sie ihn eifersüchtig machte. Der Fremde, mit dem ihr Vater sprach, war ein junger und durchaus attraktiver Mann. Vielleicht war es für Lorenzo ganz lehrreich, wenn er merkte, dass sich noch jemand anderes für seine Verlobte interessierte. Er schien sich seiner Sache viel zu sicher zu sein – und Eva Maria gestand sich nur ungern ein, dass er dazu auch allen Grund hatte. Sie war auf ihn angewiesen. Aber er nicht auf sie!

Sie zupfte sich eine Haarsträhne, die sich bei der anstrengenden Arbeit aus ihrer Hochsteckfrisur gelockert hatte, aus dem Gesicht, strich ihr Kleid glatt und machte sich auf den Weg zu ihrem Vater und dem fremden Mann.

Zwar konnte sie es nicht wagen, sich einfach ungebeten zu den beiden Männern zu stellen, sie hoffte aber, dass ihr Vater sie hinzubitten und vorstellen würde, wenn er sie sah.

»... keine Missverständnisse ... der *fantino* des Panthers ...«

Satzfetzen drangen an ihr Ohr und ließen sie ihre Schritte verlangsamen.

»... verstanden, Signore Morelli ... Lorenzo ...«

»... niemand etwas merken ...«

»... können sich auf mich verlassen ...«

»... Schaden nicht sein.«

»Werden uns ... einig.«

»... *spennachiera* runterschlagen ...«

Der Fremde nickte.

»... nicht vor ... *nerbo* zurückschrecken ...«

»Dafür ist er ja da!« Der Fremde grinste gehässig und sah in diesem Augenblick gar nicht mehr so attraktiv aus.

Eva Maria war mittlerweile so nah herangekommen, dass es peinlich zu werden drohte, wenn ihr Vater sie weiter ignorierte, und einen Augenblick lang sah es tatsächlich so aus, als habe er genau dies vor. Doch dann wandte sich der Fremde zu ihr um, und ihr Vater räusperte sich.

»Ah, Eva, meine Liebe, darf ich dir Signore Bertolli vorstellen? Er wird den Palio für die *contrada* des Einhorns reiten. Signore Bertolli, das ist meine Tochter Eva Maria.«

»Ich freue mich, Ihre Bekanntschaft zu machen«, sagte Eva Maria höflich und streckte dem fremden Mann ihre Hand entgegen, der sie ebenso formvollendet ergriff und eine leichte Verbeugung andeutete.

»Die Freude ist ganz meinerseits, Signorina.«

»Sie reiten also für *leocorno?*«

»Si, Signorina, es ist mir eine Ehre.«

»Mein Verlobter, Lorenzo del Pianta ist der *fantino della pantera*. Dann sind Sie und er ja Verbündete im Kampf um den Palio.«

Signore Bertolli warf Eva Marias Vater einen verunsicherten Blick zu.

»Gewiss, meine Liebe«, antwortete ihr Vater. »Sie werden sich während des Rennens gegenseitig unterstützen, nicht wahr, Signore Bertolli?« Der Fremde nickte hastig. »Genau darüber haben wir nämlich gerade gesprochen, als du kamst.«

»Ach, wie reizend«, sagte Eva Maria, »es kam mir auch schon so vor, als hätte ich Lorenzos Namen gehört.« Sie warf ihrem Vater einen zornigen Blick zu.

»Nun, Signore Bertolli«, wandte sich Eva Marias Vater wieder an den fantino. »Ich denke, wir haben alles besprochen.«

»Gewiss, Signore Morelli.«

»Dann werde ich jetzt weiter beim Verteilen des Sandes helfen«, verkündete Eva Marias Vater. »Der *capitano* darf sich auch vor dieser Arbeit nicht drücken. Sie entschuldigen mich?« Er umfasste den Unterarm seiner Tochter mit einem so festen Griff, dass sie die Zähne zusammenbeißen musste, um nicht aufzuschreien, und dabei lächelte er sie scheinbar freundlich an. »Und du begleitest mich gewiss, mein liebes Kind?« Es klang wie eine Frage, was es – das wusste Eva Maria genau – keineswegs war.

»Gerne, Vater«, antwortete sie mit säuerlichem Lächeln und nickte Signore Bertolli zum Abschied höflich zu.

Kaum waren sie aber außer Hörweite, entwand sie sich mit einem heftigen Ruck aus der Umklammerung und zischte ihrem Vater zu: »›Gegenseitig unterstützen‹, ja? Mit dem *nerbo* den *spennachiera* runterschlagen oder wie genau habt Ihr Euch diese Unterstützung vorgestellt?« Sie wusste natürlich, dass es ein Fehler war, ihren Vater in diesem Ton zur Rede zu stellen. Aber ihre Wut und – ja, auch ihre Angst – waren so groß, dass sie nicht anders konnte.

Das letzte Wort war noch nicht ganz verklungen, da spürte sie bereits den brennenden Schmerz auf ihrer linken Wange. Ihr Vater hatte sie auf offener Straße geohrfeigt! Gedemütigt und verletzt schossen Eva Maria die Tränen in die Augen, doch ihr Vater kannte kein Erbarmen: »Was habe ich nur verbrochen, dass ich mit einem so eigensinnigen und widerspenstigen Mädchen bestraft werde«, schimpfte er. »Es wird Zeit, dass du lernst, dich dem Manne unterzuordnen, und aufhörst, diese hetzerischen Schriften von dieser … dieser …«

»Anna Maria Mozzoni«, sagte Eva Maria leise.

»Wie?«

»Der Name der Frau ist Anna Maria Mozzoni.«

»Es ist mir egal, wie sie heißt und du hörst ein für alle Mal auf, dich in Dinge einzumischen, von denen du nichts verstehst, als Frau nichts verstehen kannst, und die dich auch nichts angehen!«

Eva Maria senkte den Blick und biss sich auf die Lippen. Nein, ein Frauenrechtler war ihr Vater nicht. Und wenn sie ehrlich mit sich selbst war, dann musste sie zugeben, dass ihr Verlobter Lorenzo bei allen Diskrepanzen, die zwischen ihm und ihrem Vater herrschten, mit seinem zukünftigen Schwiegervater zumindest in diesem Punkt wohl einer Meinung war. Auch wenn sich Lorenzo am Beginn ihrer Beziehung anders geäußert hatte. Mit ein wenig Wehmut dachte sie an ihre Gespräche zurück, die sie mit Lorenzo über die Rolle der Frau in der Gesellschaft geführt hatte. Im Nachhinein musste sie einsehen, dass die von ihm geäußerte Zustimmung nur einem Zweck gedient hatte: ihr so gut zu gefallen, dass sie seinem Drängen nach Vereinigung nachgab.

Man sagt, der Mann sei stark, die Frau schwach, aber wir kennen äußerst schwache Männer und sehr starke Frauen; mehr als das, der Mann wird ja zu körperlicher Aktivität erzogen, die Frau zu körperlicher Untätigkeit. Man sagt, der Mann überrage die Frau an Intelligenz, die Frau den Mann an Gefühl. Aber es gibt doch zahlreiche Männer, die vielen Frauen an Gefühlskraft überlegen sind, und viele Frauen, die Männer in der Intelligenz überragen. Die Erziehung, die alles daransetzt, die männliche Intelligenz zu favorisieren und zu fördern, tut ihr Bestes, die Intelligenz der Frauen hintenanzustellen und verkümmern zu lassen.

Wie recht Anna Maria Mozzoni doch hatte.

Eva Maria hob den Blick wieder und sah ihrem Vater direkt ins Gesicht: »Warum tut Ihr das?«, fragte sie.

Ihr Vater sah sie verständnislos an.

»Warum zerstört Ihr mein Glück?«

»Dein Glück, mein Kind«, antwortete ihr Vater und seine Stimme war jetzt wieder ruhig. Gefährlich ruhig. »Dein Glück hast du in einem unachtsamen Moment ganz allein zerstört.«

Instinktiv legte Eva Maria eine Hand schützend auf ihren Bauch. Dann drehte sie sich um und rannte davon. Vorbei an Hunderten von Menschen, die fröhlich lachend auf der Piazza del Campo gemeinsam arbeiteten, bevor sie sich in wenigen Tagen an der gleichen Stelle gegenseitig bekämpfen würden. Vorbei an Lorenzo, der, auf seine Schaufel gelehnt, mit der jungen rothaarigen Frau scherzte, die bei seinen Worten aufreizend den Kopf nach hinten warf und lachte.

Doch Eva Maria bekam nichts davon mit. In ihren Augen schimmerten Tränen.

Glaube und Heilung von der Waffe,
die ich vorne trage.
Motto des Einhorns (leocorno)

8

9. August, eine Woche vor dem Palio

Maria steckte den Schlüssel ins Schloss und drehte ihn um. Man musste die schwere alte Holztür ein wenig zu sich heranziehen, um sie öffnen zu können. Aber dies waren Dinge, die nach kurzer Zeit in Fleisch und Blut übergingen und über die man nicht mehr nachdachte. Maria stieß die Tür auf und genoss die kühle Luft, die ihr augenblicklich aus der großen und stets dunklen Eingangshalle des Palazzo entgegenströmte.

Im Inneren des alten italienischen Herrenhauses herrschte selbst bei gleißendem Sonnenlicht eine diffuse Dämmerstimmung. Denn die Fenster waren, wie bei Häusern im Süden üblich, recht klein, um die wärmende Wirkung der Sonne so wenig wie möglich ins Haus zu lassen. Nach einem Stadtbummel genoss Maria stets die erfrischende Kühle des Hauses. Sie warf ihren Schlüsselbund auf die kleine antike Anrichte im Flur und rief gleichzeitig nach ihrem Vater. Als sie keine Antwort bekam, fiel ihr wieder ein, dass Filipo heute Morgen gesagt hatte, er wolle zu einem Rennen etwas außerhalb der Stadt, um sich dort die Pferde anzusehen, die für den Palio in Betracht kamen.

Also stieg Maria die Treppe zu ihrem Zimmer im ersten Stock hinauf und war froh, ein wenig Zeit für sich zu haben. Die Papiertüte, in der die neue, sonnengelbe Bluse steckte, die sie soeben erworben hatte, raschelte an ihren Beinen. Maria lächelte vor sich hin. Vielleicht schaffte Angelo es, sich heute Nachmittag noch für ein paar Stunden freizumachen. Da war es gut, dass sie die Gelegenheit hatte, sich frisch zu machen. Beschwingt öffnete sie die Tür zu ihrem Zimmer – und blieb wie angewurzelt stehen. Die Tüte entglitt ihr und fiel leise auf den Boden.

Erschrocken hielt sich Maria die Hand vor den Mund, während sie mit weit aufgerissenen Augen die Szenerie vor sich zu erfassen versuchte. Überall in ihrem Zimmer waren rote Rosen verteilt. Auf dem Bett, auf ihrem Schreibtisch, dem Lesesessel vor dem Bücherregal und auf dem Boden. Das ganze Zimmer war regelrecht übersät mit roten Rosen, die einen beinahe schon unangenehm süßen Duft verbreiteten.

War das Angelos Werk? Wollte er ihr auf diese Weise seine Liebe zeigen?

Doch dann fiel ihr Blick auf die Wand über ihrem Bett. Ein leiser Aufschrei des Entsetzens kam über ihre Lippen, denn im ersten Moment dachte sie, es sei Blut. In großen, roten Lettern stand dort ihr Name:

Sie schüttelte den Kopf. Nein, das konnte unmöglich Angelo getan haben. Er würde niemals mit roter Farbe ihre Wände vollschmieren! Erst jetzt entdeckte sie, dass jemand auch ihre Schränke durchwühlt hatte. Die Schubladen ihres Schreibtischs standen ebenso offen wie die Fächer ihre Kommode, in der sie ihre Unterwäsche aufbewahrte, und über der normalerweise die Fotos von ihr und Angelo hingen, die jetzt allerdings mit zum Teil zerbrochenen Rahmen ebenfalls kreuz und quer im Zimmer verteilt waren, als hätte sie jemand wutenbrannt durch die Gegend geschleudert.

Dann fiel ihr Blick auf einen zarten türkisfarbenen Slip aus glänzender Seide, der zusammengeknüllt mitten auf dem Boden zu ihren Füßen lag. Unwillkürlich fingen ihre Hände an zu zittern, als sie nun die sorgfältig auf ihrem Bett drapierte Unterwäsche bemerkte, die nicht sie dort hingelegt hatte: Der BH aus rosa Spitze lag oben, säuberlich geschlossen, und etwas tiefer der dazugehörende, ebenfalls rosafarbene Slip.

Mit bebenden Fingern zog Maria das Handy aus ihrer Handtasche.

»Angelo, bitte, komm, ich brauche dich. *Pronto!*«

»*Pezzo di merda*«, fluchte Angelo und stolzierte wütend im Zimmer auf und ab, zertrat die auf dem Boden liegenden Rosen und trampelte auf Marias türkisfarbenem Seidenslip herum. Maria scherte sich nicht darum. Sie wusste, dass sie ihn ohnehin nie wieder tragen würde. Ebenso wenig wie ihre rosafarbene Lieblingsunterwäsche, die immer noch auf dem Bett lag. Denn wenn sie sie anzog, würde sie dabei nur an dieses grauenhafte Szenario denken müssen.

Maria saß auf dem Bettrand, hatte den Kopf in die Hände gestützt und starrte auf den Boden. Die Vorstellung, dass irgendein Fremder hier in ihrem Zimmer gewesen war, mit seinen gierigen Fingern in ihrer Unterwäsche gewühlt, ihre privaten Sachen betrachtet und vielleicht sogar auf ihrem Bett gelegen hatte, sorgte für ein flaues Gefühl in ihrem Magen. Wer konnte das bloß getan haben? Ihr fiel eigentlich nur ein Mensch ein, den sie zu so etwas für fähig hielt. Natürlich konnte sie nicht mit hundertprozentiger Gewissheit sagen, dass es Gianluca gewesen war, der ihre Sachen durchstöbert hatte. Aber wer sollte es sonst gewesen sein?

Angelo schnaufte vor Wut. Eigentlich hatte Maria gehofft, die Anwesenheit ihres Verlobten würde ihr Trost spenden und sie beruhigen. Doch das Gegenteil war der Fall. Er schien noch aufgebrachter zu sein als sie selbst und so hatte Maria das Gefühl, sie müsse eigentlich ihn beruhigen.

»*Coglione!* Der kann was erleben!«

Maria, die Angelos Schimpftirade bisher wortlos hatte über sich ergehen lassen, horchte auf. »Was meinst du damit?«

»Ich werde diesem Arschloch gehörig den Marsch blasen!«, ereiferte sich Angelo. »Der wird es nicht noch einmal wagen, in deine Nähe zu kommen, wenn ich mit ihm fertig bin. Darauf kannst du dich verlassen!«

»Was hast du vor?« Maria erhob sich vom Bettrand und umfasste Angelos Oberarm. Sie konnte seine angespannten Muskeln fühlen und spürte Angst in sich aufsteigen.

Doch Angelo schüttelte sie ab. Im Augenblick konnte er ihre Nähe nicht ertragen.

»Angelo!«, rief Maria, als er zur Tür hinausstürzte. »So warte doch! Mach keinen Unsinn! Wir rufen die Polizei!«

Doch Angelo rannte bereits die Treppe hinunter, immer zwei Stufen auf einmal nehmend, und ließ sich nicht einmal genügend Zeit, um die Haustür hinter sich zu schließen.

»Angelo!«, rief Maria noch einmal.

Aber es war bereits niemand mehr da, der sie hören konnte.

Signore Morelli nickte dem *barbaresco,* dem Pferdepfleger, zufrieden zu. Die *casa del cavallo* war in einem hervorragenden Zustand. Die jungen Männer hatten gute Arbeit geleistet und der Ankunft des Pferdes, vorzugsweise Fabioncello, der das Rennen am Vormittag erwartungsgemäß dominiert hatte, stand nichts mehr im Wege.

Der *barbaresco* Matteo bedankte sich für das Lob des *capitano* mit einem stolzen Lächeln, das noch breiter wurde, als Morelli ihm zum Abschied anerkennend auf die Schulter klopfte.

Wohin auch immer der Blick des *capitano* fiel, während er durch die Straßen und Gassen streifte und überall nach dem Rechten sah, wurde er hochachtungsvoll gegrüßt. Jeder, dem sich die Gelegenheit bot, schüttelte ihm freudestrahlend die Hand, wechselte ein paar Worte mit ihm, erkundigte sich nach dem Stand der Dinge.

Signore Morelli war in diesen Tagen die wichtigste Person seiner Contrade. Vermutlich hätte selbst das Erscheinen des Papstes nicht mehr Freude auslösen können.

Morelli genoss diese Sympathiebekundungen. Das Vertrauen, das ihm entgegengebracht wurde, ehrte ihn, und die Verantwortung, die er trug, machte ihm nicht etwa Angst, er hatte vielmehr das Gefühl, daran zu wachsen. Er war ohnehin ein Mensch, der es gewohnt war, Verantwortung zu übernehmen. Und ihm lag so viel am Palio und an seiner Heimatstadt Siena, dass er jetzt bereits das dritte Jahr in Folge seinen Jahresurlaub dafür hergab, als *capitano dell' aquila* den Palio zu organisieren, während sein Kompagnon die Geschäfte allein verwaltete.

Gerade unterhielt sich Morelli mit Signore Bertani, dem ältesten Einwohner seines Stadtviertels, der im nächsten Monat siebenundneunzig Jahre alt wurde, und der, obwohl er sich beim Gehen schwer auf seinen Stock stützen musste, noch erstaunlich fit war.

»Signore Morelli«, flehte Bertani mit brüchiger Stimme. »Ich habe nur noch einen letzten Wunsch, bevor ich abtrete.«

»Aber Signore Bertani«, erwiderte Morelli, »Sie werden doch mindestens hundert Jahre alt, wenn Sie uns nicht sowieso alle noch überleben!«

In die Augen des alten Mannes traten Tränen. »Ich wurde 1915 geboren. Am 26. September. Den ersten Sieg des Adlers, den ich miterleben durfte, gab es 1931. Es war der Juli-Palio, wissen Sie?«

Signore Morelli nickte und übte sich in Geduld. Dieses Gespräch gehörte ebenso zu seinen Pflichten wie die

Organisation des Rennens. Er war in diesen Tagen Ansprechpartner für alle Sorgen und Nöte der Bürger seines Viertels.

»Damals war ich gerade einmal fünfzehn Jahre alt.« Der alte Mann lächelte bei der Erinnerung. »Madonna, was haben wir damals gefeiert!«

Marias Vater lachte mitfühlend. Auch er erinnerte sich noch gut an die ausschweifenden Feste, die er als junger Mann nach einem gewonnenen Palio gefeiert hatte.

»Seitdem habe ich insgesamt zehn Siege des Adlers miterleben dürfen. 1931 war der erste, dann 1939, 1956, 1959 …«, er zählte die Siege mit seinen knochigen alten Fingern mit, »… 1965, 1973, 1979, 1981, 1988 und der letzte Sieg 1992.«

Signore Morelli nickte und wunderte sich kein bisschen, dass der alte Mann jedes Datum exakt im Kopf hatte. Vermutlich musste er länger überlegen, wenn man ihn nach seinem Hochzeitstag oder den Geburtstagen seiner Kinder und Enkelkinder fragte. Aber mit dieser Art selektivem Gedächtnis war Bertani ganz gewiss nicht der Einzige in Siena.

»1992 … Das ist jetzt auch schon zwanzig Jahre her. Und ich habe nur noch den einen einzigen und letzten Wunsch, bevor ich sterben muss: Ich möchte einen weiteren Sieg des Adlers miterleben!« Nun war es um die Beherrschung des Alten ganz geschehen und eine Träne kullerte aus seinem müden, grauen Auge, die er sich unbeholfen wegwischte.

Morelli legte dem Alten tröstend den Arm um die Schulter. »Signore Bertani«, sagte er ernst, »ich verspreche Ihnen, dass ich alles in meiner Macht Stehende tun werde, um dem Adler in diesem Jahr zu einem Sieg zu verhelfen.«

Bertanis Kopf wackelte und Morelli wusste nicht genau, ob der Alte nickte oder ob ihm einfach die nötige Kraft fehlte, um den Kopf gerade zu halten, als er aus dem Augenwinkel eine ihm vertraute Gestalt wahrnahm, die nur wenige Schritte entfernt an ihm vorbeihastete. Er runzelte die Stirn, als er seinen zukünftigen Schwiegersohn Angelo erkannte, der es verdammt eilig zu haben schien. Ihm entging auch nicht der wutverzerrte Ausdruck auf dem Gesicht des jungen Mannes, auf den er sich keinen Reim machen konnte, der ihn aber sogleich in Alarmbereitschaft versetzte. War mit Maria alles in Ordnung? Hatten sich die beiden jungen Leute etwa gestritten? Augenblicklich wallten widersprüchliche Gefühle in ihm auf: Natürlich wünschte er seiner über alles geliebten Tochter das ganz große Glück, im Stillen bezweifelte er aber, dass sie es bei Angelo finden würde. Wie gern hätte er Angelo hinterhergerufen, er möge stehen bleiben und ihm erklären, was der Grund für seinen Zorn und das Ziel seiner eiligen Schritte war. Aber selbstverständlich konnte er Signore Bertani nicht einfach so stehen lassen. Also übte er sich in Geduld.

»Sie sind ein guter *capitano*«, sagte Bertani jetzt. »Ein sehr guter. Wir könnten uns keinen besseren wünschen. Ich bin sicher, dass Sie alles richtig machen. Und für den Rest …« Ein schelmischer Ausdruck schlich sich auf das Gesicht des alten Mannes, der ihn augenblicklich zehn Jahre jünger wirken ließ. »… für den Rest ist die heilige Jungfrau zuständig.«

»Heilige Jungfrau!«, dachte Maria, während sie sich die Bescherung in ihrem Zimmer ansah und dann den Kopf schüttelte, als sie endlich eine Entscheidung getroffen hatte: Nein, sie würde jetzt nicht ihr Zimmer aufräumen. Und sie würde auch nicht ihre Freundin anrufen, um ihr alles haarklein zu berichten. Die Vorstellung, Claudias Nachfragen nach den brisanten Details beantworten zu müssen, bereitete ihr Magenschmerzen. Erst einmal musste sie Abstand zu allem gewinnen und zur Ruhe kommen, sich darüber klar werden, was sie tun wollte. Sollte sie die Polizei anrufen? Immerhin war jemand in ihr Haus eingedrungen – was, wie sie wusste, bei dem alten Schloss und der dazugehörenden, ebenso alten Haustür nicht weiter schwer war, solange man das richtige Werkzeug besaß. Oder sollte sie lieber abwarten, bis Angelo zurückkam und ihr berichtete?

»Ach, Angelo …«

Maria machte sich Sorgen, dass ihr Verlobter den Kopf verlor. Er war so erzürnt gewesen. So kannte sie ihn gar nicht. Nein, es war besser zu warten, bis er zurückkehrte, bevor sie die Polizei einschaltete. Wer konnte schon wissen, was er mit Gianluca anstellen würde?

Maria zog – froh, nicht länger auf das Durcheinander schauen zu müssen – die Zimmertür hinter sich zu und begab sich auf den Weg in den Garten. Sie wusste genau, wo sie zur Ruhe kommen würde.

Die Bank wirkte wie immer sehr einladend. Sie stand etwas abgelegen im hinteren Teil des Gartens, umgeben von blühenden Rhododendronbüschen. Die majestätische Krone eines uralten großen Baumes spendete

Schatten. Maria liebte diesen Ort. Sie setzte sich auf die Bank, schloss die Augen und streckte ihr Gesicht der Sonne entgegen. Das letzte Mal, als sie mit Angelo zusammen hier gesessen hatte, waren sie ebenfalls von Gianluca aufgeschreckt worden. Aber davor ... Bei der Erinnerung daran, was sie vor Gianlucas Erscheinen getan hatten, spürte Maria ein warmes Kribbeln im Bauch.

Das Knacken eines Astes ließ sie zusammenfahren. Erschrocken riss sie die Augen auf. Was sollte sie tun, wenn es wieder Gianluca war, der sich hier herumtrieb, um ihr aufzulauern, während Angelo auf dem Weg zu ihm war und ihr nicht beistehen konnte? Eine Mischung aus Zorn und Furcht lähmte ihre Gedanken.

Doch schon eine Sekunde später lächelte sie erleichtert, als sie erkannte, wer da mit gesenktem Kopf, den Blick starr auf den Boden gerichtet in der Hoffnung, irgendeinen kostbaren Schatz zu finden – vielleicht einen außergewöhnlich geformten Stein oder ein toten Käfer – auf sie zukam.

Maria freute sich, den schmächtigen, kleinen Jungen zu sehen. Sie mochte den Sohn des Gärtners, der sie mit seiner kindlichen Sichtweise der Dinge oft zum Lachen brachte. Ein Gespräch mit Luigi war genau das, was sie jetzt brauchte, um auf andere Gedanken zu kommen.

»Ja, wen haben wir denn da?«, rief sie ihm entgegen.

»Na, wenn du mich nicht mal mehr erkennst, kann ich ja gleich wieder gehen«, entgegnete Luigi missmutig und klimperte mit seinen langen Wimpern, die dicht und geschwungen wie bei einem Mädchen waren.

»Nein, nein«, sagte Maria rasch und klopfte mit einer

Hand auf die Bank neben sich. »Komm nur her, Luigi, ich freue mich, dich zu sehen!«

Luigi zögerte kurz, kam dann aber auf sie zu und setzte sich. Seine Beine zappelten in der Luft und er bohrte mit einem Stock Löcher in den Boden.

»Wie geht es dir? Was machst du so?«, erkundigte sich Maria, froh, ihren eigenen Sorgen für einen Moment entkommen zu können, indem sie sich Luigis anhörte.

Der Junge zuckte mit den Schultern, bevor er antwortete: »Ich mache Exkremente.«

Maria legte die Stirn in Falten. »Was machst du? Exkremente?«

Luigi nickte ernst. »Ja, ich versuche, ein Mittel zu finden, mit dem Erdbeeren schneller wachsen, damit ich nicht immer so lange warten muss, bis sie reif sind und ich sie essen kann.«

»Ach so, du meinst Experimente«, sagte Maria.

»Hab ich doch gesagt, oder?« Luigi schaute sich suchend um. »Wo ist denn dein Angelo? Habt ihr euch gestritten?«, fragte er. Sein Ton klang hoffnungsvoll.

Maria seufzte, als ihr durch Luigis Frage wieder einfiel, warum Angelo nicht bei ihr war. »Er kommt hoffentlich gleich wieder.«

»Wenn er kommt, geh ich aber.«

»Warum?«

Luigi blickte ihr geradewegs ins Gesicht. »Weil ich deinen Angelo nicht mag«, sagte er beinahe trotzig.

»Das ist aber schade«, entgegnete Maria, »ich mag ihn nämlich sehr.«

»Eben, und deswegen finde ich ihn ja doof. Ich finde, du solltest lieber mich heiraten.«

Maria lachte. »Meinst du nicht, du bist ein bisschen zu jung für mich?« Sie überlegte kurz. »Nach dem Sommer kommst du in die Schule, oder?«

Luigi nickte. Dann verzog er das Gesicht. »Du könntest ja warten, bis ich größer bin.«

»Dann bin ich alt und runzlig und du magst mich nicht mehr«, antwortete Maria.

Luigi blickte sie nachdenklich an und musterte sie von oben bis unten. »Vielleicht«, gab er schließlich zu.

»Du musst nur ein bisschen Geduld haben, Luigi«, sagte Maria. »Du wirst schon die richtige Frau treffen, wenn du groß genug bist.«

»Du meinst, ich soll eine wildfremde Frau heiraten?« Luigi klang empört. »Das finde ich aber gar nicht gut.«

Maria musste wieder lachen. »Na, wenn du sie heiratest, ist sie ja nicht mehr wildfremd.«

Luigi stocherte schweigend mit dem Stock in der Erde herum. Er schien über Marias Worte nachzudenken. »Und Angelo? Ist der dir nicht auch fremd?«

»Jetzt nicht mehr«, antwortete Maria.

»Aber er ist doch noch nicht einmal ein Adler, oder?«

Maria zog überrascht die Augenbrauen hoch. Das war doch mal wieder typisch. Dieser kleine Junge konnte zwar Exkremente nicht von Experimenten unterscheiden, aber den Unterschied zwischen einem Adler und einem Drachen hatte er bereits mit der Muttermilch eingesogen. Wie jeder Sienese. Nicht umsonst gab es in Siena die *gruppi piccoli,* die Kindergruppen, in denen die Kinder die Werte der Contrade wie Freundschaft und Zusammenhalt lernten.

Maria erinnerte sich, dass sie einmal mit ihrem Vater

zu Besuch bei einer entfernten Verwandten gewesen war, die ein kleines Kind hatte. Sie hatten gemeinsam am Tisch gesessen und Maria hatte zugesehen, wie das knapp zweijährige Mädchen gefüttert wurde. »Einen für Mama«, hatte die Mutter gesagt und dem Mädchen den Löffel mit Brei vor die Nase gehalten. »Einen für Papa.« Der nächste Löffel schwebte in den geöffneten Mund des Kleinkinds. »Und einen für den Adler.« Maria hatte gelacht, doch nach dem folgenden Satz der Mutter war ihr das Lachen im Halse stecken geblieben, denn die junge Frau hielt ihrer Tochter den nächsten Löffel hin und sagte: »Und dieser hier ist für den Panther.« Als das Mädchen erwartungsvoll den Mund aufsperrte, zog die Mutter den Löffel jedoch wieder weg und fuhr fort: »Für den Panther gibt es nichts.« Das Kind begann zu weinen.

Und Maria erinnerte sich auch noch an das *barberi*-Spiel, das sie in der Kindergruppe früher selbst mitgespielt hatte. Dabei wurden Holzkugeln, die in den Farben der siebzehn Contraden bemalt waren, eine abschüssige Gasse hinuntergerollt und die Kugel, die als Erste unten ankam, hatte gewonnen.

Wenn sie ehrlich war, dann musste sie zugeben, dass sie vorhin beim Stadtbummel selbst noch einen Umweg in Kauf genommen hatte, um nicht durch das benachbarte Viertel des Panthers gehen zu müssen. Das Jahr über war es kein Problem, fremde Contraden zu durchqueren. Aber in den Tagen des Palio, in denen sie so wie heute gern das *fazzoletto* trug, ein Seidentuch mit dem Symbol des Adlers, das sie sich um die Schultern gelegt hatte, mied sie die Begegnung mit der verfeindeten Contrade lieber.

»Also?«, hakte Luigi nach, dem Marias Schweigen offenbar zu lange dauerte. »Ist er nun ein Adler oder nicht?«

»Nein, er ist kein Adler«, gab Maria zu. »Er ist ein Drache.«

Luigi nickte, als wollte er sagen, hab ich's doch gewusst, dass da was nicht stimmt. »Und wenn man heiratet, dann bekommt man doch auch Kinder, oder?«, fuhr er anschließend in seinen Gedanken fort.

»Irgendwann vielleicht schon, ja.«

»Und werden eure Kinder dann Adler oder Drachen?«

»Wir werden uns schon einigen«, antwortete Maria, die selbst nur ungern darüber nachdachte, wie sie dieses Problem der Zukunft handhaben würden.

Luigi nickte wissend. »Mit kleinen Kindern ist es ohnehin schwierig.«

»Ach ja? Und wieso?«

»Na ja, mein kleiner Bruder zum Beispiel. Der hat noch nicht mal einen Stecker, den man hin und wieder rausziehen kann, damit er mal Ruhe gibt. Der schreit und schreit und schreit, dass man gar nicht schlafen kann.«

»Ja, das ist wirklich schlimm«, stimmte Maria zu und unterdrückte ein Lächeln. »Dass die Kinder ohne Ein- und Ausschaltknopf ausgeliefert werden ist eine wahre Schande.«

Luigi musterte sie von der Seite, als wollte er herausfinden, ob sie ihn noch ernst nähme. Doch dann glitt sein Blick über sie hinweg und richtete sich auf irgendetwas hinter ihrem Rücken. An seinen zusammengezogenen Augenbrauen konnte Maria erkennen, dass er etwas gesehen hatte, was ihm nicht gefiel.

Sie wandte sich ebenfalls um und erkannte Angelo, der sich ihnen von hinten näherte. Noch ehe er sie erreicht hatte, macht Luigi seine Ankündigung wahr und verschwand ohne ein Wort des Abschieds im Gebüsch.

Angelo ließ sich ohne Zögern auf den frei gewordenen Platz neben Maria sinken. Seine Lippe war geschwollen und unter seinem linken Auge meinte sie einen bläulichen Schatten zu sehen.

»Warum verschwindet der Kleine so schnell? Hat er Angst vor mir?«, fragte Angelo.

»Nein, er mag dich nur nicht.«

Angelo legte die Stirn in Falten. »Er mag mich nicht? Er kennt mich doch gar nicht!«

»Aber er weiß, dass du mich heiraten wirst. Und das gefällt ihm nicht, weil er selbst mich doch heiraten möchte.«

»Noch so einer.« Angelo grinste. »Ich habe mit Gianluca geredet«, fuhr er nach einer kleine Pause fort. »Er hat alles zugegeben. Aber von nun an wird er dich in Ruhe lassen, verlass dich drauf.«

»›Geredet‹? Was hast du mit ihm gemacht? Sieht er auch so aus wie du?«

Angelo schwieg beharrlich.

Maria seufzte. Wenn Angelo nicht antwortete, dann konnte sie sich in ungefähr vorstellen, wie Gianluca aussah. Na, hoffentlich nahm er sich die Lehre, die Angelo ihm erteilt hatte, wenigstens zu Herzen und ließ sie fortan wirklich in Ruhe.

Et Urbis et Senarum Signum et Decus.
Motto der Wölfin (lupa)

9

Sonntag, 12. August, vier Tage vor dem Palio

Hier und da konnte Signore Morelli ein verstohlenes Gähnen unter den Männern ringsum beobachten, die in kleinen Gruppen beieinanderstanden und sich mit gedämpften Stimmen unterhielten. Auch er selbst fühlte sich an diesem Morgen, der gerade erst angebrochen war, noch nicht ganz wach. Gleichzeitig spürte er das Adrenalin durch seine Adern schießen, wenn er an den Grund für sein frühes Aufstehen und seine Anwesenheit auf dem Campo dachte: Es ging um die bevorstehende *prova di notte,* die Nachtprobe.

Bis jetzt war es auf der Piazza del Campo noch recht leer. An der Nachtprobe, bei der die zur Begutachtung stehenden Pferde von Reitern auf der Bahn vorgeführt wurden, nahmen in der Regel nur einige interessierte Männer aus den Contraden und natürlich die *capitani* teil, die die Auswahl treffen mussten. In diesem Jahr galt es, aus sechsundzwanzig Pferden die zehn besten auszusuchen.

Die Atmosphäre war ruhig, die Männer ernsthaft und nicht zu Streitigkeiten aufgelegt. Alle Augen waren auf die Pferde gerichtet, die in kleinen Gruppen zu viert oder fünft gegeneinander antraten.

Mehr oder weniger fachmännisch besprach man die Vorzüge und Schwachstellen der einzelnen Tiere. Noch ging es nicht ums Gewinnen oder Verlieren, sondern einzig und allein darum, zehn gute und einander möglichst ebenbürtige Pferde herauszufiltern. Deshalb fielen die Sprints eher sporadisch aus und der Wettkampf wurde nicht besonders ernsthaft geführt. Mit Kennerblick verfolgten die Männer die Tiere. Wie verhielten sie sich auf der Bahn? Fiel eins durch besondere Schnelligkeit oder Nervosität auf?

Signore Morelli blieb für sich und machte sich Notizen, auf die er morgen früh, wenn es um die endgültige Auswahl der Pferde gehen sollte, zurückgreifen konnte. Er lauschte den Gesprächen der anderen, um eventuell Informationen über die Pferde zu erhalten, die ihm neu waren. Hatte eins der Tiere vielleicht gesundheitliche Probleme, von denen die Konkurrenten wussten, er aber nicht? Jedes Detail, und wirkte es zunächst auch noch so unbedeutend, konnte später von Interesse sein.

Schließlich hatte Signore Morelli die Vor- und Rückseite seines Notizzettels mit teilweise unleserlichen Hieroglyphen vollgeschmiert und seine ganz persönliche Auswahl getroffen. Jetzt wusste er, für welches Pferd er morgen früh, wenn die endgültige Entscheidung anstand, stimmen würde. Und für welches nicht.

Da die Zuordnung der Tiere zu den einzelnen Contraden erst später erfolgte und zudem vom Los abhängig war, auf das die *capitani* keinen Einfluss nehmen konnten, war es von besonderer Bedeutung, die Chancen auf einen Sieg möglichst ausgewogen zu verteilen.

Natürlich wünschte sich jeder *capitano* für seine Contrade ein Pferd, das in der Lage war, alle anderen zu dominieren. Und in Signore Morellis Augen (und vermutlich nicht nur in seinen) war Fabioncello genau so ein Pferd. Doch trotz der eindeutigen Qualitäten des Hengstes war es nicht sicher, dass er zu den ausgewählten gehören würde. Überragende Tiere wurden oftmals ebenso aussortiert wie solche, die eindeutige Schwächen zeigten.

Die Stärken, auf die Signore Morelli geachtet und die er sich notiert hatte, bestanden vor allem in Schnelligkeit, Ausdauer, Reaktionsvermögen und Anpassungsfähigkeit an die schwierige Bahn. Denn gerade die rechtwinklige Kurve an der Stirnseite des Platzes neben dem Rathaus, die berühmt-berüchtigte San-Martino-Kurve, erforderte von Pferd und Reiter ein Höchstmaß an Geschicklichkeit. Ein Grund, warum zur Nervosität neigende Pferde selbst dann rigoros aussortiert wurden, wenn sie ansonsten hervorragende Sprinter waren und alle erforderlichen Fähigkeiten mitbrachten. Denn wer die San-Martino-Kurve nicht mit Ruhe und Weitblick anging, dessen Scheitern war vorprogrammiert. Und die Folgen waren oftmals katastrophal.

Signore Morelli vermochte nicht zu sagen, wie viele Pferde bisher an der San-Martino-Kurve schwer verletzt worden waren oder sogar ihr Leben gelassen hatten. Aber es waren gewiss einige. Anderen war die zweite gefährliche Kurve der Rennstrecke, dem *casato*, zum Verhängnis geworden. Und auch wenn er ein Verfechter des Palio war, so musste er seinem Neffen Alessandro doch insoweit recht geben, als dass das Risiko für die teilnehmenden Pferde und ihre Jockeys so gering wie möglich gehalten werden musste. Schließlich wollte der Adler nach zwanzig langen Jahren ohne Sieg endlich wieder den *cencio* für sich gewinnen! Und das ging nur, wenn Ross und Reiter San Martino und *casato* unbeschadet überwanden.

Der *capitano* faltete seinen Zettel sorgfältig zusammen, steckte ihn in die Hosentasche und machte sich auf den Heimweg. Nun wollte er sich erst einmal einen großen Espresso und ein gemütliches Frühstück gönnen! Und vielleicht hatte er ja Glück und Maria leistete ihm dabei Gesellschaft. Immerhin war heute Sonntag!

Maria lehnte den Kopf an Angelos Schulter und schloss die Augen. Jetzt saßen sie schon wie ein altes Ehepaar auf dieser Gartenbank und genossen die Abendsonne. Bei diesem Gedanken musste Maria lächeln.

»Morgen Abend um diese Zeit findet bereits das erste Proberennen statt«, unterbrach Angelo die einvernehmliche Stille.

Maria rückte ein wenig von ihm ab und schaute ihm ins Gesicht. Der bläuliche Schatten unter seinem Auge hatte sich zu einem blühenden Veilchen ausgewachsen und das Oberlid war immer noch leicht geschwollen. Dafür war die Schwellung der Lippe bereits wieder etwas zurückgegangen. Sacht strich sie mit einem Finger darüber.

»Tut es noch weh?«, wollte sie wissen.

Angelo grinste. »Wenn du nicht draufdrückst, nicht.«

»Entschuldige«, sagte Maria und zog erschrocken ihre Hand zurück. »Ich mache mir Sorgen, dass dein blaues Auge dich während der Rennen beeinträchtigen könnte.«

Angelo zuckte mit den Schultern. »Bis Donnerstag, bis zum Palio, wird die Schwellung hoffentlich abgeklungen sein.«

»Und bei den Proberennen?«

»Da geht es ja nicht ums Ganze. Ich werde halt noch ein bisschen vorsichtiger sein.«

Maria schüttelte den Kopf. »Ich verstehe sowieso nicht, warum du bei den Proberennen unbedingt selbst reiten musst. Die anderen *fantini* machen das doch auch nicht!«

»Oh doch«, widersprach Angelo. »Die meisten reiten die Proberennen selbst. Es ist eine gute Gelegenheit, sein Pferd kennenzulernen. Wenn du weißt, wie es auf Hilfen reagiert und wie es mit der Bahn zurechtkommt, erhöht das die Sicherheit während des eigentlichen Rennens.«

»Ich finde trotzdem, dass es ein unnötiges Risiko ist – zumal du im Moment nicht hundertprozentig fit bist.«

Angelo lächelte und küsste sie zärtlich. »Du bist süß, wenn du dir Sorgen um mich machst. Aber das brauchst du wirklich nicht. Alle werden vorsichtig sein und sich und ihr Pferd schonen. Niemand will eine Verletzung riskieren.«

Maria erinnerte sich an das Gespräch, das sie heute Morgen während des Frühstücks mit ihrem Vater geführt hatte, nachdem der *capitano* von der Nachtprobe zurückgekehrt war. Er hatte sich sehr zufrieden über die Pferde geäußert, aber auch gesagt, dass diesmal sehr unterschiedlich leistungsstarke Pferde zur Auswahl stünden. Wenn Angelo nun ein schlechtes Pferd bekam, erhöhte das nicht nur die Siegeschancen für den Adler, es würde vielleicht sogar zu Angelos Sicherheit beitragen, da er erstens weniger stark von den anderen attackiert wurde und zweitens eventuell schnell den Anschluss an die Gruppe verlor, die sich weiter vorne ein heißes Gefecht liefern würde.

Maria hatte diesen Gedanken noch nicht zu Ende gedacht, als sie sich auch schon dafür schämte. Ihr Verlobter war mit Leib und Seele Jockey. Er riskierte Leben und Gesundheit für einen Sieg. Und sie, als seine zukünftige Ehefrau, musste ihn dabei unterstützen, wo sie nur konnte. Ob es ihr nun passte oder nicht.

»Weißt du was?«, fuhr Angelo fort. »Komm doch einfach mit und pass auf mich auf!«

Maria lächelte. »Natürlich werde ich mir die Proberennen anschauen«, erwiderte sie.

»Und wen feuerst du an? Fernando oder mich?«

Seufzend wandte Maria ihr Gesicht ab. Schon wieder so eine Frage, auf die es keine einfache Antwort gab. Ihr Blick fiel auf den majestätischen Baum, dessen gewaltiger Wipfel ihnen Schatten bot, und plötzlich runzelte sie die Stirn. »Was ist das denn?«, sprach sie mehr zu sich selbst als zu Angelo, der auf der Bank sitzen blieb und ihr neugierig hinterhersah, während sie mit langsamen Schritten auf den uralten Baum zuging. Vor dem Stamm hockte sie sich hin und hob eins der zahlreichen Blätter auf, die braun und verschrumpelt auf dem

Boden lagen. Mit dem Blatt in der Hand drehte sie sich zu ihrem Verlobten um.

»Was ist denn?«, wollte Angelo wissen. Er konnte zwar an Marias Gesichtsausdruck sehen, dass sie sich über irgendetwas Sorgen machte – er hatte aber keine Ahnung, worüber.

»Findest du das nicht merkwürdig?«, fragte Maria und hielt ihm das Blatt entgegen. »Es ist Mitte August und der Baum wirft all seine Blätter ab!«

Angelo zuckte hilflos mit den Schultern. »Ich habe leider nicht die geringste Ahnung, was für so einen Baum normal ist und was nicht«, antwortete er.

Maria betrachtete nachdenklich das Blatt in ihrer Hand, drehte und wendete es von einer Seite zur anderen, als erwartete sie, dass es ihr Auskunft darüber geben könnte, warum es abgefallen war.

»Warum schaust du denn so sorgenvoll drein?«, erkundigte sich Angelo. Er stand auf und stellte sich neben Maria, den Blick nun ebenfalls auf das Blatt gerichtet. »Vielleicht fehlt dem Baum einfach irgendein Mineral. Zu wenig Kalk … oder zu viel … Was weiß ich. Ich denke, du solltest mal euren Gärtner …«

Als Maria den Kopf hob und ihn anblickte, verstummte Angelo schlagartig. Aus ihrem Gesicht war jegliche Farbe gewichen. Sie sah aus, als wäre sie soeben dem Leibhaftigen persönlich begegnet.

»Mein Gott, Maria, was ist denn los?«

»Ja, weißt du denn nicht, was für ein Baum das ist?«

»Nein, ich habe wirklich keine Ahnung von Bäumen. Vielleicht ist es eine Kastanie? Oder eine …«

Maria schüttelte den Kopf. »Das meine ich doch nicht«,

sagte sie entschieden. »Das ist der Baum, an dem sich Eva Maria erhängt hat!«

Angelos Unterkiefer klappte herunter und er blickte Maria schweigend an.

»Verstehst du jetzt endlich?«, fragte Maria weiter. Ihre Stimme klang hysterisch. »Der Baum verliert seine Blätter. Und es ist Mitte August!«

»Wann hat sich Eva Maria noch einmal daran erhängt?«

»Am 28. August 1880. Zwölf Tage nach dem Palio. An dem Tag, der eigentlich ihr Hochzeitstag hatte werden sollen!«

»Also in genau sechzehn Tagen.« Angelo schwieg nachdenklich, während er sich an Marias Worte zu erinnern versuchte. »Und nach Eva Marias Selbstmord verlor der Baum an jedem Todestag all seine Blätter.«

»So steht es zumindest in der Chronik meiner Familie.«

»Bis zum Tod von Eva Marias Vater. Erst danach fand der Spuk ein Ende.«

»Genau. Aber warum fängt der Spuk ausgerechnet jetzt wieder an?«

Sie sahen einander schweigend in die Augen. Und keiner von beiden wollte aussprechen, was er dachte.

Es ist das Rot der Koralle,
das mir im Herzen brennt.
Motto der Muschel (nicchio)

10

Montag, 13. August, drei Tage vor dem Palio

Als Maria am folgenden Morgen in den Spiegel blickte, erschrak sie vor ihrem eigenen Spiegelbild. Tiefe dunkle Ringe unter den Augen legten ein eindrucksvolles Zeugnis davon ab, wie schlecht sie in der vergangenen Nacht geschlafen hatte. Stundenlang hatte sie sich unruhig von einer Seite auf die andere gewälzt. Bis sie es endlich schaffte, sich selbst zu beruhigen, indem sie sich sagte, dass es auch ganz natürliche Erklärungen dafür geben konnte, warum der Baum seine Blätter abwarf. Vielleicht hatte Angelo recht und dem Baum fehlte einfach irgendein wichtiger Nährstoff. Oder vielleicht war auch seine Zeit gekommen – schließlich musste er weit über zweihundert Jahre alt sein. Irgendwann gingen eben auch alte Bäume zugrunde.

Maria versuchte, ihr müdes Gesicht mithilfe von Farbe zu mehr Leben zu erwecken. Als sie endlich mit dem

Ergebnis ihrer Bemühungen einigermaßen zufrieden war, klopfte es an die Tür zu ihrem Badezimmer.

»Maria? Wie weit bist du? Wenn wir zusammen zur *batterie di selezione* wollen, dann müssen wir jetzt los! Ich darf auf keinen Fall zu spät kommen.«

»Ich komme, Papa«, antwortete Maria und schloss mit einer energischen Bewegung ihr Schminktäschchen. »Ich komme.«

Stehend hatte Maria einen Espresso ohne Zucker in sich hineingeschüttet. Jetzt stand sie im Innenhof des Palazzo Publicco in der Nähe der siebzehn *capitani,* die noch einmal alle zur Auswahl stehenden Pferde sorgfältig begutachteten, bevor sie ihre Stimmen abgeben mussten. Von den ursprünglich sechsundzwanzig Pferden waren nur noch vierundzwanzig übrig geblieben. Zwei hatte der Tierarzt aussortiert, weil sie lahmten. Die Überprüfung des Gesundheitszustandes der Tiere war eine sehr wichtige Formalität, denn stand die Teilnahme eines Pferdes erst einmal fest, konnte es nicht mehr ausgetauscht werden. Unter Umständen bedeutete das dann sogar das vorzeitige Aus für eine der Contraden. Und das galt es natürlich unbedingt zu verhindern.

War der Tierarzt mit seiner Untersuchung fertig, wurden die Schenkel der Pferde mit deutlich sichtbaren Nummern versehen. Hatte das Pferd ein dunkles Fell, dann war die Nummer weiß, war das Fell hell, so war die Nummer schwarz.

Maria verfolgte alles mit großem Interesse. Schon jetzt kam ein wenig Palio-Stimmung in ihr auf. Durch den großen Torbogen, der von der Piazza del Campo aus in den Innenhof des Palazzo Pubblico, dem *entrone,* führte, drangen die Stimmen der Menschen, die sich bereits auf dem Platz versammelt hatten. Vor allem Männer standen hier in kleinen Gruppen gestikulierend und diskutierend zusammen, mit Zetteln in der Hand, auf denen sie die Namen der Pferde notiert hatten. Aber auch das eine oder andere junge Mädchen hatte Maria auf ihrem Weg hierher gesehen. Noch hielt sich das Gedränge allerdings in Grenzen. Zur Mittagszeit, wenn es um die Verlosung der ausgewählten Pferde ging, würde sich das allerdings ändern.

Nachdem die Pferde ihre Nummern erhalten hatten, wurden sie, wie am Tag zuvor, den *capitani* in Gruppen zu je vier oder fünf Tieren vorgeführt. Ihre Hufe klapperten auf dem Kopfsteinpflaster, während die *fantini,* die jetzt noch neutral in den Farben der Stadt Siena gekleidet waren, sie im Kreis herumführten.

Maria musste schon genau hinsehen, bis sie Angelo ausfindig machen konnte. Er trug, wie alle seine Kollegen, eine schwarze Hose, ein weißes Oberteil und einen schwarz-weißen Helm und ritt auf einem ausgesprochen hübschen Grauschimmel. Doch ihr Verlobter war so auf seine Arbeit konzentriert, dass er sie gar nicht bemerkte.

Maria genoss die Nähe zu den Pferden. Allesamt waren es auffallend schöne Tiere mit hervorragendem Exterieur. Die Vorstellung, dass eines von ihnen stürzen und sich so schwer verletzen könnte, dass es an den Folgen starb, bereitete ihr mit einem Mal Sorge.

Um sich abzulenken, richtete sie ihre Aufmerksamkeit auf den *cencio,* der an einer langen Stange in der Mitte des Innenhofes des Palazzo Publicco bereits für die Öffentlichkeit sichtbar ausgestellt worden war. Es war ein farbenfrohes Gemälde auf wertvoller Seide, das stets in irgendeiner Weise die Madonna, zu deren Ehren der Palio stattfand, und die Symbole der teilnehmenden Contraden zeigte. Jedes Jahr wurde der Palio von einem berühmten italienischen Künstler neu gestaltet und war das Objekt der Begierde für die *fantini* und die Contraden. Nun konnte Maria schon die Stunden zählen, bis sie hoffentlich zu den glücklichen Gewinnern gehörte, die ihrem *fantino* und ihrem Pferd den *cencio* überwarfen und sie unter Jubelgesängen nach Hause geleiteten.

Doch nach Hause kam Maria heute nicht so schnell. Selbst ihr kurzes Zusammentreffen mit Angelo hatte nur für eine flüchtige Umarmung und einen hastigen Kuss gereicht, bevor sie sich wieder trennten, um in der Gemeinschaft ihrer jeweiligen Stadtviertel der lang ersehnten Verlosung der Pferde beizuwohnen.

Marias Herz klopfte so laut, dass sie meinte, all die vielen Menschen, die sich mit ihr und um sie herum auf der Piazza del Campo versammelt hatten, müssten es hören. Es waren fast so viele Zuschauer anwesend wie am Renntag selbst, Junge und Alte, Frauen, Männer und Kinder. Doch so unterschiedlich sie auch waren – eines war allen gleich: Jeder trug irgendwo das Zeichen seiner *contrada* zur Schau: Auf Tüchern, Jacken, T-Shirts, ja, sogar auf Ober- und Unterarmen prangten Adler, Drachen, Gans, Panther, Stachelschwein, Einhorn oder Wölfin.

Dieses Jahr war Maria noch aufgeregter als die Jahre zuvor, was vermutlich damit zusammenhing, dass ihr Herz nicht nur für ihre eigene Contrade, sondern auch für Angelo schlug.

Natürlich waren nicht alle fünfzigtausend Einwohner Sienas zugegen, doch die Enge auf dem Campo ließ diesen Gedanken durchaus zu. Die Menschen standen dicht gedrängt und wer es nicht selbst erlebt hatte, konnte sich kaum vorstellen, dass so viele Leute so wenig Lärm machten. Hier und da murmelten einige Männer, zischten sich leise Bemerkungen zu, während sie ihre Aufzeichnungen über die Pferde verglichen. Maria beobachtete einen jungen Mann, der in ihrem Alter sein musste und den Blick unverwandt auf seine Handinnenfläche richtete. Sie runzelte die Stirn über sein merkwürdiges Verhalten, bis sie erkannte, dass der Fremde sich in Ermangelung eines Stück Papiers die Namen und Nummern der Pferde auf die Haut geschrieben hatte.

Maria hatte keine Aufzeichnungen zur Hand. Sie wusste, dass der Favorit ihres Vaters, Fabioncello, die Nummer vier trug. Und dass er keinesfalls das Pferd mit der Nummer neun haben wollte, das seiner Meinung nach ein *brenna* war.

»*Il Palio si corre tutto l'anno*«, lautete ein Sprichwort. Den Palio läuft man das ganze Jahr. Und jeder in Siena wusste, wie viel Wahrheit in diesem Sprichwort steckt. Der Palio war ein immerwährendes Gesprächsthema. Unabhängig davon, ob es gerade Sommer, Winter, Frühjahr oder Herbst war. Aber dies hier, die Auslosung der Pferde auf die einzelnen Contraden, war einer der Höhepunkte des Rennens. Er war so etwas wie der vorgezogene Startschuss. Und jeder betete still zur Göttin Fortuna, sie möge gnädig sein und seiner *contrada* ein gutes Pferd zuteilen. *Un cavallo buono!* Einen Sieger!

Endlich wurden die Pferde aus dem Innenhof des Palazzo Publicco hinausgeführt und zu den vorbereiteten mobilen Stallabteilen gebracht. Fast schon ehrfurchtsvoll wich die Menge zur Seite und bildete für die Tiere eine Gasse.

Maria beobachtete ihren Vater, der nur wenige Meter von ihr entfernt stand. Sein sorgenvolles Gesicht ließ sie gerührt lächeln. Er wirkte nervös und angespannt und sie wusste, ihn quälte die Untätigkeit. Dabei hatte er alles in seiner Macht Stehende getan, um den Palio für den Adler zu einem Erfolg werden zu lassen. Nun konnte er nichts anderes tun, als zu hoffen, dass das Glück ihnen hold war. Eine Woge der Zuneigung überflutete Marias Herz. Sie wandte sich um und versuchte, auch Angelo in der Menge ausfindig zu machen. Doch sie konnte ihn nirgends entdecken. Alles, was sie sah, waren die Köpfe der Umstehenden.

Hatten in den Vormittagsstunden die Menschen noch Platz im wandernden Schatten des Torre del Mangia gefunden, so war jetzt der ganze Campo mit Zuschauern gefüllt und es gab keine Möglichkeit, der brennenden Mittagssonne zu entrinnen, geschweige denn, einen bestimmten Menschen in der Menge ausfindig zu machen.

Als nun die Fanfare erklang, die den Beginn der *assegnazione,* der Zuweisung der Pferde zu den Contraden, verkündete, verstummten schlagartig die letzten, leise geführten Gespräche. Und war es zuvor schon auffallend ruhig gewesen, so hatte die jetzt einsetzende Stille etwas Gespenstisches an sich. Jeder hielt den Atem an und lauschte auf die Verkündung der ersten Nummer, die gezogen wurde.

Maria, die recht weit vorne stand, konnte sogar das Rotieren der beiden Lostrommeln hören. Wie ein Relikt aus längst vergangenen Zeiten wurden die von Messingstreben gehaltenen Glasbehälter mithilfe von Kurbeln per Hand gedreht. Einige Male links herum, einige Male rechts herum. Und die farbenfrohen Kostüme des Bürgermeisters und der Pagen verstärkten noch den Eindruck, in ein längst vergangenes Jahrhundert zurückversetzt worden zu sein.

Sehen konnte Maria nichts. Aber als nun auch die Geräusche der sich drehenden Lostrommeln verstummten, wusste sie, dass der entscheidende Moment gekommen war. Sie schloss die Augen und konzentrierte sich ganz darauf, die Stimme des Bürgermeisters zu hören.

»*Due*«, verkündete der Bürgermeister die Zahl, die auf dem ersten gezogenen Los stand.

»*Due*«, wiederholten die Menschen links und rechts, vorne und hinten die gehörte Zahl und ergänzten sie murmelnd mit dem Namen des dazugehörenden Pferdes: »Fairway.«

An der Betonung konnte man erkennen, dass Fairway weder ein besonders schlechtes noch ein besonders gutes Pferd war. Genau genommen gab es über dieses Pferd wenig zu sagen, da es noch recht jung war und dies sein erster Palio werden würde.

Erneut erstarb das Gemurmel, während nun alle darauf warteten zu erfahren, für welche Contrade Fairway laufen würde.

»*Torre!*«, ließ sich die Stimme des Bürgermeisters laut und deutlich durch das Mikrofon vernehmen und irgendwo am anderen Ende des großen Platzes konnte

Maria verhaltenen Jubel hören, wo sich die Anhänger des Turms versammelt hatten. Sie sah ihren Vater zufrieden nicken, während nun bereits die Lostrommeln für das nächste Pferd gedreht wurden.

Jetzt war es nicht mehr ganz so leise wie zuvor, denn die Bewohner des Stadtviertels Torre stürmten auf ihr Pferd zu und führten es unter Jubelgesängen in den vorbereiteten Stall.

Maria blickte starr auf die Anzeigetafeln, um die nächste gezogene Nummer auf keinen Fall zu verpassen.

»*Quattro*«, verkündete der Bürgermeister und ein Raunen ging durch die wartende Menge. »Fabioncello!«, tönte es gleichzeitig aus Tausenden von Kehlen. Geflüstert zwar, aber dennoch gut zu vernehmen. Signore Morelli hob erwartungsvoll den Kopf und auch Maria erwischte sich dabei, wie sie die Hände faltete und in Gebetshaltung vor die Brust führte.

Quattro. Vier. Nun ging es also schon darum, wer den Favoriten Fabioncello zugewiesen bekommen würde. Das Pferd, das jeder der hier Anwesenden am liebsten in seinem eigenen Stall stehen haben wollte. Den Gewinner des letzten Palio. Würde er auch dieses Mal der Contrade, für die er lief, den Sieg bescheren?

Maria widerstand dem Impuls, sich die Hände vor das Gesicht zu halten. Stattdessen fixierte sie die Anzeigetafel. Was, wenn der Panther das Glück haben sollte, dieses herausragende Pferd zugeteilt zu bekommen?

»*Aquila!*«, rief der Bürgermeister und um Maria herum war mit einem Mal der Teufel los. Männer und Frauen schrien, hüpften auf und ab, lagen einander in den Armen, wischten sich Tränen aus den Augenwinkeln.

Marias Blick traf sich mit dem ihres Vaters und sie konnte die Freude auch in seinen Augen sehen. Dann stürzten plötzlich alle nach vorne, und Maria hatte Mühe, nicht niedergetrampelt zu werden. Sie ließ sich vom Menschenstrom mitreißen – und hätte auch gar keine andere Wahl gehabt.

Fabioncello tänzelte nervös, als er plötzlich von so vielen jubelnden Menschen umringt wurde. Matteo, der *barbaresco,* hatte einige Mühe, das Pferd zu halten und zu führen. Immer wieder versuchte Fabioncello mit angelegten Ohren zu steigen und drohte durchzugehen. Das hinderte die Anhänger des Adlers jedoch nicht daran, begeistert um das Pferd herumzulaufen, seinen Hals und seine Kruppe zu tätscheln, die Arme in Siegerpose in die Luft zu strecken und aus vollen Kehlen die Hymne ihrer Contrade erklingen zu lassen.

Auch Maria strahlte vor Freude und umarmte glücklich ihren Vater. Einen kurzen Augenblick lang bedauerte sie zwar, nun nicht mehr mitzubekommen, welches Pferd Angelo zugewiesen wurde. Doch dann siegte ihre Freude über dieses *cavallo buono.* An der Seite ihres Vaters und gemeinsam mit den Bewohnern ihres Stadtviertels führte sie Fabioncello durch die engen Gassen Sienas in sein vorläufiges neues Zuhause.

»Signore Morelli!« Die Stimme des Alten, der am Rand der Gasse stand und ihnen entgegenblickte, klang brüchig. Er beugte sich über seinen Krückstock und hob eine zittrige Hand empor, als der *capitano* an ihm vorübereilte.

»Signore Bertani!« Morelli blieb stehen und legte dem alten Mann in einer freundschaftlichen Geste den Arm um die knochige Schulter.

Bertani konnte vor Glück und Rührung kaum sprechen. Mit einem Stofftaschentuch wischte er sich wieder und wieder die Tränen aus den Augenwinkeln. Dann seufzte er, umarmte den *capitano* wortlos und küsste ihn auf beide Wangen. »*Grazie*«, murmelte er schließlich. »Jetzt haben wir das beste Pferd im Stall.«

Signore Morelli klopfte dem Alten sacht auf den Oberarm und nickte. »*Si,* Signore Bertani. Fortuna war uns wohlgesonnen. Wir können nun frohen Mutes nach vorne blicken.«

Der Blick des Alten huschte vom *capitano* zu Maria, die neben ihrem Vater stehen geblieben war und dem Gespräch folgte. »Ist diese hübsche junge Frau etwa Ihre Tochter?«, fragte er.

»Oh ja«, erwiderte Signore Morelli mit Stolz in der Stimme. »Das ist meine Maria.«

»Geben Sie gut auf sie acht«, sagte der Alte. »Unsere Kinder sind alles, was wir haben. Wir müssen sie beschützen und bewahren.«

»Da haben Sie recht, Signore Bertani«, stimmte Morelli zu. »Da haben Sie vollkommen recht.«

Es dauerte eine Weile, bis Maria an der Seite ihres Vaters vor der *casa del cavallo* ankam. Überall musste der *capitano* Hände schütteln und Glückwünsche entgegennehmen.

Matteo führte Fabioncello, der immer noch nervös wirkte, auf dem kleinen Platz vor dem Stall im Kreis herum, damit sich das Pferd beruhigen konnte.

Die meisten jungen Männer hatten sich auf dem Weg hierher an irgendeiner Stelle von dem Zug abgespalten und standen nun an den Plätzen und Ecken der Contrade, um sich gegenseitig noch einmal zu erzählen, wie sie die Sekunden der Entscheidung erlebt hatten. Ungeachtet der frühen Stunde knallten die ersten Sektkorken. Man feierte das Glück, einen – wenn nicht sogar den – Favoriten im eigenen Stall zu wissen.

Auch Maria nahm das kleine Gläschen Prosecco, das jemand ihr reichte, mit einem Dank entgegen und nippte ein paarmal an der perlenden Flüssigkeit. Allmählich fiel ein Teil der Anspannung von ihr ab und die Gedanken an Angelo kehrten zurück.

Das Glas in der Hand, drehte sie sich um und betrachtete die Gesichter der Menschen, die Fabioncello bis hierher begleitet hatten. Sie sah strahlende Männer und Frauen, mit vor Freude und Aufregung geröteten Wangen. Hier, im Kreise derer, die sie von klein auf kannte, fühlte sie sich wohl und geborgen.

Gerade wollte sie ihr Glas erneut an den Mund führen, als ihre Bewegung gefror. Die tiefschwarzen Augen, die sie aus einem der Hauseingänge finster anstarrten, funkelten vor Hass. Maria zitterte und einige Tropfen Prosecco liefen über ihren Handrücken, während sie den Blick wie gebannt erwiderte.

Als Gianluca merkte, dass Maria ihn ebenfalls gesehen hatte, beeilte er sich, in eine andere Richtung zu schauen. Doch bevor er sich abwandte, konnte Maria sehen, dass er ziemlich verprügelt aussah. Seine linke Wange war stark geschwollen und er trug einen Verband über dem Ohr. Fast tat er ihr ein bisschen leid, andererseits hoffte sie, er habe nun endlich kapiert, dass er sie in Ruhe lassen sollte. Und gab ihr sein Verhalten nicht Grund zu dieser Hoffnung?

Jemand umfasste von hinten ihre Taille und sie spürte einen fremden Atem an ihrem Hals. Der Geruch von After Shave stieg ihr in die Nase. Für den Bruchteil einer Sekunde hoffte Maria, es wäre Angelo. Doch zugleich war ihr klar, dass ihr Verlobter in diesem Moment sicherlich anderes zu tun hatte. Und außerdem spürte sie, dass dieser Mann, der sie so vertraulich in den Arm schloss, deutlich größer sein musste.

»Salute«, sagte Alessandro, als Maria sich umwandte, und hob ihr sein Glas entgegen.

»Alessandro!« Maria war überrascht, ihren Cousin zu sehen. »Was machst du hier? Ich hätte nicht gedacht, dass du dich für dieses Spektakel interessierst, geschweige denn, dass es für dich ein Grund zu feiern ist …« Vorsichtig stieß sie ihr Glas gegen seines.

»Nun«, sagte er und grinste vielsagend. »Interessant ist das hier für mich auf alle Fälle! Wenn auch vielleicht aus anderen Gründen als für dich. Und was das angeht«, er hob sein Glas, trank einen Schluck und verzog genießerisch das Gesicht. »Wenn es einen Grund zum Trinken gibt, bin ich immer dabei. Das weißt du doch.«

Maria schüttelte den Kopf, lächelte aber. »Stimmt«, sagte sie, »das hätte ich eigentlich wissen müssen.«

»Mach dir nichts draus, Cousinchen«, scherzte Alessandro. »Ich freue mich doch, wenn ich dich hin und wieder überraschen kann. Und ich glaube, in dieser Hinsicht habe ich noch das ein oder andere in petto.«

Maria zog es vor, darauf nicht zu antworten. Zweifeln tat sie an Alessandros Worten nicht im Geringsten. Doch hatte sie die Befürchtung, dass die Überraschungen, auf die Alessandro anspielte, nicht nach ihrem Geschmack sein würden. Sie konnte nur darum beten, dass Matteo seinen Job als *barbaresco* verantwortungsvoll machte und dafür sorgte, dass sich niemand, der nicht die Befugnis dazu hatte, Fabioncello in den nächsten Tagen näherte. Auch nicht Alessandro, der Neffe des *capitano*.

»Gelb und schwarz leuchtet der Himmel!
Unser Vogel ist der größte der Welt.
Keiner kann sich mit ihm messen.
Er kämpft mit seinem Schnabel
und zwingt seine Gegner in den Staub!
Der Sieg des Adlers ist sicher, weil er Flügel hat!
Gelb und schwarz leuchtet der Himmel!«

Aus voller Kehle sang Maria die Hymne des Adlers mit, während sie der Prozession ihrer Gemeinde durch die Via Rinaldini folgte. An der Ecke zur Banchi di Sotto trafen die Adler auf die Mitglieder der anderen Contraden und gemeinsam zogen sie weiter zur Piazza del Campo.

Fabioncello, der von Matteo vorneweg geführt wurde, versuchte immer wieder auszubrechen. Die Rufe der Männer und Frauen und die hervorgestoßenen Parolen, die zwischen den hohen Mauern widerhallten, machten das Pferd nervös. Sobald es ausschlug, brachten sich die Menschen vor seinen Hufen in Sicherheit, indem sie sich an die Häuserwände drängten.

Maria folgte in den Reihen der Frauen und Kinder. Sie alle trugen bereits ihr *fazzoletto,* das gelb-schwarze Halstuch mit dem Wappen des Adlers. Ihre neu erstandene gelbe Bluse wollte Maria jedoch erst am Renntag anziehen. Jetzt trug sie eine einfache Jeans und ein enges schwarzes T-Shirt, das ihre schlanke, fast knabenhafte Figur betonte.

Die Männer reckten während des Singens die Arme in die Luft und stießen wüste Beschimpfungen gegen die verfeindete Contrade des Panthers aus, während sie zugleich die Kraft und die Herrlichkeit des Adlers priesen.

Die Gasse öffnete sich zur Piazza del Campo und die Anhänger der einzelnen Contraden versammelten sich auf ihren angestammten Plätzen des Campo, die jeweils in Richtung ihres Stadtviertels lagen.

Jetzt war der Platz voller Menschen, die sich nach der Arbeit und vor dem Abendessen das erste Proberennen anschauen wollten. Es gab Stände mit Essen und Getränken, die Leute lachten und redeten und überall tobten Kinder herum, die bei dem eigentlichen Rennen nicht dabei sein würden. Aus allen Ecken des muschelförmigen Platzes erklangen Gesänge. Auf den Tribünen saßen Menschen, auf den Balkonen standen Menschen, aus den geöffneten Fenstern blickten Menschen heraus und schwenkten ihre Tücher.

Matteo hatte Fabioncello in den Innenhof des Palazzos geführt, wo Fernando das Pferd übernehmen würde und gemeinsam mit seinen Kollegen, unter ihnen Angelo, darauf wartete, dass die Bahn geräumt wurde und die Trommelwirbel den Beginn des ersten Proberennens verkündeten.

Maria hatte einen Platz direkt an der Absperrung zur Rennstrecke ergattert. Von hier aus hatte sie einen guten Blick auf das Tor, durch das die *fantini* ihre Pferde zur *mossa,* dem Startpunkt am oberen Ende des Platzes, führen würden. Angespannt wartete sie darauf, dass Angelo auf seinem Pferd das Tor passierte.

Ihr Vater hatte erschreckt die Augenbrauen hochgezogen, als er erfuhr, dass sein zukünftiger Schwiegersohn ausgerechnet Amarosa reiten sollte. Die Stute, die er selbst einerseits zwar für talentiert, andererseits aber für unberechenbar hielt. Und Filippo Morellis Reaktion hatte nicht gerade dazu beigetragen, dass Maria sich jetzt weniger um Angelo sorgte.

Als der Trommelwirbel das Erscheinen der Reiter ankündigte, herrschte erwartungsvolle Stille auf dem Platz. Alle sahen gebannt zu den Pferden und ihren Reitern, die bereits ihre Kostüme und *zucchini,* die in den Farben der Contraden bemalten Helme, trugen.

Fernando, der Jockey des Adlers, gehörte zu den Ersten, die den Palazzo verließen. Die Anhänger des *aquila* jubelten ihrem Helden zu und feuerten ihn an, sein Bestes zu geben.

Marias Herz schlug höher, als sie Angelo in dem grün-roten Kostüm des Drachen erblickte. Er saß auf einem hübschen Fuchs, dessen Nervosität nicht zu übersehen war. Wie von ihrem Vater vorausgesagt, hatte Angelo alle Hände voll damit zu tun, Amarosa zu bändigen.

»Da! Da ist er!« Das Mädchen neben Maria deutete mit ausgestrecktem Finger auf Angelo und stieß ihrer Freundin zugleich aufgeregt den Ellbogen in die Seite. »Sieht er nicht fantastisch aus?«

Maria musterte das Mädchen neben sich. Galt seine Begeisterung dem Pferd oder dessen Reiter? Es war vielleicht dreizehn oder vierzehn Jahre alt, hatte vor Aufregung gerötete Wangen und stieß jetzt beim Anblick seines Schwarms einen tiefen Seufzer aus.

In diesem Augenblick ritt Angelo auf seinem Weg zum Startpunkt am Fonte-Gaia-Brunnen dicht an ihnen vorbei und zwinkerte Maria zu.

Maria lächelte.

»Hast du das gesehen?«, sagte das Mädchen neben ihr mit sich überschlagender Stimme zu seiner Freundin. »Er hat mir zugezwinkert!«

Maria zog überrascht die Augenbrauen hoch. Noch einmal betrachtete sie das Mädchen. Diesmal genauer. Es war auffallend hübsch, mit großen, braunen Augen und glänzendem Haar strahlte es den ganzen Reiz seiner Jugend aus. Und war doch noch mehr Kind als Frau.

Ein schmerzender Stich bohrte sich in Marias Herz. Hatte Angelos Zwinkern wirklich ihr gegolten?

Vom Start bekam Maria von ihrer Position aus nicht viel mit. Doch sie konnte sich ausmalen, dass die Pferde unruhig waren und der *mossiere,* der Startrichter, alle Hände voll zu tun hatte, die Pferde ordnungsgemäß nebeneinander aufzureihen, denn es dauerte ausgesprochen lange, bis endlich der Böllerschuss ertönte, der den Zuschauern signalisierte, dass das Rennen begonnen hatte.

Es dauerte nur Sekunden, bis die Reiter um die erste Kurve preschten. Und Maria glaubte, ihren Augen nicht trauen zu können, als sie an erster Position Angelo ausmachte, dicht gefolgt von Fernando, der seinem Kontrahenten ordentlich zusetzte, indem er so nah neben Amarosa herritt, dass er ihr mit der Hand auf die Kruppe hätte schlagen können.

Maria war empört. Statt sich zu freuen, dass »ihr« *fantino* von Anfang an seine Position behauptete, spürte sie Wut über Fernandos unvernünftiges Verhalten in sich aufflammen. Schließlich war dies nur ein Proberennen! Es gab keinen Grund solche Risiken einzugehen! Was hatte Angelo noch zu ihr gesagt? Es ging nur darum, die Fähigkeiten des Pferdes zu testen und es einschätzen zu lernen. Ein Sieg im Proberennen bedeutete gar nichts! Warum also ging Fernando jetzt schon so hart zur Sache?

Doch so schnell, wie Angelo in ihr Blickfeld geraten war, so schnell war er auch schon wieder daraus verschwunden. Und obwohl es keine dreißig Sekunden dauerte, bis ihr Verlobter wieder auf dem Teil der Strecke erschien, den Maria überblicken konnte, kam ihr diese halbe Minute vor wie eine Ewigkeit.

Immer noch ritt Angelo vorneweg. Gefolgt von Fernando, der keine Gelegenheit ausließ, Amarosa rüde abzudrängen. Maria konnte an Angelos Gesichtsausdruck sehen, dass ihr Verlobter vor Wut beinahe platzte.

»Was macht der denn da? Spinnt der?« Auch das Mädchen neben Maria schimpfte über Fernando und stieß ihre rechte Hand in die Höhe, während sie die Spitze ihres Zeigefingers und des Daumens zu einem Ring zusammenführte. Maria konnte diese Geste für sich übersetzen: »Arschloch!« Sie bezweifelte jedoch, dass Fernando sie wahrgenommen hatte. Leider.

Und schon waren die beiden Jockeys wieder aus Marias Blickfeld verschwunden.

Als sie das dritte Mal die Stelle passierten, an der Maria wartete, hatte Fernando die Führung übernommen. Nun drängte er Angelo nicht mehr zur Seite hin ab, behinderte ihn jedoch, indem er mehrfach absichtlich seinen Weg kreuzte, bis Amarosa scheute und Angelo auf dem sattellosen Pferderücken beinahe das Gleichgewicht verlor. Maria war sich sicher, dass Fernando auch vor dem Einsatz des Ochsenziemers gegen seinen Kontrahenten nicht zurückgeschreckt hätte, wenn der *nerbo* in den Proberennen erlaubt gewesen wäre. Zum Glück war er das aber nicht!

Das Mädchen neben Maria kreischte, als Angelo auf Amarosas Rücken bedenklich zur Seite kippte, und hielt sich erschrocken die Hände vor den Mund. In letzter Minute konnte Angelo sich fangen.

Wie beim Palio selbst wurden die Pferde auch bei den Proberennen ohne Sattel geritten. Das bedeutete nicht nur eine besondere Herausforderung an die körperliche Fitness und das Gleichgewichtsgefühl der Reiter, sondern war darüber hinaus für besonders empfindsame Pferde eine zusätzliche Belastung. Aus einem ohnehin nervösen Pferd wie Amarosa konnte dieser Umstand sogar eine tickende Zeitbombe machen.

Und so wusste Maria, obwohl sie nichts sah, bereits, was passiert war, als sie die Zuschauer hinter der nächsten Kurve entsetzt aufschreien hörte: Amarosa hatte Angelo wenige Meter vor dem Ziel abgeworfen. Und hinter dem auf dem Boden liegenden Jockey stürmten jetzt acht weitere Pferde heran!

»Oh mein Gott, Angelo, mein Engel!«, rief das Mädchen neben Maria und verbarg das Gesicht in ihrem *fazzoletto* mit dem Wappen des Drachen.

Noch bevor der nächste Böllerschuss das Ende des Rennens verkündete, hatte Maria die Streckenabsperrung überwunden und rannte über die ockerfarbene Erde. Ihre Gedanken galten einzig und allein ihrem Verlobten. War er verletzt? Sie bekam nichts von dem mit, was um sie herum geschah. Nicht einmal der Böllerschuss drang in ihr Bewusstsein. Ebenso wenig wie die Nachricht, die über Lautsprecher verkündet wurde, dass Fernando auf Fabioncello diesen Probelauf für den Adler gewonnen hatte.

Sie war unter den Ersten, die sich um den auf dem Boden liegenden Jockey scharten, der aber in diesem Moment aufsprang, die helfenden Hände, die sich ihm entgegenstreckten, wütend zur Seite stieß und sich auf seinen Kontrahenten stürzte.

»Bist du total bescheuert?«, schrie er Fernando an, der gerade vom Rücken seines Pferdes geglitten war. Seine Füße berührten kaum den Boden, als er auch schon Angelos Fäuste zu spüren bekam. »Du tickst wohl nicht mehr sauber! Das ist ein Proberennen, du blöder Bastard!«

Fernando hob abwehrend die Hände, grinste dabei aber höhnisch. Ebenso wie Danilo, der Jockey des Panthers, der mit verschränkten Armen nur wenige Schritte entfernt stand und sich ganz offenkundig ins Fäustchen lachte. Aus seiner Sicht konnte es wohl nichts Besseres geben als einen Streit zwischen zwei verbündeten Contraden – und dass eine dieser Contraden noch dazu die Rivalin des Panthers war, machte das ganze Schauspiel natürlich umso interessanter. Wenn sich Adler und Drache jetzt schon prügelten, konnte er sich entspannt zurücklehnen und den Dingen ihren Lauf lassen.

Angelos Gesicht glühte rot vor Zorn. Er stürzte sich auf Fernando und hieb ihm seine Faust ins Gesicht.

»Angelo!«, rief Maria und versuchte, ihren Verlobten von dem anderen Jockey wegzuziehen. Doch vergebens. Mittlerweile war Fernando das Lachen vergangen und er wehrte sich gegen die Angriffe, so gut er konnte. Maria blieb nichts anderes übrig, als sich selbst in Sicherheit zu bringen, bevor eine der fliegenden Fäuste ihr Ziel verfehlte und sie traf.

»Schluss jetzt, verdammt noch mal!«

Maria zuckte zusammen. Sie hörte ihren Vater selten schreien, und wenn, dann verfehlte er damit nicht seine Wirkung.

Mit energischen Schritten eilte Signore Morelli auf die beiden Streithähne zu und stellte sich zwischen sie. Auch die übrigen *fantini* und *capitani* betätigten sich nun als Streitschlichter und es dauerte nicht lange, bis sie Angelo und Fernando voneinander getrennt hatten. Doch immer noch musste Angelo von drei Männern festgehalten werden, damit er sich nicht erneut auf den anderen Jockey stürzen konnte. Er tobte wie ein tollwütiger Hund.

»Jetzt reicht es, Angelo!«, wies Filippo Morelli seinen zukünftigen Schwiegersohn zurecht. Aber der sah das offenbar anders. Denn nun wandte er sich mit wutverzerrtem Gesicht an Marias Vater und stieß ihm seinen ausgestreckten Zeigefinger so fest auf die Brust, dass der *capitano* unwillkürlich einen Schritt nach hinten machte.

»Es reicht? Ja? Wer gibt denn seinem *fantino* die Anweisung, bei diesem beschissenen Proberennen so hart ranzugehen, hä?«

Signore Morelli nickte. »Ja, Fernando hat ein bisschen übertrieben, aber …«

»›Ein bisschen übertrieben‹?« Angelo spie die Worte aus. »›Ein bisschen übertrieben‹? Soll ich mir den Hals brechen oder was?« Fassungslos schüttelte er den Kopf.

»Angelo.« Auch Maria wandte sich nun an ihren Verlobten und legte ihm besänftigend eine Hand auf den Oberarm. »Nun beruhige dich doch erst mal!«

Als Angelo sich umdrehte und sie mit starrem Blick fixierte, wich Maria erschrocken zurück. So wütend hatte er sie noch nie angesehen.

»›Beruhigen‹?« Unwirsch entwand er sich ihrem Griff. »Ich soll mich ›beruhigen‹?« Er lachte bitter. »Wisst ihr was … Ihr könnt mich alle mal …«

»Angelo!«, rief Maria noch einmal flehend und streckte ihre Hand nach ihm aus. Doch ihr Verlobter schob ihren Arm rüde zur Seite, reckte Filippo und Fernando die rechte Hand mit dem ausgestrecktem Mittelfinger entgegen und marschierte mit weit ausholenden Schritten über die Terra di Siena davon.

Nachdenklich blickte Maria ihm hinterher. Warum fiel ihr ausgerechnet jetzt der Baum im Garten ihrer Eltern ein, der mitten im August all seine Blätter verlor? Der Baum, an dem sich Eva Maria vor so vielen Jahren erhängt hatte, nachdem ihr Verlobter sie nach einem Streit mit ihrem Vater für immer verließ? Einem Streit, der mit dem Palio zusammenhing. Und auf einmal kam ihr ein furchtbarer Gedanke: Konnte es sein, dass Eva Maria ihr eine Warnung schickte? Eine Warnung aus dem Jenseits, weil ihr das gleiche Schicksal drohte, das sie damals erlitten hatte? Verlor der Baum deshalb plötzlich alle seine Blätter? Und war das Fenster im Flur des Palazzo, genau gegenüber von Eva Marias Porträt, vielleicht gar nicht nachlässig geschlossen gewesen? Hatte nicht der Wind es aufgestoßen, sondern der Geist einer unglücklichen jungen Frau, die sich vor mehr als hundert Jahren das Leben nahm?

Mit einem Mal fror Maria. Obwohl die Sonne ungachtet der Abendstimmung ihre Strahlen immer noch hemmungslos auf die Piazza del Campo hinunterschickte und die Luft auf über dreißig Grad Celsius erwärmte.

Greift zu den Waffen.
Motto der Gans (oca)

11

Freitag, 13. August 1880, drei Tage vor dem Palio

Mehrfach blickte er über die Schulter zurück. Niemand sollte ihn hier sehen. Doch die Gasse hinter ihm war nahezu gespentisch leer. Mittlerweile war es weit nach Mitternacht. Lange hatte er warten müssen. In diesen warmen Sommernächten hielten sich nicht alle an die vorgeschriebene Sperrstunde. Immer und immer wieder kamen kleine Gruppen betrunkener junger Männer an seinem Versteck vorbei und hielten ihn durch ihr bloßes Erscheinen von seinem Plan ab.

Doch jetzt war es endlich so weit.

Neben dem Eingang hingen links und rechts zwei Öllampen. Doch nur die linke brannte und warf ihr flackerndes Licht über die Straße.

Das vereinbarte Zeichen.

Er tastete nach dem Lederbeutel unter seinem Hemd. Nicht dass er ihn und seinen kostbaren, verräterischen

Inhalt verloren hatte! Das durfte unter keinen Umständen geschehen! Aber nein, er war an Ort und Stelle. Jetzt musste er nur noch warten, bis die Kirchturmuhr zur vollen Stunde schlug.

Er verbarg sich hinter den aufgestapelten Heuballen und hielt den Blick starr auf die Tür vor sich gerichtet.

Kurz nachdem der zweite Schlag der Glocke verklungen war, öffnete sich die Tür vor ihm. Ein junger Bursche streckte vorsichtig den Kopf heraus und sah sich nach links und nach rechts um. Sein Blick verharrte für einen Moment auf den Heuballen, dann schloss er die Tür hinter sich, schlenderte barfuß über den Vorplatz und verschwand in einer dunklen Ecke.

Der Mann hinter den Heuballen zählte bis drei. Dann erhob er sich, trat aus seinem Versteck hervor und schlich auf die Tür zu, durch die der andere soeben gekommen war.

Ein leises Quietschen ertönte, als er sie öffnete. Er hielt den Atem an. Schließlich hatte er nichts weiter als ein Wort, dass der *barbaresco* sich an die getroffene Vereinbarung halten und lange genug verschwunden bleiben würde. Und was zählte schon ein Wort? Nichts, wenn es drauf ankam. Genauso gut konnte der Stallknecht ein heimtückisches Spiel mit ihm spielen. Und dass die gesamte Schuld auf seinen eigenen Schultern lasten würde, wenn man ihn erwischte, stand wohl außer Frage. Niemand würde sich schützend vor ihn stellen und aussagen, dass er nur im Auftrag anderer gehandelt hatte.

Deswegen öffnete er die Tür jetzt besonders vorsichtig, bereit, jeden Augenblick den Rückzug anzutreten, wenn etwas nicht so sein sollte wie verabredet.

Es dauerte eine Weile, bis sich seine Augen an das schwache Licht gewöhnt hatten. Denn die einzige Lichtquelle im Raum war eine brennende Kerze, die neben dem *materasso* des Stallburschen stand. Die mit Stroh gefüllte Matratze befand sich auf der linken Seite des Vorraums. Die Decke lag jetzt, nachdem die Bettstatt leer war, zusammengeknüllt am Fußende.

Hastig versuchte er, sich zu orientieren. Wer konnte schon sagen, wie lange der *barbaresco* brauchen würde, um seine Notdurft zu verrichten? Zumal er ja vermutlich nicht tatsächlich ein Verlangen danach spürte. Und was würde geschehen, wenn er zurückkam und ihn hier entdeckte? Würde er dann die Augen verschließen und so tun, als hätte er nichts gesehen? Darauf wollte er es lieber nicht ankommen lassen.

Sein Ziel stand hinter einem Holzverschlag, der die eigentliche Pferdebox vom Vorraum abtrennte. Die Stute sah ihm erwartungsvoll und interessiert entgegen, als er leise ihren Namen rief: »Luna.« In ihrem Blick lag nicht die geringste Spur von Misstrauen.

Ein wenig schämte er sich beinahe, als das Tier jetzt freundlich schnaubte. Hoffentlich war ihm die Dosierung gelungen. Er wollte das Pferd schließlich nicht umbringen, sondern nur ein bisschen lahmlegen. Denn ein von Durchfällen entkräftetes Pferd würde den Palio ganz sicher nicht gewinnen. Und im besten Falle wäre die *contrada della pantera* sogar gezwungen, ihre Teilnahme am Palio abzusagen. Darauf zumindest spekulierte sein Auftraggeber, denn das einmal zugeteilte

Pferd durfte ja nicht mehr ausgetauscht werden. So bestimmten es die Regeln.

Er schnalzte mit der Zunge, während er den Lederbeutel hervorzog und öffnete.

Neugierig reckte der Fuchs mit der halbmondförmigen Blesse seine Nase über die Stallbegrenzung und schnupperte.

Das ging einfacher, als er gedacht hatte. Die Beimengung des Zuckers zu den zerkleinerten Oleanderblättern war offenbar eine gute Idee gewesen. Die Stute steckte bereits neugierig ihr Maul in den Lederbeutel.

Eilig schüttete er den Inhalt des Beutels in seine Handfläche und ließ das Pferd fressen.

Der Fuchs leckte ihm zweimal über den Handteller, dann wandte er bereits den Kopf ab. Er schien zu spüren, dass dieses Futter nicht gut für ihn war.

Das wird genügen, dachte der Mann. Er verschloss den Lederbeutel sorgfältig und steckte ihn zurück unter sein Hemd. Dann beeilte er sich, die *casa del cavallo* zu verlassen, bevor der *barbaresco* zurückkehrte.

Als er aus der Tür trat, blickte er sich einmal nach links und nach rechts um. Doch in der Dunkelheit konnte er nichts Auffälliges erkennen. Mit eiligen Schritten hastete er durch die schmale Gasse davon, ohne sich noch einmal umzusehen. Und so bemerkte er auch nicht den *barbaresco,* der ihm mit einem unleidlichen Blick nachschaute.

Die Farbe des Himmels,
die Kraft des Meeres.
Motto der Welle (onda)

12

Dienstag 14. August, zwei Tage vor dem Palio

Als Maria am nächsten Morgen erwachte, hatte sie Kopfschmerzen und einen steifen Nacken. Sofort waren alle Erinnerungen an den gestrigen Abend wieder da: das Proberennen; Angelos Sturz, von Fernando verursacht; der Streit mit ihrem Verlobten.

Noch auf dem Nachhauseweg hatte sie mehrfach versucht, Angelo auf seinem Handy zu erreichen, doch er hatte es ausgeschaltet. Da schlenderte sie durch ihre festlich geschmückte Heimatstadt, überall in den Straßencafés saßen fröhliche junge Menschen, aßen, tranken und lachten bis weit nach Mitternacht, und sie selbst fühlte sich am Boden zerstört. Wie gern hätte sie mit Angelo an einem dieser Tische gesessen und den Sternenhimmel genossen.

Den einen oder anderen Gesprächsfetzen hatte sie aufgeschnappt. Darunter auch eine Diskussion über die

Vorkommnisse beim Proberennen. Ein junger Mann ereiferte sich über diese *fantini,* die nichts Besseres waren als bezahlte Söldner, die ihr Fähnchen nach dem Wind richteten. Ungebildelte, oftmals dumme, auf jeden Fall aber unehrliche Burschen, die er aus tiefstem Herzen verachtete. Und dieser völlig unnötige Unfall zeigte seiner Meinung nach nur, aus welchem Holz diese *bastardi* geschnitzt waren.

Maria war kurz davor, dem arroganten Schnösel ihre Meinung zu sagen, besann sich aber im letzten Moment. Irgendwie hatte er ja recht. Zumindest, was Fernando anging.

Jetzt schüttelte Maria die Gedanken an den gestrigen Abend ab und schlug ihre Bettdecke zurück. Was sie nun dringend brauchte, war eine heiße Dusche. Vielleicht gingen davon ja auch die Kopfschmerzen weg.

Es dauerte immer eine Weile, bis das Wasser, das aus der uralten Leitung kam, heiß wurde, und Maria vertrieb sich die Zeit, indem sie ihr Gesicht über dem Waschbecken mit Wasser kühlte. Ihre Augenlider fühlten sich geschwollen an. So, als hätte sie die ganze Nacht über geweint.

Als die ersten Nebelschwaden über die Duschwandabtrennung waberten, schlüpfte Maria unter den heißen Wasserstrahl und genoss die Wärme, die sie durchströmte. Wie erhofft, löste sich ein Teil ihrer Verspannungen. Doch auch unter der heißen Dusche konnte sie an nichts anderes denken als an den Streit mit Angelo. Obwohl sie verstand, warum er aufgebracht reagiert hatte, fühlte sie sich durch seine ablehnende Haltung verletzt. Schließlich hatte nicht sie ihn vom Pferd gestoßen. Und ihr Vater hatte ihr noch gestern, während sie ihn zur Rede stellte, versichert, dass Fernando nicht auf sein Geheiß hin so übertrieben hart in dieses Proberennen gegangen war. Im Gegenteil. Filippo hatte sich den Jockey nach dem Rennen zur Brust genommen und ihm gesagt, was er von seiner Aktion hielt: nichts!

Doch Angelo hatte sie so brüsk zurückgewiesen, als wäre Maria an allem schuld. Dabei hatte sie ihn nur beruhigen und ihm ihre Loyalität versichern wollen. Sie wusste zwar, dass er aufbrausend sein konnte und sie hätte ihm auch sofort verziehen, wenn er sich wenigstens anschließend bei ihr gemeldet und um Verzeihung gebeten hätte. Aber sie hatte bis jetzt noch nichts von ihm gehört und schlimmer noch, er hatte sogar sein Handy ausgeschaltet!

An diesem Punkt ihrer Überlegungen angekommen, spürte Maria wieder den Wunsch zu weinen in sich aufsteigen. Teils aus Wut, teils aus dem Gefühl heraus, zutiefst gekränkt worden zu sein, teils aber auch aus Angst davor, dass sich die Sache nicht mehr so leicht einrenken ließ. Sie brauchte nur an ihre Vorfahrin Eva Maria zu denken. Aber sie gehörte nun einmal nicht zu den Frauen, die bei jeder Gefühlsregung zu heulen anfingen. Selbst wenn sie es manchmal vielleicht gern wollte.

Energisch drehte sie den Wasserhahn zu und die heiße Quelle versiegte. Sie öffnete die gläserne Duschabtrennung, griff nach dem Handtuch, das an einem Haken an der Wand hing und wollte es sich gerade um die Brust wickeln, als ihr Blick auf den Spiegel über dem Waschbecken fiel und sie mitten in der Bewegung innehielt. Ihr Herz begann zu rasen und ihre Hände zitterten plötzlich.

Wie von Geisterhand geschrieben stand auf dem vom Wasserdunst beschlagenen Spiegel der Schriftzug:

STATI ATTENTI, MARIA!

SEI GEWARNT, MARIA!

Maria lief in ihrem Zimmer auf und ab wie ein Raubtier im Käfig. Was hatte das alles zu bedeuten? Wer ließ ihr eine solche Warnung zukommen? Oder war der Satz eher als Drohung zu verstehen? Wer konnte das getan haben? Wer hatte überhaupt die Möglichkeit dazu? War Gianluca etwa noch einmal in ihr Haus eingedrungen? Hatte sich seine Liebe zu ihr jetzt endgültig in tödlichen Hass verkehrt? Es gab kaum eine Frage, die Maria sich nicht stellte. Selbst die Möglichkeit, dass es eine Nachricht aus dem Jenseits war, verfasst von Eva Maria, zog sie in Erwägung, wies sie dann aber entschieden wieder von sich. Nein, an so etwas konnte sie einfach nicht glauben.

Je länger Maria nachdachte, desto absurder kam ihr das alles vor. Hatte sie sich die Schrift womöglich nur eingebildet?

Sie zögerte, allerdings nur kurz. Vor wenigen Minuten hatte sie das Badezimmer mehr oder weniger fluchtartig verlassen. Doch jetzt wollte sie es genau wissen.

Vor der Tür zum Bad atmete sie einmal tief durch, dann stieß sie die Tür auf und schaute unverwandt auf den Spiegel. Der Nebel vom Duschen hatte sich bereits verflüchtigt. Und mit ihm die Schrift. Doch als sie jetzt gegen den Spiegel hauchte, wurde ein Teil des Textes wieder sichtbar:

STATI AT...

Sie hatte sich also nichts eingebildet. Doch falls Angelo auf die Idee kommen würde, ihr zu unterstellen, sie hätte sich das alles nur ausgedacht, wollte sie auf Nummer sicher gehen. Deshalb schaltete sie die Dusche zum zweiten Mal an diesem Morgen ein, ging dann in ihr Zimmer und kehrte mit ihrem Handy in der Hand zurück.

Der neuerliche Duschnebel ließ die Schrift abermals deutlich hervortreten. Maria stellte sich mit ein wenig Abstand vor den Spiegel, drehte ihr Handy und drückte auf den Auslöser. Hoffentlich konnte man die Schrift auf dem Foto erkennen! Am besten schickte sie das Foto direkt an Angelo, verbunden mit der Bitte, sich möglichst schnell bei ihr zu melden. Doch als sie jetzt das Foto aufrief und es betrachtete, lief ihr ein Schauer über den Rücken und ihre Nackenhaare sträubten sich wie bei einem verängstigten Tier. Sie hatte wahrhaftig keinen Faible für Übersinnliches. Doch das, was sie nun sah, ließ sie an ihrem Verstand zweifeln: Auf dem Foto konnte man zwar kaum die Schrift auf dem Spiegel ausmachen, dafür blickten ihr zwei Gesichter aus dem fotografierten Spiegel entgegen. Ihr eigenes, versteckt hinter der Handykamera, und ein schemenhaft Verschwommenes, das ihr, der Fotografin, über die Schulter zu blicken schien. Ein Gesicht, wie aus dem Wasserdunst geformt, der in dem

Badezimmer in der Luft hing. Es war eindeutig das Gesicht einer traurigen jungen Frau: Eva Maria.

Maria glaubte nicht, dass Angelo auch nur ein Wort von dem, was sie auf seine Mailbox gesprochen hatte, verstehen würde. Aber zumindest die Dringlichkeit eines Rückrufs konnte er ihrem Schluchzen wohl entnehmen. Jetzt wollte sie allerdings keine Sekunde länger in diesem Spukhaus bleiben. Eilig raffte sie ihre Unterlagen zum Lernen zusammen und hetzte dann durch den dunklen langen Flur, vorbei an der Ahnengalerie und dem Porträt der jungen Frau, die sie vor wenigen Minuten so abgrundtief erschreckt hatte. Den Blick hielt sie gesenkt. Sie wollte Eva Marias Antlitz nicht so schnell wiedersehen. Am liebsten wollte sie es niemals wiedersehen – weder als Bild an der Wand und erst recht nicht in ihrem Badezimmer!

Maria hastete weiter. Kurz vor dem Treppenabsatz lag das Schlafzimmer ihres Vaters. Gerade als sie daran vorbeigehen wollte, schwang die Tür vor ihr lautlos auf und eine weiße Gestalt trat ihr unvermittelt in den Weg.

Mit einem entsetzten Aufschrei ließ Maria ihre Papiere fallen, als sie der Silhouette einer jungen Frau gewahr wurde.

Auch Antonia, die einen Stapel frisch gewaschener, gebügelter und gestärkter weißer Leinentücher auf den Armen trug, zuckte kurz zusammen. Dann hatte sie sich wieder gefangen. »Signorina Morelli? Alles in Ordnung?«, erkundigte sie sich.

Mit zitternden Händen hob Maria ihre Arbeitsblätter

auf. »Jaja«, antwortete sie. »Selbstverständlich ist alles in Ordnung. Ich habe mich nur erschreckt.«

»Das tut mir leid«, sagte Antonia. »Ich wollte Sie ganz bestimmt nicht erschrecken.«

Maria zwang sich zu einem Lächeln, das ihr mehr schlecht als recht gelang. »Kein Problem, Antonia. Ich danke Ihnen«, fügte sie hinzu, als das Dienstmädchen ihr den letzten Bogen Papier vom Boden reichte. Dann setzte sie hoch erhobenen Hauptes ihren Weg fort.

Antonia sah ihr mit sorgenvoller Miene hinterher.

Als Maria ihren Lieblingsplatz im Garten erreichte, legte sie ihre Mappe neben sich auf die Bank, schloss für einen Moment die Augen und reckte ihr Gesicht der wärmenden Sonne entgegen. Sie spürte, wie sie sofort ruhiger wurde. Bei diesem Wetter war es schwer, an Geister zu glauben. Trotzdem konnte sie das Bild der wie durchscheinend wirkenden jungen Frau, die ihr über die Schulter schaute, nicht aus dem Kopf kriegen. Sie öffnete die Augen und ihr Blick fiel auf den Baum, der seine kahlen Äste wie Hilfe suchend dem Himmel entgegenstreckte. Sie würde mit Signore Zanolli, dem Gärtner, darüber reden müssen. Gewiss hatte er eine logische Erklärung dafür, warum der Baum im Hochsommer all seine Blätter abwarf. Und gewiss würde Angelo ihr sagen können, warum sich aus dem Wasserdampf der Dusche ausgerechnet das Gesicht von Eva Maria geformt hatte. Ganz bestimmt gab es für all das eine logische Erklärung!

Maria seufzte und öffnete ihr Krankenpflegebuch an einer x-beliebigen Stelle; es konnte sicherlich nicht schaden, wenn sie das eine oder andere schon mal durchlas.

Schließlich sollte sie in zwei Wochen ihre Ausbildung zur Krankenschwester beginnen. Sie freute sich darauf, auch wenn sie die freie Zeit seit dem Abitur genossen hatte. Doch in den letzten Wochen waren ihr die Tage immer länger vorgekommen. Es wurde Zeit, sie wieder mit etwas Sinnvollem zu füllen. Müßiggang lag ihr einfach nicht.

Teufelsgrinsen. Umschreibt umgangsprachlich das Symptom Risus sardonicus, ein verzerrtes Grinsen durch Krämpfe der Gesichtsmuskulatur, bei Befall durch Clostridiun tetani, also Tetanus oder Wundstarrkrampf.

Maria studierte das Fallbeispiel, das in dem Buch mit dem Titel *Pflege heute* unter dem Text abgebildet war. Ein vielleicht elf- oder zwölfjähriger Junge hatte den Mund sichtbar unfreiwillig zu einem wahrhaftig diabolischen Grinsen verzerrt. Musste sie das Lehrbuch ausgerechnet an dieser Stelle öffnen? Es schien, als würde sie heute vom Reich der Schatten geradezu verfolgt! Geistererscheinungen, satanisches Grinsen. Was würde als Nächstes kommen?

Luigi.

Er schleppte sich mit einer riesigen Gießkanne ab, die – wenn sie bis oben hin gefüllt war – vermutlich genauso viel wog wie der Junge, der sie trug. Und nach dem Ächzen und Stöhnen zu urteilen, das er von sich gab, war sie bis oben hin voll.

»Puh«, machte Luigi, nachdem er die Kanne vor Marias Füßen abgestellt hatte, und ließ sich auf die Bank plumpsen.

Maria klappte ihr Buch zu und fragte: »Was hast du denn da drin?«

»Mein selbst erfundenes Pflanzenwachstumsmittel.«

»Und wohin gehst du damit?«

»Zu den Erdbeeren hinten im Beet. Hab ich doch erzählt. Ich will ein Mittel finden, das sie schneller wachsen lässt.«

»Und? Sind sie schon gewachsen?« Maria warf einen skeptischen Blick auf die stinkende Brühe, die vor ihr in der Kanne hin und her schwappte. Vielleicht sollte sie dieses Jahr mal auf Erdbeeren verzichten? Zumindest auf die aus dem eigenen Garten.

Luigi zuckte mit den Schultern und blickte stur geradeaus, während er antwortete: »Ich glaube, ich habe noch nicht die richtige Mischung gefunden.«

Maria erinnerte sich, dass dieses Wachstumsexperiment nicht das erste war, das den Jungen beschäftigte. Einmal hatte er versucht, eine besondere Gattung Regenwürmer zu züchten, die besonders groß werden sollten. Ungefähr so wie Schlangen. Allerdings hatte er das Projekt nach kurzer Zeit eingestellt. Ohne Ergebnis.

»Ich hab eine tote Maus gefunden«, verkündete Luigi jetzt mit leuchtenden Augen. »Willst du mal sehen?« Er griff bereits in seine Jackentasche.

Maria, die allein bei der Vorstellung, der Junge trage eine tote Maus in seiner Jacke mit sich herum, Schweißausbrüche bekam (und außerdem der Meinung war, dass sie für einen einzigen Tag genug Tote gesehen hatte), suchte hektisch nach einer Ausrede, um sich diesen Leichnam nicht auch noch anschauen zu müssen. Deshalb war sie außerordentlich froh, als der Ruf »Luigi!« durch den Garten schallte und ihr eine Antwort ersparte.

Luigi jedoch verzog enttäuscht das Gesicht.

»Dein Vater ruft dich«, stellte Maria überflüssigerweise fest.

»Hab ich gehört«, nuschelte Luigi.

In diesem Moment erschien Signore Zanolli, der bei dem Anblick seines Sohnes neben der Tochter des Hauses ein strenges Gesicht aufsetzte. »Luigi, ich habe dir doch gesagt, dass du nicht allein hier rumlaufen sollst. Guten Tag, Signorina.«

»Guten Tag, Signore Zanolli. Wie geht es Ihnen?«

»Oh danke, sehr gut. Und Ihnen?« Signore Zanolli war, ganz im Gegensatz zu seinem Sohn, immer ein wenig verlegen, wenn er mit Maria oder gar mit Signore Morelli sprach. Auch jetzt knetete er schüchtern seine Finger.

»Mir geht es auch gut. Und ich bin sehr froh, dass ich Sie treffe«, antwortete Maria und beobachtete interessiert, wie Signore Zanollis Gesicht die Farbe wechselte. Als er nichts erwiderte, fuhr sie fort: »Dieser Baum …« Sie deutete auf das Gerippe aus kahlen Ästen. »… haben Sie eine Ahnung, was mit ihm los ist?«

Signore Zanollis Blick huschte für einen Augenblick zu Luigi, der jetzt angelegentlich seine leeren Hände begutachtete, dann wandte er sich wieder an Maria. »Ehrlich gesagt weiß ich es auch nicht, Signorina, aber offensichtlich ist er krank.«

»Ja, das denke ich auch«, sagte Maria und versuchte, nicht zu viel Ungeduld in ihre Stimme zu legen. »Was für eine Krankheit könnte das denn sein?«

Jetzt zuckte der Gärtner die Schultern. »Vielleicht ein Befall von irgendwelchen Schädlingen …«

»Gibt es dafür Anzeichen?«

»Ich werde es mir mal genauer ansehen«, erklärte Signore Zanolli.

Maria nickte. »Das wäre nett. Und ich wäre Ihnen auch dankbar, wenn Sie mir anschließend sagen könnten, was Sie herausgefunden haben.«

»Natürlich, Signorina«, versprach Signore Zanolli und schaute dabei wieder zu seinem Sohn. »Komm jetzt, Luigi. Wir wollen Signorina Morelli nicht länger stören.«

»Ich störe Maria nicht, stimmt's?«, erwiderte Luigi, aber trotzdem folgte er seinem Vater ohne weitere Widerworte, wobei er sich weiterhin mit der schweren Gießkanne abschleppte.

Maria blickte den beiden lange hinterher. Besonders beruhigend klang die Antwort des Gärtners auf ihre Frage nach dem Baum nicht gerade. Aber vermutlich musste sie sich für den Augenblick damit zufriedengeben.

Sie griff nach ihrem Lehrbuch, legte es dann jedoch nur auf den Schoß, ohne hineinzublicken. Angelo hatte immer noch nicht zurückgerufen und allmählich wich Marias Sorge und Verletztheit einer unbändigen Wut. Was bildete sich dieser Idiot eigentlich ein? Wieso glaubte er, er könne so mit ihr umspringen? Sie hatte das unbändige Bedürfnis, mit jemandem über das zu reden, was ihr widerfahren war. Und natürlich dachte sie dabei in erster Linie an Angelo. Doch offensichtlich hatte er zurzeit Wichtigeres zu tun.

Vielleicht sollte sie mit ihrem Vater reden? Aber auch diese Idee schob sie schnell beiseite. Erstens war Filippo gerade ebenfalls nur mit dem Palio beschäftigt – auch jetzt musste er sich wieder auf die heute bevorstehende Kerzenprozession vorbereiten – , und zweitens konnte sie sich genau vorstellen, wie ihr Vater auf die Geschichte reagieren würde. Und auf diese Mischung aus Besorgnis über ihren Geisteszustand und Geringschätzung für ihre blühende Fantasie konnte sie getrost verzichten. In Momenten wie diesen vermisste sie ihre Mutter am meisten. Würde sie noch leben, könnte sie ihr bestimmt helfen! Eine Weile lang überlegte Maria, ob sie Claudia anrufen sollte. Doch auch diese Idee verwarf sie schnell wieder. Am Telefon erklären zu müssen, was in den letzten Tagen alles geschehen war, konnte sie sich ebenso wenig vorstellen. Vermutlich würde ihre Freundin sie nur für verrückt erklären, wenn sie es versuchte.

Entschlossen legte Maria ihre Arbeitsunterlagen zusammen. Sie konnte sich heute sowieso auf nichts konzentrieren. Wenn Angelo meinte, er könnte sie einfach so hängen lassen, dann hatte er sich verdammt noch mal geirrt.

Maria wusste, wo sie ihren Verlobten finden würde. Und dort würde sie ihn zur Rede stellen. Ob der Ort dafür nun passend war oder nicht. Basta!

Trommelwirbel und Trompeten begleiteten Maria, als sie sich gemeinsam mit den Mitgliedern ihrer Contrade – die meisten von ihnen in bunten Kostümen mit dem Wappen des Adlers – dem Dom näherte, wo der *cencio* aufgehängt werden sollte.

An der Kerzenprozession nahm sie normalerweise sehr gern teil. Obwohl es sich genau genommen nur um die Generalprobe für den Festzug am Tag des

Palio handelte, genoss sie das Farbenmeer und die festliche Stimmung, während sich die Fahnenschwinger, Trommler und Repräsentanten der Contraden in ihren bunten Gewändern ihren Weg durch die Gassen Sienas bahnten, gefolgt von dem reich geschmückten, ochsenbespannten Triumphwagen, auf dem die Siegertrophäe, das Seidenbanner, ins Gotteshaus gebracht wurde. Wer nicht aus Siena stammte, der mochte die Kostüme der Männer, die mit kurzen Samtröckchen, passenden Strumpfhosen und voluminösem Kopfschmuck bekleidet waren, vielleicht albern finden. Für Maria gehörte dieses Erscheinungsbild zu dem größten Fest des Jahres einfach dazu.

Doch heute konnte sie das Spektakel nicht so recht genießen. Ständig drehte sie sich um und suchte in der Menschenmenge nach Angelos Gesicht. Sie hatte sich so viele Sätze zurechtgelegt, die sie ihm sagen wollte. Und sich bereits genüsslich seine Antworten ausgemalt, die selbstverständlich allesamt von Schuldeingeständnissen, Scham, Reue und Liebesschwüren handelten.

Zu Kreuze soll er kriechen, dachte Maria, während sie sich wie alle anderen vor dem Hochaltar des Doms aufstellte, auf dem jetzt die große weiße Kerze platziert wurde, die zuvor ebenfalls auf dem Ochsenkarren transportiert worden war. Gemeinsam mit Hunderten anderer verfolgte sie, wie das Seidenbanner mit dem Abbild der Madonna im Kirchenschiff aufgehängt wurde. Der Palio – das Objekt der Begierde.

Marias Objekt der Begierde stand, wie sie feststellen konnte, nur wenige Meter von ihr entfernt im Kreise seiner Anhänger aus der Contrade des Drachen. Und als würde er ihre Blicke spüren, drehte er sich in diesem Moment zu Maria um. Ihre Augen trafen sich. Sofort vergaß Maria alle zuvor so sorgfältig zurechtgelegten Sätze, als sie sah, wie sich sein Mund zu einem strahlenden Lächeln verzog. Nichts in seinem hübschen Gesicht deutete auf Wut oder Streit hin. Im Gegenteil schien ihr Anblick ihn zutiefst zu erfreuen. Auf der Stelle verpuffte ihr Zorn und ließ nichts weiter zurück als Verständnislosigkeit. Sie hatte geglaubt, Angelo würde ihr den Streit während des Proberennens übel nehmen. Vielleicht weil er glaubte, sie hätte gegen ihn Partei ergriffen. Doch jetzt kam es ihr eher so vor, als wäre er erleichtert, sie zu sehen. Und als hätten ihn ähnliche Befürchtungen gequält wie sie: dass sie ihm sein Verhalten nachtragen würde.

In diesem Moment hätte Maria nichts lieber getan, als sich in seine Arme zu stürzen. Doch zwischen ihnen standen Dutzende mehr oder weniger fremde Menschen, der Ort und der Anlass waren denkbar ungeeignet für jede Form von Aussprache. Sie musste sich also gedulden und bis zum Ende der Zeremonie warten.

Als Angelo dann endlich vor ihr stand, war ein Teil von Marias Streitlust zurückgekehrt. Immerhin hatte sie mehrere Nachrichten auf seiner Mailbox hinterlassen und wiederholt um Rückruf gebeten. Doch nicht einmal ihre Tränen hatten ihn dazu bewogen, sich bei ihr zu melden! Mit vor der Brust verschränkten Armen erwartete sie ihn auf dem Platz vor dem Domportal, äußerst gespannt zu erfahren, welche Begründung er für sein Verhalten hatte.

Strahlend und mit ausgestreckten Armen kam er auf

sie zu, doch Maria gab sich unerbittlich und hielt ihm zur Begrüßung lediglich die Wange hin.

»Was ist?«, wollte Angelo wissen, dem Marias Reserviertheit natürlich nicht entging.

All die wunderbaren Sätze, die Maria sich zurechtgelegt hatte, waren plötzlich aus ihrem Kopf verschwunden. Stattdessen fragte sie einfach: »Warum hast du nicht zurückgerufen?«

»Zurückgerufen?« Angelo runzelte die Stirn. »Hast du denn versucht, mich zu erreichen?«

»Ich tue nichts anderes!«

»Mein Handy ist kaputt.«

Diese Antwort nahm Maria allen Wind aus den Segeln, obwohl sie für eine Sekunde nicht wusste, ob sie ihm glauben sollte. Doch hatte er ihr während der Dauer ihrer Freundschaft je einen Anlass gegeben, an seinen Worten zu zweifeln?

»Du hättest dich trotzdem irgendwie bei mir melden können«, antwortete sie und ihre Stimme klang schon etwas weicher.

»Ja, du hast recht«, gab Angelo zu. »Aber weißt du, so kurz vor dem Palio wollen natürlich alle was von mir. Ich hatte keine einzige ruhige Minute.«

Und wie zur Bestätigung seiner Worte legte ihm in diesem Augenblick der *capitano del drago* die Hand auf die Schulter. »Kommst du, Angelo? Wir müssen …«

Maria seufzte.

Angelo zuckte die Schultern. »Es tut mir leid«, sagte er leise. »Ich komme später bei dir vorbei. Dann reden wir, ja?«

Sie nickte stumm.

»Ich liebe dich«, flüsterte Angelo ihr ins Ohr – und war im nächsten Augenblick auch schon wieder verschwunden.

»Ich liebe dich auch«, erwiderte Maria leise.

Aber es war schon niemand mehr da, der ihre Antwort hören konnte.

Mein Schwung schlägt jedes Hindernis.
Motto des Panthers (pantera)

13

Montag, 16. August 1880, der Tag des Palio

Wie es sich geziemte, stand Eva Maria bei ihrer Familie und nahm alle guten Wünsche, die der bedeutenden Familie Morelli dargeboten wurden, huldvoll lächelnd entgegen. Links von ihr stand ihre Mutter, rechts ihr Vater, und ihre beiden Brüder standen hinter ihr auf dem Balkon des bedeutenden Würdenträgers der Stadt, der es sich nicht hatte nehmen lassen, sie einzuladen. Die Übelkeit und der Schwindel überfielen sie in immer kürzeren Abständen und eine bleierne Müdigkeit hatte von ihr Besitz ergriffen, gegen die sie sich kaum zur Wehr zu setzen wusste. Mit ihren schmalen Händen umklammerte sie die Brüstung, als fürchtete sie, hinunterzufallen, wenn sie auch nur für einen Augenblick loslassen müsste.

Während der Segnung des Pferdes hatte sie sich noch ganz wohl gefühlt. In der Kirche war es angenehm kühl gewesen und sie konnte sitzen. Jetzt aber brannte die

Sonne auf ihr Haupt, als wollte sie den letzten Rest Lebenskraft aus ihr heraussaugen.

Mit mäßigem Interesse verfolgte Eva Maria den *corteo storico*, den historischen Festzug, der vor ihren Augen auf die Piazza del Campo einzog. Der Streit mit ihrem Vater überschattete die Freude an diesem Ereignis. Sie wollte diesen Palio einfach nur schnell hinter sich bringen, um sich dann ganz den Hochzeitsvorbereitungen widmen zu können. In zwölf Tagen konnte sie den ungeliebten Namen Morelli ablegen. Dann würde sie endlich Eva Maria del Pianta sein!

Das unentwegte Läuten des *sunto*, der Glocke des Torre del Mangia, bereitete ihr Kopfschmerzen, doch sie würde das alles ertragen müssen, bis der Umzug beendet und alle vierzehn Gruppen auf dem Platz eingezogen waren. Die Stabträger, die Fahnenträger, Trommler, Trompeter, Armbrustschützen, die Repräsentanten und Würdenträger der Stadt und schließlich der von vier weißen Ochsen gezogene Triumphwagen mit dem Palio, der den Abschluss des Zuges bildete.

Eva Marias Herzschlag beschleunigte sich, als sie unter den Reitern Lorenzo auf seinem *soprallasso*, dem Paradepferd, entdeckte. Aber ihr Verlobter blickte nicht zu ihr hoch. Gewiss war er voll und ganz auf das bevorstehende Rennen konzentriert. Sie hörte ihren Vater neben sich missmutig brummen. Also hatte er ebenfalls bemerkt, dass sein zukünftiger Schwiegersohn ihm und seiner Tochter den ehrerbietigen Gruß verweigerte.

Zorn stieg in ihr auf, denn schließlich trug einzig und allein ihr Vater die Schuld daran, dass Lorenzo sich so abweisend verhielt. Wenn er ihm nur ein bisschen mehr

Wohlwollen entgegengebracht hätte, dann wäre zwischen ihnen alles viel leichter gewesen.

Eva Maria betrachtete die Menschenmassen, die sich nach und nach auf dem Campo versammelten, und stutzte, als sie merkte, dass ein junger Mann, der ihr gänzlich unbekannt war, sie aufdringlich musterte. Selbstbewusst erwiderte sie seinen forschen Blick, bis ihr klar wurde, dass der Fremde nicht sie, sondern ihren Vater ansah, der dicht neben ihr stand.

Jetzt schien auch ihr Vater auf den Mann aufmerksam zu werden. Als sich die Blicke der beiden trafen, nickte der Fremde kaum merklich, dann wandte er sich eilig ab.

Nur zu gern hätte Eva Maria ihren Vater gefragt, wer der Mann war und warum er ihm zugenickt hatte. Doch sie wusste, dass sie keine andere Antwort als eine Zurechtweisung zu erwarten hatte, wenn sie es wagte, ihre Frage zu stellen.

Dieses Jahr kam ihr der Umzug schier endlos vor. Immer wieder musste sie ein Gähnen unterdrücken. Und als er schließlich vor der Tribüne am Palazzo Pubblico sein Finale fand, konnte sie einen erleichterten Seufzer nicht zurückhalten. Der Palio wurde vom Triumphwagen gehoben, auf das Podest für die Richter am Start- und Zielpunkt getragen und dort für alle gut sichtbar aufgehängt.

Dann krachte ein Böller und die Reiter kamen, jetzt auf ihren Rennpferden, aus dem Innenhof des Palazzo Pubblico. Eva Maria entdeckte Lorenzo im Kostüm des Panthers und hörte ihren Vater »*Aquila vola!*« rufen, als der *fantino* des Adlers sein Pferd an ihnen vorbei zum Startpunkt führte. Eva Marias Blick aber ruhte auf ihrem Verlobten, der einen hübschen Fuchs mit halbmondförmiger Blesse ritt. Das Tier machte einen sehr ruhigen Eindruck, so als würde es das ganze Drumherum nichts angehen. Lorenzo strich ihm wieder und wieder begütigend über den Hals. Machte er sich etwa Sorgen um das Pferd? Ihr Herz schwoll an vor Liebe zu diesem feinfühligen Mann, der sich sogar um das Wohlergehen eines Tieres kümmerte.

Während die *fantini* ihre Pferde im Kreis führten, verkündete der Startrichter die ausgeloste Aufstellung der Contraden, und Eva Maria musste sich alle Mühe geben, nicht in die Begeisterungsrufe der Panther-Anhänger einzufallen, als der *mossiere* der *contrada* ihres Verlobten die Innenbahn zuwies. Wenn sie ehrlich mit sich war, musste sie zugeben, dass sie sich vor allem deswegen so sehr darüber freute, dass Lorenzo den besten Startplatz zugesprochen bekommen hatte, weil sie wusste, dass ihr Vater sich darüber ärgerte.

Mit jeder Contrade, die der *mossiere* nannte, verschlechterte sich Signore Morellis Stimmung und seine Missmutsäußerungen wurden stetig lauter. *Aquila* war immer noch nicht aufgerufen worden. Erst als der Startrichter auch die neunte Position durchgegeben hatte, für *leocorno,* entspannten sich seine Gesichtszüge wieder. Der Adler würde in *rincorsa* starten! Das war zwar die zehnte und letzte Startposition, sie hatte jedoch den Vorteil, dass der Reiter den Startzeitpunkt bestimmte und damit einen bedeutenden Vorsprung gegenüber allen anderen genoss.

Die *fantini* lieferten sich bereits vor dem eigentlichen Rennen mehrere Duelle zwischen den beiden Startseilen, die den Bereich der *mossa* markierten. Jeder versuchte, für sich die beste Position zu ergattern und die Kontrahenten abzudrängen. Geduldig wartete der *mossiere,* bis ein wenig Ruhe eingekehrt war, bevor er den Start freigab.

»*Vai! Vai!*«, riefen die Menschen auf dem Campo voller Ungeduld. Lauft! Lauft!

Und dann ging es auf einmal Schlag auf Schlag.

Der *fantino* des Adlers, Genesio, stieß seinem Pferd Pilato die Fersen in die Flanken und der Hengst preschte davon. Das Startseil fiel, die Pferde galoppierten los und die Zuschauer begannen zu schreien.

Pilato kreuzte die Bahn und schaffte es, sich hinter Lorenzos Stute Luna an die zweite Position zu setzen.

Mit Freude sah Eva Maria, dass Lorenzo einen ausgezeichneten Start hingelegt hatte. Nun ritt er dem Feld voran, gefolgt vom *fantino* des Adlers, und mit einem Mal war ihre Übelkeit wie weggeblasen. Der Panther oder der Adler, einer von beiden würde dieses Rennen gewinnen und in beiden Fällen hätte Eva Maria einen Grund zur Freude: Entweder siegte ihr Verlobter oder ihre contrada. Was konnte es Besseres geben?

An der Kurve San Martino hielt sie die Luft an. Lorenzo wäre nicht der erste Reiter, der an dieser gefährlichen, nahezu rechtwinklingen und abschüssigen Stelle die Kontrolle über sein Pferd verlor. Aber er saß fest auf dem Rücken des Fuchses und schlug mit dem *nerbo* auf die Kruppe des Tieres ein, um es zu noch mehr Tempo zu bewegen.

Der *fantino* des Einhorns hingegen hatte weniger Glück. Er wurde zu weit nach außen getragen, sein Pferd prallte gegen die Begrenzung und schleuderte seinen Reiter in hohem Bogen von sich. Zwei nachfolgende Pferde konnten nicht mehr rechtzeitig ausweichen und stürzten ebenfalls!

Doch Lorenzo lag weiter in Führung. Dicht gefolgt von Genesio, dem Reiter des Adlers, nahm er die nächste gefährliche Kurve, den *casato*, so eng wie möglich und stieß Luna dabei die Fersen in die Flanken, damit sie noch schneller liefe.

Der Fuchs hatte bereits Schaum vor dem Maul, aber angetrieben von seinem Reiter wirbelten seine Hufe nur so über den Boden und er ließ seinen Verfolger nicht an sich herankommen.

Eva Maria hielt sich die Hand vor den Mund. Von ihrer erhobenen Position aus konnte sie die gesamte Rennstrecke, die es dreimal zu umrunden galt, überblicken. Jetzt näherte sich Lorenzo bereits zum zweiten Mal San Martino und seine Führungsposition schien kaum mehr in Gefahr zu sein. Drei Reiter waren bereits aus dem Rennen ausgeschieden und in diesem Moment stürzte der vierte. Konnte es noch jemanden auf dem Platz geben, der daran zweifelte, dass dieser Palio zwischen dem Adler und dem Panther entschieden werden würde?

Wie besessen schlug Genesio mit dem Ochsenziemer auf sein Pferd ein und rückte tatsächlich näher an seinen Kontrahenten heran.

Lorenzo warf einen eiligen Blick über die Schulter zurück und ließ anschließend seinerseits den *nerbo* mit voller Wucht auf die Kruppe seines Pferdes niederfahren. Doch dem starken Antreiben zum Trotz wurde der Fuchs nicht schneller. Im Gegenteil schien er sogar an Tempo zu verlieren! Was war da los? Als er nun zum zweiten

Mal an der engsten Stelle der Rennstrecke, dem *casato*, vorbeikam, strauchelte das Tier sogar, und Eva Maria schrie auf, weil sie fürchtete, Lorenzo würde stürzen.

Pilato lag jetzt nur noch eine halbe Pferdelänge hinter dem Führenden und er gewann immer mehr an Boden. Schließlich waren beide Pferde gleichauf, als Genesio mit seinem Ochsenziemer ausholte und Lorenzo gezielt vor die Brust schlug. Eva Maria meinte, ihren Verlobten vor Schmerz aufschreien zu hören, was aber in Anbetracht des herrschenden Lärms ummöglich war und ihrer Fantasie entsprungen sein musste.

Zwar war es beim Palio gestattet, selbst die anderen Reiter mit dem *nerbo* zu attackieren – jedoch galten der Panther und der Adler als Verbündete und ein derart rücksichtsloses Vorgehen würde nicht jedem Panther-Anhänger gefallen, dessen war sich Eva Maria sicher. Ihr Vater hingegen schien an dem derben Gebaren seines *fantino* nichts Anstößiges zu finden. Aus voller Kehle feuerte er Genesio an.

Obwohl das gar nicht mehr nötig war. Die Ziellinie bereits vor Augen, begann Lorenzos Pferd plötzlich zu taumeln, als hätte es nicht mehr genug Kraft, sich fortzubewegen, geschweige denn einen Reiter auf seinem Rücken zu tragen. Die Vorderbeine knickten ein und Lorenzo rutschte über den Hals der Stute hinweg zu Boden, während Genesio auf Pilato an ihm vorbeizog und zum Endspurt ansetzte.

Eva Maria schrie auf. Doch Lorenzo stand bereits wieder und versuchte mit allen Mitteln, den Fuchs auf die Beine zu ziehen. Vergebens. Lunas Hinterbeine zuckten krampfartig. Das hübsche Tier hob den Kopf, hatte aber nicht mehr genügend Kraft, um sich zu erheben. Noch einmal ging ein Zucken durch den Pferdekörper, dann blieb er regungslos liegen.

Als könnte sie von dieser Seite Hilfe erwarten, wandte sich Eva Maria zu ihrem Vater um, aber auch in seinem Gesicht sah sie nur blankes Entsetzen. Mit starrer Miene schaute er unverwandt geradeaus, als suche er jemanden in der Zuschauermenge. Und als sie seinem Blick folgte, erkannte sie den jungen Mann, der ihrem Vater vor dem Rennen zugenickt hatte. Auch sein Gesicht war jetzt aschfahl und er schüttelte ungläubig den Kopf.

Als Erste die Selva auf dem Campo.
Motto des Waldes (selva)

14

Dienstag, 14. August, abends, zwei Tage vor dem Palio

Meist wird nach der Akutphase eine Koronarangiografie durchgeführt, um festzustellen, ob das Risiko eines Zweitinfarkts durch PTCA gesenkt werden kann. Hyperchloesterinämie und Hypertonie als Risikofaktoren müssen konsequent behandelt werden.

Schwungvoll klappte Maria das Buch zu. Sie hatte diesen verdammten Absatz jetzt dreimal gelesen, ohne auch nur ein einziges Wort zu verstehen. Es war wohl besser, einzusehen, dass sie sich im Augenblick nicht auf die Pflege bei Herzerkrankungen konzentrieren konnte, solange ihre eigene Herzerkrankung nicht geheilt war.

Wo, zum Henker, blieb nur Angelo? Er wollte schon vor einer halben Stunde hier sein! Sie musste sich selbst zu mehr Verständnis ermahnen, dass er jetzt, zwei Tage vor dem Palio, eine Menge Dinge zu erledigen hatte.

Ungehalten stieß Maria die Luft aus und stand von ihrem Bett auf. Mit etwas Abstand kamen ihr die Ereignisse an diesem Morgen selbst ein wenig unglaubwürdig vor. Sicher würde ihr Angelo irgendeine plausible Erklärung anbieten: Lichtreflexe, Spiegeleffekte, spezielle Eigenschaften von Wasserdampf … Was auch immer. Und bestimmt würde es ihr besser gehen, sobald sie ihm alles erzählt hatte und er ihre Ängste und Sorgen mit einem liebevollen Lächeln hinwegwischte und ihr versicherte, dass nichts und niemand sie jemals trennen würde. Nicht einmal ein Geist. Und schon gar kein belangloses Pferderennen.

Voller Ungeduld schritt sie auf und ab, öffnete schließlich ihre Zimmertür und machte sich auf den Weg in die Eingangshalle, damit sie Angelo öffnen konnte, sobald er klingelte.

Der lange Flur im ersten Stock des Hauses war stockfinster. Selbst bei Tageslicht herrschte hier nur Dämmerlicht. Doch jetzt war es draußen bereits dunkel und Maria konnte kaum ihre Hände vor den Augen sehen. Sie kannte diesen Flur seit ihren Kindertagen, trotzdem kam er ihr in diesem Moment unheimlich vor. Sie betätigte den Lichtschalter, der neben ihr an der Wand war, und mit einem surrenden Geräusch gingen an der Decke die modernen Spotlights an und beleuchteten die Porträts der Ahnengalerie.

Auch das von Eva Maria.

Zum ersten Mal bemerkte Maria, dass ihre Vorfahrin sie direkt anzublicken schien. Wie die Mona Lisa. Selbst als sie genau vor dem Gemälde stehen blieb, schienen Eva Marias Augen sie immer noch zu mustern. Allerdings fehlte ihr das Lächeln, das das berühmte Bild Leonardo da Vincis auszeichnete. Im Gegenteil sah Eva Maria sehr ernst aus. So als wüsste sie bereits von dem traurige Ende, das ihr bevorstand.

Völlig unpassend zu diesem Ernst drang jetzt ausgelassenes Gelächter durch die dünne Fensterscheibe zu ihr herauf. Neugierig wandte Maria sich um und blickte in den dunklen Garten hinab, der nur vom silbernen Mondlicht erhellt wurde. Erschrocken wich sie zurück in den Schatten. Um keinen Preis der Welt wollte sie von den beiden Menschen, die dort unten standen und sich so blendend miteinander unterhielten, entdeckt werden, während sie sie heimlich beobachtete! Maria drückte sich noch enger in den Schatten der Wand und versuchte gleichzeitig, weitere Blicke auf das Geschehen im Garten zu erhaschen.

Wie hübsch Antonia doch war. Ihr auffallend blondes Haar leuchtete mit dem Mondlicht um die Wette. Und selbst auf die Entfernung konnte sie sehen, wie sehr die junge Frau den Mann anhimmelte, der so dicht vor ihr stand, als wollte er sie jeden Augenblick in die Arme schließen.

Eifersucht und Misstrauen umklammerten Marias Herz wie ein Schraubstock. Da unten flirtete Angelo mit seiner Ex, während sie sehnsüchtig auf ihn wartete! Das liebende, sorgende Weib, voller Verständnis und Geduld! Während sie dachte, der arme Mann hätte so viel zu tun, dass er sie höchst widerwillig warten lassen musste, ließ er sich von der vollbusigen Blondine schöne Augen machen! Dieser Mistkerl! Über dem vom Mondlicht beschienen Paar ragten die dürren kahlen Äste des

Baums, an dem sich Eva Maria erhängt hatte, wie um Hilfe flehende Arme in den Nachthimmel.

Maria schauderte und wandte sich ab. Erneut fiel ihr Blick auf das Porträt der jungen Frau, die ihren Namen trug und die ihr so ähnlich sah und die ... das gleiche Schicksal hatte? Sie machte zwei zaghafte Schritte auf das Ölgemälde zu und berührte es sacht. »Willst du mir eine Warnung zukommen lassen?«, flüsterte sie in der Stille des leeren Hauses und kam sich augenblicklich albern vor.

Pling machte es leise, die Deckenbeleuchtung erlosch und ließ Maria allein in der Dunkelheit zurück. Sie wandte sich um und wagte einen neuen Blick aus dem Fenster. Jetzt konnte sie die zwei Gestalten im Garten, die sich gerade voneinander verabschiedeten, noch besser erkennen. Angelo hielt Antonia an den Händen und küsste sie auf die Wangen. Ihre Finger entglitten einander nur widerwillig, fast streichelnd, hielten sie sich ein wenig zu lange fest.

Maria spürte, wie ihr Blut in Wallung geriet. Brüsk wandte sie sich ab und eilte zurück in ihr Zimmer.

Als es kurz darauf an der Haustür schellte, verschränkte sie ihre Arme vor der Brust und blickte starr geradeaus. Wenn es auf der Welt einen Menschen gab, den sie jetzt nicht sehen wollte, dann war das Angelo.

Doch Angelo gab nicht auf. Er schellte noch einmal und noch einmal. Schließlich zog er seinen eigenen Schlüssel aus der Tasche und schloss die Haustür selbst auf. Vielleicht schlief Maria schon und hörte ihn nicht? Dabei war seine Sehnsucht nach ihr so groß wie nie zuvor. Er musste sie endlich in die Arme schließen!

Vorsichtig klopfte er nur Sekunden später an ihre Zimmertür.

Und als sie vor ihm aufschwang, gab sie den Blick auf eine wahre Rachegöttin frei. Mit zornesroten Wangen funkelte Maria ihn an und Angelos erster Gedanke war, wie schön sie aussah, wenn sie wütend war.

»Du Mistkerl!«, schleuderte sie ihm zur Begrüßung entgegen.

Überrascht riss er die Augen auf.

»Was bildest du dir eigentlich ein? Ich sitze hier und warte auf dich und du machst es dir im Mondenschein mit dem Hausmädchen gemütlich? Wie romantisch!«

»Wovon redest du?«

»Jetzt tu doch nicht so scheinheilig! Ich habe alles gesehen!« Wütend stemmte sie die Fäuste in die Taille.

»Was hast du gesehen?«

»Dich und Antonia! Küsschen hier, Küsschen da …«

»Wir haben geredet, sonst nichts.«

»Ach so, geredet habt ihr! Und dafür muss sie so nah vor dir stehen, dass sie dir ihre Titten fast ins Gesicht drückt, ja?«

Angelo schüttelte angewidert den Kopf. Er konnte es nicht leiden, wenn sich Maria so vulgär ausdrückte. »Ich weiß ehrlich gesagt nicht, was du von mir willst«, antwortete er mit beherrschter Stimme. »Natürlich rede ich mit Antonia, wenn ich sie sehe. Warum sollte ich das auch nicht tun? Immerhin waren wir fast ein Jahr zusammen. Da ist man nun mal vertraut miteinander. Aber sie hat mir ganz bestimmt nicht ihre ›Titten‹ ins Gesicht gedrückt.«

Maria schnaubte. »Vertraut«, stieß sie hervor »Ihr habt geflirtet! Verkauf mich doch nicht für blöd!«

Angelo verzog die Mundwinkel. »Ich verkaufe dich nicht für blöd. Und ja, kann sein, dass ich ein bisschen geflirtet habe, na und? Was ist denn schon dabei? Tust du das etwa nie? Das hat doch nichts mit uns zu tun! Schließlich bin ich nicht fremdgegangen, oder so. Maria …« Er streckte die Arme nach ihr aus.

Doch Maria wandte sich von ihm ab.

Angelo legte die Stirn in Falten. Das Letzte, was er jetzt gebrauchen konnte, war eine zickige Freundin, die ihm zusätzlich das Leben schwermachte. »Weißt du was?«, sagte er und seine Stimme hatte jegliche Wärme verloren. »Langsam reicht es mir. Erst dein Vater und jetzt du! Der Name Morelli ist noch lange kein Freifahrtschein für schlechtes Benehmen! Wenn du wieder zu Verstand gekommen bist, kannst du dich ja bei mir melden! Gute Nacht!« Er knallte die Tür hinter sich zu und Maria lauschte seinen energischen Schritten, die sich durch den Flur entfernten und sie allein zurückließen.

Erst jetzt fiel ihr ein, worüber sie eigentlich mit Angelo hatte reden wollen: Nicht Antonia war das Thema, das sie beschäftigte, sondern die Schrift auf dem Spiegel und das unheimliche Gesicht, das ihr erschienen war. Doch dafür war es nun zu spät. Dabei hatte sie Angelo eigentlich um Vorsicht bitten wollen. Denn vielleicht galt die Warnung ja ebenso ihm wie ihr? Und vielleicht befand er sich in großer Gefahr …

Kraft und Beharrlichkeit durch das Haus.
Motto der Schildkröte (tartuca)

15

Dienstag, 17. August 1880, einen Tag nach dem Palio

»Was soll ich nur tun, Isabella?« Eva Maria lief in ihrem Schlafgemach unstet auf und ab, während ihr Dienstmädchen, das weit mehr als eine bloße Angestellte war, mit sorgenvoll gesenktem Haupt vor ihr stand und es kaum wagte, sie anzublicken.

Isabella war Eva Marias Vertraute und beinahe eine Freundin. Die beiden gleich alten Frauen waren mehr oder weniger zusammen aufgewachsen, da Isabellas Mutter Marta seit langer Zeit in den Diensten der Familie Morelli stand. Und seit ihrem fünfzehnten Lebensjahr arbeitete Isabella für Eva Maria.

»Was soll ich nur tun? Ich kann ihn nirgends erreichen!«

Isabella schwieg. Sie wusste, was man sich in der Stadt erzählte, nachdem es gestern beim Palio zu handfesten Auseinandersetzungen zwischen den Anhängern des

Adlers und des Panthers gekommen war. Die ganze Stadt sprach über nichts anderes!

»Was hast du gehört? Los, sag es mir schon!«

»Ich habe Euch bereits alles gesagt, was ich weiß«, antwortete Isabella mit leiser Stimme.

»Dann sag es noch einmal!«, herrschte Eva Maria sie an.

Isabella zuckte zusammen.

»Verzeih mir«, bat Eva Maria um Entschuldigung und griff nach den Händen ihres Zimmermädchens. »Ich bin nur so schrecklich verzweifelt, dass ich gar nicht mehr weiß, was ich tue.«

»Man erzählt sich, Lorenzo del Pianta habe Siena noch gestern Abend verlassen. Niemand weiß, wohin und wann er wiederkehren wird.« Isabella seufzte. Sie hatte das alles schon einmal berichtet, nachdem sie sich im Auftrag ihrer Herrin umgehört hatte. Denn natürlich schickte es sich für Signorina Morelli nicht, selbst herumzulaufen und Gerüchten nachzuspüren. »Genesio befindet sich noch in ärztlicher Behandlung«, fuhr Isabella widerstrebend fort. »Man hat ihn ganz schön zugerichtet, heißt es. Und immer noch liefern sich Anhänger von *aquila* und *pantera* auf den Straßen handfeste Auseinandersetzungen, wo immer sie einander begegnen. *Pantera* behauptet, *aquila* habe ihr Pferd vergiftet und deswegen sei es bei dem Rennen zusammengebrochen …«

»Was für ein Hirngespinst!«, platzte Eva Maria hervor. »Wer sollte denn so etwas Grausames tun?«

Isabella schwieg. Sie hatte auch Gerüchte darüber gehört, wer für den Anschlag verantwortlich sein sollte.

Aber das wollte sie ihrer Herrin nun wahrhaftig nicht weitergeben. Also sagte sie nur: »*Aquila* behauptet, das Pferd sei krank gewesen und hätte gar nicht geritten werden dürfen. *Pantera* hätte seine Teilnahme am Palio absagen müssen. Tatsache ist wohl, dass Luna bereits zwei Tage vor dem Palio an schweren Durchfällen litt.«

»Wusste Lorenzo davon?«

Isabella nickte. »Natürlich.«

Eva Maria erinnerte sich, wie Lorenzo am gestrigen Tage kurz vor dem Rennen mehrmals sorgenvoll den Hals seiner Stute gestreichelt hatte, und gab Isabella im Stillen recht: Ja, er hatte gewusst, dass Luna in keiner guten Verfassung war. Aber das Reglement sah nun einmal vor, dass selbst ein krankes Pferd nicht mehr ausgetauscht werden durfte, nachdem es einer Contrade zugeteilt worden war. Also hatte Lorenzo keine andere Wahl gehabt, wenn er das Rennen nicht absagen wollte.

»Jemand, der in der Nähe der *casa del cavallo* wohnt, will gesehen haben, wie der *barbaresco* von *pantera* in der Nacht von Freitag auf Samstag den Stall verließ, um seine Notdurft zu verrichten.«

Eva Maria zuckte mit den Schultern. »Ja und? Was ist daran so außergewöhnlich?«

»Nun ja«, fuhr Isabella widerstrebend fort, »er war wohl ziemlich häufig draußen. Jeweils zur vollen Stunde erzählt man sich.«

»Vielleicht fühlte er sich nicht wohl.«

Isabella nickte. »Genau das behauptet er auch. Er sagt, er habe sich nicht wohlgefühlt.«

»Aber man glaubt ihm nicht?«

Isabella gab keine Antwort.

Nachdenklich spielte Eva Maria an ihrem Verlobungsring und versuchte, ihre wirren Gedanken zu ordnen: Lorenzo hatte die Stadt verlassen. Niemand wusste, wo er sich aufhielt und wann er wiederkommen würde. *Pantera* behauptete, *aquila* sei für den Tod des Pferdes verantwortlich, weil es von ihnen vergiftet worden sei. Und *aquila* wiederum beschuldigte *pantera,* den Tod des Tieres verschuldet zu haben, weil es krank gewesen sei und nicht hätte geritten werden dürfen. Der *fantino dell' aquila,* Genesio, war unmittelbar nach dem Rennen verprügelt worden. Er hatte nicht einmal Gelegenheit gehabt, seinen Sieg zu feiern. Und Lorenzo fürchtete vielleicht, ebenfalls verprügelt zu werden. Aus Rache für den Übergriff auf Genesio. Oder als Vergeltungsmaßnahme, weil er ein krankes Pferd geritten hatte.

War das der Grund für sein Verschwinden?

Oder hatte es vielmehr damit zu tun, dass Lorenzo ihrem Vater die Schuld für seinen verpassten Sieg gab?

Nur mit Schaudern erinnerte sie sich daran, wie Lorenzo sich nach dem Rennen wutentbrannt vor dem Balkon aufgebaut hatte, auf dem sie und ihre Familie versammelt gewesen waren. Und wie er mit ausgestrecktem Zeigefinger auf ihren Vater gedeutet und geschrien hatte: »Das habt allein Ihr zu verantworten! Ihr seid ein Verräter und Verbrecher!« Dann hatte er sogar vor sich auf den Boden gespuckt, um seine Abscheu vor Signore Morelli, dem *capitano dell' aquila,* zum Ausdruck zu bringen, und war verschwunden. Einfach verschwunden.

Und was sollte sie jetzt tun? In elf Tagen sollte ihre Hochzeit stattfinden. Doch ohne den Bräutigam war das schlichtweg unmöglich.

Isabella schien ihre Gedanken zu erraten. Tröstend legte sie ihr eine Hand auf den Unterarm. »Er wird schon wieder zur Besinnung kommen«, sagte sie. »Macht Euch keine Sorgen.«

Aber Eva Maria machte sich Sorgen. Sehr große Sorgen sogar.

Über die Kraft hinaus die Macht.
Motto des Turms (torre)

16

Mittwoch, 15. August, ein Tag vor dem Palio

Was hatte Antonia eigentlich so spät noch im Palazzo Morelli zu suchen gehabt?

Die ganze Nacht über hatte Maria diese eine Frage in ihrem Kopf gedreht und gewendet. Konnte es sein, dass Antonia auf Angelo gewartet hatte? Aber woher sollte sie wissen, dass er kommen würde? Oder hatten ihre Pflichten als Haushälterin sie tatsächlich so lange hier aufgehalten?

Mit ein paar Stunden Abstand war Maria sich nicht mehr sicher, ob sie sich richtig verhalten hatte. Gewiss, Angelo hatte geflirtet, aber normalerweise hätte sie das nicht so aus der Ruhe gebracht. Sie wusste doch, dass er sie liebte und sie sich auf seine Treue hundertprozentig verlassen konnte. Nein, es war wohl dieser ganze Spuk, der an ihren Nerven zerrte und sie Gespenster sehen ließ, wo keine waren.

Hätte Angelo jetzt vor ihr gestanden, sie hätte sich sofort bei ihm entschuldigt. Sie hatte ihn ja derartig angefaucht, dass ihm gar keine andere Wahl geblieben war, als zurückzufauchen. Maria wusste, dass sie die Sache unter anderen Umständen mit einer spitzen Bemerkung auf sich hätte beruhen lassen. Doch jetzt war es dafür zu spät. Und solange Angelos Handy kaputt war, konnte sie ihm noch nicht einmal eine SMS schicken, um ihm zu sagen, wie leid es ihr tat.

Leise fluchend schlug sie ihre Bettdecke zurück und stand auf, um sich anzuziehen.

Als Maria kurze Zeit später die Küche im Erdgeschoss des Hauses betrat, saß ihr Vater, wie jeden Morgen, bereits am großen Holztisch in der Mitte des Raumes, den Kopf hinter der Tageszeitung La Repubblica versteckt und eine Tasse dampfenden schwarzen Espresso vor sich.

»*Buon giorno,* Papa«, begrüßte Maria ihn und küsste ihn auf die Stirn, während sie sich ebenfalls eine Tasse Kaffee.

Ihr Vater grunzte nur zur Antwort.

Maria runzelte die Stirn. »Alles in Ordnung?«, fragte sie und setzte sich ihm gegenüber an den Tisch.

Mit einem Seufzer ließ ihr Vater die Zeitung sinken. »Nein, leider nicht. Leider ist alles ganz und gar in Unordnung.«

Maria horchte auf. Die Stimme ihres Vaters versetzte sie in Alarmbereitschaft. »Was ist denn los?«

»Mich hat das Telefon heute in aller Frühe aus dem Schlaf gerissen«, antwortete Filippo orakelhaft.

Maria nippte an ihrem heißen Kaffee und übte sich in Geduld.

»Heute Nacht ist in die *sala delle vittorie* eingebrochen worden.«

Maria zog erwartungsvoll die Augenbrauen hoch, aber ihr Vater war verstummt. Ein Einbruch in das Museum der Contrade, in dem unter anderem die gewonnenen *palii*, die Seidenbanner, in der Halle der Siege aufbewahrt und ausgestellt wurden, war sicherlich ungewöhnlich. Aber so ganz verstand Maria nicht, warum diese Neuigkeit ihren Vater derart aus der Fassung brachte. Als er immer noch schwieg, forderte sie ihn schließlich zum Weitersprechen auf: »Und? Was genau ist passiert?«

Signore Morelli ließ die geballte Faust auf den Tisch niederfahren. »Irgend so ein Idiot hat einen der Palii besudelt und dumme Sprüche auf die Wände des Museums geschmiert.«

Maria verschluckte sich fast an ihrem Kaffee. »Aber …«

»Genaueres weiß ich auch noch nicht«, unterbrach Filippo seine Tochter. »Ich wollte gleich mal rüberfahren und es mir anschauen!« Erneut schlug er auf den Tisch. Diesmal mit der flachen Hand. »Als hätte ich jetzt, sechsunddreißig Stunden vor dem Palio, nichts anderes zu tun!«

»Wenn es dir nichts ausmacht«, sagte Maria, »würde ich dich gern begleiten.« Sie hatte ein ungutes Gefühl bei dieser Sache und vielleicht war es ganz interessant, sich mit eigenen Augen ein Bild zu machen.

Signore Morelli zuckte die Schultern. »Meinetwegen«, sagte er, »wenn du dir diesen schönen Tag unbedingt versauen möchtest, mir soll's recht sein.«

Maria hielt sich die Hand vor den Mund, während sie stumm die Bescherung betrachtete, die sich ihren Augen offenbarte: Blut, Blut und nochmals Blut. Jedenfalls sah es so aus wie Blut, was da die Wände, den Boden und das Banner rot färbte.

Die roten Lettern an der Wand, mit einem dicken Pinsel aufgetragen, erinnerten Maria auf unangenehme Weise an ein erst kurze Zeit zurückliegendes Ereignis in ihrem eigenen Zimmer. Mit dem Unterschied, dass sich hier tatsächlich jemand die Mühe gemacht hatte, etwas literarischen Anspruch in seine plakative Aussage zu bringen:

ECCO LO SPIRITO OSCURO DEL PALIO:
AMAZZA E NON I PORTA ALTRO
CHE SANGUE E DISTRUZIONE!

SEHT DEN DUNKLEN GEIST DES PALIO:
ER TÖTET UND BRINGT NICHTS
ALS BLUT UND VERDERBEN!

Als hinter ihr plötzlich ein Licht aufflammte, drehte sie sich erschrocken um. Aber es war nur ein Reporter der Tageszeitung La Nazione, wie ein Aufkleber auf seiner schwarzen Umhängetasche verriet, der gerade ein Foto vom Tatort geschossen hatte.

»*Buon giorno,* Signorina«, grüßte der junge Mann und zückte sofort einen Bleistift und ein kleines Notizbuch. »Können Sie mir vielleicht etwas hierüber …« – er machte eine ausladende Geste mit dem rechten Arm, die den ganzen Raum umfasste – »… sagen?«

Bevor Maria antworten konnte, tauchte ihr Vater an

ihrer Seite auf, legte einen Arm um ihre Schulter und wandte sich an den Journalisten: »Ich kann gern versuchen, Ihre Fragen zu beantworten, solange diese nicht die Ermittlungsarbeit der Polizei betreffen.«

»Danke, Signore Morelli, das ist sehr freundlich von Ihnen. Ich werde auch versuchen, Sie nicht allzu lange aufzuhalten. Sie sind der *capitano dell' aquila,* nicht wahr?«

Signore Morelli nickte.

»Und darf ich Ihre Aussagen in der Zeitung zitieren?«

»Sie dürfen gern schreiben, dass Sie Ihre Informationen von mir haben. Ja.«

»Prima, ich danke Ihnen. Also, was ist Ihrer Meinung nach hier geschehen?«

»Ich glaube, dass wir es hier mit einer besonders abscheulichen Aktion der Tierschützer zu tun haben, die seit Jahren versuchen, den Palio auf jede erdenkliche Weise zu boykottieren. Dabei scheuen sie anscheinend nicht einmal davor zurück, ein derart kostbares Seidenbanner wie dieses aus dem Jahr 1880 unwiderbringlich zu zerstören!«

»Es handelt sich also um den Palio von 1880«, wiederholte der Reporter und machte sich Notizen. »Angenommen, Ihre Vermutung ist richtig und es waren die Tierschützer: Glauben Sie, es handelt sich um einen Zufall oder könnte Ihrer Meinung nach Berechnung dahinterstecken, dass ausgerechnet ein so alter und damit kostbarer Palio beschädigt wurde?«

Signore Morelli lachte laut auf. »Mehr als das«, antwortete er. »Sehen Sie, die *contrada dell' aquila* hat seit Anfang des 17. Jahrhunderts insgesamt achtundzwanzig

Palio-Siege errungen. Hier hängen einige Banner, die noch deutlich älter sind als das jetzt zerstörte. Dort drüben zum Beispiel ...« Er deutete mit ausgestrecktem Arm auf eines der bunten Seidentücher, die an langen Stangen ausgestellt waren. »... hängt das Banner aus dem Jahr 1753. Der damalige *fantino* war Luchino, der *capitano* Michele Rustichini. Wäre es den Tierschützern darum gegangen, einen aufgrund seines Alters möglichst kostbaren Palio zu beschädigen, dann hätten sie auch diesen wählen können. Haben sie aber nicht.«

»Und was könnte Ihrer Meinung nach der Grund dafür sein?«

»Mit diesem *cencio,* der jetzt auf so respektlose Weise beschmutzt wurde, hat es eine besondere Bewandtnis. Es handelt sich um das Banner, das den Grund für die Feindschaft zwischen Panther und Adler darstellt. Vor dem Palio von 1880 waren Panther und Adler Verbündete. Damals war mein Vorfahr Andrea Morelli der *capitano dell' aquila,* und seine Tochter Eva Maria war mit dem *fantino della pantera* verlobt.« Er warf Maria einen besorgten Blick zu, bevor er weitersprach: »Leider war Andrea Morelli der Sieg beim Palio mehr wert als das Glück seiner Tochter. Bis heute weiß man nicht, was damals tatsächlich geschehen ist, doch glaubte man zu jener Zeit offenbar, Morelli habe den Sieg seiner Contrade durch unlautere Methoden erzwungen. Der Verlobte Eva Marias nahm seinem zukünftigen Schwiegervater dessen Verhalten so übel, dass er die Verlobung aufkündigte und einen Tag nach dem Palio spurlos verschwand. Nur wenige Tage später nahm sich Eva Maria, die Tochter des *capitano,* das Leben.«

Der junge Mann starrte Signore Morelli mit offenem Mund an. »Aber … das würde ja bedeuten …«

»Richtig, junger Mann, das bedeutet, dass hier jemand ganz genau wusste, welches Banner er aussuchen musste, um die größtmögliche Wirkung zu erzielen. ›Seht den dunklen Geist des Palio: Er tötet und bringt nichts als Blut und Verderben!‹ Diese Aussage bezieht sich auf das, was damals geschah. Es muss jemand geschrieben haben, der sich mit der Geschichte der Familie Morelli bestens auskennt.«

Maria sah ihren Vater aufmerksam von der Seite an. Sie konnte in seinem Gesicht lesen, was er dachte. An wen er dachte. Und beinahe hoffte sie sogar, dass er mit seiner Vermutung recht hatte. Denn wenn nicht, wer war dann für all das verantwortlich? Und hatte es dann wirklich nur mit den Vorkommnissen des Jahres 1880 zu tun? Oder bezog es sich vielleicht auch auf die Gegenwart?

Und auf das, was noch geschehen würde …

Marias nervöse Stimmung hielt sich bis zum Abend. Sie wurde das Gefühl, alles, was um sie herum geschah, habe mit ihr und Angelo zu tun, einfach nicht los.

Sie hatte ihren Vater gefragt, ob er wirklich glaube, Alessandro wäre für den Einbruch und die Sachbeschädigung im Museum des Adlers, nur zweihundert Meter von der Piazza del Campo entfernt, verantwortlich. Und ob er beabsichtige, seinen Verdacht der Polizei mitzuteilen.

Signore Morelli hatte nur gestöhnt und den Kopf geschüttelt. »Ich denke nicht«, antwortete er schließlich. »Vorerst hoffe ich, die *polizia* macht ihren Job so gut, dass ich mich nicht dazu gezwungen sehe, ein Mitglied meiner Familie zu denunzieren.« Er legte eine kurze Pause ein und presste dann zwischen zusammengekniffenen Lippen hervor: »Auch wenn dieser Kindskopf es wahrhaftig verdient hätte. Vielleicht käme er dann endlich mal zur Vernunft und würde was Anständiges aus seinem Leben machen!«

Obwohl Maria wusste, dass Angelos Handy kaputt war, schickte sie ihm etwa stündlich eine SMS – mal mit einem kurzen Bericht über die Geschehnisse im Museum und der Vermutung ihres Vaters, ihr Cousin habe damit zu tun; mal mit einer Entschuldigung für ihr eigenes Verhalten am gestrigen Abend; mal mit einer Liebeserklärung; mal mit der dringenden Bitte, sich bei ihr zu melden … Schließlich begann sie sich zu fragen, ob sie womöglich sogar froh über das defekte Handy war, weil sie auf diese Weise die Möglichkeit hatte, regelmäßig Dampf abzulassen.

Als sie merkte, dass sie in Versuchung geriet, Angelo eine SMS mit einer Frage zu ihrer Kleiderwahl für das Festbankett am Abend zu schicken, beschloss sie, dass endlich Schluss sein musste. Schließlich war die Mailbox ihres Verlobten kein Mädchentagebuch. Aber war Angelo überhaupt noch ihr Verlobter? Vielleicht hatte er sich schon längst dafür entschieden, noch eine Weile Junggeselle zu bleiben und nach Herzenslust mit wohlgeformten Blondinen zu flirten, ohne jemandem darüber Rechenschaft ablegen zu müssen. Sollte sie Angelo per SMS einfach danach fragen?

»Jetzt reicht es aber, Maria!«, schalt sie sich selbst und entschied sich für das knielange, schlichte schwarze

Sommerkleid mit dem tiefen Dekolleté und den kleinen gelben Blumen am Saum. Das würde hervorragend zu ihrem *fazzoletto* mit dem Wappen des Adlers auf gelbem Grund passen, das zur Pflichtgarderobe für diesen Abend gehörte.

Trotz allem freute sie sich auf das Fest, auf dem sie nach langer Zeit auch ihre Freundin Claudia wiedersehen würde. Zwar hatten sie heute endlich miteinander telefoniert, um sich zu verabreden, aber sie hatte Claudia immer noch nichts von all dem erzählt, was sie zurzeit beschäftigte und bedrückte. Gewiss ergab sich am Abend eine Gelegenheit, darüber zu reden.

Claudia war noch genau so schön, wie Maria sie in Erinnerung hatte. Trotz ihrer Größe von fast einem Meter achtzig trug sie selbstbewusst Schuhe mit hohen Absätzen und Maria fühlte sich neben ihrer Freundin wie ein hässlicher Gartenzwerg. Ihr langes kupferrotes Haar floss in sanften Wellen über die Schultern und umrahmte das fein geschnittene Gesicht mit den grünen Katzenaugen, der zierlichen kleinen Nase, den vollen roten Lippen und den hohen Wangenknochen. Jeder, der sie sah, hielt sie für ein Topmodel. Dabei war Claudia zutiefst bodenständig und nahm ihre Schönheit als etwas Selbstverständliches hin. Eine Charaktereigenschaft, die Maria besonders an ihr gefiel. Vielleicht auch deshalb, weil sie selbst kein so entspanntes Verhältnis zu ihrem Äußeren hatte.

Als Claudia jetzt mit einem strahlenden Lächeln auf den Lippen durch die Reihen festlich geschmückter Tische auf Maria zukam, wandten sich alle Köpfe nach ihrer auffallenden Erscheinung um und die Gesänge verstummten für einen Augenblick, nur um in der nächsten Sekunde mit noch mehr Inbrunst fortgeführt zu werden.

Hunderte, vielleicht sogar mehr als tausend Menschen saßen nach der prova generale, der Generalprobe, unter freiem Himmel an langen Tischen. Die Gassen und Plätze waren festlich erleuchtet und erstrahlten in feierlichem Licht.

Und immer noch mehr Menschen strömten nun von der Piazza del Campo herbei, nachdem sie den berittenen *carabiniere* in ihren Kostümen zugeschaut hatten, die den Platz zweimal umrundeten und dabei allerlei Figuren vollführten, bevor sie mit gezogenem Schwert und in gestrecktem Galopp die Bahn unter Böllerschüssen verließen und den Platz freimachten für das nächste Proberennen der *fantini* und ihrer Pferde.

Immer und immer wieder stimmten die Feiernden an den langen Tischen die Hymne des Adlers an, hoben ihre Gläser und prosteten einander zu. Einem ungeschriebenen Gesetz gehorchend, saßen die jungen Mädchen an einem Tisch und die jungen Männer an einem anderen, genauso wie die alten Frauen und die alten Männer.

Maria und Claudia suchten sich zwei freie Plätze an dem langen Tisch der unverheirateten jungen Frauen, hier und da begrüßt von alten Klassenkameradinnen, Nachbarn und Freunden aus Kindestagen.

Leider gestaltete sich die Unterhaltung nicht so einfach, wie Maria gehofft hatte. Um sich zu verständigen, musste man brüllen. Dann aber lief man Gefahr, nicht nur von der Person verstanden zu werden, von der man verstanden werden wollte, sondern ebenso vom Rest der Einwohner des Stadtviertels. Das war unproblematisch, solange man sich nur über die letzte Shoppingtour austauschen wollte – und unmöglich, wenn es bei dem Gespräch um geisterhafte Erscheinungen und Liebeskummer ging. Deshalb ergab sich Maria vorläufig in ihr Schicksal und ihre Liebe zu *aquila* und sang aus voller Brust mit:

»Der Sieg des Adlers ist sicher,
weil er Flügel hat …
Unser Vogel ist der größte in der Welt.
Keiner kann sich mit ihm messen.
Er kämpft mit seinem Schnabel
und zwingt seine Gegner in den Staub.
Der Himmel über Aquila ist gelb und schwarz.«

Dabei stellte sie sich vor, wie Angelo jetzt in der Contrade des Drachen am Festbankett teilnahm. Er würde am Ehrentisch neben dem *capitano* sitzen. So wie Fernando, der Jockey des Adlers, jetzt ebenfalls neben Signore Morelli saß.

Marias Blick ruhte für einen Moment auf dem Gesicht ihres Vaters. Er sah angespannt und nervös aus. Kein Wunder, wenn man bedachte, dass es morgen für ihn um alles oder nichts ging. Würde der Adler nach zwanzig langen Jahren ohne Sieg die Piazza del Campo endlich wieder einmal als Gewinner verlassen?

Maria sehnte sich nach Angelo. Nach seiner Berührung, nach seinem Geruch, nach seinen Liebesschwüren … Und die Gewissheit, dass sie sich noch viele, viele Stunden würde gedulden müssen, bis sie ihren Verlobten wiedersah, ihn in die Arme nehmen und sich mit ihm versöhnen konnte, besserte ihre Stimmung auch nicht gerade. Ob er in diesem Augenblick ebenso an sie dachte wie sie an ihn?

»Was habe ich gehört?«, schrie Claudia ihr ins Ohr. »Jemand ist ins Museum eingebrochen?«

Maria nickte. Überall konnte sie den einzelnen Wortfetzen entnehmen, dass der Einbruch und die Beschädigung des Banners von 1880 das Hauptgesprächsthema des Abends war. Die Spekulationen, wer für dieses Verbrechen verantwortlich sein könnte, trieben die wildesten Blüten. Besonders gern wurden natürlich die Rivalen aus der *contrada della pantera* beschuldigt. Aber es gab auch einige Stimmen, die sich gegen die Tierschützer erhoben.

Ungeachtet seiner Abneigung gegen den Palio saß Alessandro im Kreis der jungen Männer. Wenn es etwas zu feiern gab, war ihm der Grund dafür offensichtlich egal. Hauptsache, das Glas war immer randvoll.

Maria beobachtete ihren Cousin. War er in der vergangenen Nacht ins Museum eingestiegen? Tatsächlich sah er nicht unzufrieden aus. Auf seinen Lippen lag ein stetiges Lächeln. Als freue er sich insgeheim über irgendetwas. Vielleicht über seinen gelungenen Coup. Aber sie war sich nicht sicher, ob das wirklich der Grund für seine Freude war, denn sie bemerkte durchaus, dass Alessandro seine Augen kaum von Claudia abwenden konnte. Und auch ihre Freundin warf ihm mehrmals verstohlene Blicke zu.

Maria konnte sich ein Grinsen nicht verkneifen. Sie stieß ihre Freundin in die Seite und flüsterte ihr hinter vorgehaltener Hand ins Ohr: »Ihr würdet ein hübsches Paar abgeben!«

Claudia versuchte zwar, verständnislos auszusehen, doch ihr Seitenblick zu Alessandro verriet, dass sie genau wusste, was Maria meinte.

Auch Signore Morelli musterte Alessandro auffallend häufig. In seinem Blick lag jedoch wesentlich weniger Wohlwollen. Maria konnte förmlich sehen, wie es hinter der Stirn ihres Vaters arbeitete.

Aber nicht nur sie betrachtete die Leute um sich herum. Plötzlich spürte sie ganz deutlich, dass sie ebenfalls beobachtet wurde. Und als sie sich umschaute, trafen sich ihre Augen mit denen von Antonia, die an der langen Tafel hinter ihr saß. Schuldbewusst senkte Antonia hastig den Blick.

Unwillig runzelte Maria die Stirn. Wieso getraute sich Antonia nicht, ihr in die Augen zu blicken? Hatte sie so ein schlechtes Gewissen? Wusste sie, dass sie die beiden, Antonia und Angelo, beobachtet hatte? Und wenn ja, woher? Hatte Angelo etwa mit ihr darüber gesprochen?

Bei diesem Gedanken fühlte Maria eine Welle der Scham und der Wut über sich hinwegschwappen. Scham darüber, eventuell entdeckt worden zu sein, und Wut darüber, dass Angelo dem Dienstmädchen ihre Gefühle verriet.

»Wenn ihr mich fragt, dann war es eine Nachricht aus dem Jenseits …«

Maria wandte sich ruckartig um. Ihr gegenüber saß Chiara, die sie noch aus der Grundschulzeit kannte. Chiara hatte in der *scuola primaria* sogar eine Weile neben ihr gesessen und war schon damals etwas sonderbar gewesen.

Normalerweise hätte Maria jetzt wie Claudia und die anderen Mädchen gelacht und einen Witz über Geister gemacht. Doch diesmal war ihr nicht nach Lachen zumute.

»Was gibt es denn da zu lachen?«, empörte sich nun auch Chiara. »Was wisst ihr denn, wie viele *fantini* im Laufe der Jahre beim Palio zu Tode kamen!«

»Ja klar!«, ereiferte sich Claudia. »Und einen davon treibt seine ruhelose Seele um.«

»Mitten hinein ins Museum«, ergänzte eine andere junge Frau.

Claudia stieß Maria um Zustimmung heischend in die Seite und lachte.

Nur mühsam rang Maria sich ein Lächeln ab; in ihrem Inneren betrachtete sie Chiara auf einmal mit ganz anderen Augen: Vielleicht war ihre alte Klassenkameradin gar nicht so verrückt, wie alle glaubten. Vielleicht hatte sie diesmal ausnahmsweise recht. Auch wenn es nicht der Geist eines Jockeys war, der in der sala delle vittorie sein Unwesen getrieben hatte, sondern der ruhelose Geist einer unglücklichen jungen Frau. Maria bekam eine Gänsehaut, wenn sie daran dachte, wie nah Chiara mit ihrer Vermutung der Wahrheit vielleicht kam.

Erst als alle anderen um sie herum plötzlich verstummten und ihre Blicke auf die Ehrentafel richteten, merkte Maria, dass ihr Vater sich erhoben hatte, um seine Rede als *capitano* zu halten. Sie bemerkte, wie nervös er war, und bevor er zu reden begann, wischte er sich mit einem Taschentuch den Schweiß von der Stirn. Er war eben ein Organisator, einer, der im Hintergrund die Fäden in der Hand hielt und daran zog. Keiner, der gern öffentlich im Zentrum der Aufmerksamkeit stand.

Signore Morelli räusperte sich, dann begann er: »Ich wünsche mir, dass unsere Kinder, die unsere Zukunft und unsere Kraft sind, ab morgen nicht mehr weinen müssen. Ich will euch glücklich machen, denn ihr habt den Willen, die Kraft, die Liebe und die Leidenschaft zu gewinnen.«

Frenetischer Applaus brandete auf und Maria sah, wie einige alte Frauen, darunter auch ihre *nonna* Giuletta, aber ebenso einige Männer sich verstohlen die Tränen der Rührung aus den Augenwinkeln wischten.

Als der Beifall sich gelegt hatte und es wieder so still war, dass man eine Stecknadel hätte fallen hören, fuhr der *capitano* fort: »Jeder, der mich kennt, weiß, dass ich mein Bestes gebe, damit wir Helden werden, und dass ich alles tue, um den Adler zu den höchsten Höhen zu bringen. Zum Sieg! Göttin Fortuna gab uns mit verbundenen Augen das Pferd Fabioncello. Seit Langem wünschen wir uns, ihn und keinen anderen in unserem Stall zu haben. Und Fortuna hat unsere Bitten erhört. Hoffen wir, dass sie uns auch weiterhin erhört.«

Zustimmendes Gemurmel aus Hunderten von Kehlen unterbrach die Rede für einen kurzen Moment. Dann endete Signore Morelli mit den Worten: »Morgen treffen wir uns hier wieder, um das Pferd, den Jockey und uns gegenseitig zu umarmen. Ich grüße euch mit *Aquila vola!* Der Adler fliege!«

»*Aquila vola!*«, ertönte der Schlachtruf. »*Aquila vola!*«

Die Menschen standen auf und prosteten einander zu.

Dann setzten sie sich wieder, denn nun erhob sich Fernando, der *fantino*, um seine kurze Rede zu halten. Während er sprach, war es nicht ganz so still wie zuvor bei der Rede des *capitano*. Hier und da tuschelten die Menschen, während der Reiter beteuerte, alles zu geben, um dem Adler den Sieg zu bescheren. Jeder wusste, dass Fernando zwar ein sehr guter Jockey war, aber allzu gerne auch hin und wieder ein doppeltes Spiel spielte. Und so wurden seine Schwüre von manchen mit einem leisen, misstrauischen Grummeln quittiert.

»Jeder hier weiß, das ich mich dem Adler tief verbunden fühle, und morgen alles tun werde, um euch zum Sieg zu verhelfen. Der Adler fliege!«

Während Maria wie alle anderen »*Aquila vola!*« rief und ihr Glas erhob, war sie in Gedanken bei Angelo. Auch er würde vor den Mitgliedern seiner Contrade eine kurze Rede halten und den Menschen versprechen, für sie zu siegen.

Wer von den beiden sollte am Ende recht behalten?

Fernando oder Angelo?

Oder womöglich keiner der beiden?

Unter meinem Stoß stürzt die Mauer zusammen.
Motto des Widders (valdimontone)

17

Donnerstag, 16. August, der Tag des Palio

Es war, als befände sie sich zugleich innerhalb und außerhalb des Körpers. Sie konnte alles sehen und zugleich fühlte es sich so an, als würde sie es am eigenen Leib erfahren.

War es so, wenn man starb? Glitt die Seele aus dem Körper hinaus und verharrte eine Weile zwischen dem Reich der Lebenden und dem Reich der Toten?

Sie sah den Baum, an dem der Strick hing. Jetzt hatte er noch Blätter. Der Strick wiederum schien aus einem einfachen weißen Laken gefertigt, das in schmale Bahnen geschnitten und dann zur besseren Stabilität geflochten worden war. Wobei Maria nüchtern feststellte, dass der zierliche Körper, der an dem Strick hing, diesen Aufwand nicht rechtfertigte.

Der leblose Leib war in ein langes, weißes Kleid aus kostbarer zarter Seide gehüllt. Der Rock fiel in voluminösen Stufen und der Ausschnitt, die Ärmelränder und die Schärpe um die schlanke Taille waren mit Spitze gesäumt. Einen Augenblick lang wunderte sich Maria. Dann erkannte sie, dass es sich bei dem Gewand um ein Hochzeitskleid handeln musste, wie es um 1880 modern gewesen war.

Der Körper hing völlig regungslos. Nicht einmal ein leichter Windhauch rüttelte an ihm. Maria spürte bei seinem Anblick eine unfassbare Wehmut in sich aufsteigen. Ein verschenktes Leben. Achtlos weggeworfen. Ein ebenmäßiges Gesicht mit tiefbraunen Augen, die einmal hoffnungsvoll in die Zukunft geblickt hatten. Eine Zukunft, die es nicht mehr geben würde.

Maria vergaß Raum und Zeit beim Betrachten dieses Gesichts, das fast noch kindlich wirkte. Mit weichen Zügen, die im Laufe des Lebens härter geworden wären.

Nur, dass es kein Leben mehr gab.

Und während Maria ganz und gar im Anblick dieses Antlitz' versunken war, veränderten sich die Gesichtszüge plötzlich. Die zierliche, fast schon ein wenig stupsige Nase wurde gerader und weniger feminin. Die haselnussbraunen Haare wurden dunkler, bis sie so schwarz wie Ebenholz waren. Die ursprünglich runden Augen schienen sich zu weiten, wurden größer und mandelförmig. Der Mund mit den schmalen Lippen wurde voller, die Wangenknochen traten stärker hervor.

Die Erkenntnis traf Maria wie ein Schlag: Sie schaute in ihr eigenes Gesicht.

Mit einem entsetzten Aufschrei erwachte sie. Ihr Nachthemd – ein altes T-Shirt von Angelo – klebte schweißnass an ihrem Körper. Ihr Herz raste, während sie die Bettdecke zurückschlug und sich hastig aufrichtete.

Erleichtert blickte sie sich um. Es war alles so, wie es sein sollte. Der Schreibtisch am Fenster, die Kommode an der Wand mit den Fotos, die darüber hingen – Angelo und sie Arm in Arm, lächelnd einander zugewandt. Der Sessel vor dem Bücherregal, auf dem noch aufgeschlagen das Buch lag, in dem sie gestern Abend vor dem Zubettgehen gelesen hatte. Der helle, hochflorige Teppich auf dem Holzboden. Die Gardinen vor dem Fenster, aus dem man in den Garten blicken konnte.

Maria schüttelte sich, als könne sie dadurch die letzten Reste des Albtraums loswerden. Doch die Bilder der toten Eva Maria, deren Gesicht sich schließlich in ihr eigenes verwandelt hatte, ließen sich nicht so einfach abschütteln.

Als Maria wenig später durch die noch leeren Gassen schlenderte, hatte sie das Bild der toten jungen Frau immer noch vor Augen. Und auch in ihrer Erinnerung veränderte sich das Gesicht wie bei einer Holografie immer wieder: Mal war es Eva Maria, in deren leblose Augen sie sah, mal waren es ihre eigenen.

Auch die langen Tischreihen, die gestern noch so voller Leben gesteckt hatten, waren jetzt leer und wirkten wie Requisiten einer Geisterstadt. Hier und da standen noch einige leere Flaschen auf den Tischen, die von ihren Besitzern in den frühen Morgenstunden zurückgelassen worden waren. Das meiste jedoch war von fleißigen Helfern aufgeräumt worden und bis zum Abend, an dem das nächste Festbankett stattfinden sollte, würden auch die letzten Reste der gestrigen Feier verschwunden sein. Ob es jedoch heute eine Siegesfeier oder eine Trauerveranstaltung werden würde, stand noch nicht fest. Das lag nun allein in der Hand von Fernando, Fabioncello und Fortuna, der Glücksgöttin.

Maria war auf dem Weg zur Piazza del Campo, wo in einer kleinen Kapelle neben dem Palazzo Pubblico um acht Uhr eine Messe für die Reiter stattfinden würde, bevor sich die *fantini* zum letzten Mal vor dem eigentlichen Rennen einen Probelauf lieferten.

Dieser allerletzte Probelauf fand im Allgemeinen wenig Beachtung. Keiner der Jockeys nahm so kurz vor dem Palio noch das Risiko einer Verletzung in Kauf und aus diesem Grund verlief das Rennen in der Regel recht unspektakulär. Auch Maria hätte sich normalerweise dafür nicht ins Zentrum der Stadt begeben, doch hoffte sie, Angelo zu sehen und vielleicht ein Wort mit ihm wechseln zu können.

Die Unruhe nagte seit ihrem Streit an ihr. Sie hatte die Stunden gezählt, seit sie ihn zum letzten Mal gesehen hatte: Es waren vierunddreißig! Und diese letzte Begegnung war so unglücklich verlaufen, dass Maria sich am liebsten gar nicht mehr daran erinnert hätte. Die Vorstellung, Angelo würde den Palio bestreiten, ohne sich vorher mit ihr ausgesöhnt zu haben, war für Maria schier unerträglich. Wie sollte sie jemals damit weiterleben, wenn Angelo beim Rennen etwas zustieß und der letzte Satz von ihr im Zorn gesprochen worden war? Maria versuchte zwar, sich damit zu beruhigen, dass die Wahrscheinlichkeit, dass Angelo etwas Ernsthaftes zustieß, recht gering war, doch ausschließen konnte man einen Unfall mit tödlichen Folgen bei diesem gefährlichen Rennen nie. Immer wieder verletzten sich nicht nur die Pferde, sondern auch die Jockeys zum Teil schwer. Und warum sollte nicht das Unfassbare geschehen und jemand so unglücklich stürzen, dass lebensbedrohliche Verletzungen die Folge waren?

Als in diesem Moment Marias Handy klingelte, hoffte sie wider besseren Wissens, dass es Angelo war.

»Ciao, Maria!«

»Ach, du bist's, Claudia!«

»Maria, du musst sofort kommen.«

»Was?«

»Ich weiß, es ist noch früh, aber es ist etwas passiert und ich brauche dich!«

Maria unterdrückte ein Seufzen und schaute zugleich auf ihre Armbanduhr. Das Proberennen würde bald gestartet. Wenn sie Angelo davor oder danach abpassen wollte, um mit ihm zu reden, dann brauchte sie dafür mindestens eine Stunde. »Hat es nicht vielleicht eine Stunde Zeit?«

Claudias Stimme begann zu zittern. »Es tut mir leid, passt es gerade nicht? Ich ... ich ... muss mit jemandem reden, sonst werde ich noch verrückt ...«

Maria verdrehte stumm die Augen. Sie konnte hören, dass ihre Freundin kurz davor war, zu weinen. Und sie wusste nur zu gut, wie es sich anfühlte, wenn man jemanden zum Reden brauchte und niemand da war. Aber warum ausgerechnet jetzt? Noch einmal warf sie einen prüfenden Blick auf ihre Uhr. Wenn sie sich beeilte, konnte sie vielleicht vor dem Ende des Proberennens wieder auf dem Campo sein und Angelo dann abfangen.

»Maria?«

»Also gut, ich komme.«

»*Grazie! Grazie!* Bis gleich!«

Signore Morelli fiel es schwer, sich zu konzentrieren. Er hatte noch so vieles zu erledigen, letzte Absprachen zu treffen, nach dem Rechten zu sehen. Doch seine Gedanken schweiften immer wieder ab zu seiner Tochter.

Maria machte in der letzten Zeit einen bekümmerten Eindruck. Er hatte versucht, mit ihr zu reden, aber sie blockte seine Versuche immer wieder ab. Vielleicht aus Rücksicht auf ihn, da sie wusste, wie sehr ihn die letzten Vorbereitungen für den Palio gefangen nahmen, vielleicht, weil sie einfach nicht mit ihrem Vater über ihr Seelenleben sprechen wollte. Doch wenn sich Filipo Morelli ihr Gesicht ins Gedächtnis rief, ihre traurig blickenden dunklen Augen, mit denen sie ihn auch heute Morgen während des Frühstücks angeschaut hatte, und das blasse, erschöpfte Gesicht, dann zog sich sein Herz eng zusammen.

Ob sie immer noch Streit mit Angelo hatte? Oder machte sie sich Sorgen wegen des Einbruchs und der Beschädigung des Banners? Er hatte gesehen, wie blass Maria beim Anblick des beschmutzten Seidentuchs geworden war. Und wie sich ihre Augen ängstlich geweitet hatten, während sie seiner Geschichte über Eva Maria lauschte, während er von dem Reporter des La Nazione interviewt wurde. Machte sie sich etwa deswegen Sorgen? Glaubte sie womöglich, diese Sache habe etwas mit Spuk und Geistererscheinungen zu tun, so wie manche Leute munkelten? Morelli schob diesen Gedanken beiseite. Nein, das war lächerlich. Seine Tochter neigte wahrhaftig nicht dazu, an einen solchen Unsinn zu glauben. Sie war bodenständig und mit einer gehörigen Portion Verstand ausgestattet.

»Signore Morelli?«

»Si?«

»Der *barbaresco* wünscht Sie noch einmal zu sprechen.«

»Ich komme.« Seufzend erhob sich der *capitano*. Was auch immer Maria umtrieb – es musste bis nach dem Rennen warten.

Angelo war mit dem Ergebnis des letzten Proberennens sehr zufrieden. Amarosa hatte sich in den letzten drei Tagen, seit sie sich näher kennengelernt hatten, gut entwickelt. Die Stute hatte viel Potenzial. Wenn sie ihre Nervosität in den Griff bekam, war sie leicht führbar, reagierte gut auf die Hilfen ihres Reiters und setzte ihr Temperament zielgerichtet um. Ab und an musste Angelo sie mit seiner Stimme beruhigen. Aber auch das funktionierte. Er hoffte nur, dass Amarosa sich heute Abend beim echten Rennen ebenfalls so gut beherrschen ließ. Wenn er beim Start einen guten Platz abseites des Gedrängels bekam, dann sah es tatsächlich nicht allzu schlecht aus. Andernfalls ... Aber darüber wollte Angelo jetzt lieber noch nicht nachdenken.

Bevor er Amarosa zurück in den Innenhof des Palazzo Pubblico lenkte, schaute er noch einmal über die Schulter zurück und ließ seinen Blick über die Piazza del Campo streifen. Vereinzelt standen kleinere Gruppen von Menschen an den Absperrungen. Aber nirgends konnte er sie erblicken: Maria.

Angelo seufzte und wandte sich ab. Er hatte so sehr gehofft, dass sie die Gelegenheit suchen würde, sich vor dem Rennen mit ihm auszusöhnen. Aber offensichtlich war sie immer noch sauer auf ihn. Nur mit Mühe konnte Angelo gegen seine Enttäuschung ankämpfen. Vielleicht hätte er sich nicht so von ihr provozieren lassen sollen. Er hätte ja genauso gut von Marias Eifersucht gerührt sein können. Stattdessen hatte er sich aufgeführt wie ein Platzhirsch, der seine Freiheit verteidigt. Er stellte sich vor, was Maria sagen würde, wenn er ihr irgendwann erzählte, worüber er mit Antonia geredet hatte, und wie sie dann gemeinsam darüber lachen könnten. Aber im Augenblick war ihm ganz und gar nicht zum Lachen zumute. Die Vorstellung, dass ihm beim Rennen etwas zustieß und das Letzte, was er zu Maria in seinem Leben gesagt hatte, war im Streit gewesen, bereitete ihm unerträgliche Magenschmerzen.

»*Cazzo!*«, fluchte Maria. Sie hatte sich so beeilt, nachdem sie Claudia den benötigten Trost zugesprochen und ihrer Freundin versichert hatte, dass alles wieder gut werden würde. Und jetzt? Jetzt stand sie abgehetzt und außer Atem auf der Piazza del Campo und das Proberennen war bereits gelaufen. Weit und breit war nichts mehr von Angelo oder einem der anderen *fantini* zu sehen. Der Platz lag wie ausgestorben vor ihr.

Und wofür das alles? Nur weil Claudia ein schlechtes Gewissen hatte, weil sie in der vergangenen Nacht mit Alessandro im Bett gelandet war.

»Na toll!« Maria stampfte wütend mit dem Fuß auf. Ihrer Freundin liefen die Kerle scharenweise zu und sie selbst konnte nur tatenlos zusehen, wie ihre Verlobung gerade in die Brüche ging. Zwar tat ihr Claudia leid, die ein schlechtes Gewissen hatte, weil sie ihrem Freund, der in Mailand auf sie wartete, fremdgegangen war. Und sie verstand auch, dass ihre beste Freundin nicht wusste, was sie jetzt machen sollte. Zumal sie sich wohl tatsächlich in Alessandro verliebt hatte. Aber hätte das Gespräch darüber, verdammt noch mal, nicht Zeit gehabt?

Natürlich wusste Claudia nicht, in welcher Situation Maria gerade steckte. Woher auch – Maria hatte ihr ja bisher noch nichts von ihren Schwierigkeiten erzählen können. Weder ihre beste Freundin noch ihr Vater, der sie auch an diesem Morgen wieder sorgenvoll betrachtet hatte, wussten über ihre Nöte Bescheid. Und auch heute Morgen hatte sie Claudia nichts von ihrem Streit mit Angelo erzählt, stattdessen immer wieder verstohlen auf ihre Uhr geschaut, bis Claudia schließlich fragte: »Hast du noch was vor?«

Maria gab zu, dass sie versuchen wollte, Angelo beim letzten Proberennen abzupassen, und obwohl Claudia nicht einmal ahnen konnte, weshalb Maria dieses Treffen so wichtig war, reagierte sie voller Verständnis: »Oje, und ich heule dir hier die ganze Zeit die Ohren voll! Es tut mir leid, daran habe ich gar nicht mehr gedacht.« Sie stand auf und fuhr fort: »Jetzt aber husch, husch, ab mit dir und wünsch deinem Liebsten viel Glück von mir.«

Trotzdem war Maria zu spät gekommen. Zu spät, um Angelo Glück zu wünschen. Zu spät, ihn um Verzeihung zu bitten. Zu spät, ihm ihrer Liebe zu versichern. Zu spät für … ja, einfach für alles.

»*Cazzo!*«, fluchte Maria noch einmal und machte sich niedergeschlagen auf den Weg nach Hause.

Mit Glockengeläut begann am frühen Nachmittag in den Contraden die Einkleidung. Alle Mitglieder der Komparserie des Adlers zogen ihre festlichen Kostüme an und bereiteten sich auf den *corteo storico* vor, der wie in jedem Jahr dem Palio voranging.

Maria hatte die sonnengelbe Bluse angezogen, die sie extra für den Palio neu erworben hatte. Zusammen mit der dreiviertellangen schwarzen Leinenhose, den flachen schwarzen Sandalen und natürlich ihrem *fazzoletto*, das sie locker um ihre Schultern gebunden hatte, war sie nun bereit für das Ereignis des Jahres. Ihr schwarzes Haar band sie mit einem ebenfalls gelben Haarband zusammen und war mit dem Ergebnis ihrer Bemühungen ganz zufrieden.

Überall auf den Straßen standen die Bewohner ihres Stadtviertels, die *contradaioli*, in kleinen Gruppen zusammen. Man traf sich, lachend und scherzend, um gemeinsam zur Kirche Oratorio di San Giovanni Battista zu gehen, wo die Segnung des Pferdes stattfinden würde.

Claudia und Alessandro warteten wie verabredet bereits an der Ecke Via dei Fusari auf Maria und vertrieben sich die Zeit, indem sie heftig miteinander knutschten. Ihr Anblick versetzte Maria einen leisen Stich. Nachdem sie einander begrüßt hatten, schlossen sie sich der Traube von Menschen an, die sich auf dem Weg zur Kirche befand.

»Deine Abneigung gegen den Palio hält dich offenbar nicht davon ab, ihn dir anzuschauen?«, wollte Maria von Alessandro wissen, der Claudia einen Arm um die Schultern gelegt hatte und sichtlich verzückt lächelnd zwischen den beiden jungen Frauen die Gassen entlangschlenderte.

»Was würdest du denn sagen, wenn ich ihn mir nicht anschaute? Dass ich keine Ahnung habe, wovon ich rede?« Alessandro schüttelte den Kopf. »Nein, nur weil man gegen etwas ist, heißt das nicht, dass man sich keinen Überblick über das verschafft, was man ablehnt. Außerdem, Cousinchen …« Er lehnte sich vertrauensvoll zu Maria hinunter. »… muss ich doch sehen, ob unsere Aktion Wirkung zeigt, oder?« Er zwinkerte ihr verschwörerisch zu.

»Glaubst du nicht, das hat sie schon?«, gab Maria zurück und musterte Alessandro prüfend. Zu gern hätte sie ihn dabei ertappt, wie er sich verriet und preisgab, dass der Einbruch ins Museum der *contrada* und die Beschädigung des kostbaren Banners auf sein Konto und das seiner Kumpels ging.

Tatsächlich überzog eine leichte Röte Alessandros Wangen, dennoch blickte er Maria unverwandt an und fragte: »Was meinst du damit?«

»Ja genau«, sagte auch Claudia, die bislang stumm dem Gespräch der beiden gelauscht hatte, »was meinst du damit?«

»Ach, vergiss es«, antwortete Maria.

Denn inzwischen standen sie inmitten unzähliger Menschen vor der noch geschlossenen Kirche. Endlich öffneten sich die Tore, gaben den Blick in die festlich in Gelb und Schwarz geschmückte Kirche frei und Maria ließ sich von dem Strom der Menschen mitziehen. Nur mit Mühe fanden sie noch Platz in einer der letzten Reihen.

Immer mehr Menschen strömten herein. Selbst als schon längst alle Reihen voll waren, verteilten sich die Schaulustigen in den Seitenschiffen oder blieben im hinteren Teil des Mittelschiffes stehen. Erst als tatsächlich kein Quadratzentimeter freier Raum mehr zur Verfügung stand, hob der Priester die Arme und die Menge verstummte.

Maria reckte den Hals, um einen Blick auf ihren Vater zu erhaschen, der irgendwo vorne in der ersten Reihe sitzen musste. Aber sie konnte ihn beim besten Willen nirgends entdecken.

Dann kam Fabioncello. Die pure Anwesenheit des Tieres in der Kirche sorgte für eine außergewöhnliche, festliche Stimmung. Denn normalerweise war das Gotteshaus ja nur den Menschen vorbehalten. Entsprechend fehl am Platze schien sich Fabioncello auch zu fühlen. Er erschrak vor seinem eigenen Hufklappern, das von dem steinernen Boden der Kirche widerhallte, und seine Ohren zuckten nervös.

Maria folgte wie alle anderen dem Weg des Pferdes durch das Mittelschiff mit den Augen. Der Hengst sah prachtvoll aus. Sein sorgfältig gestriegeltes Fell glänzte selbst hier im dämmrigen Schein der Kerzen.

Fernando wartete vor dem Altar auf Fabioncello wie ein Bräutigam auf seine Braut, während der *barbaresco* das Pferd zu ihm führte. Der *fantino* trug bereits sein Kostüm, die gelbe Hose mit den schwarzen Streifen an der Seite und die dazu passende Jacke. Auch Fabioncello war schon mit dem *spennacchiera*, dem kegelförmigen Kopfschmuck in den Farben der *contrada,* an dessen unterem Ende ein kleiner runder Spiegel eingearbeitet war, geschmückt.

»Allmächtiger und ewiger Gott!«, erhob der Priester seine Stimme. »Gib diesem Tier Fabioncello deinen Segen und beschütze seinen Körper, damit ihm kein Leid geschehe, Amen.«

»Amen«, raunte die Menge, während der Priester Weihwasser auf Fabioncellos und Fernandos Köpfe sprühte.

»*Vai e torna vincitore!*«, rief der Priester zum Abschluss. Lauf und kehre als Sieger zurück!

Als Fabioncello die Kirche im Anschluss verließ, herrschte erneut absolute Stille, die lediglich von dem Klappern der Pferdehufe durchbrochen wurde. Nur ein kleiner Junge rief irgendetwas, das Maria nicht verstehen konnte, und wurde augenblicklich von seiner Mutter mit einem gezischten »Pssst« ermahnt.

Kurz vor dem großen zweiflügeligen Tor der Kirche hob Fabioncello den Schweif und ließ einige wohlgeformte Pferdeäpfel auf den Kirchenboden fallen. Eine Gruppe junger Mädchen kicherte leise und eine alte Frau neben Maria raunte: »Das ist ein gutes Omen, ein wahrhaft gutes Omen.«

Kaum hatte Fabioncello die Kirche verlassen, ertönte der laute Ruf der Menge: »*Aquila vola!*« Und die Menschen strömten schwatzend und lachend hinaus in die gleißende Sonne auf dem Kirchvorplatz.

Maria hatte Alessandro und Claudia in dem Gedränge aus den Augen verloren, doch sie wartete einfach am Rand des kleinen Platzes vor dem Gotteshaus auf ihre

Freunde. Als sie die beiden Arm in Arm auf sich zukommen sah, musste sie unwillkürlich lächeln. Es war, wie sie gesagt hatte: Sie gaben ein verdammt hübsches Paar ab.

Maria, Claudia und Alessandro folgten den Komparserien ihrer Contrade durch die verschlungenen Gassen der Stadt. Immer wieder stoppten die Fahnenschwenker auf ihrem Weg und vollführten an den unterschiedlichsten Plätzen ihre einstudierten kunstvollen sbandierate – ihre Fahnenschwünge – unter den Blicken und dem Applaus der Zuschauer, bis sie schließlich die Piazza del Campo erreichten.

Marias Herz klopfte. Nicht nur wegen der Aufregung des kurz bevorstehenden Palio, sondern auch wegen der Gewissheit, dass Angelo hier irgendwo ganz in ihrer Nähe sein musste, obwohl sie ihn nirgends sehen konnte.

Die Bahn war bereits geräumt – Carabiniere sorgten dafür, dass sie auch frei blieb – und der *sunto* läutete unentwegt, bis alle Contraden auf dem Platz eingezogen waren und der *corteo storico* beendet worden war.

Insgesamt bestand der Umzug aus vierzehn unterschiedlichen Gruppen und siebenhundert Darsteller nahmen daran teil. Zunächst kamen die Stabträger der Gemeinde, die Fahnenträger zu Pferd, ein Dutzend Trommler, Trompeter und Musiker des Palastes, siebenundsechzig Fahnenträger und diverse Armbrustschützen aus Massa Marittima, der Stadt, die 1335 durch Siena erobert worden war, sowie Trommler, Fahnenträger und Bogenschützen aus Montalcino, dem Städtchen, das Massa Marittimas Schicksal als Unterlegene teilte.

Ihnen folgten die Fahnenträger des *capitano del popolo* mit drei Pagen, die sein Schild, seinen Helm und sein

Schwert trugen, der *capitano del popolo* zu Pferd mit einem Reitknecht sowie drei Bannerträger der Stadtdrittel Sienas zu Pferd und mit Reitknechten.

Capitano del popolo nannte man im Mittelalter den gewählten Stadtherrn. Er durfte bei keinem *corteo storico* fehlen. Schließlich stellte der historische Umzug die Geschichte des mittelalterlichen Sienas seit dem Jahr 1260 dar, die mit dem Sieg über die rivalisierende Stadt Florenz im Jahr 1555 endete. Dieser Sieg wurde symbolisiert durch den Triumphwagen, gezogen von vier weißen Ochsen, der den Abschluss des Zuges bildete.

Fast drei Jahrhunderte Stadtgeschichte wiedergegeben in nur drei Stunden, dachte Maria, während die Männer in ihren farbenfrohen, prächtigen Kostümen an ihr vorbeikamen.

Jetzt zogen die Repräsentanten der Universität an ihr vorüber, gefolgt von den Vertretern der unterschiedlichen Zünfte Sienas und den Komparsen der zehn am Rennen teilnehmenden Contraden.

Marias Herzschlag beschleunigte sich, als sie Angelo erkannte, der auf einem *soprallasso,* einem Paradepferd, an dem Umzug mitwirkte. Seine Stute Ambrosa wurde ebenso wie die anderen für das Rennen ausgewählten Pferde geschont und wartete im Innenhof des Palazzo Pubblico auf ihren späteren Einsatz.

Maria versuchte, Angelos Aufmerksamkeit auf sich zu ziehen. Sie wünschte sich wenigstens einen Blick von ihm, ein Lächeln, das ihr versichern würde, dass zwischen ihnen alles in Ordnung war! Doch Angelo starrte angestrengt geradeaus. Erst als er schon an ihr vorüber war, wandte er einmal den Kopf und ließ seinen Blick durch die wartende Menge schweifen, als suche er jemanden. Doch ihre Augen fanden sich nicht und schon erschien die nächste Gruppe, die Pagen der Gemeinde, die eine Lorbeergirlande trugen, und denen dicht auf dem Fuße die Komparsen der sieben Stadtteile folgten, die nicht an diesem Rennen teilnahmen.

»Schau mal!« Claudia stupste Maria mit dem Ellbogen an und deutete auf die sechs Reiter, die nun an ihnen vorbeikamen und die die nicht mehr existierenden Contraden Hahn, Löwe, Bär, Eiche, Schwert und Viper symbolisierten.

Maria nickte beflissen, doch sie schaute nicht wirklich hin. In ihren Gedanken war sie noch bei Angelo. Und so verpasste sie auch die nächsten Gruppen: die Fahnenträger, Armbrustschützen, Trommler und den Hauptmann der Justiz. Erst als der Triumphwagen mit dem Palio von den vier Ochsen an ihr vorbeigezogen wurde, richtete sie ihre Aufmerksamkeit wieder auf das Spektakel.

Die Straßen waren nun von Menschenmassen gesäumt. Und auch die Piazza del Campo füllte sich zusehends. Durch die Via Duprè, den letzten geöffneten Eingang zum Platz, strömten immer mehr Menschen, bis schließlich der gesamte Platz gefüllt war. In den Fenstern des Palazzo Pubblico versammelten sich die berühmten Gäste, Politiker und Prominente, auf den rot gesäumten Balkonen der umstehenden Palazzi, ja, sogar auf den Dächern standen Menschen und warteten auf den Höhepunkt des Palio: das eigentliche Rennen.

An fest vereinbarten Stellen der Bahn warfen die Fahnenschwinger der Contraden, die *alfieri*, zu Trommelwirbeln ihre Fahnen hoch. Wenn eine Fahne besonders hoch flog, was als gutes Omen für das Rennen gewertet wurde, ertönte begeisterter Jubel aus der Menge.

Die vielfältigen Fahnenschwünge trugen alle eigene Namen, von denen manche nach traditionellen Mustern ausgeführt wurden, andere wiederum neu erfunden waren. Dazu erklang immer wieder der *passo della Diana*, ein spezieller Trommelwirbel, der ausschließlich während des historischen Festzugs gepielt wurde. Doch jede *contrada* kannte auch ihre eigenen Trommelwirbel und Fahnenschwünge, die von klein auf geübt wurden. Und nur die besten Trommler und Fahnenschwenker erhielten die Ehre, beim *corteo storico* mitzumachen.

Endlich fand der Festzug an der mit einem weißen Tuch behängten Tribüne vor dem Palazzo Pubblico sein Finale und die *capitani*, darunter auch Signore Morelli, nahmen neben den anderen Würdenträgern ihre Plätze ein. Ein letztes Mal warfen die Fahnenträger der siebzehn Contraden ihre Fahnen hoch in die Luft und fingen sie wieder auf, bevor die Trompeten erklangen und der *carroccio*, der Triumphwagen, mit dem Banner vor der Tribüne ankam. Das Banner wurde vom Wagen gehoben, auf das Podest für die Richter am Start- und Zielpunkt getragen und dort für alle gut sichtbar aufgehängt.

»Na endlich!«, stöhnte Claudia. »Ich dachte schon, dieser Umzug läuft in Echtzeit, dauert drei Jahrhunderte und endet niemals mehr!«

Alessandro lachte und küsste Claudia auf die Lippen.

Maria wandte den Kopf ab. Wenn es nach ihr gegangen wäre, dann hätte dieser Umzug niemals enden müssen. Denn ihre Angst, dass Angelo etwas zustoßen könnte, wuchs von Sekunde zu Sekunde.

Ein Böller krachte und jetzt kamen die Reiter auf ihren Pferden aus dem Innenhof des Palazzo Pubblico. Maria entdeckte sowohl Fernando im gelben Kostüm des Adlers als auch Angelo in dem grün-roten Kostüm des Drachen sofort. Und sie hörte auch die begeisterten Rufe der Zuschauer: »*Angelo volante!*«

Fliegender Engel!

Claudia zwinkerte Maria zu, beugte sich zu ihr hinunter und flüsterte ihr ins Ohr: »Er sieht wirklich gut aus, dein Angelo.«

Maria bemühte sich zu lächeln. Jetzt war nun wirklich nicht der geeignete Zeitpunkt, ihrer Freundin zu erklären, dass sie gar nicht wusste, ob es tatsächlich noch ihr Angelo war.

Die *fantini* brachten ihre Pferde zum Startpunkt und Maria stellte erschrocken fest, wie nervös Ambrosa war. Die Stute tänzelte und versuchte zu steigen, und Angelo hatte alle Mühe, sein Pferd unter Kontrolle zu halten. Sobald ihr eines der anderen Pferde zu nah kam, schlug Ambrosa mit dem Kopf und bockte. Maria hoffte inständig, dass Angelo keinen Startplatz in der Mitte zugewiesen bekam, wo sein Pferd von links und rechts zugleich bedrängt werden würde.

Endlich hatten die Jockeys den provisorischen Führring erreicht und drehten dort ihre Runden. Auch Ambrosa beruhigte sich, als sie nun nichts anderes zu tun brauchte, als hinter den anderen Pferden her im Kreis zu gehen, bis der *mossiere,* der Startrichter, die Startreihenfolge bekannt gab.

Die Reihenfolge wurde mit einem besonderen Instrument ausgelost. Im Inneren eines Hohlraums befanden sich zehn hölzerne Kugeln in den Farben der Contraden, die an dem Rennen teilnahmen. Auf diesen Hohlkörper wurde ein schmaler Zylinder geschraubt, in den die zehn Holzkugeln in einer willkürlichen Reihenfolge hineinrutschten, sobald man den Hohlkörper umdrehte. Auf dem Zylinder waren zehn Öffnungen, die zunächst noch mit einer beweglichen Scheibe verschlossen waren und erst geöffnet wurden, wenn die *fantini* den Führring erreicht hatten. Dann konnte der *mossiere* die einzelnen Contraden ermitteln, indem er nach und nach die Scheiben zur Seite schob und nachsah, welche Kugel an welcher Position lag.

»*Istrice*«, verkündete er jetzt durch ein Mikrofon und alle Menschen auf dem Platz wiederholten den Namen der *contrada* wie in einem gemeinsamen Gebet: »*Istrice.*«

Der Jockey des Stachelschweins führte sein Pferd als Erster aus dem Führring zwischen die beiden gespannten Seile. Es war ein junger und noch recht unerfahrener Reiter, ein Greenhorn, der jedoch mit diesem bevorzugten Platz an der Innenseite der Bahn einen kostbaren Trumpf in die Hand gespielt bekam. Er ritt einen wunderschönen Rappen, dessen Fell so tiefschwarz war, dass es schon fast bläulich schimmerte. Und so passte der Name des Hengstes, Mirtillo – Blaubeere – ausgesprochen gut.

Maria betete darum, dass der Startrichter als Nächstes den Drachen aufrief. Eine Position an der Innenseite der Bahn wäre gut für Angelo. Normalerweise hätte sie gehofft, dass Fernando und Angelo als Verbündete nebeneinander Aufstellung nahmen. Doch sie fürchtete, dass zwischen den beiden immer noch böses Blut herrschte, nachdem Fernando Angelo im ersten Proberennen so hart angegangen war. Deshalb war es vielleicht besser, wenn die beiden weit voneinander entfernt standen.

An diesem Punkt ihrer Überlegungen angekommen, merkte Maria, dass ihr Herz anscheinend stärker für den Drachen schlug als für ihre eigene *contrada*, den Adler. Warum wünschte sie nicht, dass der Mossiere den Adler als Nächstes aufforderte, seine Startposition einzunehmen?

»*Torre*«, sagte der Startrichter in diesem Augenblick und der *fantino* des Turms, Giorgio, verließ mit seiner Stute Fairway den als Führring abgegrenzten Bereich.

»*Onda*«, verkündete der Startrichter jetzt, und der Jockey der Welle machte sich mit seiner bildhübschen Stute Stella auf den Weg zwischen die Startseile.

Maria fluchte innerlich. Mit jeder Position weiter weg von der kurzen Innenseite der Bahn sanken die Chancen auf einen Sieg. Zugleich stieg die Gefahr, dass Fernando und Angelo einen Platz nebeneinander in der Mitte fanden oder – schlimmer noch – die Feindin des Adlers, der Panther, neben Fernando zur Aufstellung kam. Maria überlegte, ob sie ihre Hoffnungen bereits jetzt darauf setzen sollte, dass Fernando (oder doch lieber Angelo?) der zehnte Platz an der Außenseite der Bahn zugewiesen wurde. Denn diese Position, die *rincorsa*, ermöglichte dem Reiter, den Startzeitpunkt zu bestimmen und sich aus dem Getümmel der nervösen Pferde und drängelnden Jockeys herauszuhalten. Erst wenn er lospreschte, wurde das Rennen gestartet.

»*Pantera*«, ließ sich die Stimme des *mossiere* vernehmen und damit war für Maria eindeutig klar, dass sie nur darauf hoffen konnte, dass Fernando die zehnte Position einnehmen musste.

»*Drago*«, sagte der Startrichter und Maria atmete erleichtert auf. Wenigstens stand der Adler nicht unmittelbar neben seinem Feind. Aber Angelo würde mit diesem Platz in der Mitte nicht zufrieden sein.

Nun standen bereits fünf Pferde dicht gedrängt am Startseil und allmählich verbreitete sich unter den Wartenden Unruhe. Stella, die Stute mit der sternförmigen Blesse, die für die Welle laufen sollte, wurde zwischen Fairway und Pinnochio fast zerdrückt und machte ihrem Unmut mit heftigem Kopfschlagen Luft. Bevor sie jedoch steigen konnte, wurde sie von ihrem Reiter mit einem gezielten Schlag der Reitgerte dazu gebracht, nach hinten auszubrechen. Fabio ließ die Stute hinter den anderen Pferden zwei Runden im Kreis gehen, damit sie sich beruhigte, dann führte er sie an ihre Position zurück.

»*Aquila!*«, fuhr der *mossiere* fort und Maria stieß einen leisen Fluch aus. All ihr Hoffen und Beten hatte nichts genutzt. Auch Fernando stand – noch dazu genau neben Angelo – auf einer der mittleren Positonen. Die denkbar schlechteste Ausgangssituation für einen guten Start.

»*Lupa!*«

Maria und Claudia warfen sich einen Blick zu und verzogen beide zugleich die Mundwinkel. Die Aufstellung der noch fehlenden Contraden war für sie nicht mehr von großem Interesse, aber als Angehörige der *contrada dell' aquila* konnten sie mit diesem Ergebnis nicht zufrieden sein.

»*Oca.*«

Die Jockeys tuschelten miteinander. Hier und da wurden nur Minuten vor dem Start neue Verabredungen getroffen und alte gelöst. Das Nicken oder Kopfschütteln fiel in jedem Fall sehr dezent aus, fast unmerklich, denn der fantino, der dabei erwischt wurde, wie er mit gegnerischen Contraden Abkommen traf, durfte mindestens mit einer saftigen Tracht Prügel im Anschluss an das Rennen rechnen.

»*Leocorno!*«

Die Stute Farfalla wurde von Marcello auf ihre Position geführt, und sofort begann der Jockey des Einhorns damit, die anderen *fantini* nach innen abzudrängen.

»*Selva.*«

Dass der *mossiere* die zehnte Contrade noch nannte, war lediglich eine Formalität. Auch ohne die Nennung des Namens hätte jeder auf dem Platz gewusst, dass *selva*, der Wald, in den Genuss der *rincorsa* kam und den Startzeitpunkt bestimmen würde.

Während sich die neun Pferde am vorderen Startseil drängelten und die Jockeys bereits jetzt alles taten, um ihre Kontrahenten zu behindern, indem sie ihre Pferde nach links oder rechts ausscheren ließen, hielt sich Gabriel, der Jockey des Waldes, im Hintergrund. Er wartete hinter dem zweiten Startseil und beobachtete das Scharmützel der anderen, um den bestmöglichen Zeitpunkt für seinen Start nicht zu verpassen. Erst wenn er sein Pferd Callimero in den Bereich zwischen den beiden Startseilen, die *mossa*, lenkte, senkte der *mossiere* das vordere Seil und gab das Rennen damit frei.

»*Vai! Vai!*«, riefen die Menschen um Maria herum voller Ungeduld. Das lange Warten hatte die Nerven aller bis aufs Äußerste strapaziert. Lauft! Lauft!

Und dann war es endlich so weit: Gabriel auf Callimero stieß seinem Hengst die Fersen in die Flanken und das Tier preschte davon. Das Startseil fiel, die Pferde galoppierten los und die Menge begann zu schreien.

Die unerwarteten Böllerschüsse ließen Maria zusammenzucken.

Claudia stöhnte und mit ihr etwa zehntausend weitere Zuschauer. Alessandro hingegen kicherte schadenfroh und Maria fragte sich insgeheim, wie ihre Freundin zu Alessandros oftmals kriminellem Engagement als Tierschützer stand. Wusste sie überhaupt davon? Und was würde sie davon halten?

»Fehlstart«, stellte Claudia unnötigerweise fest und lenkte Marias Aufmerksamkeit damit wieder auf das Geschehen.

Es dauerte einige Meter, bis die *fantini* ihre Pferde zum Stehen gebracht hatten und zum Startbereich umkehren konnten.

Marias Herz klopfte, als sie sah, dass Angelo Ambrosa etwa auf ihrer Höhe anhalten ließ. Und als er die Stute wendete, blickte er ihr genau in die Augen. Maria hielt die Luft an. Auf Angelos Gesicht breitete sich ein strahlendes Lächeln aus, als er sie erkannte. Dann führte er eine Hand zum Mund, legte die Finger auf seine Lippen und streckte ihr die offene Hand entgegen. Marias Erleichterung in diesem Moment war so groß, dass ihr die Tränen in die Augen schossen. Sie lächelte zurück und spitzte ebenfalls die Lippen zu einem Kussmund.

»Oh, wie süß«, zischte Claudia neben ihrer Freundin. »Wenn das keine wahre Liebe ist.«

Und zum ersten Mal seit Langem war Marias Lächeln,

das sie ihrer Freundin schenkte, kein bemühtes. Endlich ließ die Anspannung, die sie die ganze Zeit gespürt hatte, nach und sie konnte sich voll und ganz auf den Palio konzentrieren. Angelo liebte sie noch! Er hatte ihr die dumme kleine Eifersuchtsszene, die sie ihm geliefert hatte, verziehen.

Maria atmete einmal tief ein und stieß die Luft wieder aus, dann sah sie zu, wie die Pferde erneut Aufstellung nahmen. Über der Piazza lag eine drückende Hitze und Maria fühlte sich mittlerweile etwas erschöpft. Das lange Stehen zwischen Tausenden anderer Menschen empfand sie als anstrengend. Die Hitze war neben den Gefahren, die dieses Rennen unter Umständen auch für die Zuschauer barg, wohl der Hauptgrund dafür, dass beim Palio keine kleinen Kinder unter den Zuschauern waren. Über die Köpfe der Erwachsenen hinweg hätten sie ohnehin nichts von dem Rennen mitbekommen.

Zum zweiten Mal lieferten sich die Jockeys jetzt ein ruppiges Hin und Her. Jeder versuchte, für sich selbst die beste Startposition zu erkämpfen und die anderen bereits in dieser Phase des Rennens zu benachteiligen. Die Pferde wurde mit Tritten in die Flanken dazu gebracht, einander aus dem Weg zu schieben oder nach hinten abzudrängen, bis sich Vento, das Pferd der Wölfin, schließlich weigerte, seinen Platz zwischen Fabioncello und Manolo wieder einzunehmen. Der Startrichter machte Tino, den Jockey der Wölfin, darauf aufmerksam, dass er das Rennen nicht starten könne, wenn er Vento nicht endlich auf seine Position zurückbrachte, und Tino wies mit einer empörten Geste auf seine Kollegen, die ihre Pferde so eng nebeneinandergestellt hatten, dass zwischen ihnen nicht einmal ein Schweifhaar Platz gefunden hätte. Schließlich trieb er Vento barsch voran, sodass Fabioncello und Manolo gar keine andere Wahl blieb, als ihm Platz zu machen.

Das Ohrspiel der Pferde verriet ihre Nervosität. Ambrosa schlug unwillig mit dem Kopf und bleckte sogar einmal die Zähne, als Pinnochio ihr zu nahe kam.

»Siehst du das?«, wandte sich Alessandro an Maria. »Die Pferde sind alle total gestresst!« Er schüttelte wütend den Kopf.

Maria schwieg. Von Alessandro darauf aufmerksam gemacht, musste sie zugeben, dass das stimmte. Ihr Augenmerk hatte bislang stets nur auf dem taktischen Spiel der Jockeys gelegen. Über die Pferde hatte sie sich dabei wenig Gedanken gemacht.

Noch einmal dauerte es nahezu eine Viertelstunde, bis endlich alle Pferde so standen, dass der *mossiere* zufrieden war und den Start freigab.

Gabriel auf Callimero, der von dem Tumult verschont geblieben war, reagierte blitzschnell. Er dirigierte seinen Hengst in die *mossa,* das vordere Startseil fiel und die Pferde preschten los, von ihren Reitern kraftvoll mit der Reitgerte angetrieben.

Und dieses Mal war der Start gültig.

In gestrecktem Lauf sprintete Callimero, während sich die anderen noch aus dem Startknäuel zu befreien suchten, nach vorne und wechselte zügig auf die Innenbahn. Die Zuschauer kreischten. Dann hatten es auch die anderen Reiter geschafft, sich zu ordnen, und setzten Gabriel nach.

Bereits vor der ersten Kurve, der gefährlichen San

Martino, hatten sie den Ausreißer eingeholt. Gabriel wurde von den nachfolgenden Pferden nach außen abgedrängt, prallte gegen die *materassi*, die matratzenartigen Polsterungen, die den Aufprall von Pferden und Reitern etwas mindern sollten, wurde hoch in die Luft geschleudert und knallte hart auf dem Boden auf. Calimero jedoch ließ sich von dem Verlust seines Reiters nicht beeindrucken. Er reagierte so, wie es die Natur vorgesehen hat, und rannte den anderen einfach hinterher, während sich Gabriel fluchend aufrichtete und sich, so schnell es ging, vor den nachfolgenden Pferden in Sicherheit brachte.

»Nummer eins«, konstatierte Alessandro mit heruntergezogenen Mundwinkeln.

Maria hatte sich kaum von dem Schreck erholt und erleichtert registriert, dass Gabriel offensichtlich unverletzt geblieben war, als der entsetzte Aufschrei Claudias ihre Aufmerksamkeit zurück auf das Geschehen in der Bahn lenkte.

An seinem gelb-schwarzen Kostüm erkannte sie sofort, dass es Fernando war, der jetzt, nur Sekunden nach Gabriel, vom Pferd zu stürzen drohte. Die Unebenheiten der Bahn, die hohe Geschwindigkeit und das Reiten ohne Sattel hatten ihn im Gedränge der beinahe rechtwinkligen, abfallenden San-Martino-Kurve das Gleichgewicht verlieren lassen. War dies etwa schon das Ende vom Traum? Dem Traum der Adler-Anhänger, den Palio zu gewinnen und Glanz und Gloria für ihr Stadtviertel zu erringen?

Einen Augenblick lang hielt sich Fernando noch an Fabioncellos Mähne fest und die Anhänger der *contrada dell' aquila* falteten die Hände wie zum Gebet. Dann verließ den *fantino* offensichtlich die Kraft und er stürzte zu Boden. Sein Körper wurde von den Hufen der nachfolgenden Pferde hin und her geschleudert wie ein lebloser Sack. Und als er sich aufrichten wollte, preschten die letzten zwei Pferde heran und mähten ihn erneut nieder.

Die Zuschauer kreischten entsetzt auf. Männer und Frauen gleichermaßen hielten sich erschrocken die Hände vor den Mund oder verbargen ihre Augen. Das konnte nicht gut gegangen sein!

Schwankend rappelte sich Fernando auf. Beinahe verlor er sofort erneut das Gleichgewicht, er torkelte wie ein Betrunkener. Als einer der Helfer auf ihn zustürmte, um ihn zu stützen und von der Bahn zu führen, riss er abwehrend und mit vor Panik verzerrtem Gesicht die Arme hoch, um sich zu schützen. Dann erst realisierte er, dass es nicht ein weiteres Pferd war, das auf ihn zukam, sondern helfende menschliche Hände, die ihn festhielten und fortbrachten.

Fabioncello folgte wie zuvor Callimero dem Pulk der Reiter. Doch ohne Fernando auf seinem Rücken schien es für ihn keinen Grund mehr zu geben, das hohe Tempo beizubehalten. Callimero hingegen war ohne das lähmende Gewicht seines Reiters auf dem Rücken jetzt ungleich schneller als alle anderen und holte Platz um Platz auf!

Die begeisterten Rufe der Zuschauer verliefen gleich einer akustische La-Ola-Welle um den Platz. Selbst wenn Maria nicht sehen konnte, was auf der anderen Seite der Strecke vor sich ging, so konnte sie dank der gezeigten

Begeisterung genau erkennen, wo die Pferde sich gerade befanden.

Dreimal würde die Piazza auf diese Weise umrundet werden. Dreihundertneununddreißig Meter in nicht einmal hundert Sekunden. Zwei Jockeys waren bereits vorzeitig aus dem Rennen ausgeschieden. Wie viele würden ihnen noch folgen?

Wie alle anderen neben ihr, hinter ihr und vor ihr, wandte Maria den Kopf, um vielleicht doch über die zigtausend Köpfe hinweg zu sehen, was unter den verbliebenen Reitern vor sich ging. Doch dazu gab es nicht die geringste Chance. Sie überlegte, ob sie nicht besser das Angebot ihres Vaters, für sie einen Platz auf einer der Tribünen oder Balkone zu besorgen, angenommen hätte. Maria hatte Filipos Angebot abgelehnt, weil sie den Palio lieber in Gesellschaft ihrer Freunde erleben wollte. Auch wenn Alessandros finstere Miene ihre Freude ein wenig minderte.

Jetzt galoppierten die Pferde in ihrer zweiten Runde an ihr vorbei. Erneut zog sich das Feld vor der San-Martino-Kurve, wo die Geschwindigkeit gedrosselt werden musste, enger zusammen. Maria sah, dass Angelo sich bis auf den ersten Platz vorgekämpft hatte. Dicht gefolgt von seinem ärgsten Feind Danilo, der so heftig mit der Reitgerte auf die Kruppe seines Pferdes einschlug, dass Maria glaubte, der *nerbo* würde jeden Moment zerbrechen. Hinter den beiden Führenden prallten die Pferde aufeinander auf, und Fabio, der Jockey der Welle, konnte sich nicht länger auf dem Rücken seiner Stute Stella halten, als sie gegen die Bahnbegrenzung gedrückt wurde und stolperte.

Zum Glück rappelte sich Fabio direkt wieder auf. Stella humpelte ein Stück alleine weiter, blieb dann aber einfach mitten auf der Bahn stehen. Ihr linkes Vorderbein hielt sie angehoben und ihr Huf hing in einem merkwürdigen Winkel hinunter.

Alessandro neben Maria fluchte. »Siehst du?«, wandte er sich mit zornesrotem Gesicht an seine Cousine. »Das ist der Grund, warum dieser Palio nichts weiter ist als Tierquälerei!« Er stieß harsch die Luft aus. »Von wegen Tradition«, schimpfte er. »Tradition war es auch mal, dass Frauen nicht wählen durften. Und dass man ihnen verbot, lesen und schreiben zu lernen. Wie fändest du das, hä?«

Maria antwortete nicht. Ihr Blick ruhte auf der verletzten Stute. Widerwillig musste sie Alessandro in diesem Moment zustimmen, während Stella so ungünstig in der Mitte der Bahn stand, dass niemand es wagen konnte, das arme Tier in Sicherheit zu bringen, ohne das eigene Leben dabei aufs Spiel zu setzen.

Und schon preschten die Reiter erneut heran. Immer noch führte Angelo mit Ambrosa das Feld an. Und immer noch folgte Danilo auf Pinocchio ihm in weniger als einer Pferdelänge Abstand. Maria atmete erleichtert auf, als Angelo die gefürchtetste Kurve der Rennstrecke zum dritten Mal unbeschadet überwand und unfallfrei an Stella vorbeigaloppierte. Jetzt konnte eigentlich nicht mehr viel schiefgehen!

Von ihrem Platz aus hatte Maria ein langes, gerades Stück der Rennstrecke im Blick. Und doch verschwand Angelo schnell hinter der nächsten Kurve und sie musste sich auf ihr Gehör verlassen, wenn sie wissen wollte, was geschah. Die entsetzten Aufschreie am andere Ende des Platzes verhießen nichts Gutes. Maria spürte Panik in sich aufsteigen. Was hätte sie darum gegeben, sehen zu können, was sich in diesem Augenblick an der zweitgefährlichsten Stelle der Rennbahn abspielte!

Doch sie konnte nichts sehen.

Sie konnte nicht sehen, wie Angelo in der zweiten Kurve von Danilo weit nach innen gedrängt wurde. So weit, dass er an der Ecke der scharf zu nehmenden Kurve anstieß und von Ambrosas Rücken rutschte. Sie konnte nicht sehen, wie sich ihr Verlobter verzweifelt am Zügel der Stute festzuhalten versuchte und einige Meter weit mitgeschleift wurde, während Danilo die Führung übernahm. Sie konnte ebenso wenig sehen, wie Angelo von dem nachfolgenden Pferd überrannt wurde und völlig bewegungslos auf dem ockerfarbenen Sand liegen blieb.

Nun übernahm Danilo in Führung und wurde von Camillero verfolgt, der sich reiterlos bis an die zweite Position vorgekämpft hatte und immer noch näher herankam. Die Zuschauer kreischten. Würde ein *cavallo scosso* diesen Palio für sich entscheiden? Die Regeln des Palio sahen vor, dass auch ein reiterloses Pferd das Rennen gewinnen konnte, solange es nur sein *spennachiero* noch am Kopf trug. Und Callimero wäre nicht das erste Pferd, dem ein solcher Sieg gelang.

Doch in der letzten Kurve vor der Zielgeraden verlor Callimero plötzlich den Halt unter den Hufen. Er stolperte, stürzte und riss Pinnochio mit sich zu Boden, als er mit seinen fast fünfhundert Kilo Gewicht von hinten in ihn hineinrutschte. Danilo flog in hohem Bogen vom

Rücken seines Pferdes und konnte nur noch zusehen, wie der junge, unerfahrene Jockey Santo auf dem Rappen Mirtillo regelrecht an ihm vorbeiflog.

Santo hatte das Beste aus seiner guten Startposition an der Innenseite der Bahn herausgeholt. Das gesamte Rennen über hatte er seinen vierten Platz verteidigen können. Und nun, nachdem die drei Pferde vor ihm sich selbst aus dem Rennen geworfen hatten, sah er seine große Chance gekommen. Er warf einen kurzen Blick zurück über die Schulter. Giorgio auf Fairway, der Jockey des Turms, folgte ihm mit einer guten Pferdelänge Abstand.

Santo stieß Mirtillo die Fersen in die Flanken und schlug mit der Reitgerte auf die Kruppe des Rappen ein. Nur noch wenige Meter trennten ihn von der Ziellinie und als der Böllerschuss das Ende des Rennens verkündete, konnte er sein Glück kaum fassen. Es war sein erster Palio. Und er hatte ihn gewonnen! Gewonnen!

Von überallher stürzten die Anhänger des Stachelschweins auf ihn ein.

»*Istrice! Istrice!*«, hallte es über die Piazza. Die Männer hoben Santo vom Rücken des Pferdes und trugen ihn auf ihren Händen zur Tribüne, auf der das Banner für den Sieger bereitstand.

»*Daccelo!*«, riefen sie. »*Daccelo!*« Gebt ihn uns!, forderten sie und meinten den Palio.

Die Zuschauer stürmten die Rennstrecke und die Bahn füllte sich zusehends mit Menschen, die einander vor Freude oder Trauer weinend in die Arme fielen. Wie in einem Ameisenhaufen rannten die Menschen hin und her, an einigen Stellen kochten die Gefühle über und junge Männer gingen mit Fäusten aufeinander los, während die Anhänger des Stachelschweins unter den Klängen des suono di vittoria, dem Trommelwirbel, der nur nach dem Palio-Sieg ausgeführt wird, bereits ihren Siegeszug zur Kirche antraten.

Maria ließ all diese Eindrücke unbeteiligt an sich vorüberziehen. Immer noch stand sie regungslos an ihrem Platz und schaute suchend über die Menschenmassen. Wo war Angelo? Warum war er nicht ins Ziel gekommen? Was war geschehen? Noch einmal hallten die entsetzten Aufschreie am anderen Ende des Platzes in ihr nach, die sie zwar gehört hatte, deren Ursache sie aber nicht hatte sehen können. Hatten sie etwa Angelo gegolten? Ihr Herzschlag geriet aus dem Takt, während sie diese Möglichkeit in Erwägung zog.

Wie eine Schlafwandlerin bewegte sie sich schließlich durch den Menschenstrom, der ihr entgegenkam. Sie wurde angerempelt und gestoßen und musste immer wieder zurückweichen, aber sie nahm nichts davon wirklich wahr. Nur ein einziger Gedanke beschäftigte sie: Wo war Angelo?

Endlich hatte sie die entfernteste Stelle der Rennbahn erreicht. Wie angewurzelt blieb sie stehen, als sie die Sanitäter sah, die sich um einen am Boden liegenden *fantino* versammelt hatten. Sein rot-grüner *zucchino,* der in den Farben der Contrade bemalte Helm, lag neben ihm. Die Rettungskräfte beugten sich über den bewegungslosen Körper und führten mit hastigen Bewegungen Erste-Hilfe-Maßnahmen durch: Sie legten dem Bewusstlosen einen Zugang und einer von ihnen hielt den Infusionsbeutel hoch. Auf ein Zeichen hin hoben sie den

Verletzten mit vereinten Kräften auf eine bereitstehende Bahre und trugen ihn mit eiligen Schritten von der Bahn.

Maria schaute auf den schwarzen Haarschopf des Verletzten. War das Dunkle, das sie dort sehen konnte, etwa … Blut? Dann fiel ihr Blick auf die rechte Hand des Reiters, die leblos von der Bahre hing und an deren Ringfinger ein Ring saß, der ihr nur allzu bekannt vorkam. Er war auffallend breit aus Weiß- und Gelbgold mit einem hervorgehobenen, abstrakten Muster. Unwillkürlich tastete sie nach dem Ring, den sie selbst an ihrem rechten Ringfinger trug, als müsste sie sich vergewissern, dass es tatsächlich der gleiche war. Ihr Verstand weigerte sich zu glauben, was ihr Herz längst wusste.

»Angelo!«, brach es schließlich aus ihr heraus, als wäre sie aus einem Traum erwacht. »Angelo!« Und sie rannte los, den Rettungskräften hinterher, die den regungslosen Körper bereits in einen bereitstehenden Krankenwagen geschoben hatten und in diesem Moment die Türen schlossen.

Geh und komm als Sieger wieder.
Segnungsspruch der Pferde

Epilog

Samstag, 28. August 1880, und Dienstag, 28. August, zwölf Tage nach dem Palio

Eva Maria schaute mit starrem Blick aus dem Fenster ihres Schlafgemachs und reagierte nicht einmal, als Isabella sie ansprach. Ihre Wangen waren eingefallen, ihre Gesichtshaut aschgrau. Auch als in diesem Moment jemand an die Tür zu ihrem Zimmer klopfte und, ohne eine Aufforderung abzuwarten, eintrat, wandte sie nicht einmal den Kopf.

Signore Morelli winkte Isabella hinaus, besann sich dann jedoch und hielt sie am Ärmel zurück, als sie an ihm vorbei durch die Tür schlüpfen wollte.

»Wie geht es ihr?«, wollte er

wissen und deutete mit einer Kopfbewegung auf seine Tochter, die unverändert am Fenster saß und ihm den Rücken zuwandte.

»Schlecht, Herr, es geht ihr schlecht«, antwortete Isabella. »Sie hat seit Tagen nichts gegessen und sitzt nur am Fenster und schaut hinaus.«

»Was erwartet sie denn, dort zu sehen?«

Isabella konnte ein leichtes Stirnrunzeln angesichts dieser aus ihren Augen völlig überflüssigen Frage nicht ganz unterdrücken. »Sie wartet auf ihren Verlobten, Herr. Auf Signore del Pianta.«

Signore Morelli grunzte ungehalten und ließ Isabella los. Raschen Schrittes entfernte sich das Dienstmädchen, während Morelli hinter seine Tochter trat und ihr eine Hand auf die Schulter legte. Doch nicht einmal diese unerwartete Berührung veranlasste Eva Maria, ihren Blick von den Wiesen, Feldern, Hügeln und Wäldern am Horizont abzuwenden.

»Eva«, sagte ihr Vater und seine Stimme klang ungewöhnlich sanft.

Mit leeren Augen wandte sie sich zu ihrem Vater um.

»Eva«, wiederholte Andrea Morelli, »du musst allmählich wieder zur Besinnung kommen.«

Eva Maria antwortete nicht.

Signore Morelli seufzte. »Er wird nicht zurückkehren.«

Eva Maria schwieg.

»Dieser Bastard ist froh, dass er einen Weg gefunden hat, sich seiner Verantwortung zu entziehen.«

Jetzt loderte ein kleines Feuer in Eva Marias sonst so abwesend blickenden Augen auf. Sie erhob sich und schaute ihrem Vater geradewegs ins Gesicht. »Wieso gebt

Ihr ihm die Schuld? Ihr seid es doch gewesen, der ihn fortgetrieben hat! Ihr mit Euren Ränkespielen und …«

»Eva!« Die Stimme des Vaters nahm wieder ihren gewohnt harschen Ton an.

»Ich weiß, was man sich in der Stadt erzählt«, fuhr Eva Maria unbeirrt fort. »Wie viel hat es Euch gekostet? Was habt Ihr dem *barbarasco* gezahlt, damit er den Weg für Euren Handlanger freimacht?«

»Schweig!«, fuhr Signore Morelli seine Tochter an und seine Wangen färbten sich rot vor Zorn. »Nichts von dem, was du hier andeutest, wird sich jemals beweisen lassen!«

Eva Maria schüttelte den Kopf. »Ich brauche keine Beweise, um die Wahrheit zu erkennen.«

»Du gibst mir die Schuld für etwas, das du selbst zu verantworten hast. Aber ich werde dich dennoch nicht fallen lassen.« Signore Morelli seufzte, als fiele es ihm schwer weiterzusprechen. »Ich habe Vorkehrungen getroffen. Es gibt Möglichkeiten, deinen Fehltritt rückgängig zu machen. So könntest du noch einmal von vorne beginnen. Und wenn die Mitgift groß genug ausfällt …«

Eva Maria sog scharf die Luft ein. »Ihr wollt mich losschlagen wie ein Stück Vieh? Die Mitgift erhöhen, um den Makel der Braut auszugleichen?«

»Es wird keinen Makel geben.«

Eva Maria legte unwillkürlich eine Hand auf ihren Bauch. Und ihre Stimme klang schneidend: »Nein, Ihr habt recht, es gibt wahrhaftig keinen Makel. Nur einen Keim der Liebe in mir. Und niemals werde ich Euren Plänen zustimmen. Niemals!«

»Wenn das so ist«, antwortete ihr Vater, »dann kann ich nichts mehr für dich tun.«

»Nein«, sagte Eva Maria, »das könnt Ihr wohl nicht.« Und ohne ein weiteres Wort wandte sie sich ab und starrte wieder aus dem Fenster, bis sie hörte, wie ihr Vater die Zimmertür hinter sich schloss.

Als die Sonne Stunden später hinter dem Horizont verschwand, saß Eva Maria immer noch am Fenster und blickte hinaus. Der Tag, der ihr schönster hatte werden sollen, neigte sich seinem Ende zu. Und anstatt wohlgemut in eine strahlende Zukunft zu blicken, saß sie alleine im Haus ihres Vaters und wog ihre Möglichkeiten ab.

Nein, verbesserte sich Eva Maria, allein war sie eben nicht. Und das veränderte vieles. Vielleicht sogar alles.

Ja, sie gab ihrem Vater die Schuld an den Geschehnissen. Und doch musste sie zugeben, dass Lorenzo sich auch anders hätte verhalten können. Ein Wort von ihm hätte genügt, und sie wäre ihm überallhin gefolgt. Bis ans Ende der Welt. War seine Liebe zu ihr nicht groß genug gewesen? Hatte ihr Vater am Ende recht und er hatte sie gar nicht gewollt? War er womöglich froh, seiner Verantwortung auf diese schäbige Weise zu entkommen?

Sie wandte sich um und betrachtete ihr Hochzeitskleid, das ausgebreitet auf ihrer Bettstatt lag. Es war weiß, wie es der neuen Mode entsprach. Und zeigte mit dieser Farbe nicht nur den sozialen Stand seiner Trägerin, sondern darüber hinaus ihre Unschuld.

Eva Maria lachte voller Bitternis bei diesem Gedanken. Wie lange würde sie ihr Geheimnis noch verbergen können? Und was würde geschehen, wenn ihr »Fehltritt«, wie ihr Vater es nannte, offensichtlich wurde? Die Worte Signore Morellis waren eindeutig gewesen: Wenn sie nicht bereit war, sich zu beugen und die Folgen ihres Leichtsinns wegmachen zu lassen, dann hatte sie von ihrer Familie keinerlei Unterstützung zu erwarten. Nicht von ihrem Vater und ebenso wenig von ihrer Mutter, die es niemals gewagt hätte, gegen ihren Mann aufzubegehren. Mit Schimpf und Schande würde man sie davonjagen. Und wo sollte sie dann hin?

Eva Maria strich mit den Fingern über den weichen Stoff des Kleides, betrachtete den voluminösen Rock, das spitzengesäumte Dekolleté. Langsam, mit bedächtigen Bewegungen, begann sie, sich auszuziehen und ihre Wäsche säuberlich gefaltet auf das Bett zu legen. Als sie nur noch ihre Unterwäsche trug, griff sie nach dem Hochzeitskleid und stieg hinein. Es war nicht leicht, beinahe unmöglich, sich alleine anzukleiden. Aber schließlich hatte sie es doch geschafft, wenn auch nicht alle Haken am Rücken richtig geschlossen waren. Sie drehte und wendete sich, als tanze sie zu einer Musik, die nur in ihrem Kopf spielte. Eine Tänzerin, die sich in den Armen ihres Liebsten drehte.

Der lange Rock streifte über den Boden, als Eva Maria zu ihrem Platz am Fenster zurückkehrte und wieder hinaus in die nun dunkle Nacht blickte. Der Mond hatte seinen Platz am Himmelszelt eingenommen und obwohl er nur halb voll war, erleuchtete sein silberner Schein den Garten und tauchte ihn in ein geheimnisvolles Licht.

»Eva Maria Morelli. Eva Maria del Pianta.« Es war kaum mehr als ein Flüstern. Die junge Frau mit dem blassen Gesicht spürte dem Klang der beiden Namen lange nach. Dies also war der Tag gewesen, an dem sie zu Signora del Pianta hätte werden sollen. Aber nun saß sie immer noch als Signorina Morelli hier.

Die Seele kann nicht leben ohne Liebe, sie muss etwas lieben, sie ist aus Liebe geschaffen.

Eva Maria konnte sich im Augenblick nicht erinnern, woher diese Zeilen stammten, die ihr in den Sinn kamen. Aber sie spürte die Wahrheit, die darin steckte. Ihre Seele bestand aus Liebe. Aus Liebe zu ihrem ungeborenen Kind. Aus Liebe zu einem Mann, der sie im Stich gelassen hatte. Und aus dieser Liebe heraus hatte sie gesündigt, als sie dem Verlangen ihrer Seele nachgegeben hatte. Aber stand nicht in der Bibel: »Die Folge der Sünde ist der Tod«?

Eva Maria erhob sich wieder und trat zurück ins Dunkel des Zimmers. Mit langsamen Bewegungen zog sie das Laken von ihrem Bett und zerschnitt es mit der Dochtschere, die neben der brennenenden Kerze auf ihrem Nachttisch bereitlag, in drei Bahnen. Das war nicht einfach, denn die Dochtschere war ihrer bescheidenen Aufgabe entsprechend stumpf. Aber sie hatte Zeit. So viel Zeit.

Sie flocht die drei Bahnen zu einem festen Strang und während sie ihrer Arbeit im Schein der flackernden Kerze nachging, spürte sie, wie ihr Herz immer leichter wurde, während ihr Entschluss sich festigte: Sie würde ihr Kind behalten. Die Frucht ihrer Liebe würde auf immer und ewig mit ihr verbunden bleiben. Nichts würde sie trennen können. Nicht einmal der Tod.

Im Garten herrschte tiefe Stille. Nicht einmal ein Vogel zwitscherte in dieser Nacht. Alles schlief. Keiner bemerkte die Frau in dem weißen Kleid, die ohne jede Eile ihre Vorkehrungen traf. Niemand schaute aus dem Fenster des Flurs im ersten Stock des Palazzo.

Auch nicht, als der umgeworfene Schemel mit einem dumpfen Knall auf den Rasen prallte und der Ast, der unvermittelt ein Gewicht zu tragen hatte, leise knirschte.

Es war, als befände sie sich zugleich innerhalb und außerhalb ihres Körpers. Sie konnte alles sehen und zugleich alles fühlen.

So war es also, wenn man starb.

Eine Weile verharrte sie zwischen dem Reich der Lebenden und dem Reich der Toten. In ihren Gedanken war sie ganz bei ihrem Kind. Und bis ihre Kräfte nachließen und die Ohnmacht von ihr Besitz ergriff, hatte sie beide Hände schützend auf ihren Bauch gelegt. Dann entspannten sich ihre Gesichtszüge und ihre Arme fielen schlaff zur Seite.

Maria war schon oft in den letzten Tagen gefragt worden, ob sie es nicht bedauerte, von den Festlichkeiten, die auf den Palio folgten, nichts mitbekommen zu haben. Und sie hatte jedes Mal mit Nein geantwortet. Nein, sie bedauerte nicht, den Umzug des Siegers durch die Stadt verpasst zu haben.

Auf ihren Wegen ins Krankenhaus war sie mehrmals Feiernden begegnet, die zum Zeichen der Wiedergeburt ihrer Contrade einen Babyschnuller an ihren *fazzoletti* trugen. Und dabei hatte sie an die armen Verlierer denken müssen, die zur Verbüßung ihrer Schande abführendes Rhizinusöl zu sich nehmen mussten, um sich von der Schmach zu reinigen.

Sie hatte Gespräche über den Verlauf des Palio mitbekommen, in denen es hieß, es sei zu erwarten gewesen, dass das Stachelschwein gewinnt, denn das Banner sei vornehmlich in den Farben dieser Contrade – Rot, Blau und Schwarz auf weißem Grund – gestaltet gewesen.

Ja, der Palio steckte eben voller Zeichen und Magie. Und der Sieg war alles, was zählte. Es gab nichts dazwischen. Es hieß alles oder nichts. Schwarz oder Weiß. Wie die Farben der Stadt.

Doch für Maria zählte in diesen Tagen anderes. Tag und Nacht saß sie an Angelos Krankenbett, hielt seine Hand und betete darum, dass er wieder ganz gesund werden würde. Dass seine schwere Gehirnerschütterung, seine geprellten Rippen und das gebrochene Bein völlig verheilen würden.

»Nein«, antwortete sie deswegen auch jetzt auf Angelos Frage, ob sie es nicht bedauerte, seinetwegen die Feierlichkeiten verpasst zu haben. »Nein, ich bedaure nichts.«

Sie sah zur Seite und strahlte Angelo dankbar an, der sich neben ihr schwer auf Krücken stützen musste, um das eingegipste Bein nicht zu belasten. »Wenn ich mir vorstelle, deine Verletzungen wären noch schwerwiegender gewesen …«

Angelo hob mühsam eine Hand und strich ihr liebevoll tröstend über die Wange. »Wie dumm wir waren«, sagte er, »uns wegen so einer Nichtigkeit derartig zu streiten.«

Maria antwortete nicht, doch in ihrem Blick lag die Aufforderung, weiterzusprechen, denn sie hatte das Gefühl, dass Angelo noch nicht alles gesagt hatte, was ihm auf der Seele lag.

»Weißt du«, fuhr er fort, »an dem Abend, als du Antonia und mich beobachtet hast, da ging es in unserem Gespräch ausschließlich um dich.«

Maria zog überrascht die Augenbrauen hoch.

»Ja«, bestätigte Angelo und seufzte. »Antonia hatte mir gestanden, dass sie dir einen Streich gespielt hat. Sie hatte beim Saubermachen mit dem Finger deinen Namen auf den Spiegel im Badezimmer geschrieben.«

»Das war Antonia?!«

Angelo nickte. »Und sie bekam ein schlechtes Gewissen, als sie merkte, wie sehr sie dir damit zugesetzt hatte. Sie erzählte mir, du wärst totenbleich geworden und beinahe umgekippt. So als hättest du einen Geist gesehen, als sie dir mit einem Wäschestapel im Arm im Flur begegnete.«

Maria erinnerte sich an ihren Beinahezusammenstoß mit Antonia und ein Lächeln huschte über ihr Gesicht. Ja, sie hatte damals tatsächlich geglaubt, Eva Marias Geist zu begegnen.

»Ich fürchte, sie hat auch etwas mit dem kranken Baum zu tun. Vielleicht hat sie ihn mit irgendeinem Gift begossen oder so, aber das hat sie vehement bestritten. Ich weiß nicht, ob ich ihr glauben kann oder nicht.«

Ein flüchtiger Gedanke schoss Maria durch den Kopf. Er hatte etwas mit Luigi, dem Sohn des Gärtners, und seinen Experimenten zu tun. Aber der Gedanke flog so schnell vorüber, dass sie ihn nicht richtig fassen konnte.

»Antonia wird kündigen«, sagte Angelo in die Stille hinein. »Sie kommt wohl doch nicht damit zurecht, dass du und ich jetzt zusammen sind.«

Maria nickte. Sie hatte schon damit gerechnet, nachdem Antonia ihr in den letzten Tagen ständig aus dem Weg gegangen war.

»Da bleibt wohl nur noch die Frage, wer für die Beschädigung des Palio verantwortlich ist«, sagte Maria. Und wie das Bild der Frau, das ich fotografiert habe, in den Spiegel gekommen ist, dachte sie, scheute aber davor zurück, ihre Gedanken auszusprechen. Sie hatte das Foto aus ihrem Handy gelöscht und beschlossen, nicht mehr darüber nachzudenken. Auch wenn ihr das noch nicht immer gelang.

Mittlerweile waren sie am Ziel ihres Weges, der links und rechts von Grabstätten gesäumt war, angekommen. Es war heiß. Die Luft sirrte. Und kein noch so kleiner Windhauch regte sich. Schweigend blickten Maria und Angelo auf den Grabstein zu ihren Füßen.

Eva Maria Morelli
1.6.1858 – 28.8.1880

Ruhe in Frieden

So stand es in einer altertümlichen Schrift auf dem weißen Marmor.

Maria und Angelo fassten sich an den Händen. Hier standen sie, genau einhundertzweiunddreißig Jahre nach dem Tod der jungen Frau, und waren dankbar dafür, dass sie einander in Liebe verbunden waren und eine gemeinsame Zukunft vor ihnen lag. Nichts anderes hatte sich diese junge Frau gewünscht. Und war doch so bitter enttäuscht worden.

Irgendjemand, vielleicht der Friedhofsgärtner, hatte

am Todestag der Verstorbenen eine Kerze entzündet und auf die Grabplatte gestellt.

Maria bückte sich und stellte den kleinen Rosenbusch, den sie in einem dazu passenden Blumentopf mitgebracht hatten, neben die Kerze auf die Marmorplatte. Dann erhob sie sich wieder. Mit einer Handbewegung strich sie sich eine Haarsträhne aus der glühenden Stirn. Doch als sie die Hand wieder sinken lassen wollte, verharrte sie plötzlich. Denn obwohl nicht der leiseste Wind wehte, erlosch in diesem Augenblick die Kerze und ein Zittern ging durch den Rosenbusch, als ob er von einer leichten Böe erfasst worden wäre.

Wie ein Gruß aus dem Jenseits.

Und ein Dank.

Anhang

Glossar

alfiere	Fahnenschwinger
aquila	Adler
assegnazione	Auslosung der Pferde
barbaresco	Pferdepfleger/Stallknecht
bàrbaro	Pferd
basta	genug, es reicht
bastardo	Bastard (Pl. *bastardi*)
batterie di selezione	Auswahl der zehn am Palio teilnehmenden Pferde
bella	hübsch, schön
brenna	schlechtes Pferd
bruco	Raupe
canape	Startseile, die den Bereich der *mossa* abtrennen
capitano	Verantwortlicher der *contrada* für die Organisation des Palio
carrocio	Triumphwagen
casa del cavallo	Haus des Pferdes, Stall
cavallo buono	gutes Pferd
cavallo scosso	reiterloses Pferd
cazzo	Donnerwetter!, Mensch!, Mist!, Scheiße!
cencio	»Stofflappen«, anderes Wort für das Banner, das es beim Palio zu gewinnen gibt
chiocciola	Schnecke
civetta	Eule
coglione	Arsch, Arschloch
contrada	Stadtviertel Sienas, auch: Contrade (Pl. *contrade*)
contradaioli	Stadtteilbewohner (Sgl. *contradaiolo*)
corteo storico	historischer Festzug

daccelo!	Gebt ihn uns!
drago	Drache
due	zwei
entrone	Innenhof des *palazzo pubblico*
faccia di culo	Arschgesicht
fantino	Jockey (Pl. *fantini*)
fazzoletto	in den Farben der *contrada* gestaltetes Halstuch
figlio di puttana	Hurensohn
giraffa	Giraffe
grazie	danke
gruppi piccoli	Kindergruppen
lupa	Wölfin (*lupo:* Wolf)
materassi	matratzenartige Vorrichtungen an der Kurve von San Martino zum Schutz von Pferden und Reitern
mi scusi	ich entschuldige mich
mossa	Startpunkt
mossiere	Startrichter
nerbo	Reitgerte/Ochsenziemer
nicchio	Muschel
nonna	Großmutter, auch: die *contrada*, die die längste Zeit keinen Palio gewonnen hat
oca	Gans
palazzo pubblico	Rathaus
palio	1. das Rennen selbst, 2. das bemalte Banner (Seidenbanner), das es zu gewinnen gilt (siehe auch *cencio*); palio (Pl. *palii*) von lat. *pallium* = Tuch, Umhang, später auch: Fahne, Standarte
pantera	Panther
passo	Durchgang, Gasse
pezzo di merda	Miststück
piazza	Platz
polizia	Polizei
pronto	sofort
prova	Proberennen
prova generale	vorletztes Proberennen
prova notte	Nachtprobe
ragazza	Mädchen

ragazza impertinente	freches, unverschämtes verwöhntes Mädchen
rincorsa	Zehnte Startposition außerhalb der *mossa*. Dieser Reiter bestimmt den Beginn des Rennens, indem er sein Pferd in die *mossa* laufen lässt.
sala delle vittorie	Halle der Sieger
salute	Gesundheit
sbandierate	Fahnenschwünge
scuola primaria	Grundschule
si	ja
soprallasso	Paradepferd
spennacchiera	Kopfschmuck des Pferdes
stati attenti!	Sei gewarnt!
stronzo	Scheißkerl
suono di vittoria	Trommelwirbel zum Sieg
sunto	Glocke des Torre del Mangia
tartuca	Schildkröte
terra	Erde, Erdboden
torre	Turm
tratta	Auslosung der Pferde
vai!	Lauf!
vai e torna vincitore!	Lauf und kehre als Sieger zurück!
valdimontone	Widder
zucchino	der in den Farben der *contrada* bemalte Helm des Reiters

Literatur und Quellen

Boukrif, Gabriele: Der Schritt über den Rubikon. Lit Verlag 2006, S. 86, übersetzt aus Mozzoni, Anna Maria: La donna e i suoi rapporti sociali, Proprietà Dell' Autrice, Milano 1864

Henry, Marguerite: Der Sieger von Siena. Hoch-Verlag, Düsseldorf 1960

Il Palio, das Rennen von Siena DVD, Salzgeber & Co. Medien GmbH, Berlin 2006

Siegel-Axt, Ina: Der Palio in Siena und seine symbolische Bedeutung in der Sieneser Weltanschauung. VDM Verlag, Saarbrücken 2008

Warner, Anna-Kathrin: Die Contraden von Siena. Campus, Frankfurt/Main 2004

Internettipps

www.contradacapitanadellonda.it
www.contradadeldrago.it
www.contradadellachiocciola.it
www.contradadellacivetta.it
www.contradadellagiraffa.it
www.contradadellalupa.it
www.contradadellapantera.it
www.contradadellaquila.com
www.contradadellaselva.it
www.contradadellatorre.it
www.contradadelloca.it
www.contradaleocorno.it
www.horseprotection.it
www.ilpalio.org
www.istrice.org
www.nobilcontradadelbruco.it
www.nobilecontradadelnicchio.it
www.tartuca.it
www.valdimontone.it

Frank, Astrid:
Gefährten der Freiheit – 2 Romane in einem Band
ISBN 978 3 522 20239 8

Einbandgestaltung: bürosüd° GmbH, München
Innentypografie: Kadja Gericke
Reproduktion: Medienfabrik GmbH, Stuttgart
Druck und Bindung: CPI Books GmbH, Leck

MIX
Papier aus verantwortungsvollen Quellen
FSC® C083411
FSC
www.fsc.org